suhrkamp taschenbuch 3396

»Erzähl mir aus 1001 Nacht!« bittet Mohamed seine Frau. Durr erzählt die wahre, die ungeschönte Geschichte von 1001 Nacht, aber sie berichtet nicht nur von Verfolgung und Repression, sondern auch von Aufständen und erfolgreichen Revolten. Und macht so den Bewohnern von Manama, einem gottverlassenen Dorf in der algerischen Wüste, Mut, gegen die eigenen Unterdrücker zu rebellieren. Gegen Bender Cha zum Beispiel, den despotischen Gouverneur. In seinem Größenwahn lädt er ein amerikanisches Filmteam nach Manama ein, das hier eine gigantische neue Version der Märchen aus *Tausendundeiner Nacht* drehen wird. Als die Dreharbeiten beendet sind, hinterläßt das Team ein aufgewühltes Dorf, in dem nichts mehr so ist, wie es einmal war.

»Rachid Boudjedra hat mit seinem Roman eine äußerst orginelle, vitale Synthese aus Märchenbuch, Familien- und Entwicklungsroman und kritischer Geschichtsreflexion vorgelegt ... der Leser, einmal in den Bann gezogen, vergißt Zeit und Raum.« *Neue Zürcher Zeitung*

Rachid Boudjedra, geboren 1941 in Ain-Beida (Ostalgerien), lebt in Paris und Algier. Er gehört zu den bekanntesten und bedeutendsten algerischen Schriftstellern. Im Suhrkamp Verlag erschienen die Romane *Timimoun* (st 2857) und *Die Auflösung* (st 3081).

Rachid Boudjedra

Die 1001 Jahre der Sehnsucht

Roman

Aus dem Arabischen von
Angelika Rahmer und
Nuha Sarraf Forst

Suhrkamp

Umschlagfoto: Sebastian Bolesch/Das Fotoarchiv

suhrkamp taschenbuch 3396
Erste Auflage 2002

Lizenzausgabe mit freundlicher Genehmigung
des Verlags Donata Kinzelbach, Mainz
Suhrkamp Taschenbuch Verlag

Druck: Nomos Verlagsgesellschaft, Baden-Baden
Printed in Germany
Umschlag nach Entwürfen von
Willy Fleckhaus und Rolf Staudt

1 2 3 4 5 6 – 07 06 05 04 03 02

Die 1001 Jahre der Sehnsucht

Mohamed Namenlos war übermäßig mißtrauisch, so daß er es stets so einrichtete, seinen eigenen Schatten nicht hinter sich herziehen zu müssen, wo immer die Sonne gerade stehen mochte und wie spät es war. Weder die unerbittlich monotone Mittagszeit noch das letzte nächtliche Dunkel vor Sonnenaufgang, verziert mit seinem phosphoreszierenden, intensiven Blauschleier, noch die leuchtenden, safrangelb gefleckten Abende – nein, nichts konnte daran etwas ändern. Tausendmal schon hatte die Erfahrung dieses Wunder bestätigt. Und so wie man seit Jahrhunderten daran gewöhnt ist, daß Zucker die Getränke süßt und Salz Speisen würzt, war das Dorf auch an dieses Wunder gewöhnt. Denn immer, wenn Mohamed durch das Dorf ging, was durchaus mehrmals am Tage vorkam, hatten die Bewohner von Manama das Gefühl, von einer Art konzentrischer, seidiger und rosiger Ringe in der Farbe tief verwurzelter Haut angezogen zu werden, die jedoch unsichtbar blieben. Es gab keinen sichtbaren Beweis; man fühlte vielmehr nur ein blendendes Flimmern, vor dem die wenigen Menschen, denen Mohamed auf den trockenen, staubigen Straßen begegnete, die Augen schlossen. Sie wollten nicht anhalten, nicht einmal eine einzige Sekunde, um dieses Phänomen zu erfassen, das über sie hereinbrach – aus Angst, sie könnten den Verstand verlieren oder für immer von unwirklichen, grasigen Sümpfen verschlungen werden. Es reichte ihnen, daß alles vor ihnen umhergeisterte. Denn die Dinge, die sie umgaben, waren porig und brüchig, wie mit Lehm bedeckt durch diesen plötzlichen Staub, der sich über alles legte, so daß keiner von ihnen – mochte er auch noch so nachsinnen – den wirklichen Wert eines Gerätes, eines Gefäßes oder irgendeines Körpers bestimmen konnte. Weder konnten sie die Konsistenz, noch konnte irgend jemand die Realität nach der äußeren Erscheinung beurteilen, außer Mohamed Namenlos. Sein Scharfblick in diesem Bereich war geradezu spektakulär, und niemals ließ er seinen

Schatten in gleichförmigen Wellen seiner eigenen Bewegung folgen, aber nicht etwa aus Angst vor Spott, sondern aus Wachsamkeit. Die Männer hatten das Gerücht in die Welt gesetzt, er sei ein moderner Zauberer, während die Frauen behaupteten, er sei ein unermüdlicher Liebhaber, dessen Saft sich immer wieder durch das reine Grün seiner mandelförmigen Augen erneuerte. In Wirklichkeit aber war dieser Namenlos ein einsamer Mensch, obgleich die Frauen in ihn verliebt waren und er eine große Familie hatte, die ihm sein Vater in Obhut gegeben hatte, bevor er bei einem ungeklärten Arbeitsunfall ums Leben kam. Die Einsamkeit hatte ihm ihr Siegel aufgedrückt und ihn mit jenen zahlreichen, außergewöhnlichen Wundern befrachtet, denen er keinen Nutzen abgewinnen konnte, ihm vielmehr zur Last fielen und dazu führten, daß die Leute ihn fürchteten. Die Kinder hörten zu lachen, die Hühner zu gackern und die Handmühlen zu knirschen auf, sobald er in einer Entfernung von 166 Metern an ihnen vorüberging – diese Entfernung hatte ein Freund geschätzt, der im Vermessungswesen arbeitete. Insgesamt nichts Besonderes, hätte Namenlos es nicht auch einem anderen Freund mitgeteilt, der daraufhin eine wechselseitige Beziehung zwischen dieser rätselhaften Zahl und dem Geburtsdatum eines Greises feststellte, der vor Jahrhunderten gelebt hatte und von Namenlos sehr verehrt wurde. Als er dafür eine Erklärung suchte, verlor er sich in inneren Monologen, obwohl er ein Mann mit klaren grünen Augen war, der seinen Schatten nicht hinter sich herzog und der sich vortrefflich darauf verstand, die weibliche Scham mit nächtlichem Tau zu füllen, ohne sie zu entjungfern, ebenso wie er vermochte, die Kinder mit dem Lachen, die Hühner mit dem Gackern und die Handmühlen mit dem Knirschen aufhören zu lassen. Seine Freunde begriffen, daß dies offenbar mit dem geistlichen Führer einer Religionsgemeinschaft zusammenhing, der im zweiten Jahrhundert Hidschra aufgetaucht war. Es kam sogar so weit, daß er seinen Vater in einem liebevollen und sehr zärtlichen Trauergedicht beweinte. An diesem Abend war er weder betrunken noch hatte er Zeit übrig, denn er war in der letzten Nacht beauftragt worden, eine ganze Reihe von Liebesbriefen in ihm vertrauter Weise zu verfassen: das heißt Briefe, die in den Händen der Empfänger glühten. Ein gewinnbringendes Geschäft in einem Dorf, in dem neben dem Landvermesser und dem Lehrer niemand außer ihm lesen und schreiben konnte, so daß ihm diese wie auch andere kleine Arbeiten halfen, die Bedürfnisse seiner großen Familie zu decken, die aus der Mutter, neun Brüdern und neun Schwestern bestand, die alle als Zwillingspaare in einer Harmonie geboren wurden, die den Bewohnern von Manama unvergeßlich blieb. Namenlos war der einzige in seiner Familie, den das Schicksal ausersehen hatte, allein zur Welt zu kommen, und dies sowie die Tatsache, Erstgeborener zu sein, hatten einen unerbittlichen Einfluß auf sein Leben ausgeübt und ihm einen unauslöschlichen Stempel aufgedrückt, was die Frauen an seinem stürmischen Gang erkannten, gab er doch für alle, die ihn sahen, das Bild eines Menschen ab, der pausenlos gegen Naturgewalten kämpft. Seit seiner Geburt wiederholte er ständig, daß er, der nicht einmal Träger eines richtigen und registrierten Zunamens war, wie ihn die meisten Bewohner Manamas hatten, nicht wissen konnte, wie er sein Verhalten den anderen Leuten angleichen und es sich leisten sollte, auch seinen Schatten hinter sich herzuziehen – wenigstens für einige Stunden am Tag –, so wie es die Bewohner seines Dorfes, anderer Dörfer und aller Dörfer auf der Welt selbstverständlich taten, die er zwar noch nie aufgesucht hatte, die er aber aufgrund seiner Leidenschaft für Atlanten und Geschichtsbücher kannte, denen er sein Leben widmen wollte, angetrieben von der Neugier zu erfahren, was in früheren Zeiten und hinter den aufeinanderfolgenden Mauern geschehen war, die das Dorf umgaben, wo er geboren und aufgewachsen war und in dem er sich mit den Grundregeln der Hieroglyphen vertraut gemacht hatte. Er wollte auch wissen, warum er der erste unter seinen Geschwistern war, der das Licht der Welt erblickt hatte, und warum ausgerechnet er einsam und allein geboren wurde, während sie paarweise zur Welt gekommen waren, so fest mit der Nabelschnur aneinandergebunden, daß jedesmal die Gartenschere hermußte, um die Zwillinge voneinander zu trennen. Außerdem wollte er ergründen, warum der ausländische Gesetzgeber, der jahrhundertelang in seinem Land gelebt hatte, ihm einen Namen verweigerte, wie ihn jeder andere tragen durfte; einen Namen, mit dem er schlafen, aufstehen, essen, zeugen, sich ärgern, sich versöhnen, seitenweise Hefte vollschreiben könnte oder auch Tafeln aus glattem Olivenöl, mit Lehm bestrichen, der im Winter durch die Körperwärme, im Sommer durch die Sonne trocknete. Dieser Namenlos wußte einfach alles dank einiger Eigentümlichkeiten, die zu seinem Ruf und seiner Sonderstellung geführt hatten. Schon mit zwanzig war seine Berühmtheit über die Grenzen des Dorfes hinaus vorgedrungen, ähnlich der Schichten und Klassen von in Saus und Braus lebenden Wohlstandskulturen, die ihrer eigenen Pracht und Arroganz zum Opfer fielen, obgleich sie sich mit morbidem Sadismus schmückten, der mit Peitschen- und Schwerthieben rücksichtslos auf die Sklaven niederging; denn sie hatten alles verloren, außer ihrer violettfarbenen Sehnsucht, die einem mit Schweiß, Blut und Sperma getränkten Löschblatt glich.

In Wirklichkeit hatte sich Mohamed Namenlos an den Gedanken gewöhnt, daß Manama eine beträchtliche Menge Verräter und Strolche um den Gouverneur herum scharte, welche sich erlaubte, außerhalb des Dorfes, nämlich mitten in der Wüste, eine Tankstelle zu betreiben, obwohl nicht ein einziger Bewohner Manamas einen mit vier Rädern und einem Motor ausgestatteten Wagen oder auch nur ein Moped besaß, das man mit einem Ölrest hätte antreiben können. Aber alle wußten, daß das Öl an blonde, struppige Ausländer verkauft wurde, die im Auftrag ihrer Vizekönige kamen, um geheime Verträge abzuschließen, die ihnen den Erwerb des Öls zu Spottpreisen garantierten. Anfangs kamen die ausländischen Konsule heimlich und in merkwürdigen Verkleidungen dort an, um vor den Bewohnern Manamas unerkannt zu bleiben, die sich oft nach dem Sinn dieser vorbildlichen orangen Tankstelle – nutzlos und feuersicher – gefragt hatten, bewacht von einem alten Dörfler, der wegen seiner frommen Erscheinung und seiner Pilgerreise geachtet war, die er einmal nach Mekka unternommen hatte. Gleichwohl wußte Mohamed Namenlos sehr wohl, daß dieser Greis nie die Grenze zu Port Sudan überschritten hatte, da er auf dem Festland gestrandet war, nachdem er sich gemeinsam mit griechischen Seeleuten beinahe totgesoffen hatte, deren Schiffe voll beladen waren mit aparten Decken aus Arabica Felix, die jedoch aus Makao stammten, wo sie von kleinen, rachitischen und unterbezahlten buddhistischen Mädchen gewebt worden waren. Zum Beweis seiner Pilgerfahrt schob der greise Wächter seinen prächtigen Turban zurecht, von dem er noch ein ganzes Dutzend zum Wechseln besaß. Er hatte sich inmitten der Station auf einer leeren Teekiste niedergelassen – seine Katze auf den Knien – und war versunken in seinen verblüffenden Erinnerungen an jenen seltsamen und wunderbaren Rausch in Port Sudan, dessen Details er Namenlos so knapp dosiert wie ein tröpfchenweise ausgegossenes Elixier schilderte, denn nur jene Menschen verdienten, davon zu hören, die Zauberkraft besaßen. Er beschrieb ihm auch die Ankunft der ausländischen Händler mit Koffern voller Dollars und Jetons für die großen Spielkasinos mit ihren illuminierten, blinkenden und geschmückten Leuchtschriften. Oft tarnten sie sich als fröhliche, mit Kameras ausgestattete Touristen oder traten als Forscher auf, die sich an der »Entdeckung-der-Welt-in-achtzehn-Tagen-alles-inbegriffen« berauschten, oder als orientalische Maler, Folkloreliebhaber oder Exzentriker wie Reinhard Goering, der 1912 zum Skifahren auf den großen Wüstenberg kam und anstelle seiner Nase einen Sensor hatte, der schon bei dem leisesten Ölgeruch ausschlug. In Wirklichkeit war das, was Namenlos am meisten schmerzte, nicht jene Legende, die sich um seinen Schatten wob und die er wie eine Rüstung vor sich hertrug. Auch nicht die ihn kennzeichnenden Initialen, die ihm von den ehemaligen Kolonialisten auf den Rücken geklebt worden waren, als wollte man ihn damit zwingen, in der bodenlosen Tiefe der Geschichte, die in ihm hochkroch, nach seiner Identität zu suchen: so wie ein Betrunkener nach einer Münze sucht, die ihm versehentlich aus der Hand fiel. Es lag auch nicht an jener Geschichte um den nächtlichen Tau, mit dem er seine Poren füllte und um den ihn die Frauen jedesmal baten, wann immer sie von dem Bedürfnis ergriffen wurden, ihre Knochen heimlich mit dem Flüstern aus der Vergangenheit und der Zukunft anzureichern. Zwei wesentliche Elemente für Namenlos, wie geschlagenes Eigelb, das einem Verband ähnlich als Verhütungsmittel von den älteren Frauen benutzt wird, die sich auf diese Art von Geschäft spezialisiert hatten, das durch die gesellschaftlichen Veränderungen florierte, von denen die Zeitschriften berichteten, die das Dorf Manama ab und zu und mit einer Verspätung von einigen Jahren erreichten. Dies minderte nicht den Genuß, den Namenlos immer empfand, wenn er den Dorfältesten aus diesen Zeitschriften mit lauter Stimme und mit Hilfe seines Freundes, dem Landvermesser, vorlas – gegen Geld oder Sachwerte –, denn die Ansprüche seiner Mutter und der achtzehn Geschwister waren vielfältig und endlos. Größtes Vergnügen empfand er stets beim Lesen der politischen Ereignisse, so als handele es sich um Science-fiction-Literatur, in der alles absichtlich verstellt ist, um den Leser in Erregung zu versetzen und ihn zu einem Spiel mit phantasievollen Assoziationen zu bewegen, bei dem er sich zwischen Unwahrscheinlichem und Unmöglichem eingeklemmt fühlt. Doch die Ereignisse, von denen in den Zeitschriften zu lesen war, waren überholt, von der Zeit längst hinter sich gelassen und inhaltslos, so daß die Zuhörer beim Verlesen der Todesanzeigen oder der Nachrichten über internationale Politik oft schallend lachen oder bei den Reden voller Versprechen, die nie eingelöst wurden, bitterlich weinen mußten. Manche dieser öffentlichen Lesungen verwandelten sich in einen echten Rummel, der die Zuhörer erheiterte und sie zu höheren Zielen motivierte oder in höchst politisches Agieren dank Namenlos' Talent. Er entwickelte nämlich neben seinen zahlreichen Fähigkeiten noch eine weitere, eben die der politischen Agitation, was vom Gouverneur mit größtem Mißtrauen beäugt wurde, da dieser daran dachte, ihn eines Tages mit seiner jüngsten Tochter zu verheiraten, deren Schönheit schon mehr als einen Liebhaber in den Tod getrieben hatte. Er plante ihn dadurch auf seine Seite zu ziehen. Doch erfolglos. Abgesehen davon, daß das Mädchen mit Namenlos guten Kontakt hatte. Jener, zum Dreh- und Angelpunkt im ganzen Dorf geworden, wollte der Geschichte mit den Vögeln nicht zuviel Gewicht beimessen: der Sache mit den Rotkehlchen, Amseln, Papageien und Nachtigallen, die sich im Dorf niederließen und sich daran gewöhnten, die Internationale zu zwitschern, wenn er an den Bäumen mit ihren Nestern vorüberging, deren Blätter wütend raschelten, als wollten sie die Kraft des revolutionären Liedes unterstreichen und in das tremolierende Zwitschern der Vögel einstimmen. Sie zirpten wie angetrieben von einem plötzlich einsetzenden und nicht mehr enden wollenden Mechanismus, ohne irgend jemandem Rechenschaft ablegen zu müssen; es klang, als würde ein Stück gelber Samt von Säuretropfen verätzt. Manama verlor bei diesem unablässigen Kreischen beinahe den Verstand.

Dies berührte Namenlos jedoch kaum, wie er des öfteren vor seinen wenigen Freunden, zu denen der Landvermesser und der alte Schuster zählten, erwähnte, der die Zeit hinter sich gelassen hatte und seit Stalins Tod verstummt war, innerlich überzeugt, daß der Schützer der Unterdrückten nicht so sterben könne wie jeder normale Mensch. Allerdings litt Namenlos unter der Gleichgültigkeit, die die Bewohner Manamas seinen Forschungen nach dem exakten Ort jenes Hauses entgegenbrachten, in dem Ibn Khaldun einen Teil seiner *Muqaddima* und seiner vollständigen Biographie geschrieben hatte. Dieser Ibn Khaldun hatte sich im Dorf aufgehalten, genauer gesagt in den Jahren 774 bis 777 Hidschra. Was Namenlos indes wirklich kränkte, war sein Unvermögen, mit diesem ihm so sehr am Herzen liegenden Thema die Leute auch nur ein wenig begeistern zu können, während sie unaufhörlich in Verzückung gerieten angesichts seiner Wachsamkeit gegenüber seinem Schatten, den er niemals hinter sich ließ, und seiner Gewohnheit, dem weiblichen Getuschel zu lauschen, aus dem er den Duft von Gänsefuß und Kardamom einsog. Sie sahen ihn stets ganz versunken in die Initialen seines Namens, die ihn noch tiefer in seine Einsamkeit trieben. Und sie ertappten ihn dabei, wie er den Vögeln verschlüsselte Nachrichten sandte, um sie in Unruhe zu bringen und zu erschrecken, so daß sie ihr Gefieder erhoben und einstimmig die Internationale anstimmten, ganz gleich ob Männchen oder Weibchen, welche Rasse, welche Farbe – während er immer wieder mit seiner übersinnlichen Begabung das Lachen der Kinder, das Gackern der Hühner und das Knirschen der Handmühlen verstummen ließ ... Um ehrlich zu sein, interessierten sich die Dorfbewohner für diese Ibn-Khaldun-Geschichten gar nicht. Sie fanden sie noch unglaublicher als alle anderen Wunder, zu denen er fähig war. Sie konnten ja auch nicht wissen, wer diese Person war, die sich vor etwa 700 Jahren in ihrem Dorf niedergelassen und Bücher geschrieben hatte, die ihrer Meinung nach nur in Namenlos' Kopf existierten, der mit Lektüre vollgestopft war und ab und zu seltsame Gedanken oder verrückte Einfälle produzierte – die sie mal beruhigten, mal einige Wochen lang beschäftigten, und die ihnen halfen, wenn auch nur vorübergehend, ihre Langeweile loszuwerden, die seit der Erfindung der Geschichte wie Staub an ihrer Haut haftete, ihre Augenlider verklebte, ihre Lungen zerfraß und ihre Sicht der Dinge und Erscheinungen unwiederbringlich entstellte. Je mehr sich Mohamed Namenlos allerdings an diese Zeit klammerte, die Ibn Khaldun in Manama verbracht hatte, um so mehr entfernten sich die Leute von ihm. Nicht nur aus Unwissenheit darüber, wer dieser Mensch war, sondern weil sie sich einfach nicht vorstellen konnten, daß solch ein berühmter Mann sich in einem Dorf aufgehalten haben sollte, von dem sie gewöhnlich sagten, Gott müsse es wohl an einem seiner zornigen Tage dort hingeschissen haben.

Als er eines Abends ziemlich betrunken nach Hause zurückkehrte, konnte seine Mutter Messauda Namenlos ihren Ärger nicht unterdrücken, und sie schrie ihn an: »Reicht es dir denn nicht, mit irgendeinem Kerl zu saufen, die Gouverneurstochter zu nehmen und sie nicht einmal zu entjungfern und mit dem einzigen Kommunisten im Dorf zu verkehren? Mußt du denn auch noch die ganze Welt mit den Geschichten dieses Ibn Khaldun durcheinanderbringen? Die Frauen machen sich schon lustig über mich. Sie behaupten, er sei ein Jude!«

Namenlos bemühte sich mit keinem Wort, den Fehler seiner Mutter zu korrigieren. Er zog es vor, schlafen zu gehen, übergab ihr das Geld, das er tagsüber gewonnen hatte, und bat sie, ihn frühmorgens zu wecken, da er einige Liebesbriefe zu schreiben und den Vögeln am Dorfplatz ein wenig Musikunterricht zu geben hatte.

In diesem Jahr kam der Frühling früh und begann sowohl die Nester der Vögel als auch die Gehirne der Bewohner Manamas heimzusuchen, welche gewöhnlich von der Seidenraupenzucht und den Bockkampfwetten lebten; der Gouverneur importierte diese Hammel aus Australien – dank seiner suspekten Profite und einer seiner Töchter, die in Sydney lebte und dort Tanz studierte, um eines Tages ein großer Tanzstar zu werden und einen Wüstenfürsten zu heiraten. Diese Art von Verschwägerung war Mode, und die mörderische Konkurrenz verlangte von den möglichen Kandidaten Klugheit, Gewandtheit und künstlerische Begabung. Oft schrieb der Gouverneur seiner Tochter: »Du solltest wenigstens mit einem Diplom aus diesem fernen Land zurückkommen und Deine Kenntnisse im Bereich des zeitgenössischen Tanzes nutzen, um die Nächte der Konkubinen und der gesetzmäßigen Ehefrauen zu beaufsichtigen und um zu verhindern, daß sie vor Langeweile sterben und in Lethargie oder – noch schlimmer – in Erstarrung fallen. So kannst Du Deinem Ehemann zu Glück verhelfen und ihn dazu bringen, Dich unter zig anderen Frauen als Lieblingsfrau auszuwählen, wobei jede dieser Frauen mit Sicherheit nicht weniger schön ist als die andere; aber keine von ihnen wird die Vorrangstellung besitzen, die Du durch Deine Tanzstudien an der *Royal Academy* in Sydney errungen hast. Du siehst, Deinem Vater mangelt es nicht an Phantasie – Gott sei Dank!«

Genau in dieser Nacht sah Namenlos seinen Großvater im Traum. Als er am nächsten Tag wach wurde, bildete er sich ein, ihn im Innenhof des Hauses sitzen zu sehen, über ein altes arabisches Manuskript gebeugt, das mit Zahlen nach der üblichen Schreibweise der Karmaten im 2. Jahrhundert Hidschra in Kufa beschrieben war. Doch sofort fiel ihm ein, daß er sich am gestrigen Tag schwer betrunken hatte. Sein Großvater war schon lange tot, und überdies war er Analphabet gewesen wie die anderen Alten in Manama, vom

Fortschritt vergessen und dazu verdammt, sich inmitten des sengenden Südwindes wie Schnecken in ihre Häuser zurückzuziehen und in ihrem engen Lebensraum zu bleiben. Namenlos fühlte sich tatsächlich schlecht, und er hatte auch keinen Tabak, der ihn von den Sorgen hätte befreien können, die ihn am Kragen nahmen, als er müde und wie erschlagen aufwachte; denn der Lastwagen, der das Dorf mit Nikotin versorgte, war seit einem Monat nicht mehr vorbeigekommen. Im Innersten merkte er, daß er das Bild seiner Mitbewohner in den düstersten Farben malte. Er konnte es ihnen nicht verzeihen, daß sie mit hartnäckigem Eifer die selbstverständliche Tatsache ignorierten: Eines Tages im Jahre 774 Hidschra war ein großer Mann nach Manama gekommen und hatte sich im Schutz des Dorfes vier Jahre lang verkrochen, während deren er eine wissenschaftliche Rarität schrieb; unterdessen wetteiferten die darniederliegenden Höfe des Reiches darum, ihn zurückzuholen. Wie sollte man ihnen erklären, daß er aus Tlemcen geflüchtet war, wo sein Schutzherr mit dem Gesichtsschleier seiner ältesten Tochter erdrosselt worden war? Es wäre übrigens denkbar gewesen, daß dieser Schleier aus Manamaseide hergestellt war, die damals bis in die chinesische Stadt Tsia-Toung exportiert wurde, berühmt für ihre Satinproduktion. Hätte es ihm etwas geholfen, dies all den Leuten mitzuteilen, die fest davon überzeugt waren, daß ihr Dorf nur ein Haufen Dreck sei, den Gott an einem miesen Tag fallen ließ?

Namenlos erlitt an diesem Morgen einen schweren Zusammenbruch und weigerte sich, seinen Platz zu verlassen, um die üblichen Arbeiten zu verrichten: das Schreiben von Liebesbriefen, das Austeilen von Bucheckern an die Vögel auf dem Platz und anderes mehr. Obwohl der Landvermesser immer hilfsbereit war und ihm seine exakten Instrumente auslieh, zweifelte Namenlos oft an den Ergebnissen, die sein Freund erzielte. Im Laufe der sieben Jahrhunderte hatte der Sand alles in mehreren aufeinanderfolgenden Schichten zugedeckt, so daß alles erodiert und zerbröckelt war, sogar der Schotter. Die einzige Ausnahme waren die Mauern, die nur dank jener Herausforderung standgehalten hatten, mit der noch immer jede Zivilisation durch die Jahrhunderte und die Schlachten hindurch der anderen entgegentritt, obendrein von der Anmaßung beherrscht, beim Überholen der anderen stets sich selbst zu übertreffen, bis an die Grenzen der Willkür, die nicht aufhört, die Menschen zu beherrschen.

Es war sicherlich schwierig, eine Spur zu finden, die den vermutlichen Aufenthaltsort bestätigte, obwohl das Dorf die ganze Zeit über von kilometerlangen Mauern geschützt wurde. Diese Mauern litten ein wenig unter der Witterung und den Ausscheidungen der Vögel, standen aber trotzdem noch aufrecht. Genauso ging es dem alten Schuster, der sich damit begnügte, in Schweigen zu verfallen, um seinen jungen Freund nicht zu entmutigen. Namenlos blieb nämlich dabei, jeden Tag einige Stunden der Spurensuche nach diesem Gelehrten zu widmen, der nicht nur Zeuge der Katastrophe war, sondern auch warnend ihr Andauern voraussagen konnte – die Katastrophe, die zur großen Freude des Gouverneurs noch ein wenig verlängert werden mußte, der ständiger Geschäftsführer seiner Tankstelle war und der mit seiner Tochter in Australien Briefe wechselte, um ihr die nötigen Instruktionen für eine gute und gewinnbringende Ehe zu geben. Tatsächlich nahm niemand Namenlos ernst, und mochten seine wenigen Freunde auch an seine verblüffenden Ausschweifungen gewöhnt sein, so konnten sie nicht mit ihm auf diesem gewundenen, engen Pfad politischer Erinnerungen Schritt halten; und war es für den Landvermesser gefährlich, so blieb es für den Schuster – der seit Stalins Tod untröstlich war – viel zu schwankend und unsicher. Angesichts solcher Verbohrtheit und solchen Mißtrauens von seiten seiner besten Freunde mußte selbst

Namenlos an seinem Unterfangen zweifeln. Zu jener Zeit, als der Zweifel ihn schüttelte, ging Namenlos vor die Mauern des Dorfes und verharrte dort mehrere Tage nacheinander in tiefes Nachdenken versunken, ohne zu essen, zu schlafen, sich zu waschen oder zu rasieren. Selbst seine Mutter – außer sich wegen seiner in ihren Augen kindischen Verhaltensweise und weil sie sich zudem von jenen Liebenden belästigt fühlte, die Angst bekamen, ihr Schreiber könne verschwinden –, kam herbei, um ihn umzustimmen. Sie klagte laut und beschuldigte ihn vor den anderen Leuten, daß er sie und ihre achtzehn Kinder verhungern ließe, und nahm ihn mit nach Hause; währenddessen er sich beschämt und verwirrt fühlte, außerstande, dieser armen Frau die genaue Dialektik des Ibn Khaldun zu erklären und den Beweis zu liefern, daß er selbst ein Opfer der Ausbeutung durch seine eigene Familie war. Denn diese Familie stand noch immer unter dem Joch häuslicher Feudalherrschaft, die der große Historiker schon in seinem Vorwort erwähnt hatte, während zur gleichen Zeit der Gouverneur sich mit suspekten Dingen beschäftigte, das Öl zu Spottpreisen heimlich an Ausländer verschacherte und sich den Luxus erlaubte, seine Tochter zum Studium des klassischen Tanzes nach Sydney zu schicken – Hauptstadt nicht nur eines Landes, sondern eines Kontinents –, nur um sie zum eigenen Vergnügen auf goldenem Bette einem Wüstenfürsten anbieten zu können. So bekam Messauda Namenlos eines Morgens ihren ungehorsamen Sohn zurück, das Gesicht von einem Zottelbart überzogen und der Blick starr wie bei einem, der mit dem Unsichtbaren redet, aber gesenkten Hauptes, auf der Haut der schwere Druck der Reue. Wie feine Wolle war die Haut, wie bei einer verheirateten Frau, die nach einer Nacht mit ihm angehalten wird, mehr als ein dutzendmal den Schambereich zu waschen. Zunächst stieß ihn seine Mutter weg und schimpfte ihn vor den Dorfbewohnern aus, die sich an den Mauertoren versammelt hatten und auf den genialen Jungen warteten, der nun zu seiner Mutter und zugleich zu allen heimkehrte, da sie, obgleich auf der Hut vor ihm, nicht auf ihn verzichten konnten: weder auf seine Gewandtheit beim Briefeschreiben, auf seine Produktionsfähigkeit, seine Methode, das Schicksal zu überlisten, seine ornithologische Begabung noch auf seine Ausschweifungen, die liebeskranke Mädchen erbeben ließen und bei den Greisen Entsetzen auslösten ... Schließlich erreichte der Zorn seiner Mutter den Höhepunkt, und sie schrie ihn an: »Du hast so viel Angst, daß du noch nicht einmal deinen Schatten hinter dir herziehen kannst, hältst dich obendrein noch für besonders männlich, weil die Hälfte aller Weiber dieses verflixten Dorfes glaubt, du hättest da ein Riesending. Gott sei Dank bist du nicht wie alle deine Brüder mit einer kleinen Schwester zur Welt gekommen; du hättest ihr noch vor Verlassen meines armen Bauches Zwillinge gemacht. Du kannst gar nichts dafür, daß die Frauen etwas an dir finden ... Es liegt an der Sonne, an der Trockenheit seit zehn Jahren und an den Paradiesvögeln, die du zum Pfeifen dieser Obszönitäten bringst. Nicht erst seit heute machst du mir nichts als Sorgen, sondern schon seit dem Tag deiner Geburt. Statt wie alle Neugeborenen zu schreien, hast du chaldäisch geplappert, wie dein seliger Vater sagte.«

Auf dem ganzen Weg zwischen Wüste und Haus wollte Namenlos seiner Mutter nichts erwidern. Er liebte sie über alles und wußte, daß sie alles über ihn wußte. Eigentlich hatte er kein besonderes Talent – und sie selbst war es, die ihn vor den Augen der anderen überhöhte und so die Zahl seiner naiven Kunden und imaginären Geliebten vergrößern half. Er hatte nämlich weder seinen Schatten gezähmt, wie es der Dorftratsch verbreitete, noch die Vögel von ihrem uralten und albernen Gezwitscher abgebracht. Sein Verhältnis zu den Vögeln beschränkte sich darauf, ihnen jeden Morgen auf dem Marktplatz Körner mitzubringen, und zwar immer dann, wenn auch einige fanatische Vogelzüchter sich dort mit ihren Sittichen, Kanarienvögeln und Nachtigallen einfanden, in extravagante Käfige gesperrt, die für den Zweck von Vogelhäusern viel zu vornehm waren. Sie trugen ihre Käfige zum Marktplatz, hängten sie in die Bäume und organisierten ein ungewöhnliches Konzert. Sie schreckten auch vor keinem Betrug zurück, um einen Preis für den am besten zwitschernden Vogel des Tages zu ergattern. Es war üblich, daß der Gewinner allen Teilnehmern Tee spendierte, um neben seiner Geschicklichkeit in der Vogelzucht auch seine Großzügigkeit zu demonstrieren, die jener ebenbürtig war.

Im übrigen zog Namenlos es vor, sich nicht offen auszulassen, sondern den Dingen Zeit zu geben, denn die Menschen würden sicher eines Tages seine Meinung teilen. Doch er spürte, es könnte dann zu spät sein und der Gouverneur würde nichts Eiligeres zu tun haben, als Namenlos' große Entdeckung an sich zu reißen und an der genau von ihm bestimmten Stelle ein Denkmal zu errichten; dort, wo der große arabische Historiker sein sagenhaftes politisches und vorwarnendes Testament hinterlassen hatte, mit dessen Vollstreckung die Menschheit noch immer täglich zu tun hat und infolgedessen sich die Bewohner Manamas in Waisenkinder unter den Verlassensten der Welt, in Reiche unter den Ärmsten des Planeten und in Kreaturen unter den Einsamsten, die sich von der Welt völlig abgesonderten und in erschreckender Weise vermehrten, verwandelten.

So sagte sich Mohamed, daß sein Vater, würde er noch leben, seine Situation sicher gut verstände und ihm besonders bei der Klärung jener Sache mit dem Syrischen helfen könnte, von der seine Mutter unaufhörlich geredet hatte; sogar dann, wenn sie vor lauter mütterlichem Gefühl und Zuneigung dahingeschmolzen war. Vielleicht war es ja auch ganz einfach Hebräisch, was durchaus möglich sein konnte: Genau an seinem Geburtstag nämlich hatte sich dank der Beihilfe des Gouverneurs eine ganze Kolonie von Ausländern mit Sack und Pack nicht weit von Manama niedergelassen, wo Mohamed Namenlos – trotz allen Geredes – gern lebte. Ihm war auch klar, daß er die pränatale Abwesenheit seines Vaters nicht dramatisieren sollte, selbst wenn er vielleicht nie mehr Gelegenheit haben würde, das Geheimnis um diese alte Sprache zu lüften, die er schon mit dem Tage seiner Geburt sprechen konnte.

Wenn er manchmal frühmorgens unter Schlaflosigkeit litt und im Zimmer seiner schlafenden Schwestern, von denen eine schöner als die andere war, auf und ab ging, hegte er bisweilen eine Art Haßgefühl gegen den, der seine Tage bestimmte. Seiner Ansicht nach tat Er überhaupt nichts, um ihm die Einsamkeit zu ersparen, deren Last er mit den Jahren sich höher und höher auftürmen fühlte. Er hatte ihn neun Monate ganz allein im Bauch der Mutter gelassen, wo er mit niemandem reden konnte, ohne eine Schwester, die mit ihm gemeinsam jenen furchtbaren Sturz aus dem Fenster hätte durchstehen können, das seine Mutter eines traurigen Tages stolz zwischen ihren Oberschenkeln öffnete, um ihn in die verdorrten Gefilde des Lebens zu werfen. Während seiner schlaflosen Stunden am frühen Morgen fragte er sich auch, ob der Tod seines Vaters nicht eigentlich ein als dummer Arbeitsunfall getarnter Selbstmord gewesen war – es hieß, ein Papierstapel sei auf ihn gefallen und habe ihn am Boden der Firma für immer erschlagen, in der er die längste Zeit seines Lebens verbracht hatte –, um seiner Witwe zu ermöglichen, die Versicherungsprämie und die Rente eines Arbeiters zu erhalten, der gestorben war bei der Erfüllung seiner Pflicht, die Alfapapierstapel extrafein zu tragen, aus denen die schönsten Bücher gebunden werden. Wurde er dann müde, redete er wirres Zeug und sagte sich, sein Vater habe sich unter einer Tonne Papier töten lassen, um den großen Gelehrten und Islamkenner nachzuahmen, der nicht weniger als dreihundertsiebzig literarische Werke in den verschiedensten wissenschaftlichen Bereichen, angefangen von der Biologie bis hin zum mathematischen Beweis für die Existenz Gottes, abgefaßt hatte. Er bahnte sich so den Weg durch die historische Forschung, ohne das Haus verlassen zu müssen ... Wurde es ihm zu viel, griff er wieder auf die Erinnerung an diesen Wissenschaftler zurück, der im Jahre 166 Hidschra geboren und im Jahre 252 Hidschra in Kufa gestorben war; ebenfalls von einer Masse von Manuskripten erdrückt, die von oben aus dem Regal eines Antiquariates auf ihn herabgestürzt war, zu dem er gewöhnlich jeden Morgen gegangen war, um sich mit Büchern zu versorgen. Die Schlaflosigkeit ließ seine Phantasie mit ihm durchgehen, und er sah sich selbst vom Geist beider Personen besessen, die unter solch rätselhaften Umständen ums Leben gekommen waren. Während er im Falle seines Vaters die Versuchung, in den Besitz der Versicherungsprämie zu gelangen, als ernstzunehmendes Motiv ansah, war es für ihn im Falles des Enzyklopädisten gerade entgegengesetzt, denn der wurde in jener Buchhandlung ermordet, die er zwecks Kontaktaufnahme mit einer Untergrundbewegung, die im islamischen Reich Umstürze mit Hilfe revolutionärer Aufstände provozieren wollte, wiederholt aufgesucht hatte. Von Zweifeln und Vermutungen beherrscht, die ihn offensichtlich verwirrten, klopfte er schließlich an die Tür seines Freundes, des Landvermessers. Der erklärte ihm die symmetrische Beziehung zwischen der Entfernung von 166 Metern einerseits und seiner Fähigkeit andererseits, das Lachen der Kinder, das Gackern der Hühner und das Knirschen der Handmühlen verstummen zu lassen, und ebenso die Beziehung zum Gelehrten mit dem Beinamen *al-Dschahiz*, weil er die großen Augen derjenigen besaß, die ihre Sehkraft über vergilbten Blättern kaum zu entziffernder Manuskriptseiten verbraucht hatten.

Verblüfft und unausgeschlafen blieben er und sein

Freund lange an der Türschwelle seines Hauses hocken und redeten ruhig miteinander. Namenlos trug wie immer eine eng an den Oberschenkeln anliegende Hose aus schwarzer Wolle. Seine Brust war nackt, an den Füßen trug er makellos weiße Leinenschuhe. Der andere war mit einem prächtigen, orangefarbenem Pyjama bekleidet. »Einen Moment, ich beginne zu verstehen, worauf du hinauswillst ... zugegeben, du hast ein Talent, die Dinge und Phänomene so eng miteinander zu verbinden, so daß du den Leuten im Dorf zu schnell bist. Vielleicht ist das der Grund dafür, daß du, seit ich dich kenne, immer schon Leinenschuhe getragen hast.«

Später, viel später, in dem Jahr, als er seine erste Schwester verheiratete, erinnerte er sich wieder an die Worte des Landvermessers Raschid Bnasser, der mit jenem lächerlichen, mindestens zwei Nummern zu großen knallorangefarbenen Pyjama bekleidet gewesen war. Als ein reicher Kaufmann im neunten Jahrhundert damit begonnen hatte, das Dorf Manama innerhalb seiner Mauern dort zu errichten, wo sich die Karawanen begegneten, die – ohne Hintergedanken und Intrigen – Salz und Datteln gegen Hafer und Glaswaren tauschten und mit ihren Kamelen, hochbeladen mit Vorräten, Tamarisken, Schmuck, Harz, Gummi, Stoffen, Gefäßen, Geräten und Apparaturen, mit Waren heimkehrten, die mehr oder minder kompliziert, aber auch notwendig waren für den täglichen Gebrauch, für die Ausschweifung der Träume und anderer Wunschvorstellungen, tätowiert auf braunen, ebenholzfarbenen Gesichtern, von denen bittere und salzige Perlen tropften – also: Als er es aufbaute, besaß er die Vermessenheit, den Ort in eine Hauptstadt verwandeln zu wollen, die mehrere Kulturen und zwei oder drei Kontinente miteinander verbinden werde ... Dieser außergewöhnliche Traum erlitt jedoch eine Niederlage, als nämlich der Schwerpunkt des Salzhandels an einen anderen Ort verlegt wurde, tausend Kilometer von hier entfernt. Diese gewaltige Abweichung betrachtete er als persönliche Herausforderung, und er kam nicht eher zur Ruhe, bis er sich an einem der Bäume erhängt hatte, die er selbst an jener Stelle gepflanzt hatte, die sich nach zehn Jahrhunderten in den Marktplatz verwandeln sollte: ein fruchtbarer Platz, wo die Vögel der ganzen Welt Zuflucht nehmen, wo ein außerordentlicher Gesangswettbewerb stattfindet und wohin die Leute von weither angereist kommen. So kam eines Tages eine Delegation Amazonen mit gewaltigen Käfigen ins Dorf, in denen Hunderte von Kakadus, andere fremdartige Vögel sowie unverschämte Papageienfamilien saßen, die in den verschiedensten Sprachen plapperten und diese auch noch absichtlich vermischten: Sumerisch, Syrisch, Berber, Hebräisch, das auf Papyrus geschriebene Ägyptisch und das Arabisch des Klerus. Sie beherrschten diese verschiedenen Mundarten perfekt und opferten munter die grammatikalischen Strukturen zugunsten einer verheerenden Redseligkeit, eines phänomenalen Humors und einer Sinnlichkeit, bei der alle Zuhörer unbändige Lust bekamen, sich mit allem zu paaren, was ihnen gerade unter die Hände kam. Sehr bald schon gaben die exotischen Vögel gurrende fern- und mittelöstliche Pornographievorstellungen, als hätten sie das *Kamasutra*, den *Parfum-Garten* oder andere erotische Literatur studiert, die nur dem nach wildem Sex Süchtigen bekannt ist. Nach kürzester Zeit waren Hunderte von Vogelstimmen über den Himmel von Manama verstreut, deren Existenz niemand für möglich gehalten hatte. Die neu Hinzugekommenen brachten weitere Käfige herbei, kleiner als die ersten und voller Schwimmvögel, Kolibris, Wasservögel, Paradiesvögel, Dompfaffen, Zeisige, Prachtmeisen und Brachvögel, so daß die einheimischen Vögel eifersüchtig wurden angesichts der morgendlichen Gesänge. In ihren kleinen, verzierten Käfigen fühlten sich die Stare, Sperlinge, Papageien, Nachtigallen und Kanarienvögel mit einem Mal beschämt, und sie verstummten vor all den Gästen und den exzellenten Musikern, die aus Gegenden kamen, von denen die Dorfbewohner nicht einmal etwas ahnten, auch nicht in den am häufigsten gezwitscherten Träumen – abgesehen natürlich von Mohamed Namenlos. Der wußte nicht nur, daß diese weiten Gegenden durch Sanddünen, salzige Küsten, lehmige Sümpfe und Ozeane von Manama getrennt waren, sondern er kannte auch die Tier- und Pflanzenwelt, Tausende von Vogelarten. Niemand konnte seinen Augen und Ohren trauen, vor allem nicht jener reiche Kaufmann aus vergangenen Zeiten, der, nachdem er damals beim Salzhandel betrogen und von den Wegen enttäuscht worden war, von denen die weißbestäubten Kameltreiber abgekommen waren, diese Invasion aus der Tiefe seines Grabes miterlebte. Tatsächlich legten sie die Entfernungen zurück wie blaue Blitze, deren zukkende Bahn so gut berechnet war, daß sie nicht in die Fallen dieses von der Natur verdammten Dorfes mit seinen zahllosen Katastrophen geraten konnten, wobei sie sich der Gnade des Windes, des Sandes und der Ironie der Geschichte überließen, die im Leben des Mohamed Namenlos einen großen Stellenwert besaß. Dieser irrte weiter umher, benommen in seiner Schlaflosigkeit, gefangen in Wahnvorstellungen turbulenter Unternehmungen, ohne zu wissen, welchem Thema er den Vorzug einräumen sollte. Er fühlte sich zerrissen zwischen dem enzyklopädischen Wissenschaftler als dem Zeugen der prunkvollsten Phänomene einerseits und dem Historiker andererseits, der auf die gewaltigen Katastrophen und Kalamitäten der Epoche des Niedergangs blickte und das Ende des Traums erkannte, der zwischen den prächtigen Brüsten der schwarzen Konkubinen mit märchenhaft auberginefarbenen Brustwarzen heranreifte, die eine ernsthafte Rolle bei der Verfälschung der Weltkarte und des Kurses der Geschichte gespielt hatten, welche bis dahin ihre Verbrechen verbergen, ihre Blutbäder verdecken und die Kämpfe in eine verschwenderische Zukunft ohne jede Alpträume und Hindernisse lenken konnte. Die fliegenden Teppiche von damals waren nichts anderes als erste Vorahnungen jener Höllenmaschinen, die die Zukunft noch kennenlernen sollte. Manama ging so auf dem Irrweg der Jahrhunderte verloren, fern göttlicher Anweisungen und von den Revolutionen der letzten Propheten abgewandt, die die Welt im Laufe der Zeit veränderten, sie umstürzten und mit enormer Geschwindigkeit vorantrieben. Vom Epos des Kaufmanns, der sich für besonders listig hielt, waren nur ein paar alte Bäume auf der Mitte eines Platzes von der Größe eines Taschentuchs übriggeblieben, umsäumt von einem Dutzend Kaffeehäusern voller arbeitsloser Männer, die ihre Zeit mit Dominospielen zubrachten, in einer Luft, durchzogen von dem schweren Geruch des Pfefferminztees, der den ganzen Tag über getrunken wurde. Das machte Mohamed Namenlos rasend, zumal er sich als Komplize dieser Lethargie fühlte, unter der kaum zu bändigende Leidenschaften, mörderischer Haß und erstickter Kummer schwelten.

Der Laden des stalinistischen Schusters, der seit 1953 nicht mehr lächelte, war eines der Teehäuser, die den Platz der Vögel mit ihren Stühlen umschlossen, auf denen die meisten Männer des Dorfes untätig saßen. Er hatte nach Moskau fahren wollen; aber nicht, um an der Beisetzung des verstorbenen Führers teilzunehmen, sondern um gegen dessen mangelnde Glaubwürdigkeit zu protestieren: Wie konnte er sich nur vom Tod erwischen lassen, nicht anders als jeder Normale? Manamas Männer wußten nichts mit sich anzufangen, denn die Zucht der Seidenraupen, das einzig lukrative Geschäft, befand sich zwischen den Oberschenkeln der Frauen. Diese kümmerten sich um die Larven, schützten sie vor artspezifischen Krankheiten mit seltsamen Namen wie Bewußtlosigkeit, rosige Lähmung und Eindringen, fütterten sie mit den besten Maulbeerblättern und hielten ihre gewaltigen Seidenraupenhäuser und ihre enormen Futtertröge sauber. Wenn sie das Kokonstadium erreicht hatten, umschlossen die Frauen sie unter ihren weiten, faltenreichen Gewändern, so daß sie auf eine besondere Weise, alle Gesetze der Seidenraupenzucht herausfordernd, gedeihen konnten, und man wußte, daß Manamas Frauen zwischen ihren Beinen die seidigsten und herrlichsten Öffnungen hatten. Das ließ die Männer in schwerelose Träume versinken, in denen die Frauen nicht nur ihre üblichen, sondern auch noch zwei weitere Öffnungen unter den Achselhöhlen besaßen. So produzierten sie die schönste Seide der Welt, duftend nach mütterlichem Gefühl und niemals vergehender Liebe.

Obwohl man diesen Handel mit größter Sorgfalt und Geschicklichkeit durchgeführt hatte, so wie es die Zerbrechlichkeit und Sensibilität der winzigen Tiere verlangten, fand diese Seide aufgrund der mächtigen Monopole keinen Absatz mehr. Vergeblich versuchte Mohamed Namenlos, einen Ausweg aus dieser von einer unbegreiflichen Macht bewirkten Flaute zu finden . . . Auch die im Dorf gewebten Stoffe wurden nicht mehr an der Börse gehandelt. Sie blieben so lange in den bemalten, mit silbernen Schlössern verzierten Kisten, bis sie schließlich zur großen Bestürzung der Beschützerinnen, deren Oberschenkel das ganze Jahr über mit den kälteempfindlichen Seidenraupen bedeckt gewesen waren, von Motten zerfressen wurden. Dabei hatten sie sie mit aus Asien importiertem Safran verziert und bestrichen, schon seit Ahmad Ibn Majid – ein kluger Kapitän, aber mittelmäßiger Dichter – Vasco de Gama an Bord genommen und ihm ermöglicht hatte, den Seeweg nach Indien zu entdecken, was an einem Morgen im März 1498 geschah. Und wie der Lauf der Dinge es ergab, wollte dieser Portugiese die Lorbeeren allein einheimsen. Dabei würde, wäre dieser Ibn Majid nicht gewesen, da Gama noch heute auf seinem Boot zwischen Amerika und Gibraltar hin und her schaukeln. Vielleicht lag darin der Grund, daß Manama zwei- oder dreimal innerhalb eines Jahrhunderts von Hungersnöten heimgesucht wurde und sich lang andauernde Dürrephasen und Epidemien verbreiteten. Die Bewohner des Dorfes glaubten bis dahin, auf einer Insel im Indischen Ozean zu treiben und nicht in einer von der Sonne verbrannten Wüste zu sein, wo der Schatten allen übel mitspielte ... Keiner wagte es jedoch auszusprechen. Selbst Namenlos, der Landvermesser und der greise Schuster taten so, als wüßten sie von der Sache nichts. Aber es war offensichtlich, daß die Bewohner Manamas ihren Gouverneur wegen seiner öligen Unterschlagungen, seiner importierten Schafböcke und seiner Anordnung, jeder Familienvater solle sein Haus mit einer aus weißem Kunststoff hergestellten Gardine schmücken, nicht mehr mochten. Letzteres begründete er damit, sie im Keller seines Hauses aus dem nicht verkauften Öl hergestellt zu haben. Viele Gerüchte über sein Privatleben waren im Umlauf, und man erzählte sich, daß seine jüngste Tochter Kulthum ihre Jungfräulichkeit direkt nach der ersten Monatsblutung an Mohamed verschenkt habe. Es hieß auch, sie habe dies getan, um Namenlos zum Beweis herauszufordern, daß Gott ihn tatsächlich mit einer ganz besonderen und gleichzeitig sehr weichen Männlichkeit versehen hatte. Einige Leute gingen sogar so weit zu behaupten, seine übernatürlichen Gaben hätten die Entwicklung der Seidenindustrie, die in ihrer Art einzigartig war, blockiert, obwohl sie dieses Dorf, dem seine Arroganz, die Verschrobenheit seiner Bewohner und die legendäre Geldgier seines Gouverneurs hart zugesetzt hatten, in ein Paradies hätte verwandeln können ... In Wahrheit hatte die Regierung diesen Gouverneur anfangs damit beauftragt, ein großes Bewässerungsprojekt durchzuführen. Schon bald aber war es in Vergessenheit geraten und hatte sich zu den Belanglosigkeiten gereiht, über die die Zeit hinweggeht und die sich außerhalb der Mauern auf der städtischen Mülldeponie auftürmen.

Mit Ausnahme der Kaffeehausbesitzer, des Landvermessers, der Seidenraupenzüchter und des Gouverneurs mit seinen vielfältigen verzweigten Aktivitäten war nichts zu finden, was man zum Reichtum des Dorfes hätte zählen können, außer den berühmten Bockkämpfen, die zahlreichen ehrlichen Familien zum Lebensunterhalt dienten, was den regelmäßigen Wetten zu verdanken war, die man um blutige Arenen herum veranstaltete. Diese Kämpfe waren eingeführt worden, als die Römer einen Mann namens Tacfarinees und dessen Gefolgsmänner jagten, die sich zum ersten Mal in der Geschichte der Gegend zwischen dem Tigris und dem Moulouya vorgenommen hatten, das Land gerecht aufzuteilen, was in der Tat auch ungeachtet eines gewissen Hlg. Augustus geschah, der sich unter dem Druck des Verrats dort noch immer aufhielt, aus Angst, einem Meuchelmord anheimzufallen. Die Tradition dieser Kämpfe geriet jedoch in Gefahr aufgrund böser Absichten und des schlechten Gewissens, das Manama seit der Sache mit den Salzkarawanen quälte. Das Dorf wurde in dieser Phase isoliert, boykottiert und von jeder blühenden Kultur ausgeschlossen. Einige hundert Jahre später wandte sich der Gouverneur eher zufällig der Wiederbelebung einer Angelegenheit zu, die zum verbreitetsten und hartnäckigsten Laster im Dorf werden sollte. Selbst mit dem unvermeidlichen Fehler der Neureichen behaftet, stellte er im Wohnzimmer seines wunderschönen Hauses den ersten Spiegel auf, in dem sich die Bewohner Manamas betrachten konnten. Er hatte einen Lieblingsbock, den er merkwürdigerweise mit Maulbeerblättern fütterte. Dieser Bock zerriß den Strick, mit dem er an seiner Stallbox festgebunden war, stürmte in den im Damaszener Stil gehaltenen Salon, nahm den Spiegel auf seine Hörner und zertrümmerte ihn vollständig. Er hatte sein Spiegelbild für seinen Feind gehalten, gleich ihm mit Hörnern bewaffnet, und so verursachte er einen Schaden im Haus und in den Köpfen der Bewohner Manamas, die sich nun von neuem für dieses Spiel begeisterten, zum großen Vorteil der Familie Bander Shah, die sich wiederum sputete, das Spiel in Form von Wetten zu organisieren und die Anzahl der Wettbüros zu vermehren, in denen die Einsätze überall und in jeder Ecke von Manama entgegengenommen wurden. Ehrlich gesagt: Niemand zweifelte an der Geschichte dieser Leidenschaft, die das Dorf erschütterte und viele Opfer forderte; nicht nur unter den abgerichteten Böcken, trainiert von erfahrenen Lehrern, sondern auch unter den armen Bewohnern, die, völlig besessen von der Wettleidenschaft, dann und wann ein Messer in die Brust eines triumphierenden Herausforderers stachen ... Niemals zuvor hatte Manama Kriege, Katastrophen oder Revolutionen erlebt dank seiner zahlreichen Mauern, die dem Wind, dem Sand, den Orkanen und der Dürre standgehalten hatten. Die Leute starben gewöhnlich an Altersschwäche und erst mit hundert Jahren oder älter. Ebenso verfielen sie gewöhnlich in Selbstgespräche, faselten dabei wirres Zeug über Kriege und gaben sich ganz der eigenen Phantasie hin, denn sie waren bei keinem einzigen Krieg selbst dabeigewesen. Sie meinten, man hätte ihnen etwas vorenthalten, weil sie kein Schießpulver gerochen, keinen Donner der Geschütze und kein Klingen der Schwerter gehört hatten, so daß sie durch die Bockkämpfe das nachzuholen begannen, was sie nie hatten ausleben können, wenn auch der eine oder andere während einer Auseinandersetzung wegen dieser Sache sein Leben lassen mußte. Dann bekam er eine prächtige Beerdigung mit Fanfaren und Rezitationen aus dem Heiligen Koran. Wurde der Mörder von Reue befallen, machte die Tradition es ihm zur Pflicht, eine Ehe nach religiösem Brauch mit der trauernden Ehefrau des Getöteten einzugehen; waren doch ihre Töchter in einem Alter, in dem sie solch schwere Schicksalsschläge verkraften konnten; diese nagelten sie häufig in ihrem Zentrum für den Augenblick eines einzigen Seufzers fest, welcher sogar die Möbel durchdrang, da sie mit der Last von Verbrechen und Fluch beladen waren. Aus diesem Grund gab es zwei Friedhöfe. Beschämt versteckte man den ersten Friedhof hinter den Kakteen nahe dem Wadi, dessen Hochwasser weder seiner Größe noch seinem Wasserstand angemessen war. Auf diesem Friedhof wurden diejenigen beerdigt, die so feige waren, durch Altersschwäche oder bloße Krankheit zu sterben. Ihre Beisetzung fand ohne Musik und Trommelschläge, zügig und ohne Tränen statt. Ganz anders der zweite Friedhof, der das Dorf beherrschte und dessen Zentrum bildete, einem himmlischen Paradies gleich, in dem Pflanzen gediehen, die mit dem Urin der von den homerischen Kämpfen ausgeschlossenen weiblichen Schafe bewässert wurden. Hier genau bettete man die ihrer Bockkampfmanie zum Opfer gefallenen Männer Seite an Seite mit den Böcken selbst, die bei diesen Turnieren ebenfalls ihr Leben lassen mußten. Namenlos hatte keinerlei Interesse an diesen unsinnigen, makabren Geschichten. Er nutzte vielmehr die Gelegenheit, wenn die Bewohner Manamas dreimal pro Woche in der Arena waren, für sich. Dann ging er von Haus zu Haus, spielte den Gaukler, aus dessen Augen, die die Farbe von grünem Wasser hatten, die Lust sprühte, und ertrank in hinreißenden Betten von blauoranger Farbe, in Strudeln dunkler, lauernder Zweifel, während das Verlangen der Frauen ihn hinriß. Sie wollten jenes Zittern kennenlernen, das jenseits der Ohnmacht zu spüren ist. Mohamed gab immer seiner Begierde nach, trotz der Ratschläge von Raschid Bnasser, dem Landvermesser, und Alawa Ahmar, dem Schuster, die ihn beständig vor Frauenkrankheiten warnten und jede Gelegenheit nutzten, heimlich Brompulver in seine Biergläser zu schütten. Doch vergeblich! Es schien, als läge die einzige Wirkung dieses wirkungslosen Medikaments darin, ihn mehrere Tage glücklich zu machen und sein Temperament noch zu verstärken, denn sobald er in eine dieser Frauen eingedrungen war, würgte diese ihre Gebärmutter heraus und verging röchelnd vor Lust und Bitterkeit. Sie hatte nur noch Zeit, ihm in der blumigen Sprache Manamas ins Ohr zu flüstern: »Gott segne Messauda Namenlos, die daran gedacht hat, dich mit Sesam zu füttern, um den Tod in einen Schwarm von Schmetterlingen zu verwandeln, der in vollem Fluge gegen die Fenster der Begierde flattert!« Aus diesem Grund versuchten seine Mitverschworenen, jenen Mythos um seine Person aufzuklären; unter anderem die Geschichte mit dem Schatten, den er nie hinter sich herzog, egal, wo die Sonne stand, seine Hypnosefähigkeiten, mit denen er über die Vögel des Dorfplatzes herrschte, das Gerede über taubenetzte Nächte, die keine Frau schwanger machten, über die Furcht, die er bei den Kindern, den Hühnern und den knirschenden Handmühlen auslöste, die Unklarheit über den Tod seines Vaters, der Beiname, der seinem Großvater gegeben worden war, die Beziehung zu Kulthum, der Gouverneurstochter, sowie die Mär um die alten Sprachen Aramäisch, Hebräisch, Berber, das Arabisch der Geistlichkeit und die auf Papyrus geschriebenen ägyptischen Hieroglyphen, die er alle gesprochen haben soll, als er den Bauch seiner Mutter verließ, und schließlich seine Faselei über Ibn Khaldun und jenen Gelehrten, der im Jahr 166 Hidschra unter unglaublich tragischen oder geheimen Umständen einfach ums Leben gekommen war.

Namenlos war beileibe nicht dumm. Das Bier, das sie ihm fässerweise zu trinken gaben, hatte nur die Wirkung, seine Gefühle zu steigern, seine außergewöhnlichen Talente zu mobilisieren und jene Einsamkeit in seinem Innern, wie auch die Liebe, die sein Herz wie ein Stück Brot aufsaugte, zu verstärken. Zudem erinnerte ihn diese Trauer an den sehr kalten Morgen, als zwei weißgekleidete Männer mit pomadegefetteten Schnurrbärten kamen, einen blutverschmierten Sack auf den Schultern mit den zerhackten Überresten seines Vaters. Damals sagten sie, während sie ihm über die Wangen strichen: »Du solltest stolz sein auf deinen Vater, der bei der Arbeit starb, was viel besser ist, als bei den hoffnungslosen Bockwetten umzukommen. Sei nicht traurig, denn er hatte gar keine Zeit zu merken, was passierte. Aber du mußt sehen, wie du zurechtkommst, denn der Papierstapel, der ihn erschlug, ist nicht mehr brauchbar, und der Arbeitgeber verlangt Ersatz.« Erst später, viel später, als Namenlos seine Mutter zu Grabe trug, erinnerte er sich wieder an diesen Moment. An diesem Tag hatte er den Eindruck, die Welt würde anschwellen von aufwirbelndem Staub, der zwischen seinen Oberschenkeln nistete und immer dann, wenn er sich betrank oder wenn er in seinen freigebigen Nächten Jungfrauen befeuchtete, die sich so an ihm festhielten wie an den Knospen ihrer belaubten und glatten Öffnungen, aus dem Brunnen seiner Kindheit emporstieg. Das gleiche Gefühl ergriff ihn, wenn er in einem alten Manuskript, das die Kichererbsenhändler zum Einwickeln ihrer Ware benutzten, die optimistischsten Kapitel der *Muqaddima* las. Dann überfiel ihn immer eine Art von existentiellem Scheitern, das er wie eine Katastrophe aus Blut aufnahm, das sich ganz über seine Rasse ergossen hatte und schon seit sieben Jahrhunderten gesperrt war, nachdem viele Jahrhunderte lang Gunstsuchende in Musselintücher geschneuzt hatten, die aus allen Ecken der Welt kamen, nachdem man die räuberischen Falken grundlos mit rohem Fleisch gefüttert hatte, nur um sie zu zähmen und mit auf die Jagd zu nehmen. Denn weder seine außerordentliche Männlichkeit noch der Tadel seiner Mutter Messauda Namenlos oder die Gestalt seines Großvaters, des Laternenmanns, der immer vor ihm erschien, wenn die Phosphoreszenz seiner Knochen die Wände seines Zimmers mit nilblauer Farbe schmückte – gar nichts änderte etwas daran oder ließ ihn vergessen, daß er im entferntesten und verrücktesten Dorf lebte, das eines Tages aus Treibsand und dem Widerspruch entstanden war, den Menschen empfanden, die es wie er ablehnten, ihres schmerzhaften Gewissens und ihrer von Sünden leuchtenden Gefühlen entledigt zu werden, wenn der Schatten des Mittagsschläfchens, ganz mit vertrautem und unangenehmem Geruch gefüllt, den Fehlschlag, den keiner verkraften konnte, auszulöschen versuchte. Nicht einmal in kleinen Stücken und auch nicht in kleinen Schlucken während der Teeparties, die finstere Ewigkeiten dauerten, während die Trompeten der Gottesfurcht schnarchten und sich die Zerstörung in anderer Form fortsetzte, als Mr. Brown mit einer Handvoll schwerbewaffneter Späher auf seinen Frachtschiffen daherkam, damit sie ihren Urlaub hier zubringen und schnell wieder in ihre Heimat zurückfahren könnten. »Da ist auch noch der Campingplatz wie festgenagelt auf seinem Platz«, wiederholte Namenlos, »ohne daß jemandem dieser gewaltsame Raub und diese Geschichtsverfälschung leid tut.«

Je mehr er trank, desto stärker wurde sein Haß auf den Gouverneur, weil dieser nicht früh genug energisch durchgegriffen hatte, diese Siedlung in die Flucht zu schlagen, die Manamas Bewohner von ihrer Siesta abhielt, indem sie Krieg spielte und ihre Brandbomben losließ, was dazu führte, daß das Dominospiel in den Kaffeehäusern zum Erliegen kam, während die warmen Träume den Geschmack von Tee mit in Salz eingelegter Minze hatten. Auf einmal erhellte sich Mohameds Gesicht durch eine Freudenwelle und lautes Lachen, dessen Echo die Bierflaschen zerspringen ließ und einen gläsernen Sprühregen aus ihnen machte. In diesem Moment fiel ihm ein, wie idiotisch er war, so etwas zu sagen, besaß er doch nicht einmal einen Nachnamen, sondern lediglich diese zwei Initialen, die auch nicht in seine eigene Muttersprache zu übersetzen waren. Schon drückte ihn die Reue so schwer, daß er unter den Tisch schaute und mit seinen Händen sein getrocknetes Erbrochenes betastete, um festzustellen, ob sein Zuname nicht den Zement der Kneipe zierte, in der er sich immer besoff, wenn er von einem Unglück ins nächste stolperte. Als letzte verließen die drei Genossen das einzige Bordell, dessen Namen *Zum geilen Bock* sie in die harte Realität zurückholte. Immer wenn die drei sich betranken und von Trauer ergriffen wurden, erinnerte sich jeder, von den Wänden seiner engen Einsamkeit hin- und hergestoßen, an seine Leichtfertigkeit, seine Frechheit, seine Toten und Lebenden. Namenlos kratzte sich die Adern über dem in viele Bläschen aus gegorenem Fleisch explodierten Leichnam seines Vaters. Raschid Bnasser schluchzte und verfolgte mit geblähten Nüstern die Totenhügel eines seiner Vorfahren zurück, der von Piraten vor langer, langer Zeit exekutiert wurde und dessen Bild bis heute einen Ehrenplatz an der Wand einnimmt, an der das Bett seiner Eltern steht. Alawa Ahmar brummte mit lautlosem Schnarchen um den Geist Stalins herum, von dem er erwartete, daß er auferstehen würde, um mit den Konservativen jeder Couleur abzurechnen. Wie so oft provozierten sie nächtliche Skandale, wenn sie, einer nach dem anderen, das Bordell verließen, um schließlich ein weiteres Mal in einem Bordell zu landen, das Tag und Nacht geöffnet war und inmitten der kristallinen Küsten und der verfallenen Mauern Manamas lag. Dort verteilten sie sich auf seine schimmeligen Räume, wo der Schuster, dieser Junggeselle, der seine Seele an die Revolution verkauft hatte, von der er erwartete, daß sie in einer winterlichen Nacht in seinem Laden, der gleichzeitig sein Haus war, entfacht werden würde, tief und fest schlief. Wohingegen sich der Landvermesser einbildete, daß die Öffnungen der Prostituierten Ölquellen seien, die er mit Geräten – *made in U.S.A.* – genauestens erforschte, während Mohamed ernst blieb und der ältesten Prostituierten im Bordell versicherte, sie sei seine Zwillingsschwester, die das Schicksal ihm vorenthalte, um die Klüfte seiner Betrunkenheit zu schließen und sich von der Erinnerung an Niederlage und Trauer zu befreien. Ungeachtet all dieses vulgären Benehmens wurden sie vom Morgen überrascht, als jeder von ihnen im Bett lag, um so mehr als Mohamed Namenlos die Vögel des Platzes, die vielleicht Hungers sterben würden, wenn er sie nicht fütterte, nicht zurücklassen konnte. Aber auch, weil er die Verliebten nicht im Stich lassen konnte, deren Seufzer sicher wie ein brennender Eisblock gefrieren würden, falls er nicht ihre Geheimnisse in dichterische Faselei übertragen würde. Malika, seine älteste Schwester, sagte jedoch: »Ich verstehe nicht, wie du es schaffst, so etwas zu tun, ohne dich in den Augen der Leute lächerlich zu machen! Vergiß nicht, daß du neun Schwestern im heiratsfähigen Alter hast, und vergiß auch nicht, daß du uns, wenn du deinen Leichtsinn fortsetzt, dazu verdammst, lebenslänglich alte Jungfern zu bleiben!« Dann schickte sie Namenlos immer fort mit den Worten: »Eines Tages werde ich dir erzählen, was die Mädchen im sechsten Jahrhundert getan haben. Erinnere mich daran und fordere mich auf, dir von der Schlacht der *Toupets* zu erzählen. Bis dahin schau unter deinen Rock; ich habe das Gefühl, daß Millionen Schmetterlinge darunter flattern!« Immer, wenn er ihr mit solch närrischem Geschwätz kam, stand sie erstaunt da, im Glauben, er habe recht. Denn wenn sie ihren Rock hochhob, sah sie viele weiße Schmetterlinge unschuldig an die Tür ihrer Scham klopfen. So verzichtete sie vorübergehend auf die Ehe. Als Kanal für die Winde, die von irgendwo die müde gewordenen Schmuggler heranwehten, und als Schauplatz für die acht Kreuzzüge, die die kommende imperialistische Expansion ankündigten, beherbergte Manama die Familie Namenlos, deren chaotische, unermüdliche Aktivitäten unter der Leitung der beherrschenden Messauda Namenlos standen. Immer wenn diese Frau zornig war, machte sie mit dem Träger ihres gewaltigen Büstenhalters einen solchen Lärm, daß die Vögel den Dorfplatz und andere Orte fluchtartig verließen, einschließlich der Vögel, die die Truppe der gefiederten Amazonen mitgebracht hatte. Nur die Tauben und Schildkröten blieben, wo sie waren, und sahen ihr amüsiert zu, wie sie mit den Zähnen knirschte, brummte und ihr Unglück beklagte, daß sie aus dem Haus ihres Vaters geholt worden war, hatte sich doch das Verhalten der Frauen seit eh und je nicht verändert. Sie krachte mit ihrem Büstenhalter, wenn die Milch überkochte, das Essen anbrannte, die Wäsche wegflog und der Lärm der Kinder zunahm. Obwohl Messauda ihre neun Töchter und zehn Söhne, Namenlos eingerechnet, beaufsichtigte, hörte sie nicht auf zu lamentieren, daß sie nichts mehr von Monaten und Jahren verstand, seit der Schwachkopf, der ihr ältester Sohn war, vom Wissensdurst nahezu besessen war, wo er doch besser daran getan hätte, ein Kaufmann zu werden, der jeden Meter Baumwolle für das entsprechende Gold verkaufen würde. Genausowenig verstand sie, warum sich das ganze Dorf mit der Züchtung von Seide in Pfefferminz- und Sesamsaattöpfen und sogar in den Unterhosen der vornehmeren Frauen abmühte, wenn sie doch nicht gekauft wurde. Ob in öffentlichen Bädern, auf Hochzeiten oder Beerdigungen; jedem, der es hören wollte, sagte sie, daß Gott selber ein falsches Spiel trieb, weil er es nicht geschafft hatte, seine Geschöpfe innerhalb der Moscheen um sich zu scharen, daß sich die Zeiten verschlechtert und die Jahreszeiten verkehrt hätten, daß die Gurken vibrierten und mit Fischaugen zu wachsen begännen, die frische Luft, die schon lange nicht mehr über Manama geweht hatte, launisch geworden war und die Rosenbeete zunehmend den Topfbegonien ähnelten, sowie viele andere Seltsamkeiten dieser neuen Zeit, die nichts Gutes ahnen ließ, seien doch der beste Beweis dafür. Also hatte sie ein schlechtes Verhältnis zum Himmel, von dem sie erwartete, er werde noch einmal seine Hand über die Ereignisse legen, insbesondere über ihren verrückten Sohn, bevor sie den Heiligengräbern einen Besuch abstattete, die sie lange Zeit vernachlässigt hatte, womit sie ihre Enttäuschung von Gott ausdrücken wollte, der sich durch die Gewalt seiner eigenen Fluten hatte mitreißen lassen. Aber trotz all dieser unerhörten Worte war sie dafür bekannt, keine Mühen zu scheuen, um ihr Versprechen, das sie einst ihrem Gatten gab, einzulösen: nämlich all ihre Töchter mit reinrassigen Prinzen zu verheiraten. Man wußte auch, daß sie ihren armen Gatten gescholten hatte, da er gestorben war, ohne ihr Bescheid zu sagen. Beklagte sich Malika in der Anwesenheit Mhamad bei ihr über den schlechten Ruf, der der Familie durch die Unglaublichkeiten des Mohamed Namenlos anhaftete, erwiderte sie, sie solle sich nicht sorgen, denn sie habe im Traum gesehen, daß sie noch vor Ende der zehnjährigen Trockenzeit verheiratet sein würde. Für die Seide und die Schafwolle hingegen empfand sie nur tiefste Verachtung und erteilte den kleinsten Faltern und zahmsten Hörnertieren Hausverbot. Diese Messauda war die Tochter eines Händlers, der sich mit dem Schmuggel von Baumwollstoffen, Hausrat und Schiffssegelleinwand in den Küstenstädten verdingt hatte, und beschäftigte sich und ihre zahlreiche Nachkommenschaft damit, ihren seltsamen Garten zu bepflanzen, in dem die größten Gurken der Welt, die süßesten Wassermelonen und die riesigsten Mispelfrüchte wuchsen, die trotz ihrer Abartigkeit einen direkt aus dem Paradies kommenden Geschmack und beispiellosen Duft hatten, der jedoch nichts mit dem zu tun hatte, der der Seide entströmte, aus dem Messauda den Schweiß der Oberschenkel und den unangenehmen Geruch der Samstagabende herausspürte. Es war eine Art Pflege der Familienhalluzination, darauf zu warten, daß Baumwolle wieder modern und sie ihren alten Beruf wieder ausüben würde, wie zuvor schon ihr Vater, der ihn wiederum von seinen Vorfahren, die schon tief in der Geschichte versunken waren, geerbt hatte. Dabei erkannte sie die Extravaganz dieser Halluzination, die sie mit einer an Überheblichkeit grenzenden Verzückung und der Zähigkeit ihrer an Wunder grenzenden Erinnerung meisterte. Dann glitt sie in ihre Übertreibungen, ermutigt durch ihre Töchter, die diesen Zustand der Verzückung ausnutzten und alles, was sie an Säuglingen, Kleinkindern und anderen Bälgern fanden, unter ihre Röcke steckten, um einmal das gleiche zu empfinden wie Manamas Frauen, wenn sie die Raupen umschlossen, was ihnen, den Töchtern, aufgrund mütterlichen Beschlusses untersagt war. Lediglich Malika unterstand insgeheim einer Ausnahmeregel und sah von Zeit zu Zeit ihre intime Finsternis von Millionen weißen und phosphoreszierenden Schmetterlingen erleuchtet, die zugleich fröstelnd, zart und spröde waren, flatterten, schlafwandelten und ihre Quelle nicht kannten. Und war Messauda einmal nicht mit ihrem Garten beschäftigt oder damit, Mohamed Namenlos zu tadeln, widmete sie sich dem Haus und der Herstellung von Töpfen aus Ton, den ihre Söhne auf den Rücken der Maultiere aus den Biegungen des Wadis mitbrachten, der entlang der Dorfmauern verlief und einen natürlichen Graben bildete, in dessen Schlamm schon seit ewigen Zeiten die Angreifer gerieten. Diese ausdauernde Lebhaftigkeit war ständig von dem Wunsch geprägt, die Legende zu wahren, sie unterhalte das sauberste und ruhigste Haus im Dorf, zumal sie auf Moskitonetze und auf Schutzgitter für ihre Fenster verzichten konnte. Selbst ihr Mobiliar, von einer Generation zur nächsten vererbt, sah aus, als käme es gerade vom Tischler, immer noch mit Wachsgeruch behaftet, obwohl es alt war. Oft verkündete sie stolz, Sultan Mahmud II. habe diese Möbel in der Blütezeit der Hohen Pforte einem ihrer Schwäger geschenkt, der damals das Amt des Kammerherrn innehatte. Manchmal, wenn der Stolz sie überwältigte, rief sie laut vor ihren um den Mittagstisch versammelten Kindern aus, schließlich sei nicht jeder in der Lage, den heiligen Sultan zu amüsieren, da er, abgesehen von seiner legendären Stattlichkeit und seinen siebenhundert Frauen, vielen Typen von heiligen und ungläubigen Bundesgenossen entgegentreten müsse. Ihre Kinder, deren Namen verwirrend ähnlich waren – Mohamed, Ahmed, Mhamed, Hamed, Hamid, Hamda, Hamdane, Hamud, Mahmud, Hamadi, alle ohne Nachnamen seit jenem Tag des Jahres 1840, als, wie es hieß, der ausländische Chef des Einwohneramtes beschlossen hatte, ihren Großvater zu demütigen, indem er ihm einen Nachnamen verweigerte und ihm die beiden verächtlichen Buchstaben anhaftete, von deren Qual die Familie noch lange nicht geheilt war –, hatten keine Möglichkeit, ihr zu widersprechen. Einige derjenigen, die von den Namenlos als gehorsame Kollaborateure bezeichnet wurden, versicherten, daß sich dieser Vorfall an einem sehr heißen Tag ereignet haben mußte, da die Störche einen ungeheuren Lärm veranstaltet hatten, so daß der mit der Registrierung beauftragte Beamte, der sehr spät mit dem ausländischen Militärfrachter angekommen war, nicht den Mut hatte, den Namen des ehrwürdigen Vorfahrens, der nicht zum gemeinen Volk gehörte, in seine verfluchte Sprache zu übersetzen. Gegenüber solchen hochtrabenden Worten wurden die Mädchen Malika, Atika, Rachika, Sadika, Arika, Hadika, Achika, Rafika und Samika von Lachanfällen geschüttelt, die sie nicht unterdrücken konnten, erst recht nicht, wenn ihre Mutter damit drohte, ihnen die Mistel wegzunehmen, wenn sie nicht sofort mit dem Lachen aufhören würden. Das waren die Augenblicke, in denen Messauda merkte, wie wichtig ihr ältester Sohn war, der einzige, der das Licht der Welt allein erblickt hatte. Oft nutzte sie seine Autorität aus, um das Gebrüll, das ihre achtzehn Zwillingskinder veranstalteten, zu dämpfen, wobei sie jedoch stets wiederholte, ihr ältester Sohn solle sich nicht der Illusion hingeben oder die Gelegenheit ausnutzen, daß man ihm seine überall im Dorf bekannten Unglaublichkeiten vergeben könnte. Vor allem die eine, die seinen Schatten betraf, den er bewegte, wie er wollte. So setzte er sich über alle Grundgesetze der solaren Physik hinweg, die Ibn Haytham im zehnten Jahrhundert aufgeschrieben hatte. Er hatte sich auch angewöhnt, seine legendäre Männlichkeit überall hineinzuzerren, immer ohne eine sichtbare Spur beim Passieren der klumpigen Kanäle der Weiblichkeit zu hinterlassen. Messauda nahm ihm einige Abscheulichkeiten, die er mit historischem Ehrgeiz verfolgte, übel, denn für sie waren sie nichts anderes als Akte einer Komödie, von einem türkischen Karagöz aufgeführt, der mit den zerbrechlichen Farben der Dekadenz ihrer eigenen Nachkommenschaft, ja, ihrer eigenen Rasse lackiert war, dazu verdammt, unter den eitrigen und schmerzhaften Geschwüren zu leiden, die der liebe Gott – der noch immer sein falsches Spiel trieb – ab und zu sehr trefflich zwischen die Hoden und die Zentren der Männlichkeit bei den Familienmitgliedern plaziert hatte. Immer wenn sich die Beziehung zwischen Mutter und Sohn verbesserte, bat sie ihn, ihr einige Geheimnisse über Rasse und Herkunft dieses berühmten sogenannten Ibn Khaldun zu verraten, von dem er so begeistert war. Dann nutzte Namenlos die Gelegenheit und versprach, ihr alles über diesen großen Mann und andere berühmte Leute zu erzählen, wenn sie bereit sei, das Haus nochmals mit ölblauer Farbe streichen zu lassen, und ihm erlauben würde, brasilianische Vögel in seinem Zimmer zu halten und die geerbten Möbel des Vorfahren umzustellen. Angesichts dieser Flut von Bedingungen, die sie als Laune eines Kindes abtat, das nicht nur seinen Schatten fürchtete, sondern auch seltsame Märchen über seine außergewöhnliche Männlichkeit und seine unvorstellbare Sprachgewandtheit erfand, lehnte Messauda strikt ab. Jedoch hatte sie auch gar nicht die Zeit, sich auf komplizierte Geschichten einzulassen, von denen sie im vorhinein wußte, daß sie direkt der

Phantasie ihres Sohnes entsprangen. So schluckte sie ihre Zärtlichkeit hinunter und machte sich daran, ihre Gurken und Auberginen zu gießen und ihre neun Töchter zu überprüfen, deren Vornamen ebenso leuchtend wie verwirrend waren, mit gleichen Endsilben, die man leicht durcheinanderbrachte. Übrigens betrug der Altersunterschied zwischen der einen zur anderen nur sechs Monate, so daß sie sich nicht damit begnügten, nur die Kleider und die Namen, sondern auch ihre Ausweise untereinander zu tauschen, um ihre Mutter, ihre Zwillingsbrüder, ihre Freundinnen und sogar ihre imaginären Liebhaber hinters Licht zu führen, was diese nie bemerkten. Regelmäßig überprüfte Messauda, ob sie noch Jungfrauen waren, um einmal ihre vom Blut der Hochzeitsnacht benetzten Hemden auf die normalerweise zum Wäschetrocknen benutzte Leine hängen zu können, für den Fall, daß sie dem Gouverneur begegnete und ihm einen Wüstenprinz raubte, um diesem eine ihrer Töchter anzubieten. Sie mokierte sich über die Arroganz des Gouverneurs, der sich entschlossen hatte, seine Älteste zum Tanzenlernen auf einen anderen Kontinent zu schicken, dessen Namen sie nicht aussprechen konnte, war er doch so weit entfernt von Manama. Allerdings übertrieben die Schwestern, die sich nicht immer gut miteinander verstanden, sich bisweilen haßten, mit ihren plötzlichen launischen Anfällen: So fielen sie etwa alle zur gleichen Zeit in Ohnmacht, sobald etwas Gefährliches, Trauriges oder Erstaunliches passierte. Ihre Monatsblutungen, die sie immer gleichzeitig bekamen, dauerten auch immer gleich lange, so daß sie in diesen Tagen auf dem Flachdach saßen, dessen Dachziegel im Laufe der Jahre abgefallen und durch die intensive Sonneneinstrahlung an Farbe eingebüßt hatte und wo sich bläuliches Gras zwischen den Ritzen emporschob. Sie interpretierten die Merkmale des Daches und der Ritzen. Gefangen zwischen Schweigen und Redseligkeit, fühlten sie, wie ihr reichlich fließendes Blut in den Silbergefäßen aufschlug, um nicht nutzlos vergeudet zu werden, und überrascht von dem Blutstrom, schwankten sie zwischen Schwindel und Bewußtlosigkeit. Das brachte den ältesten Sohn, der sich dem Dominospiel hingab, dazu zu sagen: »Ich muß zurück nach Hause, irgend etwas scheint nicht in Ordnung zu sein!« Die Brüder hingegen vermieden es, lange im Garten zu arbeiten und die violetten Avocados, Zwiebeln, indische Feigen und anderes Gemüse zu pflegen. Vielmehr verbrachten sie ihre Zeit damit, ihre Kleidung, ihre Stimmen und Gesten auszutauschen. Sie überrumpelten ihre herrschende Mutter, gegen deren Radikalismus sie nur durch die Anwendung dieses cleveren Tricks ankamen – der ihre angeborene Trägheit mobilisierte –, seitdem die Geschichte in der Gegend ihrer Vorfahren zum Stillstand gekommen war, die zum Gegenstand des Spotts bei denjenigen geworden war, die sie sieben- oder achthundert Jahre lang vollständig beherrscht hatten. Ganz besonders war aber, wenn jeder einzelne Erstgeborene anfing, an die Stelle seiner Schwester zu treten, und Messauda Namenlos in einen denkwürdigen Zustand der Apathie verfiel. Die Hausbewohner wurden von Sprachlosigkeit und Erstaunen gebannt, wie vom Blitz getroffen, da sie in ihren Verkleidungen, Veränderungen und Geschlechtsumwandlungen zu weit gegangen waren. Allein Mohamed Namenlos, der die verschiedenen Zustände der Verwandlungen, des Vertauschens, des Umkehrens von Situationen sowie die theatralischen Effekte in einem Heft notierte, wußte, wie die Angelegenheit wieder in Ordnung zu bringen war, wie er seinen Brüdern ihre Männlichkeit und seinen Schwestern ihre weiblichen Merkmale zurückgeben konnte. Und mehr noch: Er faßte alles in eine wunderbare Rede, die er von einem Alchimisten und Arzt des dritten Jahrhunderts Hidschra übernommen hatte, den er sehr verehrte. Tatsächlich hatte jener al-Razi an der größten Revolution in der Geschichte des Islam teilgenommen und sie nicht nur moralisch unterstützt, sondern auch einen großen Beitrag zu ihrem Sieg geleistet. Dennoch zog Namenlos den Autor der *Muqaddima* vor, da dieser schließlich die Idee gehabt hatte, vier Jahre in Manama zu verbringen und hier das ausführlichste Werk über die Wirtschaftspolitik zu verfassen, das der Welt je zugänglich wurde. Oft saß Namenlos am Tisch, wenn seine Mutter ihr Mittagsschläfchen hielt. Dann ging ihm das Schicksal seiner achtzehn Zwillingsbrüder und -schwestern durch den Kopf. Schließlich überprüfte er mehrmals seine Rechnungen, um sicherzugehen, daß ihm kein Fehler unterlaufen war. Es war ihm bewußt, was ein solcher Fehler die Familie, das Dorf, die Umgebung und die ganze Menschheit kosten würde, die die Leistungen von Jahrhunderten wieder in Frage gestellt sähe; und das alles nur deshalb, weil niemand mehr begreifen könnte, was Sprache sagen will, welche Bedeutung in Namen und Symbolen liegt. Nachdem er alles überprüft hatte, fühlte sich Mohamed sehr müde, seine grünen Augen sahen aus wie zwei Felsstücke, einstmals ausgespuckt von einem seit Millionen von Jahren erloschenen Vulkan. So verharrte er stundenlang auf seinem Platz, als wartete er auf die Geister seines Vaters und Großvaters, die ihn schütteln und in den entwürdigenden Alltag zurückschubsen würden. All die Spiegel- und Schubladentricks, die Kasperletheaterszenen und die historischen Ereignisse wurden ohne Wissen der Mutter, aber auf deren Kosten organisiert, und ihr wuchsen sowohl die häuslichen als auch die epischen Ereignisse über den Kopf. Den ganzen Tag über rannte sie den Spuren der Zeit hinterher, schaffte es aber nicht, sie innerhalb ihrer strikten Grenzen festzuhalten. Während sie sich eifrig bückte, um den Boden umzugraben, den Garten zu bepflanzen, zu gießen und zu pflegen, warf sie regelmäßig einen vernichtenden Blick auf ihre neunzehn Wanduhren, die in einer Reihe über den uralten Möbeln hingen. Sie brummelte einige Unverschämtheiten in deren Richtung und warf ihnen vor, absichtlich mindestens eine Stunde vorzugehen, um ihr die Zeit zu stehlen; diese strömte durch eine Wasseruhr, in die ihr Hirn sich verwandelt hatte, versorgt von ihrem kräftigen und zähen Blut. Sie wußte ganz genau: Die Tatsache, heute eine Witwe mit neunzehn Kindern zu sein, verdankte sie nur ihrem unermüdlichen Willen und ihrer leidenschaftlichen Liebe zu Widersprüchlichkeit, was sie zu ihrem radikalen Verhalten veranlaßte, dem Befehl eines Gouverneurs zu widersprechen, dessen Launen und Arroganz einen unglaublichen Geburtenrückgang in einem so heißen Dorf wie Manama bewirkt hatten.

Später, sehr viel später, als Mohamed Namenlos seine älteste Schwester längst verheiratet hatte, erinnerte er sich an das riesige olympische Schwimmbad, das sich der Gouverneur selbst zum Geschenk gemacht hatte und für das er die Behörden zwang, tagsüber das übrige Wasser abzustellen, um es zu füllen. Dies brachte die Gewohnheiten der Dorfbewohner derart durcheinander, daß weniger Kinder geboren wurden. Messauda reagierte jedoch völlig anders: Sie entschloß sich, nur noch Zwillinge verschiedenen Geschlechts zu gebären, und versuchte mit allen Tricks, die Erde ihres Gartens fruchtbar zu machen, und tatsächlich: Trotz der geringen Bewässerung brachte sie es zu außergewöhnlichen Ergebnissen. Sie erntete Tomaten, groß wie Sonnen, gigantisches Gemüse und Kürbisse von einem Ausmaß, daß das ganze Dorf darin hätte Platz finden können und die Erde bis in alle Ewigkeit von ihm entrümpelt wäre. Ihren Vorrat an Lebensmitteln pflegte sie in Kühlschränken aufzubewahren, die Mahmud – er gehörte zum achten Zwillingspaar – von hier und dort aus alten Ersatzteilen von Militärbeständen zusammengebaut hatte, die seit Ende des Zweiten Weltkriegs unweit vom Dorf im Sand verschüttet herumlagen. Schließlich löste sie im Dorf eine regelrechte Panik vor einer Lebensmittelknappheit aus, trotz der heftigen Proteste von Mohamed Namenlos. Der warf ihr immer wieder ihr egoistisches Verhalten vor, das echtes Wachstum verhindern würde – hatten doch schon Mr. Browns Pfadfinder, zu starken und hemmungslosen Kämpfern geworden, zu sämtlichen Tricks gegriffen, um das Wachstum niederzuschlagen. Messauda ignorierte jedoch alle Vorhaltungen ihres Sohnes und hieß ihn, bei seinen Zaubereien zu bleiben. Außerdem versuchte sie ihn dadurch loszuwerden, daß sie ihm erklärte, es sei durchaus sinnvoll herauszufinden, was aus dem ehemaligen Haus Ibn Khalduns geworden war. Dies tat sie aber nur, um ihm zu schmeicheln und ihn davon abzuhalten, um ihre Pflanzen, ihre Haustiere und Zwillinge herumzuschleichen, aus Angst, er könne sie alle mit seiner dorfbekannten Faselei und Verrücktheit anstecken.

Die Leute von Manama aber waren der Ansicht, wenn schon der Sohn befallen und eine Gefahr für die Vögel, Störche, Familien, Bäume auf dem Platz und die Gesellschaft im allgemeinen sei, dann müsse auch in seiner Mutter mit ihren landwirtschaftlichen und züchterischen Erfolgen ein Geheimnis liegen. Das wiederum war nicht allein durch ihre Küstenherkunft zu erklären. Zweifellos trug sie das Symbol der Fruchtbarkeit zwischen ihren enormen Brüsten, auf die die Frauen mit Begeisterung schauten, wenn sie im Badehaus zusammentrafen. Dorthin kam auch eine alte Zauberin, die die Namen jener Frauen notierte, deren Scham unrasiert war, und diese dem Gouverneur übermittelte. Denn der hatte die sexuelle Hygiene zum Hauptprinzip der Kunst der Staatslenkung erklärt. Messauda jedoch weigerte sich als einzige und verbarg ihre verschwenderische Schambehaarung nicht vor dieser streitsüchtigen Höllenhündin, die für die Schamhaarüberprüfung zuständig war. Sie schrie sie oft an: »Es bleibt ihm wohl nichts anderes übrig, als hierherzukommen und seine Nase selbst hineinzustecken. Mein Geschlecht, das bereits neunzehn Jungen und Mädchen geworfen hat, fürchtet die Drohungen eines verrückten Alten kein bißchen. Ich jedenfalls schicke meine Tochter nicht bis nach Polynesien, um sie mit einem reichen Kerl zu verheiraten!« Die Dorffrauen eilten ihr immer ins Badehaus nach, und aus den Gruppen, die sich beim Abschrubben im Bad bildeten, wurden gigantische Versammlungen, bei denen volles Verfügungsrecht über das Geschlecht nach Lust und Laune eingefordert wurde. Sie gingen sogar so weit zu erklären, daß die Forderungen des Gouverneurs nur dann zu akzeptieren seien, wenn ein gleiches Gesetz auch für Männer gelte. Jahre später wurde ihr Rufen erhört. Damit wurde das Gesetz außer Kraft gesetzt dank des Widerstands, den Messauda Namenlos zusammen mit anderen Frauen geleistet hatte, welche sich letztlich doch mit Hilfe einer monatelang köchelnden Masse aus Zucker und Zitronensaft darangemacht hatten, ihre Härchen eifrig und regelmäßig auszurupfen. Doch die Anführerin dieser Bewegung lehnte das standhaft ab, ungeachtet aller Bitten ihrer Töchter, die fürchteten, die Schamhaare ihrer Mutter könnten aus dem Schlüpfer hervorquellen, sich wie Algen im ganzen Hause ausbreiten, dann von einem Haus zum nächsten weiterwachsen, die staubigen Straßen überwuchern und schließlich den Dorfplatz erreichen, um dort wie eigensinnige Brombeerranken an Dutzenden Kaffeehäusern emporzuklettern, deren Eigentümer – natürlich – von Bander Shah erpreßt wurden.

Neben ihrer Hartnäckigkeit, ihrer Bauernschläue und ihrer enormen Fruchtbarkeit, die zu einer Kette von neun Zwillingsgeburten geführt hatte – abgesehen vom armen Mohamed Namenlos –, verstand sie sich bestens darauf, kinderlosen Frauen gute Ratschläge zu geben. Zudem leistete sie Hervorragendes in der Kunst des Tätowierens intimster und geheimnisvollster Körperregionen und verströmte – trotz ihres streitbaren Charakters – ihre Liebe in einem Ausmaß, dem nur ihre Gier gleichkam. Ihre große

Macht beruhte auf der Tatsache, daß sie alle Geheimnisse des Gouverneurs kannte, der, in derselben Küstengegend geboren wie sie, in Wirklichkeit nichts anderes war als ein ehemaliger Animateur in einem legendären Küstenbordell. Sie konnte sich eine derart ablehnende Haltung ihm gegenüber erlauben und seinen Antrag zurückweisen, seine jüngste Tochter mit ihrem Erstgeborenen zu verheiraten. Trotz einer gewissen Neigung zum Neureichtum lehnte sie eine solche Allianz strikt ab, die er ihr auf einem goldenen Tablett antrug. »Das Tablett riecht immer noch nach Puff!« verbreitete sie unter ihren Freundinnen, die die Mittagszeit bei ihr im Haus verbrachten, das für seine kühle Frische und als bester Platz bekannt war, Geheimnisse zu lüften, während die Vögel durch die Lüfte zogen und eine unwirkliche Atmosphäre verbreiteten. Als der Herr des Dorfes durch seine Spione darüber informiert wurde, entsandte er eiligst eine Friedensmission mit dem Vorschlag, als Gegenleistung für ihr Schweigen alle ihre Söhne bei der örtlichen Polizei unterzubringen, mit Ausnahme ihres Ältesten, weil dieser keinen Schatten nach sich ziehe, mit dem kommunistischen Schuster befreundet sei und einen Großteil der weiblichen Dorfbevölkerung verführe. Er versicherte ihr, von jetzt an keine Entscheidung mehr zu treffen, möge sie auch der Gesundheit dienen, und kein Gesetz zu erlassen, möge es auch der Freiheit dienen, ohne sich vorher von ihr beraten zu lassen und sich ihre Meinung anzueignen, die durch die Macht des Faktischen zu einer Art absolutem Recht geworden war. Messauda lehnte derartige Versöhnungsversuche ab und teilte den Gesandten des Bander Shah mit, daß sie nie, egal was passierte, einem Mann vertrauen könne, der einen Großteil seines Lebens damit zugebracht hatte, den Ausrufer im größten Bordell an der Küste zu spielen. Und sie schalt ihn, sich in Dinge einzumischen, die ihn gar nichts angingen. Solange sie lebte, würde sie ihre Schambehaarung behalten, mit dem einzigen Zweck, daraus ein Leichentuch für ihn zu weben und es bis zu dem Tag aufzubewahren, an dem rosafarbene Störche die erfreuliche Nachricht von seinem Tod verkünden würden. Da hatte der Gouverneur einen teuflischen Einfall: Er bot ihr unentgeltlich und lebenslang einen besonderen, direkt aus Kalifornien importierten Dünger an, der den Ertrag ihres Gartens enorm steigern sollte. Mit diesem Trick überwand er ihre Feindseligkeit, und nie wieder sprach sie über seine suspekte Herkunft oder seine beschämende Vergangenheit. Er ging indessen weiter seinen Geschäften nach; verkaufte Öl an Ausländer und schrieb liebevolle Briefe an seine Tochter, die noch an der Vervollkommnung ihrer Tanzschritte in der *Royal Academy* in Sydney arbeitete. Er verbreitete wieder Angst und Schrecken im Dorf, das sich für die Bockkämpfe begeisterte und mit dem Ausbrüten der Seidenraupenlarven zwischen den weiblichen Oberschenkeln beschäftigt war, und richtete seinen Falken ab, der den sanften Namen Juba hatte. Doch trotz dieser versöhnenden Versuche zwischen beiden Gegnern, den Skandal herunterzuspielen und die Gemüter zu beruhigen, blieben die Beziehungen zwischen ihnen gespannt. »Wegen dieses Schwachkopfs von Gouverneur trage ich meine Trauer zwischen den Schenkeln«, sagte sie oft zu ihren weiblichen Besucherinnen. »Hätte Gott kein falsches Spiel gespielt, wären die Bewohner Manamas nicht zu solcher Feigheit und Demut herabgesunken, und ich hätte nicht die ganze Zeit an die Tür des Glücks gekratzt.« Um vom Devisenschmuggel abzulenken, erließ Kulthums Vater genau zu dieser Zeit ein seltsames Gesetz, das die Rasur der Schamgegend unter dem Vorwand vorschrieb, damit die Verbreitung von Geschlechtskrankheiten zu unterbinden, die in den benachbarten Dörfern großes Unheil angerichtet hätten. Es gab niemanden, der diesen Trick nicht durchschaut hätte, allen voran Messauda. Sie fand heraus, daß dahinter eine Anspielung des Gouverneurs auf die Potenz ihres alleingeborenen Sohnes steckte. Um böse Überraschungen zu vermeiden, traf sie Vorsichtsmaßnahmen: Sie hielt ihn an, auf ein scharfkantiges Schwert zu pissen, das früher einem ihrer Vorfahren gehört hatte, einem tanzenden Derwisch. Auf diese Weise wollte sie jede schändliche Krankheit mit Stumpf und Stiel ausrotten. Raschid Bnasser kam als erster auf die Idee, Malika Namenlos einen Heiratsantrag zu machen. Malika war unzufrieden, immer noch Jungfrau zu sein, obgleich die phosphoreszierenden Schmetterlinge sie nach Lust und Laune besuchten und trotz der Versuchung Ahmads – ihres Zwillingsbruders – seine Hand unter ihre verspielten Musselingewänder zu stecken. Sie lehnte für sich auch jene kleinen Albernheiten ab, die ihre Schwestern sich erlaubten, wenn ihre Mutter mal in ganz ausgelassener Stimmung war und Tränen lachte. Sie hatte auch nicht die Angewohnheit, Kleinkinder unter ihre Kleider zu stecken, um sie zu wiegen und ihnen zu zeigen, welch bittersüße Versprechungen die weibliche Finsternis birgt. Trotz zahlreicher und eindringlicher Versuchungen gelang es ihr, sich von allen Sünden fernzuhalten, bis der Tag kam, an dem sie von der Absicht des Landvermessers erfuhr. Die Sache wurde nicht auf die lange Bank geschoben, und zwei Monate nach der Verlobung, die durch ihren ältesten Bruder vereinbart wurde, als dieser auf dem Dorfplatz die Vögel fütterte, fand die Hochzeit in einer Atmosphäre großer Freude statt. Das ganze Dorf ertrank in Zitronen- und Orangenlimonade, Mandelsirup und Mandelmilch. Der Bräutigam jedoch konnte seinem Verlangen nicht widerstehen, ein paar Flaschen Bier mit seinem neuen Schwager zu leeren, um sich Mut anzutrinken und der Familie Namenlos zu begegnen: vor allem dem Zwillingsbruder seiner Braut, der geschworen hatte, ihm ein Messer in den Hals zu stoßen. Diese sinnlosen Drohungen lösten sich aber nach ein paar Wochen in nichts auf und wurden schließlich ganz vergessen, als Malika Bnasser ein bezauberndes Mädchen gebar. Man feierte das Neugeborene, wie es sich gehört, und Messauda schlachtete ein paar Ziegen, um Gott für die Fruchtbarkeit zu danken. Sie war davon überzeugt, daß diese Geburt das erste Anzeichen einer wundervollen Zukunft sei, die ihrer großen Familie durch Epochen, Dekaden und politische Systeme hindurch einen blühenden Weg bereiten würde. An diesem Tag, nach langer Zeit des Haderns, gehorchte sie dem Willen Gottes, kratzte sich an der Schambehaarung, die sie zuvor mit Orangenblütenwasser gewaschen hatte, und sagte: »Jetzt, da die Dinge wieder ins Lot gekommen sind, verlasse ich mich auf Dich, Herr! Mögest Du mir doch noch einen Schwiegersohn schicken, der von Gartenarbeit begeistert ist!«

Mohamed Namenlos hingegen mißfiel diese Geburt, da er dadurch seine eigene Einsamkeit noch stärker empfand. Er erinnerte sich, daß er der einzige unter seinen Geschwistern war, der allein zur Welt gekommen war. In dieser Zeit merkte man genau, wie er sich in sich selbst zurückzog. Er zog seinen Schatten hinter sich her, hörte auf, die Gebärmütter von Frauen mit seinen nächtlichen Zärtlichkeiten zu bespritzen, fütterte die Vögel nicht mehr und war nicht einmal mehr in der Lage, das Lachen der Kinder, das Gakkern der Hühner, das Geschrei der Störche und das Knirschen der Handmühlen zum Verstummen zu bringen, wenn er an ihnen in einer Entfernung von nicht weniger als 166 Metern vorbeiging. Zu jener Zeit verzichtete er sogar darauf, nach der Stelle zu suchen, an der die Muqaddima von Ibn Khaldun geschrieben wurde, er schloß sich im Laden des Schusters ein, in dessen Begleitung er ihn erst wieder verließ, wenn er sich im Bordell *Zum geilen Bock* besaufen und die älteste Nutte überreden wollte zuzugeben, seine Zwillingsschwester zu sein, da er den Gedanken nicht ertragen konnte, daß alle seine Geschwister als Zwillinge zur Welt kamen, während er – wie es das Schicksal wollte – allein geboren worden war. Alawa Ahmar sagte ihm dann:

»Hör auf mit dem Unsinn! Du solltest damit zufrieden sein, es Gott gleichzutun, denn der ist auch allein und gar nicht so übel. Du weißt doch, auch er hat keinen Bruder, sonst wär's auch die reinste Katastrophe.« Falls er weiterhin so apathisch und untröstlich bliebe, so überzeugte ihn sein Freund, bliebe ihm lediglich übrig, sich am selben Baum aufzuhängen, an dem sich auch der Gründer Manamas erhängt hatte, als er glaubte, die Salzkarawanen störten den Gleichlauf der Uhren. Also plante er, die Sanduhren durch Salzuhren zu ersetzen, die die Zeit sanfter und freundlicher sowie genauer und leichter ablaufen lassen sollten. Vor allem auch deshalb, da er damals, als er an diesen Ort kam, wahrgenommen hatte, daß die Luft innerhalb seiner Mauern einen faden Geschmack erzeugte, ähnlich dem Geschmack des Weltuntergangs. Als dieser Gründer das erste Haus in der Gegend baute, war er voller Elan, Wasseruhren herzustellen, um sie den Kameltreibern zu verkaufen, die anstelle des in dieser Wüste extrem knappen Wassers ihren reichlich strömenden Schweiß benutzen sollten. So könnten sie Salz und Sand einsparen und stundenlang voller Erstaunen ihren von einem Behälter zum anderen fließenden Schweiß beobachten und eine Vorstellung von Zeit und Raum bekommen; denn in Wirklichkeit waren ihre Markierungen, an denen sie sich jahrhundertelang orientiert hatten, zerfallen und dem Untergang geweiht. Dies setzte ihnen sehr zu – aber es schärfte auch ihre Wahrnehmungsfähigkeit für das, was gespielt wurde, und so ließen sie denn den Gründer in seinem Dorf sitzen, das bis ans Ende der Zeit immer weiter austrocknete trotz der Bäume, die er gepflanzt, und der Störche, die er hierhergebracht hatte. Für nichts und wieder nichts – denn heute wissen die Bewohner von Manama, daß Salz nie Sand ersetzen kann und daß Wasseruhren Alterserscheinungen bekommen, mögen sie auch von einer flüssigeren und flüchtigeren Substanz angetrieben werden. Gewiß, die Bäume bewiesen ihre

Nützlichkeit und spendeten Schatten bis zu einigen Kaffeehäusern, die keine gute Lage auf dem Dorfplatz genossen. Die Störche allerdings, von weit hergebracht, waren nutzlos geworden, sie verdoppelten bloß den Lärm, der die Ohren taub werden ließ. Und wenn der Wind günstig stand, war dieser Lärm sogar in der Lage, den Alltag der Eskimos in Kanada durcheinanderzubringen. Mohamed Namenlos wies den Rat des greisen Schusters zurück. Undeutlich wurde er sich darüber klar, daß er nichts zu schaffen hatte mit den Spinnereien dieses Kaufmanns, der das Dorf gegründet hatte, denn wie er gelesen hatte, wollte dieser Kaufmann auf dem Dorfplatz eine goldene Statue aufstellen, die ihn selbst zeigte und die von dem Ertrag finanziert werden sollte, den der Handel mit schweißbetriebenen Wasseruhren abwarf, welche er auf betrügerische Weise den naiven, ungebildeten Beduinen verkauft hatte. Aber die veränderten Routen der Karawanenwege hatten seine Hoffnungen zunichte gemacht. Mohamed Namenlos konnte gar nicht anders, als ihn im Innern regelrecht zu hassen, obwohl er Anerkennung empfand für dessen gute Idee, Bäume zu pflanzen, auf denen heutzutage abgerichtete Vögel nisten, dank seiner Klugheit und legendären Geduld. Mohamed Namenlos schaffte es nicht, seine Erinnerung loszuwerden. Es hätte ihm auch nichts genützt, sie einfach in nichts aufzulösen und sein ihm anhaftendes Unglück zu vergessen, welches es so wollte, daß er einsam und allein und ohne Zwillingsschwester geboren worden war, die ihm hätte Ruhe bringen können im flüssigen Dunkel, das nichts anderes war als der Bauch seiner Mutter. Mit Begeisterung sammelte er alte Manuskripte und vergilbte Bücher, deren Patina ihm einigermaßen half, Realität von Phantasie zu unterscheiden. Er war vernarrt in die Weltgeschichte, deren weitumfassenden Charakter er wohl wahrnahm, ohne jedoch imstande zu sein, sie einzukreisen und aus der Nähe zu begreifen. Seit dem Tod seines Vaters hatte sich vieles ereignet, und ungeachtet der Trägheit in seiner Umgebung, der Armut und Unwissenheit schien es ihm, als laufe irgendwo etwas so schnell ab, daß die Zeit des Stotterns allmählich zu Ende gehen würde, falls nicht alles bloß ein Produkt seiner Phantasie wäre, entflammbar durch den kleinsten Funken. Die Erinnerung, die er sich herausgesucht hatte, geriet ebenfalls in Bewegung und blähte sich auf, bis sie völlig ausuferte und ihn wie ein unaufhörlich im Kopf herumwandernder Stein belastete.

Ein Jahr schob das andere vor sich her und war so schnell in der Erinnerung gefangen wie die Maus in der Falle. Eine Zwangsvorstellung verfolgte ihn. Denn neunzig Jahre nach dem Tode Ibn Khalduns, am 28. März 1498, hatte Ibn Majid, dieser Dichterling, den Westeuropäern nicht nur den Seeweg nach Indien, sondern auch die Herkunftsländer der Gewürze, Seide, Baumwolle und Sklaven erschlossen, zu einer Zeit, als Manamas Bewohner die Tatsache nicht akzeptieren konnten, zerrissen und zersplittert zu sein. Lange Zeit hindurch hatten sie sich durch die Prophezeiung desjenigen mitreißen lassen, der eines Tages im Herbst 1375 in ihr Dorf gekommen war, um ein überwältigendes literarisches Werk zu schaffen, in welchem er alle historischen Kausalitäten und wissenschaftlichen Gesetze präzise niederschrieb, die die Welt verändern sollten. Ahmad Ibn Madjid hatte nichts anderes getan, als diese Katastrophe zu beschleunigen, so daß der kolonialistische Weg für die Portugiesen und alle anderen feierlich eröffnet wurde. Deren Vorherrschaft setzte sich immer weiter durch und riß Millionen schmerzhafter Partikel mit sich, deren man sich nicht so leicht entledigen konnte, während man fortfuhr, die Fußsohlen der ganzen Menschheit mit glühenden Zigarren zu mißhandeln. Das war eine perfekte Geschichte für Namenlos, der ja selbst voller Seltsamkeiten war. Überall spürte er verborgene Kräfte und Phänomene, und er hatte eine Vorliebe dafür, sich im diffusen Licht der Seltsamkeit zu bewegen, das er täglich mit immer neuen und oft sehr schönen Geschichten am Leuchten hielt, in denen von einem bezaubernd herausgeputzten Kind mit außergewöhnlicher Begabung die Rede war. Er verstand es ausgezeichnet, von einer Erfindung auf die andere überzuschwenken, und so begann er, sich selbst und seinen engsten Freunden zum einen jene zweifelhafte Schlacht des Gründers von Manama vor Augen zu führen, der sich für den Salzhandel begeisterte, zum anderen die Schlacht des Seefahrers Vasco da Gama, dem die Geographie des schwarzen Pfeffers keine Ruhe mehr ließ. Zwei entgegengesetzte Wege trafen sich mitten im Gewühl des ausgedehnten Handels, des Gewürzschmuggels, des Sklavenhandels und der Ausbeutung von Menschen. Ein Monat kam, der andere ging, die Wochen purzelten, und die Angst grub einen Tunnel quer durch sein Hirn, das bis an die Grenzen seines Fassungsvermögens von Weltgeschichte durchströmt wurde. Sobald er diesen Punkt erreicht hatte, verstand er rein gar nichts mehr. Vor sich sah er die Schicksale berühmter Abenteurer, die in Zwickmühlen gefangen waren und Gefahr liefen, zermahlen zu werden durch die Verwechslung übler Umstände, durch zweifelhafte Allianzen, endlose Verflechtungen, unglaubliche Überschneidungen, historische Überlagerungen und durch eine schrille Ansammlung von Ereignissen, die über die Menschen hinweggingen. Und all das war ihnen nur vage und begrenzt bewußt, obgleich sie ahnten, daß dieser seltsame Ozean Geheimnisse, schwere Gerüche und organische Fäulnis verbarg, die schließlich zu diesen teuflischen Verflechtungen zwischen den Alltäglichkeiten führten, die die Zerbrechlichkeit des Sterbens sowie die für alle Zeiten festgeschriebenen Schicksale tragen, ständig miteinander verwoben und zugleich in eine Struktur von Zusammenhängen eingebunden, die sie – die Entdecker der Neuen Welt – noch nicht entschlüsseln konnten; vielleicht weil sie annahmen, die Geschichte sei eine Monatsbinde, die den Ausfluß ihrer Wahnvorstellungen aufsaugt. Ganz zu schweigen von den inneren Spuren, die von den durcheinandergeratenen Relikten hinterlassen wurden, wie auch von den Bewegungen eines sechzehnjährigen jungen Mädchens, das wie wild in den Straßen von Sydney tanzte ... Nach solcher Lektüre, in der die Geschichte samt ihren krummen Pfaden auf ihn einstürzte, fühlte sich Mohamed Namenlos müde und erschöpft, ständig erinnert an jene bitterkalte Nacht, in der sein Großvater ihn an einen Ort mitnahm, wo er zum ersten Mal in seinem Leben eine Lokomotive erblickte, die in bläulichen Qualm gehüllt bewegungslos auf den Schienen stand und deren endlose Nebelschwaden ihn sein Leben lang fesseln sollten. Sein Großvater sagte: »Schau dir an, was sie gebaut haben! Glaub bloß nicht, ein Pferd wäre vornehmer.« Er lehrte ihn auch, durch Geschicklichkeit den anderen bei ihren Späßen einen Strich durch die Rechnung zu machen, und brachte ihn nach einem langen Marsch ins Dorf zurück, den das Kind erschöpft und aufsässig machte. Erst zwanzig Jahre später verstand Mohamed Namenlos die Worte seines Großvaters. Er brauchte lange dazu, aber die Geschichten über die Salzkarawanen, die Heldenepen um den Pfeffer und der Dogmatismus einiger Manuskripte machten ihm schließlich klar, daß die Beherrschung der Völker immer von den Verkehrswegen abhängig war.

Jeder Rausch brachte ihn zu seinem Großvater zurück. Bei jedem Kater sah er ihn dort im Innenhof des Hauses sitzen, beim Lesen alter Schriften oder beim Entschlüsseln der Symbole einiger Eisenbahn- oder Wasserwegkarten. Tatsächlich war der Großvater der einzige Mensch, den er lieben gelernt und von dem er Lektionen in Liebe, Zärtlichkeit und Begeisterung erhalten hatte. Er erzählte sagenhafte Geschichten und inszenierte vor dem Kind, das mit weit aufgerissenen Augen vor ihm stand, eine komplette Vorstellung alles Merkwürdigen und Fremden. Er hatte aber nie den Mut zu sagen, nicht selbst der Führer der riesigen, in blaue Wolken gehüllten Lokomotive zu sein, die flüchtig vor ihm erschien. Sein hagerer Großvater war nur Laternenträger an einem zweihundert Kilometer von Manama entfernten Bahnübergang in der Nähe eines anderen, noch bedeutungsloseren Dorfes als Manama, auf dessen Gebiet sich aber die Streckenführung einer Eisenbahngesellschaft befand. Von Anfang an hatte Namenlos bemerkt, daß seine Mutter Messauda etwas dagegen hatte, wenn er sich den Phantasien des Alten hingab, von denen er sich für alle Ewigkeiten erfaßt fühlte, die ihm unauslöschlich eingemeißelt und für alle Zeiten aufgezeichnet waren: Linien formten ein kompliziertes Netz aus aufeinanderfolgenden Schienen, die sich am Horizont brachen und ineinander übergingen, um nicht enden zu müssen. Sie wimmelten von abstrakten Zukunftsplänen, blähten sich auf in der stechenden Kälte und ließen schließlich die Zeitkreise in Tausenden von Splittern, wackligen Räumen und unglaublichen geometrischen Formen zerplatzen. Später, viel später, an dem Tag, als seine Mutter beerdigt wurde, fühlte er noch dieses ungeheure Pulsieren auf seiner Haut, das die Weltraumlinienarchitektur hervorgerufen hatte, von der er nichts verstand, die er aber irgendwie erahnt hatte; undeutlich, während einer merkwürdigen Vision, die ihn sein Leben lang begleitete und ihn glauben ließ, innen behaart und außen mit Eisendraht zugenäht zu sein. Als er diese Lok zum ersten Mal erblickte, wußte er sogleich, daß er im Alter zum Leiden und Straucheln verurteilt sein würde. Noch heute hatte er ein lebendiges und unruhiges Bild des Alten vor Augen, wie dieser nachts mit seiner Laterne an den Wegzeichen entlanglief und morgens glücklich mit zerzaustem Haar, in seiner schwarzen Jacke mit dem aufgenähten Firmenzeichen zurückkehrte und seine müden und wunden Füße in heißes Sodawasser steckte. Aber trotz dieser innigen Beziehung fand er nicht den Mut, seinem Enkel gegenüber zuzugeben, daß er alles verloren hatte, sogar die Initialen, die ihm als Namen dienten. Statt dessen hatte man ihm jenen plumpen Namen des Bahnhofsvorstehers angeheftet, bei dem er als Laternenträger arbeitete. Mohamed entdeckte diese Schlamperei erst viele Jahre später, als es in Manama – nach Jahrhunderten – wieder einmal geschneit hatte. Dieses unglaubliche Ereignis trug dazu bei, daß die Bewohner aus sich herausgingen und ihre Geheimnisse preisgaben, so als hätten die Schneeflocken ihre spannungsgeladenen Haarwurzeln befeuchtet, die die Haut des Hinterkopfes überwucherten und die ihre Hirne wie mit einem Schraubstock aus schwerer Bronze umschlossen. Mit einem Mal war alles möglich. Zum ersten Mal hörte man Messauda Namenlos in der Kirche singen, als ob das Weiß, das die Erde bedeckte, ihr eine gute Dosis Heiterkeit injiziert hätte, obgleich sie doch ihre Umgebung schon an ihre Wutanfälle gewöhnt hatte. Sogar ihre Lachanfälle waren nur Ausdruck ihrer Ratlosigkeit, der sie entkommen wollte, um zu verhindern, daß durch die Tür ihres Glücks – wie sie gewöhnlich den Ort ihrer Fruchtbarkeit nannte – das Leid eindringen würde. Einer der Mauerwächter, ein Greis von 124 Jahren, war es, der Namenlos erzählte, wie der Name seines Großvaters ein zweites Mal geklaut worden war. »Man nannte ihn Mohamed Bu Nufus, und du solltest ihn nicht dafür schelten, daß er diesen Beinamen nicht ertragen konnte, der einen Sklaven aus ihm machte.« Dieser Bu Nufus war ein riesiger Kerl mit stinkendem, von Alkohol und Knoblauch verseuchtem Atem gewesen, aus irgendeinem Gefängnis geflohen. Um ihn auf die Probe zu stellen, hatte die Kolonialbehörde ihn losgeschickt, um nachts für den einzigen Zug Wache zu halten, der nur einmal täglich vorbeikam, 200 km von Manama entfernt. Mohamed Namenlos, der Ältere, wurde so zu seinem Laternenträger, einem Faktotum und seinem Geheimsekretär, so daß die Leute immer, wenn er die Schienen kontrollierte oder irgend etwas für seinen Arbeitgeber erledigte, ausriefen: »Da ist der Bursche von Bu Nufus!« Das ging schließlich so weit, daß sie, sobald sie ihn sahen, schrien: »Da ist Mohamed Bu Nufus!« Ganz einfach ... Diese Entdeckung brachte den Enkel fast dazu, sich selber in Todesstarre einzufrieren, wobei auch die Vitalität seiner letzten Erinnerungen diesen Zustand nicht zu beseitigen vermochte. Vergeblich versuchte er, seine unglaublichen Begabungen wachzurufen, um sich einbilden zu können, sein Großvater erschiene im Innenhof des Hauses und verlange Rechenschaft von ihm. Diesem Zustand ausgesetzt und zitternd vor Kälte, genau wie an dem Tag, als er die erste und letzte Lokomotive in seinem Leben gesehen hatte, gab er sich regelmäßigem Trinken hin, um die erhoffte Vision zu bekommen. Frühmorgens erwachte er erschöpft, noch bevor sich Messaudas Haus in einen summenden Bienenstock verwandelte. Doch zum zweiten Male scheiterte sein Versuch. Der Gedanke, Kontakt mit seinem Großvater aufzunehmen, um diesen zu bitten, ihm das Schweigen über seinen erbärmlichen Namen zu erklären, bereitete ihm weitere schlaflose Nächte. Ja, dieser Name hatte seine Identität befallen, zermalmt und beseitigt unter dem Druck dieses Kolosses, der Bahnhofsvorsteher und Herr seines Bediensteten geworden war. Namenlos bildete sich ein, sein Großvater löse sich von ihm, verschwände und entrinne ihm, um schmerzhaften Erklärungen aus dem Wege zu gehen. So beschloß Mohamed, sich vor die Mauern zu begeben und von der ganzen Welt zurückzuziehen. Bevor er das Dorf verließ, zerschlug er ein paar Käfige, zerriß die Liebesbriefe, die er früher geschrieben hatte und betrank sich wie noch nie in seinem Leben. Draußen, in der Wüste, erschlaffte sein Zorn mit dem Nachlassen der Sandstürme, es kamen Bitterkeit und Schwanken. Er fühlte sich wie in einer Falle, weil sein Großvater nicht den Mut gehabt hatte zu sagen, daß er sogar die armseligen Initialen verloren und zum Ausgleich dafür einen Nachnamen unbekannter Herkunft gekauft hatte. Den Namen eines Kolosses von 1,90 Meter Größe, ein ehemaliger Sträfling und Frauenmörder, der seine Geliebten über dem Feuer seiner tödlichen Leidenschaft geröstet hatte. Der Herausforderung, dieses Geheimnis zu verarbeiten, war er nicht gewachsen; vor allem nicht zu einer Zeit, in der die Überspanntheit seiner Mutter, die Spinnereien seines kommunistischen Freundes, die Ströme von Menstruationsblut seiner Schwestern, der Lärm der Störche, das Kokettieren der Kakadus, die Tricks der Straußhühner, die Kämpfe der Böcke, die Wettspiele der Vögel und die Kopfschmerzen, unter denen seine arabischen Papageien litten, ihm alle Kräfte raubten und seinen Verstand ernsthaft angriffen. Alles versank unter den Trümmern einer verdrehten Welt, in der sein Großvater zu einem Mysterium geworden war. Es war unmöglich, ihm, seinem Großvater, zu vergeben, denn der hatte sich geweigert, das Rätsel dieses lächerlichen Namens zu lösen, weil er es von einem menschlichen Ungeheuer geerbt hatte, dessen schallende Stimme Panik unter den Gazellen auslöste, selbst wenn sie Hunderte von Metern entfernt waren. Sein Großvater hingegen war nicht größer als 1,50 m und nicht schwerer als 50 kg gewesen, mit einem hellen Stimmchen wie das eines kleinen Mädchens, das von Honig und Zitronen lebt. Mohamed blieb nur noch eine Möglichkeit: Er mußte seine Widersprüche hart angehen, die Geschichte verbrennen, Kerben in die Wörter schneiden und Löcher in seine Sehnsucht schlagen, statt den Kummer in sich aufzustauen, der sich im trockenen und verbrannten Wüstensand noch steigerte. Selbst die schönsten Erinnerungen an die verrückten, umherflatternden Vögel oder an das alte, vom Duft des Basilikums erfüllte Haus, das einen glauben ließ, auch die Wände seien parfümiert, konnten seine Trauer nicht mindern. Und so ging er in stürmischem Zorn los, den Geist des Großvaters zu jagen, der ihn zweifellos betrogen hatte. Bis er ihm tatsächlich eines schönes Tages erschien! Oder ein genaues Abbild von ihm. Er trug eine zerrissene Jacke und hatte die Statur einer Puppe. Seine Augen verfolgten und beunruhigten Namenlos. »Welch Unglück, daß du jetzt weißt, was geschehen ist«, sagte sein Großvater zu ihm. Der andere stand unter Schock, blaß und unruhig blickend. Der Schmerz legte sich wie ein Kragen um ihn und schnürte ihm die Kehle zu. »Ich erwarte dich im Innenhof. Hier ist es zu windig und zu heiß. Ich habe auch keine Lust, Messauda in Ohnmacht fallen zu sehen ... Sie ist eine gute Frau. Ich kenne die Probleme, die sie mit den Gurken hat, aber du solltest dich nicht von diesem blöden Namen betroffen fühlen. Du findest sämtliche Erklärungen in den Manuskripten; hör nicht auf, sie einzusehen!« Nach diesem Treffen, ob Einbildung oder Traum, wartete er lange Zeit in der Wüste darauf, daß seine Mutter kommen und ihn nach Hause holen würde. Die aber weigerte sich, diesmal seinen Launen nachzugehen, schnappte laut mit den Trägern ihres Büstenhalters und versicherte ihren übrigen Kindern, er befände sich an einem ihm angemessenen Ort. Außerdem brächte seine Abwesenheit jenen Frauen etwas Ruhe, mit denen er seine üblen Gewohnheiten praktizierte, und sie würde die Zahl der Vögel verringern, die sich an ihren Gurken, Wassermelonen und Feigen gütlich taten. Zudem würde die Legende von seinem Schatten an Bedeutung verlieren, und die Dorfbewohner würden merken, daß ihr Erstgeborener ein Faulpelz sei, den man entbehren könne, fügte sie hinzu. Im stillen jedoch litt sie und spürte mit aller Härte, wie das Einkommen sank, weil der Sohn sie im Stich ließ. Vor allem benötigte sie seine Art Phantasie, die er überall blicken ließ, wo immer er vorbeiging. Und um ihre Trauer zu vergessen, widmete sie sich ganz ihren Pflanzen, die sie neuerdings nachts mit dem Menstruationsblut ihrer Töchter goß, das sie in silbernen Nachttöpfen sammelte. In einem speziell für diesen Zweck vorbereiteten Raum bewahrte sie das Blut bei einer wissenschaftlich errechneten Temperatur von 37ffl Celsius auf, obwohl sie doch den merkwürdigen Dünger besaß, den ihr der Gouverneur heimlich und in reichlichen Mengen schickte. Während dieser Zeit, als sich Mohamed Namenlos von Haus und Dorf fernhielt, versuchte Messauda, ihre achtzehn Zwillingssöhne und -töchter anzuregen, aber die beschränkten ihre Unternehmungen auf harmlose Spiele und Späße. Erst recht vermieden sie es, Namen, Kleidung und Geschlechtsteile untereinander auszutauschen, aus Angst, dadurch entstehende Verflechtungen ihrer Persönlichkeiten in Abwesenheit ihres Bruders nicht wieder lösen zu können. Dieser, Opfer seiner Verbohrtheit, fühlte sich von Ibn Majid noch mehr im Stich gelassen als von seinem Großvater. Besonders scharf verurteilte er Ibn Khalduns Egoismus und Gefühllosigkeit, dem er nicht verzeihen konnte, daß er dem Ertrinken seiner ganzen Familie, die per Schiff von Tunis nach Alexandria auf dem Weg zu ihm gewesen war, nur fünf Zeilen in seiner *Muqaddima* gewidmet hatte. Namenlos hatte genug von dieser Sorte Familie, die zu nichts von Nutzen war, als Geheimnisse zu verschweigen und beim Tod anderer nichts zu empfinden. So sagte er sich oft: »Es wäre besser für ihn gewesen, er hätte eine Trauerfeier veranstaltet, statt nach der Ursache für das Elend der Welt zu suchen.« Denn als Ibn Khaldun von dieser Katastrophe erfuhr, die sich im Monat Mai des Jahres 1398 ereignete, war er in erster Linie mit der Jagd nach dem höchsten Richteramt in Kairo beschäftigt, um das er sich jahrelang bemüht hatte. 1399 bekam er schließlich, was er sich gewünscht hatte. Nur fünf Zeilen über das Ertrinken seiner gesamten Familie im Meer!

Ein Tag schiebt den anderen vor sich her, und die Erinnerung bläht sich auf wie ein Stück mageres, mit Kümmel gekochtes Fleisch. Als Namenlos seinen Körper der Mittagssonne und den Offenbarungen der großen Weite aussetzte, fühlte er es in seinem Kopf gären, und seine Nerven weichten auf wie das Brot, das sein Großvater, der Verräter, in seinen Morgenkaffee tunkte. Er wandte sich wieder der Alchimie der apokryphen Manuskripte sowie jener notwendigen Heiterkeit zu, die ihn dank der Naivität der Leute von Manama dazu brachte, sich von seinen facettenreichen Zaubereien zu befreien. So unterlag sein Schatten dem physikalischen Sonnengesetz, den die Abendfalter in einem stürmischen verrückten Wirbel umflatterten. Von Panik ergriffen, daß er sich unbewaffnet inmitten dieser weiten und gewaltigen Wüste befand, machte er sich klar, wie gefährlich dieses Spiel sein könnte, die Identitäten seiner Brüder und Schwestern auszutauschen. Er wollte sich damit nicht nur für den Fluch der Isolation rächen, sondern sein Selbst in den höchst verschlungenen Gewölben des Blutes suchen, um die Spitze dieses außergewöhnlichen Familienstammbaums zu erreichen, der weder auf sein Wissen noch auf seine Schwermut verzichten konnte. Er wußte genau: Kehrte er nicht so schnell wie möglich nach Hause zurück, würde niemand kommen und ihn suchen, und dann verfiele die ganze Familie dem Chaos der Sünde, die ihn durcheinanderbringen und seiner ganzen Substanz berauben würde. Also rannte er los, um möglichst anzukommen, bevor seine Mutter sich für seine Abwesenheit rächen und ihr fürchterliches Vorhaben verwirklichen könnte, ihre Schamhaare wachsen zu lassen, bis sie aus ihrem Schlüpfer hervorquellen, sich im Hause ausbreiten und die Straßen wie mit bösartigen blauen Dornen aufreißen würden. Gesenkten Hauptes kehrte er nach Hause zurück, bedrückt und verärgert darüber, daß ihn niemand vermißt hatte. So betrat er den Laden des Schusters, der ihm Kaffee anbot, als habe er ihn erst gestern gesehen. Zu seinem Schrecken vernahm er, daß sich die Zahl der Störche vervielfacht und die letzte Schlacht ihren Lärm nur verstärkt hatte. Sie hämmerten mit ihren Schnäbeln auf die Flachdächer der Häuser, als wollten sie das Dorf provozieren oder den 1001. Jahrestag ihrer Ankunft im Gepäck eines Händlers in Manama feierlich begehen; jenes, der geglaubt hatte, schlauer zu sein als die Salzkarawanenmänner, und sie für dumm genug hielt, mit Stirnschweiß betriebene Salzuhren zu kaufen. Sogar die zerbrechlichen Vögel, die die Amazonen dem Dorf geschenkt hatten, gaben mit keinem Zeichen zu erkennen, daß sie nach seiner, Mohameds, Abwesenheit an Versorgungsmangel litten. Seine Familie allerdings war in ihr Neugeborenes vernarrt, in die Kleine von Malika Bnasser, und brachte die ganze Zeit damit zu, sie zu kitzeln, um das spezielle Toben ihres starken und gewaltigen Blutes herauszufordern. Messauda bemühte sich sogar, ihn gar nicht erst zu treffen, und widmete sich hingebungsvoll der Herstellung von Vogelscheuchen zum Schutz ihrer Pflanzen und ihrer acht Töchter, die sie noch nicht verheiraten wollte und deren Schönheit vielleicht den bösen Blick der anderen auf sich ziehen könnte. »Wie ich sehe, bist du zurückgekommen«, sagte sie zu ihm. »Außer der Feigenernte hast du nichts verpaßt. Keine Sorge, dein Anteil liegt im Menstruationsblutzimmer für dich bereit.« Selbst sein Schwager, der Bodenvermesser, zeigte bei seinem Wiedersehen keine große Freude. »Seit du weg warst, gab's hier nichts Neues, außer daß ich das Saufen nicht mehr vertrage wegen meiner Magengeschwüre. Außerdem bekommen wir neue präzisere Instrumente für die Bodenvermessung, mit denen wir innerhalb weniger Tage Ibn Khalduns Haus lokalisieren müßten ...« Mohamed Namenlos wagte nicht zu sagen, daß sich seine Begeisterung für Ibn Khaldun wie eine gut behandelte Fieberkrankheit gelegt hatte. So erzählte er ihm auch nichts vom Egoismus seines Lehrmeisters, der den Untergang seiner Familie bloß wie den Unfall einer fremden Person erlebte. Seit diesem Tag spürte er seine Nutzlosigkeit und dachte ernsthaft an Selbstmord, an Erhängen, und zwar an dem Baum, der den Tod des Dorfbegründers erlebt hatte. In der Zeit bis zur Durchführung dieser Absicht beschäftigte er sich zum ersten Mal mit den Bockwettkämpfen und begann, große Summen Geldes zu verspielen, ungeachtet der Vorwürfe seiner Mutter. Das Glück verschloß sich ihm anfangs, aber bald schon begriff er, daß ihm die australischen Böcke nichts als Unheil brachten, so daß er auf die Idee kam, sie mit den hiesigen Ziegen zu kreuzen. Innerhalb kurzer Zeit hatte er eine unglaubliche Rasse gezüchtet, deren Gehörn mehr dem eines Zebus als dem eines Schafbocks ähnelte. Dank dieser Züchtung erzielten seine Tiere überwältigende Siege, was ihm ermöglichte, ein Vermögen für seine Familie zu erwirtschaften, so daß Messauda in einer Flut übertriebener Freude sich diesen Reichtum zu eigen machte. Dreimal wöchentlich schulterten ihn diejenigen, die auf seine Tiere setzten. Doch er litt unter dem Groll seiner Gegner, die ihm vorwarfen, er erziele diese Ergebnisse, indem er seine eigenen Schwestern mit den australischen Böcken kreuze und mit dem Gouverneur unter einer Decke stecke. Diese Beschuldigung war zwar so grotesk, daß sie wenige Anhänger fand, immerhin aber Argwohn unter seinen begeistertsten Anhängern säte. Auch Messauda, die immer bereit war, die Absichten und Taten ihres Sohnes in Zweifel zu ziehen, hielt dieser tendenziösen Propaganda nicht stand. Um sich zu vergewissern, überprüfte sie die Schamteile ihrer acht Töchter auf ihre Unberührtheit, klug und vornehm. Der plötzlich entstandene Reichtum durch das lukrative Wettgeschäft, die Züchtung dieser merkwürdigen Böcke und den Anbau von Gurken und Bohnen, die sowohl mit dem Präparat aus Kalifornien als auch mit dem Menstruationsblut der Mädchen gedüngt waren, ermöglichte Messauda, Wände einzuziehen, weitere Möbel anzuschaffen, eine Klimaanlage im Menstruationsblutzimmer zu installieren und sich auf die Erneuerung der Gewächshäuser zu stürzen. Sie dachte sogar daran, ein Becken auszuheben: Wenn es nach zehn Jahren endlich einmal regnen würde, könnte sie problemlos das Regenwasser sammeln, und – unter Beimischung einiger Zentner Salz – Seefische halten. Aus diesem Grund hielt sie in einem Kristallpokal aus Schiraz zehn Sardinen in Reserve, die es sich wohl sein ließen und gute Pflege genossen, da Messauda sie nicht aus den Augen ließ und dem leisesten Kopfweh, den unbedeutendsten Launen oder dem kleinsten Liebeskummer, unter dem ihre Lieblinge litten, auflauerte. Angesichts der zunehmenden Frevel der Familie Namenlos wagte Bander Shah erneut einen vorsichtigen Vorstoß bei der Hausherrin mit dem legendären Büstenhalter, der die Vögel im Umkreis von mehreren Kilometern erschreckte, und brachte seinen Wunsch einer Verschwägerung ihrer beiden Familien durch die Heirat ihres ältesten Sohnes mit seiner zweiten und letzten Tochter vor. Um ihn hinzuhalten, machte Messauda einen Gegenvorschlag: Sie stimmte einer Hochzeit ihres Sohnes Mohamed Namenlos zu, aber mit seiner Tochter Laila, die in Sydneys *Royal Academy* Tanz studierte. Über diese List seiner Erzfeindin geriet er derart in Wut, daß er gar nicht daran dachte, darauf zu antworten, da er von der Vorstellung verblendet war, seine Tochter nur mit einem echten Prinzen zu verheiraten.

Jahr um Jahr verging, und schließlich verjagte Mohamed Namenlos seine große Trauer, deren Ursache die Entdekkung des unwürdigen Zunamens war, der seinem Großvater angeheftet worden war. Gras wuchs über diese schreckliche Pein, und der Erfolg, den er durch die Wetten erzielte, half ihm, sogar den Groll gegen sich selbst zu vergessen. Sehr schnell schon langweilte ihn das Geldscheffeln und die enorme Verschwendungssucht, die die Familie in ihrer Besessenheit nach Konsum erzeugte. Also kehrte er zu seinen Manuskripten und zur Lektüre Ibn Khalduns und des Dschahiz zurück. In seiner Gutmütigkeit rezitierte er sogar maritime Poesie des Ibn Majid über die Entdeckung Kalkuttas durch den Portugiesen am 28. März 1498. Er setzte auch seine Nachforschungen um die genaue Lokalität des Hauses fort, das Ibn Khaldun im Jahr 1375 beherbergte. Er erkundete die genauen Umstände des Todes Dschahiz im Jahr 252 Hidschra, da dieser Hochgelehrte von einem gewaltigen Manuskriptstapel erschlagen worden sein sollte, falls er nicht von seinen politischen Gegnern umgebracht worden war, die ihn ständig beschuldigten, einer Untergrundbewegung anzugehören. Als Gegenleistung für den Gewinn, den er seiner Mutter ermöglichte, erhielt Mohamed ihren Segen, seinen wissenschaftlichen Arbeiten nach Lust und Laune nachzugehen sowie so viele brasilianische Vögel in seinem Zimmer zu halten, wie er wollte. So kam er wieder zur Vernunft und begann, absolut geheim den Klassenkampf zu propagieren; er stattete seinem kommunistischen greisen Freund regelmäßige Besuche ab und betrank sich regelmäßig; aber nur, weil er beim Aufwachen immer seinen Großvater im Innenhof des Hauses auf einem Hokker sitzen sah, der damit beschäftigt war, die Schriftzeichen der aramäischen, berberischen, hebräischen, ägyptischen oder hocharabischen Manuskripte oder aber die Symbole auf den Eisenbahn- und Seefahrerkarten zu entziffern.

Während jener wundervollen Morgende, an denen er in direktem Kontakt zu Mohamed Bu Nufus stand, fiel ihm der unvergeßliche Tag ein, an dem er ihn auf der Lok ganz weit mitgenommen hatte. Zum ersten Mal im Leben hatte er gesehen, daß der Schnee, über den man sich erzählte und von dem er später in einigen alchimistischen Werken las, wirklich und wahrhaftig existierte. Zwanzig Jahre später schneite es zum ersten Mal in Manama, der Schnee bedeckte alle Pflanzen Messaudas; das Weiß breitete sich auf den Vogelscheuchen aus, deren Gesichter schwarz angemalt waren, um furchterregender auszusehen. Messauda war in einer Familie der Küstenbourgeoisie aufgewachsen, die in ihrer Kindheit schwarze Sklaven hatten, die ihr den Hintern mit Rosenwasser wuschen und die Toilettenräume mit Harz und Ambra parfümierten, wenn sie ihr Bedürfnis verrichtete.

Mohamed Namenlos, überrumpelt von dieser seltsamen Wettererscheinung, beeilte sich, einige Kilogramm Schnee zu sammeln, um sie in einer Plastiktüte in dem Kühlschrank aufzubewahren, den sein Bruder Mahmud zusammengebaut hatte. Der konnte Raketen aus Schmetterlingsflügeln bauen. Auch Messauda, die aufgrund ihrer Erziehung eine tiefe Verachtung für die schwarze Rasse entwickelt hatte, gleichzeitig aber eine Begeisterung für Rosen- und Orangenblütenwasser sowie ihr legendärer Geiz, der sogar ihre Kinder traf, konnte nicht verhindern, daß der Schnee ihre Vogelscheuchen zerstörte, von denen die eine Sultan Mahmud II. darstellte, der für das Massaker auf der Insel Scio im Jahr 1822 berühmt geworden war und dessen Bild lange Zeit über dem Bett ihrer Eltern hing ... Namenlos hingegen stand jeden Morgen auf, ging direkt zum Kühlschrank, nahm die mit Schnee gefüllte Tüte heraus und begann damit zu hantieren. Aus Furcht, der Schnee könne schmelzen, legte er die Tüte aber nach ein paar Minuten wieder in den Kühlschrank zurück. Er bildete sich ein, dadurch den körperlichen Kontakt zu seinem Großvater, dem Laternenträger, herzustellen und behalten zu können, besonders, da er an jenem Tag, an dem es erstmalig in Manama geschneit hatte, erfuhr, daß man seinen Großvater unter dem Schnee zweihundert Kilometer von Manama entfernt begraben hatte, in der Hand seine Laterne und ein Stück Papier, auf das jemand, zweifellos nach seinem Wunsch, geschrieben hatte: »Mein Name ist Mohamed Namenlos.« Diese Neuigkeit, die Messauda ihm in einem ihrer schwächsten Augenblicke mitgeteilt hatte, hervorgerufen durch das außergewöhnliche Ereignis, das auch sie nicht unberührt ließ, wirkte wie Seelenbalsam auf ihren

Sohn. »Es gibt keinen Zweifel«, schrie er, »nicht nur, daß der Schnee wirklich und wahrhaftig da ist, sondern ich hatte auch einen Großvater mit zwei stahlharten Hoden!« Immer wenn Kulthum, des Gouverneurs jüngste Tochter, ihm folgte, war Mohamed Namenlos sehr angespannt. Auf Grund der tiefen Feindseligkeit zwischen den Familien konnte sie nie sein Zimmer betreten. Gewöhnlich drückte Messauda bei jedem ein Auge zu, der ihren Sohn besuchte – ob Mann oder Frau. Wollte aber ein Mitglied der Tankstellenbesitzerfamilie seinen Fuß in ihr Haus setzen, vor allem in das Zimmer ihres Erstgeborenen, dann raste sie vor Zorn und wurde äußerst wachsam. Also trafen sich Mohamed und Kulthum an den merkwürdigsten Orten, z.B. in den Speichern der Zapfstellen, wenn diese von den ausländischen Käufern geleert worden waren, oder im Laden des Schusters, der die Beziehung tolerierte. Er nutzte die Gelegenheit und ließ das Mädchen mit lauter Stimme subversive Literatur lesen ... Eines Tages schaffte es Kulthum, Messaudas wachsamem Auge zu entgehen, da diese damit beschäftigt war, aus ihrem Schamhaar ein Leichentuch für den Gouverneur zu weben. Mohamed unterrichtete seine brasilianischen Vögel in Volksgesang. »Ich komme, weil ich mit dir schlafen will«, sagte sie einfach, »aber richtig! Und in einem Bett, diesmal.« Mohamed entschuldigte sich bei seinen Vögeln dafür, den Unterricht abbrechen zu müssen, und deckte alle Käfige züchtig ab, um die Gefühle seiner Tiere nicht zu verletzen. Ohne ein Wort näherte er sich Kulthum, zog sie langsam aus, entledigte auch sich seiner schwarzen Hose, die an den Schenkeln eng anlag, seiner weißen Sandalen und legte sich neben die jüngste Tochter des Gouverneurs Bander Shah. In völliger Stille stürzten sie sich gemeinsam, ohne an das Gerede zu denken, in die wunderbaren Fluten und ließen dabei nicht nur die große Masse an Vorurteilen und Tabus, sondern auch den tiefen Abgrund der Sehnsucht und des Kummers hinter sich. Jeder ertrank geradezu im anderen durch Wüstenwinde, Schneestürme und Sümpfe, wo Blut und Samen den Schlamm der Lust mit sich rissen. Als Kulthum wieder zu sich kam, erkannte sie, daß sie an ihrem Vater Rache genommen hatte, der fast immer unerreichbar für sie gewesen war und der in seinem maßlosen Egoismus ihre Schwester zum Studium des klassischen Tanzes fortgeschickt hatte, während er sie zu Hause das Sticken lernen ließ. Namenlos weinte vor Freude und Verzückung, während sie ihn streichelte, tröstete und an ihre Brust drückte, bis er in tiefen Schlaf fiel. Als er wach wurde, spürte er einen Stachel in seinem Herzen – weil Kulthums Schönheit und ihr Wille über ihn herrschten. Er öffnete die Augen und sah sie neben sich liegen; zwischen ihren gespreizten Schenkeln pickten ein paar Vögel an dem geronnenen Blut. »Wie zärtlich sie sind«, sagte sie. Eifersüchtig griff Namenlos die Vögel, sperrte sie in ihre Käfige und stürzte sich auf Kulthum, die in diesem Moment verstand, was Tod bedeutete.

Sie empfing die Männlichkeit desjenigen, in den sie sich unsterblich verliebt hatte, wie einen todbringenden Schlag, der in ihrem Leib widerhallte, den sie unter den Wellen der Leidenschaft hin- und herbewegte, bis sie aufschrie: »Vater!« Aber es war nichts anderes als ein Schrei der Befreiung; denn sie spürte, wie etwas in ihr abschwoll. Sie hatte das Gefühl, als spreizten sich ihre Schamlippen, bis sie gar die Wände des Zimmers berührten, das im Kreischen der aufgebrachten Vögel versank, die nicht zu Zeugen dieser wunderbaren Verflechtung werden konnten, da ihnen der Vorhang der Scham die Sicht verschleierte. In dem Moment, in dem Kulthum ihren rosigen, blumigen und mit mehreren Blättern versehenen Knopf verlor, war Messauda Namenlos mit dem Weben beschäftigt. Seufzend sagte sie zu ihrer jüngsten Zwillingstochter: »Irgendwo in der weiten Welt passiert gerade etwas Schmerzhaftes«, weit entfernt von dem Gedanken, dies könne gerade im Zimmer nebenan stattfinden, in dem ihr Sohn die schönsten Vögel der Welt hielt. Da ihre Tochter den Sinn ihrer Worte nicht zu verstehen schien, fügte sie nach langem Schweigen, noch immer damit beschäftigt, ihr Schamhaar zu weben, hinzu: »Vergiß eins nie, Samika! Die Männer denken, daß eine Frau nichts weiter als ein Loch ist, in das sie sich flüchten können, wenn ihnen schwindelig wird.« Daraufhin klappte sie ihre Webstühle zusammen und eilte zu Mohameds Zimmer, wo sie das Ausmaß der Katastrophe gewahr wurde. Wortlos ging sie in ihren Garten und verwüstete alle Pflanzen mit ihren vor Wut schnappenden Zähnen.

Für mehr als ein Jahr wechselten Mohamed und seine Mutter kein Wort miteinander. Jeder wartete darauf, daß der andere die Initiative ergriffe, doch nichts geschah.

Am Tage nach der entsetzlichen Entdeckung ging Messauda in Begleitung ihrer acht Töchter ins Badehaus, rupfte sich die Schamhaare aus, was sie von allen dort anwesenden Frauen bezeugen ließ, und sagte: »Dies ist eine andere Art zu trauern. Ich verlor den klügsten und gefühlvollsten meiner Söhne ... Hätte ich geahnt, daß er so werden würde, hätte ich alles Menschenmögliche getan, ihn nicht allein zur Welt kommen zu lassen und ihm nicht diese Augenfarbe mitzugeben, die den Frauen den Kopf verdreht ... Der Gouverneur muß etwas anderes finden. Sollen seine Spione ihm das mitteilen. Der Krieg ist wieder ausgebrochen, weil seine Tochter, diese Hure, meinem Sohn Schande gebracht hat.« Keine von ihnen nahm Messaudas heftigen Wortschwall ernst. Schließlich vergaß sie selbst ihr Elend, wandte sich gelassen und geduldig wieder dem Beackern ihres Gartens zu und ließ den Träger ihres riesigen Büstenhalters laut schnappen, um die Vögel zu verscheuchen. Denn seitdem es schneite, verlor ihre Vogelscheuche, deren schwarzer Lack abblätterte und die immer weißer wurde, ihre Wirkung auf die Tauben, die Spatzen und alle anderen Vögel, die das Saatgut aufpickten. Mohamed Namenlos empfing nun auch weiterhin seine kleine Geliebte in seinem Zimmer, aber ohne je von dem Gedanken abzulassen, wie er sich mit seiner Mutter versöhnen könnte, ohne sich zu erniedrigen und sie um Verzeihung zu bitten, besonders da er zur Zeit mit Kulthum glücklich war. Diese entwickelte sich zu einer strengen Meisterin in der Liebe. Sie wurde zornig, wenn ihr Liebhaber schlappmachte, mochten sie auch bereits fünfzehnmal an einem Tag der Liebe gefrönt haben. Ihr Vater blieb davon unbehelligt und glaubte noch immer, sie widmete sich ganz dem Stickunterricht bei den Töchtern der Messauda Namenlos. Der stille Kampf zwischen Mutter und Sohn währte lange. So lange, bis Mohamed eines Tages die einzige Bäckerei im Dorf betrat und 100 Gramm Hefe verlangte. Während der Bäcker mit dem Abwiegen der Hefe beschäftigt war, brachte er seinen linken Daumen unter die Brotschneidemaschine. Mit einem einzigen Schnitt war sein Daumen um ein Stück kürzer. Er verlor das Bewußtsein und wurde blutend nach Hause gebracht. Messauda ließ sich durch diese List aber nicht täuschen, denn sie begriff, was ihr Sohn damit bezweckte. Sie vergoß viele Tränen, während sie ihn behandelte und darauf wartete, daß er wieder zu sich kam. Wieder bei Bewußtsein, tat Mohamed so, als wisse er nicht, warum seine Mutter ihn so zärtlich streichelte. Er fragte seine Geschwister, die sich um sein Bett versammelt hatten: »Was habt ihr mit meinem Daumen gemacht?« Niemand wagte zu sagen, daß seine Mutter den Daumen Kulthum geschickt hatte, um sie für den Vorfall verantwortlich zu machen. Er fand ihn nie wieder, denn die Sache eskalierte derart, daß Bander Shah sich entschloß, seine Tochter zu ihrer Schwester nach Sydney zu schicken, um Englisch zu lernen. Kulthum willigte in diesen Beschluß ein und nahm Namenlos' Daumen – eingelegt in Formaldehyd – mit. Als sie sich in Begleitung ihres Vaters vor die Mauern der Stadt begab, sagte sie: »Jetzt, wo er zu seiner Mutter zurückgekehrt ist, brauche ich mich nicht weiter um ihn zu kümmern. Dieses Gefäß wird ein entschiedener Beweis bleiben für die tiefverwurzelte Feigheit des Mannes.« Kaum war der Gouverneur seine jüngste Tochter los, versuchte er seine vom Skandal schwer erschütterte Macht wiederherzustellen und sich beim Klerus anzubiedern, indem er der Familie Namenlos die Verantwortung für das Geschehen zuschob, deren männliche Mitglieder immer gern getrunken hatten, um die komplizierte Realität und ihre Beziehung zueinander besser aushalten zu können. Das offizielle Gesetz wurde am Freitag nachmittag erlassen, während eines Gebets, in dem die Dorfbewohner um eine Regenflut baten. Mit diesem Erlaß verbot der Gouverneur den Erwerb, Verkauf und Genuß alkoholischer Getränke in ganz Manama. Die Frömmler applaudierten, während die anderen ihren Geist anzustrengen begannen. Messauda begriff zunächst nicht, daß das Gesetz zu ihrem Schaden erlassen worden war, und kommentierte es vor ihren Söhnen mit den Worten: »Ach, welch guter Mensch ist er plötzlich geworden!« Sie schlug ihnen vor, ihr bei der Gartenarbeit zu helfen, da sie ja nun dem nächtlichen Trinken beraubt waren und tagsüber keinen Schlaf mehr nachzuholen hatten. Sie erklärten sich einverstanden, weil sie anstelle von Gurken, Zwiebeln und Bohnen lieber Wein anbauen und keltern wollten. Was die alkoholische Gärung anging, so wußten sie sehr wohl, daß aus den Feigen des über hundert Jahre alten Baumes ein starker Schnaps zu brennen war. Doch sehr schnell mußten sie erfahren, daß ihre Mutter das von Bander Shah erlassene Gesetz akzeptabel fand und nicht brechen wollte. Mohamed Namenlos war unter seinen Geschwistern am meisten von der Unnachgiebigkeit seiner Mutter enttäuscht. Er war damit beschäftigt, sich emotional zu lösen und seinen Daumen zu behandeln, wofür er alles andere liegenließ: seine wissenschaftlichen Arbeiten, den Musikunterricht für die heimischen Vögel, die Liebeleien und die

Gewohnheit, seinen Schatten vor sich hergehen zu lassen – egal zu welcher Stunde und zu welcher Jahreszeit –, Gewohnheiten, die er wieder aufnahm, nachdem er aus dem selbst auferlegten Exil heimkehrte und erfuhr, daß sein Großvater sogar die verfluchten ersten zwei Buchstaben seines Namens verloren hatte. Selbst die Zwillingsschwestern, die nicht tranken, dafür aber heimlich rauchten, begannen, die eigene Mutter der Kuppelei mit dem Gouverneur zu verdächtigen, denn der hatte sich verpflichtet, ihr außer dem kalifornischen Dünger auch einen Gewinnanteil aus dem illegalen Treibstoffhandel zu überlassen. Alle Leute hielten den Krieg für beendet, trotz Messaudas Rede im Bad an jenem frühen Morgen, an dem sie ihren Sohn dabei überrascht hatte, als er den zarten Rasen Kulthums weidete, der Tochter ihres Erzfeindes. In Manama verbreiteten sich widersprüchliche Gerüchte; selbst die größten Optimisten vermuteten, Messaudas Unterwürfigkeit beziehungsweise ihre versteckte Zustimmung sei nichts anderes als eine Kriegslist, die sie schon bald zu erkennen gäbe. Inzwischen trockneten die Kehlen aus und Niedergeschlagenheit beherrschte das Dorf, in dem es nie fröhlich zuging. Mohamed Namenlos verlor den Kontakt zu seinem Großvater, den er gewöhnlich im Hof des Hauses sitzen sah, wenn er nach einem enormen Besäufnis erwachte. Es hieß, Messauda treffe Vorbereitungen für einen fürchterlichen Moment und beschäftige sich schon wieder mit dem Weben ihres legendären Schamhaares. Außerdem sagte man, sie sammle ihren Schweiß in einem Gefäß und braue selber einen explosiven Sud daraus; denn sie forsche nach einem Elixier, das Erleuchtung verschaffen könne ... Es hieß auch, sie habe einen überraschenden Ausfluß giftiger Milch gehabt, die sie gerinnen ließ und zu Yoghurt verarbeitete, um sie dem betrügerischen Bander Shah zu verabreichen, dessen Diktatur schon zu lange währte. Ebenso kursierten Gerüchte, daß Messauda entschlossen sei, das

Dorf von diesem ehemaligen Anmacher zu befreien. Sie dachte sogar daran, ihn mit einer Mischung aus Urin von Jungfrauen, Lepraabszessen, Fruchtwasser und vergifteter Milch umzubringen. Mohamed Namenlos, ein wenig eifersüchtig auf die vielen um seine Mutter gesponnenen Legenden, sagte: »Das sind nur Geschichten von Saufbrüdern, deren Kehlen ausgetrocknet sind!« Obwohl er sich mit dem Verlust seiner Geliebten mit der kindlich weichen Scham und mit dem Verlust seines Daumens eingerichtet hatte, war ihm bewußt, daß seine Mutter ihm den Verrat gegenüber seiner Familie nie vollständig verziehen hatte. Sie war objektiv zur Verbündeten ihres ehemaligen Feindes geworden, während sich Bander Shah schon langsam aufblähte und seine Haut in blassen Blechen aufzuplatzen begann und wie ins Feuer geworfene Salzkristalle knallten, die ihn mit glänzenden Perlen aus Schmerz überzogen. In Wirklichkeit hielt Messauda zu ihrem Sohn und war froh, die dreiste Kulthum los zu sein, die in fleischlicher Begierde entflammt und in der Lage war, ihr den Lieblingssohn abspenstig zu machen, mochten die stürmischen Beziehungen, die sie mit ihm begonnen hatte, auch keine wirklich tiefe Liebe widerspiegeln. Indes wurde die Lage der Alkoholiker immer verheerender, und alle wurden von Lethargie erfaßt, einschließlich jener Störche, die sich seit dem legendären Freitag zur Ruhe begeben hatten, an dem der Alkoholkonsum gesetzlich untersagt worden war. Sowohl die einheimischen als auch die exotischen Vögel brauchten nun die volle Zuwendung der Trinker, um wieder zu singen, zu zwitschern und ihre geflügelten Possen fortzusetzen.

Die Besucher der Etablissements und Schenken waren ratlos. Mal wurden sie von Ohnmachtsanfällen heimgesucht, mal von Wahnvorstellungen ergriffen. Sie fühlten sich dieser zusätzlichen Dürre nicht gewachsen; als reiche die von Gott befohlene Dürre nicht bereits. Sie klagten laut, sich so sehr in der Falle des Gespanns Messauda Namenlos – Bander Shahs verfangen zu haben, daß sogar die Öffnungen der Frauen, in die sich die Männer früher geflüchtet hatten, verschlossen und versiegelt blieben. Niemand konnte dieses Elend auf den eigentlichen Ursprung zurückführen. Selbst die Frauen fühlten sich von ihren Männern wie von ihren Liebhabern vernachlässigt, die von diesem ungerechten Verbot verzehrt wurden, das Trinker und Abstinenzler gleichermaßen traf. Die Bewohner Manamas wußten genau, daß der Gouverneur abends regelmäßig einen Liter Whisky trank. Einige Wochen später waren die Straßen schmutziger als sonst, und ein schwacher, erschöpfter Wind begann über Manama zu wehen, ließ das Basilikum in den Blumentöpfen welken und die Farbe an den Wänden des einzigen Bordells abblättern, in dem die Männer früher ihre Träumereien des Vorabends zu einem prächtigen Abschluß brachten. Die Bordellbesitzerin, eine aus Sansibar importierte Schwarze, beklagte diese Stagnation, und an manchen Tagen brach es aus ihr heraus: »Als würden die Männer ihr Sperma aus Bier produzieren!« Die Frauen gerieten darüber in heftigen Zorn, denn ihre Geschlechtsorgane wurden schnell nutzlos und schrumpften zusammen wie alte Walnüsse, die man an den Bäumen vergessen hatte. Nichts lief mehr wie gewohnt. Alle Hoffnungen, die die Säufer in einen möglichen Gegenangriff Messaudas legten, verblaßten mehr von Tag zu Tag. Sogar der Brennspiritus begann knapp zu werden, und der Gouverneur beschloß, ihn nicht weiter zu importieren, als er merkte, daß einige ihn mit Mandelsirup mischten, um ihre durstige Leber zu löschen.

Genau zu jener Zeit beobachteten die Leute einen Krankenwagen, der jeden Morgen von außerhalb gefahren kam, um die am meisten Betroffenen zu besser ausgestatteten Stationen zu transportieren. Man munkelte, der Krankenwagen sei bloß eine Kneipe auf Rädern, die bis spät in die

Nacht ihre Runde machte. Ihre anonymen Patienten täuschten vor, krank, körperbehindert oder schwer verletzt zu sein. Es hieß, sie bestiegen den Wagen stets an denselben und extra dafür vorgesehenen Haltestellen und bekämen, sobald sie auf der Bahre lägen, eine Infusion in den Arm, deren stark alkoholhaltige Flüssigkeit Wunder bewirke. Gute Beispiele dafür waren Gelähmte, Krebs-, Herz-, Leber- und Zuckerkranke, Menschen, die Verbrennungen, Verwundungen und Schocks erlitten hatten, Unfallopfer, Schwindsüchtige, an Nervosität, Trägheit oder Depressionen Leidende – innerhalb weniger Minuten waren sie wieder gesund und munter und von allem Leiden befreit. Man nannte diese Behandlungsmethode »Die göttliche Injektion«. Ganz Manama, einschließlich des weltoffenen Imam, machte sich darüber lustig. Und dank dieses Tricks und eines ebenso rigorosen wie effizienten Turnus gelang es jedem, sein Alkoholquantum mittels einer Injektion zu erhalten. Doch zu welchem Preis! Der Besitzer des angeblichen Krankenwagens verlangte horrende Preise für jede Bierspritze und jeden Tropfen vom Lebenselixier. Wieder ging alles seinen Gang: die Störche kehrten zu ihrem Lärm, die Vögel zu ihrem Gezwitscher, die arabischen Papageien zu ihrem mehrsprachigen Geschwätz und die Männer zu ihrem Geschrei und ihrer Courage zurück. Der Trick hatte viele Anhänger gewonnen. Das verhalf dem Schmuggel zu großem Erfolg. Der hiesige Landwein wurde flaschenweise in den Kellern der Schmuggler versteigert, während die harten, aus dem Ausland importierten Alkoholika exorbitant hohe Preise auf Manamas wohlbekanntem Markt erzielten, auf dem einfach alles verhökert wurde: verbotene Getränke, obszöne Pornohefte, Abtreibungsspritzen, Mühlen zum Zermahlen der Traurigkeit, Käse mit Löchern, Reizwäsche, Kondome zum Schutz vor Geschlechtskrankheiten, lüsterne Amulette, Rezepte gegen Liebeskummer, Jeans der Marke *Formosa*, künstliche Penisse, Aphrodisiaka, Farbfernseher, Karikaturen des Gouverneurs, fliegende Teppiche aus Samarkand, Sterilisierungsinstrumente, Brenneisen gegen die Falten der Zeit, Maschinen zum Nähen von Lebensunglücken, Gefäße zum Gären von Zeit, Kannen zum Kochen von Langeweile, Vorgänge zum Schmieden von Komplotten, Autoersatzteile für Rolls-Royce 19, Waffen, mit denen die russischen Zaren ermordet worden waren, scharfe Guillotinen aus der Zeit Mehmud II., das Schwert unseres Kalifen Ali, gefälschte und zweifelhafte Manuskripte, von der Zeit überholte Modezeitschriften, Geräte, die das Leben verdarben, Pillen zur Geschlechtsumwandlung ... Mohamed unterschied sich nicht von den anderen. Er gab viel Geld für Alkohol aus und begann wieder, schöne Worte in Auftragsarbeit zu verfassen, wofür er hohe Vorauszahlungen verlangte. Allerdings hielt sich Messauda als einzige von diesem Tohuwabohu fern, das durch den Beschluß Bander Shahs ausgelöst worden war. Sie gab ihm im Innern immer noch recht und blieb taub gegenüber allen Einladungen, mit denen man sie, die um die unwürdigen Taten seiner Vergangenheit wußte, aufforderte, mit ihm zu feilschen. Sie blieb standhaft bis zu dem Tag, an dem der dubiose Krankenwagen eingesetzt wurde. Verärgert, durch diese List getäuscht und von diesen Neulingen überrumpelt worden zu sein, entschloß sie sich, in den Kampf einzusteigen, und begann, den feinsten Feigenalkohol und den besten Kaktusfeigenlikör im Menstruationsblutzimmer zu destillieren. Von da an wurde das Dorf von einer regelrechten Schmuggelmanie ergriffen. Jeder handelte mit etwas, alle Welt kaufte auf dem Schwarzmarkt. Erneut geriet Mohamed Namenlos in die Falle des Profits und sah sich genötigt, mit seinem Großvater Kontakt herzustellen, der ihn damals mitgenommen hatte, um ihm den ersten Triebwagen in seinem Leben zu zeigen und den ersten Schnee. Auch begann er wieder, die australischen Böcke mit jedem Tier, das ihm in die Hände fiel, zu kreuzen, wodurch er noch mehr Geld verdiente. Ibn Khaldun wies er einen bescheidenen Platz im Laden seiner Sehnsucht zu und versuchte sogar, an seinem Image zu kratzen, da er seiner Meinung nach im Jahr 1400 den Sultan von Ägypten betrogen hatte. Vielleicht war er ja eine Allianz mit Tamerlan eingegangen, der zu jener Zeit Damaskus belagerte und die Stadt anschließend vor seinen, Ibn Khalduns, eigenen Augen und mit dessen Einverständnis in Schutt und Asche legte. Vielleicht, weil er die Stadt Bidschaya ausgeliefert hatte, obwohl er vom Prinzen von Constantine damit beauftragt war, sie bis zum Ende zu verteidigen. So sagte sich Mohamed, immer wenn sein schlechtes Gewissen ihn wie ein Stein im Schuh drückte: »Warum sollte mich ein solcher Verräter interessieren?« Dabei vergaß er jedoch nicht, vorsichtig und wachsam vor allem seinem Schatten gegenüber zu bleiben, den er niemals unkontrolliert hinter sich hertreiben ließ. Mit Hilfe seiner grünen Augen begann er wieder, sein Sperma zu erneuern, die Vögel zu füttern, ihre Heiserkeit und ihr Asthma zu behandeln und das Knirschen der Handmühlen in 166 Meter Entfernung zu stoppen. In dieser Zeit der kollektiven Besessenheit verlor er das Vertrauen und die Freundschaft von Alawa Ahmar, dem Schuster, der diesen Kompromiß ablehnte, mochte er auch taktisch klug und nur vorübergehend sein.

Als Folge dieses plötzlichen und unrechtmäßigen Reichtums Manamas wurde das Bordell wiedereröffnet, das die aus Sansibar stammende Besitzerin in der von Bander Shah vorgeschriebenen Dürrezeit mangels Kundschaft hatte schließen müssen. Nun wurde alles erneuert: die Besitzerin, eine gebildete und freundliche junge Frau, die das Mobiliar aus Skandinavien bezog und den Schallplattenspieler und die Schallplatten aus Wien. Die jungen Prostituierten dagegen, exotisch und zurückhaltend, stammten allesamt aus den Bergen, wo die heidnische Tradition noch nicht von der

Religion des nationalen Staates beeinflußt war, die man immer wieder unter allerlei Schwierigkeiten dort zu etablieren versuchte. Kurz: Das Bordell wurde zum Mittelpunkt des Dorfes Manama. Das Geld floß, die Kneipen liefen über vor Schnaps, das Vergnügen stieg ins Unermeßliche. Die Freudenmädchen verstanden es, die Liebe bis zur völligen Erschöpfung des Kunden in die Länge zu ziehen, was in diesem Etablissement von zurückhaltendem Luxus, außergewöhnlichen Pensionsgästen und familiärer Aufnahme als einziges Gütekriterium galt. »Besser als jede Familienpension in Andalusien!« erklärte der Bäckerlehrling, der dabeigewesen war, als Mohamed Namenlos seinen Daumen unter der Brotschneidemaschine gekürzt hatte. Jener ignorierte jedoch das Geschehen und fuhr in seinen Schmähreden über Ibn Khaldun fort. Er hatte von allen die Nase voll. Sogar der greise Dschahiz, gestorben im Jahr 252 Hidschra, wurde auf den Misthaufen der Geschichte geworfen. Ganz zu schweigen von dem großen Seefahrer Ahmad Ibn Majid! Eine Anzahl genialer Menschen blieb allerdings von seiner Kritik verschont, deren Talente der Sohn Messaudas nicht vorschnell verurteilen wollte. Bevor er zu ihrem Verhalten Stellung bezog, wollte er sich von ihren Fähigkeiten überzeugen. Dazu hatte er jedoch keine Zeit, da er alle Frauen im Dorf befriedigen mußte, die seit der Wiedereröffnung des Bordells vernachlässigt worden waren und die sich nun ständig neuen Phantasien hingaben. Erst seit auch seine Brüder dort hingingen und ihre Runden machten, begann er, eine gewisse Neugier für das körperliche Paradies zu spüren. Mahmud, Hamud und Mohamed Namenlos waren kategorisch: »Das, was die zwischen ihren Beinen haben, sind keine Öffnungen, sondern Ofen mit zehntausend Volt, an denen wir uns fast verbrannt hätten ...«

Am gleichen Abend erstand Messaudas Sohn, der, wie das Schicksal es wollte, allein zur Welt gekommen war, einige mit Gleitmittel versehene Kondome auf dem Schwarzmarkt und erschien damit an der Tür des Bordells, wo er mit Applaus empfangen wurde. Fast hätte er darum gebeten, seiner Mutter nichts von seinem Besuch zu erzählen, aber er hatte gar keine Zeit dazu, sich entsprechend zu äußern, da er sich sogleich in einem prächtigen Zimmer mit Gewölbe und Moskitonetz befand – nackt, erregt und beinahe totgequetscht. Nachdem er sich drei Tage und Nächte im Liebestaumel verloren hatte, saß er am Boden und bat um Vergebung wie ein Boxer, der gerade das Handtuch wirft. Er hatte das Gefühl, seine Grenzen und seine Enden verloren zu haben, als verbänden sich seine Adern mit seinen Nerven, die von unsichtbarem Fleisch zusammengeführt worden waren und ihn ein ungeahntes Wohlbehagen spüren ließen. Sein Atem wurde flach, so daß das Grün seiner Augen noch durchsichtiger wurde. Schwindel erfaßte ihn, der seinen eigenen fließenden Zustand beschleunigte, bis er glaubte, fliegen zu können, als er das Bett verließ und seine wunderschöne Geliebte festhielt, die alsbald merkte, daß das Phosphoreszieren seiner Haut zunahm, so als leuchteten Tausende von Laternen darunter auf. Als er das Zimmer verließ, war ihm nicht bewußt, daß das Mädchen noch keine fünfzehn war und daß sie eine Tätowierung trug, die sie genau in zwei Teile teilte: Es begann auf der Stirn, fuhr durch das glückliche Wadi zwischen ihren großen Brüsten, an deren Spitzen zwei auberginefarbene Brustwarzen prangten, ging in gerader Linie weiter bis zum Eingang ihres Schambereichs, wo es so abrupt endete wie ein Reittier angesichts eines Steilufers. Er verlangte keine Erklärung und versprach wiederzukommen, sobald er wieder bei Kräften und sein aufgewühltes Leben geordnet sei. Das Mädchen erklärte ihm, die Frauen blieben nur eine Woche hier und würden in einem sich ständig wiederholenden Kreislauf ersetzt, bis sie zu alt seien. Ihm war zum Weinen zumute, doch sie tröstete ihn und sagte, daß ihre Verwandten ebenso schön seien wie sie und daß alle diese Tattoos als Zugehörigkeitszeichen trugen. Sie symbolisierten den Schlag mit einem Schwert, der sie und die anderen Mädchen hätte entzweien können, wenn sich die uralten Sitten ihres Stammes nicht weiterentwickelt hätten: Die weiblichen Neugeborenen wurden nämlich früher mit einem einzigen Schwertstreich zerteilt. Diese alte vorislamische Tradition wurde von Farazdaq verändert, jenem hervorragenden Poeten, der den zerteilenden Schwertstreich in eine symbolträchtige Linie umwandelte. So rettete er die Hälfte der Bevölkerung im alten Babylon innerhalb der ersten einhundert Jahre nach Auftauchen des Islam. Als Namenlos das wonneverheißende Haus verließ, traf er auf seinen Schwager, den Landvermesser, der mit der Zeitung unterm Arm auf dem Nachhauseweg war. Er sagte zu ihm: »Ich habe gerade die kultivierteste Frau der Welt kennengelernt, aber ich verrate nicht, wo!« Dann sank er vor Erschöpfung zu Boden. Er schlief fünf Tage und Nächte. Als er wach wurde, aß er etwas Obst. Ihm kam in den Sinn, daß er viel Zeit mit Ibn Khaldun vergeudet hatte, er nun sein Interesse dem Farazdaq zuwenden müßte, der seine barbarische Epoche überlistet hatte, um die Frauen zu retten, die zu Schwerthieben verurteilt waren. »Deshalb sind sie im Bett so lebendig«, sagte er sich. »Sie wissen, was Leben heißt. Sie haben auch nichts gemein mit den dicken Weibern dieses verfluchten Dorfes, die nicht wissen, was Genuß ist, und deren Löcher größer sind als ihre Bäuche.« Als er hellwach war, hatte er das Bedürfnis, zu diesem merkwürdigen Haus zurückzukehren, in dem offensichtlich alles toleriert wurde, natürlich im Rahmen des guten Tons und des guten Geschmacks, mit Ausnahme gedemütigter Männer, wenn sie nicht die geringste Männlichkeit vorweisen konnten; und die wurden am Eingang von der Hausdame mit Hilfe eines ledernen Maßbandes untersucht, das mit persischen, die körperliche Liebe rühmenden Liedern verziert war. Schnell zog er sich an, und er verspürte zum ersten Mal im Leben den Wunsch, sich im Spiegel anzusehen, die Farbe seiner Augen zu ergründen, zu erfahren, ob ihm sein Hemd aus Aleppokrepp gut stand. Doch als ihm einfiel, daß es ja nur einen einzigen Spiegel in ganz Manama gab und daß dieser auch noch im Salon im Haus des Gouverneurs hing, beherrschte er sich. Denn der Gouverneur war weder bereit, ihn jemandem zu zeigen, noch, ihn selbst zu benutzen, denn er hatte ihn seit der berüchtigten Sache mit dem Steinbock, der sein Spiegelbild in tausend Scherben zerschmetterte, mit einem weißen Überwurf verhüllt, was ihn auf die Idee gebracht hatte, Wettkämpfe unter den Böcken zu veranstalten. Danach hatte er sich einen Spiegel angeschafft, mitten im Salon aufgestellt, ihn aber aus Angst, ein weiterer Bock könne ihn angreifen, sofort mit einem Laken zugedeckt. Er wartete auf die Rückkehr seiner Tochter aus Sydney und darauf, daß sie ihn für ihr tägliches Training im klassischen Tanz brauchen würde, der mit einigen modernen Elementen angereichert war. Ohne seine Augenfarbe und den guten Sitz seiner Kleidung geprüft zu haben – denn dazu war keine Zeit mehr –, machte sich Mohamed Namenlos bei Sonnenuntergang auf den Weg. Unterwegs fiel ihm ein, daß man eine Stadt im alten Babylon freigelegt hatte, aus der man alle Spiegel verbannt hatte, weil sie die Zahl der Männer verdoppelt und damit die Zählung der Einwohner erschwert hatten. Auf einmal merkte er, daß sein Schatten nicht wie üblich vor ihm war. Erschrocken ging er ein Stück zurück, fand ihn aber nicht. Wenige Sekunden später sah er verblüfft, wie er sich allmählich zu seiner linken Seite ausbreitete. Die Tränen strömten aus seinen Augen wie lang ausgebliebener Regen. Mit einer Kehrtwendung sagte er sich: »Besser, sofort nach Hause zurückzugehen, denn etwas Schlimmes wird geschehen!«

Woche für Woche konnte man beobachten, wie ganze Konvois von Prostituierten, eine schöner als die andere, im

Dorf eintrafen, so daß mancher die menschliche Vollkommenheit in Frage stellte und sich um das mentale Gleichgewicht der Bewohner Manamas sorgte, die tatsächlich keine geeigneten Adjektive mehr fanden, um ihre Bewunderung, Begeisterung und ihren Stolz angesichts dieser Weiblichkeit zum Ausdruck zu bringen. Alle trugen die gleiche Tätowierung, die sie in zwei Hälften teilte, alle hatten Ringe um die Augen gemalt, die aus bläulich-glänzenden Pünktchen bestanden. Wenn sie aus großspurigen offenen Wagen ausstiegen, verbreitete ihr koketter Gang Furcht und Irritation, erweckte sexuelles Begehren bei den Zögerlichen. Sie traten mit ihren Füßen alles platt, was in der tiefsten Seele der männlichen Dorfbewohner noch zivilisiert war. Messauda Namenlos, die das Geschehen beobachtete, entgegnete gelassen ihrer eifrigen Gesprächspartnerin, die ihr gerade Details berichtete: »Wären diese Fohlen so schön, wie die Männer behaupten, dann wären sie sie schnell leid und würden sich häßlichere suchen. Ich kenne die Männer. Es gibt keinen Grund, stolz auf sie zu sein«, sprach's, wandte sich wieder ihren Pflanzen und ihrem Tagwerk zu und unterdrückte die Traurigkeit, als sie bemerkte, daß alle ihre Söhne bei Einbruch der Dunkelheit verschwanden. Doch sie verlor kein Wort über dieses unreife Verhalten. Und gerade zu jener Zeit begann sie wieder Kontakt zu ihrem Erstgeborenen aufzunehmen, der sich in seinem Zimmer einschloß und sich weigerte, das Haus zu verlassen. Anfangs glaubte sie, sein Verhalten sei ein klarer Beweis für die Reinheit seiner Herkunft und war stolz auf ihn. Denn während das ganze Dorf wegen der Freudenmädchen wie von Sinnen war, blieb er ruhig zu Hause, studierte seine Manuskripte und entwarf mit seinen Filzschreibern in dicken Strichen und hinreißenden Farben topographisch detaillierte Pläne vom alten Sparta. Seine Bockherden und seine Wetten, die er immer gewann, führte er aus der Ferne und verachtete die ganze Aufregung, die seine Mutter völlig übertrieben fand. Eines Tages betrat sie sein Zimmer, während er gerade seine wunderschönen Kamichivögel saubermachte, und sagte ohne Umschweife: »Sie haben jedenfalls nur Apparate zwischen ihren Beinen, die Wollust erzeugen. Nichts weiter! Vertrau auf meine Erfahrung: Eine Schwellung ist eine Schwellung und eine Wunde nichts als eine Wunde . . . Alles andere ist eine Frage des Gewissens. Daß Männer so gefühlsduselig sein müssen!« Während dieses Zusammentreffens konnte sie zum ersten Mal seit seinem selbstauferlegten Rückzug beobachten, wie die Tränenflüssigkeit, die seine Pupillen stets befeuchtete, sich wie gefroren anfühlte und wie jenes furchtbare Zittern nicht mehr auftrat, das sich schon bei seiner Geburt abgezeichnet hatte. Besorgt fragte sie ihn: »Du bist doch nicht verliebt, oder?« Aber anstatt ihr zu antworten, sagte er ihr lieber, daß er sehr an seinen Vögeln hinge und daß er, wenn einer sterben würde, fest entschlossen sei, sie auszuweiden, auszustopfen, zusammenzunähen und an unsichtbaren Nylonfäden an der Zimmerdecke aufzuhängen. Doch er merkte, daß er mit diesen Erklärungen seine Geheimnisse vor seiner Mutter preisgab. Denn wie er sie kannte, würde sie seine ausgestopften Vögel einfach an sich nehmen und sie anstelle der Vogelscheuchen aufstellen, an die alle Vögel der Gegend schon gewohnt waren und die niemandem, weder Vogel noch Mensch, Angst einjagten und die zerstört zu Boden fielen trotz Messaudas Bemühungen, die hilflos mit ansehen mußte, wie ihre Pflanzen unter den Schnabelhieben der Nachtigallen, Schwalben, Stare und Rotkehlchen ruiniert wurden. Sie nahmen Rache, seit man sie verachtet und ihnen den letzten Rang unter den Vögeln zugewiesen hatte, seit jene Amazonen bei ihrer berühmten Durchreise eine höchst turbulente Sorte Vögel zurückgelassen hatten, die den ganzen Tag in Bewegung waren und zwitscherten, vor allem in der Dämmerung, die hinterrücks einfiel und den Menschen mit beunruhigender Schnelligkeit verwirrte.

Außerdem erzählte er ihr nichts über seinen Schatten, der anfing, klare Hinweise auf Störung und Schaden zu liefern.

Als nach seinem letzten Bordellbesuch der fünfte Konvoi durch Manama zog, hielt es Mohamed nicht mehr an seinem Platz. Er war fest entschlossen, seinem Schicksal entgegenzutreten und seinen Schatten durch erhöhte Vorsicht zu überlisten, indem er erst nach Mitternacht das Haus verließ. Aufgrund der speziellen Beschaffenheit seiner Leinenschuhe legte er die Entfernung zwischen dem Familiensitz und dem Haus der Liebe in Rekordzeit zurück. Doch als er das Bordell betrat, herrschte Schweigen. Der Plattenspieler, der das grobe Korn des Spektakels zermahlte, verstummte plötzlich, ohne daß ihn jemand auch nur berührt hätte. Wie versteinert fragte sich Mohamed, ob er in seiner Eile vielleicht vergessen hatte, seine Hose anzuziehen, doch noch bevor er sich dessen vergewissern konnte, erblickte er die schönste Frau, die er sich je vorgestellt hatte, sah sie auf ihn zukommen, ihn an der Hand fassen und in ihr Zimmer ziehen. Sie schloß die Tür, umarmte ihn fest und flüsterte ihm ins Ohr: »Ich heiße Messauda, wie deine Mutter, und ich weiß, wo Ibn Khalduns Haus stand, in dem er einen großen Teil seines berühmten Werkes geschrieben hatte.« An jenem unvergeßlichen Tag, an dem er Messauda, die Glückselige, traf, war er nicht überrascht über das, was sie ihm ins Ohr flüsterte. Seit ihm sein Schatten nicht mehr gehorchte, war ihm klargeworden, daß ein gravierendes Ereignis sein Leben umwälzen und seinen Verlauf grundlegend ändern würde. Er wußte zwar nicht, wann genau ihn dieses Schicksal ereilen würde, fühlte aber, daß es eines Tages soweit sein würde. Deshalb zog er sich zu Hause zurück und versuchte, sich durch Überaktivität und Überanstrengung zu beruhigen. Er überlegte, seine geliebten Kamichivögel auszustopfen, von denen einige schnell alterten. Er bestand darauf, das Kapital der Familie anzulegen, allerdings nicht mit Gewinnabsicht, sondern als wirksames

Mittel gegen das Warten und den Schmerz. Es gab bereits erste unmerkliche Anzeichen, die ihm andeuteten, er solle endlich aufhören, seine Kraft in den nach Ehemännern riechenden Betten zu vergeuden, seine Gesundheit in den Irren und Wirren des nachlassenden Handels zu ruinieren und sich in dem verrückten Kreis umhertreiben zu lassen. Während seiner freiwilligen Isolation entschied er sich, das Kapital seiner Mutter nicht weiter zu vermehren. Die kam recht gut allein zurecht, sparte etwas Geld und lagerte eine beträchtliche Menge von Lebensmitteln in ihren zahlreichen Kühlschränken wie auch im Menstruationsblutzimmer, um ohne materielle Sorgen bis ans Ende ihrer Tage leben zu können, bis die Familie Namenlos einmal ausgestorben sein würde. Ihren Sohn hingegen ließ das Gewissen nicht ruhen; er wurde regelrecht getrieben davon, die Anzahl der Genozide zu verifizieren, von denen die verfluchten Geschichtsbücher schrieben, die Messauda dazu veranlaßten, wann immer ihr bei der Küchenarbeit eins davon in die Hände fiel, wütend die Träger ihres riesigen Büstenhalters schnappen zu lassen. Aber Mohamed war sehr reizbar geworden, gehetzt, und er fragte sich, warum über die Schlachten, die man im Namen des Islam geführt hatte, geschwiegen wurde. Doch er schob die genauere Untersuchung vor sich her, weil sie schwer zu schlucken war, wie es hieß. Er war begeistert von den Veränderungen in der Geschichte und merkte, daß die Sieger von damals die heutigen Opfer der Barbarei der anderen geworden waren. Aufgrund seiner starken Sensibilität und seiner Fähigkeiten, sich in die merkwürdigsten Vorstellungen zu stürzen, und anhand der Vogelscheuchen, durch die seine Mutter Angst und Furcht hervorzubringen versuchte, spürte er, daß er unfähig war, sich diesen Problemen allein zu stellen. Sicher konnte er sich auf den Scharfblick des greisen Schusters verlassen, dessen Treue ihm bereits mehrere Male den rechten Weg gezeigt hatte, aber er spürte eine Härte und Unerbittlichkeit bei ihm, wie sie selten bei einem Analphabeten zu finden sind. Mit seinen nüchternen, gnadenlosen Argumenten konnte er ihn lahmlegen. Also zog Namenlos es vor, ihn zu meiden. In jedem Fall blieb ein Mißverständnis zwischen ihnen bestehen wegen jener unklaren Sache, die sein Freund Mehrwert nannte. Zweifellos hätte er mit der Hilfe von Raschid Bnasser, dem Landvermesser, rechnen können, aber da dieser seine älteste Schwester geheiratet hatte, bestand eine gewisse Befangenheit zwischen ihnen, und durch die Geburt einer Tochter entfremdeten sie sich noch mehr, was in Mohamed erneut das Gefühl von Einsamkeit und Elend wachrief. Mit der Heirat seiner ältesten Schwester war ihm das Talent verlorengegangen, sie mit den phosphoreszierenden Schmetterlingen zu überfallen, was seine Verrücktheit aufdeckte, worunter die Beziehung zwischen beiden litt. So blieb ihm nichts anderes übrig, als sich an die Hoffnung zu klammern. Aber an welche genau? Er hätte es selbst nicht sagen können, er, den man für den großen Wissenschaftler hielt, der sogar mit den Vögeln sprechen konnte. Er wartete darauf, daß seine Zeit kommen würde. Aber das Schicksal schlug einen anderen Weg ein in einer windstillen Nacht. Messauda kam. Er fühlte sich wie neugeboren, spürte, wie seine Glieder sich mit der Weite der Welt füllten, und als er sie anschaute inmitten dieser plötzlichen aufregenden Stille, in die das Bordell versank, überfielen ihn dieselben Gefühle wie schon dreimal zuvor in seinem Leben. Das erste Mal, als sein Großvater ihm erlaubte, seinen Triebwagen anzusehen, und ihm darauf die erste politische Lektion erteilte, indem er sagte: »Schau nur, was sie herstellen können, und glaub nur nicht, ein Pferd sei edler als diese Lokomotive.« Das zweite Mal war an jenem denkwürdigen Tag, als sein Großvater ihn mitnahm, um ihm Schnee zu zeigen, und als er merkte, daß dieser Schnee wirklich existierte wie viele andere Dinge, die die Leute von Manama weder ihrer Größe, ihrer

Ausgefallenheit noch ihrem Nutzen nach kannten. Und das dritte Mal an jenem strahlenden Morgen, als Kulthum Sander Shah sein Zimmer betrat und ihn aufforderte, in sie zu dringen. Seine erste Begegnung mit Messauda, der Glückseligen, war sowohl von jenem unauslöschlichen Eindruck geprägt, der alles, sogar den Achselschweiß, schwängerte, als auch von einem Gefühl, das jetzt einen untrennbaren Teil seiner selbst bildete. Anstelle jener zähen berauschten und maßlosen Schwere, die seine Knochen und Poren füllte, drängte sich ihm nun Seide im Überfluß in den Kopf und polsterte ihn mit einem durchsichtigen Schaum aus, der sich mit seiner Lebenssubstanz verklebte, dort, wo sich neben seiner grenzenlosen Zärtlichkeit auch sein geheimes Glücksgefühl mit all seinen Windungen, Krümmungen, Vorstellungen, Geheimnissen, Entfesselungen und Abstürzen ablagerte. All diese Eindrücke verschwanden dann und fielen verflüssigt in die auberginefarbenen und violetten Abgründe auf der anderen Seite des Traums, der in zwei Teile klaffte und Staub in unterschiedlichen Farben und Tönen ausschied, die im Innern durch die berauschten süßen Liebesworte zur Gärung kamen. Jetzt endlich hatte er seine Zwillingsschwester gefunden, nach der er so lange überall gesucht hatte: in der Unterwäsche der Frauen, in den kreisenden Vogelschwärmen, die nach Manama zogen, wenn es dämmerte, in den Lauten der verrückten Dialoge mit seinem Großvater, dem Laternenträger, während der enormen Besäufnisse und in der Dichte des Schnees, den er an dem Tag, als er zum ersten Mal nach Hunderten von Jahren in Manama vom Himmel fiel, in einer Plastiktüte im Kühlschrank aufzubewahren versuchte, in der Absicht, ihn abends vor dem Schlafengehen zu zerkleinern und sich geliebt zu fühlen. In jener Nacht schlief er nicht mit Messauda, der Glückseligen, sondern mit ihrem Geruch. Er redete mit ihr weder über ihren Namen – denselben, den seine Mutter trug – noch über den Platz, an dem das Haus des großen Historikers stand. Nicht über Krieg und Frieden, nicht über das Wissen des Dschahiz oder über seinen mysteriösen Tod. Nicht über Vasco da Gama oder über den Betrug von 1001 Nacht, nicht über die revolutionären Bewegungen im Islam, nicht über seine besonderen Talente, seine ornithologischen Kenntnisse, nicht über den Tod seines Vaters oder den Tag seiner Geburt, nicht über Messaudas Pflanzen und die verborgene Tätowierung zwischen ihren Brüsten. Nicht über seinen Schatten oder über das Gerücht, er habe am Tag seiner Geburt Hebräisch gesprochen. Auch nicht über den Tag, an dem er zum ersten Mal im Leben Schnee sah, oder über die Demütigung seines Großvaters, der zum Sklaven seines Vorgesetzten geworden war, bis er sogar noch seinen Namen verloren hatte, der nicht einmal ein richtiger war. Oder über alles andere, das er erlebt oder geträumt hatte. Denn er wußte, daß Messauda über alles Bescheid wußte. »Du brauchst Schlaf«, sagte sie ihm. Ihr nackter prächtiger Körper verführte ihn nicht. Er schlief ein mit ihrem Geruch und stellte sich vor, über den hohen Winden zu kreisen, das ganze Leben vor sich, um seine unglaubliche Männlichkeit in der Öffnung Messaudas, der Glückseligen, zu bergen. Als er wach wurde, fühlte er sich merkwürdig und beschloß, das Mädchen mitzunehmen. Doch Messauda war nicht imstande, seiner Bitte zu folgen, da sie erst seit kurzem in Manama war und so ihrem Stamm noch eine Woche Liebe schuldete, weshalb sie wie die anderen hierhergeschickt worden war, um Kenntnisse in der Liebe zu gewinnen und später mit dem Geld, das sie während ihres Aufenthalts verdienen würde, in den Bergen, wo sie geboren war, heiraten zu können. Namenlos, in seinen fünfundzwanzig Jahren nur selten zornig geworden, wollte alles zerstören und die Bordellbesitzerin niederstechen. Messauda erklärte ihm, wie aussichtslos sein Anliegen sei, da sie ein Ritual zu erfüllen habe. Denn alle waren seit ihrer Geburt gleichermaßen tätowiert, von der Stirn bis zur Scham, und sollte es doch passieren, daß sich eines der Mädchen gegen dieses Gesetz auflehnte, würde es bis in alle Ewigkeiten vom Unglück verfolgt und früher oder später von seinen Leuten ermordet werden, egal, wo es hingehen oder sich verstecken möge. Mohamed Namenlos sah, wie sein Plan zusammenbrach, verstand schließlich überhaupt nichts mehr von dieser rätselhaften Geschichte von Riten und Sekten. »Das ist der Preis, den wir zahlen müssen, um am Leben zu bleiben«, sagte sie. »In solchen Fällen würde nicht ich allein umgebracht, sondern alle Mädchen, die von nun an geboren werden. Sie werden mit einem Schwert, das der Stamm seit dem 19. Jahr Hidschra besitzt, zweigeteilt. Wenn ich aber meine Pflicht erfülle, bin ich frei zu tun, was ich will, unter der Voraussetzung, daß ich ihnen durch eine meiner Cousinen das Geld, das ich im Bordell verdiene, zusende. Du mußt eine Woche warten ... was ist schon eine Woche für einen, der fünfundzwanzig Jahre gewartet hat!« Mohamed verließ das Zimmer wortlos, verließ den Puff *Zum geilen Bock* und setzte sich dem Eingang gegenüber nieder. Völlig erstarrt wartete er auf das Ende der Woche. Doch vorher stellte er eine Wasseruhr neben sich, die mit menschlichem Schweiß betrieben wurde, so als wolle er damit jenen armen Gründer Manamas provozieren, der Sanduhren durch Salzuhren ersetzen und Wasseruhren an die Karawanen verkaufen wollte, die sich aber durch solche List nicht täuschen ließen. Er spürte, daß er sein ganzes geheimes Wissen brauchte; vor allem war ihm die Existenz eines tanzenden Derwischs im Stammbaum der Familie seiner Mutter wichtig, um seine Situation aushalten zu können – auch wenn die Passanten ihn verachteten, seine zu Hilfe eilende Mutter Wutanfälle bekam, sich all seine Brüder beklagten, durch ihn lächerlich gemacht zu werden, wenn er so vor dem Haus sitze, in dem gewöhnlich Begierde, Lärm und Vergnügen herrschten ... Messauda Namenlos zog aus dem Eigensinn ihres Sohnes auf ihre Weise Nutzen: »Er sollte sich besser in den Garten setzen und etwas mehr Furcht erzeugen als die dumme Vogelscheuche, die nicht einmal einen Spatz erschrecken kann. Wie kann er nur den Garten seiner Mutter so verkommen lassen, wenn er doch zu solcher Starrheit fähig ist?« Fremde, die an ihm vorübergingen, glaubten sogar, daß er aufgrund seiner Boshaftigkeit versteinert war, während irgendwelche Kerle das Gerücht in die Welt setzten, er habe sich in eine Statue verwandelt, um nach dem Vorbild des »unbekannten Soldaten« den unbekannten Liebhaber zu verkörpern. Inzwischen hatte sich Messauda Namenlos in Sonnenblumen vernarrt, die sie am Zaun entlang pflanzte, der den Gemüsegarten vom Haus trennte. Die Sonnenblumen wuchsen üppig, was vielleicht auf das menschliche Blut zurückzuführen war, mit dem sie sie jeden Tag in der Frühe behutsam, aber reichlich goß. Sie genossen wirklich viel Aufmerksamkeit, wurden gut bewässert und durch den kalifornischen Dünger sehr fruchtbar gemacht, so daß sie sich ununterbrochen und mit ständig wachsender Geschwindigkeit, die um die Mittagszeit ihren Höchstwert erreichte, um die Sonne drehten. Dann verloren die riesigen Blumen die Orientierung und drehten sich verwirrt wie Windmühlenflügel zwischen dem Kreischen der Insekten und dem Zirpen der Grillen. Messauda war sehr stolz auf ihre gelben Blumen, die nicht nur ihren Garten schmückten, sondern überdies Kerne lieferten, aus denen man Öl gewann, das bis nach Lappland exportiert wurde, um damit die Ski zu wachsen. Zudem sorgten sie für eine Klimatisierung des Hauses, indem sie durch die Sonnenenergie zu zahllosen gewaltigen Ventilatoren umfunktioniert wurden, die von Sonnenaufgang bis -untergang in unterschiedlichem Rhythmus – je nach der Intensität des Lichts – ununterbrochen in Betrieb waren. Diese sonnenlichtabhängige Inbetriebnahme der Sonnenblumen fiel in die Zeit von Mohameds Versteinerung. Während der ganzen Woche, in der Mohamed gegenüber dem Eingang von Manamas Bordell hockte, ließen seine Schwestern – grün vor Eifersucht – keine Gelegenheit aus, um ihn bei seiner Mutter anzuschwärzen: »Er hätte sich wenigstens in eine Frau aus der gehobenen Küstenaristokratie verlieben können: Uns dies in einer Zeit anzutun, in der sich unsere Sonnenblumen so stark drehen! So ein Grobian!« Messauda gab nichts auf diese heuchlerischen Worte. Ging sie auch oft streng mit den Phantastereien ihres Sohnes um, mochte sie es jedoch nicht, wenn sich die anderen Familienmitglieder einmischten und ihn verachteten. Selbst die Zwillingsschwestern durften das nicht. Doch schonte Messauda die Mädchen immer in der schwierigen Zeit, in der sie alle acht ihre Monatsblutung erwarteten, die selbst Messauda nicht hinauszögern oder in ihren Bäuchen wie saure Milch gerinnen lassen konnte. Also tat sie so, als bekäme sie gar nicht mit, was sie sagten, und beschäftigte sich damit, ihre Hühner zu füttern, die Kamichikäfige zu säubern, Wolle zu waschen, Kuskus zu rollen, Tomaten zu zerkleinern, um sie für den Winter zu konservieren, Fleisch in Streifen zu schneiden und zu trocknen, die Parasiten abzukratzen, die mit einem letzten Sprung ihre grell leuchtenden Pflanzensonnen geentert hatten. Als sie mit allem fertig war, setzte sie sich auf den Marmorboden des Innenhofes, streckte die Beine aus und ließ die sich kreuzenden Schatten und Windstöße, verursacht von diesen gewaltigen Blumen, die gerade ihre maximale Drehgeschwindigkeit erreicht hatten, an ihnen vorbeistreichen.

Die Mädchen, entsetzt über den neuartigen Wartezustand dieses genialen Sohnes, knirschten mit den Zähnen, wandten sich der Aufzucht der Seidenraupenlarven zu, ohne daß ihre Mutter etwas davon wußte. Sie setzten große Hoffnung darein, daß die Kokons schnell heranreifen würden, um sie dann durch die Wärme ihrer Schenkel ausbrüten zu können, wie die Frauen von Manama es schon immer getan hatten. Und das trotz der weltweiten Seidenkrise, trotz der Herrschaft der Monopole und der Intrigen des Gouverneurs, die diesen Eifer nicht nur zum Steigen und Fallen brachten, sondern ihn sogar überflüssig machten. Um vor jeder Überraschung seitens der Mutter sicher zu sein, suchten sich die Mädchen einen Platz in den oberen Räumen. Dort stürzten sie sich ins Vergnügen – der Sonnenblumen wegen, die, groß wie Windmühlenflügel, Licht- und Schattengitter entstehen ließen, je nachdem, ob sie die Sonne gerade freigaben oder verdeckten. Die Mädchen verspürten ein Prickeln ganz oben an ihren Schenkeln, sobald wieder eine Larve aus ihrem Kokon geschlüpft war und an die Pforte der Weiblichkeit stieß, die darauf wartete, durch die Kraft eines Mannes aufgestoßen zu werden. Kaum stellten sie sich dessen Erregung vor, preßten sie die Schenkel zusammen und spannten die Schamlippen an. In diesem Moment verspürten sie Lust zu urinieren, weil sie aber ihrer Mutter grollten, hielten sie es zurück, bis die Schlüpfer naß waren. Sie hatten einen Heidenspaß dabei und ärgerten Messauda, denn der strenge Geruch verriet sie. Im übrigen hatte Messauda keine Skrupel, die Hochzeit ihrer acht Jungfrauen noch weiter hinauszuschieben; der Altersunterschied zwischen ihnen betrug nicht mehr als sechs Monate: Die älteste war nur vier Jahre älter als die jüngste. Atika, die Älteste, wurde genau an dem Tag achtzehn, und Samika, die jüngste, vierzehn Jahre alt, als Mohamed sich vor dem Bordell immer noch die Beine in den Bauch stand. Weil ihre Schwester den Landvermesser mit sechzehn Jahren geheiratet hatte, begannen nunmehr die älteren gegen die mütterliche Ausbeutung zu rebellieren. Sie bezeichneten sie als fürchterlichen Dämon, der nach Blut und Geld dürstete. Aber Messauda hatte die Zügel fest im Griff und regte sich über solche Kleinigkeiten erst gar nicht auf. Die acht Jungen, genauso alt wie ihre Schwestern, beschäftigten sich mit der Zucht von Schildkröten, die vom Licht angelockt wurden und schmale Ornamente auf die Salatblätter webten, die sie fraßen. Sie trainierten sie für den 100-Meter-Lauf und träumten davon, die Bockwetten einmal durch Schildkrötenrennen zu ersetzen. Schon seit langem hatte der älteste Zwillingsbruder das Haus verlassen und wohnte bei seiner Schwester unter dem Vorwand, das Handwerk des Landvermessers bei seinem Schwager zu erlernen. In Wirklichkeit konnte er seine sündhafte Begierde nach Malika nicht loswerden, die es immer vermied, mit ihm allein zu sein, weil sie eine heftige, überraschende Attacke desjenigen befürchtete, an dem sie in unschuldiger Liebe hing. Als sieben Tage vergangen waren, stellte man fest, daß Mohamed Namenlos nicht unter Müdigkeit litt, sondern völlig verrückt war nach seiner vertrauten Freundin, die adeliger Abstammung war und den gleichen Namen trug wie seine Mutter. Am siebten Tag genau um Mitternacht – es wehte ein laues Lüftchen, und kein Sandsturm war in Sicht – verließ Messauda, die Glückselige, das Bordell und traf wieder auf den Mann, den sie ein Leben lang lieben wollte und der hartnäckig und hellwach auf demselben Fleck gesessen hatte, mochte ihm auch das Wetter zugesetzt haben, die Feuchtigkeit der Nacht oder der Kot der unverschämten Vögel, die offenbar ganz vergessen hatten, daß er sie versorgt hatte – vielleicht hatten sie ihn aufgrund seiner Abmagerung auch nicht wiedererkannt. Er erhob sich wortlos. Als er sich in Bewegung setzte, tat sie das gleiche und folgte ihm in gewisser Entfernung. Zunächst schwieg auch sie, doch dann verlor sie die Geduld und sagte: »Woran denkst du?« Er drehte sich um, sein Blick antwortete ihr: »Wir gehen zum Haus meiner Mutter!« Als sie zu Hause eintrafen, stellten Messauda und ihre Töchter sich schlafend. Die Söhne vergnügten sich unterdessen im Bordell. In dem Augenblick, als Mohamed mit Messauda, der Glückseligen, sein Zimmer betrat, vernahm der älteste Zwillingsbruder, der sich bei Malika aufhielt, ihr lustvolles Stöhnen und das Wackeln des Ehebetts. An dem Tag also, an dem die Neue das Haus betrat, begriff sie bereits, daß dieses unechte und gespielte Stöhnen sie provozieren sollte, und sie verstand, daß diese alte Frau einen ausgeprägten Sinn für Gastfreundschaft besaß, die sie sich allerdings für den nächsten Tag aufbewahrte. Mohamed ließ Messauda, der Glückseligen, keine Zeit, sich auszuziehen; er warf sie zu Boden, raffte ihr Kleid hoch bis zur Taille und nahm sie zwanzigmal zwischen Mitternacht und Mittag. In jedem Moment empfand sie dabei das Bedürfnis zu schreien, Obszönitäten auszustoßen und sich im Sperma ihres Geliebten zu suhlen, doch hielt sie sich zurück und verkniff sich, die Freude über ihre wiedererlangte Freiheit hinauszuschreien, nachdem sie ihrem Stamm den Tribut gezollt hatte. Vorbehaltlos gab sie sich ihm hin, brachte ihm das Liebesgeflüster ihrer Fruchtbarkeit entgegen, schuf zwischen ihr und der Außenwelt Sümpfe voller Stimmen und Geräusche, Algen und Aale mit glatten Leibern, die sich von Wasserinsekten und wilden gewundenen Gräsern oberhalb des Wasserspiegels ernährten; Sümpfe, als würde es ständig Pflanzen regnen wie in einem Gebiet dieser großen Welt, von dem sie in Reiseberichten las, die sie gut kannte. Dort, zwischen Euphrat und Tigris, wo vor Hunderten von Jahren Seen und Sümpfe überflutet wurden, entstanden Tausende von Wasserarmen, die von in Sansibar, Nubien, dem Sudan und dem ganzen orientalischen Afrika gekauften schwarzen Sklaven trockengelegt und in fruchtbaren Boden von außergewöhnlichem Schlamm verwandelt wurden; ähnlich dem Lehm in ihrer glatten Öffnung, in der er seine Seele zurücklassen wollte. Oh, diese wunderbare Geliebte, um so mehr, da ihr Kopf voll war mit der kochenden und tobenden Geschichte dieses Orients, der sich bis zum Okzident erstreckte und in dem die Zivilisation sich auf Zähne, Klauen und unterschiedlichste Schwerter gründete, da man noch auf Kanonen, Schießpulver und Maschinengewehre wartete. Die ganze Nacht und die Hälfte des nächsten Tages verbrachten die beiden damit, sich zu streicheln und im scharfen Geschmack ihres Speichels zu kauern, denn das Verlangen war von stürmischer Gewalt und erreichte die Grenzen des Erblindens und Verblödens. Immer wieder begaben sie sich von einem Genuß in den anderen, verschlangen sich gegenseitig, erlitten Schmerzen und ertranken geradezu in ihrer eigenen Welt, wobei ihre Wollust zunahm und sie feucht wurden, als öffneten sich Risse im Eis in verrückter Geschwindigkeit. Sie waren aneinandergebunden mit einem Seil, das sich tief in die Erinnerung drückte und jedes menschliche Elend vergessen ließ.

Am nächsten Tag erwachten sie ohne die Hilfe der Kamichivögel, die ihre Augen vor den Exzessen und dem Liebestollen verschlossen hatten. Auf dem Boden entdeckten sie eine tote Schildkröte, die Beine in die Luft gestreckt, den Bauch gelb lackiert, wie eine Warnung vor der Vergänglichkeit aller Dinge. Doch sie ließen diese idiotische Warnung außer acht und beerdigten die Schildkröte unter einer Sonnenblume, die unter der Krankheit litt, zu hoch zu werden. Erst dann suchten sie die Mutter auf, die ganz vergessen hatte, daß ihr Sohn eine Frau mitgebracht hatte, die den gleichen Namen wie sie selber trug. Messauda Namenlos war damit beschäftigt, Feigen zu pflücken, um sie für den Winter einzukochen. Als die beiden bei ihr waren, sprach sie vom Baum herab, ohne sie dabei anzublicken: »Du solltest deinen Namen ändern! Wir können nicht denselben Mann, dasselbe Haus und denselben Namen tragen, ohne daß jedesmal die eine über die andere stolpert und allein beim Anblick der anderen die Stühle zertrümmern könnte!« Auf diese Weise kam Messauda, die Glückselige, in das alte Haus und wurde von der schrecklichen Frau akzeptiert, die noch immer den Tag mit ihren unzähligen Aktivitäten umzingelte, daß sie die neunzehn Wanduhren zur

Explosion brachte, da sie dem Rhythmus der Zeit nicht standhalten konnten, dem sie ausgesetzt waren. Das Problem mit den Namen, die aufeinanderstießen und den jeweils anderen einem anstrengenden Spiel unterwarfen, blieb allerdings bestehen. Die Neue blieb vorsichtig, befaßte sich mit ihrem Körper, wusch und parfümierte ihn und umgab sich mit Ambraduft als krönendem Abschluß nach dem Baden. Doch wenn sie das Pochen ihrer vom Genuß wundgeriebenen Vagina vernahm, hielt sie sich zurück, denn trotz allem: Der Namenskrieg bestand weiterhin, wenn auch ohne Schützengraben und Fanfaren. Die echte und einzige Messauda hingegen wandte sich wieder ihren Bewässerungsarbeiten zu, lauerte auf den Regen und auf ihre Widersacherin. Sie fürchtete den Schnee, der erneut ihren Vogelscheuchen zusetzen würde, die teils schräg, teils seitlich oder Gesicht zu Gesicht standen. Diesmal würde sie es nicht ertragen, wenn wieder der schwarze Lack von den Gesichtern ihrer verblüfften Stoffpuppen mit den häßlichen Hüten und den ausgefransten Turbanen heruntertropfen würde. Das würde sie umbringen! Die andere würde ihre schwache Seite ausnutzen und ihr spontan den Vorschlag machen, eine so fürchterliche Vogelscheuche für sie zu basteln, die sie nicht mehr schlafen ließe und die sogar die Sonnenblumen irritierte. So wurde Frieden zwischen ihnen geschlossen! Teigige Pappe, Schere, Klebstoff, abgenutzte Kleidung, Brüllen, Lachen und geheimes Einverständnis. Die Neue, die die Geschichte auswendig kennt und Bilder des Hasses daraus stanzt. Halladsch Ibn Jusuf zum Beispiel, dessen Bild sie häßlich malte. Das hatte er verdient; wurde er nicht »Henker des Irak« genannt? Und al-Mutazim, der unerbittlich gegen die Schwarzen vorgegangen war und sie verfolgte. Der die erste echte Revolution im Islam zerschlug – nämlich die der Neger, die fünfzehn Jahre andauerte und Bagdad zwischen den Jahren 255 und 270 Hidschra in seinen Grundfesten erschütterte. In jener Zeit fingen die Mütter an, ihren Kindern Furcht einzujagen, indem sie ihnen drohten, einen Neger unter ihrem Bett zu verstecken. Messauda Namenlos, von der gerechten Sache überzeugt, entschloß sich, keine schwarze Vogelscheuche mehr herzustellen. Sie hatte in Unwissenheit gelebt. Jetzt war sie in Euphorie. Bilder von Henkern, Tyrannen, Blutsaugern. Abu l-Abbas »as-Saffah«, »der Blutvergießer«, der gewöhnlich seine Feinde häutete und die Haut mit Kleie ausstopfte, um sie dann in einem Käfig als Spielzeug für seine zwei Affen zu benutzen, die er eigens zu diesem Zweck zähmte. Ein Fatimide, der in Ägypten und Nordafrika in der Zeit zwischen 299 und 344 Hidschra herrschte. Ibn Khaldun erwähnte ihn in seinem Werk. Aber was war mit Mahmud II.? Ihn sollte man nicht in Mißkredit bringen. Messauda war verwirrt. Er war doch ihr Idol gewesen. Vielleicht könnte sie ja ihre Meinung ändern. Später, Schritt für Schritt. Aber lassen wir das jetzt. Und was war mit dem Massaker von Skio, im Frühjahr 1822? Messauda seufzte, wenn sie an ihre weit zurückreichenden Ahnen dachte. Piratengeschichten tauchten auf. Der Kammerherr, der Fächer. Die Korsaren der neunzehn Wanduhren ... die Frauen arbeiteten unermüdlich. Der Sohn hingegen, von seiner Liebe besessen, brachte alles zum Stillstand; er verließ sein Zimmer nicht mehr, ließ seine ausgestopften und seine lebendigen Vögel im Stich. Las erotische Gedichte der ersten Jahrhunderte. Zum ersten Mal in ihrem Leben wurde Messauda Namenlos zur Schülerin, war von den furchtbaren Bildern und Visionen der Abscheulichkeiten beherrscht, die die Geschichte angehäuft hatte. Und die andere sprach in der gleichen Geschwindigkeit, in der sich die Sonnenblumen drehten. Die Mädchen mußten nicht mehr die Vogelscheuchen in den Bäumen, zwischen den Pflanzen, den Kartoffeln und auf dem Dach des Hauses aufhängen. Reichte das? Nein, man müßte noch mehr Vogelscheuchen herstellen, andere.

Pappe, Gummi, Schere, Nadel, Faden, warum nicht? Sufyan Ibn Muawiya: Er war ein Mann, der sich auf die Hinrichtung von Schriftstellern spezialisiert hatte. Er exekutierte Ibn al-Muqafa, nachdem man ihn der Ketzerei bezichtigt hatte, in jenem schwarzen Jahr, dem Jahr 145 Hidschra. Wie schnell wurden seine Gesichtszüge starr und er zur Vogelscheuche? Zeichnen, Schneiden, Kleben, Nähen, Anziehen und ein kleiner roter Bart. Den Frauen gegenüber scheu. Wohingegen der andere Verrückte sein männliches Glied in die rote Medizin tauchte und in die Weiber stieß. Sufyan Ibn Muawiya erblindete, und um seine Lider wuchsen Geschwülste. Er stürzte sich in Begierden und Maßlosigkeit. Doch das Namensproblem zwischen den beiden blieb bestehen. Die Einkleidung der Gestelle, die die Vögel erschrecken sollten, konnte nicht das ganze Leben dauern, denn es gab davon reichlich und überall. So kam man in der Familie überein, die Vogelscheuchen im Menstruationsblutzimmer abzustellen, das ständig gleich temperiert war. Mahmud befaßte sich damit, denn er war ihr Ingenieur. Zwar ohne Ausbildung, aber er war ebenso gut – wenn nicht besser – als diejenigen, die so etwas gelernt hatten. Mohamed hingegen verbrachte die ganze Zeit im Bad und schrieb Gedichte. Messauda kannte jetzt das andere Gesicht der Geschichte. Sie hatte vorher nicht gewußt, daß es Kriege und Feinde gab, da sie damit beschäftigt war, die Zwillinge zu gebären und großzuziehen; vor allem nach dem Tod ihres Mannes war es ums Überleben gegangen. »So viel Zeit mußte erst vergehen, bis eine kleine Hure daherkommt und mir das alles beibringt! Wo war ich? Wo war ich bloß?« Der Groll auf den Gouverneur kam wieder hoch. Sie machte eine Skizze von ihm, schnitt die Zeichnung mit der Schere aus, klebte sie zusammen, nähte die Bekleidung und hängte sie in den Wipfel des höchsten Baumes in ihrem Garten. Sie sagte zu Messauda, der Glückseligen: »Du wirst mir vieles beibringen, und ich werde dir als

Gegenleistung die Haare mit Henna färben. Aber um eins klarzustellen: Ich will Zwillinge haben. Er hat sehr darunter gelitten, alleine zur Welt gekommen zu sein. Und wegen des Namens werden wir uns schon einigen!« Sofort wurden die Spatzen und alle anderen Vögel vertrieben, die gerne klauten. Frühmorgens wurden sie mit großen Baggern wegtransportiert. Er nutzte diese Gelegenheit, um seine Kondome wegzuwerfen, die er auf dem Schwarzmarkt teuer erstanden hatte, während seine Brüder erneut das Training mit den Schildkröten intensivierten, da sie von der Idee besessen waren, Wettrennen mit ihnen zu veranstalten, denn sie brauchten Geld. Manama war wie in einem Rausch, Huren waren teuer, Geld in Reichweite, dank der Schildkrötenwetten. Mohamed, sparsam mit Worten und Gesten, meinte: »Sehr erfreulich!«, als er hörte, was seine Mutter gesagt hatte, so daß seine Angst vor ihr zunahm. Wie sollte man ein Zwillingspaar verschiedenen Geschlechts zeugen können? Das wäre Glück des Gebärens. Wichtiger als bei Vogelscheuchen sollte man bei Zwillingen Erfolg haben. Die Neue streichelte ihren flaumigen Bauch und stand jede Stunde auf, um die Seenplatte von Finnland und Litauen zum Überlaufen zu bringen. Immer kehrte sie mit schwärzeren Augen zurück. Er hingegen machte nichts mehr, klammerte sich aber fest: Entweder das oder der Tod!

Eines Morgens hatte er einen Namen für seine Frau gefunden, wofür er sich genügend Zeit genommen hatte. Dennoch war es angesichts seiner Geistesabwesenheit ein Wunder, zumal er aussah, als versinke er in trübem Gewässer. Er kam aus seinem Zimmer getorkelt und verkündete: »Ihr Name soll *Schadjarat Eddur* (Perlenbaum) sein! Mutter, jetzt hast du nichts mehr zu fürchten ...« Sie beglückwünschten sich gegenseitig. Die Trägerin dieses Namens hatte wirklich eine lange Geschichte. Und Messauda kannte sie gut. Jene Frau war eine Königin in der Geschichte des Islam gewesen. Sie hatte über Ägypten, Syrien und die Türkei geherrscht und ihren Mann beim achten und letzten Kreuzzug verloren. Ein gewisser Saint Louis hatte ihn bei Mansura getötet. Sie hatte fünfzehn Jahre lang die Herrschaft innegehabt, von 647 bis 661 Hidschra. Welch vornehme Nachbarn hatte sie! Zur einen Seite al-Mutazim, als Vogelscheuche verewigt. Zur anderen Saint Louis, der zwischen seiner Nase und seinem Spiritismus umherirrte. Ihr gegenüber alle unterdrückten und ungerecht behandelten Männer dieser Welt. Sie provozierte sie und heiratete einen ihrer Diener. »Wieder so eine Negergeschichte«, sagte die Hausherrin, »die Armen!« Nicht er. Er war weiß und kam aus Anatolien, wo man die Wahl hatte, Ziegen zu hüten oder Völker zu überwachen. Er entschied sich für das Soldatentum und diente der Königin. Stürzte sie im Bett und glaubte, sie auch vom Thron stürzen zu können. Sie ließ ihm den Kopf und die Hoden abhacken und nahm sich Tausende von Liebhabern, alle schwarz. Denn Schwarz war ihre Lieblingsfarbe. Schon lange vor ihrer Zeit hatte man einst die Königin aus 1001 Nacht dabei überrascht, wie sie es mit zwölf schwarzen Sklaven trieb. Aber das ist eine andere Sache. So wurde jedenfalls das Problem der gleichen Namen gelöst! Und der Schutz des Gartens gesichert. Mohamed Namenlos lud zu seiner Hochzeit nur den Schuster ein. Und ließ die Augen nicht von seinem alten Freund, der sich besoff und den Tod von Josef Djougachvili beweinte, des Georgiers, wie er genannt wurde. Der Gouverneur seinerseits schickte einen Spitzel, der nach den Neuigkeiten schnüffelte und das Geschehen notierte. Dennoch beschränkte sich die Feier auf die Familie: Messauda Namenlos, ihre siebzehn unverheirateten Kinder sowie Malika Bnasser, ihr Mann und ihre Tochter. Die Herrin der Familie Namenlos erklärte ihren gefiederten Plünderern einen vierundzwanzigstündigen Waffenstillstand und holte die Kriegsvogelscheuchen herbei, um mit ihnen den Salon zu schmücken, in dem das große Fest stattfinden sollte. Dem Schuster erklärte sie: »Egal wer, alle haben die Geschichte zerrissen und die Friedhöfe gefüllt! Dabei rede ich gar nicht von diesem Schwächling von Gouverneur, der zwar porträtiert wurde, aber keine Bedeutung hat. Man könnte meinen, er wolle den Pfadfindern von Mr. Brown Nilwasser verkaufen. Von ihm ist nichts zu erhoffen. Er macht mir keine Angst. Sein Arsch ist geschrumpft. Er wagt es nicht, mir gegenüberzutreten.« Die Spitzel des Gouverneurs notierten diese wichtigen Nachrichten. Aber was sollte er damit machen? Alle Welt wußte, daß er den Krokodilsee gekauft hatte und bereits dabei war, das Pfadfinderlager durch den Bau von Kanälen ans Wasser anzuschließen. Außerdem war der Schuster der einzige im Dorf, der Schuhe reparieren konnte und nicht entbehrt werden konnte. Also genoß er seine Freiheit trotz seiner politischen Überzeugung. Schon seit langem verspotteten alle den Gouverneur von Manama. Längst schon war das Gesetz gegen Alkoholgenuß in Vergessenheit geraten und wirkungslos geworden. Damit verschwanden auch die Injektionsambulanzen, denn die Kneipen und Bordelle öffneten wieder ihre Türen. Alles ging seinen Gang, ungeachtet des offiziellen Verbots, das nun im Sortiment jener Vorschriften gelandet war, die still und heimlich untergraben wurden.

Kaum war das Fest zu Ende, hängte Messauda erneut ihre Vogelscheuchen auf und heftete eine Erklärung an die Haustür, aus der hervorging, daß sie acht Töchter habe, die geehelicht werden wollten. Sie listete die Namen, das Alter und die Eigenschaften der Mädchen auf und beschloß, alle sechs Monate eine von ihnen zu verheiraten. Atika war als erste an der Reihe, so daß Samika, die Jüngste, sich ausrechnen konnte, daß sie selbst auch mit achtzehn Jahren verheiratet werden würde – wie ihre ältere Schwester und wie alle anderen Mädchen, die über den Trick ihrer Mutter nur staunen konnten, durch den jedes der Mädchen sein

Recht auf Heirat im gleichen Alter erhielt, denn sie waren wie die Brüder hintereinander und in sechsmonatigem Abstand zur Welt gekommen. Es gab keine Neider, nicht einmal, als Schadjarat Eddur erfuhr, daß der erste Glückwunschbrief aus Sydney kam. Sie wußte von Kulthum und kannte die Geschichte mit dem Daumen, der noch in dem formaldehydgefüllten Gefäß schwamm; irgendwo in einem Regal im Zimmer der Anglistikstudentin im Universitätsviertel dieser Stadt. Die frischgebackene Ehefrau brachte ihrer erstarrten Schwiegermutter vielmehr ihre Bewunderung entgegen: »Sie ist wirklich eine Heldin ...« Allerdings wußte sie nicht, daß seit ihrer Ankunft die Wanduhren im Haus nicht mehr zersprangen und die Wasseruhren, die einzigen, die damals noch funktionierten, bei Messaudas Wutanfällen nicht länger Tränen aus Blut und Schweiß absonderten. Erst viel später, er hatte seine erste Zwillingsschwester längst verheiratet, mußte Mohamed Namenlos an den Brief denken, der ihm erneut das Gefühl von Minderwertigkeit beschert hatte – dank Kulthums Vornehmheit und Spontaneität.

Das Haus des Gouverneurs ähnelte nicht etwa einem mit Kristallzucker bestreuten Kuchen, sondern es drückte Vornehmheit aus, denn der Hausherr hatte weder an Arbeitskräften noch an kostbarem Material gespart. Bereits wenige Monate nach seiner Ernennung zum Gouverneur waren Ingenieure, Architekten, Landvermesser, Zeichner und Dekorateure in Manama eingetroffen; alles folgsame Ausländer, die sich völlig den Befehlen des Hausherrn unterwarfen, der ihnen ein unglaublich hohes Gehalt zahlte. Er kümmerte sich sogar um ihre Freizeit, indem er an ihre Betten Bauchtänzerinnen orderte, die sich darauf verstanden, Niedergeschlagenheit und Einsamkeit umherreisender Männer zu vertreiben. Zudem befeuchtete er ihre Nächte mit diversen alkoholischen Getränken und edlen Weinen. Nach einem Jahr erntete der Gouverneur die Früchte seiner

Arbeit und bekam von dem ausländischen Unternehmer den goldenen Schlüssel zu seinem prächtigen Anwesen überreicht, das sich als Quintessenz alter arabischer Kunst und moderner skandinavischer Architektur präsentierte. Den Bewohnern Manamas war klar, daß der Gouverneur kein einziges Material ausgelassen hatte: Es gab Marmor aus Carrera, Mahagoni aus Kanada, Wolle aus Kaschmir, Kristall aus Böhmen, Glas aus Schlesien, glänzenden Stahl aus Japan und verziertes Eisen aus Isfahan. Der Garten war dicht bepflanzt, allerdings ohne Sonnenblumen, da man diese in Manama erst kennenlernte, als Messauda sie in ihren Garten pflanzte. Sie wurde von da an zur Modepflanze. Zudem hatte er eine starke Klimaanlage im Haus installieren lassen, in dem es nicht an Fenstern oder Öffnungen fehlte. Man wußte weder etwas von der Eigenventilisation noch von den Zentrifugalkräften der Sonnenblumen. Das Haus war wunderschön, so daß Manamas Bewohner noch vor seiner Fertigstellung Spaziergänge um die großangelegte Baustelle machten. Als der Bau schließlich beendet, das Haus eingerichtet und ausgestattet war, wurde es zu einem lokalen Wunder; zum Stolz der verblendeten und selbstgefälligen Manamaer. Wagte sich jedoch einer von ihnen in unmittelbare Nähe des Hauses, wurde er von den Handlangern und Wachtposten des Gouverneurs mit Eisenstangen rücksichtslos verjagt. Doch die verblüfften Menschen bewunderten das Haus weiterhin; allerdings aus gebührender Entfernung. Sie standen auf einer vorgelagerten Anhöhe, auf der Kneipen, Garküchen und öffentliche Toiletten errichtet wurden. Als sich ein Quacksalber dort niederließ, der die regelmäßigen Besuche der Menschen zum Kundenfang ausnutzte, entwickelte sich der Hügel zu einer Pilgerstätte, zu der man in begeisterten Scharen mit riesigen Fahnen und Fackeln emporstieg. Die Bewohner Manamas, für ihre Verschlagenheit bekannt, fingen so zwei Fliegen mit einer Klappe: Sie konnten Bander Shahs

Villa mit den Rhododendronhecken und dem Schwimmbad besichtigen und die Gelegenheit nutzen, sich behandeln zu lassen: sei es an der Lunge, den Hämorrhoiden oder den kariösen Zähnen ... Der Lehrer nahm seinen besten Schüler mit, die Mutter ihr artigstes Kind. Allein das Schwimmbad machte Probleme: Das kostbare Wasser mußte in Manama den ganzen Tag über abgestellt werden, um das Becken mit seinen olympischen Maßen zu füllen. So hatte das Dorf nur nachts Wasser, und die Frauen waren gezwungen, ihren Arbeitsrhythmus völlig umzustellen. Sie organisierten sich so, daß sie die Hausarbeit nachts verrichteten, Wäsche wuschen, Essen kochten, Geschirr spülten, tagsüber hingegen schliefen. Es kam so weit, daß sie ihre Männer kaum mehr sahen, weil diese ihre Lebensgewohnheiten nicht änderten; in Ämtern, Läden und öffentlichen Stellen wurde weiterhin tagsüber gearbeitet. Diese sonderbare Situation führte zu einem enormen Geburtenrückgang, während man vorher unter einem rasanten Geburtenzuwachs gelitten hatte. Manch einer war der Meinung, daß der Gouverneur dadurch, daß sein Schwimmbecken immer mit Wasser gefüllt sein mußte, eine gute Methode gefunden hatte, um die Männer zur Beschränkung ihrer Sexualität zu bewegen, vor allem da Kondome, Pessare, Spiralen und andere Verhütungsmittel nur auf dem schwarzen Markt zu bekommen waren. Statt ein Gesetz zur Geburtenregelung zu erlassen, das sowieso niemand einhielte, so die Meinung einiger, war der Gouverneur auf die listige Idee gekommen, ein Schwimmbad zu errichten, noch bevor mit den Zeichnungen für das Haus begonnen wurde, das später das prächtigste im ganzen Dorf sein sollte. Doch bald schon waren die Bewohner Manamas über die List Bander Shahs entsetzt. Sexuelle Enthaltsamkeit, Unausgewogenheit zwischen den Eheleuten und die sinkende Geburtenziffer ließen sie gemeinsam gegen das großartige Schwimmbecken vorgehen. Unter dem

Druck der Massen wurde es schließlich in ein japanisches Becken verwandelt, dessen Wasser nur einmal pro Monat gewechselt werden mußte. Aus Südkorea importierte Nilbrautblumen sowie fliegende Fische, die der Gouverneur der Komoren gestiftet hatte, zierten das Becken. Es war zu jener Zeit, als Mohamed Namenlos und seine Frau Messauda Bander Shah überlisteten, indem sie alle sechs Monate ein zweigeschlechtiges Zwillingspaar bekamen, was sowohl die menschliche Biologie als auch die Schikanen dieses kleinen Diktators herausforderte, der vergessen hatte, daß er hierhergeschickt worden war, um ein nur in der Phantasie existierendes Projekt zur Bewässerung der Wüste und zur Landgewinnung für den Ackerbau zu beaufsichtigen.

Mohamed Namenlos war als einziger allein zur Welt gekommen, nach einer Schwangerschaft von neun Monaten. Unter dieser Diskriminierung hatte er zu leiden; abgesondert von seinen als Zwillingspaar zur Welt gekommenen Geschwistern. Er wußte allerdings nicht, daß Wassermangel und Geburtenrückgang seine Eltern zu der Entscheidung veranlaßt hatten, mit dem provokativen Gebären von Zwillingspaaren aufzuhören, was dem aufrührerischen Geist und dem passiven Widerstand gegen das Diktat der höchsten zivilrechtlichen und politischen Autorität des Dorfes entsprungen war. Um bei der Wahrheit zu bleiben: Der eine oder andere gab ganz vertraulich weiter, daß dieser Widerstand, der in Wirklichkeit hinter der unglaublichen Fruchtbarkeit Messaudas stecke, leicht zu durchschauen sei, röche er doch geradezu nach Zwietracht säender, häßlicher kommunistischer Propaganda, die der scheinbar friedliche und zurückhaltende Schuster gegen den Gouverneur gestartet hatte. Doch die Sache war in Wirklichkeit ernster, denn tatsächlich entwickelte sich ein harter Kern von Unruhestiftern in der Bevölkerung, der seine Ausbildung in Privatschulen im Ausland genossen hatte und dem der Schuster nur als Mittel zur Irreführung diente. Mit seiner unbedarften und ruhigen Erscheinung übernahm er eine geheimnisvoll wirkende Rolle im hochstrategischen Ablenkungsmanöver. Es war schwierig, jenes manamaische Rätsel zu lösen. Wie dem auch sei, das Haus, das der Gouverneur für seine Frau und seine beiden in Sydney studierenden Töchter gebaut hatte, war wunderschön und zeugte von edlem Geschmack. Den Gerüchten nach war die Urheberin dieser Pracht seine Frau, die durch ihre Schönheit, Bildung, Vornehmheit, Anmut und Zurückhaltung die Dorfbewohner überwältigte. Sie wurde allerdings nie gesehen, blieb in diesem prächtigen Haus isoliert wie in einem Gefängnis, das sie selbst nach ihrem Geschmack und ihren Bedürfnissen entworfen, realisiert, geschmückt und dekoriert hatte, mit Ausnahme des gigantischen Fischteiches, der unterhalb der Empfangshalle errichtet worden war und dessen Decke aus Stahlglas der Halle als Fußboden diente. So hatten die glücklichen, privilegierten Besucher, die in der Halle empfangen wurden, das Gefühl, über Wasser zu laufen zwischen all den Wasserpflanzen, Fischen, Schalentieren und aufsteigenden Luftblasen, die das Sauerstoffgerät produzierte – ungeschminktes Strebertum des Gouverneurs. Als man Messauda Namenlos von den Mißklängen in diesem schönen Haus berichtete, meinte sie: »Das wundert mich nicht, schließlich war sein Vater ein Sardinenverkäufer. Ich habe ihn oft gesehen, wie er seinen kleinen Karren vor sich herschob und wie ein Verrückter seine Ware ausrief, um in dem Viertel, in dem ich zur Welt kam, seine Fische zu verkaufen! Anscheinend sehnt er sich nach seinem ursprünglichen Elend zurück, da er nicht weiß, wohin mit seinem Geld . . . das ist normal. Man kann die Vergangenheit nicht völlig auslöschen.« Auf dieser Stufe blieb die Angelegenheit stehen. Keiner bestätigte oder dementierte diese Version der Geschichte, vor allem da es hieß, es sei keine Schande, einen Sardinenverkäufer zum

Vater zu haben. Vielleicht war der Gouverneur sogar stolz auf Messaudas Beleidigungen, die eine ganz andere Wirkung auf die Bewohner Manamas hatten als das, was man sich über seine früheren Aktivitäten in den Bordellen an der Küste erzählte. Was letzteres betraf, so griff er zu allen Mitteln, um einen Skandal zu verhindern. Er mußte das Schweigen seiner Erzfeindin teuer bezahlen, indem er sie weiterhin so reichlich mit kalifornischem Dünger versorgte, daß die Fruchtbarmachung ihres Gartens eher an ein Wunder grenzte, denn mit Agrarwissenschaft zu tun hatte, vor allem, seit der Anbau von Sonnenblumen eine kluge und preiswerte Methode der Klimatisierung ermöglichte. Genau das Gegenteil ereignete sich indessen im Hause Bander Shahs: Die Klimaanlage, deren Batterien von Hausdienern in Betrieb gehalten wurden, die damit zu einer lebenslänglichen Strafe verurteilt waren – da der Sommer in Manama zwölf Monate dauerte –, verursachte Lungenentzündung und Rheuma. Obgleich man ihr viel über das Haus erzählte, über die Größe des Schwimmbads, die Art, es zu füllen, den Boden seiner Halle, der die Form eines schrägen Fischteiches hatte, über den Grund der Fruchtbarkeit ihrer Schwiegermutter, hatte Schadjarat Eddur nie das Bedürfnis, den Hügel hinaufzusteigen, wo sich ein großer Platz auftat, der in der Hand von Händlern, Herumtreibern, Gauklern und Schlangenbeschwörern war. Außerdem gab es dort einen opportunistischen Alten, der ein Taubenpärchen in den Farben des Gouverneurs in die Höhe fliegen ließ. Es wurden auch Fotos angeboten, die einen uniformierten Gouverneur zeigten, der zu sagen schien: »Ich beobachte euch!« Als der Garten mit den furchterregenden Vogelscheuchen schließlich ausgestattet war, deren Anzahl genauso groß war wie die der schadenstiftenden Vögel, die vor Schreck bewußtlos wurden, von den hohen Bäumen fielen und zu Tode kamen, beschäftigte sich Schadjarat Eddur mit dem Sticken. Da merkte sie, daß sie schwanger war. Ihr Ehemann gab sich der Arbeit hin, doch kaum war er länger als zwei Stunden von ihr getrennt, suchte er sie schon wieder auf, um Liebe zu machen. Sie spürte seine Nervosität und fand es ein wenig übertrieben, zwanzigmal pro Tag genommen zu werden, als fürchtete er, sonst keine zweigeschlechtigen Zwillinge nach dem zwanzig Jahre zurückliegenden Vorbild seiner Eltern zu bekommen. Vergeblich versicherte sie ihm, daß sie ganz nach dem Wunsch seiner Mutter Zwillinge haben würden, konnte ihn aber nicht beruhigen. Er liebte sie immer wieder und mit demselben Schwung, als wollte er die Leibesfrucht, die einen Monat alt war, mit seinem Samen bis zur Neige befruchten. Genauso handelte seine Mutter bei ihren Bäumen, Pflanzen und Blumen, die sie mit Menstruationsblut und dem amerikanischen Dünger pflegte. Die erste Tischdecke aus Manamanaturseide, die Schadjarat Eddur webte, war ein echtes Kunststück, die feine Zeichnung, die verschiedenen Farben und die präzisen Stiche schienen wie aufgedruckt oder ein Teil des Gewebes zu sein. Schadjarat Eddur schenkte die Decke unverzüglich Messauda, die gerade ein Bad in einer großen Tonwanne nahm, dessen Wasser nach der alten Methode mit Holz aus dem Garten erhitzt wurde. Sie war von dem Werk so hingerissen, daß sie sich aus ihrer Wanne erhob, ohne ihre Blöße zu bedecken. So konnte die Schwiegertochter ihren Körper sehen, der trotz der zehn Geburten noch immer straff war. Auch ihre großen Brüste, zwischen denen sich eine wunderschöne blaue Tätowierung befand. Messauda überraschte Schadjarat Eddur, als deren Blick gerade auf ihre Schamgegend fiel, und sie stieß einen kleinen Schrei aus. Sie bedeckte ihre Scham, von der das Wasser tropfte, mit der bestickten Decke. Von diesem Moment hieß alles, was Schadjarat Eddur webte: Schamdecke. Diese war zwar humorvoll, fand aber, daß dieser Spaß zu weit ginge, und machte sich an das Besticken der Tischwäsche. Malika Bnassers Tochter, die von ihrer Großmutter zurückkam, sagte beim Abendbrot: »Meine Tante stickt gerade eine sehr große Schamdecke«, worauf ihre Eltern lachten und es den anderen Familienmitgliedern erzählten. Am nächsten Tag nannte man alle Decken, die Schadjarat Eddur stickte: Schamdecken. Nach einigen Wochen hatte die junge Frau genug davon und wollte dem Problem trickreich zu Leibe rücken, indem sie nur noch Bettlaken bestickte. Messauda lachte nur und nannte diese Laken: Scham-Einzeldecken und Scham-Doppeldecken. Schadjarat Eddur, durch die Schwangerschaft und ihre ehelichen Bettkämpfe müde geworden, vertrug diesen letzten Scherz nicht und nahm sich vor, allen eins auszuwischen. Sie beschloß, Leichentücher zu besticken. Als sie am nächsten Tag an ihrem gewohnten Platz saß und schweigend ein grünes Tuch aus Seide bestickte, kam Mhamed, der zweite Bruder ihres Mannes, vorbei und fragte hinterhältig, was sie denn da mache. »Ich besticke ein Leichentuch«, antwortete sie ruhig. Verdutzt und blöde, wie von einer Ohrfeige überrascht, stand er da und schluckte, denn von der Zeit an, als der Vater von einem herabstürzenden Packen Alfapapier erschlagen worden war, waren alle Namenlos abergläubisch. »Oh, wenn es sich um ein Leichentuch handelt«, meinte er und beeilte sich, nach draußen zu kommen. Durch diesen Zufall, durch dieses Ereignis im Badezimmer, entstand in Manama die Industrie für bestickte Leichentücher aus Seide, die später die Wirtschaft des Dorfes erschüttern sollte. Sie nahm nämlich so gigantische Ausmaße an, daß das Dorf zum größten Lieferanten der Welt für Seidenleichentücher wurde. Dadurch erreichte die Familie Namenlos einen soliden Wohlstand; denn diese Industrie ließ Devisen nach Manama fließen wie auch das Kapital derer, die noch kurz zuvor dem flauen Seidenmarkt ihre Gesetze aufgezwungen hatten.

Mohamed Namenlos nahm die Gefahr, die darin lag, erst viel später wahr. Anfangs war seine Reaktion wie die der anderen; er war begeistert von der Entdeckung seiner talentierten Frau und überlegte sich, das heimische Handwerk durch den Vertrieb der gelagerten Seide auszuweiten, welche mit den synthetischen Stoffen der großen Monopole konkurrierte, die die Wirtschaft der kleinen Länder nach Gutdünken unterstützen oder zerstören konnten. Und diese fieberhafte Erregung, von der die Familie so plötzlich ergriffen wurde, half ihm, seine Sorgen zu vergessen, seine Frau müsse ihm, den Bitten der Mutter entsprechend, Zwillinge verschiedenen Geschlechts gebären. So fiel er dem Fieber zum Opfer. Alle wurden von der Welle Messaudas angesteckt, während Schadjarat Eddur die technische Aufsicht führte. Sie verließ, nachdem sie mit dem Besticken der Leichentücher begonnen hatte, die traditionellen Motive – Vögel, Pflanzen und Rankenverzierungen – und widmete sich der Kalligraphie. Das Ergebnis war überwältigend; die alten Frauen bekamen hysterische Anfälle und wünschten sich umgehend zu sterben, um in solchen Leichentüchern bestattet zu werden, gewebt aus der schönsten Seide der Welt und mit kalligraphischen Verzierungen versehen, deren Großartigkeit das menschliche Genie übertraf. Man konstatierte, daß Schadjarat Eddur nicht nur Schönheit und Wissen besaß, sondern auch eine Künstlerin war. Nachdem sie von den sieben Zwillingsschwestern zunächst abweisend behandelt worden war, standen sie ihr jetzt zur Seite und waren unter ihren Einfluß geraten, seit sie neben der Wanne aufgetaucht war, in der die Mutter badete, als sie ihr jene Decke schenkte, deren Stickerei ein abstrakter Traum zu sein schien, gewebt mit dem Garn der Ewigkeit.

Nur die zweite Schwester konnte nicht an diesem Unterfangen teilnehmen, da sie mit ihren Hochzeitsvorbereitungen beschäftigt war. Denn nur wenige Stunden, nachdem ihre Mutter jene Ankündigung veröffentlicht hatte, drängten sich Dutzende von Bewerbern in ihr Haus, von denen sie sich den aussuchte, den sie schon seit mehreren Jahren liebte. Er hieß Ali Lifta, ein Gemüsehändler, mit dem Messauda Geschäftsbeziehungen pflegte. Schon immer war sie von seiner Energie und seinem frischen Aussehen fasziniert gewesen, wobei er eigentlich klein, häßlich und ein wenig füllig war. Nicht nur durch seine Höflichkeit und seine Zurückhaltung beeindruckte er sie, sondern er war für sie ein Mann mit gewaltiger Ausstrahlung, der sie sich nicht so leicht entziehen konnte. Und Messauda vergaß ihren Anspruch, ihre Töchter mit Prinzen zu verheiraten, und akzeptierte Atikas Wahl genau wie damals Malikas. Als feststand, daß Schadjarat Eddur und die sieben Zwillingsschwestern die Aufgaben nicht allein bewältigen konnten, holte man die acht Zwillingsbrüder dazu, die sich begeistert an die Arbeit machten. Mit Ausnahme Mhameds, der keine Leichentücher nähen oder besticken konnte und dem daher die Schildkrötenhaltung übertragen wurde, die die Brüder nicht aufgeben wollten. Weil der Raum, in dem gearbeitet wurde, eng war, ließ Messauda auf dem Flachdach eine große Werkstatt mit allen modernen Anlagen errichten. Die Schwiegertochter betrachtete ständig ihren Bauch und kümmerte sich um ihren Ehemann, der unter dem Komplex litt, keine Zwillinge zeugen zu können. Sie beaufsichtigte auch den Arbeitsablauf in der Schneiderwerkstatt und zeichnete die arabischen Buchstaben, die dann von den Familienmitgliedern mit Nähseide in leuchtenden Farben aufgestickt wurden. Ein jeder in Manama wollte sein Leichentuch schon zu Lebzeiten haben, es selbst erwerben und in seiner Nähe aufbewahren für den Fall, daß der Tod ihn überkäme. Dieses Verhalten entsprang nicht etwa einer Todessehnsucht, sondern der Bewunderung für die surrealistische Schönheit der Schriftzüge. Später, erst viel später wurden die religiösen Formeln und Koranverse durch Trauergedichte ersetzt, die Mohamed Namenlos unter den schönsten klassischen Texten aussuchte. Diese Idee trug zu einer Weiterentwickelung des riesigen Marktes bei, der besorgniserregende Proportionen erreicht hatte. Schadjarat Eddurs Mann wollte seine Frau und seine Mutter vor dem plötzlichen Reichtum warnen, da er zum einen das soziale Gleichgewicht in Gefahr sah, zum anderen die Gier fürchtete, die ein solcher Erfolg bei den Ausländern auslösen würde. Und tatsächlich: Trotz des Exports und der Einfuhr von Devisen blieb ein Großteil der Bevölkerung von Manama arm. Einige Monate nach der Geburt der Namenloszwillinge kamen die ersten gierigen Geschäftsleute nach Manama: dicke und mächtige Handelsvertreter und Makler. Obgleich Mohamed wachsam war, gelang es ihnen, sich überall Zugang zu verschaffen. Im Einvernehmen mit dem Gouverneur schlossen sie Verträge, die ihnen enorme Gewinne brachten, indem sie die Leichentücher, die sie der Familie Namenlos äußerst günstig abkauften, hundertmal teurer weiterverkauften. Viele Millionäre der Golfländer investierten ihr Geld in diese florierende Industrie, gefolgt von vielen Reichen aus der ganzen Welt. Die befürchteten Risiken wurden Realität, der Handelskapitalismus begann, sich in Manama niederzulassen. Messauda Namenlos war außerstande, diese Gefahr zu bemerken, da sie keine Zeit zum Denken hatte, während ihre Schwiegertochter von der gewaltigen Welle mitgerissen wurde, die das Dorf nach langer Trägheit überrollte. Alawa Ahmer dagegen versuchte, den Leuten die Folgen solcher Umstände klarzumachen; aber es war schwierig, sie nach ewig langen Entbehrungen aus dem Freudenrausch zu holen.

Dieser Zustand dauerte mehrere Jahre an, so daß Schadjarat Eddur ganz vergaß, daß sie einst Messauda, die Glückselige, hieß. Dennoch wurde das aus Trotz entstandene Streben ihrer Schwiegereltern auch ihr eigenes: Die Frauen der Familie sollten spätestens alle sechs Monate zweigeschlechtige Zwillinge gebären; weil sonst die Einsamkeit den höchst empfindlichen Familienmitgliedern zusetzen würde. Lag nicht in der Einzelgeburt von Mohamed Namenlos die Erklärung für seine Seltsamkeit und seine unerklärlichen Talente?! Konnte er nicht seinen Schatten nach Lust und Laune bewegen und ihn Gesetzen unterwerfen, die der Astrophysik trotzten? Von Natur aus vorsichtig, wollte er ihn nie einfach hinter sich herziehen, egal wo die Sonne gerade stand. Angesichts des maßlosen Elends überkam ihn wieder die Lust zu streiten, Liebesbriefe zu schreiben, das Lachen der Kinder zu unterbrechen, die Vögel des Dorfplatzes zu füttern, im Vollrausch lange Gespräche mit seinem Großvater zu führen, den im Kühlschrank aufbewahrten Schnee zum Schmelzen zu bringen, seinen rechten Daumen abzuschneiden, so wie er es mit seinem linken getan hatte, um sich mit seiner Mutter zu versöhnen. Anstatt sich über den florierenden Handel mit den bestickten Seidenleichentüchern, den Gewinn aus den Bockwetten und die gute Versorgung der Familie dank Messaudas Erfolge im Garten zu freuen, nahm seine Einsamkeit immer weiter zu. Manchmal fragte er sich, ob er denn niemals über diesen Defekt und Fluch hinwegkommen könnte, allein zur Welt gekommen zu sein, während alle seine Brüder und Schwestern zu zweit geboren worden waren, Entenküken gleich, die sich jeweils am Schwanz des anderen festhalten. Er fühlte sich gebrandmarkt, was ihm gerade in dieser Zeit bewußt wurde, als der Handel mit der grünen weißbestickten Seide florierte; denn alle waren mit anderen Dingen beschäftigt, und die Zufriedenheit, die ihnen im Gesicht stand, verursachte bei ihm Übelkeit. Seine Mutter beschäftigte sich weiter mit der Gartenarbeit und sorgte sich um Schadjarat Eddurs Zwillinge schon vor deren Geburt in extremer Weise, wurde durch die Liebe zu ihnen geradezu kindisch. Diesmal blieben die Vogelscheuchen an ihren Plätzen, und sie war zufrieden mit dem Gedeihen ihrer Pflanzen. Aber damit enttäuschte sie ihren Sohn, der das Gefühl hatte, sie sei weniger aktiv und enthusiastisch als früher, durch den Erfolg erschöpft; er merkte auch, daß sie ihre stürmische Heftigkeit und ihren Zorn verloren hatte, als sie die Wände mit blauer Tinte bespritzt hatte. Sie ließ auch nicht mehr die Träger ihres Büstenhalters schnappen, es sei denn, sie wollte ihre noch ungeborenen Enkel erheitern, während sie zur Zeit der Vögel nicht nur ihren Zorn explodieren ließ, sondern auch ihre Wanduhren, die mit ihr um die Zeit kämpften – doch vergeblich, als triebe sie ein Spiel mit sich selber. Schadjarat Eddur hatte allen Grund, stolz zu sein. Ihre legendäre Schönheit rief noch immer wüstes Chaos in den Köpfen der Männer hervor. Ihre Leidenschaft zu Namenlos nahm in keinem Moment ab. Trotz ihrer zahlreichen Tätigkeiten war sie fest davon überzeugt, ihre Wette zu gewinnen, Zwillinge unterschiedlichen Geschlechts zu gebären. Ihre Beschäftigung mit der Leichentuchstickerei übertraf die verrücktesten Erwartungen. Doch wie schnell hatte sie vergessen, daß sie den Namen einer Königin trug: die einzige Königin in der Geschichte der islamischen Welt, die mehreren Verschwörungen und Intrigen ausgesetzt war und die in ihrem Reich den Geist der Freiheit gerufen hatte. Durch sie erfuhren die Frauen, wie sie die Freiheit nutzen konnten, um die Revolution überall dorthin zu tragen, wo sie sich selbst befanden, und um den Versuch zu unternehmen, die Verfügung über ihr Geschlecht und ihre Rechte durch die Männer aufzuheben. Sie verknüpften die Forderungen der Frauen mit den Forderungen anderer von den Machthabern Unterdrückter. Ägypten war durch Hunger und Seuchen geschwächt, und die Gewalt der türkischen Soldaten erreichte ihren Höhepunkt. Die Literatur verspottete, karikierte und plakatierte sie mit großen Nägeln: verbissen, unnachgiebig, blutrünstig, von ihren Frauen betrogen. »Ein Thema, das meine Frau inspirieren könnte«, sagte sich Mohamed, der der glücklichen Zeit der Vogelscheuchen nachtrauerte, als die beiden Frauen zusammen lachten und beim Papierkleben die Weltgeschichte und deren Zukunft diskutierten: Im Jahre 650 Hidschra wagte die Königin von Ägypten und Syrien, die seit drei Jahren Witwe war, provokativ ihren Diener zu heiraten. Sie schickte ihn schon bald in den Krieg und nutzte die Gelegenheit, ein ausschweifendes Leben mit ihren schwarzen Sklaven zu führen. Wenn Schadjarat Eddur davon erzählte, hörte Messauda mit großen Augen zu. Die Sultanin hatte einen milchigen Teint, weshalb sie Menschen mit zu heller Haut verabscheute. Ihrem Mann kam die Idee, sie zu entthronen, aber sie war schneller und gab den Befehl, ihn zu enthaupten, nicht ohne die Vorsichtsmaßnahme zu treffen, ihm seine Hoden in den Mund zu stopfen, der weit geöffnet war – aus Bestürzung angesichts des Todes oder weil er unter der Folter seinem Henker gegenüber geständig war? Ihr war das egal, sie verliebte sich leidenschaftlich in einen nubischen Sklaven, was sie allerdings die Macht kostete, da das Gesetz ihr solche Privilegien nicht erlaubte. Man entriß ihr den Thron auf dem Höhepunkt ihrer Leidenschaft und während ihrer wilden Gefühle. Mohamed Namenlos ärgerte sich über seine Frau, weil sie den Geschäftemachern in die Falle gegangen war und dabei das historische Vorbild dieser Frau vergaß, die sicher jedesmal gelangweilt gegähnt hatte, wenn jemand sie bei ihren Vergnügungen unterbrach, um von ihr eine Unterschrift oder ein Handzeichen zu erbitten. Die Einsamkeit raubte ihm erneut den Schlaf, und er sagte sich: »Noch ist nicht alles verloren!« Er fühlte sich schlaff und leer und konnte seine Kinder, die bald den Bauch ihrer Mutter verlassen würden, gar nicht mehr lieben, während Messauda vorhersagte, daß sie das Haar ihrer Mutter und die Augen ihres Vaters haben würden. Seltsamerweise kam ihm ausgerechnet der Gouverneur zu Hilfe, unerwartet und auf alberne Weise, wie so oft, wenn er sich in eine Sache einmischte. Die Gespräche über den Vertrag mit Mr. Browns Pfadfindern über den Verkauf des Nilwassers waren kaum beendet, als ein neues Gesetz erlassen wurde, das niemand erwartet hatte. Mochten die Bewohner Manamas auch seine Neigung zu Lügengeschichten genau kennen, so überraschte er sie jedoch diesmal, Mohamed Namenlos eingeschlossen. Ganz zu schweigen von seiner Mutter Messauda, die wieder von ihren Vogelscheuchen besessen war, wie auch von Schadjarat Eddur, die sich mit der Recherche kalligraphischer Originale beschäftigte. Jedenfalls dröhnte es plötzlich an einem Samstag genau um neun Uhr aus den strategisch gut plazierten Lautsprechern, so daß die Vögel auf dem Dorfplatz aufschreckten und diejenigen, die wie üblich ihre Wettspiele betrieben, in Panik ausbrachen. Seit dem Gesetz des Alkoholverbots hatten diese Lautsprecher keine giftigen Erlasse mehr verkündet. Alle stellten sich in einer Reihe auf, um der Hymne des Gouverneurs zu lauschen, die nichts als eine schlechte Kopie von Beethovens Stück *Für Elise* war. Jeder heuchelte übertriebene Anteilnahme, in Wirklichkeit an nichts anderem interessiert als an den Vögeln, mit allem einverstanden, wenn es nur Müßiggang und Zeit genug versprach, um sich frei jedweden Launen hingeben zu können. Wie dem auch sei, Mohamed Namenlos wußte, daß Bander Shah einige seiner Diener als Spitzel für sich arbeiten ließ und daß er sie unter denen ausgesucht hatte, die vom Zwitschern und Piepsen der Vögel schwärmten. Nachdem *Für Elise* zu Ende war, erhob der Gouverneur seine Stimme; inmitten des schwirrenden Lärms der Stiefellecker und des Getöses der Vögel, die seine Stimme erkannten und die eilig auf ihre Bäume zurückgeflogen waren, denn sie jagte ihnen keinen Schreck mehr ein. Die Anwesenden hörten ihm zu, als er den Erlaß in seiner üblichen Schnelligkeit vortrug. Da er beinahe Analphabet war, lernte er seine Reden vorher auswendig, was seinen Worten jenen gebrochenen, schwerverständlichen, häßlichen und hochmütigen Ton verlieh. Jeder wußte, daß er sich vor Verkündung eines wichtigen Erlasses in seine Uniform zwängte, in der er so wie auf den offiziellen Fotos aussah, die man oben auf dem Hügel gegenüber seines prächtigen Hauses kaufen konnte. Der Erlaß, sehr kurz und konfus vorgetragen, untersagte die Ehe zwischen Homosexuellen, gültig ab heute, null Uhr! Die Leute waren völlig verblüfft, denn niemand wußte etwas von Schwulen in Manama, geschweige denn von Ehen zwischen ihnen. Doch plötzlich fühlte sich jeder von diesem Verbot angesprochen, straffte unbewußt seine Haltung, hielt die Luft an und sah aus wie ein Torero in der Arena. Aber das half auch nicht: Der Stachel saß, und jeder fühlte sich von der Verfügung und seinen Andeutungen persönlich angesprochen. Im Dorf herrschte ängstliche Unruhe, und jede Aktivität erstarrte, da man der Sache auf den Grund gehen wollte. Die Sippe Namenlos krümmte sich allerdings vor Lachen, anstatt in Kummer und Gram zu versinken. Messaudas Lachanfälle ließen die in den Bäumen hockenden Vogelscheuchen hin und her schwingen, und Schadjarat Eddur mußte ihrer kleinen Nichte die Bedeutung des Wortes »schwul« erklären. Mahmud Namenlos, gerade dabei, eine alte Gefriertruhe zu reparieren, sah sein bartloses Spiegelbild in dem glatten Blech und beschloß, Schnauzer und Backenbart wachsen zu lassen, um gegen alle Eventualitäten gefeit zu sein. Einer der mehrsprachigen Papageien Mohameds, dem er das neue Wort eingepaukt hatte, begann es wie eine drückende Anklage in allen Hafensprachen zu singen. Ein leichter säuerlicher Wind stieg wieder in den Straßen auf. Die Männer einer jeden Familie mochten sich nicht mehr küssen, weder beim Abschied noch zur Begrüßung, die Väter wehrten die Handküsse ihrer Kinder ab – Zeichen von Gehorsam und Respekt. Aber das Schlimmste war, daß im Dorf wieder Mißtrauen gesät war, nachdem es zuvor vom wirtschaftlichen Aufschwung weggefegt worden war. Und wie es oft in solchen Fällen zugeht: Verleumdungen brachten Unglück in viele Häuser. Die Büros des Gouverneurs wurden geradezu gestürmt von Denunzianten mit verhüllten Gesichtern, die nicht erkannt werden wollten. Da es im Dorf noch kein Telefon oder ähnlich moderne Technik gab, konnten die Denunzianten nicht von der telefonischen Anonymität profitieren, wie es in anderen Ländern oder Dörfern gang und gäbe war, wo man das Glück hatte, nicht durch die Mauern verschiedener Kulturen und Epochen von der Welt abgeschnitten zu sein. Die Bevölkerung mußte erleben, wie sich Brüder und Verwandte gegenseitig bloßstellten, während die Frauen, unzufrieden mit der geringen Potenz ihrer Männer, bei der gerichtlichen Verfolgung mit dem Finger auf sie zeigten. Es ging drunter und drüber. In der Luft verdichteten sich violette, von zerfressenem Metall überzogene Sauerstoffteilchen. Das Problem war nicht zu lösen: Wer war pervers und wer nicht? Seit der Verkündung des Erlasses verdächtigte jeder jeden. Keiner konnte das Rätsel lösen, das sich um diese Ehegeschichte rankte. Tatsächlich fragten sich die verärgerten Leute, wie es möglich war, daß sie nie zu solchen Festen eingeladen wurden und niemals davon reden hörten. Mohamed Namenlos war natürlich nicht weniger als die anderen mit dieser Angelegenheit beschäftigt, schon aufgrund seiner legendären Neugierde und seines Willens, jedes Phänomen zu verstehen. Und so blätterte er in seinen Büchern . . . las erneut Ibn Khalduns Werk, um zu erfahren, ob darin schon Sitten angedeutet wurden, die dem jetzigen Stand der Dorfmentalität weit voraus waren; studierte die Manuskripte, holte Rat bei dem alten Schuster und ging zur Tankstelle des Gouverneurs, um den Tankwart zu befragen, der noch immer Wein soff, wie schon vor zwanzig Jahren in Port Sudan, und der mit seinen 128 Jahren der Älteste in Manama war. Alles vergebens. Also beschloß Mohamed, daß sich die Familie Namenlos auf dieses Rätsel stürzen und es lösen sollte, das entweder eine Fälschung oder von Bander Shah in allen Einzelheiten ausgeheckt worden war. Der

Handel mit den bestickten Seidenleichentüchern verfiel, ebenso wie Messaudas Garten verwilderte, in dem sich Dornen und Spatzen breitmachten. Die Vögel zerstörten die furchterregenden Vogelscheuchen, die ihnen bislang immer Angst eingejagt hatten. Mhamed Namenlos zog sich von der Zucht der Wettkampfschildkröten zurück, die er täglich außerhalb der Stadtmauern trainiert hatte. Alle Aktivitäten erstarben. Jeder versuchte, des Rätsels Lösung auf seine Weise zu finden. Messauda Namenlos verlor ihre Lebensfreude, war zerrissen durch Zweifel und Verdacht, ihr Sohn könne von dieser Krankheit befallen sein, weil er allein zur Welt gekommen war.

Als Schadjarat Eddur ihre Bürde ablegte, wie man in der blumigen Sprache Manamas sagt, und ihre ersten Zwillinge verschiedenen Geschlechts gebar, waren es noch zwei Monate bis zur Hochzeit Atika Namenlos', des zweitältesten weiblichen Zwillings, mit Ali Lifta, dem Gemüsehändler. Aber die Sache mit dem Heiratsverbot für Homosexuelle ließ die Hochzeit eine Nacht zuvor platzen; das Vorhaben scheiterte, wie viele andere – zur großen Erleichterung des verzweifelten Bräutigams, hieß es, der in Panik geraten war angesichts des Wohlstands, der Unruhe und Überspanntheit seiner zukünftigen Verwandten. Er war abergläubisch und hatte Angst, seine innere Ruhe zu verlieren, würde er sich mit einer Familie verschwägern, die mit Leichentüchern handelte. Deshalb munkelte man, er sei der einzige, der sich über diesen Erlaß freue, ohne ihn zu verstehen. So wurde er allmählich zu einem begeisterten Anhänger des Gouverneurs. Als Messauda von seinem Verhalten erfuhr, beschloß sie, die Ehe ganz aufzukündigen, und Atika gab unverhohlen zu, daß sich die Familie unmöglich mit einem Menschen verschwägern konnte, der dem Gouverneur jeden Morgen außergewöhnliche Kartoffeln anbot, bis zu fünf Kilo schwer das Stück. Diese Information ließ ihrer Mutter das Blut zu Kopfe steigen, und da ihr Garten immer mehr verkam, konnte sie das Haus auch nicht mehr mit Hilfe der Sonnenblumen kühlen, denn es gediehen keine mehr. Sie konnte ihren Neid nicht mehr zügeln und beendete die Sache zwischen ihrer Tochter und Ali Lifta, den man den »Schläfrigen« nannte. Eines Morgens wurde Atikas Leiche in einem wunderschönen, mit weißer Seide bestickten grünen Leichentuch gefunden. Sie war einfach so verschwunden, ohne viel Lärm und Aufhebens, eingehüllt in diese Decken der besonderen Umstände, die zu so vielen Katastrophen in der Familie geführt hatten. Ihre Mutter verlor völlig den Halt. Atika hatte nichts gesagt unmittelbar vor ihrem Selbstmord; exemplarisch in Kokonmanier, umsponnen von feinen Netzen aus glatter Seide, sicher aufgrund ihrer tiefen Traurigkeit, hatte sie vergessen, sich von ihrer Familie und von Bekannten zu verabschieden. Stets hatte sie bedauert, nicht jene Kokons unter ihren warmen Kleidern bergen zu können, wo der Tumult und die Gegensätze prallen Lebens herrschten – genauso wie ihre Mutter, indem sie ihre Früchte, ihr Gemüse und ihre Blumen anbaute und mit Menstruationsblut begoß, das in seinen Keimen die stärksten Wirbelstürme, gewaltigsten Katastrophen und vor allem die zärtlichsten Formen der Liebe trug – die wie Schneeflocken nur ein einziges Mal auf Manama gefallen waren. Sie war ein ungewöhnlicher Mensch! Sie löste Erstaunen aus, als sie sich den unscheinbaren und trägen Gemüsehändler ausgesucht hatte, obwohl direkt nach Bekanntwerden der Anzeige die schönsten, bestsituierten und liebevollsten Männer um ihre Hand anhielten. Sie war also gegangen und nahm ihr Geheimnis mit, nachdem sie sich ihr Totenkleid aus dem grünen Gewebe der Abwesenheit genäht hatte. Diese makabre Entdeckung traf die Familie zutiefst. Messauda, die sich sehr schuldig fühlte, fiel ins Koma. Als sie ein paar Tage später wieder zu sich kam, war Atika schon mit einer gewaltigen Prozession zu Grabe getragen worden. Messauda konnte nicht mehr sprechen. Dieser unglaubliche Selbstmord schockierte sie, da es doch so aussah, als sei ihre Tochter mit der Auflösung der Ehe einverstanden gewesen. Die Trauer ruinierte das Haus, das bereits durch Stagnation infolge des Erlasses dem Untergang geweiht war. Nachdem Messauda ihr Bewußtsein wiedererlangt hatte, saß sie auf dem Sofa im Salon, vor dessen Fenster die vertrockneten und knorrigen Stengel der Sonnenblumen erschienen, die die Menschen einst bewundert hatten. Sie rührte sich nicht von der Stelle, aber ihre Pupillen bewegten sich schneller als früher, als sie noch an herrlichen Abenden Vogelscheuchen hergestellt und Schadjarat Eddur gerne zugehört hatte. Dieses Unglück nun ließ sie stottern und schwatzen, als müsse sie ein großes Geheimnis loswerden, was ihr aber nicht gelang – trotz der Fürsorge und Liebe, mit der der Clan sie umgab. Die Familie hielt zusammen, allen bösen Zungen und Unglückswarnungen zum Trotz; denn sie waren angeblich seit dem Beginn des Leichentuchhandels in die Gewalt des Elends geraten, wodurch sie das Schicksal ungeschminkt herausgefordert hatten, das sie voraussichtlich zerstören und kontinuierlich auseinandertreiben würde. Man berechnete die Chancen jedes einzelnen und erwartete eine Reihe brutaler Todesfälle bei den Namenlos. So wurde behauptet, der nächste, der sich sein Leichentuch nähen und darin einwickeln werde, werde Mhamed, Atikas Zwillingsbruder, sein, denn er war der erste gewesen, der erfuhr, daß seine Schwägerin bestickte Leichentücher herstellen wollte, und der sie möglicherweise gefragt hatte: »Geht's voran mit den Schamdecken?« Sie hatte vielleicht geantwortet: »Danke, es läuft gut.« Statt dessen hätte er auch fragen können, was sie denn da mache, und sie hätte vielleicht ungerührt geantwortet: »Ach, nur Leichentücher«, und sich über den Überraschungseffekt gefreut. Er war tatsächlich verblüfft gewesen, denn er hatte sich leidenschaftlich seinen Schildkröten hingegeben und eine Menge Zeit dafür geopfert, alles in der Hoffnung, einmal ruhmreiche Wettkämpfe mit ihnen starten zu können, die die grausamen Bockkämpfe ersetzen sollten. Trotz des ganzen Geredes gerieten die Namenlos nicht in Panik, denn Mohamed und seine Frau behielten einen kühlen Kopf. Mohamed verbarg sich nicht in dem großen Tonkrug, der als Badewanne diente, um dem Tod zu entfliehen und so dumm zu sein, seine Tiere zu vernachlässigen. Keiner der Zwillinge glaubte an das Lügenmärchen von Atikas Selbstmord. So kam Mohamed eines Tages auf die Idee, mit der Verstorbenen Kontakt aufzunehmen. Er betrank sich und wartete den ganzen nächsten Tag im Innenhof des Hauses mit finsterem Gesicht – vergeblich. Im Grunde war das nur ein Beruhigungsversuch, auch wenn seine Frau dagegen war, die nicht mehr an Geister glaubte, seit in ihrem Geburtsort ein Bahnhof errichtet worden war, den täglich zwei Züge passierten. Sie hatte gemerkt, daß der gewaltige Lärm der Züge die bösen Geister abschreckte, die – von Gewissensbissen aufgewühlt – aus ihren Gräbern stiegen. In Manama allerdings war noch nie ein Zug angekommen, obwohl man es schon vor über zehn Jahren versprochen hatte. Auf jeden Fall hielten viele Leute in Manama an ihrem Glauben an übernatürliche Dinge fest. Das war sicher nichts für Mohamed Namenlos, der, bis er auf Messauda, die Glückselige, traf, regelmäßig mit seinem Großvater sprach dank der Visionen, die ihm im Rausch erschienen. Seit seiner Hochzeit flüchtete er sich nicht mehr in solches Verhalten und hatte seine schlechte Gewohnheit abgelegt, allem und jedem zu mißtrauen und niemals seinen Schatten hinter sich herzuziehen. Es wurde auch anerkannt, daß er daran arbeitete, einen Großteil seiner Begabungen auf andere Gefühlsbereiche zu übertragen; außerdem ging er direkt auf das bis dahin unschuldige Glück zu, abgesehen von einigen wenigen Erschütterungen, wie dem Nachhängen trüber Gedanken wegen des plötzlichen Reichtums, oder seine Mutter zu enttäuschen, die zur Bedingung gemacht hatte, Zwillinge zur Welt zu bringen, um den zunehmend hinfälligen, heiklen Stammbaum fortzuführen, der im Gegensatz zu dem anderer Familien keinen richtigen Namen trug, sich seit vier Generationen mit dieser Bezeichnung »Namenlos« begnügen mußte, deren Anonymität, Verächtlichkeit und Verleugnung jeder Identität gravierend war. Niemand konnte dem entrinnen; selbst der Großvater Mohamed Namenlos – Bu Nufus genannt – mußte es sich zweimal gefallen lassen, sein Gesicht zu verlieren, das er schließlich in den weichen Schnee steckte, die Laterne fest an die Brust gedrückt und in der geschlossenen Faust ein Stück Papier, auf das jemand die Worte geschrieben hatte: »Ich heiße Mohamed Namenlos.« Hatte er sich nicht durch Erfrieren umgebracht? War das nicht dasselbe wie bei Atika, die sich in ein Leichentuch gehüllt hatte, nachdem sie es genäht hatte? Gut, sie war tot, und wenn auch niemand in der Familie an der Frau des ältesten Sohnes zweifelte und sie beschuldigte, Unglück über die Familie gebracht zu haben, so lastete doch der Selbstmord Atikas schwer auf dem Gewissen eines jeden, und Messaudas Stummheit war der beste Beweis für das Elend, das diesen Clan überkommen hatte – den größten, exzentrischsten, wildesten und berühmtesten in Manama.

Dieser Tod geschah zu einer Zeit, in der ein Rätsel des Gouverneurs das Dorf in einen Zustand anhaltender Lähmung und die Namenlos geradezu versteinern ließ. Die Leute hatten nur einen einzigen Gedanken: Wer war was? Wer war es? Wer war es nicht? Wer war der Mann? Wer war die Frau? Wie konnte eine solch seltsame Verbindung geschlossen werden? Gab es Ehestifter? Aber weil niemand auf solch schwierige Fragen antworten konnte, suchte man Rat beim Imam der Moschee. Zwischen Askese und Exegese fällte er sein revolutionäres Urteil: Die wahre Religion ist tolerant gegenüber Perversionen, und von der Zeit an, seit es Eheverträge gab, existierte auch kein absolutes Verbot. Die Leute blieben naiv. Die Ungläubigen verkündeten, der Imam sei einer von ihnen, während die anderen zwei recht unbequeme Einstellungen vertraten: ihm zu glauben bedeutete, sich zu kompromittieren; ihm nicht zu glauben hieße, seiner religiösen Pflicht nicht nachzukommen. Das Problem spitzte sich zu, das Dorf spaltete sich in zwei Lager: in Anhänger des Gouverneurs und Feinde des Imam. Der Gouverneur boykottierte das Freitagsgebet wie auch alle anderen Gebete: das Gebet um Regen, das für die Seele, das Totengebet und alle übrigen von gleicher Wichtigkeit. Der Imam wiederum boykottierte die Abendveranstaltungen des Gouverneurs und kam nicht zu seinen Empfängen, bei denen man Wasserpfeife rauchte, philosophierte und einigen armseligen Dichtern zuhörte, die ihren Herrn in langen Gedichten priesen. Also wurde der Krieg zwischen den beiden Parteien erklärt, jedoch ohne große Überzeugung, denn beide, Gouverneur und Imam, wußten genau, daß sie sich gegenseitig ihres Einflusses berauben würden. Schnell vergaß das Dorf die neuerliche Erregung, die es nach dem Urteil des Imam ergriffen hatte, man konzentrierte sich wieder auf die wichtigste Frage: Wo sind die Homosexuellen, die die Unverschämtheit besitzen, untereinander zu heiraten? Mohamed Namenlos widmete sich diesem Problem eine Zeitlang, und seine Frau half ihm entscheidend. Messauda hingegen zeigte wenig Energie, die Wahrheit zu finden, so daß ihre Schwiegertochter sie sogar verdächtigte, Bander Shahs Geheimnis zu kennen und ihn schützen zu wollen, da sie ihn bei ihrem Vorhaben, ihren Garten neu zu bestellen, möglicherweise noch brauchte. Doch im Grunde hatte Messauda Angst, daß ihre Familie, sei es von nah oder von fern, mit solchen Leuten Verbindung aufnehmen könnte. Ihre Sorge richtete sich in erster Linie auf ihren Erstgeborenen, dessen Sensibilität sie immer als erstaunlich für einen Mann empfunden hatte. Sie sah in diesem Beschluß eine Art schmutziger Verschwörung ihres Erzfeindes mit dem Ziel, ihren Ruf zu beschmutzen und sie wegen ihrer Arroganz und Verachtung ihm gegenüber zu bestrafen. Sie hatte es selbst nicht geschafft, die Natur dieser Menschen, über die so viel geredet wurde, zu verstehen. Dies erklärte ihre Zurückhaltung und Angst, die Fragen zu stellen, die ihr durch den Kopf gingen. Früher hatte sie drauflosgeredet und mit den Trägern ihres Büstenhalters geknallt. Bis zu dem Tag, an dem sie mit verschwörerischer Miene ihre Schwiegertochter aufsuchte und nach langem Hin und Her herausplatzte: »Sag mir, sind die Leute, über die geredet wird, in der Lage, Kinder zu kriegen?« Das schallende Gelächter ihrer Schwiegertochter ließ sie verstummen. Sie verließ sofort das Zimmer und schämte sich ihrer großen Naivität. Seit Atikas Selbstmord, der alles verändert und das Unglück ins Haus gebracht hatte, war es nun schon weit gekommen: Der Garten vertrocknete, das Haus verrottete, die Möbel gingen aus dem Leim, die Wanduhren verloren ihre Zeit, die Vögel die Farbe ihres Zwitscherns. Die Leere drückte schwer, die Blumen weigerten sich, ihren Duft auszuströmen, um während der brennend heißen Mittagszeit frisch zu bleiben; der Schatten schnitzte die Zeit nicht mehr mit seinen gewöhnlichen Spuren, die Zwillingsschwestern verloren die außergewöhnliche Kraft, ihre Monatsblutungen zu beschleunigen. Aber das Gefährlichste von allem war das seltsame Verhalten der Vogelscheuchen, die sich erlaubten, in die Küche zu gehen, den Kühlschrank zu öffnen und darin nach Bierflaschen zu suchen, wenn es draußen sehr heiß war. Sie hatten nun nichts mehr zu bewachen, nachdem Messauda ihre Pflanzen vernachlässigt hatte. Diese war verstummt, und ihre Augen rollten in ihren Höhlen mit enormer Geschwindigkeit, als wollten sie die Sonnenblumen nachahmen. Dabei bildete sie sich ein, alle Tyrannen der Geschichte vor sich zu sehen, wie sie gerade ihr Zimmer betraten und sich neben sie auf das Sofa setzten, wo sie den ganzen Tag verbrachte, in der Hand eine eisgekühlte, beschlagene Flasche Bier, von der es langsam heruntertropfte. Von jagender Angst überfallen, rotierten ihre Pupillen wie Kreisel, als wollte sie um Hilfe rufen. Im ohrenbetäubenden Lärm, der bis zur Werkstatt herüberdrang, in der früher täglich fünfzig grüne Seidenleichentücher mit der Stickerei hergestellt wurden, knirschte sie mit den Zähnen und schnappte mit dem Büstenhalter, was alle veranlaßte, ihr zur Hilfe zu eilen. Doch niemand konnte verstehen, was sie sagen wollte, denn die Worte blieben ihr im Halse stecken, trotz der Anstrengung, von der die dick angeschwollenen Adern und Nerven zeugten, die ihr Gesicht sehr entstellten. Sadika war es, eine der Zwillingstöchter, die die Ursache für das Entsetzen der Mutter begriff: »Sie hat Halluzinationen. Die Vogelscheuchen müssen zerstört werden!« Sofort wurden alle derartigen Figuren eingesammelt und vor den Augen Messaudas verbrannt; man hatte sie bewußt mitgenommen, damit sie sich von deren Ende überzeugen konnte. Von diesem Moment an hatte sie vor nichts mehr Angst, aber sie blieb starr, und ihre Augen verloren die Lebendigkeit, so daß sich ihre Söhne fragten, ob es wohl richtig gewesen war, alle Vogelscheuchen ins Feuer zu werfen.

Eines Tages kam ein Brief von Kulthum, dessen Briefmarke das Bild der britischen Königin trug. Mohamed Namenlos wagte nicht ihn zu öffnen, denn er glaubte, ein vom Unglück derart heimgesuchtes Haus könne nicht auch noch eine Eifersuchtskrise seiner Frau verkraften. Diese explodierte allerdings nach einem Monat: »Mach endlich diesen Brief auf! Glaub bloß nicht, daß ich eifersüchtig bin oder daß der Brief für immer im Haus bleiben wird. Am Ende werden die Kinder ihn aufessen, denn dein Sohn hat schon am Klebstoff geleckt.« So öffnete Mohamed schließlich den Umschlag. Nach wenigen Minuten des Lesens erscholl sein lautes und befreiendes Lachen in dem Haus, das noch die Last Atikas trug. Messauda wollte etwas sagen, besann sich aber darauf, daß sie ja ihre Stimme verloren hatte. Sie riß sich zusammen, um nicht zu explodieren: »Das ist wieder so ein Trick von diesem idiotischen Gouverneur!« Genau in diesem Moment betrat ihr Sohn auf Zehenspitzen ihr Zimmer und sagte mit dem Brief in seinen Händen: »Mutter, die Homosexuellen, die untereinander heiraten, befinden sich in Bander Shahs Palast. Das steht in diesem Brief!« Kulthum war tatsächlich scharf in ihrer Anklage. Denn zehn Jahre zuvor, als sich der Gouverneur in Manama angesiedelt und sein prächtiges Haus erbaut hatte, hatte er sich von außerhalb eine Gruppe von Schwarzen geholt, die bei ihm arbeiten sollten. Insgesamt waren es zehn Personen, die im Erdgeschoß wohnten und mit allen häuslichen Verrichtungen betraut waren. Sie gehörten der schiitische Sekte Zaidiya an, die Geld und Kinder zum Zankapfel zwischen den Menschen erklärten. Daher waren sie der Meinung, daß es besser sei, Geld und Kinder abzuschaffen, um in Harmonie leben zu können. Sie arbeiteten nicht, um Gewinn zu erzielen. Der Gouverneur informierte sich über sie und nutzte die Gelegenheit, sie für sich arbeiten zu lassen. Um keine Kinder zu bekommen, praktizierten sie untereinander den Geschlechtsverkehr. Sie waren gute Arbeiter, diskret und effektiv, die für sich lebten und keinerlei Probleme machten. Pro Jahr bekamen sie drei freie Tage, um ihre zurückgezogen lebenden Familien besuchen zu können, die gut mit der Nachbarschaft auskamen, welche ihre Lebensform längst akzeptiert hatte und sie ihr Leben nach ihrer Façon ausrichten ließ. Die Homosexualität unter ihnen hatte rituelle und mystische Verzweigungen. Zudem war sie geheiligt, so daß sie eher sterben würden, als mit einer Frau zu schlafen. Einige wenige unter ihnen wurden per Los zur Heterosexualität verurteilt, um den Fortbestand der Gruppe zu gewährleisten, aber unter der Bedingung, niemals Gefallen daran zu finden; andernfalls würden sie den Zorn der Götter auf sich ziehen. Eines Tages befürchtete der Gouverneur, sein Geheimnis würde aufgedeckt; er bildete sich ein, Messauda Namenlos sei informiert. Also versuchte er, einer Bloßstellung zuvorzukommen, die Leute abzulenken, jeden Verdacht von seinem Hause fernzuhalten, seinen Ruf zu retten, sie aber gleichzeitig in seinem Dienst zu behalten. Der Brief seiner Tochter bot ihm einen weiteren Grund, dieses Gesetz zu erlassen, mochte auch jedermann in Manama diese Angelegenheit ignorieren: Ein König aus dem Golf hatte um die Hand seiner ältesten Tochter angehalten! Diese Ehre entzückte den Vater, der seinem neuen Schwiegersohn aus einem ölüberfluteten Land ein Vorbild in Sachen Anstand sein wollte.

Bei dieser Lektüre fiel Messauda in Ohnmacht. Als sie wieder zu sich kam, hatte sie eine schallende Stimme, die keiner an ihr kannte. Sie schrie: »Dafür wird er zahlen ... Von jetzt an gibt es einen Blutzoll zwischen uns ... Gott sei Dank, daß ihr nicht von ihnen seid ... Die Angst hatte mich stumm gemacht.« Dann wandte sie sich an ihren Sohn: »Es wäre gut für dich, wenn du dir von diesem Flittchen mit dem ersten Schiff deinen Daumen zurückschicken läßt. In der Zwischenzeit muß dieses verkommene Haus renoviert werden.« Obgleich erst wenig Zeit seit dem Tod der ältesten unverheirateten Zwillingstochter vergangen war, brachte diese Neuigkeit von Kulthum die Anspannung zum Schmelzen wie ein Stück Zucker, das sich in einer Tasse heißen Kaffees auflöst. Die Familie Namenlos befreite sich von dieser Last, hütete sich aber, ihr Geheimnis preiszugeben, um nicht das Vertrauen Kulthums zu verraten und um zu vermeiden, daß ihr Vater seinen Zorn an diesen armen Arbeitern auslassen und sie sogar vernichten lassen könnte. Man bewahrte Stillschweigen im Clan, wenngleich die Mutter nicht die Meinung ihrer Kinder teilte, den Betrug des Gouverneurs geheimzuhalten. Aber die viele Arbeit und Klärung diverser Angelegenheiten ließ keine Komplikationen aufkommen. Sie beschloß, die Fundamente des Hauses zu erneuern, die durch so viele überraschende Unglücksfälle erschüttert und durch die Gier ihrer Pflanzen beschädigt waren, denn die Wurzeln blieben sich selbst überlassen. Ihre Verästelungen konnten – um der Sonne zu entgehen – unter das Hausfundament kriechen, während der Mangel an Schatten und Feuchtigkeit zu lautem Krachen im Stahlbeton und zu Schäden im Holz des Gewölbes führte. Messauda plante, den Garten wieder herzurichten, neue Vogelscheuchen aufzustellen und noch größere Sonnenblumen als zuvor zu züchten. Neben dem Effekt, das Haus auf natürliche Weise zu klimatisieren, könnten die Pflanzen eine kleine Familienmühle in Betrieb setzen, die sie immer schon mit Hilfe ihrer Söhne im Garten hatte errichten wollen, um ihre Nahrungsmittelautarkie auszubauen und nicht mehr von den Launen des Windes abhängig zu sein. An Sonne mangelte es nicht, und mit Hilfe ihrer Energie könnten die Sonnenblumen die Mühle betreiben, deren Flügel ausgetauscht werden müßten. Eine Sache blieb offen: die Seidenproduktion. Aber die Schwiegertochter lief sofort los, um alles, was von den Leichentüchern, Stoffen und Geweben noch übrig war, zu verbrennen, um nur noch ein paar Exemplare als Erinnerungsstücke und Zeugnisse der Blütezeit zu behalten. Auf jeden Fall wurde sie jetzt nur noch »Durr« genannt, da Messauda, die noch an Sprachschwierigkeiten litt, trotz ihrer neuen schallenden Stimme dazu neigte, Namen abzukürzen und bei allen Angelegenheiten, Dingen und Ereignissen die kürzesten Wege zu nehmen, als wollte sie jeder Notsituation entgegentreten. Eigentlich wollte sie die Zeit nutzen, um alles neu zu beginnen und über die gewaltige Schuld gegenüber ihrer Tochter hinauszugehen, die als Jungfrau starb trotz der Ströme von Blut, die oft den Garten bewässert hatten. Mit besonderer Fürsorge ging sie daran, ihre Wanduhren wieder aufzuziehen, nachdem ihre Zeit abgelaufen war wie das eines jeden Lebens. Nun ermächtigte sie sich selbst dazu, die Uhren zu bewachen, sie geradezurichten, sie verstohlen mit einem Auge zu beobachten, damit sie nicht schummeln und die Tage ohne Strafe verschlingen konnten, denn diese teuflischen Instrumente besitzen hohen Wert für eine Frau über fünfzig.

Das Dorf hatte nicht das Glück, den Ausgang der Geschichte mit den Homosexuellen mitzuerleben. Langsam verging die Zeit und schob sie zur Seite; man vergaß, was lange Zeit schockiert, getrennt und von entschlossenem Handeln abgebracht hatte. Der unglaubliche Eifer Messaudas griff um sich und steckte alle an wie ein Virus. Das Leben ging wieder seinen natürlichen Gang mitsamt seinen üblichen Ärgernissen, Bockkämpfen und Zwitscherwettbewerben unter den Vögeln. Die Caféhäuser füllten sich mit Dominospielern, die Leute gingen wieder ihrer täglichen Arbeit nach. Die Seidenraupenzucht gelang besser als je zuvor, und viele Handwerker trotzten dem Schicksal und wandten sich wieder den berühmten grünen Seidenleichentüchern zu. Durr schenkte allen, die sie darum baten, Malereien und Kalligraphien. Als ihre Schubladen leer waren, fühlte sie sich wie von einer schweren Last befreit und schloß zum ersten Mal, seit sie das Haus Namenlos betreten hatte, die Tür hinter sich, um sich ein paar Tage auszuruhen. Sogar ihrem Mann gewährte sie keinen Eintritt, dessen Manneskraft sich verdoppelt hatte, seit er durch den Brief aus Australien wußte, daß er bestimmt nicht schwul war. Der Handel mit den Leichentüchern entwickelte sich unterdessen Schritt für Schritt weiter, und ungeachtet des erbitterten Widerstandes seitens des Gouverneurs wurden die ausländischen Makler sanft aus dem Geschäft entfernt. Dieser versuchte, sowohl durch Behinderung der Verwaltungsabläufe und durch Unterschlagungen als auch durch direkte Drohungen Druck auf die Handwerker auszuüben, die sich seitdem in selbstverwalteten Gewerkschaften organisierten, denen Durr ihre Hilfe anbot. Tatsächlich war sie es gewesen, die auf die Idee gekommen war, das erste Leichentuch zu verzieren, so daß es kein Zufall war, daß man alles, was sie webte, »Schamdecke« nannte. Und was das Bordell anging, so öffnete es wieder seine Türen, die durch Tätowierung zweigeteilten Huren kamen erneut in regelmäßigen Abständen: Sieben kamen und sieben gingen. Mhamed beschäftigte sich wieder mit seinen Schildkröten und trainierte sie mit dem Traumziel, eines Tages einen internationalen Wettbewerb in Manama zu veranstalten. Mohamed Namenlos versuchte von seiner Frau eine Andeutung auf den Ort zu erfahren, an dem Ibn Khaldun sein großartiges Werk der Soziologie und Weltgeschichte geschrieben hatte. Sie versprach ihm jedoch nur, ihm die Wahrheit im geeigneten Moment zu verraten, so daß ihm nichts anderes übrigblieb, als seine Ermittlungen selbst fortzusetzen. Schnell eroberte er einige seiner unglaublichen Begabungen zurück und konnte wieder über seinen Schatten bestimmen, das Lachen der Kinder, das Gackern der Hühner und das Knirschen der Getreidemühlen unterbrechen. Da er seiner Mutter bei der Renovierung des Hauses half, begann er auch wieder, Liebesbriefe in einem Stil zu schreiben, der mit erregenden Ausdrücken gespickt war. Außerdem machte er sich gründlichst vertraut mit der Haltung bestimmter Wellensittiche, Kamichis, Schwalben und anderer Papageien, deren Käfige in der riesigen Leichentuchproduktionswerkstätte hingen, die jetzt zu nichts anderem mehr nutzte. Er fütterte wieder die Vögel am Marktplatz, gab dem übrigen adeligen Federvieh Musikunterricht und unterhielt sich wieder im Innenhof des Hauses mit seinem Großvater, letzteres natürlich nur im Rauschzustand, wenn er sich mit dem Schuster und einem Neuankömmling betrank, der sich erst vor kurzer Zeit in Manama niedergelassen hatte. Jener Neubürger war Experte in Sachen Uhrenreparatur und hatte einen obskuren Laden in der Nähe von Alawa Ahmars Geschäft an der Hauptstraße eröffnet. Trotz all dieser Aufgaben und seiner Zaubereien fand Mohamed Namenlos noch die Zeit zum Lesen sowohl der alten Manuskripte als auch der neuen Bücher, zur Erziehung seiner beiden Kinder und zum Liebemachen mit seiner Frau wie ein Geistesgestörter. Dank seiner Schlaflosigkeit, die ihn ständig beherrschte, gelang es ihm, all diese Dinge in Einklang zu bringen. Ganz im Gegensatz zu seiner Mutter übrigens, die wieder grob mit ihren Wanduhren umging. Immer hoffte er, es möge doch schneien, damit er seinen Vorrat an spürbarem Mitleid von neuem zusammenballen und ihn im Kühlschrank aufbewahren könnte, der noch immer mit Batterien lief. Mahmud hatte seit der Trauerzeit alle repariert, hatte einige Töpfe und Krüge geflickt, die bei dem jüngsten Schlag zerbrochen waren, den die Familie Namenlos trotz Messaudas Krankheit in unglaublicher Geduld ertragen hatte. Die anderen Söhne stellten sich ihr zur Verfügung und halfen ihr mit äußerster Kraftanstrengung und beinahe zügelloser Phantasie, die schon krankhaft war, denn sie liebten es, die Realität auseinanderzunehmen, aus ihren Angeln zu heben, so daß die Achsen der Realität ineinandergriffen und sich lockerten, die sich dann wie eine Art Lehm nach Wunsch kneten ließ und Kreise orangefarbener Verrücktheit zog. Allerdings waren sie trotz dieser Neigungen schnell erschöpft; infolge der übertriebenen Aktivität und Mühe, denn ihre Mutter hatte zwischen ihnen und dem Geist ihrer Tochter eine Mauer aus Sand und Vergessen errichtet. Kaum waren das Schweißtuch und die Tränenspuren der Katastrophe getrocknet, erhob der Gouverneur erneut seine Stimme vor den Leuten. Doch verschmähte er die batteriebetriebenen Lautsprecher, denn Manama verfügte ja weder über Elektrizität noch über andere Errungenschaften der Humanwissenschaften. Er bediente sich der Tradition des öffentlichen Ausrufers. Die Erfordernisse verlangten, auf die Dienste von Meister Berrabi zurückzugreifen, der von allen vergessen war. Er lebte außerhalb des Dorfes mit seiner Trommel, die ihm als Kissen diente und mit der er nichts anzufangen wußte, als sie wie einen Zeugen für die Wechselfälle des Lebens zu hüten. Vor einiger Zeit hatte man ihn hinausgeworfen, weil sein Trommeln, das Anfang und Ende der öffentlichen Verkündigungen bekanntgab, die Dorfvögel in Panik versetzte, die sich dann aus Rache in dem blühenden Garten des Gouverneurs zu schaffen machten. Sie kamen in großen Scharen an, ließen sich auf den Obstbäumen nieder, fraßen sie blitzschnell kahl und flogen zwischen Sonne und Haus wieder davon, das von den Tausenden ihrer Schatten in tiefer Dunkelheit versank. Ein paar Monate später setzte Bander Shah der Arbeit des begeisterten Ausrufers ein Ende, obgleich er von allen geschätzt war. Er wurde zum mitleiderregenden Säufer, der sein Instrument trug wie ein Märtyrer seine Bürde, hatte immer eine Flasche Schnaps dabei, die merkwürdigerweise nie leer wurde. Wenige Tage vorher wurde er informiert, daß er seine Arbeit als Ausrufer wiederbekommen würde, und so ölte er seine alte Trommel mit Olivenöl, hörte mit dem Trinken auf, rasierte sich, zog sich seine Uniform an und ging heimlich, still und leise zum Dorfplatz, wo er sich von einem Baum zum nächsten schlich. Als er die Mitte des Platzes erreicht hatte, schlug er seine Trommel, daß es sowohl den in ihren Käfigen gefangenen als auch den anderen Vögeln, die das Leben in einem natürlichen Nest im Baumwipfel vorzogen, das Zwitschern verschlug. Der Überraschungseffekt verursachte gewaltigen Schaden, denn die panischen Vögel mußten urplötzlich in den Sturzflug gehen. Es war, als würden sie am Himmel schwimmen, da sie durch die enormen Schallwellen völlig aus dem Gleichgewicht geraten waren. Doch fanden sie schnell wieder zu sich und wandten sich zum Garten des Gouverneurs.

Aber die Überraschung war groß, als sie dort von Dutzenden von Jägern empfangen wurden, die sie bis auf den letzten Vogel zunichte machten. Der Trommler, der unterdessen seine Verkündung ausgerufen hatte, wiederholte sie immer wieder, völlig übertrieben, weil er ganz besessen war von der Tatsache, sein geliebtes Instrument wieder zu gebrauchen. Die Nachricht erstaunte jedoch niemanden mehr; vor allem nicht die Familie Namenlos, die schon durch Kulthum informiert worden war. Die Leute warteten darauf, daß die älteste Tochter einen König heiraten würde. Aber welchen König? Es gab viele davon in der großen weiten Welt. Aber die Nachricht, daß Laila einen König vom Golf heiraten würde, brachte sie beinahe um den Verstand und freute sie wirklich. Aber als sie von der Sittenstrenge dieses Königs und dem strikten Alkoholverbot in seinem Land erfuhren, waren sie besorgt um ihr Schicksal und sehnten sich nach dem Krankenwagen, der nicht mehr durchs Dorf fuhr. Jedoch schwand diese Sorge aufgrund ihrer Freude, mit einem sehr reichen Mann verschwägert zu sein. Zum ersten Mal bauten sie auf die Listen ihres Gouverneurs und gingen weiter ihrer Arbeit nach, wobei sie auf die großen Festlichkeiten anläßlich dieser außerordentlichen Hochzeit warteten. Ganz Manama war aus dem Häuschen, als der junge Star Laila zurückkam, von der der Vater erwartete, er würde den Geliebten ihres reichen Mannes schon das Tanzen beibringen. Die meisten Dörfler glaubten, von diesem Manna zu profitieren, das ihrem Meister zugefallen war. Die Leichtgläubigen unter ihnen glaubten, sich dadurch von der Leichentuchproduktion befreien zu können, die das Leben im Dorf sicherstellte. Im Grunde waren die Manamaer viel zu lebenslustig, um längere Zeit mit den Toten zu verbringen, zumal sie sich dafür schämten, zu Unrecht als Totengräber bezeichnet zu werden. Sie betranken sich gern und ließen es hoch hergehen im tolerantesten Haus der Welt, begleitet von den schönen leichten Mädchen, für die nicht Geld das Kriterium war, sondern die Ausdauer des Kunden.

Meister Berrabi wurde von neuem herbeigerufen, um mit seiner Trommel die Ankunft von Laila Bander Shah in Begleitung ihrer jüngeren Schwester Kulthum zu verkünden. Man sagte, Kulthum käme mit, um mit ihrer Schönheit den Glanz der Hochzeitsfeierlichkeiten zu steigern, die wochenlang dauern würden. Und tatsächlich kamen die zwei Schwestern am ersten Tag des Monats Mai in einer offenen, mit knallbunten Bändern geschmückten Kutsche vorgefahren, während ein Militärkorps *Für Elise* in orientalischer Prägung spielte. Man nahm in den Logen der vorderen Reihen Platz, mit Ausnahme der Familie Namenlos und ihren Verbündeten. Der Schuster verweigerte seine Teilnahme, da es für ihn eine Schande war, am »Tag der Arbeit« die Macht des Königs zu feiern, und er war davon überzeugt, daß solche Zufälle nicht von selber geschahen. Sein Freund, der Uhrmacher, erklärte, er habe keine Lust, sich seinen Buckel von denen zerquetschen zu lassen, die nach vorn drängelten, um Jasmin und Gerste über Braut und Brautschwester zu werfen, die sich nicht sonderlich gut verstanden. Kulthum trug immer das berühmte Gefäß der Erinnerung mit sich, womit sie die Blicke der Neugierigen auf sich zog. Damit übertrumpfte sie den Flitter, die Musik und die Pracht des fröhlichen Empfangs. Man redete und wettete reichlich über den Inhalt des Gefäßes. Niemand aber wußte, daß der Daumen von Mohamed Namenlos darin schwamm, den sie als Beweis für seine männliche Feigheit nach Sydney mitgenommen hatte. Als diesem diese Nachricht zugetragen wurde, wurde er ganz rot und begann zu stottern. Seine Frau indessen wußte, daß ihn der Stumpf seines Daumens juckte, und sie kratzte ihn daher während der gesamten Feierlichkeiten, die man anläßlich der Rückkehr der beiden Töchter des Gouverneurs veranstaltete. Messauda hingegen schnappte mit den Trägern ihres Büstenhalters und sagte: »Wie oft habe ich schon gesagt, daß du deinen Daumen zurückbekommen solltest ... sie wird dich auslachen, obwohl du der Vater von Zwillingen bist und deine Frau noch weitere Zwillinge erwarten wird!« Und nach langer, langer Zeit, an dem Tag, als er seine erste Zwillingsschwester verheiratete, merkte Mohamed, daß jener Wutausbruch seiner Mutter der scheue Versuch war, ihm klarzumachen, daß seine Frau zum zweiten Mal Zwillinge erwartete. Aber nie hatte Messauda die schreckliche Zeit vergessen, in der sie ihre Tochter durch jenes berühmte und verfluchte Gesetz verloren hatte. Und immer, wenn sie sich diese Epoche vor Augen führte, nannte sie sie »Schwulenjahre«, auch wenn sie bis zu Atikas (Raschikas???) Tod und sogar darüber hinaus gar nicht wußte, was das Wort eigentlich bedeutete, genausowenig wie sie verstand, warum ihre Schwiegertochter laut loslachte, als sie sie fragte, ob diese Männer Kinder machen könnten.

Der Gouverneur wollte, daß dieser Rausch, den die Bekanntmachung der bevorstehenden Hochzeit zwischen seiner Tochter und einem König vom Golf ausgelöst hatte, weder aufhörte noch nachließ. Dank der diskreten Arbeit seiner Spitzel erfuhr er, daß die öffentliche Meinung zu seinen Gunsten und sein Stern blitzschnell gestiegen war. Er mußte also dafür sorgen, die überschäumende Freude mit allen Mitteln zu erhalten. Er konnte sich unmöglich kleinlich zeigen, wenn er bald mit einem der mächtigsten und reichsten Männer der Welt verschwägert sein würde. Nach langem Nachdenken und mehrfacher Konsultation des Königs verfaßte er eine Projektliste, deren Durchführung die Dinge auf den Kopf stellen und sie zu seinen Gunsten ausgehen lassen würde und mit der er auch die letzte Unentschlossenheit seiner Gegner ausräumen könnte, die er schon überzeugt auf seiner Seite glaubte. Die Projekte waren groß und klangvoll, und nicht eines von ihnen war von geringerer Bedeutung als ein anderes. Selbst der König aus dem Golf ließ sich von dieser großartigen Phantasie anstekken und freute sich über die nicht zu bändigende Initiative und die außerordentliche Arbeit, die die Regierung Manamas versprach. Und obwohl das Dorf über kein Telefon verfügte, was Bander Shah mit der Begründung verhindert hatte, es sei wie viele andere wissenschaftliche und technische Geräte ein teuflisches Gerät, konnten die beiden Komplizen mit der alten Rauchzeichenmethode miteinander kommunizieren. Einer entfachte ein Feuer auf irgendeinem Berg, und die Nachrichten wurden von einem Punkt auf der Erde zum anderen gesendet. Seine Majestät war von jenen Bemühungen so begeistert, daß sie dem Gouverneur ein unbegrenztes Konto bei einer Bank in Zürich eröffnete. Das erste Projekt, das der Gouverneur so schnell wie möglich durchführen wollte, war der künstliche Regen, um das Dorf überfluten zu lassen und es in eine Seestadt zu verwandeln. Die Zeichnungen hatte er schon vorbereitet und blühende Landschaften entworfen, die eine Art wissenschaftliche Harmonie zwischen der Verrücktheit der Tropen und der Fülle des gemäßigten Klimas bildeten. Zwei Wochen vor dieser unglaublichen Operation rief er heimlich Meister Berrabi, den offiziellen Ausrufer, samt seiner Trommel zu sich. Er befahl den beiden, den Einwohnern das Ereignis zu verkünden, denn die waren bereits wieder zu ihrem Tagwerk zurückgekehrt und begannen die pompösen Feiern, die er anläßlich der Rückkehr seiner beiden Töchter ausgerichtet hatte, allmählich zu vergessen; ja, sie kritisierten ihn sogar. Als dann die Schreiber die Veröffentlichung verfaßten, wurden sie vor ein schwerwiegendes linguistisches Problem gestellt: Das Wort »künstlich« existierte nicht in der Sprache der Bewohner von Manama, bei denen die Verehrung alles Natürlichen, besonders die der Rohseide, schon seit Urzeiten einem quasi-religiösen Brauch glich. Ein Dorf, in dem Seidenraupen in natürlicher und gewohnter Weise zwischen den Oberschenkeln der Frauen gezüchtet wurden, hatte keinen Begriff für ein solches Wort. Doch die Schreiber fürchteten den Zorn ihres Herrn und wichen dem Problem aus, indem sie einfach den offiziellen Ausrufer und seine Trommel mit der Lösung beauftragten. Denn der war sowohl für seinen Redefluß als für seine Fähigkeit, frei zu sprechen, bekannt. Herr seiner Sinne, als er erneut zu seinem Job abberufen wurde, befand sich Meister Berrabi also eines Morgens auf dem großen Platz Manamas. Der Arme hatte die Wüste der Alpträume durchquert und wußte, daß er ihnen entgehen konnte, wenn er sein Leben mit sanften alkoholischen Träumen versorgte und sich in seine Trommel verliebte. Diesmal kam er prächtig herausgeputzt auf dem Dorfplatz an und ließ sich Zeit, so daß die Vögel in den Bäumen und Käfigen die Gelegenheit hatten, sich vorzubereiten und nicht in Furcht und Schrecken zu geraten, wenn das unglaublich laute Trommeln ihre Gefühle erbeben ließ, als sei das Ende der Welt nahe. Im Einverständnis mit den dankbaren Vogelhaltern begann Meister Berrabi seine Verkündigung vorzutragen. Die Vögel schwiegen und hatten ihre Köpfe unter das Gefieder gesteckt, um zu vermeiden, daß der Tag ihre zerbrechliche Haut zerreißen kann. Als der Ausrufer beim Verlesen an das Wort »künstlich« kam, womit er den Regen beschreiben sollte, fand er keinen passenden Ausdruck, der diese Seltsamkeit erklären könnte. Er wurde ratlos und versuchte schließlich die Schwierigkeit zu umgehen, indem er eine zweifelhafte Umschreibung erfand. Mit einer heftigen Bewegung und in einem Atemzug nannte er diesen speziellen Regen: »Regen ohne Gott«. Die Anwesenden, für die der Ausdruck einer Gotteslästerung gleichkam, brachen in lautes Lachen aus ... Der geplante Überraschungseffekt des Gouverneurs blieb aus, der schockiert war über das unheilvolle Scheitern. Der Trommler merkte, daß er einen Fehler begangen hatte und sicherlich dafür bestraft werden würde. Die Anwesenden, die die Bedeutung und die ketzerische Formulierung wahrgenommen hatten, gratulierten ihm zu dieser unschuldigen Enthüllung. Sie amüsierten sich über diese originelle Geschichte vom Regen, den nur der gepriesene Gott allein zum Fallen bringt, wie auch über die Männer, die diesen Regen herstellen wollten wie Bier, Limo oder Wein. Die Kaffeehäuser leerten sich, und nachdem die Leute lange über die Komödie des öffentlichen Ausrufers gelacht hatten, gingen sie auseinander und kehrten nach Hause zurück, um die originelle Geschichte ihren Frauen zu erzählen, die sich passiv zurückgezogen hatten und sich auf das Schlüpfen der Kokons vorbereiteten, die wie seidenweiche, aber gierige Blutegel an ihren Beinen klebten. Doch der künstliche Regen fiel nicht in diesem Jahr und nicht in den folgenden. Der Gouverneur hatte dem öffentlichen Ausrufer die volle Verantwortung für diesen kläglichen Mißerfolg gegeben und ihn endgültig verjagt. Dieser war dann zu seinen langen und ausführlichen alkoholischen Dialogen zurückgekehrt. Der Ausdruck »Regen ohne Gott« war in die blühende, sehr rohe und kräftige Sprache Manamas übergegangen, um ein sowohl politisches, geographisches wie auch historisches Merkmal zu werden. Jenes Jahr wurde das »Jahr des Regens ohne Gott« und zur Quelle für Forscher, Neugierige und Bewohner Manamas, die seit jenem Morgen, als Meister Berrabi so behutsam war, die Vögel nicht zu verscheuchen, nicht aufhörten, unablässig über diesen Ausdruck Witze zu reißen. Der König vom Golf fühlte sich in seinem Stolz verletzt. Durch Rauchzeichen drückte er seine Unzufriedenheit über das Scheitern des Projekts aus, vor allem, weil er damit seiner Verlobten beweisen wollte, daß er weder so feudalistisch noch so konservativ sei, wie es vielleicht schien. Mit der Verbannung des Ausrufers und seiner Trommel wies er auch die amerikanischen, mit dem Klimaexperiment beauftragten Experten samt ihrer gewaltigen Kriegsausrüstung aus, die die Aufgabe hatten, Regen über Manama auszuschütten. Diese Maßnahme hatte keine andere Wirkung, als das Dorf in seinem Hochmut zu bestärken und es trocken und anmaßend zu belassen. Kulthum hatte ein mitleidiges Wort für die beiden Partner: »Das wird sie nicht aufhalten in ihren Unglaublichkeiten!« Tatsächlich wollten die beiden nicht akzeptieren, daß das Projekt durch die Nachlässigkeit der Bürokraten und die Überraschung von Meister Berrabi gescheitert war. So gaben sie durch die Lautsprecher bekannt, daß ein Eisberg kommen würde, den der König aus Dankbarkeit dem Dorf gegenüber einem Land jenseits des Pols abgekauft hatte, um es die Geburt dieses herrlichen Versprechens erleben zu lassen: Laila Bander Shah ... Doch die Freude drang erst mehrere Monate später in die Seelen der Leute, die die Ankunft des gefrorenen Berges erwarteten, der ein echtes Stück eines Kontinents war und in einer exakten Methode durch die Ozeane gezogen wurde. Die Leute wurden so nervös, daß sie schließlich an Mohamed Namenlos' Tür klopften, um von ihm zu erfahren, wo dieser gefrorene Ozean liegt und welchen Weg dieser magische Berg nehmen sollte, um Manama zu erreichen. In aller Freundlichkeit zeigte Mohamed auf eine große Karte, die er mitten im Garten ausbreitete, erklärte ihnen die Lage der vereisten Berge. Und da keiner von ihnen etwas verstand von diesen Erklärungen, von Linien, Ländern und Parallelen, ging er zum Kühlschrank und nahm ein großes Stück Eis heraus, erhitzte etwas Wasser in einem Topf, legte das Stück hinein und sagte zu seinen verblüfften Freunden: »So wird das Schicksal eures Eisberges aussehen, wenn er das sengende Klima Manamas erreicht hat.« Kaum war er mit seiner Erklärung fertig, war das Eisstück schon geschmolzen. Die Dörfler staunten sehr und entfernten sich murmelnd, fanden sie doch, ihr Gelehrter übertreibe, ihre Begeisterung auf diese Art zu kühlen; schließlich gibt es nichts Spannendes in diesem Dorf, welches Gott an einem seiner zornigen Tage zurückgelassen hatte, wie man zu sagen pflegte. Sogar das Bordell zog sie nicht mehr an, da die schönen Huren ihre legendäre Leidenschaft völlig abgelegt hatten. Es sollte noch ein paar Tage dauern, bis der gewaltige Tanker, der den Eisberg durch die Weltmeere schipperte, Manama erreichte – und sie den Wahnsinn des Gouverneurs begriffen. Eines Vormittags forderten alle Lautsprecher die Dorfbewohner auf, zu einer bestimmten Zeit die Augen gen Himmel zu erheben. Von fieberhafter Begeisterung getrieben, befolgten sie freiwillig seine Anordnung, und mit einer Bewegung, die von einer einzigen Person zu kommen schien, richteten sie alle zu einer bestimmten Uhrzeit die Augen gen Himmel, wo sie einen riesigen Berg sahen, der dort über dem Dorf schwebte zwischen Himmel und Erde. Sie hatten noch nicht richtig gemerkt, was ihnen geschah, als sich der Berg bereits aufzulösen begann und sie von einem lauwarmen Regen besprengt wurden. Die Kinder nutzten die Gelegenheit zu randalieren, waren aber schon bald wieder ernüchtert, denn innerhalb einer Minute ließ die Dusche nach, ohne eine Spur auf der Erde zu hinterlassen, die schon seit sieben Uhr morgens der sengenden Sonne ausgesetzt war. Am nächsten Tag waren einige von ihnen überzeugt, daß der Gouverneur sie für dumm verkauft hatte, andere glaubten, geträumt zu haben, während manche genau das Gegenteil von all dem annahmen. Der Streit brach aus in den Kaffeehäusern, in denen Domino gespielt wurde. Am Abend konnte man drei Tote und zehn Verletzte zählen. Der Imam erhob Anklage wegen Unglaubens gegen Bander Shah, und Messauda beglückwünschte sich wegen des wissenschaftlichen Scharfblicks ihres ältesten Sohnes. Kulthum hingegen, sichtlich verstimmt, griff ihre Schwester am selben Morgen heftig an: »Dein idiotischer König hätte besser daran getan, diesen Eisberg dorthin zu stecken, wo du ihn verdienst, nämlich in dein Loch ...

Vielleicht hätte er damit deine häßliche Wunde geheilt, und den armen Leuten wäre die größte Enttäuschung ihres Lebens erspart geblieben!« Und wirklich, diesmal bemerkten die Einwohner das unheilvolle Vorzeichen und die bösartige Absicht des Gouverneurs, sie als naive und dumme Kinder zu betrachten, unfähig, die verwickelten Angelegenheiten des Lebens zu verstehen. Die Anhänger des Meisters begannen sich zu sorgen, und der Geschmack des versprochenen Paradieses, dessen Wände vor Eis glänzten, löste Verwirrung aus in den Köpfen mancher einfacher Leute. Alle Blicke waren auf die Familie Namenlos gerichtet, deren zuverlässiger Überblick und deren wertvolle Talente sich am hellichten Tag enthüllten, als sie sich lustig machten über die betrügerischen Versuche der beiden Partner, die so viel Geld verschwendet hatten, um die Leute mit solch unglaublichen Gaukeleien zu blenden, während das Dorf noch im finstersten Mittelalter lebte, ohne Elektrizität, ohne Kanalisation und ohne im Wettlauf mit der Zeit fahrende Züge. Es bestand keine Verbindung zur Außenwelt. Man begann, auf das natürliche Kühlsystem durch Messaudas riesige Sonnenblumen hinzuweisen, deren Blätter die Rolle eines Ventilators einnahmen, der leiser, effektiver, unschädlich und umweltverträglich war und der nur mit billiger und reichlich vorhandener Sonnenenergie auskam. Mohamed Namenlos hatte vor, den Wassermangel und die Hitze, unter der die Leute litten, zu lindern. Er begann eines Morgens, komplizierte Statistiken und Rechnungen aufzustellen, von denen er vorher keine Ahnung hatte, Logarithmentafeln auswendig aufzusagen, die ein gewisser Khawarizmi entdeckt hatte, der im Jahre 830 in seinem guten alten Bagdad die Menschheit über mathematische Systeme in Kenntnis setzte und sie lehrte, wie zuverlässig mathematische Beweise mittels der Ziffer »neun« zu leisten waren. Mohamed Namenlos las die Zahlen der Tafeln vor, ohne eine zu vergessen, so daß seine Mutter Angst um sein seelisches Gleichgewicht bekam. So mancher in Manama bereute seine Naivität und beging Selbstmord, malte aber vor dem Ableben noch feindselige Parolen auf mit seinem Blut, das aus den mit Rasiermessern traktierten Venen floß.

Der Gouverneur schickte seinem Partner Hilferufe und erklärte ihm, man müsse notwendige Vorbereitungen treffen, um jeder überraschenden Situation entgegentreten zu können und ihm – falls nötig – rasche militärische Unterstützung zur Verfügung zu stellen. Die Antwort ließ nicht lange auf sich waren, da wieder Ostwind herrschte, und sie kam sehr besorgt daher: »Liebt Laila mich noch trotz des verheerenden Scheiterns?« Der Vater erstarrte angesichts dieses so unpassenden Verhaltens des Schwiegersohnes und bereute, ihm die Hand seiner Tochter gegeben zu haben. Die Zeit verging, und anstatt Gewinne zu erzielen, verlor der Gouverneur immer mehr Geld. Es wurde ihm klar, wie isoliert er in seinem großen Haus war und daß keine wirkliche Entwicklung zu erreichen war durch künstlichen Regen und durch Ozeane und Kontinente überwindende Eisberge – Spielereien, die sich reiche Länder erlaubten. Genauso wie ihm klar wurde, daß jeder Mensch, jedes Ding, jedes Phänomen eine Ausgangsposition hat, die äußerst schwierig durch Zaubersprüche umzustürzen und in Leistungen und künstlerisches Schaffen umzuwandeln ist. Aber anstatt grundsätzliche Entscheidungen zu treffen, beharrte er darauf, seine naive Logik weiterzuverfolgen, die auf der Annahme basierte, daß die Völker jeden Dreck, den man über sie ausstreut, lieben würden. Dann begann er zu weinen und klagte, er sei vom Unglück verfolgt, schloß sich stundenlang in seinem Büro ein. Seine Trauer vertraute er nur seinen Verbündeten und dem König aus der Golfregion an. So schmählich scheiterten also seine beiden Großprojekte, nachdem sie soviel Geld verschlungen hatten. Beim Abendessen brüllte er seine Familie an und beschuldigte sie, sie würde ihn provozieren. Nur mit Kulthum hielt er Frieden, denn er fürchtete ihren Trotz. Doch sie hörte nicht auf, ihn zu reizen, indem sie sich vor seinen Augen selbstgedrehte Zigaretten anzündete, sich in den Zähnen stocherte wie ein neuseeländischer Matrose und ganz naiv fragte, warum es denn keinen Alkohol gebe. Dann erklärte sie, das Essen sei unter ihrem Niveau, und fragte ihre Mutter, ob sie wohl verstehe, warum Datteln einen Nabel hätten wie Menschen. Wenn die Familie am Tisch saß, nutzte sie die Gelegenheit, um das Gefäß vor sich hinzustellen, in dem der Daumen jenes Mannes schwamm, der sie an einem stürmischen Tag entjungfert hatte. Der Vater tat so, als bemerke er von dieser Abartigkeit gar nichts, regte sich aber beim geringsten Anlaß über seine Frau auf, bei der er sonst immer Trost gesucht hatte, sowie über seine älteste Tochter, die ihn im Grunde sehr liebte, aber an manchen Tagen sagte, wenn er in seinem Zorn wieder übertrieb, sie würde ihm den Kopf abhacken, wäre sie erst einmal Königin vom Golf, wo solche Praktiken noch recht gebräuchlich waren. Laila wußte von den Manövern, die ihr Vater gegen ihren zukünftigen Mann veranstaltete. Während die Hochzeitsvorbereitungen im vollen Gang waren, schrieb sie ihrem Verlobten einen Brief in Altenglisch und in romantischem Stil, in dem sie berichtete, sie habe große Sehnsucht nach den Känguruhs Australiens und befürchte zudem, immer steifer zu werden und ihre Übungen im klassischen wie im modernen Tanz zu vernachlässigen. Nur eine Woche später nahm sie sein Geschenk in Empfang: Es waren Hunderte von Känguruhweibchen. Sie behielt nur eines und ließ den Rest im Dorf frei. Die Dörfler wußten sie zu zähmen, und die Vögel benutzten ihre tiefen Beutel zum Nestbau. Dennoch beschlich Laila die Langeweile, und so bat sie ihren Vater um Erlaubnis, das Tennisspielen im Dorf einzuführen; sie wollte Bewegungsspiele organisieren, die ihr helfen könnten, ihre gute Figur beizubehalten, was ihren Mann faszinieren und ihn in den Dienst der Familie Bander Shah treten lassen sollte. Um ihrem Wunsch nachzukommen, errichtete ihr Vater auf importiertem Kunstrasen zehn Tennisfelder und stellte eine Liste mit den Namen der möglichen Spieler auf. Dies ließ den Riß zwischen ihm und seinem Volk immer größer werden, denn die Frauen, die man als Brüterinnen für die Seidenraupenkokons betrachtete, dachten nicht daran, sich auch nur eine einzige Stunde am Tag von ihrer natürlichen Arbeit abbringen zu lassen, und die Ehemänner dachten, der Gouverneur wolle die Menschheit unter dem Deckmantel des Sports vernichten: Jeder von ihnen glaubte, die Frauen würden sich sehr schnell unter der sengenden Sonne auflösen und im Schlankheitswahn auf dem Tennisplatz sterben, und das alles nur, damit Laila ihren Ausschweifungen nachgehen konnte. Kulthum allerdings zögerte nicht, ihrer Schwester vorzuwerfen, sie habe einen Tennisschlägerkomplex, wie sie es nannte, was viel über ihre sexuellen Phantasien aussage. Sie unterstützte die Frauen Manamas darin, gegen diese Beleidigung ihrer Trägheit und Ruhe unter ihrer Führung aufzubegehren, und mehr als fünfhundert wollten das Haus Bander Shahs angreifen, der aber schnell kapitulierte und noch vor Beginn der von seiner eigenen Tochter inszenierten Veranstaltung erklärte, er werde niemanden zum Tennisspielen zwingen, die Frauen könnten das Ausbrüten der Kokons weiter betreiben. Nach solcherart Rückzug und Schlappe verbreitete sich schnell das Gerücht, er wolle das Land verlassen, um in die Golfregion zu gehen, wo er schon Gelegenheit bekäme, seinem Geschäftssinn und seiner Liebe für das schnelle Geld zu frönen. Selten wurden in Manama kursierende Gerüchte durch Tatsachen dementiert. Jedenfalls ging er nicht weg, sondern ersann ein wirksameres Mittel, mit der er diese erstarrte und geschwächte Schar endgültig bändigen konnte, die ihn ablehnte und ihm offen ihre Feindschaft zeigte, während er immer noch behauptete, Wohlstand nach Manama zu bringen, mochte er auch seinen privaten Interessen nachgehen. Sein Ärger wurde buchstäblich zum stürmischen Zorn, und er begann, die in seinem Büro befindliche Figur vom »vorbildlichen Bürger von Manama« zu bespucken und sie mit gemeinen obszönen Worten zu beschimpfen, und zwar mit einem solchen Haß und einer solchen Wut, wie er sie nicht einmal dem Porträt des verbündeten Königs entgegengeschleudert hatte. Das schlimmste war, daß er solche Gefühle nie seiner Frau und seinen Töchtern zeigen konnte, die ihn bemitleideten und verachteten. Während dieser Zeit bedauerte er den Mangel an politischem Sinn beim König vom Golf, der, vernarrt in Bander Shahs Tochter, von einer amourösen Trance in die nächste fiel, während sein Palast von Frauen überschwemmt wurde, eine schöner als die andere. Doch, so sagte er sich, müsse man sich wohl daran gewöhnen, da heutzutage selbst die Monarchen modern sind. Bald wird man sie ihre Einkäufe auf Fahrrädern erledigen sehen, was nicht mehr rückgängig zu machen ist. Am Ende werden es alle der Königin der Niederlande nachmachen, welche Tulpen über alles liebt; und man wird die Rosen von Schiraz verachten. Und er selbst, der Gouverneur, der sich diese Ehe über alles gewünscht hatte, um die Tanks seiner Benzinstation auffüllen zu können, ohne dafür einen Pfennig zu bezahlen, mußte einige Wochen vor der Hochzeit feststellen, daß er bis jetzt noch keinen spürbaren Gewinn erzielt hatte. Und da er vor königlichem Betrug und Geiz auf der Hut war, wollte er noch vor der Hochzeit Sicherheiten haben. Andernfalls könnte er wie ein Anfänger reingelegt werden. Er ärgerte sich, daß er so viel Geld sowohl in das Projekt »Künstlicher Regen« als auch in das Projekt »Beweglicher Eisberg« gesteckt hatte, und er bedauerte, den Eisberg nicht dazu genutzt zu haben, sein eigenes Haus mit frischem Wasser und sein japanisches Becken mit Eisstükken zu versorgen, damit sein geliebter Wal zwischen Wasserlilien und Wasserschildkröten herumschwimmen konnte. Auf jeden Fall war es seine Pflicht, seinem Verbündeten jetzt die Gewißheit zu geben, daß Laila ihn sehr liebte, denn er hatte in dessen Botschaft leidenschaftliche Unruhe gespürt. Also sandte er auch ihm bunte Rauchzeichen, die überschäumende Freude ausdrückten: »Laila ist verrückt nach Euch! Stop. Bittet um einen früheren Termin für die Hochzeit. Stop. Droht mit Selbstmord, falls Eure Majestät ihrem Wunsche nicht nachkommt. Stop.« Die Antwort ließ nicht auf sich warten: »Meine Tänzerin kann glücklich sein. Stop. Ihr König sagt seine offizielle Auslandsreise ab. Stop. Er wird in der nächsten Woche kommen und sie auf dem fliegenden Teppich mitnehmen. Stop!« Diese prompte Antwort überraschte den Gouverneur, der nicht eine solch rasche Zusage erwartet hatte, zumal er mit den Vorbereitungen noch nicht fertig war. Zudem hätte er sich lieber noch ein paar Gewinne eingesteckt, bevor der königliche Bräutigam seine Ware bekommen sollte. »Er wird sie bekommen, ohne auch nur ihre Studienkosten in Sydney zu erstatten. So ein verfluchter Geizhals!« Trotz aller Schwierigkeiten wollte er ihm jedoch ein drittes Projekt unterbreiten, um die zwei anderen wettzumachen, die gescheitert waren und den Dorfbewohnern sehr geschadet hatten. Dieses Projekt war ihm noch unklar, trotz seiner Seriosität und Gefährlichkeit, und es hatte nichts zu tun mit künstlichem Regen oder »Regen ohne Gott«, und auch nicht mit Eisbergen. Wie der Trommler begann er, Selbstgespräche zu führen, und träumte in Wirklichkeit immer wieder davon, unabhängig von der Zentralregierung zu sein und das Königreich Manama auszurufen, dessen Herrscher natürlich er selbst war; denn er glaubte, seine Lage hätte sich dank der moralischen und finanziellen Hilfe seines Schwiegersohnes und Gönners verbessert.

Eine solche Operation forderte jedoch enorme Mittel, um Waffen zu kaufen und eine Armee aufzubauen, die in der Lage wäre, jeden Angriff seitens der Republikaner abzuwehren. Er dachte, eine solche Entscheidung könnte vielleicht den Bewohnern Manamas in ihrer Liebe zum Ruhm schmeicheln. Sie würden ihn auf den Schultern tragen und mit einem Schlag all die bösen Streiche, die er ihnen gespielt, all die Enttäuschungen, die er verursacht, und all die Diktate, die er ihnen aufgezwungen hatte, verklären. Welch Mißgriff! Er konnte diese bevorstehende Hochzeit nicht mehr ertragen – die Aussteuer seiner Tochter war ja noch in Vorbereitung. Hätte er nur eine gute Beziehung zu Messauda gepflegt, dann wäre schon ein Ausweg aus der Klemme zu finden gewesen, denn eine Frau wie sie, die es schaffte, ihr Haus mit Sonnenblumen zu kühlen, würde auch ein solch kleines Problem lösen können.

Messauda Namenlos hatte nicht die gleichen Probleme, mit denen sich ihr Feind konfrontiert sah. Trotz des ständigen Kampfes zwischen ihnen versorgte er sie noch immer mit dem Dünger. Sie stritt mit den Problemen der Zeit herum, und dank des Uhrmachers, der sich kürzlich in Manama niedergelassen hatte und die ganze Familie durch seine freundliche Art in seinen Bann gezogen hatte, entschloß sie sich, ihre Wanduhren aufzuziehen, die sie neben den Schildkröten und Tauben damals aus ihrem Elternhaus mitgebracht hatte, auf das sie sehr stolz war, zumal ihre Vorfahren gute Positionen bekleidet und außergewöhnliche Berufe ausgeübt hatten. Zum Beispiel waren einige Kammerdiener unter Murad I. und Mahmud II. darunter. Andere waren Piraten; und einer von ihnen war der Pirat, der die neunzehn silbernen Wanduhren aus Sizilien mitgebracht hatte, die dann als Hochzeitsgeschenk ihres Vaters auf sie übergingen. Also wurde der Uhrmacher, Djilali Bouhadba, gerufen, um ihr dabei zu helfen, das Problem mit der Zeit ein für alle Mal zu regeln, denn Messauda Namenlos war niemals einverstanden mit der Zeit, die die Wanduhren alle Viertelstunde mit klangvollen Schlägen verkündeten. Sie sah nur, daß sie immer vorgingen, bemerkte aber nicht, daß das eine Folge ihrer unermüdlichen Aktivitäten war. Es verging kein Tag, an dem sie sie nicht anknurrte, und als dann schließlich der Uhrmacher nach Manama kam, bat sie ihn um seine Hilfe. Djilali Bouhadba verbrachte mehrere Monate damit, die Uhrwerke abzubauen, sie zu säubern und zu überprüfen, denn Messauda hatte genau so viele Uhren wie Kinder. Dabei wurde ihr zum ersten Mal bewußt, daß es nicht auszuschließen sei, daß ihr Gatte Selbstmord begangen hatte, um zu vermeiden, noch mehr Kinder zu zeugen, und die neunzehn vorhandenen um die Möglichkeit zu bringen, je eine silberne Wanduhr zu erben. Auf diese Weise würde er kein Problem mit der Erbschaft hinterlassen, das die Kinder vielleicht auseinanderbringen würde. Das Leben ist voller Wunder, sagte sich Messauda. Wurde der Tod Atikas nicht durch die Ankunft derjenigen wettgemacht, die seit dem Tag, als Messauda ihre Stimme wiederfand und alles kurz aussprach, nur noch »Durr« genannt wurde? Den Leuten erzählte sie unaufhörlich: »Dieses Leid hat mich gelehrt, direkt zum Kern der Sache zu kommen.« Und da der Uhrmacher lange Zeit bei ihr im Haus arbeitete, fühlte sie sich durch seine Freundlichkeit, Korrektheit und Zurückhaltung zu ihm hingezogen. Trotz seines Buckels war sie von dem Gegensatz von seiner weißen Haut und seinen schwarzen Augen fasziniert. Mohamed Namenlos merkte innerhalb weniger Tage, daß er es sowohl mit einem passionierten Mechaniker als auch mit einem schöpferischen Menschen zu tun hatte. Er lud ihn eines Abends, als er lange an einer sizilianischen Uhr gearbeitet hatte, zum Essen ein. Das Schweigen gehörte zu seinen Gewohnheiten, und doch bewies er an jenem Abend neben seiner Geschicklichkeit eine umfassende philosophische und wissenschaftliche Bildung. Alawa Ahmar, der an diesem familiären Abendessen teilnahm, nutzte die Gelegenheit, um ihm von Stalin, dem

Klassenkampf, dem asiatische Produktionsmodell, dem »Wertüberschuß«, wie er die Zinsen bezeichnete, und anderen Sachen zu erzählen. Der Uhrmacher machte auf Mohamed, den Schuster und Durr, deren Aufgabe an diesem Abend darin bestand, die Ausdrücke für Messauda und die anderen Familienmitglieder zu vereinfachen, durch seine exakten Erwiderungen den Eindruck, das *Kapital* mehr als dreißigmal gelesen zu haben. Als man auf die Wissenschaft des Ibn Khaldun zu sprechen kam, zeigte der Uhrmacher sein Wissen als unerschöpfliche Quelle, wußte er doch, daß der große Soziologe einen Teil seiner *Muqaddima* und dessen Übersetzung in Manama geschrieben hatte. An diesem Abend schöpften alle Verdacht, daß er extra nach Manama gekommen war und einen Laden eröffnet hatte, um an dem Ort zu leben, an dem dieses Werk geschrieben wurde. Raschika war sehr beeindruckt von dem breiten Wissen des Uhrmachers, so daß sie seinen hervortretenden Buckel vergaß und nur seine Augen sah, die die Intelligenz und Milde der ganzen Welt ausdrückten. Ihre Mutter bemerkte die Erregung ihrer Tochter, wußte, daß sie einen geschickten Menschen und echten Künstler vor sich hatten, einen sachverständigen Gelehrten und vornehmen Menschen. Und so traf sie die Entscheidung, ihn noch am selben Abend einzuladen, so lange dazubleiben, bis er mit seinen Arbeiten an den Uhren fertig war, obwohl sie enttäuscht war, ihn sagen zu hören, daß er noch nie solch stabile und korrekte Mechanik gesehen hatte. Und mit einer Art innerem Jubel, der die Reinheit seiner sehr weißen Haut noch mehr hervorbrachte, versicherte er: »Sie reichen wirklich an die Vollkommenheit!« So ließ sich Djilali Bouhadba (der Bucklige) in der ehemaligen Leichentuchwerkstatt nieder. Mit aller Liebe und Geduld betrieb der Mann die Zerlegung und den Zusammenbau der sizilianischen Uhren. Er wischte den Staub ab, der sich seit drei Jahrhunderten darauf gehäuft hatte, da diese Uhren im Jahr 1700 aus Palermo mitgebracht worden waren. Seit dieser Zeit hatte niemand diese kostbaren und genauen Uhren je geöffnet. Wäre da nicht Messaudas heftiger Zorn gewesen, den sie sogar auf die Schildkröten übertrug, wäre auch der Zauberuhrmacher nicht gekommen, um die Uhren zu öffnen, ihr Innenleben herauszunehmen, sie abzustauben, zu ölen und sie mit aller Geschicklichkeit wieder zusammenzubauen. Und nach langer, langer Zeit, an dem Tag, als er seine Mutter zu Grabe trug, erinnerte sich Mohamed Namenlos noch daran, daß Kulthum Bander Shah zu dieser Zeit ins Haus kam, das mit Formaldehyd gefüllte Gefäß mitbrachte und um ein Gespräch mit seiner Frau bat, die gerade dabei war, ihre Zwillinge in einer Tonwanne zu baden, während sie mit anderen Zwillingen schwanger war. Durr ließ die Tochter des Gouverneurs hereinkommen, da sie wußte, daß ihre Schwiegermutter ein langes Gespräch mit dem Uhrmacher in der ehemaligen Leichentuchwerkstatt im dritten Stock führte. Bouhadba hörte ihr stundenlang zu, ohne sie zu unterbrechen und ohne bei seiner Arbeit zu pausieren, die er mit der wohlbekannten Exaktheit ausübte. Als die Frauen sich allein fühlten, schwiegen sie zunächst lange und schauten sich gegenseitig an. Schließlich sagte Durr: »Du bist schön, und ich bin sicher, daß Mohamed oft an dich denkt. Es ist nicht leicht, ein solches Gesicht zu vergessen.« Kulthum hörte ihr ohne Erstaunen zu und blieb neutral gegenüber dieser Freundlichkeit. Dann sagte sie einfach: »Ich bin gekommen, um dir den Daumen deines Mannes zurückzugeben . . . Er hört nicht auf, in dem Formaldehyd zu beben. Und an manchen Abenden, wenn ich mich langweile, sehe ich, wie er an die Wände des Glases schlägt, so daß ich mich nicht mehr konzentrieren oder nachdenken kann. Offen gestanden, ich kann ihn nicht mehr behalten. Und ich brauche ihn auch nicht mehr, um mir zu beweisen, daß alle Männer Feiglinge sind und den Helden spielen, mit dem Argument, daß sie ein Körperteil mehr besitzen als wir . . .«

Mohameds Frau merkte, daß dieses mutige Mädchen, das nicht mal achtzehn Jahre alt war, sich entschlossen hatte, den Daumen ihrem ersten Liebhaber zurückzubringen, damit er wieder an seinen Platz käme und benutzt werden könne. Dies Bemühen Kulthums berührte Durr, besonders da sie über den Krieg informiert war, den sie gegen ihren Vater führte, über ihre Solidarität mit den Bewohnern Manamas zu der Zeit, als die Tennisverordnung erlassen wurde, und über alle anderen Seltsamkeiten dieses Mädchens, das das Leben des Dorfes auf den Kopf stellte. Dennoch lehnte Durr das Geschenk ab, der jetzt klar war, daß sie sich an diese freiwillige Amputation gewöhnt hatte, die einen Teil des Reizes, der Vornehmheit und der Verrücktheit ihres Mannes ausmachte. Sie wußte, daß sie ihn mit beiden Daumen nicht lieben könnte. Schließlich erkannte sie, daß Kulthum ihr im Grunde das berühmte Gefäß nur schenken wollte, um ihre offenen Rechnungen mit der Vergangenheit zu begleichen und mit ihr in Kontakt zu treten. Sie bat Durr um ihre Hilfe beim Durchsetzen der Frauenkampagne, die sie von ihrer Rolle als Seidenraupenbrüterinnen befreien sollte. Das Gespräch zwischen ihnen dauerte lange, und am Abend brach Kulthum mit ihrem Gefäß und Durrs Versprechen auf, sich in dem Punkt, die Frauen aus ihrer Lethargie zu holen, auf sie verlassen zu können. Zudem werde sie eine große politische Aktivitäten auf Dorfebene übernehmen. Kulthum ihrerseits versprach, daß sich ihr Vater, der Gouverneur, nicht einmischen würde, zumal er es nie wagen würde, sich ihren Plänen in den Weg zu stellen. Sie teilte ihrer neuen Freundin weiterhin mit, nach der bevorstehenden Hochzeit ihrer Schwester am nächsten Freitag nicht mehr nach Australien zurückzukehren. »Abgesehen von den Känguruhs stirbt man dort vor Langeweile, genauso wie in Manama ...«

Die Hochzeit von Laila Bander Shah wurde ganz im stillen begangen, da der Brautvater den Zorn seines Volkes fürchtete, über das er sich dreimal innerhalb weniger Monate lustig gemacht hatte, und zwar das erste Mal mit dem Märchen vom künstlichen Regen, das zweite Mal mit dem Eisberg und schließlich mit dem Gesetz, die Frauen in listiger Weise zum Tennisspielen mobil zu machen, anstatt sie mit dem Kinderkriegen und Ausbrüten der Kokons beschäftigt zu lassen. Der König konnte sein Versprechen nicht einhalten, nach Manama zu kommen und seine Verlobte auf dem fliegenden Teppich mitzunehmen, da die notwendige Landetechnik noch nicht festgelegt war. Da er wußte, daß ihn die Dorfbewohner als Feind betrachteten, wollte er nicht mehr – wie vereinbart – im Dorf auf irgendeiner freien Fläche landen. Er kam schließlich, als General verkleidet, mit einem Helikopter und landete in dem riesigen japanischen Fischbecken, das für diesen Anlaß trokkengelegt worden war. Den ganzen Abend verbrachte er mit seiner angeheirateten Familie. Noch in derselben Nacht brach er mit seiner wunderschönen Tänzerin auf, ohne daß jemand davon wußte. Der Gouverneur hatte keine Gelegenheit, mit seinem Schwiegersohn über das Projekt zu reden, an dem er arbeitete und das er vorbereiten wollte. Nun aber, da er an den Festen in einer Golfhauptstadt teilnehmen sollte, die einen Monat dauern würden, versprach er sich selbst, das Problem in dieser Zeit zu lösen. Kulthum freute sich, daß ihre Schwester fortging, und um ihrem Schwager ihre persönliche Note zu zeigen, stieß sie beim Hochzeitsessen unaufhörlich gegen sein Bein. Seine Majestät wurden unruhig und erregt und versuchte hin und wieder, seine vornehme Hand unter dem Tisch zwischen ihre Oberschenkel zu stecken. Aber anstatt auf weiches Fleisch zu treffen, stieß er gegen die spitzen Stacheln eines australischen Igels, den die ungezogene Kulthum gezähmt hatte, um ihn ihre Öffnung verteidigen zu lassen, falls ein Angreifer sie zu überfallen suchte. Das Spiel dauerte mehrere Stunden, und nach Beendigung des Hochzeitsmahls besaß der König eine arg durchlöcherte und schmerzhafte linke Hand, die er – blutverschmiert – unter seinem traditionellen Gewand zu verbergen suchte, das er beim besten Schneider in Rom hatte anfertigen lassen. Nachdem er sehr spät gemerkt hatte, daß Kulthum ihn zum Narren halten wollte, beruhigte er sich, und um etwas zu sagen, fragte er, was sich denn in dem Gefäß befände, und in ihrer üblichen Gelassenheit antwortete Kulthum: »Mein Jungfernhäutchen.« Eine solche Antwort verstieß gegen jede traditionelle Etikette, und dem König, aufs äußerste erzürnt und schockiert von einer solchen Unverschämtheit, schnürte es die Kehle zu. Aber um die Niederlage vor den Einwohnern Manamas zu verbergen, brach er in solch schallendes Gelächter aus, daß sich die Vögel des Dorfplatzes in die Beutel der Känguruhs flüchteten, wo sie sich versteckten und dabei unauffällig an ihren Zitzen sogen, während die netten Vierbeiner wie gewöhnlich unbesorgt in den staubigen Straßen des Dorfes umherspazierten und die Vögel des Himmels säugten. Erst einige Monate später erfuhren die Bewohner Manamas aus ausländischen Gazetten, deren Verkauf verboten war, die sie aber wenig später auf dem Schwarzmarkt fanden, von dem Prunk der Hochzeit der Gouverneurstochter mit dem König vom Golf. Am meisten ärgerten sie sich darüber, daß man sie nicht berücksichtigt hatte; sie waren weder eingeladen noch informiert worden. Neidisch betrachteten sie die Bilder auf exklusivem Hochglanzpapier in ausdrucksvollen Farben, die das Kleid der Braut zeigten, ihre zahlreichen Schmuckstücke, die perlenverzierte Krone und die geladenen Gäste, reich und in Besitz glanzvoller Titel. Der neue Bräutigam, dessen Gesicht vor Gesundheit und Verlangen strotzte, befand sich jedoch im Bildvordergrund. Vielleicht hatte der Fotograf die Häßlichkeit seiner Gesichtszüge, die Brutalität seines Blicks und das Begehren seiner Lippen zeigen wollen. Doch kein Vergleich mit dem Gouverneur von Manama, der steif und klein aussah, auf Zehenspitzen stand, um möglichst jeden Zentimeter seiner kleinen Statur herauszuholen. Eingezwängt in seine wohlbekannte Paradeuniform, hielt er seine wohlbekannte Goldkette in der Hand, die den Einwohnern von Manama im Traum erschienen war, sowie ein goldenes Schwert, das sie noch nicht kannten, das ihm offenbar – so sagt die Legende – am gleichen Tage von seinem Schwiegersohn, dem König vom Golf und reichsten Mann der Welt, geschenkt worden war. Der Neid ließ ihre Gesichter erbleichen, und gleichzeitig wurden sie grün vor Angst, denn die Bedeutung dieses Schwertes war niemandem entgangen: nachts, die Dörfler hatten alle zur selben Zeit denselben Alptraum: Da war der Gouverneur und schlug jedem einzelnen von ihnen mit dem neuen schrecklichen Instrument den Kopf ab – aber jedesmal setzte sich der Kopf des Opfers wieder auf den Stumpf. Und der Gouverneur eilte hin, um ihn erneut abzuschlagen. Das wiederholte sich, bis der Schlafende wach wurde, laut zu schreien begann und sich an seiner Frau festklammerte, die nun auch in Panik geriet. Daraufhin brach heftiges Schimpfen und lautes Geschrei los, von dem die Kinder wach wurden, bis schließlich der nächtliche Lärm ganz Manama beherrschte. Da die Frauen nach der Meinung ihrer Männer von Politik keine Ahnung hatten, war es auch nicht nötig, ihnen die auf dem Schwarzmarkt erstandenen ausländischen Gazetten zu zeigen oder ihnen die neue Situation zu erklären. Bander Shah war bis zu dieser Stunde in den Augen des Volkes ein bedeutungsloser Mann oder ein Bauer auf dem Schachbrett, der kindisch auf alles reagierte und eine Konzession auf das Wasser des Krokodilsees besaß, der an der Quelle des zweiten Wasserfalls des zweitgrößten Stroms der Welt lag. Schließlich empfanden sie Mitleid mit ihm, beklagten sein Unglück und hatten sogar Schuldgefühle wegen der Art, wie sie mit ihm umgegangen waren. Hatten sie sich doch an seine Verrücktheit, seine Ausschweifungen, sein japanisches Becken, seine zwei Töchter, seinen Regen, der nichts mit den Tränen Gottes zu tun hatte, und an seinen importierten Eisberg gewöhnt, der in Wirklichkeit ein abgetrenntes Stück eines Kontinents war, von dessen Existenz – wie auch von der anderer Kontinente – sie aufgrund mangelnder Geographiekenntnisse nichts wußten. Mit ihrem wohlbekannten grimmigen Humor hatten sie jedoch durch diese unsittliche und unverschämte Geschichte, die ihre Liebe zum Schöpfer und ihre Wahrnehmung des Übernatürlichen zum Ausdruck bringen sollte, die Frage der Erschaffung ihres Dorfes beantwortet: ein für alle Mal war geklärt – Gott hatte Manama an einem seiner zornigen Tage hingeschissen! Genau aus diesem Grund glaubten sie auch nicht an das Märchen, das Mohamed Namenlos verbreitete, nach dem das Dorf von einem Kaufmann am Kreuzweg der Handelswege für Gold und Salz errichtet worden sei, mit dem Ziel, Geld an den Kameltreibern zu verdienen, denen er Sanduhren verkaufte, die die Blankozeit anzeigen konnten, sowie Wasseruhren, die mit dem Schweiß menschlicher Mühen betrieben wurden, und schließlich Waagen und Gewichte, die al-Biruni, dieses verrückte Genie, im neunten Jahrhundert erfunden hatte, um die Dichte der Flüssigkeiten zu messen, und – im vorliegenden Fall – die des Schweißes, mit denen diese Uhren gefüllt waren, die der Kaufmann schon vor langer Zeit in betrügerischer Weise an die Nomaden hatte verkaufen wollen, welche die Zeit nachts aus der Stellung der Sterne und tagsüber in den gepeinigten Windungen ihrer Adern lasen.

Den Leuten wurde klar, daß der kleine Diktator, dem jedesmal die Ohren klingelten, wenn Messauda mit den Trägern ihres legendären Büstenhalters lärmte, sie verachtete und unterhalb jenes Niveaus ansiedelte, das eine königliche Hochzeit verlangte, über die die internationale Presse und der Rundfunk mit Anerkennung und Bewunderung berichteten. Raschid Bnasser wurde damit beauftragt, alle Kommentare auf Hochglanzpapier zu lesen, um die frustrierten Landsleute zum Träumen zu bringen. Dabei stieß er auf ein Foto des Gouverneurs mit geöffnetem Mund, als würde ihm Wasser fehlen, oder als würde ihm gerade einfallen, daß er bei seiner Abreise aus Manama vergessen hatte, die Sauerstoffversorgung in seinem Fischbecken anzustellen, dessen Decke zugleich den Glasboden seines Empfangsraums bildete, in dem sich neben den seltenen und unglaublich schönen Fischarten blaue Sardinen seiner Kindheit bewegten, rosa Krabben seiner Alpträume und blasse Muscheln seiner Besessenheit. Die Bewohner Manamas ärgerten sich nicht nur über diese Speichelleckerei, sondern wurden auch noch um den Schlaf gebracht wegen dieses mit Symbolen und Rätseln beladenen Geschenks, das der König vom Golf ihrem verdienstvollen Chef gemacht hatte. Manche wollten gar nicht mehr schlafen, um nicht wieder in diesen schrecklichen, stets wiederkehrenden Alptraum zu fallen, was den Tadel ihrer Frauen zur Folge hätte und ihren sensiblen Nachwuchs wecken würde. Ganz anders die Namenlos, die überhaupt nicht daran dachten, eines dieser bunten, zahllosen, stets gleichen und an allen Ecken und Enden aufgenommenen Hochzeitsfotos zu kaufen. Es fiel allerdings auf, daß Kulthum auf allen Aufnahmen fehlte, was man so deutete, daß sie offenbar einen Skandal verursacht oder die Leute mit ihrer Exzentrizität schockiert haben mußte, die sie spontan, sehr geschickt und schauspielreif hervorbrachte; wie die Sache mit dem formaldehydgefüllten Gefäß oder dem gezähmten australischen Igel. Im Gegensatz zur breiten Masse interessierte Mohamed sich weniger für die Abwesenheit Kulthums; er wollte vielmehr die Kosten für das königliche Fest errechnen. Dabei verließ er sich auf die Hilfsmittel, die ihm sowohl sein Schwager, der Landvermesser Raschid Bnasser, als auch sein alter Kommunistenfreund Alawa Ahmar zur Verfügung gestellt hatten. Mit Hilfe der vergleichenden Ökonometrie fand er heraus, daß die Kosten dieser Hochzeit dem Zehnjahresbudget eines Entwicklungslandes entsprachen. Der Landvermesser, bisher wenig an politischen Angelegenheiten interessiert, zerschlug aus lauter Verzweiflung und Empörung seine Meßinstrumente, als er dieses Ergebnis vernahm. Alawa Ahmar hingegen erweckte den Geist Stalins zum Leben, dem er einmal mehr übelnahm, die unglückselige Menschheit verlassen zu haben, und den er dafür schalt, dem Abgrund und der Verführung des Todes verfallen zu sein, während die Revolution aus den Fugen geriet, obgleich er die Möglichkeit gehabt hätte, sich unsterblich zu machen; schließlich weiß jeder, daß solch ein Koloß für die Ewigkeit geschaffen war. »Soweit ist es schon mit uns gekommen. Ja, zehn Jahre, das heißt: das Haushaltsbudget eines armen Landes für ein ganzes Jahr multipliziert mit zehn! Und du läßt uns im Stich! Das ist nicht gerecht, Stalin!«

Der Uhrmacher hingegen zeigte keine Reaktion. Sein Schweigen beruhigte Mohamed allmählich, der ihm zusah, wie er von früh bis spät an den Wanduhren arbeitete, die Lupe in die Höhle seines rechten Auges gepreßt, was dieses in teuflischer Art verlängerte und jenen anderen Auswuchs an seinem Rücken auszugleichen schien. Der Mann, der ein heroischer Kumpan bei den ausufernden Besäufnissen gewesen war, trank nicht mehr, seit Messauda ihm die Verantwortung über ihre neunzehn Wanduhren übertragen hatte. Sie verbrachte Stunden damit, in seiner Gegenwart Selbstgespräche zu führen, und informierte ihn so über die wichtigsten Ereignisse des Vortages, wie über das Wunder der Sonnenblumen, die Temperatur, die im Menstruationsblutzimmer gehalten werden mußte, die Hochzeit Laila Bander Shahs, die Persönlichkeit des Schusters, die Krankheit der ältesten Schildkröte, die riesige Mistel, die Vogelscheuche, die Durr und sie hergestellt hatten, den Bauch von Mohameds Frau, der jeden Tag unter den Bewegungen der Zwillinge größer wurde, die sie im Vorbeigehen sogar schon lachen hörte, die Ergebnisse des letzten Bocksportwettbewerbs, über Mhamed, der noch immer seine Schildkröten trainierte, um aus ihnen Spitzensportler im 100-Meter-Lauf zu machen, das Innereiengericht mit Kümmel, das langsam im Kessel kochen mußte, ihre vorübergehenden metaphysischen Ängste, den rätselhaften Selbstmord ihrer Tochter, ihre Panik vor dem Schaden, den die Würmer im Fundament des Hauses anrichteten, den Tod ihres Mannes, der von einem Stapel Alfapapier erschlagen wurde, ihre Angst um ihren Erstgeborenen, der allein zur Welt gekommen war und in schrecklicher Einsamkeit umhertappte und durch diese Anomalität eine übertriebene Sensibilität und einen starken Hang zu Sehnsucht und Zauberei geerbt hatte, und vieles andere aus dem Bereich der Alltäglichkeiten und ihrer verworrenen Weltanschauung. Im Grunde waren diese Berichte aber nur Versuche, mit ihm über die Wanduhren ins Gespräch zu kommen, denn sie wußte, daß er ihre Unruhe und Sorge wegen der Uhren nicht ausstehen konnte und ihr nicht verzieh, daß sie diesem regelmäßigen und wohlfunktionierenden Mechanismus mißtraute, der stets dem gleichen Zeitrichtmaß des Universums treu geblieben war, seit zum ersten Mal Uhren durch geniale Handwerker hergestellt worden waren, welche eine erfinderische Beredsamkeit besaßen, die allenfalls noch mit der unerbittlichen Verrücktheit des Ibn al-Djazar zu vergleichen war, dem Herrn des Pendeluhrmechanismus. Dieser große Wissenschaftler hatte dem dreizehnten Jahrhundert mit seinen zuckenden Automaten Furcht und Schrecken eingejagt, neben al-Khozini, der im Jahr 1100 die erste wissenschaftliche Theorie von Pendeluhren und Schwinghebeln entwickelte. Messauda war halsstarrig und vermochte nach jenen stummen Vorwürfen des buckligen Mannes das Vertrauen zurückzugewinnen, um ihm einige Informationen über die verrückten Wanduhren zu entlocken; denn sie hatte sie in Verdacht, sowohl am Tod ihres Mannes schuld zu sein als auch ihr ihre Zeit zu stehlen und ihren eigenen Rhythmus zu stören, was sogar das Klima in Manama so sehr durcheinanderbrachte, daß schließlich zum erstenmal seit seiner Gründung Schnee herabfiel. Der Uhrmacher merkte, daß sie Angst vor dem Tod hatte und jedes Gespräch darüber auf die Sorge um ihre neunzehn Wanduhren ableitete. Es kam vor, daß sie nach dem Aufwachen die Uhren heimlich ein Stunde nachstellte. Der Uhrmacher, der sich für die Zeitangelegenheiten verantwortlich fühlte, geriet geradezu in Verzweiflung. Sie ging seinem Schnarchen nach, das aus der ehemaligen Leichentuchwerkstatt kam; schließlich spürte er im Halbschlaf ihre Anwesenheit an der Türschwelle und ließ sie herein, die Augen geschlossen und fest schlafend. Unbefangen und unaufgefordert setzte sie sich auf seinen Bettrand und begann, ihm alle Details vom Leben und Sterben ihres Großvaters zu erzählen, der ein Kammerherr unter Sultan Murad I. gewesen war. Während sie ihn wie in einem Bötchen durch alle Windungen der Geschichte schaukelte, beschwor sie das Leben ihres letzten Vorfahren, jenem Piraten an der Küste Siziliens Anfang des achtzehnten Jahrhunderts, der die neunzehn Wanduhren mitgebracht hatte, denen der Mann mit dem Buckel nun seinen ganze Liebe und Sorgfalt schenkte. Er blieb liegen und hörte Messauda zu, die zerbröckelte Erinnerungen zusammenbrachte, die sie selbst gar nicht erlebt hatte, so als würde sie die Perlen eines nur in der Phantasie existierenden Rosenkranzes aufreihen. Sie blähte ihre Erzählung so auf, daß der schöne, mit einem Buckel geschlagene Mann eine echte Hexe in ihr sehen mußte, die nur damit beschäftigt war, mit ihren Ritualen die Dämonen anzurufen. Mohamed Namenlos hingegen hegte den Verdacht – ohne dabei seine wahre Haltung zum Zeitproblem in Frage zu stellen –, daß Messauda den armen Uhrmacher nur deshalb ständig quälte, um genauestens sein Gesicht betrachten und ihn sich ohne diesen gewaltigen Buckel vorstellen zu können. Trotz seiner entstellenden Behinderung fand sie ihn schön und hatte Angst, daß sich eine ihrer Töchter in ihn verlieben könnte. Sie zitterte bei dem Gedanken, daß ihr Gast, angesteckt vom Tumult der Leidenschaft, die alle Namenlos in ihren Knochen und Adern hatten, die Uhren, nur zum Teil untersucht, ihrem Schicksal überlassen könnte, um sich dann im Sturm der Leidenschaft aufzugeben. Djilali Bouhadba (der Bucklige) nutzte die Gelegenheit während jener außerordentlich langen, unvermeidlichen Abende, ihr die Prinzipien der Feinmechanik zu erklären und ihr von den arabischen Wissenschaftlern zu erzählen, die die ptolomäische Optik des zehnten Jahrhunderts korrigierten, sowie von deren Arbeiten zur Zeitberechnung aus dem elften Jahrhundert, vor allem aber von Ibn Schaker, der selbst Instrumente herstellte und im Jahre 806 ein geniales Werk mit dem Titel *Das Buch der Tricks und Erfindungen* verfaßte. Bouhadba benutzte es als Nachschlagewerk, auf das er jederzeit zurückgreifen konnte, neben dem er einige andere Quellen hatte, mit deren Hilfe er die Wanduhren überprüfte und einstellte.

Doch das Mysterium Kulthum, von der man in jener Sensationspresse nichts las, die sich auf adlige Hochzeiten und andere Palastfeiern spezialisiert hatte, löste sich rasch auf, als sie Durr einen unerwarteten Besuch abstattete, die kurz vor ihrer Entbindung stand. Bevor sie irgendeine Erklärung gab, bat sie Durr, einen Termin mit Messauda für sie zu vereinbaren, um mit ihr Frieden zu schließen. »Wir brauchen nicht lange darüber zu reden . . . es reicht, daß sie ein solch himmelschreiendes Bild männlicher Schönheit zur Welt gebracht hat. Unnötig zu sagen, daß ich ihm seine Feigheit verzeihe; und was seinen Daumen betrifft, so steht er dir immer zur Verfügung. Ich habe Angst, mein australischer Igel, den ich mitgebracht habe, könnte ihn verschlukken, wenn ich gerade das Formaldehyd austausche.« Durr mußte sich zusammennehmen, um nicht loszulachen, als sie diese seltsamen Worte hörte; denn sie fürchtete, ihre Heiterkeit könnte sich auf ihre Zwillinge übertragen, die gerade ihren Mittagsschlaf hielten, nachdem zuvor in ihren Adern allgemeiner Tumult geherrscht hatte, der den ganzen Tag über andauerte, während sie Pappe zerschnitt und mit schillernden Farben anmalte. Sofort war Durr entschlossen, diesem Mädchen zu helfen, denn sie war von seiner Schönheit, seinem Ungehorsam und seiner Eigenartigkeit eher fasziniert als empört. So ging sie ihre Schwiegermutter holen, während Kulthum mit ihrem australischen Igel spielte, der in der süßesten Mulde ihrer Hose nistete. Sie legte sich auf dasselbe Bett, auf dem Mohamed Namenlos sie einige Jahre zuvor entjungfert hatte, und erinnerte sich, daß sie durch ihn die große Vergangenheit der Manamaer entdeckt hatte. Waren sie es nicht gewesen, die dem Westen drei chinesische Produkte gebracht haben: Seide, Orangen und Papier im achten Jahrhundert? In Wirklichkeit wollte sie Zeit gewinnen und spürte eine zunehmende Nervosität, als sie die verrückten Schritte Messaudas in der Nähe der Werkstatt hörte. Sie blieb in Lauerstellung und spürte, wie ein gehöriger Schrecken sie überkam, denn sie jagte offenbar allen Leuten Angst ein, von ihrem Vater angefangen bis zum König vom Golf, den sie dazu gebracht hatte, seine linke Hand zunächst zu verletzen und sie dann, als das klassische Hochzeitsbild aufgenommen wurde, unter seinem seidenen Überwurf zu verstecken. Als Messauda das Zimmer betrat, fühlte das Mädchen mit dem Gefäß, wie das ganze Chaos ihres Alters ihr bis zu den Achseln hochstieg und wie sich ihre Glieder mit Dunst füllten, bis schließlich alles vor ihren Augen hinter einem Schleier verschwand. Als sie aufstehen wollte, mußte sie sich an der Wand abstützen. Messauda hatte Mitleid mit ihr, öffnete die Schleusen ihrer Freundlichkeit. Sie schaute der Tochter ihres Feindes zum ersten Mal ins Gesicht, obgleich der Geist Atikas im Vorraum umherwanderte und gegen die Tür drückte, um einzutreten. Durr war aber wachsam und schloß die Tür zweimal ab; sie befand sich in Gesellschaft zweier Frauen, die sie faszinierten. Ganz einfach – so als sei überhaupt nichts vorgefallen – fragte Messauda, warum sie denn nicht bei der Prunkhochzeit anwesend war, die unter Kronleuchtern gefeiert wurde, die man extra von den Komoren hatte kommen lassen und die man für echte menschliche Tränen halten konnte. Kulthum gab eine originelle Antwort, wie man es von ihr gewohnt war: Man habe sie in der Toilette vergessen, als man von Manama in Richtung Golf aufgebrochen war. Ohne an ihre Zwillinge zu denken, lachte Durr laut los über diese ironische Antwort und steckte auch Messauda mit ihrem Lachen an, die gar nicht mehr aufhören konnte. Gegen Abend kam Mohamed zurück, der den Tag damit verbracht hatte, topographische Verzeichnisse nach den Aufzeichnungen Ibn Khalduns anzufertigen. Er überraschte die drei Frauen, die noch immer lauthals über Kulthums Scherze lachten, die als erste in das Gesicht ihres ersten Liebhabers blickte; in das der brasilianischen Kamichis, die mit der Decke der Scham zugedeckt waren, das des Besuchs der Amazonen in Manama und der Straßenwalzen, die das dornige Relief ihrer Scham glätteten. Für wenige Sekunden legte sie ihre ganze seidene Weiblichkeit in ihren Blick, der zu einem bodenlosen Wadi wurde. Doch sofort, ohne daß jemand ihre Erregung bemerkt hätte, nahm sie sich wieder zusammen und sagte zweideutig: »Es gibt keinen Mann, der den Wert meines Igels hätte!« Die anderen begriffen die rätselhafte, kindische und mutige Anspielung nicht und fingen erneut an zu lachen. Mohamed jedoch fühlte sich als Opfer eines sentimentalen Angriffs, zog es vor, etwas zu tun, um dem aufkommenden Geschmack der Sehnsucht zu entgehen. Zu gut hatte er den Unterton seiner Freundin in der Geschichte der dornigen Säugetiere verstanden, erst recht, da er erneut daran zweifelte, Zwillinge nach dem Willen seiner Mutter zeugen zu können. Der Friedensschluß zwischen Messauda Namenlos und Kulthum Bander Shah ließ einen Hauch der Ruhe ins Haus einkehren, das von Eukalyptusduft erfüllt war, da Bouhadba beim Einreiben seines Buckels übertrieben hatte. Er kümmerte sich sehr um ihn und widmete ihm bei der morgendlichen Wäsche viel Zeit. Im Haus roch es aber auch nach verschiedenen Ölmischungen, die der Uhrmacher zum Schmieren der Zahnräder der neunzehn Wanduhren gebrauchte. Kulthum wußte, daß ihr Vater länger abwesend sein würde. Sie nahm die Einladung Durrs an, vorübergehend bei den Namenlos zu wohnen. Der plötzlich aufkommende Lärm ließ auf die Rückkehr des Gouverneurs in einem Rolls-Royce schließen. Die Bewohner Manamas, die noch nie in ihrem Leben ein Auto gesehen hatten, konnten es nicht glauben und ließen die Esel neben den Känguruhs und den Hunden Luftsprünge machen, die zugleich den einzigen Mauerzugang Manamas beständig überwachten, quer durch die Bollwerke, durch die verschiedene Zivilisationen gedrungen waren, um sich die Nasen im Sand plattzudrücken. Es war nicht klar, ob Kulthums Anwesenheit die anderen anregte; aber diesmal wurde die Trauer um Atika gänzlich verdrängt. Eine impulsive Lebensfreude erfaßte jedermann im Hause. Sogar der Uhrmacher wagte es, den Kopf von seiner Arbeit zu heben, und ließ ein schüchternes Lächeln auf seinem Gesicht erscheinen. Die Mutter profitierte von dieser ausufernden Begeisterung, um sich mit Durr und Kulthum im Garten niederzulassen und mit der Anfertigung der Vogelscheuchen fortzufahren, wobei sie von Zeit zu Zeit einen Blick auf ihre üppigen Pflanzen warf und den Geschichtsunterricht wieder aufnahm, den sie seit dem unglückseligen Tag vernachlässigt hatte, an dem die Lautsprecher das gesetzliche Verbot der Heirat zwischen Homosexuellen verkündet hatten. Henker und Diktatoren wurden aufs neue hervorgeholt, das Papier mit ungeduldigen Scheren zerschnitten. Schreckliche Köpfe wurden bemalt, Masken für Ludwig IX., den »Heiligen Ludwig«, der von den Würmern des Todes und der stinkenden Hinrichtungen bearbeitet wurde. Dann begann Kulthum, das Kapitel der Kinderkreuzzüge zu erklären. Tausende von christlich getauften Kindern aus Städten oder Kinder armer Bauern wurden mit scharfen Messern oder durch die Pest dahingestreckt. Ohne Erbarmen. Messauda fing an zu weinen, man mußte die Arbeit unterbrechen, um sie zu trösten. Die Klebstofflaschen wurden wieder zugeschraubt. Am Abend mußte Mohamed Namenlos von den Pfadfindern erzählen, die Mr. Brown eines Tages losgeschickt hatte. Sie hatten sich selbständig gemacht und sich, unweit von Manama, durch einige Tricks vervielfältigt. Angesichts der weinenden Hausherrin machte der Uhrmacher beim Abendessen eine recht ernste Miene. Er sah eine Beziehung zwischen den Pfadfindern und den früheren Kreuzfahrern. Messauda verstand nichts von alledem, versuchte auch gar nichts zu verstehen. Sie hatte so lange geweint bei der Darstellung des Märtyrertodes jener kleinen Kreuzritter, daß sie von einem heftigen Schwindelanfall erfaßt wurde. Als es Nacht wurde, waren Durr und ihre Freundin mit der Herstellung der Vogelscheuche des Heiligen Ludwig fertig und hängten sie heimlich, während Messauda schlief, in die Spitze des höchsten Baumes im Garten. Von diesem Tag an nahm Messauda eine feindliche Haltung gegenüber allen religiösen Kriegen ein, die sie bis zu ihrem Tod beibehielt.

Später, erst viel später, an dem Tag, als er seine Mutter beerdigte, erinnerte sich Mohamed Namenlos an jenen Nachmittag, an dem die Frauen die Vogelscheuche Ludwig IX. herstellen mußten. Er behielt diese Szene vor Augen, in der Hand in Hand gearbeitet wurde und die, nach ihrem guten Beginn, mit Tränen und dem Klebstoffunglück, von dem einige Tropfen auf Kulthums Oberschenkel tropften, endete. Er erinnerte sich genau an den gallertartigen Geruch, der den Igel geweckt hatte, der meistens schlief und die seidene und laue Öffnung des jungen Mädchens nie verließ. Aber an jenem Tag wurde er von dem Duft dieses pflanzlichen Klebstoffes angelockt. Als dieser durchs Haus strömte, warf es Messauda um, die ihre kindlichen Tränen strömen ließ, bis das Weiß ihrer Augen verschleiert war und eine graue Wolke ihr Herz überwältigt hatte. Kulthum bestrafte den Igel damit, ihm ihre Weiblichkeit für einen Tag zu entsagen. Das Tier litt den ganzen Tag und versuchte sich mit Terpentingeruch und anderen Elixieren, die ein industrieller Klebstoff enthielt, zu beruhigen. Am nächsten Tag kehrten alle wieder zu ihrer Arbeit zurück, denn im Garten wucherte es wild. Die Misteln mußten dringend geschützt werden. Man versprach, die Mutter zu schonen, obwohl die Sache nichts mit der Herstellung der Vogelscheuchen zu tun hatte. Denn mit dem heranbrechenden Winter drohten auch die Vögel zu kommen. Sie kamen von fast überall her nach Manama, um der Kälte und dem Nebel zu entfliehen. Manama war die ewige Sommerstadt! Überall war herumerzählt worden, daß es in diesem verfluchten Dorf noch nie geschneit hatte und es sich bloß um Wunschdenken handelte. Mohamed Namenlos bedauerte, den Schnee weggeworfen zu haben, den er lange Zeit im Kühlschrank aufbewahrt hatte, um ein entscheidendes Dementi für jene Lügenmärchen vorlegen und die Schikanen des Gouverneurs beweisen zu können, mit denen dieser den klaren Verstand der Einwohner beeinträchtigen wollte, die kein Auge mehr zumachen konnten seit dem unglücklichen Tag, an dem sie das Foto mit dem massiven Platinschwert gesehen hatten, welches der König vom Golf Bander Shah überreichte. Die Geschichte war also wieder in aller Munde! Hastig eilte die Zeit voran, während der Mond den Vögeln half, nachts im Garten zu sehen. Die Pappe wurde wieder zerschnitten; der Klebstoff erneut aufgeschraubt. Kulthum war vorsichtig geworden und befreite sich von ihrem Igel, vor dem sie sich zu ekeln begann, jetzt, da ihr die Zuneigung aller Mitglieder der Familie Namenlos gewiß war. Sogar der Uhrmacher hatte es geschafft, seine Zahnräder zu verlassen. Um Messauda zu gefallen, begann man mit Murad I. War er es nicht, der einen ihrer Vorfahren in seine Dienste gestellt hatte, um sich an heißen Sommertagen Luft zufächeln zu lassen? Messauda klatschte in beide Hände, denn ihr blieb es vorbehalten, seinen feinen Oberlippenbart nachzuziehen. Sie verlangte nähere Auskünfte. War er gut oder schlecht? Vom Volk gehaßt oder geliebt? Durr, die auf die Geschichte des Osmanischen Reiches spezialisiert war, erzählte, daß er sich mit Leidenschaft dem Sternenhöhenmessen hingab. Aber sie erzählte weder von seinen Eroberungen noch von seinen Kriegen. Was also hatte das mit der Vogelscheuche von gestern zu tun? Außer jenem Atavismus des Almauftriebs. Er wollte die Zeit in engen Grenzen halten und sie ausradieren mit dem Ziel der Erhabenheit und Ewigkeit.

Sultan Murad I. hatte viele Feinde, denen er nichts schenkte. Also bestand keine Notwendigkeit, über ihn reden zu müssen. Messauda war in heller Freude und ließ ihre Blicke von einem zum anderen wandern. Im Überschwang verlangte sie drei Exemplare dieses mächtigen Sultans, nur um seinen verführerischen Oberlippenbart dreimal nacheinander zeichnen zu können. Mohamed freute sich über ihre Zufriedenheit, obwohl er vor Angst zitterte, keine Zwillinge zu bekommen. Seine Liebe zur Literatur bereitete ihm schlaflose Nächte, und so nahm er auch eine Rolle in dem Spiel ein und schlug vor, Cervantes nachzuahmen, der mit nur einem Arm dem Don Quichotte ähnelte, der seinen linken in der Lepanto-Schlacht verloren hatte, in der er einen der Enkel des berühmten Murad I. besiegt hatte. Letzterer hatte die Idee, die Vorfahren Messaudas um sich zu sammeln und ihnen den Titel der Kammerdiener zu verleihen. Im Jahr 1571 die triumphale Rückkehr! Dann die Piraten! Cervantes geriet in Gefangenschaft wie die Maus in die Falle. Neun Jahre verbrachte er im Gefängnis in Algier, wo er seine Vorliebe für Prahlereien verlor und sein einzigartiges Genie gewann. Im Jahr 1606 schrieb er sein großes Werk »Don Quichotte«, um sich über sich selbst lustig zu machen. Er war ein wahrhaft kreativer Mensch. Messauda fragte, als sie die Geschichte des Kampfes gegen die Windmühlen hörte: »Was bedeutet das?« und stoppte die Heiterkeit mit dem Satz: »Ich darf nicht die Blütenmühlen vergessen. Die Sonnenblumen wachsen jetzt besser als beim ersten Mal.« Die Luft im Haus war angenehm kühl, obwohl sich die Sonnenblumen um die Achse eines glühendheißen Zentrums drehten. Cervantes mit einer Schlinge, die seinen amputierten Arm ersetzte, ließ sich auf dem Mispelbaum nieder. »Er ist mehr wert als ein ganzes Reich«, schloß sie ihre emotionale Rede. Jetzt, da sie Gefallen an dem Spiel gefunden hatte, wollte sie nicht mehr aufhören. Stellte hohe Ansprüche, überforderte Durrs fortgeschrittene Schwangerschaft. Alle zögerten, Sufyan Ibn Mu'awiya als Vogelscheuche darzustellen. Er war sehr streitsüchtig, weshalb die Anwesenden fürchteten, Messauda könne wieder in Tränen ausbrechen. Doch schließlich fanden sie einen Ausweg: Es war einmal ein Gelehrter, der die Kinder liebte und nur für sie und nicht für die Erwachsenen schrieb. Er hieß Ibn Al-Muqaffaa. Der Tyrann fand seine Bücher gefährlich und ließ ihn hinrichten. Man trennte ihm die Extremitäten ab und ließ ihn bei lebendigem Leib in einem glühenden Ofen verbrennen. Das war im Jahr 145 Hidschra. Er war noch keine sechsunddreißig Jahre alt gewesen. Welch trefflicher Beschützer ist Gott! Messauda weinte nicht. Vielmehr hielt sie die Tränen zurück. Man eilte zu ihr und zeigte ihr ein Bild, das das Buch des zum Tode Verurteilten zeigte. Sie war erstaunt über die Schönheit der persischen Miniaturen. Die Vogelscheuche des Mörders wurde an einem Tag, an dem Sandstürme tobten, oben im Feigenbaum aufgehängt, wo er nun in der Hitze schmorte. Messauda fürchtete, einer ihrer Vorfahren könnte das Privatleben der Könige und Sultane selbst miterlebt haben, mochte es auch Murad I. gewesen sein. Sie begann sich von ihrer Liebe zu distanzieren. Die Liebe, die zwischen Bouhadba und Raschika, der dritten Zwillingsschwester, entstand, holte die Familie aus ihrer historischen Hypnose heraus. Die Herstellung der Vogelscheuchen war zu einem politischen Theater geworden. Kulthum grub ihren alten Groll aus, während Raschika jedes Gefühl für Realität verlor und im Haus umherirrte; das Ohr dicht an die Tür der Werkstatt gedrückt, um das Herzklopfen des Buckligen zu hören, der sich hier niedergelassen hatte. Dieser war völlig erstaunt, daß sich überhaupt eine Frau in ihn verliebt hatte, und er ließ die Uhren in seinen Händen aufgeregt zittern. »Ich hab es geahnt«, rief Messauda laut, »vom ersten Tag an liefen sie sehr unruhig!« Der Uhrmacher stotterte irgend etwas, um sie zu besänftigen, aber vergeblich! Statt dessen holte sie die gesamte Familie als Zeugen herbei und bat ihre Söhne, sich ans Renovieren der Schäden zu machen, die die Zeit, die Würmer und Pflanzen angerichtet hatten. Sie beugten sich ihrer unwiderstehlichen Entschlossenheit. In Wirklichkeit war sie froh, ihre Tochter mit diesem geheimnisvollen und übergenauen Betörer zu verheiraten, und verkündete, der Buckel sei doch völlig egal, unwichtig und betöre alle. Wieder wollte sie sich genauso schnell drehen wie die Sonnenblumen, steigerte sich so erneut in die Idee von der Mühle hinein, die mit Sonnenenergie durch Sonnenblumen betrieben werden sollte. Mohamed hingegen versteckte sich, denn der Geburtstermin rückte immer näher. Kulthum sorgte sich; vielleicht würden es keine zweigeschlechtigen Zwillinge werden wie beim ersten Mal, dann würde er von seiner Mutter schlecht behandelt, würde sicher den Daumen seiner rechten Hand beim Bäkker unter das Messer legen – unter dem Vorwand, er habe Hefe kaufen wollen ... Die Familienmitglieder, die von den Nachrichten teils beim Feuer der Vogelscheuchen und teils bei der Bekanntmachung der baldigen Heirat von Raschika und Bouhadba überfallen wurden, versammelten sich mehrere Stunden lang und warteten auf die Erlösung. Als Durr Fruchtwasser verlor, brachte ihr Leib sogleich zweigeschlechtige Zwillinge hervor. Wie erleichtert alle waren: Messauda war auf dem Höhepunkt ihrer Freude und fürchtete jetzt die Kriege, von denen sie vorher noch nie gehört hatte, und auch die, die man für die nächste Zukunft vorhersagte. Bouhadba, der vor Liebe fast verging, hielt die Uhren an – allerdings nur vorübergehend, nicht über die Hochzeitsphase hinaus. Zweifellos würde Messauda ihre Uhren vermissen; das Schlagen zu jeder Viertel-, halben und vollen Stunde. Vielleicht würde sie es dann wieder verlangen ...

Die Hochzeit fand am siebten Tag nach der Geburt der neuen Zwillinge statt, der auch der Tag der Beschneidung des ersten Zwillings war. Wegen des Gedenkens an Atika verlief die Feier ruhig und diskret. Eingeladen waren nur Kulthum, die man wie ein Familienmitglied behandelte, und der Schuster, der einverstanden war, die Rolle des Beschneiders zu improvisieren. Allerdings schlich er den ganzen Tag um Messauda herum, um über sie hinter das Geheimnis der Familie Namenlos zu kommen, immer wieder Zwillinge zur Welt zu bringen. Doch sein Versuch schlug fehl. Der glückliche Vater sagte sich, er würde wohl – falls es in diesem Rhythmus weiterginge – mal in einer Heerschar von Kindern untergehen. Um nicht vollends die Fassung zu verlieren, nahm er sich vor, ein neues Wunder zu bewirken, nicht zuletzt, um Kulthum zu betören. Kaum war die Familienfeier im engsten Kreis beendet, machte er sich auf den Weg in die Wüste, um zu einer Entscheidung zu kommen, wie schon so oft vorher. Der Uhrmacher wohnte mit seiner jungen Frau in der ehemaligen Werkstatt, die man zu zwei Zimmern ausgebaut hatte: einer Werkstatt für die Feinmechanik und einem Schlafzimmer. Am nächsten Tag flüsterte Messauda Bouhadba etwas von der Existenz des Menstruationsblutzimmers ins Ohr, von den Blutreserven und deren Zweck. Seinem Verhalten nach zu urteilen, das aus einigen sparsamen Gesten bestand, war ihm das alles selbstverständlich. Er versicherte sogar, er wolle als Teil der Familie sein eigens Blut als Geschenk und Opfergabe anbieten. Messauda bemitleidete ihn wegen seiner Naivität und Unschuld und fragte sich verwirrt, ob ihre Tochter in der Hochzeitsnacht wohl zu einer Frau geworden war. Aber sie äußerte kein Sterbenswörtchen, da sie genau wußte, was zu tun war, um Feuer selbst in der Brust trotteliger Männer zu entfachen. Und so unterließ sie es, die Bettlaken des Brautpaars auf Spuren zu untersuchen. Eigentlich war es ihr nicht so wichtig, ob auch die Schwiegersöhne der Familie Namenlos Zwillinge bekommen würden, denn sie war die stets wache Wächterin über den eigenen Stamm. Und nichts anderes! Der Rest interessierte sie wenig, und sie sagte sich: »Der fehlende Familienname muß durch ständige Bewegung und Fortpflanzung kompensiert werden.« Mohamed kam nach zwei Tagen zurück; er hatte inzwischen die Begabung erlangt, alle Kurven verschwinden zu lassen, die ihm im Wege sein könnten. »Man weiß nie«, sagte er zu seiner Mutter, »es sind nicht nur die Verräter, vor denen man sich in acht nehmen muß ...« Messauda wartete auf Regen, der ihr Becken mit Süßwasser füllen sollte, um dann eine Tonne Salz und ihre Sardinen hineinzugeben, die sich ständiger Faulheit im runden Fischbassin hingaben. Sie träumte davon, Manama einmal in einen Fischereihafen zu verwandeln, spezialisiert auf Sardinen, den größten der Welt!

An jenem eiskalten Morgen des 9. Oktober 1010 verließen die arabischen Truppen die Stadt Wien ohne große Eile. Es war nicht das erste oder letzte Mal, daß sie beim Versuch scheiterten, die Stadt zu erobern. Die Reiter passierten die Bäckerei von Meister Bibenhorzst, der, hinter seiner Dachluke hockend, sie auf prachtvollen Pferden vorbeireiten sah, Dunstringe über ihren Nüstern. Der Bäcker war hocherfreut über den Abzug der fremden Angreifer, und das aus mehreren Gründen. Seine Frau, Dorothee Rothmann, stand auf Zehenspitzen hinter ihm und versuchte, nichts von dieser Szene zu verpassen, die sich vor ihren Augen abspielte. Kaum hatte der Lärm der Pferdehufe nachgelassen, umarmte Adolf Bibenhorzst seine Frau. Er spürte, dies würde ein guter Tag werden. Freude durchströmte ihn. Rasch wandte er sich dem Holzbecken zu, in dem der Teig geknetet wurde, und ohne ein Wort zu seiner Frau oder zu seinem Lehrling zu sagen, der gähnend unter dem Backtrog hervorkroch, wo er sein Lager hatte, begann er, den Teig in Stücke zu schneiden, wobei er fröhlich summte. Seine Frau hingegen, die um den wenig ausgeprägten Patriotismus ihres Mannes wußte, staunte über seine überschwengliche Freude angesichts der Niederlage der Araber. Als sie aber merkte, daß die morgens gebackenen Kuchen nicht die übliche Form hatten, erkannte sie seine Schlauheit, umarmte ihn und küßte ihn vor den Augen des stirnrunzelnden Lehrlings auf den Mund, der nur mit Mühe den sauren, nach Hefe schmeckenden Schlaf von sich abschüttelte. Es war die Epoche des erwachenden siegreichen Handelskapitalismus. Sie erstickten fast vor Freude, kehrten aber schnell wieder zur Arbeit zurück. Bibenhorzst hatte an diesem eiskalten Morgen des 9. Oktober 1010 eine geniale Idee gehabt: Statt den Kuchenteig in kleine runde Stücke zu zerteilen, formte er sie zu Sicheln: Die österreichischen Croissants waren geboren! Das Volk kam dabei in den Genuß, das Emblem des Feindes symbolisch zu verschlingen. Und der Bäcker ging in die Geschichte ein und machte viel Geld. Er wurde immer beliebter, und nach einigen Jahren wurde er zum Bürgermeister durch jene Bürger gewählt, für die die frischen Croissants nationale Euphorie und Ausweg aus ihrem Kummer waren, den sie während der arabischen Besatzung erlitten hatten. So erlangte der Konsum der sichelförmigen, die islamische Fahne symbolisierenden Kuchen ein beträchtliches Ausmaß – und man wußte, daß Meister Adolf viele Kollegen in Prag, Budapest und Hamburg alarmiert hatte ... Der Croissant trat überall auf der Welt seinen Siegeszug an, aber er wurde nur von einer erlesenen, kleinen Schicht gefrühstückt, da dieses Gebäck kein Echo im islamischen Reich fand. In der Tat, das Croissant war mehr als ein politisches Symbol, das man mit der islamischen Flagge verband! Es hatte metaphysische Hintergründe und mystische Wurzeln! »Die Sichel ist zugleich offen und geschlossen!« sagte Kulthum Bander Shah. »Sie ist weder zu Expansion noch zu Konzentration in der Lage«, erwiderte Durr, und Mohamed fügte hinzu: »Sie ist die feine Linie, die schon endet, kaum daß sie sich geschlossen hat, die einen Zwischenraum offenläßt, der auf Unglaublichkeiten hindeuten könnte.« Was aber war die Absicht dieser Geschichte? Und wer war der Bäcker? Und warum küßte er seine Frau vor den Augen seines noch verschlafenen Lehrjungen? Das werden wir dir später erklären, Messauda Namenlos! Du scheinst da etwas nicht zu verstehen. Wir kennen das Jahr 1010, das Jahr 1700 und das Jahr 830 ... und haben Beweise dafür mittels der Zahl 9. Sehr viel später lernte Messauda diese Daten auswendig: 1010: Die Araber wurden aus Wien vertrieben. 1700: Dein Großvater Mustafa Karsani überfiel Palermo und erbeutete neunzehn reinsilberne Wanduhren. 830: Der Mathematiker Khawarizmi erbrachte einen mathematischen Beweis mittels der 9. Djilali Bouhadba hingegen, der sich in den mittelalterlichen Wissenschaften gut auskannte, hatte zum Thema Croissant und dessen islamischer Symbolik beizutragen: »Laßt uns zum Kernproblem zurückkehren! Von seiner Form her schließt er sich, öffnet sich, erstreckt sich, entkommt plötzlich in grenzenlose Weite.« Dies sei das weibliche Prinzip, setzte Durr seine Gedanken fort. Sie, die Sichel, sei zugleich passiv – sie stolperte über dieses Wort – und zugleich wäßrig. Messauda merkte allmählich, daß sie im ersten Moment den Zusammenhang zwischen Halbmond und Fisch nicht erkannt hatte. Den konkreten Dingen des Lebens nahestehend, kam sie wieder auf Meister Bibenhorzst und sein Genie in Sachen Handel zurück. Sie versicherte zugleich, ihn überhaupt nicht zu mögen, und suchte nach einem passenden Wort. Dann rief sie plötzlich aus: »Dieses Ungeheuer!«, zückte ihre Schere, stieß ein Loch in die Pappe und erzeugte so ein großes Loch in dem Material, das dem Bild einen häßlichen und aggressiven Zug verlieh. 1010! Am 9. Oktober! Ein eisiger Morgen und die Hufe der Araberpferde, ihre geblähten Nüstern nach der Schande der Niederlage! Und da der Bäcker, mit einem Eisberg anstelle des Bauches, über den Durrs ganzer Lippenstift hinweggegangen war in dem Versuch, ihm ein rotes Gesicht zu malen und kleine blaue Schweinchenaugen. So schloß sich der Kreis. Dann das Bild der schamlosen Bäckersfrau: furchterregend, strubbelig, mit entstellter Scham, die sich in ihren gelben Augen widerspiegelte. Die unerbittliche Messauda! Sie hatte keine Ahnung vom Sinn der Symbole und übertrieb, als sie zu Kulthum sagte: »Ich bin sicher, daß der Gouverneur jeden Morgen Croissants zum Frühstück hat!« Die Antwort war offensichtlich. Eine konkrete Sache! So ist ihre Rache: Brot mit ranziger Butter und mit Tomaten und scharfem Pfeffer rösten. In solchen Dingen war sie sehr unbefangen. Und dieses Gericht war typisch für das Dorf. Ein Armeleuteessen. Kakteenfrüchte als Naturheilmittel gegen Hämorrhoiden. Jedem das Seine. Kein Mensch backt ungestraft Kuchen oder kocht ungestraft Essen. Die Geschichte ist der beste Beweis dafür. Meister Bibenhorzst wurde an seine Frau Dorothee mittels einer Nabelschnur aus rosa Pappkarton festgebunden, die sich durch seinen Mund und ihre Öffnung zog. Noch ein paar Handgriffe, und die österreichischen Vogelscheuchen wurden im alten Aprikosenbaum aufgehängt – als Strafe für die Lästereien und den Spott über die Fahne mit der Sichel des heiligen Propheten ...

Messauda besaß drei Aprikosenbäume: Der erste war uralt und hatte schon dort gestanden, bevor sie ins Haus kam. Der zweite war etwas jünger, und sie hatte ihn selbst gepflanzt. Und der dritte lieferte bittere Früchte, die dazu dienten, die verborgene Bitterkeit der beiden anderen Bäume aufzusaugen. Jedesmal im Frühling spannte sie ein Seil zwischen die drei Bäume und befestigte daran mit Wäscheklammern aus Olivenholz die bitteren Früchte, die entsprechend der ihnen eigenen Alchimie in der Lage sind, jene Bitterkeit zu resorbieren, die süße und gesunde Früchte verbreiten könnten, sowie jene Stoffe, die möglicherweise das Herz ihrer vornehmen Abstammung angreifen könnten. Der österreichische Bäcker und seine Frau verfolgten schweigend und verwirrt dieses Wunder der Baumveredelung à la Namenlos und sahen, wie die Säure am Seil entlanglief. Zweifellos beobachteten sie, wie der saure Saft aus den süßen und bitteren Früchten quoll und an der Leine entlangfloß. Dieses Austauschwunder, das es guten Aprikosenbäumen ermöglichte, ihre ganze Süße durch ihre großzügigen Wurzeln zu pumpen, war in Manama recht verbreitet. Man bediente sich noch immer der alchimistischen Methoden des großen Jaber Ibn Hayan, der sein Leben damit zugebracht hatte, Eisen in Gold und Gold in Eisen zu verwandeln. Im Jahre 721 hatte er dann die Schmiedemethode dieser beiden Metalle entdeckt, was sowohl die Magier aus Zaragossa als auch die Bischöfe aus

Amsterdam betörte. Dann entdeckte er phosphoreszierende Tinte und stellte das festeste und schönste Glas aus einem Oxyd her, das damals völlig unbekannt war. Das Seltsamste war, daß seine Wissenschaft auch Manama erreichte, womit die Methode geboren war, die Bitterkeit einer Frucht auf andere zu übertragen – und zwar dank eines unechten Manuskripts, das Mohamed Namenlos, der Vater Mohameds und Ehemann Messaudas, geborene Karsani, ausbuddelte, als er den Garten umgrub, den seine Frau viele Jahre später in ein Paradies verwandelte. Als diese simple Wahrheit bekannt wurde, erntete Messauda die besten Aprikosensorten weit und breit. Aus diesem Grund wurde jetzt der älteste und fruchtbarste Baum vor den Spatzen geschützt, vor den Schwalben, Paradiesvögeln, den Störchen, Kakadus, Papageien, Kolibris, Dompfaffen, Sittichen, vor den Zeisigen und Brachvögeln, dank des Eifers, mit dem die Wächterin der letzten Namenlosgeneration die Vogelscheuchen Adolf Bibenhorzsts und seiner Frau Dorothee hergestellt hatte. Der Haß der wachsamen Gärtnerin saß jedoch nicht tief und ihr Gedächtnis war so schwach, daß sie bald vom schlechten Gewissen gegenüber diesem österreichischen Ehepaar geplagt wurde. So überraschte sie eines ihrer Zwillingskinder an einem heißen und windigen Tag dabei, wie sie die Vogelscheuchen des Bäckerehepaares vom Baum herunterriß. Sie wurde verlegen und wußte nichts zu sagen vor dem fragenden und zugleich skeptischen Blick ihres Sohnes, der ihre Schwäche kannte. Etwas gereizt meinte sie schließlich: »Sie sind fremd hier und kommen aus dem Land der Kälte und des Frostes. Sie sind diese starke Hitze nicht gewöhnt . . . !« Ihr Sohn Hamid, der dem vierten Zwillingspaar angehörte und dafür bekannt war, zurückhaltend und schüchtern zu sein, war zunächst sehr erstaunt, dann eher betroffen von Messaudas starkem Sinn für Gastfreundschaft. Ihre gutmütige Natur war keineswegs nur eine Legende. Hamid ging zu seinen Brüdern und erzählte ihnen von dem Respekt, den Messauda ihren Feinden zollte. Diese waren schon seit langem damit beschäftigt, die Fundamente des alten Hauses zu reparieren, das die Geburt vom Großvater miterlebt hatte, dem ehemaligen Laternenträger bei der Eisenbahngesellschaft. Diese Geschichte, durch die Vogelscheuchen wieder geradegerückt ... ihr allmählicher Übergang zum Alltagsleben – das konnte die Mutter gut verstehen, die sich laut aufsagte, wenn sie jemals allein war – was selten vorkam in diesem überbevölkerten Haus: 752: Muawiya Ibn Sufyan läßt Ibn al-Muqaffaa hinrichten. 830: Khawarizm entdeckt den mathematischen Beweis durch die Zahl 9. 1700: Mustafa Kursani überfällt Palermo und erbeutet 19 Wanduhren. 1010: Adolf und Dorothee Bibenhorzst backen die ersten Croissants der Welt. 758: Jaber Ibn Hayyan entdeckt die phosophoreszierende Tinte. 1371: Ibn Khaldun beginnt in einem abgelegenen und verfluchten Dorf, das die Bewohner Manama nennen, mit seiner Universalgeschichte.

An diesem Morgen verließen die Störche das Dorf schon sehr früh. Die Leute reagierten darauf mit den Worten: »Etwas Schlimmes wird passieren!« Da jeder von ihnen durch die Familie Namenlos von der Niederlage der Araber im Jahr 1010 informiert war, machte sich eine gewisse Spannung im Dorf breit, da es schließlich immer am Rande großer historischer Ereignisse gestanden hatte. Wäre der Schuster nicht das bindende Glied zwischen der Familie Messaudas und den übrigen Leuten gewesen, hätte niemand von dieser dröhnenden Erniedrigung erfahren. Aber die Leute äußerten sich nicht eindeutig. Die Störche verließen Manama in Scharen, als hätte der Alptraum, den die Dörfler im Schlaf erlebt hatten, nicht gereicht, ihnen nun ein Leben in Frieden zu gönnen. Sie nahmen es den Abergläubischen und Pessimisten übel, den Abflug der Störche beobachtet zu haben. Das Schweigen, das folgte, fiel wie ein Kugelhagel auf das Dorf. Fieberhaft warteten sie mit gekünstelter Ruhe auf die Katastrophe, die sie alle vernichten würde. Sie brauchten nicht lange zu warten: Kulthum, die die Mittagszeit in Durrs Gesellschaft mit Nähen verbrachte, stach sich in den Finger. Ein Tropfen roten Blutes spritzte auf das Lätzchen, das sie für die zweiten Zwillinge ihrer Freundin nähte. Indem sie ihren Finger ableckte, sagte sie: »Mein Vater ist zurückgekehrt.« Im gleichen Moment tauchte ein Rolls-Royce auf, der erste, den man jemals in Manama gesehen hatte. Denn bis zu jenem Tag war man zu Fuß gegangen oder auf Eselsrücken geritten, einschließlich Bander Shah selbst! Der Fahrer des prächtigen Autos trug eine strenge, marineblaue Uniform. Hinter ihm saß der Gouverneur, zur Hälfte von seinem Sitz verschluckt, so daß nur seine stechenden Augen zu sehen waren. Seine vornehme Frau an seiner Seite wunderte sich über das Geschehen um sie herum, denn trotz des leisen Motorgeräuschs und des leichten Radantriebs gerieten Vögel, Känguruhs und Esel in Panik. Jeder versuchte, Zuflucht im Dorf zu finden. Die Einwohner standen verdattert vor diesem wilden Tier aus Metall, dessen starker Glanz schlimme Kopfschmerzen verursachte, obgleich die Pfiffigen unter ihnen meinten, man könne sein Gesicht auf der glänzenden Fläche erblicken, was die in Manama fehlenden Spiegel ersetze. Blitzschnell war das Auto von Herumlungernden umlagert, die ihm hinterherrannten. Als das Auto plötzlich einmal anhielt, um der Henne des Friseurs auszuweichen, die in der Mitte des von Vögeln verlassenen Dorfplatzes nach Körnern pickte, bekamen sie den größten Schrecken ihres Lebens. Eine Staubwolke bedeckte das Auto, so daß es einige Zeit nicht zu sehen war. Schnell kursierte das Gerücht, daß es fliegen könnte wie das Reittier Mohameds auf seinem Ritt ins Paradies. Aber vielleicht war es bloß Gerede ... Wer weiß das schon? ... Als erste verloren die Fußgänger die Fassung, als das Auto wieder auftauchte und das neunzehnte Weltwunder von neuem erschien. Die Leute sahen, wie Bander Shah auf seinem hinteren Sitz sichtbar wurde und auf etwas drückte, woraufhin plötzlich seine Hymne mit einhundert Dezibel erscholl, was die Trommelfelle zahlreicher Anwesender, die extra zum Platz gekommen waren, explodieren ließ. Innerhalb von drei Sekunden war der Dorfplatz menschenleer, die Kaffees geschlossen. Die Frauen glaubten, der Weltuntergang erreiche sie unter ihrem weiten Gewand, unter dem sich die Kokons versammelten. Der Gouverneur freute sich über den Effekt, den seine musikalische Hupe auslöste, und bog sich in seinem Sitz vor Lachen. Jahre später noch erzählte der inzwischen entlassene Fahrer die Geschichte von Frau Bander Shah, die niemals Wut noch irgendeine andere Gemütsregung gezeigt hatte, aber die jetzt ihre übliche Zurückhaltung vergessen und ihrem Mann zwei schallende Ohrfeigen gegeben hatte, unter denen er sich wie ein Wurm wand. Derselbe Fahrer behauptete auch, Bander Shah habe den Wagen direkt anhalten lassen und den Befehl gegeben, seine Frau vor der Tür des Palastes abzusetzen. Kulthum glaubte nicht an diese Legende, stellte ihrer Mutter aber auch keine Fragen. Was man sicher wußte, war, daß sich die bedauernswerten Dörfler tagelang in ihren Betten verkrochen und daß ohne die Tapferkeit und den Opfergeist der Vogelhalter, die ihre Nasen als erste aus den Nestern zu erheben wagten, keiner jemals den Mut gehabt hätte, der Hupe des Gouverneurs etwas entgegenzusetzen.

Wie auch immer – jedenfalls schlossen sich die Bewohner zusammen und mieden die Nähe dieses wilden Tieres, das der König vom Golf ihrem Gouverneur geschenkt hatte. Sie nannten es »Die neunzehnte Stimme des Herrn« und ließen sich von da an und bis in alle Ewigkeit nicht mehr bewegen, sich dieser singenden Bestie zu nähern. Selbst die ganz Schlauen, die davon geträumt hatte, sich in den glänzenden Autotüren zu spiegeln, gaben ihre ungeheure Naivität zu.

Der Rolls-Royce trug die Nummer 19 auf dem Nummernschild.

Das Wiedersehen zwischen Kulthum und ihren Eltern fiel kühl aus. Das Mädchen griff seinen Vater frontal an: »Warum versteckst du sie im Kofferraum des Autos? Willst du dir damit beweisen, daß mehrere Leichen hineinpassen?« Zunächst verdutzt, dann wütend, meinte er: »Du scheinst ja gerade von den Namenlos zu kommen! Sie haben es offenbar geschafft, dich mit ihrer elenden Krankheit anzustecken, immer alles schon vorher zu wissen ... geh auf dein Zimmer und mach dich für die Rückreise nach Sydney fertig! Die Ferien sind zu Ende, sie waren schon länger als nötig!« Doch Kulthum widersetzte sich nicht nur dieser Order, sondern sie zwang ihren Vater sogar, den Kofferraum zu öffnen, in dem sich tatsächlich zusammengerollt ein siebzigjähriges ausländisches Paar befand, unsympathisch, trotz ihrer affektierten Art und ihres schleimigen Lächelns. Sie kletterten aus dem Kofferraum und wollten Kulthum die Hand geben, die aber mit ihrer legendären Standhaftigkeit und mit einem unbarmherzigen Blick auf den Vater erwiderte: »Die nennst du Porträtisten!? Das scheinen mir eher internationale Spione zu sein.« Ihr Vater erklärte sie für verrückt und wollte seiner hartnäckigen Tochter das Leben des Künstlers in einem Satz nahebringen: »Das ist der ehemalige Porträtist von Kaiser Bao Däi selbst. Du weißt doch, daß ich schon seit vielen Jahren nach einem echten Künstler suche! Haben nicht alle anderen meine Gestalt gestutzt und mich verunstaltet ...?« Wirklich, der letzte Maler, der zur selben Zeit wie Djilali Bouhadba ins Dorf gekommen war, war nicht lange geblieben; er verschwand eines Tages, ohne sich von irgend jemandem verabschiedet zu haben. Der neue jedoch hatte die Selbstbeherrschung eines Asiaten, die Korpulenz eines Europäers sowie ein Glasauge. Er hatte den Tick, beim Spazierengehen mit seinen Ersatzglasaugen zu klappern, von denen er stets einen Vorrat in der Hosentasche hatte. Er verbrauchte viele Augen, denn immer, wenn er wütend wurde oder keinen Erfolg beim Malen hatte, schmiß er sie zu Boden. Er hatte lange in Saigon gelebt, war wirklich der Maler des Kaisers Bao Däi gewesen, bevor man ihn vom Hof entfernte. Wie viele Abenteurer hatte er in den Ölländern eine Zuflucht gefunden und sich während der Hochzeit von Laila Bander Shah im Golf aufgehalten, wo er dem Gouverneur begegnet war, der ihn vom Fleck weg einstellte, da er noch immer ernsthaft sein Ziel verfolgte, sich von der Zentralregierung zu lösen und die Unabhängigkeit des Gebietes zu erreichen – wenn nötig, auch mit Unterstützung von Mr. Browns Pfadfinderhorde, die noch immer Terror in der Umgebung verbreitete. Dies für den Fall, daß sein roher Schwiegersohn ihm aus politischen Gründen die Hilfe verweigern würde. Der neue Ankömmling bewohnte mit seiner Frau eine abgelegene Suite im Gouverneurspalast, und beide machten sich an die Arbeit. Der Künstler begann mit der ersten Skizze, während seine Frau die Aufgabe übernahm, die Farben zu mischen, die Leinwand auszubreiten und die Glasscherben vom Boden aufzusammeln, wobei letztere Aufgabe die meiste Zeit in Anspruch nahm. Denn bei jedem seiner Wutausbrüche steckte ihr Mann seinen Zeigefinger in seine linke Augenhöhle, holte das Glasauge heraus und warf es mit Wucht gegen die Wand. Dies wiederholte er mehrmals am Tag, ohne sich auch nur einen Gedanken über die Verschwendung zu machen. Er war immer darauf bedacht, sich nie von seinem mit Vorratsaugen gefüllten Koffer zu trennen, der ihn schon viele Jahre hindurch nie im Stich gelassen hatte. Anfangs wahrte das Paar noch die Ruhe und führte ein regelmäßiges und diszipliniertes Leben. Jeden Morgen standen beide dem Gouverneur zur Verfügung, der sie in seinem Wassersalon empfing und mehrere Stunden posierte, bevor er seinen täglichen Geschäften nachging. Abgesehen davon lebte und speiste jede Familie für sich. Der Hausherr stellte von seinen Dienern dem Ehepaar zwei schwule Männer fürs Kochen, Waschen und Putzen zur Verfügung. Trotz Kulthums Sticheleien führte der offizielle Maler Bander Shahs im Schatten seines Schutzherrn ein sorgloses und ruhiges Leben, obwohl der Gouverneur mit seiner Produktion nicht recht zufrieden war. Bald schon erweckten asiatische Dämonen in dem Maler die Sucht nach scharfen Speisen, wie sie beim Kaiser Bao Däi üblich waren. Dann bekam er Lust auf ein indonesisches Gericht, das aus Vogelzungen mit einer Soße aus Kümmel und roten Peperoni zubereitet wird. Anfangs konnte er sich – dank der Ratschläge seiner Frau – noch zügeln und seine Bedürfnisse zurückhalten, obgleich der Anblick der Vögel, die zur Dämmerung den Himmel von Manama bevölkerten, ihm mächtiges Magenknurren bereitete. Eines schönen Tages konnte er es nicht mehr aushalten und bat seine Diener, ihm am nächsten Tag das Vogelzungengericht à la Bao Däi zu servieren. Gehorsam standen die beiden Zaiditen, die jeglichen Kontakt zu Geld und Frauen mieden, schon in der Frühe auf – ganz im Gegensatz zu ihren sonstigen Gewohnheiten – und überraschten die noch tief schlafenden Vögel, um dann ein Gemetzel unter ihnen zu veranstalten. Gegen Mittag wurde dem Maler des Gouverneurs Bander Shah, Oberster und Herr über Manama, sein Leibgericht präsentiert; ganz im Stil der vergangenen Epoche des Baodäismus. Er war glücklich über das Gastmahl und vor allem über die Geschwindigkeit, mit der man seinem extravaganten Wunsch nachgekommen war. Er hatte das Gefühl zu schweben; wie Manamas Vögel, als sie noch in der Luft schwebten, bevor sie Opfer einer Schlachtorgie wurden, die er durch seine Gier und Unersättlichkeit verursacht hatte . . . Als Folge seines Glücksgefühls, das ihn nach dem Essen überkam, begann sich seine Kunst zu entfalten, indem er die Physiognomie seines Herrn und Meisters verklärte. Schon nach wenigen Versuchen war der Gouverneur äußerst zufrieden mit seinen Bildnissen, so daß er beschloß, den Spiegel im Salon gegen ein täglich wechselndes Bildnis auszutauschen, um sich an seiner Selbstbetrachtung zu ergötzen; ganz so, als schaute er in einen Spiegel. So nahm auch seine Begeisterung für diesen schlauen Maler zu, der ihn in unglaublicher Geschwindigkeit immer jünger zeichnete, um ihn über sein wahres Alter hinwegzutäuschen. Ohne ein Wort zu sagen, beobachtete Kulthum die pausenlose Produktion dieser Bilder und ihre entsprechenden Veränderungen, bis sie sich nicht mehr beherrschen konnte und eines Tages bei Tisch explodierte: »Wenn er seine Arbeit in dieser Geschwindigkeit fortsetzt, wird er dich eines Tages als Säugling malen müssen!« Der Vater sah sie scharf an, die Mutter verließ den Eßsalon, um keinen Streit zwischen den beiden miterleben zu müssen. Angesichts solch aggressiver Offenheit zog es der Gouverneur ebenfalls vor, den Tisch zu verlassen – und Kulthum blieb allein zurück vor dem Gefäß mit dem Formaldehyd, auf dessen Oberfläche ein Stück Fleisch mit Fingernagel schwamm, das einmal zum linken Daumen des Mannes gehört hatte, den sie einst leidenschaftlich geliebt und eines Morgens aufgefordert hatte, in sie einzudringen. Welch Dreistigkeit zu einer Zeit, in der die Jungfräulichkeit das Wichtigste in den Augen der manamaischen Frau war! Sie weinte vor Wut und warf das Gefäß gegen das jüngste Porträt ihres Vaters, an dem es zerbrach. Rasch zerfraß das Formaldehyd seine kindlich-spöttischen Gesichtszüge. Kulthum sammelte die Scherben auf und begab sich in ihr Zimmer, um ein neues Gefäß mit der schützenden Flüssigkeit zu füllen und den Daumen Mohameds hineinzutauchen – weinend vor Einsamkeit, Reue und Empörung. Der Maler setzte seine reichliche Produktion fort, seit er sich nun ausschließlich von den Zungen der Vögel ernährte, die die beiden Diener im Garten jagten und mit Quarzsteinschleudern zu Tausenden töteten, ihnen die Zungen herausschnitten, die sie auf kleiner Hitze kochten, nachdem sie sie zuvor mit Gewürzen aus den Ländern veredelt hatten, in denen Ahmad Ibn Madjid am 28. März 1498 gelandet war.

Er war es gewesen, der Vasco da Gama geführt und der diese Reise in einem ziemlich schlechten Gedicht beschrieben hatte, wie Mohamed Namenlos jedenfalls behauptete. Messauda war die erste, die Alarm schlug, als sie bemerkte, daß bei Dämmerung die Zahl der Vögel am roten Himmel von Manama stark abnahm. Sie ließ ihren Sohn rufen, um dieses Rätsel zu lösen. Seine Antwort war, daß er zur Zeit damit beschäftigt sei, Krümmungen in Geraden zu verwandeln, und er erklärte, diese Arbeit übersteige die menschliche Leistungskraft und verlange daher seine volle Konzentration. Seine Mutter war enttäuscht, aber da sie keine Angst mehr um ihren Garten hatte, der von allen Arten aller Epochen überfüllt war, nahm sie das Problem der Vogelknappheit in Manama persönlich in die Hand. Sie bat Kulthum, bei ihrem Sohn zu intervenieren, da er ihr, die seinen Daumen aufbewahrte, noch nie eine Bitte hatte abschlagen können. Doch Mohamed Namenlos begnügte sich mit den Worten: »Nur Verräter respektieren nicht die Krümmungen, das ist alles!« Und da er niemals Angst kennengelernt hatte, entschied er sich, wachsam zu bleiben, da er Mittel entdeckt hatte, die Krümmungen im Vorbeigehen zu beseitigen. Sie ahnte, daß er eine Krise durchmachte, daß der Schnee ihm wieder zusetzte, aber wie es ihre Art war, stieß sie sich nicht an einer solch verwirrenden Antwort und wollte die Sache klären, da sie selber ratlos war angesichts der Stille, die am Himmel Manamas herrschte, wenn die Sonne hinter den Mauern unterging. Eine Zeitlang glaubte sie, dieses Phänomen sei auf das starke Echo der Hupe des neunzehnten Weltwunders zurückzuführen; aber sie beobachtete, daß auch dann keine Besserung eintrat, als man das Kabel der Hupe abgerissen hatte. Sie gab sich geschlagen und wandte ihre Aufmerksamkeit dem fremden Künstler zu. Nach dem Austausch vieler Höflichkeiten gelang es ihr, eine Einladung zum Abendessen zu erhalten. Als man ihr einen Teller vorsetzte, dem der Duft von Safran und Nelken entströmte, bekam sie zum ersten Mal im Leben richtigen Hunger. Der Diener war jedoch der Ansicht, sie warnen zu müssen: »Vorsicht, mein Fräulein, dies sind Zungen der brasilianischen Kamichis, gemischt mit denen einheimischer Vögel!«

Sie erbrach all ihre Traurigkeit und ihren Mageninhalt auf den Teller und ging weg, um Trost bei ihrem Gefäß zu suchen. Dank Messauda, die in tödlicher Wut mit ihrem Büstenhalter schnappte, und dank Durr, deren Tränen um die verlorenen Vögel nur so flossen, schaffte sie es schließlich, Mohamed aus seiner Verwirrung herauszuholen und den Krieg zu erklären an der Seite ihrer Verbündeten, die sie seit jenem unvergeßlichen Tag besaß, an dem sie sich entschlossen hatte, nicht wieder nach Sydney zurückzukehren und früher oder später ein Mitglied der Familie Namenlos zu heiraten. Sie hatte gemerkt, daß Mohamed, obwohl als einzelner geboren, den gleichen Geruch hatte wie seine Brüder, deren Namen von seinem Namen abgeleitet waren. Wen von ihnen sie auch immer zum Ehemann nehmen würde, sie würde mit seinem Geruch schlafen – einer Mischung aus Wildhonig und geröstetem Weizen, Stroh, Misteln und Aprikosen. Der Krieg wurde offiziell erklärt, als Kulthum die Farbtuben und die weiße Leinwand aus der Suite stahl, in der die beiden Ausländer wohnten. Sie brachte sie zu Messauda; dorthin, wo kein Mensch sie bestrafen würde. Bander Shah löste das Problem geschickt, indem er seinen Schwiegersohn um eine Ladung von Farben und Leinwand bat. Der Gouverneur war über die Sache genauestens informiert, stellte sich aber ahnungslos, um Kulthums Anfeindungen und Messaudas Verleumdungen aus dem Weg zu gehen, wobei letztere das Geheimnis seiner Rolle in einem Bordell an der Küste bisher gewahrt hatte. Seiner Tochter reichte das noch nicht. Sie stahl auch noch den Koffer samt den Glasaugen des Kerls, der alle Vögel umbrachte. Und wieder einmal bot der König vom Golf seine Hilfe an, und der Maler mußte sich drei Tage gedulden, bis eine Ersatzladung von Glasaugen eintraf. Aber wie endete eigentlich das Abschlachten der Vögel? Zunächst durch den Tod des Falken Juba II., der sich von rohem Fleisch ernährte und im Grunde das einzige Wesen war, das der Gouverneur wirklich liebte. Kulthum drehte ihm den Hals um, als er gerade davon träumte, in der Luft zu kreisen. Dann durch das Verenden seiner Sardinen, die das teuflische Mädchen, Besitzerin des Glases, mit Arsen vergiftete. Messauda hatte Kulthum geraten: »Die Sardinen stellen seine Kindheit dar! Wenn wir sie töten, treffen wir ihn an seinem schwächsten Punkt; und vorher wird er niemals seinen Dienern befehlen, die Verfolgung der Vögel einzustellen.« Der Krieg endete mit der vollständigen Kapitulation Bander Shahs und damit, daß der Spion fortging, sich in der Wüste niederließ und sich als Volksmaler ausgab, um seine Aktivitäten als Spion für ein fremdes Land zu verbergen. Er trieb sein Versteckspiel so weit, daß er schließlich zum Islam übertrat und sich bei den Fanatikern dadurch einschmeichelte, daß er zu einem respektablen maghrebinischen Derwisch wurde, dessen Heiligkeit und Geburtstag man bis heute feiert ...

Hamid war im selben Alter wie Kulthum, das heißt achtzehn Jahre alt. Er hatte die klaren grünen Augen seines Bruders. Betroffen von den Wunderlichkeiten seines ältesten Bruders und dem launischen Charakter seiner Mutter, blieb er lange Zeit reserviert und half bei der Verrichtung aller Aufgaben im Haus. Er mied Alkohol, wenn seine Brüder ihn ins Bordell mitnahmen. Kulthum liebte seinen Geruch, denn er glich dem Mohameds. Sie bemerkte sein Alter und war erstaunt, als sie erfuhr, daß er am gleichen

Tag wie sie geboren war. Sie liebte seine Augen und seine Scheu, wollte sich für die Überheblichkeit seines ältesten Bruders rächen und dafür, daß er dank seiner seltsamen Fähigkeiten und zahlreichen Begabungen Herrschaft über die Menschen erlangte, auch wenn letztere Begabung nicht unbedingt die beste war. Kulthum war sich ihrer Schönheit bewußt, wegen der man sich in dubiosen Melbourner Kneipen Messerstechereien geliefert hatte, und so tadelte sie Hamid wegen mangelnder Genialität und Originalität. Sie sprach offen mit ihm und versprach etwas zu unternehmen, das ihm zum Abbau seiner Ängste verhelfen würde. Er, der nichts anderes kennengelernt hatte als die trügerische Zärtlichkeit von Prostituierten, fühlte zum ersten Mal in seinem Leben, daß etwas Seifenschaumähnliches in seinem Körper hochstieg und sich seinen Weg durch alle Glieder bahnte, als Kulthum ihn im Menstruationsblutzimmer auf den Mund küßte. Sie hatte ihm damit eine raffinierte Falle gestellt. Sie wollte sich von dem Geruch aus Misteln, Aprikosen, wildem Honig und geröstetem Weizen überzeugen, dem Geruch, der von der Haut und den Achseln aller Brüder ausging. So schloß sich Hamid in dem Zimmer ein, das er mit seinen ledigen Brüdern teilte. Nach kurzer Zeit entschloß er sich, Kleber zu werden, und ließ sich vor dem Eingang des Postamtes nieder, das in Manama erst kürzlich geöffnet hatte. Er brachte den ganzen Tag damit zu, auf Kunden zu lauern und ihnen seine Spucke anzubieten, um Briefmarken und Umschläge gegen einen guten Preis zuzukleben. In seiner Begeisterung dachte er gar nicht darüber nach, woher er eigentlich den Mut nahm, die meisten Kunden von den Gefahren des Klebers für den Organismus zu überzeugen. Am Abend des ersten Tages kehrte er mit Taschen voller Geld und einer geschwollenen Zunge nach Hause, die ihm das Sprechen unmöglich machte. Kulthum brauchte keine Worte, um die versteckte Originalität hinter diesem Beruf zu bemerken, zumal sie den Hang zur Vorsicht bei den Leuten von Manama kannte. So bat sie bei Messauda um die Hand Hamids. Diese war sehr überrascht von Kulthums unschicklichem Vorgehen und von der Frechheit, mit der sie die Rollen einfach vertauschte. Besonders fürchtete sie die Reaktion des Gouverneurs, da sie wußte, wie sehr er seine jüngste Tochter liebte. Für ihn war sie der einzige Mensch, der ihn wirklich verletzen konnte, wenn sie sich weigerte, ein paar Tage nicht mehr mit ihm zu sprechen. Messauda war einerseits stolz auf die Wahl des jungen Mädchen, andererseits ängstlich, völlig allein mit den Vogelscheuchen und dem konkreten Geschichtsunterricht zu sein; zudem fürchtete sie, daß sich die Ereignisse wiederholen und sie von neuem beginnen würde, bis man sie wirklich für verrückt erklären und in ein grünes, mit weißer Seide besticktes Leichentuch einhüllen würde. Sie wußte, daß Durr eine Anzahl von Leichentüchern aufbewahrte, um eine ganze Namenlosgeneration begraben zu können, bis die nächste ihren eigenen Namen wiedergefunden haben würde, der den Platz jenes lächerlichen und schändlichen No-name-Namens einnehmen würde, den ihnen der ausländische Gesetzgeber angeheftet hatte, um ihnen Persönlichkeit und Individualität zu nehmen und um es ihnen zu erschweren, einen Rang in der konventionellen gesellschaftlichen Ordnung einzunehmen; und um obendrein zu verhindern, daß sie in jene Akten eingeschrieben würden, in denen die täglichen Ereignisse des Lebens registriert sind. Die Wut darüber, aufgrund ihres Mißtrauens schrullig geworden zu sein, ließ sie einen solchen Blick auf eine ihrer neunzehn Wanduhren werfen, daß sie sogleich die Zeit entleerte. Sie sah sich auch gezwungen, einen ihrer Söhne zum Kühlungsspezialisten zu machen, um ihre Lebensmittel lagern zu können; denn es sollte keinem Familienmitglied an etwas mangeln, erst recht nicht an Liebe. Mit einem Mal fühlte sie sich neben Kulthums Verrücktheit und Lebendigkeit wie eine alte Frau, und anstatt ihr eine positive Antwort zu geben, wie sie es vorhatte, sagte sie: »Ich möchte zuerst die Mühle im Garten installieren. Die Sonnenblumen sind prächtig in diesem Jahr, und wir sollten das ausnutzen.«

Jedermann in Manama wußte, daß der Gouverneur seinen Kummer in sich hineinfraß, nachdem sein Projekt künstlicher Regen gescheitert war, der das Dorf überfluten und in eine Seestadt hätte verwandeln sollen. Genauso wie es ihm mißlungen war, den Eisberg zu benutzen, um die Erinnerungen seiner Untertanen einfrieren zu können, damit sie ihr eigenes Elend und ihre Enttäuschungen vergessen würden. Sie ahnten, daß seine nächste Initiative mit dem Platinschwert zusammenhängen müsse, das man ihrem kleinen Diktator geschenkt hatte. Aber wie dem auch sei; sie bekamen dieses Schwert nicht mehr zu sehen, seit es in den Magazinen aufgetaucht war, die sie auf dem Schwarzmarkt erstanden hatten. Mit der Zeit hatte sich dieser Markt auf dem Hügel gegenüber des Palasts des Gouverneurs breitgemacht und war zum pulsierenden Herz des Dorfes sowie Ort politischer Debatten geworden. Aber niemand hatte das neunzehnte Weltwunder und seine gewaltige Hupe vergessen, das gänzlich von der Bildfläche verschwunden war. Bander Shah – wie alle Neureichen – deckte sein prächtiges Auto mit einer Plane ab und verschloß es in der Garage. Doch die Situation blieb explosiv. Selbst der greise Taubenzüchter war umgeschwenkt. Er setzte seine akrobatischen Spiele mit den Tauben fort und verkaufte Anleitungen zur Herstellung klassischer Bomben, die in Geheimschrift erstellt waren. Er erhielt sie von den Mitgliedern einer Sekte, den sogenannten Karmaten, deren terroristische und revolutionäre Aktivitäten im Jahr 289 Hidschra begonnen und allen arabischen Imperien standgehalten hatten, bis sie im Jahr 740 Hidschra gründlich, aber nicht endgültig, zerschlagen wurden. Böse Zungen behaupteten, der Taubenzüchter sei versiert in Esoterik und nach Manama gekommen, um seine Lehre zu verbreiten und eine größere Zahl von Anhängern in seiner Gruppe zu mobilisieren.

Als Beweis ihrer maßlosen Propaganda diente ihre Behauptung, die Karmaten korrespondierten über die Brieftauben miteinander und wiederholten vor den interessierten Leuten, die ihnen in den Kaffeehäusern zuhörten, daß die Vögel des Alten ihre akrobatischen Übungen nur vollführten, um die Leibwächter des Gouverneurs zum Schlafen zu bringen. Die objektivsten Historiker stimmten darin überein, daß die karmatische revolutionäre Bewegung des dritten bis achten Jahrhunderts Hidschra der Welt die erste Geheimschrift sowie das Wort Null – dessen Bedeutung sich heute vollständig gewandelt hat – beschert hatte und daß sie den Einsatz der Brieftauben einführte. Mohamed Namenlos, der die Geschichte der Revolutionen in der islamischen Welt von der Frühzeit bis heute leidenschaftlich liebte, wurde von einigen Leuten aus der Nachbarschaft konsultiert, blieb aber in der Sache des greisen Taubenzüchters zurückhaltend, da er selbst auch mit dem Schwert des Gouverneurs beschäftigt war, das ihm sowohl ein mit bösen Vorzeichen belastetes Symbol als auch ein scharfschneidiges Spielzeug in den Händen eines Verrückten zu sein schien, da der Gouverneur jetzt nicht mehr allein war und seine Allianz mit dem König vom Golf ernsthaft berücksichtigt werden mußte. Daher war eine heftige Reaktion seitens Bander Shahs zu erwarten, der noch bitter verdaute, am künstlichen Regen wie auch am Eisberg gescheitert zu sein, und den zudem die schwere Last der Enttäuschungen über den Mißerfolg der Hochzeitsfeier seiner Tochter in Manama drückte – eine Feier, die in aller Eile abgehalten werden mußte, aber mitten in den Vorbereitungen zum Erliegen kam, so daß der König gezwungen war, mit dem Hubschrauber nach Manama zu kommen, anstatt das beste Verkehrsmittel, seinen mit Ostwind betriebenen fliegenden Teppich, zu benutzen. Der ebenfalls Angst hatte, seine jüngste Tochter für immer verlieren zu können, für die er heftige väterliche Liebe hegte – neben seinem Falken, den er eigenhändig mehrmals täglich mit rohem Fleisch fütterte und den er mehr als alles andere auf der Welt liebte. Wie sollte man einem Mann vertrauen, der völlig niedergeschlagen war nach dem Mord an seinem wilden Vogel, zumal das erdrosselte Tier durch die Hände seiner Liebsten starb, die jetzt bei seiner Erzfeindin wohnte? Und der noch eine weitere Enttäuschung erlitten hatte, als er gezwungen war, den besten Maler zu entlassen, den er je gehabt hatte, der dann als Heiliger von den Bewohnern des benachbarten Dorfes verehrt wurde, als er zum Zweck der interkontinentalen Spionage und Informationsbeschaffung zum Islam konvertierte. Nach der Rückkehr des Gouverneurs mit seinem Rolls-Royce Nr. 19 samt dessen sintflutartiger Hupe konnten die von Natur aus unruhigen Menschen von Manama ihren nächtlichen Gewohnheiten nachgehen: acht Stunden lang ohne Alpträume schlafen, die das Schwert des Gouverneurs hervorrief. Sie wurden nicht mehr alle zur selben Zeit wach und machten einen höllischen Lärm, der die Ohren stundenlang betäubte, zumal ihr irritiertes Geschrei den Kindern Angst einjagte und die Frauen aus der Fassung brachte. Es war bekannt, daß diese oft ihre Ehemänner tadelten und beschuldigten, absichtlich die unschuldigen Kinder zu ängstigen, die – wie es das Schicksal wollte – in diesem kleinen Loch am Ende der Welt geboren waren. Keiner war darüber informiert, was der Gouverneur heimlich in seinem Büro versteckte, noch wußte jemand davon, daß er Telegramme mit seinem Schwiegersohn austauschte, in denen es um Umsturz ging, den er plante, um seinen Wunsch zu verwirklichen, die Zentralregierung ebenso wie seine Tochter und Messauda Namenlos zu überraschen. Und ganz allmählich legte sich das Vergessen über die Erinnerung der Leute, da der Gouverneur sein Schwert und sein Auto aus mehreren Gründen gut versteckt hatte. Dennoch ließ er keine Gelegenheit aus, herumzustolzieren, Blumenausstellungen einzuweihen, sinnlose Bänder zu durchtrennen, auf den Portraits des baodaistischen Spions ohne Platinschwert zu erscheinen, das den Leuten den Schlaf raubte und ihnen ihr Eheleben verdarb. Wie es ihre Gewohnheit war, sagten sie schließlich sogar, das Schwert habe nie existiert, die ganze Sache sei ein fürchterlicher Alptraum gewesen. Schon machten sie sich Vorwürfe wegen ihrer Fähigkeit zu träumen, als reichten nicht schon all die Wunder, die eine solch harte Wüste hervorruft wie die, die Manama umgibt, ohne von der sengenden Sonne zu sprechen, die weder Mensch noch Tier, noch dem Salzkraut eine Atempause gönnt, das für seinen Haß gegenüber dem Schatten bekannt ist. Viel später erst bemerkten die Bewohner Manamas, daß sie unfähig waren, die Echtheit der Dinge zu erkennen und aufzählen zu können, was greifbare Realität und was Traum, Wunder oder Spinnerei ist. Also entschlossen sie sich für die einfache Lösung, ohne sich abzusprechen: daß das Leben nichts anders als ein Traum sei, daß es sinnlos sei für den Menschen, sich den Kopf zu zerbrechen oder die Eidechsen zu stören, die in der Sonne faulenzten. Und für lange Zeit tastete der typische Manamaer, der auf einen ebenso typischen Manamaer traf, diesen sorgfältig ab und drehte ihn, um sicher zu sein, daß er kein Gespenst, kein Traum oder die Spur eines schrecklichen Alptraumes ist, grüßte ihn nicht, bevor er sich von seiner menschlichen Konsistenz überzeugt hatte. Das nahm viel Zeit in Anspruch und ließ die Leute schlechte Gewohnheiten annehmen, so daß man sich hemmungslos anfaßte, um die Existenz zu überprüfen – und sich nebenbei etwas fleischlichen Genuß zu verschaffen. Jedoch waren nicht alle derselben Meinung, denn es gibt immer welche, die sich von anderen absondern wollen ... Während dieser Periode des Zweifels an der Realität der Dinge und Erscheinungen fanden mehrere handgreifliche Auseinandersetzungen statt, die Tote und Verletzte forderten, über deren Zahl aber keine genauen Angaben existierten.

Monate später stimmten alle Bewohner überein, daß Bander Shah von dem König des Golfs gar kein Schwert aus reinem Platin bekommen hatte. Jeder kam dabei auf seine Kosten, vor allem der Erstgenannte, dessen Image daraufhin in schwindelerregender Weise stieg, worüber Messauda sehr zornig wurde und heftig die Träger ihres Büstenhalters schnallen ließ, so daß die sanfte Durr außer sich geriet und sich zum ersten Mal eine echte Konfrontation zwischen ihnen ergab. Sie beleidigte Durr mit den Worten: »Wenn man sich schon den Namen einer Königin stiehlt, sollte man sich wenigstens beherrschen können!«

Durr war in ihrem Stolz getroffen und verkündete, daß sie ihren alten Namen wieder annehmen wollte: »Messauda, die Glückselige«. Sie schickte nach dem Prediger, der als Taubenzüchter getarnt war, und forderte ihn auf, eine seiner klugen Tauben zu ihrem Stamm zu schicken, um zu verkünden, daß sie ihren alten Namen wieder annehme und zwei Zwillingspaare innerhalb von zwölf Monaten zur Welt gebracht habe. Doch als der Alte dies ablehnte, zweifelte Mohamed Namenlos, den der Streit zwischen seiner Frau und seiner Mutter amüsierte, an der Person des Akrobaten. So ging er den Gerüchten nach, die im Dorf kursierten, nach denen er der letzte Prediger sein sollte, den die Anhänger der Karmaten seit dem achten Jahrhundert erwarteten, genauer seit ihrer Niederlage vor den Fatimiden in der Schlacht von Khandaq im Jahr 740 Hidschra. Durr hatte ihm eine Menge Geld versprochen, wenn er einen Brief an ihre Familie durch eine seiner Tauben überbringen ließe, und entschloß sich trotz seiner Weigerung, ihren alten Namen wieder anzunehmen. Schon bald merkten die Familienmitglieder, daß die ersten Zwillinge ihre Mutter mit ihrer Großmutter verwechselten – und umgekehrt, während die zweiten sich an Messauda Namenlos'

Brüste klammerten, um gestillt zu werden, da ihre vererbte unglaubliche Begabung oder ihre Fähigkeit zur Nachahmung sie nicht zwischen den beiden Messaudas unterscheiden ließen, obwohl die Brüste ihrer Mutter viel kleiner waren als die ihrer Großmutter. Als sie sich dieses Umsturzes bewußt wurde, den sie selber herausgefordert hatte, indem sie ihre Schwiegertochter zwang, ihren ursprünglichen Namen wieder anzunehmen, war sie gekränkt und geriet geradezu in Panik, weil all ihre Kinder, die sich über ihre letzte Eskapade mokierten und ihr gleichzeitig Folgsamkeit und Liebe beweisen wollen, zu dem Schluß kamen, sie Messauda I. beziehungsweise Messauda II. zu nennen. Die Hausherrin war überhaupt nicht begeistert von diesen Namen, die voller Ironie steckten. Manchmal kam sie sich wie eine Fußballspielerin vor – denn ihre Söhne liebten diesen Sport leidenschaftlich und redeten auch am Mittagstisch darüber, so daß sie selbst gut informiert war über das Spiel, das in Manama die Nachfolge der Bockkämpfe angetreten hatte. Und manchmal kam sie sich wie eine machtlose Königin vor, die nach den Erfordernissen bestimmter Verfassungen des demokratischen bürgerlichen Systems nur noch eine nachgeordnete Rolle spielte. In beiden Fällen war sie wütend, da ihre Söhne in Stollenschuhen mit ihrem Fußballspiel den Rasen malträtierten. Auch weil sie alles haßte, was mit dem vererbten Königreich zu tun hatte, seitdem der Unterricht ihrer Schwiegertochter eine Allergie hervorgerufen hatte, für die es weder Linderung noch Heilung gab. Außerdem verlor Messauda II. – die einen so strahlenden Namen trug – jeglichen Glanz und fürchtete, nie mehr Zwillinge gebären zu können, daß sie sich sogar in die Zeit zurücksehnte, in der die einzige Königin des Islam ungehemmt ihre Macht ausüben und sich ihrer grenzenlosen Leidenschaft für das andere Geschlecht in Form schwarzer Männlichkeit hingab. Das war der Zeitpunkt, als Mohamed Namenlos' Frau ihrem Mann, der gerade ihren Unterleib streichelte, mit aller Vehemenz erklärte: »Schade, daß du nicht schwarz bist!« Mohamed verstand die Anspielung seiner Frau auf die Frau des Sultans Ayoub sofort, der im Juni des Jahres 1246 – nach dem Kalender der Ketzer – durch den Heiligen Ludwig in der Schlacht von Mansourah getötet worden war. Mohamed ließ augenblicklich von ihr ab, stand auf, verließ das Haus und ging zu seiner Mutter, die gerade auf dem Dach des Hauses das Menstruationsblut ihrer Töchter entfernte. Er forderte sie auf, sich unverzüglich wegen des Namens von Messauda II. zu entscheiden, und drohte, ihr den kleinen Finger abzuschneiden, falls sie ihm nicht auf der Stelle eine befriedigende Lösung böte. Messauda fügte sich und war überglücklich, nicht länger für eine Mittelstürmerin oder eine verrufene Königin gehalten zu werden. Sie kam vom Dach herunter, versöhnte sich mit ihrer Schwiegertochter und verkündete unter schallendem Gelächter, daß die Verwirrung und die Albernheit nun lange genug gedauert hätten. Damit meinte sie die Heiterkeit ihrer Familie, die Ausgeglichenheit ihrer Enkelkinder und das Glück ihrer Schwiegertochter, die mit ihrer Schönheit buchstäblich die Mauern zu Fall brachte. Es gelang Mohamed Namenlos wieder, seine Frau Schadjarat Eddur zu nennen und zu seiner früheren inneren Ruhe zurückzukehren. Er jagte wieder Liebesabenteuern nach und erfand neue verblüffende Geschichten über seinen Schatten. Er schaffte es wieder, daß die Kinder zu lachen, die Hühner zu gackern und die Handmühlen zu knirschen aufhörten, sobald er in einer Entfernung von 166 Metern an ihnen vorüberging. Er hatte sich entschlossen, die Abwege seines Lebens den Verrätern und Betrügern zu überlassen, und zog es vor, mit den Vögeln Gespräche zu führen. Er nahm seine visionären Besuche beim Großvater, dem Laternenträger, sowie seine Lektüre der Manuskripte von Ibn Khaldun wieder auf. Er hatte nun tatsächlich erkannt, daß der Mann, den er glühend verehrte und der dem

Schiffbruch seiner ganzen Familie nur ganze fünf Zeilen gewidmet hatte, die politische Macht im Land verabscheute, der er selbst diente. Seine nun geradezu beispielhafte Unaufdringlichkeit und Nachlässigkeit hatte den Sohn Messaudas immer schon erstaunt, bis der Tag kam, an dem es ihm gelang, dieses Rätsel zu lösen.

Ibn Khaldun hatte Manama berühmt gemacht, indem er vier Jahre damit zugebracht hatte, den kleinen monarchischen Despoten zu entkommen, die in jener Epoche der Dekadenz und des »Rette-sich-wer-kann« paranoid, blutrünstig und unberechenbar wurden. Er verachtete sie alle und reagierte auf ihre Forderungen und Befehle mit dem gleichen Zynismus, den sie selbst an den Tag legten. Sein Zorn war groß, denn er hatte seinen Vater nicht gekannt, der unter dem König von Sevilla stranguliert worden war, nachdem er zu dessen Finanzminister ernannt worden war. So wuchs er in einem Haßgefühl gegenüber Willkürherrschaft auf und konnte die ruchlose Tat nicht verzeihen, die dazu geführt hatte, daß sein Großvater ermordet worden war. Später, als er die graue Eminenz spielte, begriff er, daß die Mächtigen sich gern mit Wissenschaftlern und Intellektuellen umgaben, aber nicht etwa, weil sie die Wissenschaft oder die Kunst liebten, sondern weil sie – ängstlich und einsam – ein Bedürfnis nach Sicherheit hatten. Der Tod seines Großvaters, der den Untergang und Zerfall miterlebt hatte, hatte ihn tief getroffen, und so versuchte er sein Leben lang, ihn wiedergutzumachen. Er war Premierminister, oberster Richter und königlicher Arzt, hatte den Islam von Westen nach Osten – von Fez bis Bagdad – bereist und dabei stets dieselbe Verachtung und denselben Zorn gegen ihn empfunden. Er wußte, daß dies böse enden würde und daß der Zerfall, der noch in seinen Anfängen lag, lange andauern würde. Sein einziges Trachten galt der Sorge, sich am Fürstenhof Zugang zu den Archiven zu verschaffen, um seine Universalgeschichte zu redigieren, die konkreten Faktoren der Macht zu analysieren, die Beziehung zwischen den Fürstenpersönlichkeiten und deren Regierungsführung herzustellen. Es blieb ihm also gar keine Zeit für Gefühl oder Moral. Seine Familie ertrank weit draußen im Meer vor Alexandria im März 1398. Fünf Generationen! Und fünf Jahre später traf er Tamerlan, der in Damaskus residierte – und bekundete ihm seine Loyalität. Mohamed Namenlos fragte sich, ob er wohl ein Verräter war. Doch darum ging es nicht. Es ging um den Islam. Das Heidentum. Um Timur-Leng, den Mongolen. Und um al Bnasser al-Turk. In seinen Augen war das alles ein und dasselbe. Entscheidend war das Wissen. Das Verständnis für das Rad der Geschichte. Im Juni 1400 hatte er die Arbeit an der Abhandlung über den Maghreb beendet und sie dem Mongolen überreicht. Mohamed Namenlos wußte sehr wohl, daß er ihm auch militärische Geheimnisse preisgab, aber es war ihm lieber, das Thema nicht weiter zu vertiefen. Was war mit dem Feuer von Damaskus 1401? Er hatte es miterlebt, auf der Seite der Angreifer. Schadjarat Eddur behauptete, daß sich das Genie dieses Mannes aus dem Mord an seinem Großvater erklären ließe. Ihr Mann wußte, was sie damit sagen wollte, denn auch sein Großvater hatte ihm so manch schlaflose Nacht bereitet. Wäre er nicht gewesen, hätte er auch nicht im entferntesten begriffen, was Besatzungsmacht und koloniale Unterdrückung bedeuten.

Er hatte ihn damals gewarnt: »Mach dir klar, wozu sie fähig sind, glaub nicht, daß ein Pferd schöner sein könnte!« Und der Schnee? Dieser Ausdruck für Sehnsucht, Liebe und Seltenheit? Er hatte damals seine Taschen damit gefüllt. Der Alte lachte und meinte: »Schnee kann man nicht essen!« Er mußte es wissen. Jahrzehnte später erinnerte er sich an die durch stockfinstere Nacht fahrende Lokomotive, die eine Rauchwolke zurückließ. Ein ähnliches Erlebnis Manama zwischen Salz und Gold, zwischen Ödnis und Gluthitze. Für Ibn Khaldun war es nur eine Etappe auf seinem Weg. Er war aus Tlemcen und seiner Großspurigkeit geflohen, um sich in dieser Wüste zu verstecken, die von drei mächtigen Mauern umgeben war. Das war im Jahr 1375. Sein bester Freund ist hinter den Gefängnismauern erdrosselt worden. Jetzt kam ihm die Erinnerung wieder. Er gab vor, zur Jagd zu gehen, und galoppierte in die Wüste. Manama! Er lebte dort in Armut, nachdem er zuvor im Jahr 1365 Premierminister in Bidschaya gewesen war. Botschafter mit ständig wechselnden Aufenthalten im Jahr 1364. Bedeutender Richter in Granada 1370. Manama mit seinen Sandstürmen. Seinen Felsen, seinem Staub, der senkrecht zur Erde herabfiel. Vier Jahre Arbeit. Er schrieb an seinem Lebenswerk und veröffentlichte seine erste methodische Schrift zur historischen Soziologie. Sein Großvater und sein bester Freund, beide getötet durch königliche Hände, wurden gerächt. Fieberhafte Nächte. Die Auseinandersetzung mit Schadjarat Eddur – war sie für oder gegen Ibn Khaldun? Mohamed Namenlos entdeckte eine einzige Schwachstelle bei ihm, als er die Psyche dieses Mannes verstanden hatte: Er war ein schlechter Dichter! Aber seine Frau widersprach und verteidigte ihn: »Es lag ihm nicht, die Könige zu rühmen. Denn die Geschichte hatte ihn gelehrt, daß in Zeiten des Niedergangs die Kunst des Lobgedichtes wuchs!« Messauda Namenlos bemerkte die Spannung zwischen den Eheleuten. Sie mischte sich nicht ein, hatte aber ein schlechtes Gewissen und Angst, daß ihre Schwiegertochter wieder sagen könnte: »Du siehst gut aus, schade, daß du nicht schwarz bist! So wie die Nubier meiner Träume, die Frau des Sultans Ayyub, Königin Schadjarat Eddur.« Doch von ihr soll hier nicht die Rede sein. Es ging um Ibn Khalduns Großvater. Sein Aufenthalt in Manama sollte fatale Folgen haben. Es war in seinem Erbgut programmiert. Geschichte und Biologie vermischten sich. Mohamed Namenlos fiel in den Zustand der Verwirrung. An jedem zweiten Abend betrank er sich, und an jedem zweiten Vormittag traf er seinen Großvater. Jede Unterredung stellte ihn auf eine harte Probe. Er war danach wie elektrisiert und fähig, die ganze Welt umzukrempeln, denn die Sache hatte derart Besitz von ihm genommen, daß sie ihn nicht mehr losließ und ihn noch tiefer hineinzog. Er kam schließlich zu der Erkenntnis, daß zwischen dem Tod von Ibn Khalduns Großvater und dem seines eigenen eine enge Verbindung bestehe. Und um nicht zu anmaßend zu sein, behauptete er, daß es ebenfalls eine Beziehung zwischen dem Mord an Dschahiz und seinem Vater gebe. Beide waren Opfer des Papiers geworden. Jeder auf seine Weise, versteht sich. Auch hier hatte sich das Schicksal ins Erbgut eingemischt. Dschahiz war so verrückt gewesen, sich bei den Papierhändlern einzunisten, um Tag und Nacht lesen zu können. Es war also nicht auszuschließen, daß er von einem Buch erschlagen worden war. Es hieß, die Spuren seines Körpers auf dem Erdboden seien noch elf Jahrhunderte später zu sehen. Mohamed Namenlos, der Vater, hatte immer gerne mit Papier gearbeitet, und auch er hätte von einem Stapel Alfapapier erschlagen werden können, wovon jedoch keine Spur am Boden der Unfallstelle zeugte ... Das war der Unterschied zwischen Schicksal und Tod. Vielleicht hatte er es geschehen lassen? Wegen der neunzehn sizilianischen Wanduhren ... Trotz seiner Beschäftigungen, denen er täglich nachging, ließ Mohamed Namenlos Bander Shah nie aus den Augen. Er fürchtete seine Rache, nachdem Kulthum bei ihnen wohnte und sich in den schüchternsten und freundlichsten seiner Brüder verliebt hatte, der keinen besseren Beruf gefunden hatte als den des Briefmarkenaufklebers, seit diese Postdirektion eröffnet worden war, vom König vom Golf finanziert, um – soviel ist sicher – dem Gouverneur eine willkommene Ablenkung zu bieten. Denn es war recht unklar, wem die Manamaer schreiben sollten ... außer sich selbst, ihren gemeinsamen Nachbarn oder ihren Freunden, mit denen sie Domino spielten. Hamid Namenlos verdiente nicht schlecht damit, für andere Briefmarken auf- und leere Briefumschläge zuzukleben. Oft unterbrach jemand das Dominospiel mit seinem Freund und sagte: »Ich habe dir einen Brief geschrieben und ihn aufgegeben, nachdem ihn Hamid Namenlos höchstpersönlich frankiert hat. Wundere dich nicht, ich verrate dir nicht, was drinsteht!« In Wirklichkeit sind die Briefe nie angekommen, denn sie mußten immer die Zensur des Gouverneur passieren. Um sich zu zerstreuen, las seine Frau die Briefe und ließ sie Kulthum nochmals vorlesen, als handele es sich um spannende Romane. Dank der Erfahrung, die Mohamed Namenlos durch das Studium der Geschichtsbücher gesammelt hatte, wußte er, daß die Furcht der Tyrannen ein schlechtes Omen für das Volk war. Und da der Gouverneur seine beiden Töchter verloren hatte – ohne sich zu sorgen, wie auch seine Frau, die sich in die Briefe verliebt hatte, die die Bewohner Manamas untereinander austauschten – aus Eitelkeit oder weil es modern war –, hatte er viel Zeit, sich anderweitig zu zerstreuen. Doch seit dem Tod seines Falken, den er Juba II. getauft hatte – nach einem verräterischen Berber, der Zentralmauretanien den Römern ausgeliefert hatte –, war er untröstlich und verlor sogar die Lust an der Gazellenjagd. Mohamed Namenlos lauerte ihm auf und ließ ihn von dem Dorftrottel, einem gewissen Fakrun, überwachen, der sowohl das Zeug zu einem außergewöhnlichen Polizisten besaß als auch über ein unglaubliches Zahlengedächtnis verfügte. Weil ihn alle für einen Idioten hielten, nahm ihn auch keiner ernst, wenn er im Frauenbad auftauchte. Auf diese Weise verschaffte er sich Zugang zum Garten des Gouverneurs und sogar zum Haus, wo er die Lebensmittelvorräte plünderte. Und weil Bander Shah abergläubisch war, ließ er ihn gewähren, denn in seinen Augen war er ein Heiliger, den der Glaube an Gott verwirrt hatte.

In der Zwischenzeit widmete sich Mohamed Namenlos

der Schulbildung seiner Kinder. Er tat die notwendigen Schritte, obwohl sie noch Babys waren, um sie beim Grundschullehrer anzumelden, den er verabscheute, da jener ein Konkurrent auf dem Gebiet des Schreibens und Abfassens von Liebesbriefen war. Da es in Manama nur eine Schulklasse gab, die zudem stets überbelegt war, und weil die Einwohnerzahl, nachdem sie zwischenzeitlich wegen des wiedereröffneten Schwimmbads gesunken, dann aber wieder drastisch gestiegen war, war es notwendig, die Kinder fünf Jahre vor Schulbeginn anzumelden. Kam ein Schüler neu zur Schule, mußte er sich einen Stuhl mitbringen, denn der Gouverneur hatte per Dekret und zum Schutz des Baumbestands angeordnet, der im Dorf am Ende der Welt verheerend abgenommen hatte, daß im Klassenzimmer nur Tische zur Verfügung stehen! Um die Stühle mußten sich die Schüler selber kümmern. Mohamed Namenlos war gerade beim Schreiner, um vier kleine Stühle für seine Zwillinge zu bestellen, als ihn die Nachricht erreichte: Der Gouverneur stellt eine Armee zusammen und hatte insgeheim veranlaßt, für sie eine Kaserne bauen zu lassen, deren prunkvolle Ausstattung die Paläste der zwölf reichsten Staaten noch übertreffen sollte. Später, nach langer, langer Zeit, an dem Tag, als er seine Mutter beerdigte, erinnerte er sich an die Einzelheiten jenes Morgens, als er zum Schreiner ging, um vier Stühle in Auftrag zu geben, woraufhin er die Schreinerei fluchtartig verließ, um sie nie wieder zu betreten. Bander Shah rekrutierte eine Armee aus Freiwilligen. Die Namenlos mußten zugeben, daß er Erfolg mit seinem Vorhaben hatte, denn die Soldaten waren nicht nur fürstlich untergebracht in ihren Suiten mit eigenem Bad, sondern auch ihre Gehälter waren astronomisch hoch. Das ganze zur Kloake verkommene Manama war in Aufruhr angesichts dieser Ausnahmesituation. Trotz allem war der alte Zustand bald wiederhergestellt, wofür der antimilitaristische Geist, das Fehlen einer kriegerischen Tradition und die Liebe zum Paradoxen verantwortlich waren. Am Ende waren es einzig und allein Schwachsinnige, physisch Behinderte und Ausgestoßene, die die Uniform des Gouverneurs trugen und sich seiner Armee anschlossen, die selbstverständlich vom König des Golfs finanziert wurde. Dies hatte natürlich mit dem dubiosen Plan Bander Shahs zu tun, der die Proklamation der Unabhängigkeit und seine Ernennung zum Kaiser des manamaschen Reiches vorsah, dort, wo die Handelswege für Gold und Salz zusammenliefen. Mohamed fürchtete das Schlimmste, was die neue Verrücktheit Bander Shahs anbelangte: Denn der, dessen Vorhaben zum ersten Mal von Erfolg gekrönt schien, könnte, von seinem Schwiegersohn unterstützt, eine Dummheit begehen, deren Folgen sich als schwerwiegend herausstellen könnten, und zwar zunächst für die manamasche Bevölkerung, die das Platinschwert des Gouverneurs zu vergessen suchte und still zwischen Wunder und Traum hin- und herwankte. Mohamed übte Druck auf diejenige aus, die seinen linken Daumen besaß, damit diese vorübergehend im Haus ihres Vaters blieb. Doch diese Bemühungen wurden augenblicklich zunichte gemacht aufgrund der stürmischen Liebe Hamids, des vierten Zwillings, zu Kulthum. Diese versuchte mit der leidenschaftlichen Beziehung ihre noch immer starken Gefühle für Mohamed zu kompensieren. Inzwischen hatte sich herumgesprochen, daß Hamid ein Meister war in der Kunst, Briefmarken mit einem Minimum an Speichel aufzukleben. Er hatte sich ein kleines Vermögen angespart, das er unter seiner Matratze versteckte aus Angst, Messauda könnte es finden. Denn sie neigte dazu, Geld zu verprassen, und träumte immer noch davon, ihre mit riesigen Sonnenblumen betriebene Mühle zu bauen. Doch die beiden Liebenden wußten, daß Messauda sie nie heiraten lassen würde, ehe sie ihr Vorhaben verwirklicht hätte. Als Kulthum um Hamids Hand anhielt, hatte sie tatsächlich behauptet, daß sie erst eine Antwort geben werde, wenn die Angelegenheit mit der Mühle geregelt und die Selbstversorgung der Familie gesichert sei. Mit der Zeit ließ die Schwellung an Hamids Zunge nach, und jeden Abend nach Dienstschluß ließ er sich zu Hause von Kulthum behandeln, die ihm den Balsam ihres Speichels auf seine vom Klebstoff zerschundene Zunge strich. So redete er allmählich wieder wie die anderen und konnte normal essen. Mohamed konnte seiner Arbeit nicht ordentlich nachkommen, weil sie ihrem Verlobten jeden Wunsch von den Augen ablas, dem einzigen der Zwillingsbrüder, der sich selbst ernährte. Sie war sehr stolz auf ihn. Er kam eines Abends auf seinem Nachhauseweg vom Postamt an einer langen Karawane von Lastwagen und Autos mit ausländischen Nummernschildern vorbei. In einer riesigen Staubwolke und unter lautem Gehupe bewegte sie sich auf den Platz der Vögel zu. Er blieb nicht lange stehen, sondern eilte nach Hause im Glauben, daß es sich hier um eine Invasion handle – nicht mehr und nicht weniger. Er sah, wie die Dörfler Hals über Kopf davonliefen, die Händler ihre Läden schlossen, die Teehäuser ihre Kunden stoßweise erbrachen und die Vögel sich in die Beutel der Känguruhs flüchteten, die eiligst auf die Bäume sprangen. Selbst die gelähmten, verkrüppelten, einäugigen und schwindsüchtigen Soldaten Bander Shahs flohen – soweit sie dazu fähig waren – aus ihrer Zwölf-Sterne-Kaserne. Die Straßen waren menschenleer. Kulthum konnte sich das Geschehen nicht erklären und ging zu ihrer Mutter, um Neuigkeiten auszukundschaften. Einige Stunden später kam sie zurück, von einem irrsinnigen Lachanfall geschüttelt, der mehrere Tage dauerte, bis Messauda sie mit einem gewaltigen Schnappen ihres Büstenhalters zur Vernunft brachte. Sie machte einen enormen Satz und hielt mit einem Mal inne. Messauda gab ihr zu trinken und klopfte ihr auf den Rücken, um ihr verrücktes Schütteln zu stoppen. Hamid fürchtete um sein Leben. Er warf seiner Mutter einen feindseligen Blick zu, dem sie entnehmen konnte, ihn unwiederbringlich verloren zu haben, denn die Liebhaber ihrer Abstammung waren immer exzessiv in ihrer Leidenschaft gewesen. Als Kulthum wieder sprechen konnte, wußte das ganze Dorf schon Bescheid. Die Lastwagen und Autos transportierten amerikanische Filmleute, die einen Monumentalfilm nach dem Buch 1001 Nacht zu drehen beabsichtigten. Sie hatten alles mitgebracht: Bagdads Paläste, Paradiesjungfrauen, Aladin und seine Wunderlampe, die Seeleute von Basra, das Reich der Dschinnen, Zauberringe, schwarze Sklaven, Eispaläste, die Gnomen Harun ar-Raschids, die sieben schönsten Schwestern der Welt, die Eunuchen des Serails, Kupferberge, die sieben Einäugigen, den König der Tartaren, den Schah von Persien, indische Ärzte, altsyrische Mathematiker, den Stein der Weisen, die Kupferstadt, Alchimisten aus Kufa, Astrologen aus Kairo und Astronomen aus China, das Sesam-öffne-dich, abgrundtiefe Grotten, fliegende Teppiche, die vierzig Räuber, smaragdfarbene Kannen, die Bäume des Ibn al-Baytar, den weisen Mashallah, der die passende Zeit und den passenden Ort ausgesucht hatte, um Bagdad zu errichten, die sechsunddreißig medizinischen Abhandlungen des Razi, den Juden Hunayn Ibn Ishaq, persönlicher Leibarzt al-Maamuns, die zweihundertfünfzigtausend arabischen Manuskripte, die in europäischen und amerikanischen Bibliotheken verteilt waren, die astronomischen Sammlungen des Shirazi, die letzten astronomischen Tafeln des Abu Ammshar, die Affen aus Sind, den ersten künstlichen Eckzahn, den al-Zahrawi aus Ochsenknochen hergestellt hatte, Glasbläser aus Damaskus, Miniaturen des Bihzad, den Sternhöhenmesser des al-Biruni, die Zahlen des Ibn Kurra, das Reittier des Propheten, gefangene Karmaten, schwarze Sklaven aus Mesopotamien, den blauen Vogel, von dem Legendäres erzählt wird, singende Papageien und – natürlich – König Shahrayar und seinen Halbbruder Shahzinan, deren untreue Ehefrauen sowie Dinarzade und ihre Schwester, die außergewöhnliche Scheherazade . . .!

An diesem Morgen war Manama düster, es sah aus wie von riesigen Maschinen umsäumt, die man überall aufgestellt hatte. Oder wie mit Zugmaschinen, Gleisen und großen Kabeln, die sich kilometerlang wanden, umlagert. Teerartige Seile, Hämoglobinfässer, Glyzerinkästen. In Schichten gestapelte Dekorationspappe. Durcheinander der Scheinwerfer. Ein Himmel, überzogen mit Metallkabeln und ineinander verflochtenen Gerüsten. Gigantische Wasserfässer, die fähig waren, heftige Flut zu erzeugen. Plastikboote. Gelbgestreifte Kräne, die am Himmel kratzten. Fiederung in grellen Farben zwischen rosa und orange. Seltsame Eisenformen, die in Rekordzeit die Weite einschlossen. Befestigte künstliche Frühlings- und Herbstlinien. Krumme, aufgeblähte Bleche, mit goldenem Papier beklebt. Monde aus Aluminiumfolie, dekoriert mit Wolframkabeln. Schminktäschchen, künstlicher Regen, der diesmal tatsächlich fiel. Die stärksten Sturmventilatoren. Fast vollkommene Täuschungsinstrumentarien. Kameras, montiert auf den Beinen der Apokalypse. Die schönsten Frauen der Welt. Die stärksten Männer. Die dicksten und ekligsten. Die kleinsten unter den Zwergen. Nackte Schönheitsköniginnen, die nicht wußten, was sie noch hätten ausziehen können. Kleider nach der neuesten Mode. Das glänzendste unter den scharfen Schwertern. Die edelsten Araberhengste überhaupt. Ferngesteuerte Nächte, ewig dauernde Tage. Kometen in Netzen. Biegsame Himmel aus Gummi. Auf Rädern fahrende Schiffe. Tieffliegende fliegende Teppiche. Wasseruhren zum Messen von Lust. Wanduhren ohne jede Beziehung zu Sizilien. Kontinente aus Lehm. Den Kilimandscharo aus kandiertem Zucker. Wanzen mit Gehirn. Kamele mit sieben Höckern. Blaublutende Bäume. In Sprengstoff enthaltene Regenbögen. Paläste aus Gips. Sprechende Affen. Schwimmende Papageien.

Fliegende Fische. All diese Szenen entstanden innerhalb einer einzigen Nacht, während die Bewohner Manamas fest schliefen. Am Morgen rissen sie die Augen auf, kniffen sich gegenseitig, wiederholten immer wieder ihre Namen, ihr Geburtsdatum, ihren Beruf – vergeblich! Sie konnten weder ihr Dorf, die anderen noch sich selbst wiedererkennen. Sofort verbreitete sich Unruhe. Die Besserwisser behaupteten, das Dorf sei in der Nacht von unten nach oben gekehrt worden; sein wahres Gesicht, bisher unter der Erde verborgen, trete nun in Erscheinung. Manche gingen sogar so weit, den Gouverneur zu beschuldigen, im Schlaf Manama an zwei andere Städte gekoppelt zu haben: Bagdad und Chicago, die er einband, um die Angelegenheit so reibungslos wie möglich zu regeln. Es hieß, daß sofort nach den offiziellen Feierlichkeiten damit begonnen würde, diese oberhalb seines Lehnsguts zu setzen. Doch dabei handelte es sich lediglich um Gerede. In Wahrheit war das Dorf zu einer gewaltigen Papprequisite umgewandelt worden, deren Enden mit aus den USA importiertem Kaugummi zusammengeklebt waren. Manama, das immer unter Wassermangel gelitten hatte, nahm plötzlich den ranzigen Geruch von stehendem Wasser an, das die Nasen der Eingeborenen reizte, die zu einer Minderheit im eigenen Dorf geworden waren. Der Himmel hingegen, der gewöhnlich schon um sechs Uhr morgens anfing sich zu versteinern, zeigte ein Gesicht, das ruhiges, reines Blau ausgoß. Die Sonne, von durchsichtigem Papier umgeben, verlor ihr grelles Licht. Bürgersteige, menschenüberfüllt, traten aus dem Nichts hervor. Schranken wurden um strahlende Burgen errichtet, so daß die Leute meinten, vor Seen zu stehen, während das Meer seine Muscheln verstreute. Polypen schlangen sich um die tätowierten Arme der Seeleute aus Basra. Sindbad rauchte eine Zigarette aus parfümiertem Tabak, während die Seemänner laute Schreie ausstießen, die alles andere übertönten. Holprige Gehsteige schwangen auf alten Holzlatten. Figuren mit Hollywoodakzent machten seltsamen Lärm. Ätzende Säure, die sich auf Synthetikfasern ausbreitet. Alle Gassen verwandelten sich in Kanäle, die jenen Mesopotamiens ähnelten. Und draußen hatte man in Sichtweite Euphrat und Tigris mit ihren tausenden Flußarmen aufgebaut, die sich auf der Höhe einer blitzschnell an einem einzigen Morgen errichteten Stadt befanden. Vor dieser Stadt hatte man ein großes Schild aufgehängt mit nur einem Wort: »Basra«. An der Mündung zweier Flüsse gelegen, zwischen Lehm und Wasser, Land und See, zwischen stehendem Wasser und Sümpfen, Erde und Schlamm. Ein geschickter Arbeiter hatte die Moscheen von Damaskus und Bagdad zusammengeflickt, blieb aber selber beeindruckt von den Wundern der Fälschungen und Betrügereien. Die Gassen von Kufa, nicht weit von Basra entfernt, bekamen den letzen Schliff vor den Augen der Bewohner Manamas, die verwirrt umherwanderten, waren genauso übertrieben wie der Rest der Requisite, der in kürzester Zeit von Ausländern, die erst am Tage zuvor in Manama eingetroffen waren, aufgebaut wurde. Im Mund eine Zigarette, die sich arrogant bewegte, während ihre Kehlen Laute ausstießen, die dem Fallen kleiner Steine in den tosenden amerikanischen Wasserfällen ähnelten. Einige ihrer Manieren ließen die Leute vom ersten Augenblick an Abneigung gegen sie empfinden. Durch die überschießende Phantasie, die die Realität ausradiert, sie unbedeutend und imaginär gemacht hatte, wie auch durch ihr Geschrei, ihre Eigenmächtigkeit, Arroganz und Verachtung gegenüber den Bewohnern, ihre rigorose Ablehnung, das Land an seine ursprünglichen Bewohner abzugeben, wurden ihre Blicke unstet. Das Seltsame war, daß die Dörfler nicht eingebunden wurden und niemand in Sachen des Dorfes ihren Rat suchte. Mohamed Namenlos fragte den Schuster, den die Fremden aus seinem Laden geworfen hatten, um ihn zu einem Luftballon umzufunktionieren: »Sie haben ihn einfach konfisziert«, war seine Antwort, während Raschid Bnasser, der Bodenvermesser, verwirrt sagte: »Das ist wie im Kino. Sie werden uns bis zum letzten Mann vernichten . . . Uns, die wir noch nie in unserem Leben einen Fotografen gesehen haben, hat man zu verwahrlosten Gaunern gemacht.«

Flüssige Realität bewegte sich vor ihren Augen wie willenlos treibendes Packeis einer Welt, die illusorisch geworden war und aus Panik orangene und violette Signale sandte, wie ein Alptraum, um die Farben und die von ihm erzeugten Eindrücke aus dem Innern des Schlafes aufzusaugen, der unter den zerrissenen, unartikulierten und ausgelöschten Bildern gor, deren Bedeutung für die Bewohner Manamas am Ende bruchstückhaft blieb, ohne daß einer von ihnen sich von seinem Schmerz oder sich selbst befreien konnte. So scheiterten alle am Wetteifern mit den gegensätzlichen Elementen – wie Hornissen, die bedroht waren durch die Zerstörung ihrer Höhlen, in denen sie geboren worden waren. Und all das geschah trotz der leidenschaftlichen Neigung der Dörfler zur Mystik und Meditation, was sicher auf das Sengen zurückzuführen ist, wenn die Sonne im Zenit steht, über das Dorf kriecht und es mit ihrer drückenden Hitze ausdörrt. Manamas Gesicht war hinter vielen Dingen und engen Bewegungen versteckt, weitete sich dann in Form eines abstrakten Gemäldes, auf dem sich Tinte und Rost, übertüncht von Safran und starkem Rot, vermischten. Das ganze Bild blieb mit seinen phantasievollen Ausschweifungen in sich geschlossen und stürzte sich in die Vergangenheit, die es aber weder zu erreichen noch ihr gleich zu werden vermochte. Vielmehr stolperte und strauchelte es, denn die Angst kam. Und die Herausforderung genügte nicht, wenn es unter dem Eindruck der Worte und der wiederholten Reden zermahlen wurde. Die Verblüffung wuchs, als ein großer Insektenschwarm das Dorf von allen Seiten einzuschließen versuchte, wobei er zwischen Schlaf und Wachsein hin- und herschwankte oder Schläfrigkeit vortäuschte, um ins Dorf einzudringen, es zu beherrschen und seiner Reichtümer zu berauben ... Mohamed Namenlos durchquerte diese phantastischen Bauten, wobei sich Eindrücke und Gefühle in seinem Kopf und auf seiner Haut einprägten, bis er begann, an den durcheinandergeratenen Plätzen, Bewegungen und Epochen zu zweifeln – »Nun sind wir also auf die Stufe bloßer Requisite gesunken. Auf ihre 1001 Nacht! Alles Betrug. Man sollte das Verborgene hinter den Dingen sehen!« – wie auch an den Handlungen und Reaktionen, als sei sein zermartertes Hirn für immer mit einer Art Scheinwerfer ausgestattet, stark wie die Sonnenblumen seiner Mutter oder das Beben der großen Orkane. Er spürte Krümmungen, die wie abrupte, schnell aufeinanderfolgende elektrische Ladungen in seinem Kopf wuchsen, miteinander stritten; und aufs neue preßte sich die Geschichte in seine Lungen; er hatte Lust zu explodieren, so wie er Lust hatte, Schadjarat Eddurs Bauch zur Explosion zu bringen, wenn ihn das Verlangen überkam, Liebe zu machen, wobei sie ihn in solchen Fällen um Geduld bat und vorgab, noch eine Vogelscheuche herstellen zu müssen. So weit war es gekommen. Die Fremden überfluteten Manama, eine sympathisch gekleidete Truppe, freundlich und offen, gekommen, um der wertvollen Sache des Films zu dienen. Mohamed merkte, daß es an ihm war, sie zu überzeugen, deutlich zu artikulieren und eine gutturale Sprechweise zu vermeiden. Aber er merkte auch, daß man den Zaubereien, Beschwörungen und Aberglauben abschwören mußte, da das Kino ein Spiegel ist, gnadenlos und fähig, die Dorfbewohner mit seinen Bildern hinzureißen. Sie wußten nicht einmal mehr, ob sie schon immer hier gewesen waren oder ob die Fremden sie hergebracht hatten wie ihre Maschinen, Ausrüstung und Whiskyflaschen. Das Schlimmste jedoch war: der endgültige Untergang der Sonne. Auch die Vögel waren weggeflogen, so daß kein Ton und kein Zwitschern mehr in

Manama zu hören war; lediglich ein müdes Pfeifen, Quietschen, Flüstern und Papierrascheln blieb zurück, undeutlich, sich scheinbar in der Ferne verlierend, als schlösse es jedes Echo der Welt in sich ein. Mohamed Namenlos beobachtete die Fremden in ihren kurzen Hosen, mit ihrem nackten Oberkörper, wie sie den Platz der Vögel überquerten, die Achseln zuckten, sich gegenseitig anschrien, schallend lachten und lärmten, wie sie wollten. Sie schienen zu Hause zu sein, handelten nach ihren Launen, versetzten die Wände hinter ihre normalen Grenzen, zerstörten die Wehrmauern, wechselten die Drehorte, verwandelten die Wege, verwandelten die dunklen Läden, vergrößerten die Häuser, bewegten das Mobiliar nach Belieben, änderten die Ausweise der verblüfften Manamaer, verteilten die Rollen erneut, verdarben die natürliche Art der Prostituierten im Bordell, kauften Luft, die in Manama zirkulierte, stoppten den Wind, ließen Regen nach Gutdünken fallen. Kurz, all das war in einer einzigen Nacht geschehen, was der Gouverneur in langen Jahren nicht hatte verwirklichen können, trotz Mühen, Drohungen, kalter Kriege, blutiger Unterdrückung, heuchlerischer Demütigung, großen Verrats und bislang unbekannten Tricks. Mitten in dieser Zerstörung, die über das Dorf hereinbrach, blieb den Menschen etwas, das ihnen Mut machte und sie Hoffnung schöpfen ließ: Denn die Dörfler, die sich noch immer im Stadium der Magie befanden, schlimme Vorzeichen erahnten und an Scharlatanerie glaubten, gerieten regelrecht in Panik vor dieser unbegreiflichen Lawine an Technik, diesen für ihren Geschmack zu komplizierten Apparaten. Obwohl sie dieser hochentwickelten, bedrückenden Technik verblüfft gegenüberstanden, blieben sie vorsichtig, auch wenn sie fühlten, daß die Zukunft von ihr abhängig sei. Sie waren nicht puritanisch, und doch blickten sie mit Skepsis auf die Pin-up-Girls, deren Brüste entblößt waren, hüteten sich vor den ordinären Frauen, die Gewänder aus lila Taft trugen, die

die Männer erregten, und vor den koketten Matronen, die die zurückhaltendsten Männer betören konnten, wie auch vor aller verführerischen Weiblichkeit, deren Gleichgültigkeit ihre Einsamkeit und Verbitterung noch verstärkten. Hingerissen von dieser Welt der Entdeckungen wußten sie nicht, ob sie erstaunt oder verärgert sein sollten. Sie waren derart verwirrt, daß sie die ganze Nacht über die strahlenden Röhren beobachteten, die ihre Welt hell erleuchteten, jedesmal, wenn sie die künstlich angelegten Bürgersteige entlanggingen, wo diese Geräte hingen. In solchen Situationen geschah es zuweilen, daß einige schlaue Dörfler die Neonröhren mit Steinen bewarfen, was zu einem Kurzschluß oder sogar zu einem Brand führte. Die außer Kraft gesetzten Soldaten Bander Shahs konnten nichts dagegen tun und ließen die Randalierer und Saboteure machen, was sie wollten. Denn sie hatten ihre privaten, mit Maschinengewehren und Funkgeräten bewaffneten Leibwächter mitgebracht. Es hieß, daß sie sogar Hunde dabei hatten, die darauf abgerichtet waren, jeden Manamaer anzugreifen, der es wagte, diesen Phantasiegeschöpfen nahe zu kommen, die nicht so schön waren wie die Huren des Bordells, aber von deren weißer Haut und freizügiger Kleidung sie sich sehr angezogen fühlten. Sie verhielten sich allen anderen Geräten gegenüber ebenso. So lernten sie allmählich, daß die riesige Kamera, die sie in Angst versetzte, keine Maschine war, die Käse mit Löchern herstellte, wie man ihnen erzählte, um sich über sie lustig zu machen, sondern ein Apparat für bewegliche Fotos. Jeder beteuerte, daß ein klassischer Film keinen Wettläufer aufnehmen könne, der schneller war als sein hinter ihm herstürzender Schatten. Nicht anders war es mit dem Mikrofon, das manche anfangs für einen Zauberkoffer hielten, bis ihnen klar wurde, daß es bloß ein Gerät zum Stimmenaufnehmen war, was alle zum Lachen brachte, auch den Zurückhaltendsten unter ihnen. Trotzdem fanden sie, daß diese Maschine nicht besser sei als die menschliche Stimme, die ohne fremde Hilfe in der Luft vibrierte und ihren eigentümlichen und einzigartigen Klang beibehalten konnte. Kaum hatten sich die Leute von ihrer Verblüffung erholt, schauten sie zweifelnd auf alles, was die Fremden mitgebracht hatten. Natürlich gab es Helfer und Mitläufer, die ihr Gewissen vom ersten Augenblick an verkauft hatten; auch ahnungslose Kreaturen und Vogelzüchter, die als Spione im Dienst des Gouverneurs handelten, Zirkusnostalgiker, Naivlinge, die zerquetscht wurden unter der enormen Maschinerie und dem Hochmut derjenigen, die behaupteten, die Geheimnisse des Filmens zu kennen. Hinzu kamen diejenigen, die sich selbst verkauften, die Vulgären, die viel schwatzten und sogar bereit waren, die Schuhe der kleinen Persönlichkeiten zu putzen, neben den ahnungslosen, verblendeten Typen. Doch ihre Hoffnungen wurden unter den strahlenden Lichtern der amerikanischen Nacht begraben, die genau mittags hereinbrach. Aber mit Zauberei hatten die Bewohner Manamas schon ihre Erfahrungen. Die Zaubereien Mohamed Namenlos', der in seiner grenzenlosen Phantasie eine nach der anderen erfunden hatte, die einzigartigen und spontanen Ausschweifungen Messaudas wie auch die Seltsamkeiten Kulthum Bander Shahs, die gegen alles und jedes rebellierte, bewahrten sie davor, den Gauklern in die fein gewirkten Netze zu gehen. Sicher, sie waren zufrieden, als sie erfuhren, daß eine betrügerische Realität existierte, aber sowohl ihre Neigung zu Gegensätzen als auch ihre Liebe zum Paradoxen ließen sie binnen weniger Tage resigniert sagen: »Wenn das Kino ist, dann ziehe ich meine Träume in Farbe vor! Das ist billiger und einfacher«, erklärte Mahmud Namenlos, der als Maschinist beim Film gegen einen miserablen Lohn angeheuert worden war, aber schon bevor die erste Szene gefilmt wurde, Abstand davon genommen hatte, weil er den Gouverneur verdächtigte, einen aktiven Anteil an diesem Filmstudio zu haben, um das

Dorf mit Hilfe einer List ein weiteres Mal zu kolonialisieren. Als Messauda Namenlos davon erfuhr, schrie sie: »Wir haben uns schließlich nicht von dem Makel befreit, mit Leichentüchern zu handeln, um diese Spaßvögel mit offenen Armen zu empfangen!« Und sie ging selbst los, um ihn zu suchen, und am Abend gab es eine Vorführung, eine Schattentheateraufführung, im Garten, für die sie sich ein großes weißes Laken überwarf; dasselbe, das dazu gedient hatte, um Raschikas Blut in der Hochzeitsnacht aufzunehmen. Djilail Bouhadba, ihr Ehemann, konnte für kurze Zeit seine sizilianischen Uhren verlassen, um sich die spannende Aufführung anzusehen, bei der er derart lachte, daß ihm beinahe sein Buckel absprang. Er hatte das letzte Wort: »Das war sehr natürlich und kostete nichts!«

Allerdings waren die Anschuldigungen gegen Bander Shah zum Teil erfunden, da er nichts von der Ankunft dieser Fremden gewußt hatte. Erst am frühen Morgen erfuhr er durch Rauchzeichen, daß sich die Filmtruppe auf dem Weg nach Manama befand, von seinem Schwiegersohn, dem König vom Golf, geschickt. Dieser war nämlich Produzent dieses Films, bei dem es um die phantastische 1001. Nacht ging, um der ganzen Welt die Schönheit und Vornehmheit der islamischen Kultur zu zeigen. In seinem eigenen Land konnte er diesen Film aufgrund der Sittenstrenge und Rückständigkeit, die in der Verfassung verankert waren, nicht drehen. Also sollte sein Schwiegervater dieses Projekt verwirklichen, den fremden Künstlern jede Hilfe gewähren und alle Hindernisse beseitigen. Es war vorgesehen, daß der Gouverneur als Entgelt für seine Kooperation und sein Verständnis eine beträchtliche Provision erhalte. Doch dieser ahnte, daß ihn diese spektakuläre Landung der Fremden in Manama in eine peinliche Situation bringen und seinen Plan zerstören würde, sich von der Zentralregierung unabhängig zu machen, gerade in dem Moment, als er schließlich die Initiative ergreifen und die Manamaer dazu bewegen wollte, das verheerende Scheitern seiner Pläne mit dem künstlichen Regen und dem Eisberg zu vergessen. So war er gezwungen, sein heißgeliebtes Projekt aufzugeben und in das Spiel seines Verbündeten einzusteigen, der verrückt war nach allem, was mit Kino zu tun hatte, so daß er diese ehrgeizige Produktion finanzierte, um die Welt mit der Perle des islamischen Erbes bekannt zu machen. Infolgedessen wurde Fakrun von seiner Aufgabe, dem Gouverneur nachzuspionieren, entlassen und nahm wieder seine ursprüngliche Rolle als harmloser Idiot ein. Seine Majestät, der König vom Golf, beharrte in seinem Schriftwechsel mit dem Gouverneur darauf, daß 1001 Nacht eine literarische Kostbarkeit sei, die in Gemeinschaftsarbeit von den kleinen Leuten des islamischen Reichs in den vergangenen Epochen geschrieben worden war. Namenlos war der Meinung, diese legendäre Geschichte sei von den Seeleuten aus Basra geschrieben worden, als sie Indien und China bereist hatten, deren Kultur sie derart beeindruckte, so daß sie sich auf ihrem Rückweg diese Geschichten ausdachten. Deshalb sind sie so reich an Paradiesjungfrauen und Fabelwesen. Doch solche Erklärungen interessierten Bander Shah nicht, dem bewußt war, daß er sich für die Idee zu begeistern und dem Wunsch seines Kumpanen und Schwiegersohnes nachzugehen hatte. Die erste Entscheidung, die er zugunsten der fremden Truppe traf, war, sie in seinem Haus wohnen zu lassen, da Manama über kein Hotel verfügte. Die Eingeladenen ließen sich nicht lange bitten, und von der ersten Nacht an begannen sie, die Sträucher zu zertrampeln, Blumen zu pflükken, die sie den Schauspielerinnen, Garderobieren und Maskenbildnerinnen schenkten. Sie machten Kratzer in die Glasfußböden und erschreckten die neuen Sardinen und Krabben, die anstelle der von Kulthum durch Arsen vergifteten angeschafft worden waren. Sie badeten in dem japanischen Becken, nachdem sie die Wasserlilien ausgerissen hatten, und verspeisten sogar – im rohen Zustand – die Fische, die Bander Shah vom Gouverneur der Komoren als Geschenk erhalten hatte. Sie sonnten sich nackt, trieben Unzucht und schütteten eiskaltes Bier in die Öffnungen der schamlosen Frauen, wenn es ihnen nicht gelang, sie zu befriedigen. Bander Shah bewahrte Ruhe, schaute sogar geduldig dieser Barbarei und Verwüstung zu, ohne ein Wort zu sagen. Er ging sogar so weit, die sieben Prostituierten aus dem Bordell anzufordern und sie den Neuankömmlingen anzubieten, die ihnen in den Mund rülpsten, weil sie so betrunken waren. All das hinderte ihn aber nicht daran, am nächsten Morgen in der ersten Reihe zu sitzen, um persönlich die erste Filmaufnahme beaufsichtigen zu können. Er war sehr daran interessiert, weil sich diese Szene inmitten seines großen Parks abspielen sollte, der während der Dreharbeiten nicht der Zerstörungswut der Fremden zum Opfer gefallen war. Bevor man mit den Vorbereitungen einer sehr gewagten Szene begann, mußten alle Schaulustigen und diejenigen, die mit der Arbeit nichts zu tun hatten, entfernt werden. Die Frau des Tatarenkönigs saß in dem aus Pappe errichteten Palast, der dem in Samarkand nachempfunden war, und amüsierte sich mit einem Offizier der königlichen Garde. Die Schauspielerin war sehr hübsch und schien, um die Rolle erfolgreich auszufüllen, sich selbst zu spielen, da sie auch in Wirklichkeit in ihren Schauspielpartner verliebt war. So vergaß sie alles um sich herum und bekam schließlich einen Orgasmus, was den Regisseur vor Wut rasen ließ: Er wollte keine realistische Szene in seinem Film haben! So mußte die Szene dreißigmal wiederholt werden, während die beiden Helden den Gipfel des Genusses erreichten, denn jedesmal, wenn der König Shahzinan sie überraschte, um für seine Ehre Rache zu nehmen, verlustierten sie sich und verhinderten so den Fortgang der Dreharbeiten. Endlich war die Szene im Kasten, nachdem sein Assistent den Inhalt des mit rotem Farbstoff gefüllten

Beutels über das ermordete Liebespaar gegossen hatte, und man ging zur nächsten Szene über. Diesmal forderte die Dreharbeit mehrere Darsteller. Derselbe Schahzinan, der nach seinem Mißgeschick bei seinem Bruder, dem König Schahrayar, Zuflucht gefunden hatte, sollte vom Fenster dessen Palastes aus seine Schwägerin, die Königin von Persien, beim Liebesspiel mit Massud, ihrem schwarzen Sklaven, überraschen, und zwar in Anwesenheit einiger Dienerinnen, die die Begierden von zehn weiteren schwarzen Sklaven befriedigten, deren legendäre Männlichkeit die lüsternen Weiber außer sich geraten ließ. Schnitt! Schluß! Am Ende des Drehtags waren alle vor Müdigkeit dem Umfallen nahe, und der Gouverneur konstatierte, daß seine zaiditischen Diener das Haus verlassen hatten, um dem Anblick der lasziven Frauen zu entgehen, die sich zwischen den muskulösen Oberschenkeln der Schwarzen zu schaffen machten. Er konnte sie gerade noch mit seinem schnellen Rolls-Royce, den er zum ersten Mal aus seinem Versteck holte, außerhalb Manamas einholen, denn sie wollten endgültig zu ihren Familien zurückkehren.

In dieser Nacht schlief Manama unruhig. Schadjarat Eddur sagte seufzend zu ihrem Mann: »Schade, wärst du doch auch schwarz! Aber sei nicht traurig, denn ich liebe dich so, wie du bist!« Dann bat Mohamed Namenlos sie: »Erzähle mir aus 1001 Nacht!«, und Durr erzählte. Muß man erwähnen, daß die Könige stets von ihren Frauen betrogen wurden? Und daß die Frauen klüger als die Männer sind? Daß die Schwarzen schöner und mächtiger sind? Du weißt genau, daß dies alles Märchen sind. Versprich mir, daß du mir bis zum Tag unseres Todes, der zur selben Stunde sein wird, das andere Gesicht des Märchens und die andere Seite des Spiegels vorhalten wirst, falls ich die Scheherazade spielen sollte. Ich will alles über das Leben des Volkes wissen. Sklaverei. Ausbeutung. Die stolzen Paläste, die auf das Nichts hinausgehen. Die Henker auf den öffentlichen

Plätzen. Moscheen mit Kuppel. Das Elend in den Vierteln von Kufa, der Stadt, in der al-Mutannabi geboren wurde. Darüber reden wir später!

Er verstand es, den Regen zu stoppen, indem er nur seine Hand öffnete. Vor allem aber zerriß er die arabische Sprache. Wollte er nicht der letzte Prophet sein? Genau! Er machte die Sprache gefügig! Zu seiner Zeit strömten Euphrat und Tigris gefährlich, und wenn die beiden Flüsse sich in Bagdad trafen, rief das gnadenlose Fluten hervor. Und wer wurde geschickt, um die Flüsse zu bändigen? Schwarze! Aus Abessinien, dem Jemen, Sansibar, Madagaskar, Mombasa und anderen Gegenden. Genau aus diesem Grund liebe ich die Schwarzen leidenschaftlich. Du hättest einer sein sollen! Eines Tages werde ich dich mit den Schmerzen der Schwarzen färben, die sich in Jahrhunderten angehäuft haben. Es war einmal ein betrogener Ehemann, und der hatte einen Bruder, nein Halbbruder. Der wurde auch von seiner Frau betrogen. Ist das die andere Seite des Märchens? Nein, noch nicht! Ich möchte dir nur die Rolle der schwarzen Sünder erklären. Sie waren wirklich die Ausnahme! Zugegeben, die Könige waren sehr häßlich, und da sie viele Konkubinen hatten, konnten sie keine von ihnen befriedigen. Die Frauen langweilten sich im Harem, und in ihnen wuchs der Wunsch, etwas Verbotenes zu tun. Sich mit einem Schwarzen einzulassen war aufregend. Zwei Sünden auf einmal. Zwei Racheakte in einem. Vorsicht ist geboten bei dem Märchen. Die andere Seite des Spiegels? Nichts weiter als eine banale Geschichte um Macht. Die Dynastien vereinigten sich in ihren Gegensätzen. Ist dir aufgefallen, daß die königlichen Paläste immer auf Pyramiden errichtet worden sind? Und zwischen ihnen und den besiedelten Gebieten war nichts außer Leere. Ebenso Bagdad und Damaskus. Jeder konzentrische Kreis stellte eine Klasse dar. Die Gegensätze konnten nicht stärker hervortreten. So kam es zu Explosionen, Rebellionen, aber auch zu echten Revolutionen, organisiert, strukturiert und effektiv! Sie bettelten nicht um Almosen, sondern nahmen den offenen Kampf mit der Macht auf. Willst du Beispiele? Fünf Revolutionen gab es zwischen dem zweiten und sechsten Jahrhundert islamischer Zeitrechnung. Pro Jahrhundert eine Revolution. Wirklich! Hör zu und schreib mit. Messauda Namenlos hatte bei den Diktatoren, Tyrannen und Piraten haltgemacht. Sie soll aber die Wahrheit erfahren! Der Film, der hier gedreht wird, ist ein Geschenk des Himmels! Fünf bewaffnete Revolten ereigneten sich zwischen 200 und 749 Hidschra. Die erste war die Sindbads im Westen Persiens. Dauer: drei Jahre. Die zweite die al-Mouquanaas in Khorassan. Dauer: zehn Jahre. Die dritte die Babeks im Irak. Dauer: sieben Jahre. Die vierte war die der Zandj in Mesopotamien. Dauer: fünfzehn Jahre. Die fünfte die der Karmaten im gesamten islamischen Reich. Dauer: vierhunderteinundfünfzig Jahre! 1001 Nacht ist das Sieb, das die Sonne verdeckt. Messauda müßte Hunderte von Büstenhalter abnutzen, bevor sie das weiß ... Die Zwillinge sollten lesen, aber nicht bevor sie vierzig sind. Das ist schrecklich. Wir kennen nur die geschliffene Erzählung, während die ursprünglichen Manuskripte unter Verschluß liegen. Die Europäer raubten sie, und der letzte König kaufte sie zurück. Ihr einziges Trachten war, aus purer Lust dem anderen aufzulauern. Übrigens gab es einmal zwei Brüder, die beide von ihren Frauen betrogen wurden. Hör jetzt genau zu! Der eine war Perser, der andere Tatar. Die Macht lag zu dieser Zeit in den Händen der Araber. Keine Frage des Glaubens in einem solchen Fall. Auf jeden Fall wurden beide betrogen. Sie wollten zur Jagd gehen. Wird der Film diese Szene berücksichtigen? Wichtig! Ein Monumentalfilm des Kaugummis und veralteter Überblendtechnik. Zurück zur Jagdszene. Jeder der beiden Brüder beobachtete seine Frau, die sich ein schwarzes Ding in ihren Leib steckte. Man massakrierte die Schuldigen, aber Scheherazade kam. Nachdem sie mit dem betrogenen Schahrajar geschlafen hatte, erzählte sie ihrer Schwester von dem heftigen Genuß während der sexuellen Vereinigung. 1001 Nächte mußte sie aushalten. Betrachte die Ziffern genau! Zwei Frauen unter der unumschränkten Gewalt zweier Männer. Eine Geschichte voll Genuß und Köstlichkeit. Von Anfang bis Ende. Seemannsgarn, auf den ersten Blick. Man muß zwischen den Zeilen lesen. Messauda wollte eine Vogelscheuche nach dem Bild dieses frauenhassenden Königs Schahrajar ausschneiden. Der Rest war Träumerei der Armen, stets prächtiger als die der Reichen. Das ist das Gesetz des Mehrwertes, pflegte Alawa Ahmar zu sagen. Auf jeder Seite von 1001 Nacht geht es um Sexualität, um fliegende Teppiche und Harun ar-Raschid, der sich mit Bettlergewändern verkleidet. Aber kein Wort über das Elend des Volkes! Vorhang zu. Ich möchte schlafen. Morgen erzähle ich weiter. Du wirst erfahren, wie die zwei betrogenen Brüder von einer Frau vergewaltigt wurden. Sie steckte sich einen Geist in ihre Öffnung, so daß beide ihr hörig wurden. Sie wurden in den Augen dieser Amazone zu zwei Nummern: 99 und 100. Diese Zahlen fehlten ihr noch, um die Liste ihrer edlen Taten zu vervollständigen. Nicht erwähnt wurde indessen, ob die beiden sich gegenseitig dabei beobachteten. Nur die Frauen sind schamlos. Schnitt! Stop! Vieles kann darüber gesagt werden. Drei Chroniken in einem. Die Geschichte von 1001 Nacht, die Geschichte der Neger, die der Karmaten. Tage und Nächte gehen ineinander über. Im Jahr 899 Hidschra mußte der Inspektor am Euphrat und Tigris dreißig Schleusen errichten. Schwarze Sklaven wurden geholt, um die Flüsse aufzuschütten und zu ebnen. Danach wütete die Flußmündung nicht mehr. Bilanz: 816 Sklaven waren von den Fluten mitgerissen worden, von Malaria, Sumpffieber, Hunger und Peitschenhieben getötet. Der Euphrat ist kein Fluß wie jeder andere. Er löscht den Durst Mesopotamiens. Erster Getreidespeicher des arabischen Imperiums. Bei Sonnenuntergang war der Anblick der beiden Flüsse wunderschön. Fischerdörfer verbreiteten sich hier und da, wobei die Leute noch immer den Fluß fürchteten, obgleich es einen Inspektor für Wasserangelegenheiten gab. Man gebrauchte bereits das Nilometer. Ein unübertreffliches Meßgerät. Deshalb gründete man Bagdad weit weg von Kufa und Basra. Weit weg vom Wasser. Ich sagte dir schon, daß 1001 Nacht nichts weiter ist als eine Wahnvorstellung von Seemännern, die nach Frauen schmachteten auf ihren Reisen zwischen China und Syrien. Vorhang zu! Der Rest kommt morgen. Wir müssen etwas unternehmen, um die Fremden daran zu hindern, uns ihre Gesetze aufzuzwingen! Die Leute in Manama sind zu nett. Sie werden ihnen ins Netz gehen. Kulthum erzählte, sie hätten das Haus ihres Vaters zerstört und die Fußböden der Badehallen seien glatt vom Sperma. Aber das Volk existiert nur am Rande. Die Orgie stand erst am Anfang. Die Känguruhs wurden eingesperrt. Paß gut auf die Kamichis auf. Nach den Baodäisten sind es die Cineasten, die an ihnen interessiert sind. Wir haben Bewegungsspielraum. Früher oder später werden sie Nebenrollen zu besetzen haben. Mohamed Namenlos erfuhr den Rest der Geschichte nicht. Spät in der Nacht betranken sich alle Filmleute bis zur Besinnungslosigkeit und wollten in einem einfachen Lokal essen. In diesem Lokal gab es einen batteriebetriebenen Fernseher. Wer dort zu Abend essen wollte, mußte eine bestimmte Summe extra zahlen, um eine amerikanische Folge sehen zu können. Doch der Produktionschef meinte, dieser Aufpreis sei nicht auf der Karte erwähnt. Und der Lokalbesitzer, ein cleverer Händler, erklärte sich einverstanden, ihnen das Abendessen ohne Aufschlag zu servieren. Die einzige Bedingung war, daß sie keinen Blick auf den Fernseher werfen dürften, der auf einem Regal stand und beinahe die Decke berührte, von einem scharlachroten Samtvorhang umgeben, der erst bei Filmbeginn hochgezogen wurde. Der Pakt war geschlossen, und immer, wenn der Besitzer einen der Gäste dabei überraschte, daß er seinen Blick auf den Apparat richtete, klopfte er ihm mit einem Olivenholzstöckchen leicht auf den Rücken, damit er seinen Blick abwendete. Die Gäste begannen Gefallen daran zu finden und ließen sich auf das Spiel ein. Du schaust, ich schlage. Der Besitzer wurde allmählich wütend und fuhr mit seinem Stock zwischen die Brüste der Schauspielerin, die die Rolle der Gattin des Königs Schahrajar übernommen hatte. Daraufhin wurde ihr Liebhaber zornig und zerbrach den Stock. Die übrigen Gäste beobachteten das Geschehen an der Seite des Lokalbesitzers. Und schon kam es zur Konfrontation. Die Fremden zückten ihre Waffen und schossen auf das Fernsehgerät, das daraufhin explodierte. Es war der erste blutige Zusammenstoß. In dieser Nacht starben auch die Schildkröten Mhameds, die er für den internationalen Wettbewerb trainiert hatte. Sie wurden von einer seltsamen Seuche überfallen. Und später, viel später erst, kam Mohamed Namenlos hinter dieses Rätsel. An dem Tag, als er seine Mutter beerdigte, erfuhr er, daß diese Fremden Krankheitserreger eingeschleppt hatten, denen die Schildkröten seines Bruders zum Opfer gefallen waren. Die Schildkröten seiner Mutter hingegen steckten sich nicht an; sie waren schon uralt und ebenso unverwüstlich wie ihre Besitzerin. Der zweite Drehtag beschränkte sich auf eine auswärtige Szene. Man benutzte die Manamaer, die in dem Lokal umgekommen waren, um nach den Anweisungen des Drehbuchs die Rolle der in der Wüste Verendeten zu übernehmen. Lange Zeit glaubten die Leute, es handele sich um eine Nachstellung, die Leichen seien zweitrangige Schauspieler, die ihre makabre Rolle gut beherrschten. Der Lokalbesitzer war von einer Preiskontrollgruppe wegen illegaler Preiserhöhung angeklagt und inhaftiert worden. Da die Zeugen der Tragödie für immer schweigen mußten, konnte niemand mehr Rechenschaft über die große Lüge ablegen. Doch der Leichengeruch begann sich in der Luft zu verbreiten, und die üblichen Herumtreiber stellten sich allmählich Fragen. Die Gouverneurstreuen setzten daraufhin Gerüchte in die Welt, daß dies am modernen Kino läge. Es sei nicht nur auf das Vergnügen für Auge und Ohr beschränkt, sondern auch auf das für die Nase. Niemand kommentierte das. Die Erklärung schien plausibel, denn das Kino war in der Lage, so viele Wunder und Zaubereien zu vollbringen, daß mit dieser Erfindung des Satans alles möglich war. Niemand in Manama hatte je einen Film gesehen, geschweige denn Dreharbeiten. Somit hatte sich die Angelegenheit erledigt. Und als die Leichen sich durch die Hitze aufzublähen begannen und ihre Haut gelbe Blasen warf, die mit einem Pfeifton platzten, applaudierten manche Schaulustige ob der künstlerischen Vielfalt, die nur geniale Schauspieler an den Tag legen konnten. Einer der Ermordeten der vergangenen Nacht hieß Lakhdar Eisenbahn, weil er der einzige war, der früher einmal Zug gefahren war, nachdem er sich in der Stadt betrunken hatte. Als seine Leiche gelbe eitrige Flüssigkeit absonderte, stand sein Bruder unter den Schaulustigen, um ihm seinen Stolz und sein Ehrgefühl auszusprechen, hob ihn freudig hoch und sagte: »Du bist besser als Burt Lancaster! Aber bitte, sag doch was. Du wirst wirklich sterben, wenn du dieses Spiel weitertreibst, und Mutter wird mir Vorwürfe machen, wie jedesmal, wenn du eine Dummheit begehst.« Die Leute, die unmittelbar neben ihm standen, raunten ihm jedoch zu, er solle schweigen, da er sie in ihrer Ekstase störe. Der Tontechniker stoppte seine Rekorder, stürzte auf den Täter und ohrfeigte ihn bis zur Bewußtlosigkeit, bis er von den verkrüppelten Soldaten Bander Shahs weggetragen wurde. Er blieb dem Platz sehr lange fern. Als er schließlich zu seiner Familie zurückkehrte, erzählte er dort, daß sein Bruder mit einem der

Filmstars fortgegangen sei und nie zurückkommen werde, da er die Süße des Kinos geschmeckt hatte – auch wen er nur die Rolle einer verwesten Leiche übernommen hatte. Die anderen Leichen waren seinem Vorbild gefolgt. Die Manamaer machten ihnen jedoch Vorwürfe, da sie das Dorf verlassen hatten, nachdem sie ihre Schauspieltalente entdeckt hatten, mit denen sie eine Theatergruppe hätten gründen können, um das Kulturleben des Dorfes zu aktivieren, das noch immer in archaischen Formen steckte und über Bockwettkämpfe und Dominospiele nicht hinausging. Wie dem auch sei, Manama war nicht mehr wie zuvor. Denn außer den Gassen, die sich in Seen verwandelt hatten, und den Wüsten, die zu Sümpfen geworden waren, hatten die Dekorateure und Techniker innerhalb einer einzigen Nacht einen gigantischen magnetischen Berg hergestellt, der in einem See aus Glanzpapier stand. Darauf fuhren Schiffe aus einer synthetischen Masse, die auseinanderbrachen, sobald sie sich dem Berg näherten. Dieser verfügte über eine Anziehungskraft für Eisen, Zink, Kupfer und Stahl. Kaum waren die zerschellten Schiffe gefilmt, wurden sie in einer Kiste verstaut und vergessen. Doch die Kutscher in Manama sahen mit eigenen Augen, wie sich die Räder von ihren Kutschen lösten. Die Kinder gerieten in Panik, als ihnen die Milchkannen orkanartig aus der Hand gerissen wurden. Die Schmiede bekamen Angst, da alle Kessel und Töpfe wie durch Zauberei verschwanden. Alle Beschwerden aber, die beim Gouverneur eingingen, blieben wirkungslos, denn die Antwort war immer dieselbe: Der Magnetberg dürfe auf keinen Fall zerstört werden, da die Kameramänner ihn benötigten, um die verschiedenen Filmszenen miteinander zu verbinden. Der Sache überdrüssig geworden, zogen es die Bewohner Manamas vor, das Monster zu umgehen. Um von einer Stelle zur anderen zu gelangen, waren sie jetzt gezwungen, Schleichwege außerhalb der Stadtmauer zu benutzen, die –

aus den unterschiedlichsten Epochen stammend – Manama in 40 km Länge umgab. Eines schönen Morgens fand man dort einen alten Mann mit einem Bein aus Eisen, der tot an dem Berg klebte, nachdem er einen starken Schwindel erlitten hatte. Und einige Tage später wurde ein junges Mädchen auf seinem Weg zur Schule von einem Skorpion gestochen. Eigentlich war das Dorf gegen diese Art Tierchen geschützt, aber das Mädchen hatte einen Umweg außerhalb der Mauern nehmen müssen. Die Eltern wurden vom Produktionschef großzügig entschädigt, und die Sache geriet, genau wie bei dem Alten, schnell in Vergessenheit.

Messauda hingegen war die einzige, die schon zwei Büstenhalter zerrissen hatte, weil sie so stark mit den Trägern geschnappt hatte, als sie von all diesen Toten hörte. Sie schrie laut: »Wenn das so weitergeht, sind wir bald alle tot. Hoffentlich kommen sie nie und verlangen meine Vorräte an Menstruationsblut. Die sind doch zu allem fähig!« Mohamed Namenlos hingegen, nachdem er sich mit seiner Frau, seiner Mutter, seinem Schwager, dem Landvermesser, seinem anderen Schwager, dem Uhrmacher, seinem Freund, dem Schuster, und den anderen Zwillingsgeschwistern beraten hatte, entschloß sich, die Angelegenheit verfaulen zu lassen. Im Moment war es offensichtlich, daß die Manamaer, obwohl sie schmollten, gleichermaßen hingerissen und schockiert waren von dieser Verfälschung der Realität; erst recht, da sie fanden, daß sich das Klima verbessert, das Wetter kühler und die Sandstürme seltener geworden waren. Zudem ließ sie die Tatsache, daß sich ausländische Frauen unter den Filmleuten befanden, hoffen, eines Tages das neuangekommene Fleisch schmecken zu dürfen. Manche Aufschneider unter ihnen behaupteten, daß sie schon das Vergnügen gehabt hätten, daß die Öffnungen dieser Stuten aus dem Norden mit einer Treppe zu besteigen seien. »Das geht ganz von allein«, hatte Fakrun, der Dorftrottel erklärt, der für die Namenlos spionierte. »Man muß sich nicht sonderlich anstrengen!« Diese Legende hatte sich im Laufe der Dreharbeiten aufgebläht, doch Mohamed Namenlos wandte sich der Aufgabe zu, über die täglichen Toten Buch zu führen, die der Nachlässigkeit dieser Gaukler zu verdanken waren. Über die wundersamen weiblichen Kreaturen erzählten sich einige, daß jedes Glied ihres Körpers eine Quelle tödlichen Genusses sei. Einige von ihnen liebten es sogar, am Schwanz ihres Partners zu lutschen, was in Manama – selbst unter den Bordelldamen – eine sehr seltene Praxis war. Andere erzählten sich, daß diese Frauen nach dem Vergnügen gern den Urin ihres Liebhabers tränken. Einer trieb es sogar so weit und versicherte, die Hauptdarstellerin des Films, die ihn in eine Gasse gelockt hätte, habe ihre Öffnung auf dem Rücken und trage einen reizenden kleinen Penis zwischen den Beinen. Die Schlausten unter ihnen wußten aber genau, daß keiner es wagte, sich ihnen zu nähern, und daß sie trotz ihrer Schönheit und ihrer makellosen Körper weniger Wert hatten als die Horde der babylonischen Nutten, die dazu erzogen worden waren, die ungewöhnlichsten sexuellen Stellungen, die ältesten pornographischen Praktiken und die gewagtesten Formen der lesbischen Liebe zu respektieren und zu ehren ... Sie kamen auch weiterhin zu siebt, verbrachten sieben Tage in Manama und kehrten dann dahin zurück, woher sie gekommen waren, nachdem sie die Kräfte ihrer Kunden aufgebraucht hatten.

Ihre Schönheit und ihre Tätowierung, die sie in zwei Hälften spaltete, oben bei der Stirn anfangend und am Eingang ihrer Schamöffnung endend, nahmen sie mit. Am zehnten Tag der Dreharbeiten wurde eine Szene in der Kupferstadt gedreht, die jeden Fremden, der sie betrat, schluckte und von der Scheherazade dem König Schahrayar in der einhundertsten Nacht erzählte. Mohamed Namenlos und seine Anhänger glaubten, für die Dorfbewohner sei nun die Zeit gekommen, um endlich aus ihrer Lethargie aufzuwachen und den Schaden zu erkennen, den der Film verursachte. Denn sie hatten nicht nur jegliches Gefühl für die Realität verloren, sondern wußten auch gar nicht, wo sie beginnen sollten mit dem Angriff. So waren sie gleichgültig gegenüber all den Toten, die entweder durch einen Unfall oder freiwillig zu Tode gekommen waren. Sie zeigten auch keine Besorgnis wegen des Verlusts zehn ihrer Leute, die als starke Kämpfer bekannt waren und die weder beim Dominospiel noch beim Wettrennen der Schildkröten, die Mhamed trainiert hatte, zu besiegen waren. Sie schauten sich die Bockkämpfe nicht mehr an, weigerten sich, Wettbewerbe für die Vögelzüchter zu organisieren, und achteten weder die Körper ihrer Ehefrauen noch die ihrer zärtlichen Huren. Sie wollten die täglichen Wahrheiten nicht mehr sehen und merkten nicht, daß sie das Opfer einer Irreführung geworden waren, hinter der sich eine aufsehenerregende Tat des Gouverneurs verbarg, der ständig davon träumte, sich selber den Titel »Beherrscher der Gläubigen« zu verleihen. Sie waren von dieser Kupferstadt aus 1001 Nacht schlichtweg begeistert und glaubten, was sie darüber hörten: Ihr Leben sei für immer vorbei, wenn sie diese Stadt betraten, obwohl sie nur ein Bau aus Betonstein und Pappe war, die keinen einzigen Menschen verschlingen konnte. Aber die politische Avantgarde des Dorfes erkannte daran nur zu gut das eigensinnige und impulsive Temperament der Manamaer, die zu sensibel reagierten auf alles, was man ihnen sagte, sogar bereit, in den Tod zu gehen, getragen von den Flügeln des Legendären und Märchenhaften. Diese Szene nun war allerdings die schlimmste von allen, und die Fremden, unter der Leitung des grauenhaften Regisseurs und des sadistischen Produktionschefs, machten sich daran, massenweise Leute für Nebenrollen anzuwerben, die so talentiert wären, daß sie sich über alle Regeln des Theaters oder Kinos hinwegsetzten und ihre Rollen mit Herz und Seele lebten, so daß sie ihren letzten Atemzug taten, wenn sie die Kupferstadt erreichten. Bei furchtbaren Großaufnahmen und makabren amerikanischen Aufnahmen merkten die Fremden, daß sie die Grenzen der Authentizität vernichteten und daß ihr Kino jene unersetzliche Patina der Wahrheit und Wahrscheinlichkeit haben würde. Trotzdem stellte sich Mohamed Namenlos vor, daß die Parabel dieser Geschichte so durchsichtig wie der Glanz von Kristall sei, so daß sie das Steuer herumreißen und seinen Landsleuten erlauben könne, ihren legendären Scharfsinn, ihre unduldsame Voreingenommenheit und ihre Leidenschaft für Gegensätze zurückzuerlangen. Das Märchen von der Kupferstadt, die jeden verschlingen würde, der ihre Sicherheit verletzte, besaß politische Bedeutung. Denn der Zusammenhang zwischen dem Verhalten der Filmemacher und ihrem Versuch, über das Dorf zu herrschen, war für alle offensichtlich. Aber nein! Die Dinge waren noch nicht reif. Außerdem kamen die Dörfler zur Zeit nicht zur Ruhe und lebten in innerer Zerrissenheit und schmerzlichen Widersprüchen. Sie schwankten zwischen ihrer traditionellen Magie und jener »Letzter-Schrei-Hexerei«, wußten nicht, wohin sie ihre Schritte lenken sollten, und konnten noch nicht reagieren auf diese verrückte Art, ihr Land, ihr Leben und ihre Freiheit zu beherrschen. Daher mußte man die Sache noch etwas ruhen lassen. Der alte Schuster jedoch fand, daß es schon genug Tote gegeben habe und man zur Tat schreiten, die Dreharbeiten stoppen und die Fremden verjagen müsse, um die Not zu brechen. Der Uhrmacher hingegen war derselben Meinung wie sein Schwager: »Geschichte wird stets mit Blut geschrieben! Und deswegen werden Revolutionen, dic nicht hart vorgingen, schnell zerschlagen werden und verschwinden. Sollen sich die Gegensätze unter den Leuten doch verschärfen und ihren Lebenshunger anstacheln, so daß ihre Ehrlichkeit und Aufrichtigkeit eines Tages dazu führen wird, daß sie den Staub der Trägheit abstreifen. In diesem Moment wird die Apokalypse stattfinden . . .« Messauda wollte einen Einblick in die Kupferstadt haben. Als sie einen Finger in eine der Wände der Stadt steckte, wich die Luft aus dem aufgeblasenen Kunststoffbau und fiel vor den Augen der verblüfften Anwesenden zusammen. Erstaunt meinte sie: »Seltsam! Habe ich einen Zeigefinger oder einen Bulldozer . . . ?« Niemand wagte etwas zu sagen, da sie für ihre Wutausbrüche bekannt war. Als sie den Platz verlassen hatte, machte man sich daran, den Schaden zu beheben. Die Leichtgläubigen unter ihnen vermieden es von nun an, ein zweites Mal in die Falle zu gehen, und betraten die Kupferstadt, um ihre Rollen zu spielen. Und kein Gedanke daran, sterben zu können! Der erste Erfolg. Erzähl mir die Geschichte von der Kupferstadt. Durr hatte ihren schönen Namen zurückerhalten und erzählte: »Es waren einmal zwei Dynastien, die sich bekämpften. Die Ummayaden gegen die Abbasiden. Oder umgekehrt. Die letzteren schließlich errangen den Sieg, aber verleugneten schnell ihre Prinzipien und hielten nicht ihre Versprechen ein, die sie dem Volk gegeben hatten. An dieser Stelle sollte man erwähnen: Ihnen gehörten die Paläste, die hübschen Sklavinnen, die Sonne, der Mond, die aus Skandinavien importierten Jungen. Dem Volk gehörte der Traum. Das ist 1001 Nacht. Zweifellos vom Volk geschrieben, aber nicht vollständig. Die Abbasiden benutzten sie für ihre Propaganda, wobei sie die schönsten Rollen sich selbst vorbehielten. Ihre Autoren begannen sie für sie zurechtzustutzen. Die Erzählungen wurden beinahe neu geschrieben, und das Legendäre darin übernahm die Rolle des Chloroforms. Das Leben aber war anders. Ich werde dir von den Schwarzen erzählen. Und du, Messauda, die du immer großzügig bist, wirst verstehen . . . Aber hüte dich zu weinen. Versprichst du es mir? Es war einmal die Tochter eines Wezirs, die hieß Scheherazade. Sie wurde mit einem König verheiratet, der sie nach der Hochzeitsnacht töten wollte, wie er es schon mit allen Frauen vor ihr getan hatte, nachdem ihn seine erste Ehefrau mit einem schwarzen Sklaven betrogen hatte. Diese letzte Frau wollte allerdings dem Tod entgehen. Sie nutzte die Wasserfälle ihres Speichels und erzählte ihm alles, was ihr einfiel. Ihr Vater hatte sie nämlich immer gelehrt, daß Könige nichts anderes als große Kinder seien, die gerne seltsame Geschichten hören. So bahnte sie sich ihren Weg zum Ziel und webte aus ihrer Phantasie so gute Geschichten, daß sie den König schließlich für sich gewann, der seine Entscheidung zurücknahm, sie zu töten wie die anderen Frauen, mit denen er eine Hochzeitsnacht verbringen würde. Das war die erste Lektion des Feminismus. Damit rettete Scheherazade ihr Geschlecht vor Demütigung und Vernichtung. Und sie erzählte König Schahrayar nur, was ihr gefiel: von den unglaublichen Reisen des Sindbad. Von Städten, die liefen, wenn man sie anstieß. Von Bergen, die sich bewegten. Von Prinzen, die das Volk aus dem Schlüsselloch beobachteten. Von sündhafter Liebe. Von Häusern mit Wänden aus reinem Gold. Von Laternen, die die ganze Welt erleuchten konnten. Von Fischern, die die schönsten Perlen des Universums entdeckten. Von Armen, die ihr Wertvollstes den Königen schenkten. Von Adlern, die ganze Städte in ihren Krallen trugen ... Aber das Volk war nicht da, und wenn doch, dann nur, damit die Herrscher und Reichen ihre Großzügigkeit beweisen konnten. Es waren einmal Sklaven, die sowohl ihrer Nebenrollen in 1001 Nacht als auch dem Trockenlegen der Sümpfe und Nebenflüsse von Euphrat und Tigris überdrüssig waren. Sie entschlossen sich, die Sache selbst in die Hand zu nehmen und das Geschwafel vom blauen Vogel für eine Lüge zu erklären. Das war im Jahr 255 Hidschra. Sie fielen ein und vernichteten ganze Imperien. Seltsam war, daß ihr Anführer hellhäutig war. Ich werde dir später von dem Kampf der Zandj und den

Heldentaten des Ali Ben Mohamed erzählen. Im Moment gibt es diesen Film, der den Manamaern das Gefühl für die Realität genommen hat. Sie wissen nicht mehr, wohin sie gehen sollen. Neuerdings schwanken sie beim Laufen und kauen Kaugummi.« »Was ist das, Kaugummi?« wollte Messauda wissen. Nichts. Ein Symbol vielmehr. Wie der Klebstoff, an dem Fliegen sich verstricken.

Und die Rückseite der Geschichte? Manama litt unter dem Joch der Fremden, und Messauda hatte keine Zeit mehr, über ihre Mühle nachzudenken. Genug, daß sie ihren Garten goß und harkte, die Bäume schnitt und den Uhrmacher beobachtete, der die sizilianischen Wanduhren wartete. Auch er erzählte die andere Seite der Legende. Es hat Männer gegeben, die versuchten, dem Aberglauben, den Zaubereien und sogar den Religionen Widerstand zu leisten. Diese waren meistens mit revolutionären Bewegungen verbunden, über die man Messauda später erzählte würde. Al-Mutannabi wollte beweisen, daß Gott nichts anderes als eine Vogelscheuche war, die die Mächtigen aufstellen, um das Gesindel von ihnen fernzuhalten. Er war erfolgreich damit. Und um es zu beweisen, schrieb er Verse, die die Regeln der Dichtkunst auf den Kopf stellten. Pferde, die Nacht, die Wüste, das Schwert, den Speer, Papier und Stift liebte er leidenschaftlich. Außerdem hatte er einmal Regen gestoppt, der sich in Strömen ergoß. Man sperrte ihn in eine psychiatrische Anstalt, die Razi unterstand. Auch dieser hatte originelle Gedanken über Gott, denn er hielt die Propheten für Scharlatane. Im Jahr 322 Hidschra konnte er den Dichter im Gefängnis treffen. Wer weiß, wer von beiden den anderen beeinflußte. Der Arzt war sehr beschäftigt, während der andere viel Zeit hatte und so schrieb, wie er atmete – gut und schnell. Razi war es gewesen, der das erste Krankenhaus eröffnet hatte, das diesen Namen verdiente. Er wußte, daß die Masern nichts mit Pocken zu tun haben, und machte die Pharmazie zur eigenständigen Wissenschaft. Er gewann Grünspan und andere Oxide wie Blei, Zink, Kupfer, Schwefel aus Quecksilber, Soda und andere Kalziumschwefel. Hier hatte der Aberglaube nichts zu suchen. Die beiden gehörten einer revolutionären Partei an, die im Untergrund arbeitete. Aber es gab noch einen. Al-Kindi, der den Regenbogen im Kopf trug. 737 gab es eine wissenschaftliche Veröffentlichung über ihn; im entscheidenden Jahr, das das Ende aller Revolten erlebte. Der Gegensatz alles Märchenhaften. Sie erschufen die Welt neu. Der Uhrmacher war unermüdlich. Die Theorie, daß der Zenit der Sonne mit der Bewegung der Sterne zusammenhängt, wurde möglicherweise zu der Zeit geschrieben, als Scheherazade dem König Schahrazar ihre Märchen erzählte. Wie dem auch sei, die Fremden verstanden nichts davon. Sie hätten sicherlich nicht das tobende Volk gefilmt, das unter dem Joch der Unterdrückung, der Steuern, dem Recht der Ersten Nacht und der Versklavung litt und der Pflicht zum Zehnten völlig ausgesetzt war. Al-Mutannabis Vater war Wasserträger in Basra gewesen; also war es verständlich, daß sein Sohn den Regen stoppen konnte und sein Leben ernst nahm. Kein Prophet nach mir! Ich bin der letzte. Man sperrte ihn ins Gefängnis, wo er den ungläubigen Philosophen al-Kindi traf, den Begründer der Theorie der Brennspiegel und der materiellen Existenz des Lichtes. Die Kehrseite der Medaille. 1001 Nacht sind wunderschön, enthalten aber nicht alles. Die Filmemacher waren im Begriff, die Geschichte zu verfälschen, umzudrehen. Die ganze Erzählung ist nichts anderes als Einbildung der Seeleute, die zuviel getrunken haben. Das Wesentliche liegt anderswo.

Der Namenlosclan gewann Kenntnisse über viele Wahrheiten. Es waren dieselben Wahrheiten, die auch Djilali Bouhadba, Raschid Bnasser und Alawa Ahmar sowie der sich ihnen anschließende Meister Ali al-Fiqhi gewannen, nachdem dieser seinen Konflikt mit Mohamed wegen der

Briefe, die er für die Analphabeten schrieb, vergessen hatte. In der Tat, als Messauda mit ihrem Zeigefinger der Kupferstadt die Luft abgelassen hatte, schien alles geregelt. Die Leute von Manama verließen den Zustand der Bewußtlosigkeit und merkten, daß sie zwei Wochen lang geistesabwesend und gleichgültig gegenüber dem mysteriösen Verschwinden der besten Dominospieler und der olympischen Schildkröten gewesen waren. Dann aber war ihre Reaktion heftig: Sie zerstörten die Requisiten, befreiten sich von ihren Illusionen, waren weder bereit, ohne Entgelt zu arbeiten, noch für das Kino zu sterben. Sie begriffen, wie schrecklich die Zerrissenheit und die Streitigkeiten waren, die seit der Ankunft der Kinotruppe unter ihnen herrschten. Sie, die sich früher kaum für Geld interessiert hatten, waren nun gierig darauf, viel davon zu besitzen. Diejenigen, die in der weiteren Umgebung für ihr Ehrgefühl bekannt waren, hatten sich in Makler verwandelt, ihre Frauen, die Seidenraupen und den Gouverneur vergessen, der ein schönes Leben führte und vom Schoß einer Ausländerin zur nächsten wechselte, und, nur um anzugeben, seinen Garten mit Whisky goß. Und dann plötzlich diese Reaktion! Einige Tage später mußte der Regisseur tausend Nebenrollen besetzen. Er würde sie nicht bezahlen, da es ihnen Ehre genug sein müßte, wenn ihre Namen auf den Leinwänden der Kinos in der ganzen Welt erscheinen würden. Doch diesmal platzte die Bombe! Nicht genug damit, daß die Dörfler die Requisite zerstörten, sie ermordeten auch noch den Hauptdarsteller in einer finsteren Gasse bei Einbruch der Dunkelheit. Das war die zweite Konfrontation. Die Dreharbeiten wurden vorübergehend eingestellt, und Bander Shah traf die Entscheidung, einige der Bewohner Manamas als Geiseln nehmen und hinrichten zu lassen, falls der Mörder nicht innerhalb von drei Tagen denunziert sei. Messauda nahm ihren Schleier und begab sich zu ihm. Sie fragte ihn nach der Anzahl der Personen, die er hinrichten lassen wollte, falls der Mörder unerkannt bliebe. Seine Antwort war klar: »Zehn!« »Ich verstehe«, sagte Messauda. »Meine Söhne haben niemanden umgebracht. Aber wenn du einem Manamaer Böses zufügen solltest, werde ich das kleine Geheimnis zwischen uns preisgeben.« Er stieß mit dem Kopf gegen seinen Schreibtisch, denn er hatte diese Geschichte, diese unauslöschliche Schande seiner Vergangenheit, völlig vergessen. »Das ist der Preis für deine Arbeit im Puff. Die Fehler der Jugend hat man nicht umsonst gemacht!« Und wirklich, noch in derselben Nacht wurde per Lautsprecher verkündet, die Obduktion der Leiche habe ergeben, daß der Schauspieler mit seinem Revolver in einer dunklen Gasse Selbstmord begangen hatte. Also wurden die Ermittlungen eingestellt, und die Sache geriet in Vergessenheit. Messauda war außer sich vor Freude, schnappte mit den Trägern ihres Büstenhalters und sagte: »Was würdet ihr nur ohne mich machen?« Die Dreharbeiten wurden fortgesetzt, aber die Schauspieler der Nebenrollen verlangten jetzt Bezahlung in harter Währung, angelehnt an Tariflöhne der reichen Länder. Der Produktionschef tat sein Erstaunen über derartige Forderungen dem Gouverneur kund: »Man hat uns versprochen, daß die Menschen in Manama sehr fügsam, völlig unpolitisch seien und keiner Gewerkschaft angehören. Ohne dieses Versprechen wären wir woanders hingegangen, wo die Arbeitskräfte billig sind.« Der Gouverneur meinte, die Zeiten hätten sich geändert, und die Leute in Manama seien niemals bequeme Menschen gewesen. Danach verschloß er sich in einer tiefen Depression. Der König, der konsultiert wurde, beschloß, der Forderung der Schauspieler nachzugeben. Die Sache müsse aber streng geheim bleiben, um einen Skandal zu vermeiden. Er ordnete an, die Dreharbeiten fortzusetzen, koste es, was es wolle! Man solle sich keine Sorgen um die Finanzierung machen, denn an Geld mangele es nicht, Gott sei Dank! Wie sehr wünschte sich Bander Shah, rasch eine Summe auf seinem Zürcher Bankkonto zu sehen, um all seine Bedürfnisse zu befriedigen. Und mit seinen kodierten Rauchzeichen sandte er seinem Schwiegersohn folgende Nachricht: »Eines Tages werden wir ihnen einen Schlag verpassen! Laila ist wunderschön! Sie ist jetzt schwanger.«

Freitag ist für alle Ruhetag in Manama, einschließlich derjenigen Vögel, die noch vom Zugriff der Fremden verschont blieben, die sich schon nach anderen umgeschaut hatten und mehrere seltene Sorten besaßen. Durr schleifte am Vormittag eine zerrissene Vogelscheuche hinter sich her, malte mitten im Garten einen Kreis und setzte sich hinein. Nachdem sie ihre vier Zwillinge um sich hatte, die gerade Warzenochsennieren verzehrten, begann sie die Vogelscheuche zu reparieren. Sie war das Abbild Bander Shahs. Seit Messauda sie zur Hochzeit von Mohamed Namenlos aufgehängt hatte, war sie nie ausgebessert worden. Die Pflanzen verbreiteten ihren Duft, und Messaudas Söhne hatten mit dem Bau der Mühle begonnen, die ihre Mutter sich schon so lange gewünscht hatte. Ahmad, der Landvermesser, war ein schlauer Mensch und hielt an seiner Leidenschaft für seine Schwester Malika fest, auch wenn er mit der Schwester des Raschid Bnasser verheiratet und Vater einer zahlreichen Kinderschar war. Mohamed war zum Liebhaber und Virtuosen der Saumseligkeit geworden, seit er nicht mehr seine Schildkröten trainierte. Hamed ließ nie den Rocksaum seiner Mutter los und hatte die Angewohnheit, sie am Hals zu streicheln. Hamid war für immer von Kulthum fasziniert und legte seine Briefmarken vorübergehend zur Seite. Hamda wußte nicht, wo er sich einordnen sollte, während Hamdane genauso träge wie sein Bruder Mohamed war, nur daß er weniger für Schildkröten übrig hatte. Hamoud zog die Teehäuser und das Bordell dem Haus vor, und Mahmud war der Ingenieur der Familie. Hamdi war der letzte dieser Kette und von seiner Mutter heimlich weitergestillt worden, bis er fünfzehn war. Mohamed war der einzige, der grundsätzlich keine bezahlten Arbeiten annahm, zum einen, weil er als Intellektueller angesehen wurde, zum anderen, weil er aufgrund seiner alleinigen Geburt nicht geeignet war für Gemeinschaftsarbeit. Nachdem die Söhne mit der Befestigung des Hausfundaments und der Vernichtung aller Insekten sowie Nagetiere fertig waren, begannen sie, unter Anweisung ihrer Mutter, die Mühle zu errichten, die mit Solarenergie betrieben werden und anstelle der Flügel riesige Sonnenblumenblüten haben sollte. Als Durr begonnen hatte, die Gouverneursvogelscheuche auszubessern, über die sich Messauda unerbittlich hergemacht hatte, warf sie ihren Zwillingen einen mitleidigen Blick zu und wechselte vom Schatten in die Sonne, ganz nach dem Kommen und Gehen ihrer neun Schwäger, die sich ihrer Arbeit hingaben und zwischendurch über die zwei alten Schildkröten ihrer Mutter schritten. Sie mischten Zement mit Kies, riefen die Vögel, redeten über die Dreharbeiten und besprachen das Thema Hauskühlung lange und ausführlich, da die Temperatur an diesem Tag im Garten sehr hoch war. In dieser Zeit war die Hitze kochender als gewöhnlich, obwohl es den Bewohnern Manamas so vorkam, als sei die Luft seit Ankunft der Kinoleute feuchter geworden, und ein seltsam leichter Wind wehte. Als Messauda aus der Werkstatt des Uhrmachers zurückkam, der sehr in seine Arbeit vertieft war, sagte sie: »Sie zerstören das Wetter! Ein kalter Tag folgt einem heißen! Aber wo steckt euer ältester Bruder? Hoffentlich ist er nicht insgeheim aus Rache ermordet worden! Bei dem verrückten Bander Shah ist alles möglich!« In Wirklichkeit sprang die Zeit. Die Hitze stieg in dichten und schweren Wolken hoch und durchbohrte die Atmosphäre mit verschwindend kleinen Knäueln aus Staub. Kulthum, geschützt vor den Blicken der anderen, setzte sich in einiger Entfernung des Namenloshauses hin und schrieb einen

Brief, in dem sie ihre Beziehung zu Hamid beendete. Sie schrieb, daß sie ihn trotz aller Bemühungen nicht liebte, da sie noch zu große Zuneigung für den ältesten Bruder empfand; sie habe Angst, eines Tages, wenn sie mit ihm (Hamid) verheiratet wäre, zu merken, daß sie mit dem Mann mit dem abgeschnittenen Daumen schlief. Hamid war der Meinung, daß sie die Probleme mit dem Film belasteten, was aber nicht sein Verlassenheitsgefühl linderte, da sich auch seine Mutter nicht mehr um ihn kümmerte, die ihm versprochen hatte, eines der schönsten Mädchen Manamas als Frau für ihn zu suchen. So verschlechterte sich sein Gesundheitszustand, er wurde empfindlicher und aggressiver, lebte aber von der Idee, sich an den schönen Erinnerungen mit Kulthum zu wärmen. Er masturbierte in den Latrinen und dachte dabei an den einzigen Kuß, den sie ihm gegeben hatte. Sie hatte sein Herz endgültig mit dem Blau der Indigopflanze getüncht. Und er träumte von ihrem Speichel, den sie auf seine geschwollene Zunge aufgetragen hatte – in den glücklichen Zeiten, als er Briefmarken geklebt hatte. So zog er sich zurück und schwor, nie zu heiraten. Er, der eigentlich ein friedliebender Mensch war, mischte sich in Straßenschlachten ein, die monatelang zwischen den Fremden und den Manamaern andauerten. Kulthum erkannte die Gefahr seines Zustands. Sie versuchte sich zu rechtfertigen, indem sie sagte: »Ich kann nichts dafür. Wenn er wenigstens wie sein ältester Bruder einen Kamichi anstelle seines Gliedes hätte. Im äußersten Notfall!« Aber es blieb Mohamed, den sie liebte. Denn wer sonst konnte das alles: mit seinem Schatten tricksen, der ausländischen Übermacht Widerstand leisten, sich den Daumen abschneiden, um die Aufmerksamkeit seiner Mutter auf sich zu ziehen, brasilianischen Vögeln Musikunterricht geben, mit seinem Großvater reden, sobald er betrunken war, das Lachen und Gackern zu entzweien, sich über die Gesetze der räumlichen Physik erheben, indem es ihm gelang, die Krümmungen auszuschalten, die beim Vorbeigehen enger wurden, um dann in gerader Linie dem Horizont entgegenzustreben. Wer kann das schon alles? Wer verfügt über das Wissen aller Gelehrter, wer spricht Syrisch, Aramäisch, Chaldäisch, Altägyptisch, Hebräisch, Babylonisch und Berber, seit er den Mutterleib verlassen hat? Wer forscht schon nach dem Weg, den sich Ibn Khaldun bahnte, wer liebt schon so, daß man glaubt, einen Mammutbaum von fünfundzwanzig Metern Länge in der Vagina stecken zu haben? Nur er allein. Mohamed Namenlos, der am Abend zurückkam und verkündete, daß der Streik beendet sei und die Dreharbeiten am nächsten Tag weitergingen.

Einige Tage später hielt sich Hamid im Bordell auf, um sein jüngstes Scheitern zu vergessen. Er betrank sich, so daß er Ziegen, Schafe, Schildkröten und Tauben vor seinen Augen sah, die aus dem Abfluß der Toilette kamen, in die er seinen Mageninhalt und seinen Zweifel erbrach. Er fühlte, wie sich sein Herz im Innern zusammenrollte und krümmte. Tatsache war, daß er seit dem Tag, an dem er Kulthums Entscheidung aus ihrem eigenen Mund vernommen hatte, mit seinem Versagen nicht fertig wurde, vor allem, da sich die Hoffnungen, die zum Greifen nahe schienen, nun in Vergessenheit und in die Flüchtigkeit des Lebens auflösten, das insgesamt ein glückliches Leben im Schutze seiner übermächtigen Mutter war mit einem mächtigen Herzen, groß wie ihre tätowierten Brüste, von denen die Frauen im Bad immer so überwältigt waren, daß ihnen der Mund offenstand. Sie pflegte sie in ihre Hände zu nehmen und stolz zu verkünden: »Diese beiden stillten neunzehn Kinder. Faßt sie nur an! Sie sind fest wie frische Trauben aus Nubien!« Hamid Namenlos hörte nicht auf zu saufen. Eines Tages entdeckte er zwischen den in den sizilianischen Wanduhren eingeklemmten Eidechsen und den gelben Seidenraupenlarven, die gegen die Tore des Glücks bei den weiblichen Bewohnern Manamas stießen, einen

Trupp der ausländischen Filmleute, die ihr sexuelles Verlangen mit reinrassigen Huren befriedigten, die sich voller Abscheu verkauften. Schnell hatte man ihn aus dem Bordell vertrieben. Die Ausländer wollten die Mädchen schlagen, die Möbel sowie den Plattenspieler, Auslöser für Sehnsucht und Unglück, zerstören. Da plötzlich kam er wieder zu Bewußtsein, erbrach alles, was er im Magen hatte, und eilte zum Bordell, von einer seltsamen Vision getrieben. Er schlug den ersten Mann nieder, den Chef der Dreharbeiten, machte das gleiche mit dem zweiten Mann, der den Revolver ziehen wollte. Er fragte sich selbst, während er einen nach dem anderen zu Boden warf: »Woher nehme ich bloß die Kraft? Hab' doch nicht mal einen richtigen Kamichi.« Nachdem er alle zehn Feinde niedergeschlagen hatte, verschwanden die tätowierten Mädchen durch den Tunnel der beleuchteten Tränen in Richtung Farazdaq, von dem ihm sein Bruder erzählt hatte. Farazdaq wurde im Jahr 47 Hidschra geboren und war für seine Landstreicherei, seine Genialität in der Dichtung und seine Liebe zur Gerechtigkeit bekannt. Er ging sogar so weit, kleine Mädchen zu kaufen, um sie davor zu bewahren, lebendig von ihren Eltern nach der Tradition begraben zu werden in der Zeit der Unwissenheit. Mehrere hundert Jahre später noch folgten die Leute seinem Beispiel, da er außergewöhnlich schönen Mädchen die Möglichkeit gegeben hatte, sich mit einem Symbol zu tätowieren, um rechtmäßig in die Welt des zweifelhaften Vergnügens einzutreten. So vermittelten sie das Gefühl, daß das Leben wahrlich und wahrhaftig existierte in dieser Gegend, die in der Vorstellung eines Verrückten entstanden war, der mit Wasser und Salzuhren Handel trieb.

Als man Hamid nach Hause schickte, behandelte Kulthum seine Verletzungen, wusch ihm das Erbrochene ab, trocknete seine Tränen und legte ihn hin, wobei sie ihm seltsame Geschichten aus 1001 Nacht vorlas. Es schmerzte ihn wie Nadelstiche, und zitternd und weinend bat er sie, ihm die Geschichte der Neger in Basra zu erzählen, weil er Lust hatte, sich noch ein wenig tiefer in die Welt des Schrekkens zu stürzen.

Die zunehmende Feindseligkeit gegenüber der Kinotruppe beunruhigte den Gouverneur. Er übergab seinen Helfern Handlungsbefugnis. Jeden Morgen fragte er, wieviel Meter Film schon gedreht worden seien, und war der Meinung, daß die Arbeit zu langsam voranging und er gut auf den Magnetberg und die rein kupferne Stadt verzichten könne. Aber das lag nicht in seiner Macht, denn der Regisseur war kategorisch und hatte nicht vor, auf die Aufnahme eines seiner Wunder zu verzichten. Der König vom Golf verlangte Großartiges, und man mußte ihn zufriedenstellen. Außerdem bezahlte er eine Menge Geld dafür. Der Film über 1001 Nacht sollte jene Zivilisation wieder aufleben lassen, die im Laufe der Zeit völlig entstellt worden war, da es sich um den Ruhm der arabischen Welt handelte. Mr. Brown mit dessen musikalischen Komödien über das Rassenthema ... Die Propaganda kann sich mit Leichtigkeit ihren Weg bahnen, wenn man sie mit ein wenig Unglaublichkeit und Wunder würzt. Die internationale öffentliche Meinung würde den Schock ihres Lebens bekommen. Man hatte die Pfadfinder das Terrain nach Laune besetzen lassen. Bander Shah hörte alles aufmerksam. Befehl war Befehl. Es handelte sich um einen Film als Gegenmittel. Und der Wal, der eine ganze Stadt in seinem Bauch verschluckt hatte? Wir werden es drehen! Die klassischen Kriege sind überholt, Herr Gouverneur! Nervenkriege sind es, die heute zählen, und Nerven haben Sie genug! Ich denke an Kriegsnerven ... das heißt: Geld! Davon haben Sie viel. Ein Film dieser Größenordnung kostet wahrscheinlich das gleiche wie zehn Krankenhäuser, fünfzehn Schulen, sechsunddreißig mit Strom versorgte Dörfer und zweiundzwanzig kleine Dämme zusammen. Und nun? Ihr seid doch im Kriegszustand, oder? Kein Zweifel! 1001 Nacht. Blutfarbstoff. Glyzerin, zehn runde Bäuche, die sich wie Schallplatten drehen, um die Exotik des Orients zu erzeugen. Malvenfarbene Sonne. Im Wind sich wiegende Palmen. Von Geschrei erfüllte Märkte in Basra und Kufa. Der Wal, der sich von den Fischerdörfern ernährt. Sindbad gegen Mickey Mouse. Die Zauberlampen. Ein oder zwei Mal mit Frauen schlafen, die aus dem Paradies entflohen sind. Einige aus Ebenholz hergestellte Negerfiguren. Auch die Apokalypse und Aladin. Die Schnalle ist zugeschnappt. Ihr werdet die Welt beherrschen, man wird Arabisch sprechen bis nach Neuseeland. Aber das wird euch nicht daran hindern, eure Konzession des Krokodilsees an wen auch immer zu verkaufen. Redet keinen Unsinn! Also, was macht euch Angst? Die paar Morde? Wir haben die Mittel, um den Familien Entschädigung zu zahlen. Wir werden eure Fenster öffnen und alles zeigen: eure Frauen, eure Paradiesjungfrauen, eure Eunuchen, eure mit Gold und wertvollen Perlen gefüllten Koffer, eure sprechenden Fische, eure hinkenden Vögel, eure Wunderkästen, eure Steine der Weisen, eure Lieblingsjünglinge, eure Dichter, die Milch in Wein verwandeln, indem sie sie vor Scham erröten lassen, eure unersättlichen Lebemänner, eure verlockenden Kurtisanen, die Paläste von Córdoba, der sanfte Lufthauch des Jasmins, die Schlachten gegen die Ungläubigen, die besonders trickreichen Stare, die von Schwankungen überströmende Geschichte, die Wasseruhren des Harun ar-Raschid, die er Karl dem Großen schenkte, der Schrecken Karls des Großen, als er zum ersten Mal eine singende Wanduhr sah, die wunderbaren Botschaftsgebäude, die wellenförmigen Sänften, die dünne, durchscheinende Seide, die Felder Isphahans und Schiras, die Sternhöhenmesser des Biruni, die Lebensfreude, die Pracht, die Wollust, das wahre Leben, sogar eure Wissenschaftler und Miniaturmaler! Macht euch also keine Sorgen wegen dieser Kleinigkeiten.

Ein paar Dutzend Tote, was ist das schon? Ich habe einen Film in Kalkutta gedreht. Dort hat man die Leichen aus den Müllhaufen zusammengesucht ... Stellt euch nicht an. Heute werden wir die Szene mit dem Krokodil drehen, das ganz Bagdad schluckt, morgen das strahlende Imperium der Sind, das ihr erobert habt, indem ihr euren Feinden eine Handvoll Pfeffer in die Augen streutet, bevor der verdutzte Ahmad Ibn Madjid beabsichtigte, die Wasserstraße nach Indien für Vasco da Gama frei zu machen. Macht euch keine Gedanken! Mr. Brown dreht auch Filme, sogar sehr teure. Schafft eure Zensur ab! Dann werden die Freunde des Pornokinos von überall her zu euch strömen. Und die Militanten, die noch die andere Seite unterstützen, werden in der gleichen Nacht überlaufen. So wurden schließlich die Dreharbeiten mit dem Krokodil, das die Stadt verschluckte, beendet, und Kulthum erzählte Hamid den Rest der Geschichte. Der Arme! Sein Gesicht war entstellt und sein Herz wie von Glasscherben zerstochen. Hör die Kehrseite dieser wundersamen Welt. Das andere Gesicht der Realität. Früher strömte das Wasser des Euphrat gefährlich. In den Fischerdörfern hatte man keine Angst vor Krokodilen. Es gab überhaupt keine Krokodile. Sie hatten jedoch immer Angst vor den gewaltigen Fluten. Die Historiker berichten, daß Tausende von Dörfern wie von einem Sturzbach verschluckt wurden. Man mußte den Fluß bändigen. Das Land war voll lehmiger Sümpfe, in denen sich Seuchen verbreiteten. Deshalb wurden dreihunderttausend schwarze männliche Sklaven geholt, die man wie ahnungslose Fische geangelt hatte. Sie gruben Tunnel, errichteten Dämme und verbreiterten die Flußmündung. Aber auf der anderen Seite war der Tigris. Es wurden dreihunderttausend neue Gefangene aus Dombassa, aus Nubien, Sansibar und anderen Gegenden hergeholt. Auch sie gruben Tunnel, errichteten Dämme, bändigten Flüsse und dämmten die Fluten ein. Sie zwangen die Flüsse Euphrat und Tigris, sich nie zu begegnen und zusammenzukommen. Die Sklaven ließen hier ihr Leben. Die Toten wurden durch Lebende ersetzt. Und so weiter. Aber es gab noch etwas Gefährlicheres, nämlich Hunderttausende von Flußarmen, die sich unendlich verzweigten. Zu jener Zeit hatte Altusi die übereinstimmende Analyse entwickelt, und Ibn Shaker hatte seine ersten Entdeckungen in der hydraulischen Mechanik gemacht. Was aber steckte dahinter? Wertüberschuß, wie unser Freund, der Schuster, sagen würde. Aber auch die Gier der Händler aus Basra, die das fruchtbarste Land der Welt entdeckten – neben dem Handelskapitalismus. Aber vorher mußten Sümpfe trockengelegt, das Wasser umgeleitet werden, mit den Handflächen beider Hände. Die Malaria richtete Verwüstungen an. Der Hunger auch. Zweihundert Gramm gekochte Grütze pro Tag, dazu jede Menge Konflikte durch das ständige Zusammensein. In Gruppen zu fünfundzwanzigtausend zusammengepfercht in engen Lagern. Unter offenem Himmel. Regen. Wind. Sonne. Von einem zum anderen strömten die beiden Flüsse schneller als die untergehende Sonne und schneller als die, die sich auf Krücken stützten oder sich in den Sümpfen bückten und ihren Ort ständig wechselten; von den Sandbänken mit angeschwemmtem Schlick. Denn sobald einer der Flüsse auf den anderen traf, entstand eine Art Riß im Herzen der Erdoberfläche oder ein gewaltiger Wirbel, der seinen Schlund öffnete in der Phantasie der Seeleute, die beherrscht wurden von den Reflexen und den Kanarienvögeln, die auf dem glühenden Spiegel des Wassers grazile Schatten abzeichneten. Jedoch löste sich diese beängstigende Szene im Dampf der geräuschvollen Hitze schnell in nichts auf und zerfetzte den Negern Nerven und Muskeln, die sich ihren Weg zwischen dem schneidenden Schilf bahnten, das ihren Körpern blutende Wunden zufügte, die später durch das schlammige und tonhaltige – in jedem Fall brackige – Wasser eiterten. Man konnte noch keinen Wundstarrkrampf heilen! Wenn die Sonne aufging, verfärbten sich die beiden Flüsse in ein warmes, mit rötlichen Flecken versehenes Grün. In diesem Moment schien alles gegen den Menschen gerichtet, der nichts anderes dachte, als daß Gott ihn betrogen hatte. Die Dämme überlappten einander, und die Sonne glitt auf die Schienen der Hölle und drehte sich auf den Flügeln der Windmühlen. Messauda Namenlos wurde vollkommen verrückt. Wer sagt, Sonnenblumen könnten den Himmel erschüttern? Der Tigris floß und drang schließlich in den Euphrat ein. Basras Reichtum nahm unter den zwei Flüssen zu, die Stadt schnappte über, wurde gierig. Der Instinkt der Erde. Und die Neger machten den Schlamm urbar, so daß die Saat aufging, der Reis wuchs, die Sonnenblumen beim Ostwind in Erregung gerieten und das Zuckerrohr hin und her schaukelte. Die Sklaven stolperten im Lehm, griffen ab und zu einen grausamen Vorarbeiter an, tauchten seinen Kopf unter Wasser und warteten, bis die Leichen vorbeigezogen waren, bevor sie ihn auf den Grund rutschen ließen und im Schlamm vergruben. Selten, muß man allerdings sagen. Aber die Zeit trug ihren Pulsschlag. Das Grollen des Wassers kroch ihnen in die Adern, sog ihr Rückenmark auf wie Seidenpapier, das sich im Rumoren des Blutes zusammenzog, sich dann wieder aufblähte und den Horizont in Staub verwandeln konnte, der mit den Lichtteilchen, an denen der Geruch des Flusses lastete, zusammenstieß. Die Neger? Wer hätte über sie reden sollen, wenn sogar die Möwen nicht in ihre Nähe kamen. Wenn die Leiche eines Vorarbeiters an die Oberfläche kam, wurden zehn Neger festgenommen und gezwungen, folgsam ihre Köpfe auf den Hauklotz zu legen, damit sie ihnen mit einem scharfen Schwert abgehackt werden könnten. Man kannte schon den Stahl dank Ibn al-Qurra und das Seziermesser dank al-Sahrawi. Falls jener den ersten künstlichen Backenzahn aus einem Ochsenknochen entwickelt hatte, so wohl nicht für diejenigen, die dabei waren, den

Flußlauf zu verändern und das Zweistromland zu bändigen. Denn sie verloren weiter Zähne, Haut, Haare, Hoden und Köpfe. Auch das Klima an den beiden Flüssen war ungesund – Sümpfe – einer nach dem anderen. Dazu die Feuchtigkeit, die die Glieder auswrang wie Wäsche, die man in kochendes Wasser tauchte und nicht trocknen ließ. Manchmal kam es vor, daß der eine oder andere Grundbesitzer erdrosselt im Zuckerrohrfeld gefunden wurde. Dann wurden eilig hundert Sklaven hingerichtet, die Köpfe vom Rumpf getrennt, das Gehirn entnommen und mit Magnesium zerrieben, was dann dem Kalifen geschickt wurde, um Jasmin und andere Zimmerpflanzen darin pflanzen zu können.

Dies war alles zu der Zeit geschehen, als die Seeleute 1001 Nacht webten? Genau! Zur selben Zeit. Auf der einen Seite Kristallpaläste, Frauen mit drei Vaginas, Teppiche, die durch das Lachen der Krokodile angetrieben wurden. Auf der anderen Seite Krokodile, die die Neger bei lebendigem Leibe anknabberten. Maul- und Klauenseuche. Neger, die man zur Sodomie gezwungen hatte. Schlachtungen! Die Armen! Sie hatten wirklich alles verschwendet, hatten nichts mehr zu verlieren. Die Kratzwunden verwandelten sich in unerträglichen Juckreiz. Der aus Träumen gewebte Stoff blähte sich vor ihren Augen auf. War das alles bloß ein Alptraum, ockerfarben wie die Sümpfe und feucht wie Nebel, der im Zenit bunt war? Während das Blut durch den vielen Speichel trocknete, der wie eine kühlende Salbe auf den blutenden Wunden wirkte. Dreck und Lehm lagerten in Schichten, wo sich das Ringen dieser Unterdrückten abzeichnete. 1001 Nacht? Das waren der arme Träger, der Negersklave und der Tagelöhner aus Damaskus! Alles, was ihre offenen Wunden mit den Phantastereien außergewöhnlicher Tage einschließen konnte. Welch glückliche Entdeckung! Findest du nicht? Hamid war hingerissen und ließ die Geschichte, die man in der Sprache Manamas »Gewebe« nennt, bis zum Himmel des

Todes emporsteigen. Auf der einen Seite: der Sklave und seine Phantastereien. Auf der anderen: Sindbad und seine merkwürdigen Begabungen. Sogar Sadismus gab es. Schau dir die arabischen Zahlen an. Ich meine nicht die Zahlen der Karmaten, denn sie sind geheim, ich meine die Zahlen an den Börsen oder offenen Märkten. 1001 Nacht, zwei Weiber, gefangen in zwei männlichen Heißluftballons. Und zwei Riesen, die die Menschen auf dem Bratspieß brieten. Schlangen, die die Flüsse trockenlegten, und verstoßene Vögel, die ihren Durst an apokalyptischen Landschaften und der letzten Sintflut löschten ... Ganz allmählich füllten sich die Phantastereien mit klaren Bedeutungen, verwandelten sich zu reinem Silber. Den schwarzen Sklaven allerdings, die sich im Zweistromland aufhielten, fehlte ein fähiger Führer, dem sie gehorchten. Aber der tauchte auf. An einem stürmischen Morgen des Jahres 255. Es war Ali Ibn Mohamed, dem sein Ruhm als Bändiger von Flüssen vorauseilte. Er war hellhäutig, schaffte es aber trotzdem, von den Sklaven akzeptiert zu werden. Er bildete mit ihnen eine riesige Armee, die gegen die Städte vorrückte und sie ausraubte. Sogar die beiden Flüsse, die viele das Leben gekostet hatten, wurden zu ihren Verbündeten, denn sie kannten ihre Arme, ihren Lauf und ihre Windungen. Die Regierung entsandte ihre Truppen. Wie schnell waren sie in den Flüssen ertrunken. Die Sklaven hatten zwei Vorteile: Sie kannten die Gegend und verachteten den Tod. Hinzu kam, daß sie ihre Attacken weit von der Basis entfernt ausübten, wodurch das Zweistromland in ihre Hände fiel. Sie errichteten die ersten kommunistischen Strukturen der Welt. Jedem das, was er brauchte. Sechs Monate Arbeit auf dem Feld und sechs Monate Krieg. Im Jahr 260 Hidschra eroberten sie Abadan, wo Öl tröpfelte. Doch davon wußte man damals noch nichts. 262 Hidschra eroberten sie Ahwaz, und 265 beherrschten sie Basra, damals eine Kornkammer und ein Binnenhafen an der Mündung des Himmels und der Erde und Ausgangspunkt für die Eroberung Afrikas und Asiens. Basra war zudem florierende Handelsstadt und die Stadt, von der Sindbads Reisen starteten. Nichts widerstand ihnen. Sie zerrissen 1001 Nacht, exekutierten die Reichen mit dem Hackebeil und verbrannten den Koran, dessen Botschaft von den alkoholabhängigen und libidinösen Herrschern verfälscht worden war. Sie verboten das Gebet, das Fasten, das Almosengeben. Sie teilten die Beute auf und befreiten Männer und Frauen. Sindbad, der Kofferträger, hatte es nicht mehr nötig zu phantasieren. Erzähl schon weiter! Fünfzehn Jahre lang zitterten die Könige vor ihnen. Fünfzehn Jahre blieb das Zweistromland eine fruchtbare Republik. Die sexuellen Tabus wurden übertreten. Aber die ganze Geschichte dauerte nicht länger als Träume. Eine große Allianz gegen die Neger fand sich im Zweistromland zusammen. Ein König erschien, der seine Interessen genau kannte. Er, al-Muwaffak, vernichtete die Rebellen, besiegte sie und ermordete Ali Ibn Mohamed im Jahr 270 Hidschra. Dadurch brach die Begeisterung mit einem Mal zusammen, und Messauda beschloß, drei Tage zu trauern. Sie befahl, eine Vogelscheuche nach dem Bild al-Muwaffaks herzustellen. Die Sonnenblumen drehten sich zum Schatten, und Durr sagte zu ihrem Mann: »Verstehst du jetzt, warum ich mir wünsche, du wärst dunkelhäutig?« Es war ein Epos. Die Realität war auf den Kopf gestellt. Um sich zu rächen, benutzen die Neger die Köpfe der abbasidischen Fürsten, um ihren Darm darein zu entleeren. Die Zwillinge unterbrachen die Bauarbeiten an der Mühle, Messauda hörte nicht auf zu weinen und nahm sich vor, das nächste männliche Neugeborene im Stammbaum der Namenlos Mohamed Ibn Ali zu nennen.

Was für ein Name, Mutter! Am Abend des ersten Freitags im Jahr 270 Hidschra, die königlichen Vorhallen waren parfümiert mit Aloe und Räucherwerk, ging die Schlacht unter freiem Himmel vonstatten. Blutrot mischte sich mit Graublau, bevor es den Himmel erreichte oder die Welt erbeben ließ, die in den Händen der Kalifen blieb, deren Augen das hervorsprudelnde Blut tranken und deren Männlichkeit vom Morgentau in den duftenden Gärten nippten. Die wahre Geschichte der Neger hatte schon lange vorher begonnen, fuhr Durr fort, die den Platz Kulthums neben Hamid eingenommen hatte, dessen Körper starr und steif blieb. Genau genommen in dem Moment, als man die Schwarzen in Folter und Glasscherben getauft hatte, sie mit Schwerthieben und rassistischen Beleidigungen malträtiert lebendig begraben hatte. Als ihre Frauen vom Sperma der Angreifer schwanger wurden, als die Kinderarmee mit Blutritualen getauft, das Vieh im Aufbrausen der Gewalt geschlachtet worden war ... Schon vor der Revolte war die Wahrnehmungsfähigkeit der Gefangenen gestört durch die Kupfermünzen, die man auf ihre vom Hunger rissig gewordene Haut geklebt hatte, während die Fluten von Euphrat und Tigris und die geräuschvollen Farben das Land um sie herum krumm, verzerrt und angeschwollen aussehen ließ. Die verborgene Unruhe verdichtete sich immer mehr und paßte sich dem Rhythmus des langsamen Gesangs an, der kaum noch die Münder verließ. Wie schnell kamen die Wächter mit ihren Peitschen, Beilen und mit Nägeln versehenen Stöcken. Die Schwarzen hatten auf Ali Ibn Mohamed, seine Redegewandtheit und seinen Mut gewartet. Sie sahen, wie das Blut ihrer Brüder zum Himmel emporspritzte, wie ihre Köpfe durch die Hiebe des Henkers von ihren Körpern getrennt wurden. Zerplatzende Kehlen im Schweigen. Der Tod wurde zum Schallwort, wo Speisesaft und Schleim eine mit himmelblauer Farbe verzierte Lanze darstellten. Die Weißen hingegen, die diese Hinrichtungen betrachteten, stießen Kriegsgeheul aus als Lobpreisung Gottes, dessen Echo zwischen den beiden mit Blut gefärbten Flüssen widerhallte, das die Fische aus dem trüben Wasser aufzufangen versuchten. Jedesmal bevor das

Fleischerbeil auf den Nacken des zum Tode Verurteilten niederging, sonderte dieser einen weißen, dickflüssigen Samentropfen ab, da er selbst von der eigenen Hinrichtung fasziniert war. So vermischten sich Farben, Töne und Lärm inmitten des Todes, der dabei war, das Leben mit Safran zu färben, die Lücke in der Realität zu registrieren und die barbarischen Methoden der Herrschenden aufzudecken. Dabei ließ er die menschlichen Glieder brüchig werden und in der Erinnerung der anderen Gefangenen riesige Lücken klaffen, die zu den Welten des Wahnsinns offen waren.

All dies fand in den Staaten des islamischen Reiches zu einer Zeit statt, als Sindbad, der Träger, an der Mauer des königlichen Palastes lehnte, um sich auszuruhen und seiner Phantasie freien Lauf zu lassen. Das Ergebnis war eindeutig. Die Soldaten von Ali Ibn Mohamed kamen aus allen Richtungen, was dazu führte, daß Messaudas Wanduhren die richtige Zeit beibehielten. Die Grausamkeit der Unterdrückten war schrecklicher als die ihrer Unterdrücker, was normal ist. Da waren Ausschweifung und Geilheit auf der einen Seite, Gehorsam und Loyalität auf der anderen. Die Historiker fügten noch etwas dazu, mit Ausnahme von Al-Mass udi, der eine positive Einstellung zu dieser Bewegung einnahm. Nach der Niederlage der revolutionären Bewegung begann die Unterdrückung – grenzenlos und nicht kontrollierbar. Die Hähne des Wahnsinns öffneten sich weit. Die Herrschenden fürchteten nicht um ihr Leben, sondern darum, daß ihre Schädel dem Risiko ausgesetzt sein könnten, zu Nachttöpfen in der Geschichte der Sklaven zu werden. Die Revolution der Schwarzen dauerte fünfzehn Jahre und war kein zufälliges Ereignis.

Alle wesentlichen Bedingungen waren gegeben. Viele Revolutionen hatten sich davor ereignet, sie waren kürzer, aber ebenso tödlich gewesen, nach Gerechtigkeit dürstend und haßbesessen gegenüber Königen und deren Lakaien. Mohamed Namenlos hatte diese Geschichten bereits erzählt und studiert, nach denen die Bauern unter der Führung Sindbads drei Jahre lang Hadjdjadj Ibn Jussuf standgehalten hatten, der zur Zeit Messaudas Pfirsiche bewachte. Nach der Legende soll auch al-Mukanaa eine Frau gewesen sein, deren Gesicht immer verschleiert war und die ungefähr zehn Jahre im Grenzgebiet des heutigen Iraks und Irans Widerstand geleistet hatte. Und Babek ließ sich mutig auf den Kampf des Proletariats in Kufa ein und eroberte die Hauptstadt, während die Neger einen Staat errichteten und davon träumten, eine ideale Republik zu erschaffen. Doch die Stadt al-Mukhtara wurde von Muwaffaq zerstört. Eine weitere Vogelscheuche zum Aufhängen. Die Trauerzeit dauerte drei Tage. Danach verließ Hamid das Bett. Sein Kummer war verschwunden. Man kann nicht aus Liebe sterben, wenn die Geschichte so viele Leichen mit sich führt. Er nahm sich vor, al-Mukhtara zu besuchen, diese alte vorübergehende Hauptstadt der rot-schwarzen Republik der Neger des Ali Ibn Mohamed. Kulthum war erleichtert, da sie sich nun auf ihr Leben als alte Jungfer vorbereiten konnte. »Ich werde meine Zeit damit verbringen, die Käfige der Zeisige und Paradiesvögel zu säubern. Aber deinen Daumen werde ich behalten ... Oh, mein Lieber! Hätten doch alle Männer der Welt die Farbe deiner Augen! Ärgere dich nicht. Ali Ibn Mohamed war viel schöner als du. Ich habe ihn im Traum gesehen. Er wollte mich heiraten. Aber ich wollte nicht das Gefäß, in dem dein Daumen schwimmt und das in meinem Elternhaus steht, im Stich lassen. Er hätte ihn den Sardinen gegeben ... Ich habe nicht einmal mehr meinen Igel, um die Tür meiner Weiblichkeit zu verriegeln ...«

Das Dorf war in heller Aufregung. Man fiel wieder in die Kindheit zurück, als man mit offenem Munde sah, wie der riesige Wal sein Maul öffnete, um Bagdad zu schlucken. Die Bewohner konnten nicht anders; sie flohen in ihre Häuser. Selbst die Besetzung der Nebenrollen machte es ihnen nach. Einige versteckten sich unter ihren Betten. Das Vorhandensein der Traktoren, der Geräte zum Aufblasen des Kunststoffs und der Kräne, die sich stolz gen Himmel streckten, ließ manche von ihnen glauben, daß dies zu real sei für Kino. Sie zogen die Flucht vor, sobald sie der Zweifel beim Kragen packte. Mancher verschwand unter dem Gewand seiner Frau und erschreckte die Raupen, die vor der Zeit den Kokon verließen. Andere waren klüger und nutzten die Gelegenheit, im Dunkeln zu bleiben. Sie stürzten sich auf die Nachbarsfrauen, die keinen Laut von sich gaben. Ausnahmen bestätigen die Regel. So wurden scheckige Kinder geboren, mit Rücken so blau wie die Ängste ihrer Väter und Gesichtern so gelb wie die Bettlaken ihrer Mütter. Die betrogenen Männer waren nicht eifersüchtig, da sie dank der Dreharbeiten in Manama lernten, daß Könige, Kaiser, Kalifen und Herrscher des Landes sich auch hätten täuschen können. Also, warum nicht auch sie? Die Dreharbeiten der Walszene verursachten große Spannung. Sogar die Schauspieler, die schon vorher in harter Währung bezahlt worden waren, lehnten es ab, weiterzuarbeiten, da sie große Angst vor der gewaltigen Maschine hatten. Sicher, sie war aus Kunststoff und mit Luft gefüllt, aber – wer weiß – vielleicht verwandelte sie sich in eine lebende Bestie. Vergeblich steckte der Regisseur seinen Kopf in das künstliche Maul des Tieres, aber die Männer hatten einen warmen Platz gefunden, der sie ihre Schlaflosigkeit und die furchtbaren Phantasien vergessen ließ. Sie erklärten den Kokons den Krieg und hörten sich die Geschichte Ali Ibn Mohameds an, ohne die Gewänder ihrer Frauen und Nachbarinnen zu verlassen.

Ihr Schrecken wuchs noch, als sie erfuhren, daß die Sklaven im alten Zweistromland alle schwarz waren. In diesem Moment verließen die Männer alle zusammen jene träge Dunkelheit, die für die Liebe günstig war und in der die Frauen gerne ihren Kokon umschlossen, und kehrten zu den Dreharbeiten zurück. Rassistische Gedanken nahmen zu, und die Angst vor allem Schwarzen wurde gleichgesetzt mit der Angst vor dem Tod, vor allem, bevor sie ihre Kinder ins Bett brachten. Die Dreharbeiten gingen weiter. Der Wal schluckte Bagdad. Messauda Namenlos, Durr und Kulthum beeilten sich, eine Vogelscheuche nach dem Bild al-Muwaffaqs, der die Neger ausgerottet hatte, herzustellen. Die Mutter hatte nicht gewagt, ihre Familie zu fragen: »Glaubt ihr, daß sie gute Leute waren? Es hieß immer, daß sie barbarisch seien!« Ihr gutes Herz besiegte die Vorurteile, und sie übertrieb nicht, wie sie es mit den anderen Vogelscheuchen getan hatte, sondern machte sich beherzt an die Arbeit. Schon immer war sie auf der Seite der Unterdrückten gewesen. Die konkrete Geschichte hatte nun ihren Einfluß ausgeübt. Auch der ideologische Rahmen war gut; da waren die Zwillingsbrüder, Raschid Bnasser und natürlich Mohamed Namenlos, Durr, Kulthum und Alawa Ahmar. Die Zwillingsschwestern hingegen waren bemüht, ihre Monatsblutung genau zu datieren, die bisher immer auf den 19. Tag des Mondmonats in diesem 14. Jahrhundert Hidschra fiel. Djilali Bouhadba, der durch Abmagerung schwach geworden war, blieb diszipliniert und beschäftigte sich mit Wissenschaft, Technik und neuen Entdeckungen in der Alchimie und der Geographie.

Wer möchte wissen, was dem Dorfältesten und dem Wächter der mysteriösen Tankstelle des Gouverneurs widerfahren ist? Dies ist seine Geschichte: Eines Tages verschwand er. Er war der sechste, der seit der Ankunft der Filmleute verschwunden war. Sein weißer Kater blieb allein zurück auf demselben Platz, um die Tankstelle zu bewachen. Er saß dort und rührte sich nicht von der Stelle, trotz der Kinowunder, die die Gasse neben der Tankstelle verändert und in einen Arm des Tigris verwandelt hatten. Stundenlang beobachtete der Kater das tosende Wasser in der Hoffnung, daß ein Fisch seinen Kopf herausrecken möge, damit er ihn packen und schlucken könne, so wie der Wal die Hauptstadt der Abbasiden schluckte. Die Bewohner Manamas erfuhren nicht, daß der Alte im Restaurant ermordet worden war, wo die Gäste fürs Fernsehen extra Geld zahlen sollten. Er war genau 128 Jahre alt gewesen. Niemand erkundigte sich nach ihm, die Leute vergaßen sogar, daß er sich auf dem Weg nach Mekka bis zur Besinnungslosigkeit besoffen hatte. Auch der Kater wußte nicht mehr, was passiert war, seitdem man die Senke des Euphrat bis zu jenem entlegenen Winkel der Wüste entwässert, das Dorf von den schaumigen tosenden Wassermassen überflutet, die Windmühlen errichtet, Pferde aus Nahawand herbeigebracht und den schweigsamen Wächter zu einer unbekannten Stelle geschickt hatte. Selbst unter den Personen, die Nebenrollen als verwesende Leichen in der Wüste des Nadsch angenommen hatten, war er nicht zu finden. Indessen blieb die Tankstelle von dem dicken und schlauen Kater bewacht, der begeistert war von so viel Wasser und den veränderten geographischen Bedingungen um ihn herum. Manch einer ging so weit und machte Andeutungen, der Wächter befände sich vielleicht als Vogelscheuche in Messaudas Garten. Das war natürlich maßlos übertrieben. Messauda ärgerte sich darüber und suchte ihren Sohn, der losgezogen war, um erneut mit dem Wind außerhalb Manamas zu diskutieren. Das sind die Eigenarten des Menschen! Stecken ihre Nase in Dinge, die sie nichts angehen. Und hatten aufs neue die Dimensionen der mentalen Zerstreuung erreicht. Wußten nicht mehr, ob die als Eunuchen verkleideten Schauspieler echt oder unecht waren, und es passierte oft, daß ein Betrunkener auf seinem Nachhauseweg in den Wassergraben rutschte. Trotz allem wiederholten die Schergen des Gouverneurs jeden Morgen, wenn sie ihm seine Berichte vorlegten, dieselben Wörter: »Keine Vorkommnisse, mein Oberst! Der Büstenhalter Messaudas ist ruhig!«, und der ratlose Bander Shah ließ die

Dinge laufen. Er vermied es, seine Tochter zu sehen, die ab und zu kam, um ihre in Schweigen versunkene Mutter zu umarmen, die bereits seit langem völlig in Gedanken verloren war. Da sie nichts verlangte, erzählte ihr Kulthum von den Alltäglichkeiten des Lebens und wiederholte jedesmal, sie solle mit den Flügeln des kleinen Ventilators vorsichtig sein, da Frau Bander Shah ihre Zeit damit zubrachte, im Schaukelstuhl vor diesem Gerät zu sitzen, der die stickige Luft erfrischte. Seit sie die Klimaanlage hatten, wurde nicht mehr gelüftet. Die eisernen Flügel zerhackten ab und zu schillernde Schmetterlinge, die ihren seidenen Rock verließen, obwohl sie noch nie Seidenraupen gezüchtet oder Kokons gehalten hatte. Es bestand eine gewisse Ähnlichkeit zwischen ihr und Malika Namenlos, deren Kleid seit ihrer Hochzeit nicht mehr von den phosphoreszierenden Schwärmen aufgeblasen war, die das Dunkel ihrer Weiblichkeit erleuchteten. Frau Bander Shah hatte sich in sich zurückgezogen und wartete auf den Tod. Sie hatte auch kein Interesse mehr an den Besuchen ihrer Tochter. Die Abwesenheit stand ihr ins Gesicht geschrieben. Hinzu kam die Patina der Einsamkeit, die schließlich auf den Gesichtern aller Leute aus Manama stand. Es war so, als sei sie nicht von dieser Welt. Trotzdem behielt sie ihre Schönheit. Sie wusch sich jeden Morgen, zog ihre weiten und hellen Kleider an und verbrachte Stunden damit, sich zu schminken. Dann setzte sie sich vor den Ventilator, sprach kein Wort, gab dem Personal keine Befehle, schüttelte ihre Musselinkleider nicht aus und sah noch nicht einmal den Propeller. Ihr Blick blieb gleichsam festgenagelt an der gegenüberliegenden Wand haften und starrte auf alles, was nicht mehr in ihrem Besitz war. Ihre Tochter ließ sie dann allein, wissend, daß ihre Mutter den Schaukelstuhl zu jeder Mahlzeit verließ, den Wassersalon durchquerte, unter dem die Wale schwammen, und daß sie ihren Platz am Familientisch gegenüber ihrem Mann, dem tyrannischen Gouverneur Bander Shah, einnahm. Abwesend und gedankenverloren pickte sie etwas von ihrem Teller. Danach kehrte sie so schnell wie möglich zum Surren ihres kleinen Apparates mit den von Mücken- und anderen Insektenkadavern übersäten Flügeln zurück. Gerne hätte Kulthum ihrer Mutter zur Zerstreuung die Geschichte der Neger und ihres mutigen Anführers, Ali Ibn Mohamed, erzählt, nachdem sie Hamid Namenlos, der noch im Bett lag, verlassen hatte. Aber die gefrorene Miene ihrer Mutter, die emotionale Abwesenheit und ihre erstaunliche Eleganz brachten sie von diesem Wunsch ab. Sie hatte immer gewußt, daß ihre Mutter aus Haß und Ekel vor sich selbst in die grasbewachsenen Sümpfe gegangen war. Trotzdem hatte sie nie die furchtbare Vorstellung gehabt, daß ihre Mutter bald sterben könnte – trotz ihrer Schönheit, ihrer Musselinkleider, ihrer Ehrfurcht, ihrer Würde, ihres Ansehens und ihrer Vornehmheit. Denn sie war in diese Welt übergegangen, um sich von der Geschmacklosigkeit und Dummheit ihres Mannes zu befreien. Verwirrt kehrte Kulthum zu den Namenlos zurück und erklärte, daß ihre Mutter schon gestorben sei. Der faulige Geruch, der von ihr ausging, und die vielen gelben Schmetterlinge, die von den Flügeln des Ventilators zerhackt wurden, seien Beweis genug. Allen war klar, daß nichts dergleichen geschehen war und daß diese Ängste Kulthums vor dem Tod ihrer Mutter das Ergebnis ihrer überlasteten Einbildung waren, seit sie von dem Sumpffieber angesteckt worden war, als sie dem über ihre Abwendung verzweifelten Hamid Namenlos von den Vorfällen der schwarzen Sklaven erzählt hatte, die das Land zwischen den beiden Flüssen urbar gemacht hatten, und von ihrem Aufstand im Jahre 255 Hidschra, der fünfzehn Jahre andauerte bis zum Tod ihres Führers, von dem behauptet wird, er sei hübscher als Mohamed Namenlos gewesen, weil das Wassergrün seiner Augen durchzogen sein sollte von phantastischen Fischen, Widerstand und Aufsehen.

In jenem Jahr wuchsen die Begonien nicht in Messaudas Garten, denn Raschika, die Frau des Uhrmachers, wurde schwanger und hatte kein Monatsblut mehr, was bei der wohldurchdachten Dosis, die Messauda genau berechnete, fehlte. Darüber geriet sie in Wut, öffnete ihr Fenster und wollte sich hinausstürzen, wenn nicht eine ihrer Töchter, nämlich Hadika, eine rettende Idee gehabt hätte. Im Haus begriff man, daß das Problem weder Begonien, Sonnenblumen noch Aprikosenbäume waren, die ständig ihre Bitterkeit gegenüber den anderen trockenen und sauren Früchten ausschieden, noch irgend etwas anderes, was den Garten betraf. Drei Dinge waren es, über die sie nicht reden wollte und die ihr schlaflose Nächte bereiteten: zuerst das Verschwinden ihres Erstgeborenen, bei dem sie immer das Schlimmste befürchtete, weil er allein zur Welt gekommen war und außergewöhnliche ornithologische Begabungen besaß, die ihm eines Tages zum Problem werden könnten. Dann die Dreharbeiten für diesen Film, die ständig ihre Opfer forderten, die Dorfbewohner die Orientierung verlieren ließen und den Gouverneur bereicherten, der davon profitierte, ihr nicht mehr den kalifornischen Dünger zu liefern. Dazu noch die Ereignisse um die schwarzen Sklaven, die ihr Herz erobert hatten, trotz ihres vorherigen Mißtrauens ihnen gegenüber, da sie in ihrem Elternhaus inmitten schwarzer Dienerinnen aufgewachsen war, die Zuckerstücke stahlen. Durr hörte ihr zu und konnte in ihren Ausführungen nicht die geringste Überspanntheit erkennen. Für eine gewisse Zeit gab sie ihr sogar recht, um ihre Aggressivität zu bremsen. Dann erzählte sie ihr, wie die Neger in die Wälder geflüchtet waren, sich hinter indischen Feigen- und Erdbeerbäumen versteckt hatten, da die Sonne, die nicht weniger als fünfzig Grad heiß war, sie verbrannte. Sie erzählte ihr, wie sie versuchten, zwischen ihnen und ihren Verfolgern möglichst große Nebelbänke zu errichten; die Kanäle des Zufalls und die Windungen der

Angst zu durchqueren. Wie sie sich Zeit und Raum widersetzten und Wege verfolgten, die in Schwindel und Begeisterung eingetragen waren. Messauda beruhigte sich allmählich, und die Widersprüche in ihrem Innern wegen der Hautfarbe der Sklaven verringerten sich. Draußen machte der Wal dumme Streiche, denn als man ihn aufblasen wollte, widersetzte er sich allen Versuchen und der modernsten Technik, blieb über getrocknetem Wasser aus Aluminiumpapier hängen, an Seilen, die jede Minute zu reißen drohten. Messaudas Panik kehrte zurück. Entschlossen, ihre Söhne und Töchter zu zählen, überraschte sie den Uhrmacher, der gerade dabei war, Raschikas Vagina mit Baumwollöl zu reinigen, da er sie für eine sizilianische Wanduhr hielt. Unberührt zählte sie weiter. Doch sie kam über die Zahl 15 nicht hinaus, und ohne zu wissen warum, sagte sie sich, daß einer beim Appell gefehlt haben müsse. Da fiel ihr Mohamed ein, der das Haus vor einigen Tagen verlassen hatte. Durr heiterte sie auf: »Hör zu, Messauda, er wird mit einer neuen Fähigkeit zurückkommen, um den Fremden Widerstand leisten zu können. Bis dahin werde ich dir die Heldentaten der Karmaten erzählen. Sie waren Weiße!« Die verborgene Seite des Eisbergs, der 1001 Nacht heißt. Es war einmal . . . ein Dichter, der den Regen anhalten konnte, wann immer er wollte. Ist das seltsam für jemanden, dessen Vater Wasserträger war? Jeden Morgen ging er zum Fluß, um Wasser zu holen. Er verteilte es in Ziegenhautsäcken, die von innen genäht und mit Pech bestrichen waren. Seine Zukunft war bereits festgelegt, auch er würde Wasserträger sein. Neben der Fähigkeit, Regen nach Laune fallen zu lassen, wurde er auch als Dichter geboren und schlug weite Breschen in die Strukturen der Sprache, die nicht im Schatten des gelangweilten Harems schlief. Mohamed Namenlos, der seine Gedichte kannte, war insgeheim auf ihn eifersüchtig. Und als Durr seiner Mutter von Hamdan Ibn Karmat erzählte, schürte sie die

Rivalität zwischen ihrem Ehemann und al-Mutannabi, der als bester Dichter aller Zeiten gilt, was auf die Gabe der Leidenschaft zurückzuführen ist. Namenlos hatte einen Grund für seine Eifersucht, denn es regnete in Manama normalerweise nie. Sicher war, daß es einmal geschneit hatte. Genauso sicher war es, daß die beachtliche Technik des Kinos das Dorf zwischen einem Nachmittag und der sich anschließenden Nacht verlängerte. Aber hatte es dort wirklich eines Tages geschneit? Darüber gingen die Meinungen der Dorfbewohner auseinander. Die Gaukler des Audiovisuellen dagegen waren fürchterliche Realität. Der schwebende Wal – nach dem Muster der ausgestopften Vögel von Mohamed Namenlos –, der auch noch nach der Ankunft der Gauklertruppe und anderer fremder Akrobaten lange Zeit in der Luft schwamm, war ein schlagender Beweis für diese Behauptungen. Lange kannten die Dorfbewohner keinen tiefen Schlaf mehr, vor allem, da Mohamed Namenlos immer länger fortblieb. Durr erzählte von den Karmaten. Hör zu! Messauda war ganz Ohr, eine gute Zuhörerin! Sie nahm die gleiche Haltung ein wie ihr Sohn, als er damals eine ganze Woche vor dem Bordell sitzen blieb und wartete, daß seine zukünftige Frau wieder zu ihm käme. Oder etwas weniger. Aber die Vögel haben ein schwaches Erinnerungsvermögen und verfügen über eine verblüffende Streitsamkeit. So erkannten sie ihn nicht und ließen ihren Mist auf ihn fallen. Aber das ist eine andere Geschichte. Starr hörte Messauda der Kehrseite der Dinge zu. Vorher war sie ruhig gewesen, denn 1001 Nacht hatte ihre Kindheit wieder ans Licht gebracht, und sie hatte sie ihren neunzehn Kindern vor dem Schlafengehen erzählt. Und jetzt wurde die Realität um sie herum zersplittert. Zwischen den Fingern zermahlen. Sandiger Wind. Staub, der von neuem alles zudeckt und die Dinge so weit verfälscht, daß man nicht den Krug vom Topf und daß die Lehrerin – wie man sagt – nicht zwischen ihren guten und schlechten Schülern unterscheiden kann. So war es. Manama hatte nie eine feste Zeit auszuwählen gewußt, was die anderen Dörfer oft verurteilt hatten. »Es ist die Instabilität selbst. Eines Tages wird es losfliegen, und keiner ist dazu in der Lage, es zur Erde zurückzubringen. So wird man es gut los. Seine Bewohner sind Ketzer und Landstreicher.« Das war aber nicht der Punkt. Durr erzählte, wie die Karmaten Rache für die Neger genommen hatten. Die meisten von ihnen waren weißhäutig. Sie wußten genau, wie sie die Gedemütigten mobilisieren konnten. Du siehst also, die Hautfarbe hat nichts mit der Qualität der Menschen zu tun. Mach dir keine Sorgen, Messauda! Dein Garten ist in Ordnung, die Begonien wachsen besser als zuvor. Im Haus gibt es genug Frauen, um die Wüste zu bewässern. An Blut hat es noch nie gemangelt. Hör zu! Die Karmaten waren besser organisiert als die Neger. Lange Zeit vorher bereiteten sie ihrer Revolution den Weg und erfanden die Arbeit im Untergrund, das Fälschen von Papieren und Geld. Sie benutzten Schmuck und die Schönheitschirurgie, um ihre Feinde zu täuschen, erfanden Geheimzahlen, Brieftauben mit gutem Orientierungsvermögen, leicht austauschbare Ausweise, die Ziffer Null, völlige und absolute sexuelle Freiheit, Täuschungen, Ausflüchte, Unerbittlichkeit, Häuser mit Doppeltüren, verschiebbare Wände, die Pflicht für den Mann, einmal pro Tag das Geschirr abzuwaschen. Sie brachten die Kunst hervor, Propaganda ohne Heuchelei zu betreiben, das Ackerland zu verteilen, Privatbesitz und die Sklaverei für nichtig zu erklären ... und al-Mutannabi! Der Größte! Verrückt und genial mit mehr Wissen von der verborgenen Welt als andere! Sachverständiger in der Kunst. Er kannte keine Wortklaubereien. Ein Ketzer und Ungläubiger. Haßte alle Machthaber und Propheten. Nachdem er an einem sintflutartigen Tag den Regen gestoppt hatte, erklärte er: »Es gibt keinen Propheten nach mir!« Er war der Wortführer der Bewegung und verbarg dies nicht. Die politischen Anführer hingegen waren unauffindbar. Hatten die Gabe, allgegenwärtig zu sein, und reisten nur auf Teppichen, die sich mit Hilfe des Windes bewegten. Jeder von ihnen hatte neunzehn Namen. Durr hörte mit einem Mal auf weiterzuerzählen und warf Messauda einen argwöhnischen Blick zu. »Diese Zahl verfolgt uns ständig«, sagte sie. »Was meinst du?« Doch dann wandte sie peinlich berührt den Blick ab. »Erzähl weiter«, sagte Messauda, »und laß mich nicht an deinen idiotischen Mann denken, der schon seit einer Woche weg ist.« »Jeder Anführer hatte also neunzehn Namen. Er war vom Volk gewählt im Gegensatz zu unserem Gouverneur ... welche Schande! Aber stell dir nur vor, um das Recht zu haben, gewählt zu werden, mußte der Kandidat einen Doktortitel in politischer Ökonomie und ein Diplom in Mathematik besitzen. Es hieß, Razi – derjenige, der die Krankenhausmedizin und die Festkörperphysik entdeckte, Masern behandelte, Borax und Magnesiumnitrat erfand – stand dieser Bewegung fünfzehn Jahre lang vor. Du mußt wissen, daß die karmatische Macht vierhunderteinundfünfzig Jahre dauerte und sich vom Jemen bis Marokko erstreckte. In dieser Zeit hörten die Kalifen die Geschichten aus 1001 Nacht aus den Mündern pubertierender Sklaven, die ihnen den Hintern mit Orangenwasser wuschen. Nein Messauda! Ich bin nicht unverschämt. Das ist die reine Wahrheit. Dein Sohn hat sie mir beigebracht.« Sie war sicher, daß er mit einer neuen Begabung zurückkehren würde, um den Hochmut der fremden Filmemacher wegzufegen, die am Ende ihr Ziel erreichen würden, nachdem sie die geringste Äußerung von Feindseligkeit mattgesetzt und mehr als einen Manamaer verführt hatten. Sie sah die Ereignisse aus dem Blickwinkel des Imaginären und der Erzählung. Also, es war einmal. Nicht Scheherazade und ihre 1001 Nacht, sondern Hamdan – wo ist die Beziehung zu Hamdan Namenlos, der siebte in der Linie? –, der Karmate.

Neunzehn Jahre nach der Niederlage der Neger ... »Hör auf mit deinen neunzehn«, warf Messauda ein, »auch wenn ich den bösen Blick nicht fürchte ...« Im Jahr 289 islamischer Zeitrechnung zog das Proletariat Mesopotamiens in die Städte; angeführt von Hamdan, dem Karmaten, errichtete es eine unzugängliche Hauptstadt mit dem Namen as-Suwad. Es war tatsächlich eine uneinnehmbare Festung, an der die Armeen des Kalifen zerschellten. Die Bewegung zwang das Reich der Abbasiden in die Knie, die im Wohlgeruch des Parfums versunken waren. Die Karmaten kannten keine Gnade. Sie verteilten sich überall: im Irak, in Syrien, in Khorassan, im Jemen und in Bahrain. Errichteten blühende Städte wie as-Suwad, Ahsa, Kufa, Salmiya. Eroberten Bagdad einmal, dann noch einmal. Führten den Kommunismus ein, obwohl er erst in der Entwicklung war. Gewannen die guten heidnischen Traditionen zurück, Wasser- und Liebesrituale. Brachen Tabus und lebten in grenzenlosem Genuß mit dem einzigen Ziel, Glück für alle zu erreichen. Hatten ihre rationalistischen Philosophen wie Ahwan as-Safah, ihre Wissenschaftler wie ar-Razi, ihre Historiker wie al-Massudi und ihre Sichter wie al-Mutannabi. Letzterer hatte die Aufgabe, mit seiner stürmischen Verrücktheit und widerspenstigen Phantasie zu erklären, daß der Koran schlecht geschrieben sei.

Doch man war weit entfernt von 1001 Nacht, die es nicht gewagt hatten, einen Dichter hervorzubringen, der den Regen zu stoppen lehrte. Der Dichter übertraf sich selbst. Er wurde als politischer Agitator geboren, und seine Wörter zwangen das System der Paläste und ihre Schreiber zum Schweigen. Er teilte die Sprache, drang in sie ein, färbte sie mit tausend Farben, ließ sie über die Ufer ihres schlafenden Bettes treten und hauchte ihr den Geist des Wahnsinns und der Maßlosigkeit ein. Er war auch ein Mann der Tat, stand einer Truppe von wandernden Karmaten in der Wüste von Samawa vor. Nur auf drei Dinge hatte er geschworen: seinen Bogen, sein Schreibrohr und sein Pferd. Laut und öffentlich übte er Widerstand, um die Untergrundführer besser zu decken. Im Jahr 322 wurde er verhaftet und der Häresie angeklagt. Die Folter ließ seinen Haß auf die Herrschaft nur wachsen. Nach zwei Jahren des langsamen Todes gab er auf. Im Jahr 324 kam er frei. Schwach und ausgelaugt, von den Herrschenden verführt. Danach wurde er zu einem, der die kleinen Prinzen und die Großbourgeoisie rühmte, bevor er später zum offiziellen Dichter am ägyptischen Hof ernannt wurde. Messaudas Hoffnungen, die sie in al-Mutannabi gesetzt hatte, schwanden dahin, und sie schrie: »Verraten hat er sie!« Aber die Karmaten setzten ihren Weg mit noch mehr Härte und Reinheit als je zuvor fort. Feuerstein und Feuer. Im Jahr 354 Hidschra, als sie seine Geburtsstadt Kufa eroberten, sagte er sich von ihnen los. Kulthum bereitete sich darauf vor, Durrs Platz beim Erzählen einzunehmen, um Messaudas Blick, unruhig geworden wegen der Abwesenheit ihres ungehorsamen Sohnes, weiter anzulocken und ihn an sich zu fesseln, denn Messauda hatte Geschmack an der Geschichte gefunden. Mohamed Namenlos war gerade nach Hause gekommen, als Messauda ihrer Schwiegertochter sagte: »Schau nach, ob alles in Ordnung ist mit ihm.« Kulthum antwortete: »Er hat immer noch seinen rechten Daumen!« – »Wenn du wüßtest, was deine Frau mir alles erzählt hat. Bleib mir bloß mit deinen Dichtern weg. Sie sind doch alle Verräter. Schau dir nur al-Mutannabi an. Es wäre besser gewesen, er hätte weiter den Regen angehalten, anstatt zum Sklaven eines Negerkönigs zu werden.« Doch dann verstummte sie plötzlich. Ihre Kindheit fiel ihr ein, die schwarzen Dienerinnen, der gestohlene Zucker. Auch die Vögel, die um sechs Uhr nachmittags am Himmel über dem offenen Hof kreisten. »Du wirst dich niemals ändern!« »Doch. Ich versuche es. Aber sag mir, was hast du die ganze Zeit in der Wüste gemacht? Du bist auch ein Verräter! Das

Dorf verliert den Verstand, die Schmetterlinge werden tot geboren, deine Schwester ist schwanger und der Gouverneur stolziert umher. Die Kinoleute verwüsten jeden Abend das Bordell. Außerdem haben sie einen armen Sindbad gefunden, der einen fliegenden Teppich reiten sollte. Natürlich ist er tot! Zerschellt in tausend Stücke. All das erinnert mich an den Tag, als man mir deinen Vater, in ein schmutziges Gewand gewickelt, brachte.« Mohamed Namenlos wollte nicht antworten. Er war über alles auf dem laufenden, wollte aber nicht seine Zeit verschwenden. So erlangte er dank seiner Konzentrationsfähigkeit eine neue Begabung und konnte jede Schrift, egal ob aramäisch, manamaisch, chaldäisch, syrisch, berber oder ägyptisch, mit der Nase lesen, denn seine Nase nahm den Duft wahr, den alle Zeichen ausströmten. Er war entschlossen, diesen unglaublichen Gewinn zu erwähnen, um die Aufmerksamkeit der Leute in Manama von dem kinematographischen Trugbild abzulenken und sie eine gewisse Zeit zu beschäftigen, bis er einen echten bewaffneten Widerstand gegen die Angreifer organisiert hatte. Am nächsten Tag ließ er sich in der Nähe des Ortes nieder, wo die Szene mit Sindbad weitergedreht wurde, der über den Städten, Ländern und Kontinenten kreiste – den Südpol eingeschlossen, der es zugelassen hatte, daß ein Stück seiner selbst in Form eines Eisberges an einen König vom Golf verkauft worden war, um die erstickte Luft Manamas zu erfrischen. Dort saß er; umgeben von der größten Voliere, die die Welt jemals gebaut hatte, zwischen Spatzen, Papageien, Kanarienvögeln, Kakadus, Papageien, Kamichis, Paradiesvögeln und weiteren hundert Vogelarten. Inmitten des ohrenbetäubenden Lärms saß er und rezitierte ein nabatäisches Manuskript, das ihm ein gerissener Mensch gegeben hatte, um ihn dadurch bloßzustellen und ihn zum Gegenstand des Spotts zu machen. Der Erstgeborene Messaudas saß da mit verbundenen Augen und roch jeden Buchstaben, jedes Wort und jeden Satz und bewies, daß seine Behauptungen nicht erfunden waren. Im Nu verbreitete sich das Gerücht, und die Dorfbewohner drängten sich um diesen Mann mit der empfindlichen Nase. Der Drehort leerte sich schnell, und die Statisten waren so begeistert, daß sie dort Wurzeln schlagen wollten. Sogar die Techniker und die ausländischen Schauspieler drängten sich in die Menschenmenge, um dieses Genie zu erleben, das nicht nur den Untergang des Dorfes vorhersagte, wie Messauda behauptete, sondern auch das Ende der Welt, das übrigens von allen Interpreten des Islam für den Anfang des 14. Jahrhunderts erwartet wurde. So blieben nur der Regisseur und der Produktionschef zurück, da der Kameramann die Gelegenheit nutzen und als erster Fotos von Namenlos schießen wollte, um sie an internationale Agenturen zu verkaufen.

Die Dreharbeiten stoppten zum zweiten Mal. Der Gouverneur fuhr in seinem Rolls-Royce vor, den er unter seinem Schonbezug hervorgeholt und mit elektrischen Lampen geschmückt hatte, die mit dem Gas der übelriechenden Sümpfe Mesopotamiens betrieben wurden. Brems-, Kupplungs- und Gaspedal waren mit kleinen fluoreszierenden Lampen ausgestattet, die beim kleinsten Druck aufleuchteten und ihm ermöglichten zu fahren, ohne daß er seine Füße durcheinanderbrachte. Er war dafür bekannt, extrem ungeschickt und – wie alle Neureichen – verrückt nach Spielchen und überflüssigem Zeug zu sein. Er versuchte es mit Drohungen, aber keiner nahm das Platinschwert ernst, das er zum ersten Mal bei sich trug. Bislang war es noch von niemandem wirklich gesehen worden, außer in den Magazinen, die sich mit dem Leben des Adels beschäftigten. Mit den Schultern zuckend kam er schließlich zu Mohamed Namenlos, der gerade dabei war, einen Brief vorzulesen, den eine Schauspielerin am Vortag geschrieben hatte, um ihn ihrem Mann zu schicken. Sobald der Gouverneur den riesigen Käfig mit den verschiedenen Vögeln erblickte, von denen er schon viel gehört, aber noch nichts gesehen hatte, wurde er von dem Charme dieses außergewöhnlichen Orchesters gefangengenommen, dessen göttliche Harmonie in den verschiedensten Tönen einem jeden Instrument entströmte. Die Umstehenden nahmen an, er würde durch die zauberhafte Musik davonfliegen, aber zum ersten Mal sahen sie Tränen in seinen Augen. Die Manamaer, für ihre Menschlichkeit und ihr Mitleid bekannt, applaudierten. Davon beeindruckt, ging er Mohamed Namenlos ins Netz, ohne einen Blick auf den häßlichen Regisseur zu werfen, der versuchte, ihn wieder zur Vernunft zu bringen. Er zog einen alten Brief von Laila aus seiner Tasche, den sie ihm während ihrer Studienzeit in Sydney geschrieben hatte, hielt ihn ihm unter die Nase, ihm, der seine Lieblingstochter entjungfert hatte. Mohamed Namenlos war bekannt für seine Begabungen, etwa die, seinen Schatten nach Laune bewegen zu können, für seinen magnetischen Körper, für die Fähigkeit, das Lachen der Kinder, das Gackern der Hühner und das Knirschen der Mühlen in einer Entfernung von 166 Metern zu unterbrechen. Außerdem war er in der Lage, seine Mutter zu überlisten und das Geschlecht seiner achtzehn Brüder und Schwestern zu verändern. Er konnte mit seinem Großvater debattieren, der schon seit mehr als zwanzig Jahren tot war, die Jungfrauen mit nächtlicher Feuchtigkeit bewässern, ohne ihren Schatz zu beschädigen, den sie zwischen Samt und Flaum trugen. Er ahnte das Reifen der Kokons ... Die nasale Lektüre Mohamed Namenlos' ergab folgendes: »Mein lieber Vater. Australien ist groß, und die Wüste nimmt den größten Raum ein. Der Tanzlehrer lud mich zum Essen in ein feines Restaurant ein, aber ich lehnte ab, Wein zu trinken, der nicht aus Manama importiert war. Ich arbeite zehn Stunden pro Tag und mache gute Fortschritte, wie meine Freundinnen sagen, die neidisch auf meine Schönheit sind und auf die Tatsache, daß mein Vater Gouverneur ist. Du brauchst mir nicht so viel Geld zu schicken, denn ich weiß nicht, wofür ich es ausgeben soll. Du solltest es zur Seite legen für den Fall, daß Du Deinen Posten verlierst. Du hast mir lange nichts mehr von Juba II. erzählt, aber ich hoffe, er ist gesund, wie auch Du und meine liebe Mutter. Viele Küsse und alles Liebe. Laila Bander Shah. Schülerin des klassischen Tanzes Professor Wassily Wassilevs.« Der Gouverneur war begeistert und wollte Namenlos küssen, aber dieser sprang von seinem Platz auf, nahm die Binde von den Augen und sagte: »Schon nach einer Woche Abwesenheit von zu Hause hat mich meine Mutter einen Verräter geschimpft, was wird sie erst tun, wenn sie erfährt, daß ich mich freiwillig von Bander Shah küssen lasse?« Der Gouverneur drehte sich um und verließ den Platz, bitterlich weinend. Dann fuhr er nach Hause, legte sich ins Bett und schickte seinem Schwiegersohn zum ersten Mal im Leben ein Telegramm auf normalem Weg, in dem er ihn bat, ihm zehn Packungen Aspirin zu schicken. Diese Medizin sei in Manama nicht vorhanden, aber die Leute hätten sich daran gewöhnt. Er war nicht der einzige, der unter Kopfschmerzen litt, denn manche Manamaer waren völlig verblendet, andere wurden bewußtlos; weniger aufgrund des Wunders, das sie gerade erblickt hatten, als vielmehr durch den Lärm, den die Vögel von Mohamed Namenlos veranstalteten. Und der führte weiter seine neue Methode vor, die Schrift zu betasten und die Vögel mit heller Stimme zwischen zwei nasalen Lesungen zu provozieren. Das ganze Dorf verwandelte sich in einen enormen Zauberkäfig, der die Musik der ganzen Welt vereinte. Die Vogelhalter verbanden ihre Anstrengungen mit denen des Mannes mit tausend göttlichen Sinnen, um nicht ausgespart zu bleiben bei dieser Geschichte, die trotz ihrer starren Erscheinung schnelle Fortschritte machte. Zudem nahm der Ruf Manamas als seltsame Musikbox seinen Platz als Dorf ein, von dem aus Ibn Khaldun den Aufstieg und Fall des Reiches beschrieb, dessen riesige Ausdehnung Zeit, Raum und parallele Linien durcheinanderbrachte. Der kluge Wissenschaftler al-Biruni hatte es schon erreicht, diese Faktoren mit seinen Meßinstrumenten zu bestimmen. Außerdem war er der erste, der diese imaginäre und eindrucksvolle Linie erfand, die man den Meridiankreis nennt. Die Einladungen stürzten nur so auf Mohamed ein, daß er nicht einmal Zeit fand, nach Hause zu gehen und sich zu rasieren. Aber da er sich für den saubersten unter allen hielt und seinen guten Ruf bei den Filmleuten bewahren wollte, griff er auf die Kenntnisse des Schusters zurück, der es verstand, sich ohne Seife zu rasieren. Messauda beschwerte sich: »Er hat nicht mal Zeit, um nach Hause zu kommen und zu essen. Glaubt er eigentlich, er trägt das ganze Dorf auf seinen Schultern? Auch wenn sich diese Leute durch eine List täuschen lassen, will ich nicht, daß mein Sohn sich von Lebensmitteln ernährt, deren Frische zweifelhaft ist. Wenn man bedenkt, daß ich den besten und schönsten Gemüsegarten Manamas habe und er den Clown spielt . . . !« Vergeblich. Mohamed kam nicht zurück. Er hielt die Stellung und versuchte, den Filmleuten den Appetit zu verderben. Er warf ihnen vor, nur nach Manama gekommen zu sein, um den Gouverneur bei seinem spektakulären Coup zu unterstützen, während die Leute die Münder vor den Unglaublichkeiten der tausend Helden weit aufrissen. Noch war der Gouverneur unbeteiligt, aber nur vorübergehend. Vielleicht war das Aspirin, um das er den König vom Golf bat, nur ein zusätzlicher Trick oder Geheimcode. Auf jeden Fall wurden die Dreharbeiten gestoppt, und die Fremden waren fassungslos angesichts der Unglaublichkeiten Mohameds, der von Anfang an keine andere Leidenschaft als Ibn Khaldun gehabt hatte. Die Hartnäckigen unter ihnen spürten das aufziehende Gewitter. Sie waren aufs Schlimmste gefaßt, und um Klarheit zu erlangen, blätterten sie die Seiten der geheimen Berichte durch, die der Gouverneur seinen Vorgesetzten in der Zeit zugeschickt hatte, als der baodäistische Maler in seinem Haus wohnte, der manchen Gerüchten nach gestorben und auf einem islamischen Friedhof begraben, anderen zufolge noch am Leben sein und ein anderes Amt übernommen haben sollte. Die Amerikaner kauten weiterhin Kaugummi und planten, diesen Spaßvogel zu ermorden, der es gewagt hatte, sie um den Schlaf zu bringen mit der Begründung, daß er erstens alleine geboren worden sei, während seine Geschwister zu zweit die Welt erblickt hätten, daß er zweitens hellseherische Fähigkeiten besäße und seinen Schatten überlisten und immer vor sich herziehen konnte – dank seines physikalischen Solarwissens. In Manama gab es keinen Machthaber mehr. Der Gouverneur wartete auf seine Medizin, und Mohamed Namenlos gab sich seinen Launen hin. Die Filmarbeiten verzögerten sich, einige Filmrollen gingen ganz verloren. Die Vögel schrieben ihr Gesetz vor, und um der Komödie die Krone aufzusetzen, verließen die normalen Schwindler, die vorgaben, des Heilens kundig zu sein, die Friedfertigen, die Gottessucher wie auch die Volkssänger den Hügel und ließen sich neben Mohamed Namenlos nieder. Sie erkannten ihn als ihr Oberhaupt an und versprachen ihm Treue und Gehorsam. Einstimmig wählten sie ihn als König der List, des Genies und der Lästerung. Sogar die höchst aufgeregten Frauen hörten auf, die Kokons unter ihren Kleidern zu hüten. Über Manama wehten der Hauch einer anderen Welt und ein sehr angenehmer Südwind. Der hängende Wal schwang hin und her, die Silberfolie blähte sich, und auf der glatten Oberfläche zeichneten sich Löcher ab. Kulthum fühlte sich mit einem Mal vom Sieg des Glücks erfüllt, das eine Zone von Klarheit im Innern ihrer eigenen Verwirrung schuf. Ihre Achseln begannen zu jucken, obwohl sie jeden Tag die Behaarung entfernte, denn am Ende des Tages war schwarzes Haar aus beiden Achselhöhlen gekrochen, das an beiden Seiten herunterhing. Messauda fiel das auf, sie erinnerte sich an die Zeit, als sie, um den Gouverneur herauszufordern, ihr Schamhaar so schnell wachsen ließ, daß sie es jeden Tag flechten mußte. Und reichte das nicht, zog sie mehrere Unterhosen aus Sackleinen übereinander, die sie von ihrem Vorfahren Mustafa Karsani geerbt hatte. Durr konnte sich dieses Phänomen erklären: »Wir gehen in den Bereich des Unterbewußten. Es ist der Beweis, daß das Gewitter bald losbrechen wird. In jedem Fall sollte man ein gutes Unkrautvertilgungsmittel benutzen.« Also schickte man Hamdan, um Chlorsulfat zu kaufen, was man mit Schwefelammoniak vermischte, um mit diesem ätzenden Mittel dem unangenehmen Wuchern von Kulthums Achselhaar ein Ende zu bereiten.

Das war der Augenblick der Krise und Verrücktheit, die Meister Berrabi wählte, um seine Existenz zu beweisen. Er war gekommen, um sich zu verabschieden, seine alte Trommel hing an der Seite herunter, seine Augen waren trocken, seine Gesichtszüge verhärtet. Er plante, Manama zu verlassen und sich woanders eine Arbeit zu suchen. Denn keiner würde seine Dienste mehr benötigen oder seine Trommel, die kaputt und nicht mehr zu reparieren war. Mit einem Wort: Er ging ins Ausland. Einmal mehr fiel den Bewohnern Manamas ein, die mit ihren Seltsamkeiten und Zaubereien beschäftigt waren, daß es noch eine Welt außerhalb Manamas gab, in der man leben konnte. Davon abgesehen, lehnten sie das Vorhaben des ehemaligen Ausrufers ab und beschuldigten ihn des Verrats, ohne dies allerdings auszusprechen. Messauda hingegen unterstützte ihn in seiner Meinung und sagte: »Dann wird es wenigstens einen Menschen geben, der eines Tages bezeugen kann, daß es dieses Dorf wirklich gegeben hat! Wir werden alle untergehen! Ich kenne meinen Gouverneur, trotz der Krokodilstränen, die er vergossen hat, als mein Sohn den Brief seiner Tochter mit der Nase las. Er ist dabei, einen Pakt mit den Ausländern zu schließen. Wenn man genau hinschaut, merkt man, daß die List immer die guten Menschen täuscht. Sogar die Karmaten, von denen ihr mir erzählt habt, um meine Zweifel zu zerstreuen, hielten nur 451 Jahre stand, nicht eines mehr!« Das war genau die Frage, die man sich stellte. Wie lange werden wir standhalten? Meister Berrabis Fortgehen wurde als Beginn der Flucht und als Vorgriff einer Massenauswanderung interpretiert. Aber die politische Avantgarde des Dorfes begann anzuklopfen. Alawa Ahmar, Raschid Bnasser, Djilali Bouhadba, Ali al-Fakhi, die Namenloszwillinge einerseits sowie Schadjarat Eddur, Kulthum Bander Shah, Malika Bnasser, geborene Namenlos, und die weiblichen Namenloszwillinge andererseits breiteten sich an strategischen Plätzen im Dorf aus; die einen bei den Männern, die anderen bei den Frauen. Sie klärten über die Gefahren auf, die auf sie lauerten, und entzündeten dabei die Gefühle der Manamaer, verwandelten die öffentlichen Bäder in eine politische Brutstätte und ließen die Moscheen mit revolutionärer Kultur aufkochen; und dies mit dem Einverständnis des Imam, der – man weiß nicht, wie – für die progressiven Ideen gewonnen werden konnte. Aus dem Platz der Vögel wurde ein ständiger Treffpunkt, auf dem existentielle Fragen diskutiert wurden: das Überleben von Manama, die Notwendigkeit der Beendigung der täglichen Morde und der beabsichtigten Arbeitsunfälle, die Verhinderung der Pläne des Gouverneurs, die Ausländer fest im Land zu verwurzeln. Alle mußten feststellen, daß ihr Elend auf die verrückte Idee zurückzuführen war, künstlichen Regen fallen zu lassen und den Eisberg vom Nord- über das Südmeer und den Pazifischen Ozean herbeizuholen. Dies hatte die Katastrophe beschleunigt. Die Manamaer wußten, daß sich bald ein großes Loch in dieser schlafenden Welt, die sie im Innern trugen, auftun und daß der Spalt der Klarheit immer weiter klaffen würde. Doch sie hatten alle Türen des Zweifels und Fenster der Angst zugenagelt. Obwohl vom Wunsch beseelt, Meister Berrabi zu folgen, waren sie entschlossen, standhaft zu sein und kein Haarbreit von ihrer Einstellung abzurücken. Außerdem trafen sie die Entscheidung, Mohamed Namenlos vor Rache, Brutalität und Boshaftigkeit zu schützen. Das Epos der Karmaten, das Durr eines Tages Messauda erzählt hatte, um ihr die Sorge über ihren abwesenden Sohn zu erleichtern, verbreitete sich im Dorf. Ein unbekannter Bildhauer eilte herbei, um eine Gipsskulptur für Hamdan, den Karmaten, mitten auf dem Platz der Vögel aufzustellen. Meister Ali al-Fakih befahl seinen Kindern, auf das Lesen von 1001 Nacht – vorübergehend – zu verzichten, und übernahm selbst die Bewachung seines ehemaligen Feindes, seines jahrelangen Konkurrenten im Handel mit Liebesbriefen. Doch die Vergangenheit warf nicht mehr ihre Schatten auf diese Beziehung, und die beiden Männer verbrüderten sich. Kulthum wollte, daß sich die Bewegung in ihrer augenblicklichen Phase der Spontaneität und des Chaos für immer organisiere. So studierte sie voller Eifer die Bücher der Ikhwan as-Safa', die Analysen Hamdans, des Karmaten, über dessen eigene Bewegung, die Ereignisse, die von Messaudi und at-Tabari, den größten Spezialisten jener Revolutionszeit, festgehalten wurden. Durr gab ihr Einverständnis und schickte Mohamed Namenlos über eine beringte Brieftaube eine geheime Botschaft, in der sie ihm mitteilte, daß die Zeit reif sei, diese Volksbewegung einzudämmen, das Volk von Manama zu organisieren und zur Untergrundarbeit überzugehen. Sie erinnerte ihn daran, daß er, falls er einverstanden sei, die Bewegung anzuführen, eine Dissertation in politischer Philosophie schreiben – entsprechend der Tradition der Karmaten – und sich ein Dutzend Namen ausdenken müsse, die er brauchen würde, um der Polizei falsche Angaben machen zu können. Als Namenlos die codierte Botschaft des Telegramms entziffert und mit den Augen gelesen hatte, da es mit Zeichen geschrieben war, die seine Frau zum ersten Mal benutzte, wurde ihm klar, daß das Geschriebene den nächsten und übernächsten Generationen nützen würde. Denn dort stand, daß die Revolution weder ein Spiel noch eine Angelegenheit der Wahrsager sei, sondern eine historische Notwendigkeit, die die Strenge und Klarheit der Nacht benötigt, um einen endgültigen Sieg zu erlangen. Bedingung sei, daß sie sich ständig neu in Frage stellen, regelmäßig ihr Inneres untersuchen und sich genau überprüfen lassen müsse, so wie der Uhrmacher es tut, wenn er Messaudas sizilianische Wanduhren reinigt und ölt. Der Wunderknabe nahm seine Augenbinde ab, klappte seinen kleinen Leinenstuhl zusammen und ging nach Hause. Zuvor hatte er seine Anhänger gebeten, nicht nachlässig zu sein, und ihnen erklärt, daß er bald zurückkommen werde. Jetzt merkte er, daß er nachdenken und sich mit seinen Freunden beraten müsse. Der Regisseur kaute nervös Kaugummi, während der Produktionschef zwei brennende Zigaretten aß, die er unvorsichtigerweise zuvor nicht ausgemacht hatte. 1001 Nacht standen still, als ob die Sterne versteinert seien. Djilali Bouhadba erzählte am gleichen Abend, daß Mashallah, der Astrologe, der Bagdad als Standort ausgesucht hatte, ihn im Traum besucht und ihm versprochen hatte, dauernde Nacht über Manama zu verhängen, bis alle Ungläubigen es verlassen hätten. Denn der Kern des Problems läge seiner Meinung nach an dem Licht, das als das durchdringendste bekannt war. Kulthum besuchte ihren Vater, um zu erfahren, ob seine Krankheit nicht nur vorgetäuscht sei, fand ihn zu ihrer Überraschung aber tatsächlich krank im Bett liegend, Skorpione und anderes giftiges Kriechgetier speiend. Ihre Mutter saß hingegen allein beim Abendessen am Ende eines großen Marmortisches, den ihres Mannes Schergen von den Gräbern des amerikanischen Friedhofs weggetragen hatten, nachdem die Kolonialisten ihre Sachen gepackt und ihre Toten zurückgelassen hatten, die sich vor nichts mehr fürchten mußten ... außer, daß der Gouverneur, der nach Antiquitäten verrückt war, die Grabsteine abreißen und sie woanders einsetzen würde, beispielsweise bei seinen Sardinen- und Fliegende-Fische-Becken, den weißen Wasserlilien aus Zink und Papier und den Gewölben der Toten, die durch die Tage und Nächte der armen Seelen zerfressen worden waren. »Er ist wirklich krank!« sagte die Mutter, die zum ersten Mal im Leben den kleinen Ventilator abschaltete, der von Insekten übersät war. »Er quält sich, weil dein Schwager es abgelehnt hat, ihm Aspirin zu schicken, da er selbst unter Kopfschmerzen leidet, wie deine Schwester in ihrem Brief schreibt.« Beim Reden stocherte sie weiter auf ihrem Teller herum, wie um ihre Erinnerung aufzuwühlen, als würde sie – zwar nicht ins Leben, aber in etwas anderes wiedergeboren. »Bleib ein bißchen bei mir. Dein Vater wird schon nicht sterben diese Nacht. Willst du nicht ein bißchen bei mir bleiben? Es ist so lange her, daß ich Lust hatte, mit jemandem zu reden. Laß uns zusammen zu Abend essen! Wir sollten die Chance nutzen.« Kulthum kam ihrer verwirrten Bitte nach. Sie empfand heftige Zuneigung für ihre Mutter, unterdrückte sie aber aus Angst, der plötzliche Gefühlsausbruch könne diese beunruhigen. Sie blieb einige Tage zu Hause, in einem leicht fröstelnden Verhältnis, als ob sich die Gattin von Bander Shah in der Phase der Rekonvaleszenz nach Heilung von einer Gemütskrankheit befände. Flüchtige Kontakte, als ob sie Gesten jeden Tag neu erlernen müßten. Diese Nähe rief bei der Tochter ein starkes Zittern und bei der Mutter stumme Tränen hervor, denen sie freien Lauf ließ. Beide merkten, daß sie sich nicht wirklich kannten und jetzt ein Glück erlebten, das diesem erneuten Zusammenkommen und einer Aufwallung der Gefühle entsprang. Leicht schwankende, ruhige Schritte, die kaum den Boden berührten. Jede versuchte, die Tür in einer gekünstelten Stille zu schließen, was durch das geheime Zusammenspiel seltsam wirkte. Manchmal platzten sie vor Lachen los, wenn die andere so tat, als weine sie in ihrem Zimmer, um auf ihre Einsamkeit aufmerksam zu machen. Jede starrte die andere an: »Du bist meine Tochter, und ich wußte das kaum. Die Schuld hat Australien und der in Formaldehyd schwimmende Daumen. Trägst du ihn noch immer in dem Gefäß mit dir? Ja, natürlich! Wie dumm ich doch bin ...« Kulthum schwieg und ließ sie reden. Denn sie hatte lange geschwiegen. Sie merkte, wie ihre Mutter etwas von ihrer alten Lebendigkeit zurückgewann, als befreie sie sich von einer schweren Last. Trotzdem fehlte ihr noch etwas, um nochmals in Lachen auszubrechen und sich von der Dürre der Jahre zu befreien, die sie in ihrer Brust anhäufte. Sie mußte mit Messauda über den Mistelbaum reden, der zwischen seinen Ästen die schlimmsten Vogelscheuchen der Welt trug. »Ist diese nicht dein Vater? – Nein! Aber sie hat ihren Platz im Garten.« Am Abend des dritten Tages – der Gouverneur hütete noch immer das Bett und wartete auf die Antwort seines Schwiegersohnes, während die Statisten ihren Streik fortsetzten und die Dekoration durch die brüllend heiße Luft im Dorf verdorrte – flüsterte die Mutter ihrer Tochter mit kaum hörbarer Stimme ins Ohr: »Du glaubst, daß du alles weißt. Ich war genau wie du, bevor ich heiratete, aber es gibt noch vieles, was du nicht wahrnimmst. Du bist zu lebendig, und ich mag deine Geschichte ...« Kulthum wollte dieses Geheimnis erfahren, das sie noch nicht kannte. Die andere sagte sehr schnell, als wolle sie sich von etwas befreien, das sie schon lange mit sich herumtrug: »Du weißt nicht, daß Messauda Karsani und ich Milchschwestern sind!« Als Bander Shah vor zwanzig Jahren nach offizieller, gestempelter und versiegelter Ernennung nach Manama gekommen war, hatten ihn die Armut des Dorfes, dessen schlechte Lage und die geistige Verfassung seiner Einwohner sehr enttäuscht. Abgesehen von dem Vogelplatz mit seinen seltenen Baumarten fand er keinen geeigneten Ort für seine täglichen Spaziergänge. Denn die Erde war rissig, der Boden voller Steine wie eine Mondlandschaft, und es staubte überall. Das öde Dorf mißfiel ihm derart, daß er jedesmal, wenn er seinen Spaziergang nach dem Essen machen wollte, Zuflucht beim amerikanischen Friedhof suchte, dem malerischsten und fruchtbarsten Fleck in der Gegend. Kein Mensch erinnerte sich mehr an jenen Krieg, aber der Friedhof existierte in Manama; dort war das Grün das ganze Jahr über grün, die Blumen leuchteten, die Baumkronen waren ineinander verwoben, die Gräber lagen in einer Reihe und waren mit herrlichstem Marmor bedeckt, so daß derjenige, der sich dorthin begab, von dem drängenden Wunsch gepackt wurde, zu sterben und von diesem Frieden zu profitieren. Bander Shah hingegen hatte seit seinem ersten Besuch auf dem Friedhof den Entwurf für seine Villa im Kopf, die er später baute. Denn der Anblick dieser Platten mit ihren hellroten, unendlich wirkenden Marmorierungen erweckte bei ihm sofort den Wunsch nach einem großen Eßtisch für fünfzig Gäste, dessen Platte aus diesem edlen Material sein sollte. So schickte er während der Bauarbeiten jede Nacht ein paar Arbeiter zum Friedhof, um die Marmorplatten von den Gräbern wegzuschaffen, bis genug für einen prächtigen Tisch beisammen waren, um den die Familie sich jeden Tag versammelte, genauso wie Persönlichkeiten von Manama an Empfangstagen. Weder Laila noch Kulthum wußten von der Herkunft dieses herrlichen Möbels, während die Mutter, die das Geheimnis kannte, den Appetit verlor. Seit jener Zeit spielte sie mit den Mahlzeiten, die man ihr anbot, anstatt sie zu essen. Langsam brannte ihre Flamme nieder in einer Art von Stillschweigen, die ihre Natur ihr diktierte. Kulthum erfuhr an diesem Abend, an dem ihr die Mutter von der Milchverwandtschaft mit Messauda erzählte, woher der große Tisch stammte. Dieser füllte in seinem gewaltigen Ausmaß tatsächlich das ganze Zimmer aus. Kulthum bebte vor Zorn und empfand Mitleid mit ihren Eltern nach dieser tödlichen Entdeckung. Sie nahm einen Hammer und schlug auf den Marmor ein, doch es gelang ihr nicht, der Platte auch nur einen Kratzer zuzufügen. Ihr Vater kam erschrocken aus seinem Zimmer geeilt und sagte, als er seine Tochter sah, mit tiefem Seufzen: »Es ist amerikanischer Marmor, du kannst auf ihn einschlagen, soviel du willst. Er ist härter als Eisen und hartnäckiger als du!« Dann ging er sich wieder hinlegen. Kulthum war starr vor Erstaunen. Sie hörte mit dem Hämmern auf und fiel auf den ersten Stuhl. Ihre Mutter wollte sie beruhigen und überzeugen, indem sie sagte: »Sie lassen dir keinen Spielraum. Das ist die Macht . . . Du wirst sie nicht so einfach vernichten können. Auch Mohamed Namenlos ist töricht zu glauben, sie verwirren zu können, nur weil er mit der Nase lesen kann!« War sie in der Lage, eine Antwort auf all diese Selbstverständlichkeiten zu finden? Sie gab keine Ruhe, bis ihre Mutter einverstanden war, Messauda zu besuchen, um mit ihr Frieden zu schließen, damit alle Hindernisse beseitigt wären.

Als Kulthum das Haus verließ, um zu den Namenlos zurückzukehren, ging sie am Drehplatz vorbei, um sicherzugehen, daß der Wal noch da hinge und mit Luft gefüllt sei. Unter der roten Abendsonne sah sie ihn, den Riesen, schwingen und Furcht erzeugen in der Weite, in der sich die Vögel mit ihren Flügeln ihren Weg bahnten, wobei die Dämmerung ihren Aufbruch steigerte. Sie merkte, wie der Wal allmählich steif zu werden begann, und sagte sich, daß ihn der Wind im Laufe der Zeit bestimmt in Stücke zerreißen werde. Er war tatsächlich so hart wie Marmor, wie Panzer und Flugzeuge! Plötzlich fühlte sie sich wie eine alte Frau. Gerade zwanzig, doch wie fühlte sie ihre Brüste erschlaffen . . . Schritt für Schritt. Ich bin wie der Wal. Die Trauer wird meinen Körper schwächen. Wir können nicht ungestraft einen Mann lieben, der vier Zwillingstöchter und -söhne hat und Augen, so grün wie das Wasser, in dem alle Liebenden der Welt versinken. Ich werde unverheiratet sterben. Meine Mutter wird ihre Beziehung zu Messauda wiederherstellen. Diese schizophrene Komödie hat uns gerade noch gefehlt! Das heißt also, daß die Namenlosbrüder die Söhne meiner Tante mütterlicherseits sind. Gott sei Dank, daß ich nicht Hamid heirate, sonst bekämen wir sicher behinderte und kranke Kinder statt hübscher Zwillinge. Als sie in der Nähe der Stadtmitte war, warfen ihr die ausländischen Techniker, die ausgestreckt auf dem Boden lagen und Bier tranken, aufreizende Blicke zu. Aber darüber ärgerte sie sich nicht aus zweierlei Gründen. Zum einen bewies das, daß noch gestreikt wurde, und zum anderen verdeutlichte es ihr, daß sie die einzige war, die hinaus auf die Straße gehen und nach Hause zurückkehren konnte; sie mußte keinen Schleier aus Rohseide tragen wie die anderen Frauen Manamas, die ab und zu das Risiko auf sich nahmen und aus dem Haus gingen, ihre Kinder und Kokons zurücklassend. Kulthum hatte ja keine Ahnung von den Ursachen dieser Belästigungen und ihren Formen. Manche Mädchen wollten sie sogar nachahmen. Denn ihr Scheitern, etwas von Mohamed Namenlos zu bekommen außer dessen Daumen, lehrte sie Geduld und Ausdauer. Die Frauen werden sich der Zukunft öffnen, sobald der Befreiungskrieg ausbricht, während die Männer nichts sagen können, da sie im Gefängnis sitzen. Alles wäre in Manama jetzt möglich gewesen, nachdem Kulthum erfahren hatte, daß es zu keiner Begegnung zwischen ihrer Mutter und deren Milchschwester gekommen war, seit beide geheiratet hatten. Sie hatte fünfzehn Jahre lang ihr Essen mit großem Appetit an einem Tisch zu sich genommen, unter dem Leichen vertrocknet waren! Vielleicht waren diese Leichen zuvor geplatzt und ihre Fäulnis ausgetreten, wobei sich Hirnmasse und aufgeweichte Eingeweide mit einem Zischen vermischten, das wie ein Kochkessel klang, aber nichts mehr zum Kochen bringen konnte. Wie grausig! Der weiche Sturz mußte nicht unbedingt ein Schrei sein, sondern das schöne Gefühl, ins Delirium zu sinken. Leichen, denen man die weißlichen und aus ihren Höhlen getretenen Augen schließen mußte, deren Farbe nicht mehr mit der ihrer bläulich verfärbten Wangen zu vereinbaren war. Leichen, deren dichte Bärte weiter wuchsen, bis der Magen alle Flüssigkeit ausgestoßen hatte. In diesem Augenblick dachte Kulthum, daß diese Ausländer auch auf diesem Friedhof enden könnten, wie die anderen. Wie prahlerisch ist doch der Mann, der sich die Bierflasche an den Mund setzt und eine Frau mit Blicken auszieht. Sie mußte an ihren Igel denken, der gestorben war. Aus Kummer? Auch er! Ich brauche einen neuen, anstatt die mühsame Reise nach Melbourne zu machen. Mein Vater, ein verkommener Mensch! Ein Scharlatan. Ein Kasper, angeschwollen von Tuberkeln. Und Fasern von Wolfram, die seltsame Gedanken unter seinem Schädel webten. Der andere auch. Er ist auch ein Scharlatan. Mohamed Namenlos ... warum liebst du mich nicht? Du bist auch verrückt. Der einzige Unterschied zwischen euch ist, daß du stärker und härter bist als er. Und was ist mit Ibn Khaldun, dem Satan, der dich so viel gelehrt hat? Forsche überall nach, wo er in Manama gewesen ist, wo er geheiratet und ein Mädchen und einen Jungen gezeugt hat! Dann ging er wieder los. Nach Bidschaya, Tunis, Kairo, ließ seine Frau mit den beiden Kindern im Dorf zurück. Das war üblich damals. Armseliger Mohamed ... Mir ist es lieber, deinen Daumen im Glas zu haben als einen klumpigen Fötus, der aus deinem kompakten und dichten Sperma gemacht ist. Wo sollte ich ihn lassen? In einem Reagenzglas. Sie sind doch alle verrückt! Raschika ist die einzige, die es richtig gemacht hat. Ein echter Selbstmord. Hat sich selber in ihr Leichentuch gewickelt. Die Klugheit in Person. Es sieht aus, als denke Messauda nicht mehr viel daran. Sie hat angefangen, politische Zusammenhänge zu begreifen, und das in ihrem Alter. Ich fasele und fasele. Ich werde wohl mein Gefäß behalten, denn es ist ein krankhafter und faulender Ausdruck meiner gescheiterten Liebe. Ich kann mich nur noch an die Vögel erinnern, die sich damals gegenseitig ihr Gefieder zerzausten. Und an die Tinte. Die spritzte violett und stieg in den Kopf. Eingetaucht. Glücklich. Entjungfert. Ich hätte gerne für immer in seinem Geruch geschlafen, aber die andere kam. Das schlimmste ist, daß ich ihn liebe . . . sie hätte nichts dagegen, ihn mit mir zu teilen . . . Aber er würde das niemals akzeptieren. Er ist verliebt, und immer, wenn seine Frau schwanger ist, findet er keinen Schlaf mehr . . . Er zittert vor Angst, die Familientradition zu durchbrechen. Mein Vater hat schuld. Hätte er nicht den Rückgang der Geburtenrate verursacht, damals, als er sein olympisches Schwimmbecken jeden Morgen mit Wasser füllte, das dem Dorf von jeher fehlte! Dieser Idiot! Dabei kann er gar nicht schwimmen. Er wollte sich nur wichtig tun und den Gestank von frischen Sardinen loswerden. Ja, das Angeben ist eine weitverbreitete Krankheit in dieser Gegend . . . Man muß nur genau hinsehen. Sein Schwimmbecken mißt 55 Meter. Und das Dorf vertrocknet. Tagsüber wurde das Wasser abgestellt, was die Gewohnheiten und festen Zeiten aus dem Gleichgewicht brachte. Die Frauen waren enttäuscht von ihren Männern. So entwickelte sich die Selbstbefriedigung. Aber Messauda war entschlossen, Zwillinge zur Welt zu bringen, und hatte ihre Hähne geöffnet. Aber ihr Sohn hatte Angst, das Ziel nicht zu erreichen, und litt sehr darunter, allein geboren worden zu sein. Oh Liebling! Siehst du, wie dieser Abend safrangelb bemalt ist? Du wirst keine Zwillinge mehr bekommen. Ich bin unbeholfener als Durr. Aber wir sind vielleicht zu einer Zeit umhergewandelt, in der Manamas Vögel die Luft durchdrangen und die sizilianischen Wanduhren wie vom Blitz getroffen stehenblieben. Bei den Namenlos: Aufruhr und Aufregung. Die Kinder weigerten sich, ins Bett zu gehen, bevor man ihnen nicht die Geschichte von *Ali Baba und den vierzig Räubern* erzählte, denn sie liebten die Spannung. Durr war die einzige, die hart blieb, da Ali Baba ihrer Meinung nach der eigentliche Räuber war. Es gab keinen Grund, die Rollen zu vertauschen. Da erhob sich die klare Stimme Messaudas, die am Ende eines Tages nicht einmal mehr ihre Zwillingsenkelkinder ertragen konnte. Trunken vor Müdigkeit kam Kulthum an. Sie konnte kaum die Augen offenhalten. Man setzte sie auf den nächsten Stuhl, wo sie ihre Tränen, Liebe und Trauer schluckte. »Niemand hat mein Gefäß angerührt, nicht wahr?« Drei Tage war die Flüssigkeit nicht ausgewechselt worden, und er würde sich auflösen, was eine Katastrophe bedeuten könnte, schlimmer als die Sintflut, die die Eingeweide von Manama angegriffen hatte. Kulthum ging hoch ins Zimmer der Zwillinge, wo ihr Bett stand. Sie schaute darunter nach. Das Gefäß war da. Sie fühlte die gleiche Spannung ihrer Gefühle wie jedesmal, wenn sie das Formaldehyd auswechselte und den Daumen in die Hand nahm, der an einem Tag überflutender Liebe abgeschnitten worden war. Dieser Daumen bildete den Mittelpunkt ihrer verrückten Welt und lieferte den entscheidenden Beweis für die Feigheit der Männer. Es geht uns nichts an. Zwischen ihr und ihm liegt die Tätowierung, die über Durrs Körper von oben nach unten läuft. Sie hat das Glück, den Namen der einzigen Königin des islamischen Reiches zu tragen. Während ich nur den Namen einer zeitgenössischen Sängerin trage, die schließlich nur noch unbedeutende Liedchen sang, nachdem sie mit echter Kunst angefangen hatte, die ihre Stimme erwachsen machte. Als die Kinder im Bett waren, begann Kulthum, das Gefäß mit einem kleinen Stahlschwamm zu reinigen. Sie hatte zwar kein Kratzeisen, aber ein gutes Gedächtnis. Alle wollten, daß sie von ihrem morbiden Fetisch abließe. Und jetzt, da sie zwanzig Jahre alt war, schickte man die

Heiratsanträge an sie selber und nicht mehr, wie früher, an ihren Vater. Der Lehrer des Dorfes hatte sie abgefaßt, um sein Gehalt aufzubessern und eine romantische Atmosphäre zu schaffen, die die Schüler einatmen könnten. »Wiederholt bitte!« Es mußte ein Anfang gemacht werden, aber zwischen ihr und ihnen – den Heiratskandidaten – gab es ebenso viele Dinge wie Gefühle: der Daumen im Gefäß, der Stahlschwamm, die Ornamente und dazu ihre Angst, eingesperrt zu sein, die Erschlaffung, der Überschuß an Freiheit, die Philosophie der Karmaten, die grünliche Farbe des Wassers und eines Daumens, der mitten im Zweifel schwamm. Wie lange noch? Sie wußte – oder sagte sich – daß sie ihn eines Tages rasend vor Zorn an eine der beiden uralten Schildkröten verfüttern würde, die Messauda aus ihrem Elternhaus mitgebracht hatte – neben den neunzehn sizilianischen Wanduhren und den drei Tauben.

Wann wird es endlich regnen? Trotzdem hörte sie die Mutter sagen: »Erzähl ihnen bloß nichts von Ali Baba und den vierzig Räubern! Aber auch nicht von den Negern ... Wie furchtbar! Menschliche Köpfe als Nachttöpfe. Nein, und nochmals nein! Laß sie an ihren Daumen lutschen und friedlich und in Ruhe schlafen ... Die Geschichte ist so schrecklich ... es ist Elend genug.« Da beeilte sich Kulthum, ihr Gefäß mit dem Daumen zur Seite zur stellen ... aus Furcht vor den unvorhersehbaren Reaktionen Messaudas.

Der Streik wurde fortgesetzt, während die Walkie-Talkies zwischen Manama und der Hauptstadt des Golfs weiter knarrten. Die Ausländer beklagten sich über die Böswilligkeit der Dörfler, ihre Faulheit und ihre Liebe zum Umsturz. Mohamed Namenlos, unterstützt von seinen beiden Brüdern Mahmud und Mhamed sowie seinem Schwager, dem Uhrmacher, hatte ein Abhörgerät entwickelt. Es bestand aus zwei leeren Schnupftabakdosen, an beiden Enden gelocht und durch einen Draht miteinander verbunden. Dieses seltsame Gerät wurde heimlich auf dem Dach des Hauses des Gouverneurs installiert, von wo all die giftigen Mißklänge ausgingen. Fakrun nahm seine Spitzelarbeit wieder auf und erledigte sie gut. Der Führer des Widerstands schloß sich ein, um erneut die Identität seiner Geschwister miteinander zu vertauschen, die sich in verblüffender Weise ähnelten, auch wenn jeder von ihnen permanent den Versuch unternahm, seine Persönlichkeit zu unterstreichen; sei es mit einer Eigenschaft, der Haarfarbe, einem auffälligen Merkmal in der Kleidung oder einem Zeichen, das ihn vom anderen unterscheiden sollte. Hamadi Namenlos, der jüngste Zwillingsbruder, war wie sein ältester Bruder von Leselust und Wissensdurst angesteckt und trug daher immer einen roten Streifen in Brusthöhe auf seinen bunten Hemden. Er hatte diese Idee aus einem Geschichtsbuch, aus dem hervorging, daß die normannischen Prinzen, die das islamische Sizilien im zwölften Jahrhundert erobert hatten, den Arabern befahlen, einen roten Streifen zu tragen, der sie von den echten Christen unterschied ... Auf jeden Fall vertiefte sich Messaudas Erstgeborener in die Manuskripte von Altusi, dem großen Mathematiker des dreizehnten Jahrhunderts, der die Theorie der Kombinatorik entwickelt hatte. So schuf er ein Verzeichnis der verschiedensten Schnittstellen unter seinen Zwillingsbrüdern und seinen -schwestern, wie er es schon einmal getan hatte. Als er von der Richtigkeit seiner Berechnungen überzeugt war und sie mit Hilfe der Ziffer 9 beweisen konnte, begann er die Identitäten, die Geschlechter, Gesten, Verhaltensweisen, Gewohnheiten, Hautfarben und Augengrößen zu verteilen. Das brachte Messauda völlig durcheinander und ließ sie die Identität ihrer Kinder in Frage stellen. Sie glaubte, die Töchter seien die Söhne, die Jüngeren die Älteren und so weiter. Im Innern wußte Namenlos allerdings, daß dieses Spiel nicht lange währen könne. Als Frist hatte er sich fünfundzwanzig Tage gesetzt, in der seine Schwestern von der Last der Monatsblutung befreit sein würden, aus Angst, seine Mutter werde die Jungen auf dem Dach auf silbernen Nachttöpfen sitzen lassen, wie sie es an jedem neunzehnten des Monats gewöhnlich mit den Mädchen tat. In Wirklichkeit zielte er darauf ab, die Realität zu verzerren und die Untergrundbewegung der Karmaten nachzuahmen. Er ging sogar so weit, daß er jedem von ihnen neunzehn verschiedene Ausweise gab. Als die Zeit gekommen war, um die Namen der Mitglieder des geheimen Widerstandskomitees bekanntzugeben, artete das Ganze in ein Kinderspiel aus, da es nur noch aus fünf Namen bestand: Alawa Ahmar, der Schuster, Raschid Bnasser, der Landvermesser, Djilali Bouhadba, der Uhrmacher, Ali Lifta, der Lehrer, und er selber. Nach dieser gigantischen Organisation geriet die Polizei des Gouverneurs beim Observieren der Verschwörer in Verwirrung und war durch diese Menschenvermischung nicht mehr in der Lage, den einen vom anderen zu unterscheiden. Schließlich verleitete sie ihre Dummheit dazu zu glauben, die Ausländer seien die ursprünglichen Dorfbewohner und umgekehrt. Der Regisseur wurde verhaftet und zehn Tage lang gefoltert, damit er gestehe, Mohamed Namenlos zu sein, in der Uniform des Kaugummikauers verkleidet. Aber der Wal blieb an seinem Platz. Die Vögel von Manama fühlten instinktiv, daß er ein schlimmes Symbol für Übermacht und Expansion war, und versuchten, ihm mit ihren scharfen Schnäbeln Löcher zuzufügen. Doch sie zerbrachen sich ihre Schnäbel ohne irgendein Resultat. In der Zwischenzeit organisierte sich die Bewegung ernsthaft. Die Bockkämpfe wurden ausgesetzt, und die kleinen Händler schlossen sich dem Widerstand gegen die Angreifer an. Mohamed Namenlos machte sich im Laden des Uhrmachers breit. Der Uhrmacher fing an, Schuhe zu reparieren. Der Schuster verjüngte sich um vierzig Jahre und nahm die Gestalt Mohamed Namenlos' an, mit dem kleinen Unterschied jedoch, daß er weder seinen Schatten zähmen noch das Federvieh auf 166 Meter Entfernung erschrecken, noch mit der Nase lesen konnte. Sofort erklärte sich das Volk mit der Bewegung solidarisch und bot seine Hilfe an. Um alles durcheinanderzubringen, blieben die Männer zu Hause und befaßten sich mit der Erziehung der Kinder und der Zucht von Seidenraupenlarven, während die Frauen männliche Gestalt angenommen hatten, männliche Kleidung trugen und die Streikposten organisierten. Die Bewohner Manamas verloren den Kopf. Zum zweiten Mal. Das Dorf erlitt die Umwälzung bis zur Verkehrung der Landschaft. Es verschob sich, was oben war, nach unten, was unten war, nach oben. Die Kinokulissen fielen von allein um, und ein leichtes Erdbeben ließ das Dorf um seine eigene Achse rotieren, wobei sich der Dorfeingang in den Ausgang verwandelte und umgekehrt. Die Mauern waren das einzige, was standhielt. Zum ersten Mal bekamen es die Ausländer mit der Angst zu tun. Die Einzigartigkeit der Erscheinungen verblüffte sie dermaßen, daß sie die Gegenstände verwechselten: Eine Mauer nannten sie Spalte, der Schatten wurde zum Seufzer. Nur amerikanischer Kaugummi, den sie unaufhörlich kauten, entging dieser Verwechslung, da er sich in ihren Mündern befand, die glänzende Zähne bargen. Als echte Absonderung ihrer eigenen Zungen überzog er ihre Zähne. In panischer Angst verschanzten sie sich im Haus des Gouverneurs, der noch ans Bett gefesselt war; denn niemand wollte sie haben. Selbst die wenigen Besitzer von Garküchen, bei denen die Junggesellen aßen, trieben diese mit Messern weg. Die Prostituierten verschlossen die Vagina mit Blei, und als ihre abscheulichen Kunden versuchten in sie einzudringen, hatten sie das Gefühl, impotent zu sein. Wohin sich die Ausländer auch begaben, überall wurden sie mit Schimpf und Schande empfangen. Manchmal schossen sie auch auf ihre Peiniger, steckten dann die Pistolen weg, als ob nichts passiert sei. Die Angst saß in ihren

Herzen, und sie waren erstaunt, daß einfache, dumme Dörfler ihnen so zusetzen konnten. Ihre Überlegenheit wurde kräftig in Frage gestellt, und sie wußten kaum noch, wer sie waren. Ab und zu nahmen sie durch den schlechten Geschmack, den der Kaugummi in ihren Mündern hinterließ, ihre Identität wieder wahr. So fanden sie nirgendwo mehr Zuflucht außer im Hause des Gouverneurs. Dort verkrochen sie sich, obgleich sie wußten, daß er nicht in der Lage war, sie zu schützen. Als der Regisseur sich einmal für einen Moment frei fühlte, ließ er seine Identität mit der des Produktionschefs verschmelzen. Die anderen Künstler machten es ihm nach und vermischten sich miteinander. Gefangen in dem großen Haus kauten sie immer wieder an ihrer Niederlage und waren aufgelöst in Entsetzen. Als sie merkten, daß die Radios gestört waren, versuchten sie gemeinsam, die Frau des Gouverneurs zu vergewaltigen, um sich zu beweisen, daß ihre Männlichkeit nicht eingefroren war, trotz ihres kläglichen Scheiterns bei den Prostituierten, die durch eine Tätowierung zweigeteilt waren, was sich ein Dichter in der Frühzeit des Islam ausgedacht hatte, um die Mädchen vor dem Tod zu retten. Kulthums Mutter hingegen rettete sich mit ihrem Ventilator, den sie als Panzer benutzte. Er zermalmte das steife Glied des ersten Angreifers, die Hoden des zweiten drehten sich zwischen den Flügeln und löschten sein Leben aus, was von einem Röcheln begleitet wurde, das dem Keuchen beim Höhepunkt des Geschlechtsakts glich. Später wurde festgestellt, daß die Opfer die Chefs der Elektrikertruppe und der Truppe der Maschinisten waren. Schnell wies man den ersten ins Krankenhaus ein, um ihm ein künstliches Glied anzunähen, mit dem er wenigstens wieder urinieren konnte, während der andere in aller Stille auf dem amerikanischen Friedhof Manamas beigesetzt wurde, der im zweiten Weltkrieg errichtet worden war. Der Friedhof, von dem Bander Shah den Marmor für den Tisch seines wunderschönen Eßzimmers geholt hatte. Die Mutter Kulthums rief jedenfalls nach dem Vergewaltigungsversuch ihre Tochter zu sich, packte einen kleinen Koffer und verließ das Haus, während ihr Mann weiter seine Krankheit vortäuschte, obwohl er in Wirklichkeit verzweifelt versuchte, die Geheimschrift zu entziffern, um seinem Schwiegersohn Hilferufe zuzusenden, da dieser sich überhaupt nicht meldete. Als er eines Morgens herunterkam, um ein Glas Wasser zu holen, nachdem er vergeblich nach dem Hauspersonal geläutet hatte, fand er das Haus menschenleer. Mitten im Saal stand der Ventilator seiner Frau, an dessen Flügeln, seit zehn Jahren mit Mücken und Fliegen übersät, noch Fleischreste, Schleim und Knorpel klebten. Der Gouverneur war erstaunt darüber, daß diese kleinen Flügel in der Lage waren, nicht nur die dichte Luft zu zermahlen, sondern auch jedes andere Wesen, das dumm genug ist, sich von der zentrifugalen Abstraktion täuschen zu lassen, die die Flügel mit einem Mal unsichtbar macht. Kein Mensch war zu Hause! Die Homosexuellen und zaiditischen Diener waren endgültig zu ihren Leuten zurückgekehrt, der Gärtner hatte das verrückte Dorf verlassen, und die Spitzel des Gouverneurs, ganz Leute ihres Schlages, waren zur anderen Seite übergelaufen. Seine Ehefrau, so zart und zerbrechlich, die neben ihm geschrumpft war, hatte Tausende grotesker Beleidigungen erdulden müssen: sein beschämendes Verhalten, seine Tyrannei, den ungeheuren Reichtum, sein kindisches Emporkommen, seinen schlechten Geschmack, seine völlige Dummheit, seine Schmuggeleien, seine furchterregenden Gesetze, seine kleine, mickrige Statur, seinen ekligen Atem und all seine schlechten Seiten; sogar den Sardinengeruch, den sein Körper verströmte, trotz der fürsorglichen Pflege, die er ihm zukommen ließ, und trotz der Parfums, die er auf seine Haut sprühte. Der Gouverneur fand also niemanden zu Hause vor außer den Filmleuten, die den Glasboden zerstört, die in Panik geratenen Sardinen gejagt und viele Fotos zerrissen hatten, die ihn in Uniform – jedoch ohne Schwert – zeigten. Mit ihren Exkrementen hatten sie die Wände mit Liebesbriefen an ihre Frauen oder Freundinnen beschmiert, die Blumenvasen zu Biergläsern umfunktioniert, ihre Zigaretten in den persischen Teppichen ausgedrückt und in die Tintenfässer aus der Zeit Napoleons des Dritten uriniert, die dieser den einheimischen Kollaborateuren anläßlich der Eröffnung der algerischen Oper im Jahre 1862 geschenkt hatte. Sie schindeten die einzige Angorakatze Manamas, verwandelten den Marmortisch in eine Tischtennisplatte, stießen mit ihren Messern Kerben in den Wandputz, klebten ihren Kaugummi unter die Wasserhähne, um sie zu verstopfen, brachten die Wanduhren aus der Epoche des zweiten Empire aus dem Takt, indem sie sie mit Sperma ölten, verschluckten die fliegenden Fische lebendig, ein Geschenk des Königs der Komoren für den Gouverneur. Bander Shah wagte nicht, sie aus dem Haus zu vertreiben, sondern entschuldigte sich bei ihnen, daß er sich die ganze Zeit nicht um sie gekümmert hatte, was er mit seiner schweren Krankheit begründete, die kein Arzt diagnostizieren konnte. Er versicherte ihnen, daß sie keine Schuld träfe und er alles tun werde, um die Probleme zu lösen. Er hoffte darauf, seine Frau im Waschhaus, das außerhalb des Gartens lag, zu finden, wo sie sich verschanzt hatte, aber dort gab es nur schmutzige Wäsche, die schon wochenlang – voller Maden – herumlag. Er konnte nicht mehr. Er brach zusammen und fing an zu weinen. Ungehemmt, denn er zerbarst fast vor Elend und Einsamkeit, die er durch sein Geld und seinen Posten als Gouverneur in Manama ein für alle Mal zunichte gemacht zu haben glaubte. Wie lange hatte er um diesen Posten gekämpft, nachdem er im Bordell vor sich hin vegetiert, den alten Nutten seine Dienste angeboten hatte, deren Öffnungen jeden wie mit Sägezähnen schnitten, der in sie eindrang, nachdem er die Rolle des gehorsamen Dieners für Dutzende kleiner Chefs gespielt, Frauen für die hohen Herren – zurückhaltende wie tyrannische – aufs Kreuz gelegt, den Technokraten die Koffer getragen und sich am Ende auf Parties im Erbrochenen der Neureichen gewälzt hatte ...

Am nächsten Morgen rasierte er sich, verbannte seine Trauer tief ins Innere, zog seinen Anzug an, der zwanzig Jahre jünger war als er, und legte das Platinschwert um. Dann erklärte er dem Volk von Manama, daß er vorhabe, die Demokratie dem Dorfleben zukommen zu lassen und eine Partei zu gründen, die für alle Menschen und jede Kritik offen sei. Es sollte jene lebendige Struktur sein, die die Leere ausfüllen könne. Auf diese Weise bildete sich die National-Demokratische Partei. Nachdem seine Frau fort war, schrieb er einen Brief an eine ehemalige Nutte in dem Bordell, in dem er früher gearbeitet hatte. Zur Zeit war sie Bordellbesitzerin in Bordeaux. Er bat sie zu kommen, um sich seines traurigen Herzens und der politischen Probleme anzunehmen. Zu ihrer Zeit war sie dafür bekannt gewesen, eine in allen Sexualpraktiken bewanderte Frau zu sein, zügellos und unbändig; eine wahre Akrobatin, die es mit zwei Männern zugleich trieb, während ein dritter sie von hinten nahm. Juliette Adam tauchte auf, bekleidet mit einem dünnen und durchsichtigen Kleid, ohne etwas darunter. Stellenweise schien ihr Körper noch nicht völlig erschlafft zu sein, wie zu den großartigen babylonischen Zeiten, als die Bordelle noch richtige Gasthäuser waren und die Liebe noch keinen festen Zeiten und Tarifen unterlag. Diese Juliette Adam also trug einen Hut, der wie ein startbereites Wasserflugzeug aussah, das sich im Wind giftiger Lüfte erhob, auf dem in riesigen Lettern N.D.P. in Bander Shahs schreienden Farben zu lesen war. Er wollte seinen Feinden zuvorkommen. Und da er anstelle seiner Nase einen Seismographen hatte, der beim geringsten Beben ausschlug, war er auf die Idee gekommen, diese Partei zu gründen. Er glaubte, daß sich jeder darum schlagen würde, seinen Kopf zwischen die festen Schenkel seiner Gespielin zu stecken und ihren Igel kennenzulernen, der sicher mit den Jahren ermüdet, aber immer noch freigebig war. Aber niemand kam in die prächtige Lokalität, die er extra zu diesem Zweck eröffnet und mit dem geschmückt hatte, was Juliette unter dem Rock hatte. So sehr er sich auch über die Widerspenstigkeit und Gemeinheit der Manamaer ärgerte, machte er doch noch einen weiteren Schritt auf sie zu, indem er ihnen ein signiertes Bild von sich zuschickte, das der ehemalige Porträtist des Kaisers Bao Däi gemalt hatte. Vergeblich! Einige Sexbesessene, die der tätowierten, zweigeteilten Mädchen überdrüssig waren, erklärten sich bereit, in die Partei unter der Bedingung einzutreten, jede Nacht genüßlich mit seiner Gespielin zu verbringen, deren Erfahrung in unsittlichen Dingen die fehlende Jugend wettmachte. Doch sobald sie ihr Verlangen befriedigt hatten, blieben sie wieder fern. Der Gouverneur war entschlossen, Rache zu nehmen. Sein angeschlagenes Nervenkostüm war äußerst angespannt durch die stickige Luft, das undankbare Dorf und den Verrat des Königs vom Golf, so daß er sich mit Mr. Brown in Verbindung setzte und sich mit ihm heimlich außerhalb Manamas traf. Der hatte sich mit seinen Pfadfindern, inzwischen starke und gute Kämpfer, in Manama niedergelassen. Er bot ihm seine Unterstützung an unter der einzigen Bedingung, ihm seine Konzession für den nilaufwärts gelegenen Krokodilsee zu verkaufen, der es ermöglichte, die Wüste zu bewässern und Land zu gewinnen. Bander Shah willigte ein und unterschrieb eine schnell getroffene Vereinbarung, die die Verhandlung zwischen den beiden Männern besiegelte. Mr. Brown besaß bereits das Recht, seine Pflanzen mit dem Nilwasser zu bewässern. Er versprach Bander Shah, direkt nach seinem ersten Aufruf, in Begleitung seiner Pfadfinder, Richtung Manama zu marschieren; sie seien sehr bewandert in der Militärkunst und verfügten über eine hervorragende Ausrüstung und

Verpflegung und seien in Sandschlachten unschlagbar. So konnte Juliette Adam nach Hause zurückkehren; vom Gouverneur mit einer großzügigen Entschädigung und tiefen Dankesbezeigungen belohnt. Er informierte die Filmleute über die Neuigkeiten und blieb ruhig in seinem Büro sitzen, den Anfang dieser Operation erwartend, die er im Einverständnis mit seinem Verbündeten großspurig »Ramses III.« nannte. Er vertrieb sich die Zeit, indem er eine Zigarre nach der anderen paffte und seine Stimme auf Band aufnahm, um sie für den Tag des Sieges zu trainieren, wenn er gegen den ganzen Pöbel agieren würde, der gegen ihn war. Er wartete auf einen geeigneten Moment, hoffte dabei aber bis zuletzt auf eine Reaktion des Königs vom Golf, auf eine Volkserhebung aus Ehre und Stolz oder gar auf ein Manöver seiner Tochter Laila, mit dem er wieder sein Erscheinen in der Öffentlichkeit begründen könnte. Aber nichts von alldem passierte. Die Ausländer waren aufgebracht, während er selbst Ruhe bewahrte, im voraus über die Niederlage Messaudas spottete und tief an seiner dikken Zigarre zog. Auf der anderen Straßenseite war die Lage angespannt. Die Untergrundorganisation des Widerstands unter der Führung von Mohamed Namenlos wußte wohl, daß der Schrecken bald Realität würde. Messauda verwechselte ihn, hielt ihn für Malika und warf ihm vor, sich nicht ums Kinderkriegen zu kümmern. Der Uhrmacher bastelte Bomben, wobei er die Identität von Alawa Ahmar annahm. Warten fiel schwer. Wer würde den Kampf beginnen? Durrs Zwillinge verlangten mit Nachdruck, man möge ihnen die Geschichte von *Ali Baba und den vierzig Räubern* erzählen, und ihre Großmutter lehnte es ab, sie über die Revolution der Karmaten zu unterrichten. Inmitten dieser aufgeladenen Stimmung kam eine Karte von Meister Berrabi an, der seinen Freunden mitteilte, daß er gesund sei, jenseits der Küste Arbeit gefunden habe und trotz der Treue zu seiner Religion gezwungen war, eine

Stellung als Küster in einer römisch-katholischen Kirche anzunehmen. Er bedaure es jedoch sehr, seine Trommel nicht mehr zu haben, die schon seit langem an einer schweren Lederkrankheit gestorben sei. Die Vorstellung von Meister Berrabi, dem ehemaligen offiziellen Ausrufer, nun in der Kluft eines Kirchendieners ließ bei den Namenlos Heiterkeit aufkommen. Messauda begann derart zu lachen, daß ihr Büstenhalter riß, der die wunderbare Üppigkeit ihres tätowierten Körpers verbarg. Als der Lachanfall vorüber war und sie ihre Unterwäsche gewechselt hatte, fiel ihr Blick auf die Treppe, dann auf ihren Erstgeborenen. Sie drängte ihn in eine Ecke und sagte: »Glaub nicht, ich sei dumm. Warum verbirgst du die Wahrheit? Ich bin zu alt dazu, meine Kinder zu verwechseln, auch wenn sie sich wie ein Ei dem anderen gleichen. Vorsicht! Gefahr ist im Anmarsch, wenn auch nur durch den Türspalt.« Die Bewohner Manamas gedachten wieder Meister Berrabis und seiner ruhmreichen Trommel. Nun, als Küster, wo er die Särge der Ungläubigen mit Weihrauch parfümierte und vor falschen Jungfrauen rote Teppiche bei ihren Hochzeitsfeiern ausrollte, empfand man nur noch Mitleid für ihn. Die Meinungsverschiedenheiten um ihn hätten beinahe das Dorf entzweit, denn einige glaubten, er habe sich vielleicht dem Christentum zugewandt. Der unverwüstliche Wal blieb dort hängen, um die fremde Gefahr vor Augen zu halten. Rasch war die Karte aus Rotterdam vergessen. Messauda war die letzte, die darüber lachte, als sie eines Abends ihren Büstenhalter flickte, den das ausgelassene Beben ihres Fettes zum Platzen gebracht hatte. Sie konnte gar nicht aufhören zu lachen, bis ihre Enkelkinder davon wach wurden. Die älteste Zwillingsenkelin sah ihrer Tochter Raschika sehr ähnlich, die, in ihr selbstgenähtes Leichentuch gewickelt, Selbstmord begangen hatte. Die Erinnerung an die Zeit, als sie die Verstorbene gewiegt hatte, holte sie wieder ein, und ihr Lachen verwandelte sich in Wehklagen. Ihr

Körper verlor all seine Frische, wobei sie ihren Büstenhalter so fest zusammennähte, daß er nie wieder reißen würde, mochte sie auch von stärkstem psychischen Beben geschüttelt werden. Niemals würde sie den Tod ihrer zweitältesten Tochter und ihre Schuldgefühle verwinden. So beschimpfte sie Ali Lifta, den Gemüsehändler, und befahl ihm herzukommen, um ihm die Augen auszukratzen. Ihre Söhne konnten sie beruhigen und ablenken, indem sie ihr erzählten, daß Zohra Bander Shah endgültig entschlossen sei, zu ihrem Geburtsort zurückzukehren, daß die vier schwulen Paare – so gehorsam und tüchtig – geflohen seien, da sie die Roheit dieser Ausländer nicht ertragen konnten, die das Haus ihres Herrn verwüstet hatten. Messauda litt mit Kulthums Mutter und war betrübt, daß sie nicht bei ihr Hilfe gesucht hatte. Dickköpfig, wie sie war, und auch ein wenig verschämt, hatte sie mit niemandem über die Verwandtschaft zwischen ihnen geredet. Sie stellte auch keine Fragen mehr über die Fruchtbarkeit der alten schwulen Diener, denn das Thema raubte ihr noch immer den Schlaf, so daß sie das Thema lieber mied. Denn zum einen verstand sie nichts davon, zum anderen war sie nach dem Prinzip erzogen worden, daß ein Kater männlich und eine Katze weiblich sei. Punktum. Trotzdem spürte sie instinktiv, daß das Leben in Manama nicht nach dem Lebensmuster ihrer Geburtsstadt lief, in der die Seeluft das ganze Jahr über für Erfrischung sorgte. Sie begriff, daß die Merkwürdigkeiten in diesem Dorf zum Bestandteil seiner Phänomene und seines Wesen geworden waren, denn sie hatte diese Erfahrung mehr als einmal gemacht. Wenn die Sandstürme aufkamen, entglitten ihr die Dinge, die sie greifen wollte, als seien sie mit schlüpfrigem Lehm überzogen. Schon hundertmal hatte sie bemerkt, daß die Dinge ihr Aussehen änderten, sobald sie von diesem rötlichen, feinen Staub bedeckt wurden. Es kam sogar vor, daß sie Wasser in ein Sieb füllte, im Glauben, es sei eine Holzschale. Kulthum beobachtete sie, nachdem die Kinder eingeschlafen waren, wie sie sich offenbar an ihre Stadt, deren Frische und deren Reichtum an Pflanzen und Meerestieren erinnerte; und dabei flickte sie ihren Büstenhalter mit grobem Zwirn, den normalerweise die Fischer für die Ausbesserung ihrer Netze benutzten. Das Mädchen, das von Messauda und ihrer Familie aufgenommen worden war, erwartete, daß sie von den Brüsten erzählen würde, die einst beide Mütter gestillt hatten, und über ihre Beziehung zueinander damals an der Küste. Aber sie wurde enttäuscht. Die Frau, die den Familienthron innehatte und die die finanziellen Angelegenheiten wie auch die unsichtbaren Geschicke des Clans bis ins Detail regelte, verlor keinen Ton zu diesem Thema, sondern kam in ihrer Art vom Hölzchen auf Stöckchen, warf alles durcheinander, verlor den Faden und unternahm die erstaunlichsten Abschweifungen. Tatsächlich hatte Messauda seit Wochen nicht mehr ernsthaft über irgend etwas geredet. Grund war die Spannung, die im Dorf herrschte. Es verging eine lange Zeit, bis Durr ihre Verwirrung verlor, die sie überfiel, wenn sie zum Schlafen in ihr Zimmer ging, aber ihren Mann dort nicht vorfand, obgleich sie, die die ganze Zeit neben der Haustür vor dem Mistelbaum saß und Kleider für die Zwillinge nähte, ihn nicht das Haus hatte verlassen sehen. Sie setzte sich vor die Sonnenblumen und genoß deren Feuchtigkeit, die sie durch die Drehung um sich selbst erzeugten durch die in ihren Stengeln gespeicherten Sonnenstrahlen, deren sprudelnde Energie so reichlich zu den bewässerten Blüten emporstieg, daß sie nicht mehr wußten, in welche Richtung sie sich drehen sollten. An Namenlos' Platz entdeckte sie statt dessen eine Alte auf dem Bettrand sitzend, die mit spöttischem Blick rauchte und deren Gesichtsfalten sich mit der gleichen Geschwindigkeit wie die Pflanzensonnen drehten. Fast hätte sie laut aufgeschrien, doch zog diese furchterregende Alte sie magisch an. Sie drückte ihr einen Kuß, wie sie ihn leidenschaftlicher nie bekommen hatte, auf den Mund, der sie zum Erzittern brachte. Zuerst merkte sie gar nicht, daß die alte Frau ihr verrückter Mann war, bis sie sein Glied unter dem weiten Musselingewand spürte. Er trug diese Verkleidung, um der nationalen Sache zu dienen. Und sie liebten sich im Stehen, in voller Bekleidung. Als sein enormer Samenerguß in der Tiefe ihres Uterus ein prächtiges Echo auslöste, spürte Durr, daß sie nach sechs Monaten Fünflinge gebären würde. Aus jener Zeit stammt der Spruch zwischen ihnen: »Liebe nach Greisenart«. Das erfreute Durr, die im Grunde eifersüchtig auf Kulthum war und ihre Schönheit, Frische und Frechheit bewunderte. Außerdem raubte ihr der Ausdruck »seinen Kamichi reinschieben« den Schlaf, denn Kulthum Bander Shah hatte ihn benutzt, als sie Mohamed Namenlos an einem durchsichtigen Morgen bat, sie von ihrem dummen dünnen Häutchen zu befreien. Die ganze Nacht hindurch trieben sie es in einer Hitze ähnlich der vor Unwettern und gewaltigen Orkanen. Als sie am nächsten Tag erwachten, bemerkten sie, daß das Haus von Mr. Browns Soldaten umstellt und das Dorf lautlos und ohne einen einzigen Schuß eingenommen worden war. Das Widerstandskomitee traf im Menstruationsblutzimmer zusammen, wo die Temperatur 37 Grad Celsius nicht übertraf. Die Anwesenden benötigten ihre Schweißtücher, um die Punkte auf der Tagesordnung diskutieren, Beschlüsse fassen, Aufgaben verteilen und die Observierungsseiten festlegen zu können. In Wirklichkeit war das Zimmer ein Dampfkessel, aber Mahmud Namenlos schaffte es, das gut zu verstecken. Als die Ausländer schließlich das Zimmer stürmten, in dem sich das Revolutionskomitee gewöhnlich traf, verwandelte es sich in die berühmte chinesische Mauer. Diese dicke Wand, die Mahmud errichtet hatte, ging ins Nichts hinaus und war mit der Farbe der Ewigkeit getüncht. Die Soldaten verhafteten nur Messauda, die als einzige ihr natürliches Aussehen behalten hatte. Sie konnten jedoch keine Papiere finden, denn sie hatte nie welche besessen. Es war in der Morgendämmerung des ersten Mai, als General Yahudi auf Manama vorrückte, Führer eines Heeres aus zehntausend bis an die Zähne bewaffneten Männern, unter der Befehlsgewalt von Mr. Brown, der ihnen Geleitschutz aus der Luft zusicherte. Und wie schnell erfüllte er sein Versprechen: Das Dorf zählte allerdings mitsamt seinen Vögeln, Hühnern, Schafen, Seidenwürmern sowie den drei Tauben Messaudas nicht mehr als neunzehntausend Seelen. Außerdem hatte das nationale Komitee des Widerstands jenes Ereignis schon vorausgesehen und die Bevölkerung ermuntert, dem Feind volle Bewegungsfreiheit zu geben und ihm zu helfen, Fuß zu fassen und tief ins Dorf vorzudringen. Dann sollte man auf weitere Anweisungen warten. Bereits in der Nacht vor dem Angriff, in der Mohamed Namenlos, Ali Lifqih, Raschid Bnasser und Djilali Bouhadba mit ihren Frauen schliefen, waren sie – dank der Schnupftabakdosen – informiert über die Anzahl der Angreifer, die genaue Uhrzeit des Überfalls und die Strategie, die Mr. Brown im begeisterten Einverständnis Bander Shahs befahl. Das Ziel schien klar. Hundertprozentig zuverlässige Aktivisten wurden in das Geheimnis eingeweiht; das Volk wurde im Rahmen eines geheimen Aktes ins Vertrauen gezogen: »Steckenbleiben sollen sie im Vogelschiß.« Schon bald patrouillierten die Soldaten im Dorf. Messauda war stolz darauf, verhaftet worden zu sein, und schnappte so laut mit dem Träger ihres Büstenhalters, daß Manamas unzählige Vögel aufgeschreckt wurden, die an jene zärtliche Musik und an den Gesang der neunzehn Wanduhren gewöhnt waren. Aber sie grollten Messauda nicht und vergaßen sogar die Fallen, die sie ihnen gestellt hatte: jene furchterregenden Vogelscheuchen, angefangen von der des Gouverneurs bis hin zu Ibn al-Muqaffaa, al-Mutasim, dem hl. Louis, Hadjadj Ibn Yusuf, Sufyan Ibn Muawiya, dem König vom Golf, Murad I., Abu Abbas as-Safaq, Mr. Brown und Mahmud II. Sie drangen in das Zimmer ein, in dem sie eingesperrt war, und bildeten aus ihren vielfarbigen Flügeln einen Vorhang, der Messauda vor ihren Peinigern und deren Blicken abschirmte. So sah niemand, wie sie das Gefängnis wieder verließ, versteckt hinter Hunderten von Kanarienvögeln, Amseln, Spatzen, Schwalben und anderen Vögeln, die die Amazonen damals mitgebracht hatten, als Mohamed Namenlos die ersten Krisen mit seinen Suchaktionen durchmachte. Die Kakadus bildeten mit ihrem leuchtenden Gefieder und ihrem unaufhörlichen Gekreische einen Ehrenvorhang für sie und nahmen sie bis nach Hause unter ihren Schutz. Die Familie, noch immer mit ihrer Verkleidung ausgestattet und entschlossen, diese bis zum endgültigen Sieg beizubehalten, empfing sie mit Geschrei und Freudentrillern. Die Soldaten vertrieben sich unterdessen die Zeit, verschossen mehrere Munitionsladungen, wodurch der Wal fürchterlich erschreckt wurde, der noch von den Seilen gehalten wurde. Diese rissen, der Wal stürzte in die Tiefe und begrub zehn Männer der Elitetruppe unter sich. Sie waren nach Manama gekommen, um es zu erobern wie schon vorher andere Dörfer, die sie von ihren Einwohnern befreit hatten, um sich dort niederzulassen und von dem zu profitieren, was ihre Opfer in Hunderten von Jahren aufgebaut hatten. Natürlich handelte es sich um die Pfadfinder, die nun zusätzlich zu ihrer Arroganz die Möglichkeit hatten, mit Nilwasser zu gurgeln, bekannt für seine antikariöse Wirkung; bis zu jenem Tag, als Bander Shah sich entschied, die Konzession auf den Krokodilsee nicht zu verkaufen, litten sie an schlechten Zähnen, die bläulich und nikotingelb schimmerten. Sie hatten nichts anderes zu tun, als den ehrwürdigen Wal zu töten. Nach mehreren Tagen vergeblicher Suche dachten sie, die verantwortlichen Untergrundleute hätten das Dorf verlassen und sich unter den Bäumen auf dem Vogelplatz niedergelassen, würden ihre Bewaffnung und Ausrüstung vernachlässigen und dort ein Mittagsschläfchen halten, mit den Filmleuten Karten spielen und ab und zu durch das Blattwerk in die Luft schießen, wenn die Vögel mit ihrer Scheißerei übertrieben und voller Verachtung wie mit einer einzigen Stimme ununterbrochen »Die Internationale« zum besten gaben, so wie Mohamed Namenlos es ihnen vor einigen Monaten beigebracht hatte, als er noch Zeit hatte und ihnen Musikunterricht gab. Das Geleitwort blieb jedoch immer das gleiche: »Verrecken sollt ihr im Vogelschiß!« Nach dieser Demonstration der Kräfte beschlossen der Gouverneur und der Regisseur von 1001 Nacht noch vor Wiederaufnahme der Dreharbeiten den Sieg zu feiern. Das Fest fand in den Gärten des Gouverneurssitzes statt; nachdem man die Farbe des Rasens aufgefrischt, die Blumen wieder hergerichtet, das japanische Becken repariert, die Seerosen aus Zink an ihre Plätze zurückgebracht und mit schweren Traktoren neue Bäume herbeigeschafft hatte. Die Pfadfinder boten ihre Hilfe an, und die Musiktruppe der Fremden stellte sich dem Gouverneur kostenlos zur Verfügung. Man brachte Whisky und einheimischen Raki herbei und ließ viele Böcke heimlich in den verschiedenen Badesälen einfangen. Man benutzte Funkgeräte, um sich an die Geishas aus Kyoto und die Nutten in Miama zu wenden und ihre Kenntnisse in Pornographie zu nutzen. Berge köstlichen Essens und alles, was nötig und wichtig war, wurde vorbereitet, um den Erfolg des prächtigsten Festes dieses Jahrhunderts zu sichern. Der König vom Golf wurde nachdrücklich eingeladen; doch er entschuldigte sich, er könne der Einladung nicht Folge leisten in einer Zeit, in der Herrscher üblicherweise exiliert wurden, indem man sie zu der Grenze eines von ihnen ausgewählten Landes führte und ihnen verbot, sich weiter in ihrem eigenen Reich aufzuhalten. Viele Menschen strömten herbei, und Bander Shahs Gärten füllten sich, wirkten beinahe zu klein für dieses Fest. Juliette Adam, Symbolfigur der Nationalen Demokratischen Partei, war unter den geladenen Gästen. Der Kameramann verwandelte sich in den Hoffotografen. Eine kreisende Taube in den Farben Bander Shahs gab das Zeichen zum Start. Nach dem gigantischen Feuerwerk stürzten sich die Gäste auf die mit Essen beladenen Tische, wurden aber sofort von Bander Shah zurückgehalten. Er empfahl ihnen, nicht allzuviel zu essen, da er noch eine gastronomische Überraschung für sie bereithalte. Dann mischten sich die Eingeladenen, es bildeten sich Paare, die wild miteinander tanzten. Die Frauen begannen, sich von überflüssigen Kleidungsstücken zu befreien, da es sehr stikkig war; Messauda hatte sich geweigert, ihre ventilierenden Sonnenblumen auszuleihen. Die Männer machten es ihnen nach. Die Temperatur stieg, während der Alkohol die gefrorenen Herzen erhitzte. Jeder zog sich aus, und es fanden merkwürdige Formen sexueller Verflechtungen in einer Atmosphäre statt, in der der Schweiß aus den Öffnungen floß, die sich in Quellen verrücktester Liebe verwandelten. Aber der Sieg, den man ordentlich feierte, wurde bei der höllischen Temperatur zäh und sauer. Trotzdem jubelten alle. Tolles Spektakel und buntes Durcheinander. Der Anislikör floß, und der hiesige Raki ergoß sich bis in den After derjenigen, deren Kehlen mit sämtlichen Sorten bester Liköre und berauschender Weine gefüllt waren. Je länger das Fest dauerte, um so säuerlicher wurde es. Ein Geruch aus den Sümpfen von Wahnsinn und geistiger Verwirrung begann den Raum zu infizieren. Den Körperöffnungen entströmte der Geruch verfaulter Sardinen. Von den Achseln tropfte schwarzer klebriger Schweiß, von der Haut strömte ein Uringeruch wie aus jahrhundertelang benutzten Latrinen. Man ließ Sklaven aus den Nachbardörfern herbeiholen, die zwischen den Gästen umherliefen, ihnen den Hintern reinigten und sie mit Ambra und Orangenblütenduft parfümierten. Vergeblich! Der Gestank hatte sich schon in den Bäumen verbreitet, die Leute urinierten und schmierten sich ihren Kot ins Gesicht, in den Sog eines Deliriums gerissen, der sie glauben ließ, auf einem Maskenball zu sein, wo sie die Demaskierung befürchteten. Die Völlerei glättete die finstersten Gesichter und die fettleibigsten Körper, da jeder, der noch einen Rest Verstand besaß, inmitten des alles verschlingenden Wahnsinns auf die große Überraschung wartete, die der Gouverneur zu Beginn des Festes angekündigt hatte. Der blieb klar, trank keinen Tropfen Alkohol, nicht einmal ein Glas Orangensaft, aß nichts und entkleidete sich auch nicht. Er verhielt sich würdevoll und zurückhaltend, lächelte und stand aufrecht in seiner Sommeruniform und den doppelt besohlten Schuhen, um nicht einen einzigen Millimeter von seiner Statur einbüßen zu müssen, mit der Gott ihn von dem Tag versehen hatte, als er ihn in eine armseligen Familie hineingeboren hatte. Später war er an Rachitis erkrankt und weigerte sich zu wachsen, um seinen Vater zu ärgern, den er haßte, weil er Sardinen und keine Meeresperlen verkaufte.

Um Mitternacht, als Messaudas neunzehn sizilianische Wanduhren ihre bezaubernde Musik ertönen ließen, die aus einer anderen Welt zu kommen schien, bat Bander Shah die Anwesenden um Ruhe. Mit einigen Schwierigkeiten nahmen sie eine stramme Haltung ein. Sodann wurden Hunderte von Böcken herbeigeschafft, die blökten und blindlings umhertrampelten. Sie wurden vom Personal in ein vorbereitetes Gehege gesperrt, und die knatternde Stimme des Gouverneurs erhob sich: »Jeder der Gäste ist hiermit eingeladen, einen der Böcke zu schlachten, am Baum aufzuhängen und so schnell wie möglich zu enthäuten. Der erste, der das schafft, erhält meinen Rolls-Royce. Der Tachometer beweist: Er ist kaum mehr als 19.000 Kilometer gefahren! Meine Herren, vor Ihnen steht eine große Kiste mit allen notwendigen Werkzeugen, um die Arbeit unter den besten Bedingungen durchführen zu können. Ebenfalls vor Ihnen liegen Seile von mehreren Kilometern

Länge, mit denen Sie die Tiere an den Bäumen aufhängen können. Die Damen bitte ich darum, auf den Stühlen im Garten Platz zu nehmen und unsere tapferen Wettbewerber zu unterstützen. Ich brauche nicht zu betonen, daß der Bock ein Symbol für unser Dorf ist und das Wetten um dieses Tier aufgrund der schlechten Wirtschaftslage für Seide unsere Haupteinnahmequelle ist. Ich bestehe darauf, diesen Wettkampf durchführen zu lassen, um meinen Stolz darüber zum Ausdruck zu bringen, der größte Importeur dieser Tiergattung in der Welt zu sein, und um mich bei Mr. Brown und General Yahudi für ihre effektive, disziplinierte und schnelle Hilfe zu bedanken, die sie unserem werten Gouvernement haben zukommen lassen. Meine Herren, bitte nehmen Sie Ihre Plätze ein, es kann losgehen. Meine Damen, Applaus!«

Das Gemetzel wurde zur blutroten Flut. Messauda, die schlief, während die fünf Führer des Widerstandes sich ununterbrochen im Menstruationsblutzimmer trafen, in dem stickige 37 Grad herrschten, spürte einen Wildgeschmack im Mund. »Eine Schlachterei!« sagte sie mit lauter Stimme. Ihre Töchter, die nebenan schliefen, glaubten, Messauda hätte eine Vorahnung im Traum, und konnten vor lauter Angst nicht mehr einschlafen. Unterdessen nahm das Gemetzel in den Gärten des Gouverneurs ein entsetzliches Ausmaß an. Jeder wollte den Rolls-Royce gewinnen, und die Frauen, die ihre Männer oder Liebhaber unterstützten, lauerten in höchster Spannung. Die Gäste stapften in dem gerinnenden Blut, das den Hälsen der Böcke entströmte. Die Teilnehmer an dieser seltsamen Wette waren wie von Sinnen; so als klebten Schlafreste der letzten Nacht auf ihren Augenlidern, auf denen die Gewinnsucht und die apokalyptische Vision vom Ende der Welt schwer lastete. Die Böcke, die laut blökend geschlachtet wurden, strampelten, so wild sie konnten, und rammten ihre Hörner in die Bäume, in denen sie aufgehängt wurden, um sie anschließend zu häuten, ihnen die Bäuche aufzuschlitzen und ihnen die Gedärme und Eingeweide zu entnehmen. Manche hatten im Moment des Todes eine Erektion und geschwollene Hoden, die mit heftigem Knall explodierten. In dem Schwall, der sich gen Himmel ergoß, vereinte sich alles Entsetzen der Tiere und das Gemetzel der Schlächter, die sich am Alkohol und am Geruch des Todes berauschten. Die Frauen hielt es nicht mehr auf ihren Gartenstühlen, sie stürzten sich schreiend und unbeherrscht in das Spektakel; Vorgeschmack auf den Gewinn und die Gier ließen ihre Haut aufplatzen und rissig werden. Messer blitzten im Mondschein und bewegten sich mit unglaublicher Geschwindigkeit. Mit knappen, gezielten Schlägen mußten die Wettbewerber die Knochen freilegen – trotz ihrer Trunkenheit –, um sie an den richtigen Stellen brechen zu können. Währenddessen saß der Gouverneur auf einem durch ein Podest erhöhten Sofa und beobachtete die dreihundert Schlächter, die die Massen von Böcken bearbeiteten und sie in den Bäumen des herrlichen Gartens aufhängten. Er schien von dieser Szenerie wie benommen und machte sich zu ihrem Richter, ohne die Teilnehmer auch nur eine Minute aus den Augen zu lassen. Ein Gemisch aus Farben, Tönen, Stimmen und Gewalt. Dröhnen und Schock. Gehirne und Knochen barsten. Abgezeichnete Bewegungen nahmen Gestalt an wie Blitze in der historischen Erinnerung des Häßlichen und der Bruchstellen der Gelenke. Die ganze menschliche Grausamkeit konzentrierte sich in den Augen der Mörder, die ihre stinkende, klebrige Raserei und bläuliche Pein über das schlaffe Fleisch hereinbrechen ließen, das sie mit bloßen Händen und – um noch schneller zu sein – mit Zähnen packten. All das für ein unbedeutendes Ereignis. Bander Shah begann sich zu langweilen und wurde von der Sehnsucht nach seiner Frau ergriffen, die er nicht vergessen konnte, seit sie das Haus ohne ihre Sachen verlassen hatte. Schließlich gewann der Regisseur den Rolls-Royce, denn er hatte es geschafft, in nur vierundzwanzig Minuten, neunzehn Sekunden und drei Zehntelsekunden den Bock zu schlachten, zu häuten, auszuweiden und am Baum aufzuknüpfen. Ein Rekord! Das Fest endete mit Bergen von gegrilltem Fleisch, mit Kümmel bestreut und auf Nelkenstäben aufgespießt – inmitten der Fluten des Genusses und der Ausschweifungen des Wahnsinns. Die Gäste des Gouverneurs brauchten drei Tage, um ihren Rausch auszuschlafen. Diese drei Ruhetage waren für das Widerstandskomitee eine gute Gelegenheit, um eine Entscheidung zu treffen. Messauda eilte zum Menstruationsblutzimmer und erinnerte die fünf Anführer daran, daß sie in zwei Wochen das Zimmer brauchen würde, und machte ihnen klar, daß die Natur nicht zögern würde, sich am neunzehnten des Monats zu zeigen. Im Grunde wollte sie sie damit unterstützen, indem sie sie unter Druck setzte. Messauda, die ständig über die Geschwindigkeit ihrer Uhren geklagt hatte, fand sie jetzt träge und schwerfällig wie ihren Sohn, ihre beiden Schwiegersöhne, den Lehrer und den Schuster Mahmud, der die Gestalt Rafikas, seiner Zwillingsschwester, angenommen hatte und an der Tür lauerte, bereit, die Wände zu verschieben, die falsche Zimmerdecke herabzulassen und mit Rauchbomben den Eindruck eines maurischen Bades zu erwecken, in dem die heiße, undurchsichtige und geheimnisvolle Atmosphäre es nicht zuließ, weiter als dreißig Zentimeter zu schauen. Seit ihrer Arretierung und Befreiung durch die Vögel, die sie so oft gejagt und schlecht behandelt hatte, hatte Messauda ihre Vitalität und Leidenschaft wiedererlangt, die ihr nach Atikas Beerdigung verlorengegangen war. Sie brachte ihre Zeit damit zu, die Treppen auf- und abzusteigen, zwischen Empfangs- und Blutzimmer hin- und herzugehen, um Neuigkeiten, Nahrung und Unterstützung anzubieten. Sie riß die Vogelscheuchen aus den Bäumen und versteckte Adolf Bibenhorzst und dessen Frau Dorothee, die Kalifen und andere

Führer des ehemaligen islamischen Reiches – bekannt für ihre Grausamkeit, ihre Willkür und Gier nach Blut – hinter den Möbeln und unter den Matratzen, ohne den derzeitigen Gouverneur von Manama zu vergessen. Dieser war nämlich dem Wahnsinn verfallen, nachdem er seinen Rolls-Royce in einem Wettkampf verloren hatte, der eines Schlachthauses in Chicago und eines mysteriösen Mr. Brown würdig gewesen wäre, der sowohl vor den Kulissen der Geschichte als auch in den Rinnsalen des nutzlos vergossenen Blutes mit dem Weltschicksal spielte. Sogar die Vögel waren dankbar und verschonten die Pflanzen, die Wetterschwankungen und Krankheiten ausgesetzt waren, seit sie nicht mehr von Vogelscheuchen beschützt wurden. Aber Messauda blieb vorsichtig gegenüber ihren Launen und Anfällen. Sie merkte, daß es sich nur um einen vorübergehenden Waffenstillstand handelte, nicht um einen dauerhaften Frieden. Die Informationen, die die Vögel von draußen mitbrachten, waren gut und mutig. Die Soldaten des General Yahudi und die Filmregisseure, die sich nach dem schamlosen Abend fernhielten, litten unter schrecklichen Kopfschmerzen. Manche von ihnen sahen alles doppelt, andere erblindeten vorübergehend, und die übrigen setzten das Treiben fort, bis sie vor Kummer und Ekel starben. Leberzirrhose und Gastritis kursierten, und die Moral der Truppe ließ zu wünschen übrig. Manch ein Fallschirmspringer, der langsam in seinem Fieber garte, ging in die Luft, ohne seinem Vorgesetzten Bescheid zu sagen. Urplötzlich befestigte er seinen Fallschirm und stieg quer durch die Zimmerdecke gen Himmel, trotz des Bittens und Flehens seiner Zimmergenossen und der Befehle seines Vorgesetzten, der ihn aufforderte, sich auf sein metaphysisches Projekt zu besinnen und an ihr fern von der Welt liegendes, von Beduinenhorden bedrohtes Vaterland zu denken.

Um die Moral des Volkes hingegen stand es gut dank der

verdeckten, disziplinierten und straffen Organisation nach karmatischem Vorbild, die Erfolg bewies und die die Karmaten befähigt hatte, den drei mächtigsten islamischen Reichen – den Ummayaden, den Abbasiden und den Fatimiden – über 450 Jahre standzuhalten. Zwischen Basis und Spitze der revolutionären Pyramide lief der mit Ziffern und Nullen kodierte Informationsfluß bestens. Außerdem hatte das Verschwinden des Wals den Abergläubischen wieder Mut gemacht, und die Passivität der Bürger verhinderte jede Aktion seitens der Armee der Angreifer, deren Expansionsträume an den zahlreichen uralten Mauern zerschellten, die jeden Dörfler wie eine Schale umgaben, die nie zu Schaden kam, auch nicht durch die Schwankungen des Wüstenklimas. Die Führung der ausländischen Armee fragte sich, ob man in eine Falle geraten sei, ob man auf kleiner Flamme gegart oder zum Gespött des Dorfes werde, da dieses über keinen wirtschaftlichen, finanziellen oder politischen Vorteil verfügte, ganz zu schweigen von seiner strategischen Lage. So verbreitete sich die Langeweile, die die Manamaer sehr gut kannten, unter den Neuankömmlingen. Auch die Huren hatten das Dorf verlassen, als sie das Heer der grausamen Krieger mit Bajonetten vor der Nase und steifen Gliedern zwischen den Oberschenkeln sahen. Ihre Tradition verbot ihnen den Umgang mit den Soldaten, so daß sie fluchtartig das Dorf verließen, weil sie fürchteten, von ihren Familien bestraft zu werden, sollten sie die Regeln des Rituals und des Anstands überschreiten. So entfernten sie das Blei, mit dem sie ihre Öffnungen verschlossen hatten, um sich vor den Soldaten zu schützen. Sie schickten es Mohamed Namenlos und ihrer Verwandten »Messauda, der Glückseligen«, zu, damit sie es schmelzen und zu Munition verarbeiten könnten. Also schlossen die Nutten das Bordell, nahmen den Schlüssel und die Chefin mit, deren Schönheit, Klasse und Charme adligen Ursprung in mehrfacher Generationenfolge vermuten ließ.

Der Hügelplatz leerte sich, der Taubenzüchter, den die Leute für den Imam hielten, auf den die Karmaten warten, nahm seine Vögel und verließ Manama. Dasselbe taten die Marktschreier, die Fanatiker, Heilsprediger, Verkäufer, die Sand in die Augen streuten, Schmuggler, Heiler und Akrobaten. Der Schwarzmarkt löste sich auf, auf dem bisher all das Verbotene angeboten wurde, das anderswo nicht zu finden war, einschließlich der Gegenstände, deren Gebrauch den Manamaern noch unklar war. Die Schmuggler verschwanden samt ihren Pornozeitschriften, ihren verbotenen Elixieren, Abtreibungsspritzen, Mühlen, mit denen der Kummer zermahlen und in Freudenstaub umgewandelt wurde, ihrem Löcherkäse für blasige Aufläufe, ihren Dessous in aufreizenden Farben, ihren Kondomen, Amuletten, die Feinden Unglück bringen sollten, Jeans aus der internationalen Haute Couture, ihren künstlichen Penissen mit Noppen für Masochisten, ihren Mittelchen gegen Liebeskummer, ihren Bildtelefonen, grünen und fliegenden Teppichen aus Taschkent, ihren Spiralen zur Empfängnisverhütung, die Lust machten, indem sie sich um sich selber drehten, den Katalogen mit allen Präsidenten der Welt in unsittlichen Stellungen, ihren Eisen, um die Gesichter trauriger Menschen zu straffen, Instrumenten zum Flikken von Ehetrümmern, den Gefäßen, in denen die Zeit gor, die ausgebauten Ersatzteile aus dem Rolls-Royce Nr. 19 des Gouverneurs, ihren Kannen zum Kochen von Langeweile, ihrem Trödel aus Memphis, ihren Scharfschützengewehren zur Ermordung politischer Führer, Schmuggelware aus Odessa, dem Schwert von Sidi Ali, den apokryphischen Schriften, von Mohamed Namenlos korrigiert, ihren persischen Miniaturen von Wasiti, ihren Apparaten, die das Leben um mindestens zehn Jahre verlängern sollten, Känguruhs, die den Dialekt von Manama sprachen, ihren historischen Fallbeilen, ihren Glückspillen, ihren Gerätschaften, um die Zeit durcheinanderzubringen ... Es gab nichts mehr zu tun. Sogar das Gehen fiel schwer in der fürchterlichen Hitze. Selbst die Mutigen nahmen nach einigen Versuchen davon Abstand. Die Steine jedoch vermehrten sich, die Wüste kletterte über die Mauern und überfiel das Dorf. Menhire ragten aus dem Boden, den die Dürre schrundig und rissig gemacht hatte, die Steine wuchsen wie Pilzkulturen, riesige Spinnen tauchten in ganzen Trupps auf, die Zahl der Skorpione nahm zu. Die unfreundlich gewordene Umgebung Manamas war von Dornen übersät, wie man sie noch nie zuvor gesehen hatte. Doch der Katastrophen nicht genug: Eines schönen Tages wurde dem Widerstandskomitee eine Falle gestellt. Es nutzte die frische Luft des amerikanischen Friedhofs, um mit den Organisatoren der verschiedenen Sektoren des Dorfes zusammenzutreffen, als es einem Spion gelang, sich einzuschleichen. Alle Mitglieder, bis auf Mohamed Namenlos, wurden festgenommen. Der hatte seinen Schatten zum ersten Mal sehr klug genutzt: Er blies ihn auf, bis er ihm so ähnlich sah, daß der Feind ihn für das eigentliche Opfer hielt. Das löste einen Lachanfall bei seinen Genossen aus, als man sie – von deutschen Schäferhunden bewacht – abführte. Mohamed verließ Manama noch am selben Tag und begab sich an einen unbekannten Ort, nicht ohne Kulthum vorher über die Katastrophe informiert zu haben und darüber, daß nun die Frauen die Angelegenheit übernehmen sollten, bis er mit einer richtigen Kriegsmaschinerie zurückkehren würde. »Für Zaubereien ist kein Platz mehr. Die Karmaten haben uns eine hervorragende Ausstattung aus dem frühen vierzehnten Jahrhundert hinterlassen. Jetzt ist es an uns, sie zu nutzen!« Die Bewohner von Manama waren durch die Lücke, die durch die Verhaftung des Geheimkomitees entstanden war, an den folgenden Tagen entmutigt und leisteten den Drohungen der Soldaten Folge. Nach über einem Monat Pause wurden die Dreharbeiten zu 1001 Nacht wieder aufgenommen; in einer ebenso schweren wie gespannten Atmosphäre. Bevor das Filmteam die Arbeit aufnehmen konnte, mußten die Requisiten wieder in Ordnung gebracht und die ausgetrockneten Kanäle gefüllt werden. Es mußten sintflutartige Regenfälle herbeigeführt werden, das Glanzpapier wieder hervorgeholt, die Verkleidung der riesigen Kräne abgenommen und die Schauspieler neu geschminkt werden. Denn Zeit, Sand und Hitze hatten alles verdorben, verdorrt und verrottet, rissig und spröde werden lassen. Sie hatten die Mittel – und dazu reichlich Phantasie . . .

So gelang es dem Filmteam nicht nur, Manama neu aufzubauen und das glänzende Dekor wieder anzubringen, sondern auch Frau Bander Shahs Ventilator zu reparieren, der einmal zwei merkwürdige Penisse zerfetzt hatte, um mit ihm die fliegenden Teppiche anzutreiben, mit denen der Legende nach erwachte Schläfer transportiert werden. Trotz auftretender Schwierigkeiten konnten die Regisseure einige Verräter für die Szenen rekrutieren, die am Tage gedreht wurden. Sie bekamen die gefährlichsten Rollen, und der erste Schläfer stürzte gleich mit seinem Teppich ab und erwachte nie mehr. Ein anderer Verrückter ersetzte ihn erfolgreich, was als sportliche Heldentat und politische Provokation angesehen wurde.

Der Drehort war von nervösen Soldaten umringt, die den Finger am Abzug hatten und zum Blutvergießen bereit waren. Gegen Mittag kamen die Schüler von Ali Faqih. Sie waren von einem Sozialarbeiter aus Mr. Browns Armee betreut worden, der die manamaische Sprache fließend beherrschte. In einem Moment, in dem man es am wenigsten erwartete, hielten die Schüler Spruchbänder gegen die Anwesenheit der Ausländer hoch. Sie wurden festgenommen und in einem einzigen Klassenraum zusammengepfercht, in dem die Stühle fehlten, die die Schüler aus Mangel an staatlichen Subventionen morgens mitbringen und abends wieder mit nach Hause nehmen mußten. Man zog ihnen die Hosen herunter und verprügelte sie. Doch anstatt zu weinen, bekamen manche Schüler sogar einen Lachanfall, weil sie an dieser Stelle kitzlig waren. Relativ unbeeinflußt davon gingen die Dreharbeiten der Unterwasserstadtszene weiter. Die Kameramänner wurden zu Tauchern umfunktioniert, während die Statisten ihre Rolle ohne Sauerstoffmasken oder Schutzkleidung spielen mußten. Da keiner von ihnen gut schwimmen konnte, jeder aber seine Begeisterung zeigen wollte, um den versprochenen Job als Palastwächter beim Gouverneur zu bekommen, zögerten sie nicht lange; schon nach wenigen Minuten konnte man ihre Körper aus der Tiefe aufsteigen sehen. Es war ein wahres Unglück. Dreißig Leichen wurden geborgen; vergeblich versuchte man, ihnen Luft in die Lungen zu pumpen. Doch bei dieser Gelegenheit wurde auch der Denunziant entdeckt, der den Treffpunkt des Revolutionskomitees verraten hatte. Als man seine Leiche barg, war sein Zeigefinger auf seine eigene Brust gerichtet. Es war offensichtlich, daß er in seiner letzten Stunde seine Schuld hatte büßen und sich selbst hatte belasten wollen. Sein Name war Larbi Hanache, und er war Schlangenzüchter auf dem Hügelplatz gewesen. Man war von seiner Schuld überzeugt, denn sein Körper war dreimal so stark aufgedunsen wie die der anderen; seine Augen waren vor Scham zusammengekniffen anstatt geweitet, wie es bei Wasserleichen üblich ist. Der letzte Beweis für seinen Verrat war der abscheuliche Gestank, der aus seinem Grab hervortrat und der vom Tage seiner Beerdigung an bis zum Weltuntergang anhalten sollte, der nach den Verkündern aller Religionen exakt für das Jahr 4019 nach dem Julianischen Kalender vorausgesagt wurde. Davon abgesehen beobachteten die Manamaer die erstaunliche Klugheit und unerschöpfliche Ausdauer der ausländischen Künstler: Sie waren mit immer gewaltigeren Mitteln ausgestattet, die mit riesigen Transportflugzeugen von der anderen Seite der Welt herbeigebracht wurden, wobei sie die Golfregion passierten, deren König ein doppeltes Spiel trieb, um seinen Thron und seine traditionellen Bündnisse mit den maßgeblichen Leuten zu behalten.

Mit Wiederaufnahme der Dreharbeiten hatten die Fremden das Klima geändert und Kohlensäureschnee rieseln lassen, der nicht vom Schnee Gottes zu unterscheiden war. Der Vogelplatz wurde auf Rollen gesetzt und vor die Stadtmauern Manamas geschoben, damit hier eine Sumpfstadt auftauchen konnte. Es bereitete ihnen Vergnügen, die einstmals geraden Straßen sich überschneiden zu lassen, und sie zwangen die freien, stolzen Vögel zu singen oder zu schweigen, gerade wie sie es wollten. Sie eröffneten ein Bordell mit sportlichen, braungebrannten Prostituierten, die man aus Kalifornien importiert hatte, ließen blühende Mandelbäumchen aus dem Inneren massiver Pfeiler wachsen, bauten Weiden aus Kunstrasen, auf dem die grauen Pferde der Ewigkeit langsam vor sich hin trabten.

Kurzum, sie hatten das Dorf verfälscht und in eine jüdische Siedlung verwandelt, als wollten sie sich dort dauerhaft niederlassen, obwohl sie ursprünglich nur gekommen waren, um mit dem Geld von Lailas Mann 1001 Nacht zu drehen, um der Welt durch diese merkwürdigen Geschichten zu beweisen, daß der muselmanischen Zivilisation ein universelles Erbe gebührt und sie Anteil an den wahren Errungenschaffen der Menschheit hat. Messauda Namenlos, betrübt über die Verhaftung vier ihrer Verwandten und Verbündeten wie auch über den überstürzten Aufbruch ihres Ältesten – der für alle Zeiten nicht nur zur Einsamkeit, sondern auch zur Rastlosigkeit und zu Zaubereien der unsichtbaren Welt verurteilt war –, litt sehr unter dem Kohlensäureschnee. »Zu dumm«, sagte sie, »diese Schufte hätten auf Mohameds Rückkehr warten sollen, bevor sie ihren Schnee aus den Hubschraubern streuen.« Nach mehreren Anläufen war die Unterwasserstadtszene endlich gedreht, und die Zufriedenheit darüber fiel zeitlich mit der Übernahme der Revolutionsführung durch die Frauen zusammen. Schadjarat Eddur nahm wieder ihren königlichen Namen an, als Symbol für die Stärke, die sie bewiesen hatte. Die entsprechende Königin, das vergaß sie nie, hatte ihrem Mann den Kopf abschlagen lassen und ihm seine Hoden in den Mund gesteckt, weil er ihr Vertrauen mißbraucht hatte. Nun war es an ihr, ihre Rolle zu übernehmen! Sie übernahm die Führung des Widerstands. So machte sie sich daran, die Aufgaben zu delegieren. Sie beauftragte Kulthum, Spionage und Doppelspionage zu betreiben, da sie noch großen Einfluß auf ihren Vater ausübte. Messaudas Aufgabe war es, die Hausarbeiten zu erledigen: das Essen für die Mitglieder des Komitees zu kochen, zu putzen, die Käfige der Kamichis zu säubern und schließlich die Lebensmittelversorgung zu organisieren. Raschika, die ihrem Mann, dem Uhrmacher, bei der Arbeit zugesehen hatte, wurde für die Herstellung von Zeitbomben abgestellt und sollte ein Auge auf die neunzehn Wanduhren haben. Obgleich ihre Identitäten ausgetauscht waren, wurden die Zwillingsschwestern damit beauftragt, möglichst viele am Haus vorbeigehende ausländische Soldaten anzulocken, mit ihnen zu flirten, um ihnen, sobald sie in ihren Armen lägen, mit einem Taschenmesser die Kehle durchzuschneiden, wie sie es gelernt hatten. Malika Bnasser war die einzige, die ihre Identität behalten hatte, und kümmerte sich um die Brieftauben, was dringend nötig war. Schadjarat Eddur, sehr bewandert in den Methoden des Guerillakriegs der Karmaten, wollte einen Schlachtplan entwerfen und eine genaue Strategie für den nationalen Kampf ausarbeiten. Dazu mußte sie alles organisieren und beobachten. Damit sich die Frauen eine Meinung von ihr bilden und sich von ihrer Loyalität überzeugen konnten, erzählte sie ihnen die Geschichte des Widerstands der Frauen von Manama. Sie begann ihren Bericht mit der berühmten Schlacht um die »Haarlocke«; Mohamed Namenlos hatte vor langer

Zeit seiner Schwester Malika versprochen, ihr davon vor der Hochzeit zu erzählen. »Ich werde nicht sagen ›Es war einmal . . .‹ Damit will man nur Zeit gewinnen. Wir müssen uns ein wenig beeilen. Also, das Jahr 1532. Die Frauen von Manama zogen sich aus und tanzten nackt im Kampfgetümmel. Sie erregten die Männer so sehr, daß sie die Oberhand über den Feind gewannen, der ihnen zahlenmäßig weit überlegen und besser ausgerüstet war. Zum ersten! Nun das Jahr 1725. Als die Kämpfer den Türken unterlagen, bildete Aldjia vom Stamm der Manamaer eine Armee aus Frauen, was die fremden Angreifer schockierte und sie bis weit hinter die Grenzen zurückdrängte. Und nun 1450: Die Frauen revoltierten gegen ihre Männer und gewannen nach einem Jahr Kampf, Hinterhalt und List den Krieg der Geschlechter. Die vertrauensseligen und großzügigen Frauen wurden daraufhin mehr und mehr von den Besiegten ausgenutzt, die ihnen nicht nur ihren hervorragenden Sieg aberkannten, sondern sie auch des freien Lebens beraubten. Bis heute. Noch schlimmer. Man funktionierte sie um zu natürlichen Brutstätten für Seidenraupen unter dem Vorwand, man habe noch keine Elektrizität. Wir müssen daraus Lehren ziehen und an zwei Fronten kämpfen: Wir müssen die Arroganz der ausländischen Hampelmänner brechen und der barbarischen Praxis ein Ende setzen, die aus den Oberschenkeln der Frauen Maulbeerbäume macht!« Die feurige Rede derjenigen, die den glanzvollen Namen einer Königin von Ägypten und Syrien des Jahres 647 Hidschra angenommen hatte, verbreitete sich rasch. Die Männer, die die Priorität erkannten, akzeptierten diese neue Situation einschließlich der führenden Rolle der Frauen im nationalen Kampf. Ihr Einverständnis erfolgte jedoch ein wenig gezwungen und war nicht frei von Hintergedanken wie: »Laßt sie nur machen, wir werden schon sehen.« Kurzes grelles gelb-blaues Gelächter. »Das legt sich. Aber wir müssen entschlossen sein. Man muß die Zeichen der Zeit erkennen, die auf den Kopf gestellt sind bis in die Tiefen des Kosmos, des Klimas und des gefälschten Schnees.« Die Frauen ergriffen also die Zügel und breiteten erneut das Dunkel der Geschichten aus 1001 Nacht aus. Das Elend der Völker der damaligen Zeit, die Sklaverei, die öffentlichen Hinrichtungen, Revolten, die Unterdrückung, die Enthauptungen, die heranwachsenden Negermädchen, die die Hinterteile der Herrscher mit Rosenwasser abwaschen mußten, die Orgien, Harems, Frauengemächer, die Demütigungen und natürlich das Heldengedicht des Mohamed Ibn Ali sowie die Chronik über Leben und Tod des Hamdane Karmate in neunzehn gefälschten Namen, neunzehn Tricks und neunzehn Siegen. Die Frauen erläuterten die geheime Zusammenarbeit zwischen dem König vom Golf, Mr. Brown, General Yahudi und dem zwielichtigen Gouverneur. Was war denn 1001 Nacht? Die Dreharbeiten? Lediglich ein Trick! Vorstufe für die endgültige Besatzung ... Die erste kriegerische Attacke der Manamaer gegen die Besatzer ging in aller Stille vor sich. Eine Nachbarin der Namenlos, Zobeida al-Halawani, die Süßigkeitenbäkkerin, stellte 100 Kilo Pralinen her, die sie mit Sesamkörnern bestreute, nachdem sie heimlich zehn Pfund Rattengift untergemischt hatte. Die Ware wurde auf Karren geladen, vor die magere Esel gespannt waren. Dann wartete man ab ... Das ausländische Militär, das den Verdacht hegte, auf Waffen und Granaten zu treffen, fand hingegen herrliche Schokolade. Die Freude war groß. Der Führer der Patrouille beschlagnahmte die Ware und verteilte sie noch am selben Abend unter den Kameraden. Bilanz: 1919 Tote. Vergiftet, die Zungen herausgestreckt. Das Graugrün des Todes hatte schon die hübschen Gesichter der Soldaten überzogen, gute Esser und Feinschmecker, als riesige Spinnen ihre Netze im Innern der gestörten Vorstellungskraft der noch Lebenden woben. So nickten sie ständig mit dem Kopf, als wollten sie die schrecklichen Visionen vertreiben, deren Akteure und Zeugen sie seit der berühmten Siegesfeier waren, die die endgültige Freundschaft zwischen Mr. Brown und Bander Shah besiegelt hatte, oder als wollten sie die Kieselsteine loswerden, die unkontrolliert in ihren Hirnen umherrollten. So wurden 1919 Feinde unschädlich gemacht – dank der Schokoladenkunst von Zobeida al-Halawani.

Durr erklärte, daß diese Kriegslist das Gegenstück zu jener sei, die die abbasidischen Kalifen gegen die Karmaten im Jahr 314 Hidschra unternommen hatten. Eine Schiffsladung mit vergiftetem Obst wurde in die Nähe der von kommunistischen Muslimen besetzten Küste geschickt. Diese beschlagnahmten sie und verteilten sie gerecht unter dem Volk. Bilanz: 1900 Tote! Die zweite Kriegslist ermöglichte es, den Rolls-Royce, den der Regisseur gewonnen hatte, in seine Einzelteile zu zerlegen. Die Frau des Uhrmachers, die ihrem Mann bei der Reparatur der neunzehn Wanduhren zur Hand gegangen war, hatte zehn Gramm Nitroglyzerin in die Lichter gefüllt, die die Karosserie des schönsten und teuersten Autos der Welt zierten. Die Scheinwerfer erhellten die Herzen der Manamaer, die unter der demütigenden Niederlage und bitteren Enttäuschung litten. Das Auto hatte einst dem König vom Golf gehört; er hatte es aus eigener Tasche finanziert. Er war entrüstet, als er die Neuigkeit erfuhr, und bekundete sein Beileid. Die Firma Rolls-Royce beeilte sich, einen Handelsvertreter zu schicken.

Dieser kam am Abend des 19. März, einem Mittwoch, in Manama an. Er trug einen kobaltblauen Anzug aus Alpaka und hielt in der Hand einen Koffer, der seine stattliche Erscheinung unterstrich, und seine Seidenkrawatte ließ die Luft um ihn herum glänzen. Er sah so gut aus, daß das Frauenkomitee zögerte, ihn in die Falle zu locken. Er war gekommen, um dem Gouverneur das jüngste Rolls-Royce-Modell vorzuführen und ihn dafür zu gewinnen, ein Auto des weltberühmten Hauses zu kaufen. Da er von weit her gekommen war und ein unschuldiges Aussehen besaß, schlug er zehn Prozent Rabatt vor, um das Interesse der Firma an den Entwicklungsproblemen der dritten Welt zu bekunden. Er war so attraktiv, daß sich Samika, die jüngste der Zwillingsschwestern, die ihm die Kehle durchschneiden sollte, in ihn verliebte. Aber das Komitee war wachsam. Als das Feilschen mit dem Gouverneur seinen Höhepunkt erreicht hatte, übernahm Kulthum die Betreuung, lockte ihn in den Garten und gab ihm den Todeskuß . . . unter dem Aprikosenbaum. Bei Anbruch der Dunkelheit wurde die Leiche – als Vogelscheuche – in den Baum gehängt. Sie erstarrte schnell und jagte den Vögeln riesigen Schrecken ein. Die Augen der Machthaber waren jedoch geblendet, als sie das Haus der Namenlos nach einem hübschen jungen Mann mit einem Koffer durchsuchten, auf den eine glänzende Zukunft wartete. Auf diese Weise verlor die Firma einen wichtigen Markt und ihren Handelsvertreter. Samika, die schnell darüber hinweg war, zeigte Selbstkritik und schwor, ihre Leidenschaft zu unterdrükken, bis ihr ältester Bruder zurückkehren würde, der fortgegangen war, um eine Vernichtungswaffe zu holen, die in der Lage war, die Herrschaft der Fremden und die Arroganz ihrer Marionetten zu vernichten. Nach jedem Attentat sperrte der Gouverneur hundert Geiseln ein, um sie zu ermorden, wann immer er wollte. Er folterte sie täglich in den Gewölben seiner Prachtvilla. Niemand kam auf die Idee, die Frauen zu verdächtigen. Kulthum, die ins Büro ihres Vaters eingedrungen war, stahl Dokumente und ließ den Gefangenen Botschaften zukommen. Währenddessen verschlang sie die Bücher, die Mohamed Namenlos hinterlassen hatte, reinigte ihr Gefäß, von dem sie sich nicht trennen konnte, und machte sich Gedanken über die Beziehung zwischen Liebe und Politik. Sie zog undenkbare Vergleiche und tröstete sich damit, daß man die wahre Liebe doch nie erlebe. Wie unter Zwang verstärkte sie ihre Listen und

Tricks, erlangte Zugang zu den Geheimdokumenten ihres Vaters und las vor allem den Briefwechsel zwischen dem König vom Golf und General Yahudi, der durch den Mittelsmann Bander Shah überbracht wurde. Dadurch offenbarte sich sowohl das geheime Zusammenspiel als auch die Heuchelei des Königs, der die treibende Kraft im Hintergrund war. Sie fertigte Kopien in tausendfacher Ausfertigung von den Briefen und Geheimdokumenten an; Beweise für die Verschwörungen und Massaker versah sie mit symbolischen Zeichnungen und verteilte sie unter den wenigen Analphabeten Manamas, die nicht im Gefängnis saßen. Am gleichen Abend fand eine große Razzia statt, bei der alle verhaftet wurden, bis auf die Kinder unter neunzehn Monaten.

Das war zu der Zeit, als Messauda müde wurde, die Kamichi- und Schwalbenkäfige zu säubern, den Kindern von Mohamed und Malika den Po abzuwischen, dreimal täglich Hausputz zu halten, die empfindlichen Pflanzen mit Menstruationsblut zu gießen, die Zeit zermahlenden Mühlen zu bewachen, die Leichenstarre des Handelsvertreters von Rolls-Royce im Aprikosenbaum zu kontrollieren, die Möbel zu verschieben, um den Feind zu täuschen und schließlich die neunzehn Wanduhren zu überwachen, die sie verdächtigte, sie zu betrügen und die Zeit zu verschlingen; und sie entschloß sich, in dieser Angelegenheit ein Wörtchen mitzureden. Sie legte sich ihren festesten Büstenhalter an, kleidete sich sehr elegant, verhüllte ihr Gesicht mit einem Schal aus reiner Manamaer Seide und verließ das Haus, ohne jemandem Bescheid zu geben. Als sie auf den Wachtposten vor dem Büro des Gouverneurs stieß, vermied sie keinen Skandal, sondern zog ihn an sich und hielt ihm ihre linke riesige violette Brustwarze hin. Der Jüngling schmeckte zum ersten Mal die Milch der Sinneslust und wurde bewußtlos, während seine Lippen noch sogen. Messauda zog ihre linke Brust zurück, die etwas größer als die rechte war, und stürzte ins Büro des Gouverneurs. Dieser redete auf das Bild seiner Frau ein, die er immer noch sehr liebte. Niedergeschmettert sah er sie an und begann zu stottern, auf frischer Tat bei seiner Sehnsucht ertappt. Er versuchte, sie mit schmeichelnden Worten zu umgarnen. Sie hatte Mitleid. Er beneidete sie um ihre strahlende Schönheit. Sie merkte, daß er lediglich 1,52 Meter maß. An der Stelle seiner Kehle saß ein großer Kropf. Er wirkte kauzig. Seinem Körper entströmte ein fader Geruch von Kampfer und Amber. Seine Augen flammten auf, dann verloschen sie. »Zu deinen Diensten, Messauda. Welcher Wind hat dich hierhergeweht? Hast du gemerkt, daß ich keinen deiner Söhne verhaftet habe?« Messauda schwieg. Sie legte ihren Schleier ab. Ihn überfiel eine nie gekannte Angst. Ich hoffe, sie wird mich nicht zwischen ihren Brüsten ersticken. Er wurde noch schmeichelnder. »Viele Fliegen dieses Jahr.« Sie ließ ihn schwatzen. Mit einer einzigen Bewegung war er hinter seinem Schreibtisch. Er wäre ein guter Akrobat geworden. Messauda schwieg. Er fragte sich, was sie mit ihm vorhabe, wollte die Gründe für ihren Besuch wissen. Endlich verstand er. »Du willst, daß deine beiden Schwiegersöhne, der Kommunist und der Lehrer, freigelassen werden. Eine Frage von Stunden ... ein juristischer Fehler. Keine Angst, sie sind gesund.« Freude durchströmte ihn. Er dachte zuvorkommend zu sein. Doch plötzlich, inmitten des Schweigens, begann sie mit dem Büstenhalter zu schnappen. Ein höllischer Lärm, ein Orkan durchflutete das ganze Büro. Die Möbel zitterten. Der Ventilator bewegte sich. Papier wirbelte umher, und aus dem alten Tintenglas, das die Filmleute zuvor als Pissoir benutzt hatten, floß die violette Katastrophe. Ihre Bewegungen wurden noch lauter und schneller. Ihm wurde schwindlig. »Hör auf, Messauda, du weißt, daß ich Furunkel unter der Kopfhaut habe. Bei der kleinsten Vibration ...« Sie nahm keine Rücksicht. Ton und Rhythmus wurden lauter. »Gut, was willst du? Verlange, was du willst. Ich bin bereit.« »Entlasse auf der Stelle alle Gefangenen.« Er schrieb. Er unterschrieb. Messauda hielt inne. Mit einem Mal. Würdevoll. Sie verließ sein Büro, nachdem sie ihren Schleier wieder angelegt hatte. Schlug die Tür hinter sich zu. Ihr Büstenhalter war nicht mehr zu gebrauchen. Der Wachtposten, der sich beinahe an der schlechten Milch vergiftet hatte, die durch ihre Wut sauer geworden war, lag noch immer am Boden und stöhnte, wobei er mit wollüstiger Zunge den Boden ableckte.

Noch am gleichen Abend wurden die Gefangenen freigelassen. Mit Messern und alten Gabeln bewaffnet, fielen sie über die Reste von General Yahudis Armee her. Der General selber hatte sich wegen Maul- und Klauenseuche zurückgezogen – alles Taktik übrigens – und sein Kommando in den Bergen außerhalb Manamas errichtet. Nicht lange, und er begann, das Dorf mit Granaten zu bombardieren. Die Mauern schleuderten alle Bomben zurück zu dem Ort, von dem aus sie losgefeuert worden waren. Es wurde ein Desaster in den Reihen des Feindes. Man feierte diesen Sieg des Volkes, und Messauda, überwältigt von dem Geschehen, ging mit ihrer Familie auf die Straße. Es war das erste Mal, daß die Zwillinge aus dem Haus gingen. Gewöhnlich besuchte man die Familie Namenlos, aber nie umgekehrt. Das Problem des täglichen Bades wurde mit Hilfe des antiken berühmten Kruges gelöst, der wirkungsvoller als eine Sauna war. Der Clan pflegte immer erst am 24. des Monats das Badehaus aufzusuchen; dann waren die Monatsblutungen der Zwillingsmädchen vorbei. Besorgt starrte Messauda in die Gesichter und suchte den ältesten Sohn: »Ich wünschte, er hätte sich nicht seinen rechten Daumen abgeschnitten. Der Junge ist zu allem fähig, wenn das Elend ihn packt. Es ist meine Schuld, ich hätte ihn nicht allein lassen dürfen in den neun Monaten der Schwangerschaft.« Ihre Töchter tadelten sie, daß sie sich so gehen ließ, während die glückliche Bevölkerung sie am liebsten auf Schultern tragen wollte. Sie lehnte höflich ab: »Ich bin keine Kaiserin, die auf einem goldenen Stuhl sitzt. Ich bin die Mutter von Mohamed Namenlos, nicht mehr und nicht weniger!« General Yahudi nutzte die fröhliche Stimmung im Dorf und gab seiner Luftwaffe den Befehl, Tiefflieger mit Splitterbomben über das Dorf zu schicken. Dreimal wurde angegriffen. Diejenigen, die dem Tod entgingen, kehrten in ihre Häuser zurück. Die Namenlos waren unversehrt. Erneut wurden die geheimen Kräfte organisiert. Bouhadba spielte dabei die Rolle eines U-Bootes wegen seines Buckels und seiner Kenntnis physikalischer Gesetze. Er ging zeitweise in den Untergrund, tauchte mal auf und blieb mal im Verborgenen, wie es die Situation gerade erforderte und wie es das Zentralkomitee anordnete, das ausschließlich aus Frauen bestand – aus militärischen Gründen und ohne jede Diskriminierung. Mahmud verkleidete sich als Rafika, seine Zwillingsschwester. Wieder ließ er die Wände auf einer Schiene gleiten, öffnete Decken und hüllte das Menstruationsblutzimmer, in dem die Verantwortlichen des Widerstands zusammenkamen, in Rauch. Die Männer hingegen spielten regelmäßig Domino, organisierten Bockkämpfe und Wetten, um den Feind zu täuschen. Die Statisten, die dem Tod entgangen waren, erhielten den Befehl vom Widerstandskomitee, weiter an den Dreharbeiten teilzunehmen. Der Regisseur sang Siegeshymnen, und anstatt seinen Rolls zu besteigen, nähte er die Initialen seines Autos auf die Tasche seines Hemdes. So wurden die Dreharbeiten in einer Atmosphäre von Fieber und Wahnsinn fortgesetzt. Manama verwandelte sich in Märkte und Gassen Bagdads. Zuerst wurden die Abenteuer von Harun ar-Raschid, seinem Wesirs und dem Bettler gedreht, der neben dem Almosen, das er schon erhalten hatte, auch eine Ohrfeige von dem als Kaufmann verkleideten Kalifen haben wollte. Die Dörfler, die das Geschehen von weitem beobachteten, erkannten die politische Bedeutung der Geschichte. Djilali Bouhadba, der Uhrmacher, der gleichzeitig aus politischen Gründen U-Boot spielte, mischte sich unter die Leute und erklärte den Sinn der Geschichte: »Für die Könige sieht es so aus, als fordere das Volk selber Bestrafungen. Also demütigen sie ihre Untertanen, um deren Forderungen zu befriedigen.« Die Umstehenden kommentierten das Geschehen, was die Dreharbeiten störte. Also wurden sie fortgeschickt, und der Uhrmacher entfernte sich, um nach den neunzehn sizilianischen Wanduhren seiner Schwiegermutter Messauda Namenlos zu sehen – Symbolfigur des Widerstandes und Befreierin des Volkes dank ihres legendären Büstenhalters.

Als Mohamed Namenlos Manama verließ, hatte er eine bestimmte Idee. Er wollte nach dem Vorbild seiner karmatischen Lehrmeister ins Königreich am Golf gehen und den Schwarzen Stein stehlen. Damals im heiligen Jahr 319 Hidschra hatten die Karmaten ihn beschlagnahmt und in Saouad aufbewahrt, um die Pilger davon abzuhalten, Zeit und Geld zu verschwenden, was sie besser im Kampf gegen Hunger und Seuchen, für ein Leben in irdischer Glückseligkeit einsetzen konnten. Der Schwarze Stein, der die Größe eines Fußballs hatte und Dogma und Religion symbolisierte, wurde aus seinem heiligen Bezirk in Mekka entfernt, damit sich die Gläubigen fernhielten und um die religiösen Riten zu entmystifizieren, die sie bekämpfen und in menschliche Gesetze, soziale Regeln und vernünftige Prinzipien umändern wollten, die es den Menschen ermöglichen sollten, glücklich auf dieser Erde zu leben. Den Rest, der sie nicht interessierte, überließen sie den Monarchen, die an ihren Privilegien festhielten und sich in Ausschweifung und Verschwendung ergingen, während sie vom Volk Askese, Enthaltsamkeit und Märtyrertum verlangten. Die Karmaten wie auch die Zandj verbrannten den Koran. Die Schuld traf den größenwahnsinnigen al-Mutannabi, der von sich und Gott besessen war. Er stoppte eines Tages den Regen und erklärte, der sprachliche Stil des Korans lasse zu wünschen übrig. Er verehrte das Geschriebene in einer Zeit, in der Prophezeiungen und Gebete wenig angesehen waren, und lobte die Feder und das Schreiben. Al-Mutannabi deckte alle Übertretungen auf und war als Neunzehnjähriger der erste, der dieses Symbol bloßstellen wollte, das die Verräter benutzten, um ihre Herrschaft zu festigen. So auch Mohamed Namenlos. Er kam heimlich nach Manama zurück, den Schwarzen Stein unterm Arm. So als sei er auf dem Markt gewesen und mit einer Wassermelone wiedergekommen. Man erließ einen internationalen Suchbefehl nach ihm. Die Wut des Königs vom Golf erreichte ihren Höhepunkt. Und da Manama auf keiner Landkarte existierte, konnten sich die unterschiedlichen Polizeitrupps der ganzen Welt nicht entscheiden, welche Wüstenstraße sie blockieren sollten. So wartete man auf eine Lösegeldforderung. Doch Mohamed Namenlos erklärte, daß er nichts anderes wolle als den endgültigen Abzug der Ausländer, das Ende der geheimen Allianz zwischen dem König vom Golf und General Yahudi, die Beendigung der Dreharbeiten für dieses Mammutprojekt, da dieser Film eine maßlose Verfälschung der Geschichte sei, die Vorladung Bander Shahs seitens der Zentralregierung, die von einem schwerwiegenden Ereignis bedroht sei, und die Rückgabe des Krokodilsees an die armen Bauern, deren Körper und Land an Wassermangel litten. Kulthum wurde beauftragt, den Brief ihrem Vater zu überreichen. »Es ist vergeblich, ihn im Menstruationsblutzimmer zu suchen. Du vergeudest nur deine Zeit. Er ist irgendwo in der Wüste mit seinem Schwarzen Stein. Niemand kann Kontakt zu ihm aufnehmen, denn er hat ein Kilo Nitroglyzerin bei sich, mit dem er den Schwarzen Stein in Staub verwandeln kann. Er ist verrückt genug, euch herauszufordern. Außerdem fordert er, daß dieser Brief an die Zentralregierung weitergegeben wird.« Es kam zum Tauziehen. Der König vom Golf bot Mohamed Namenlos eine Brücke aus Gold an und schickte seine vierte Ehefrau Laila Bander Shah, um mit ihm über dieses Angebot zu sprechen. Dank seiner legendären schneeweißen Gummischuhe war es unmöglich, Mohamed Namenlos festzunehmen. Von ihnen war Raschid Bnasser seit Anbeginn ihrer Freundschaft hingerissen, als er ihm mit seinen Meßgeräten geholfen hatte, die Stelle ausfindig zu machen, an dem Ibn Khalduns Haus einst stand – lange bevor er seine Schwester Malika heiratete und sein Schwager wurde. Das Volk wurde durch ein Flugblatt informiert, das der Lehrer entwarf, der so zum ersten Mal in seinem Leben vom Liebesbriefschreiben abließ. So verbreitete sich die Nachricht über die Mauern Manamas hinweg und erschütterte die Zentralregierung, die trotz ihrer Bemühungen die Existenz dieses Dorfes am Ende der Welt vergessen hatte, in das sie damals einen Gouverneur entsandt und von dem sie seitdem nichts mehr gehört hatte. In der Hauptstadt nahm man an, Manama läge unter Sand begraben oder sei durch Treibsand außerhalb der nationalen Grenzen geraten oder aber durch ein Erdbeben verschwunden, was in dieser Gegend nicht selten geschah. Die Verantwortlichen gerieten in Aufregung, und die Meinungen gingen auseinander: Ein Teil wollte die Interessen des Königs vertreten, ein anderer Teil neigte dazu, die diplomatischen Beziehungen zu ihm abzubrechen. Aber insgeheim waren sie stolz und sehr angetan von dem, was Mohamed Namenlos erreicht hatte. Die Geschichte hatte Hamdan Ibn Karmat in die Gegenwart geholt, der dem teuflischen Ratschlag dieses Genies namens al-Mutannabi gefolgt war und im Jahr 319 Hidschra den Schwarzen Stein beschlagnahmt hatte.

Zum ersten Mal seit langer Zeit schickte die Regierung schnellstens eine Sonderkommission, um mit Mohamed Namenlos zu verhandeln, der mit seiner Tat lediglich auf die Eigenmächtigkeit dieses Zwergengouverneurs und seine grenzenlose Gier aufmerksam machen wollte. Hatte er nicht seine Tochter nach Australien geschickt und sie dort klassischen Tanz an der königlichen Akademie in Sydney studieren lassen, um sie mit dem König vom Golf verheiraten zu können? Die Delegation kam mit einem Hubschrauber und wäre beinahe von Flugabwehrraketen des General Yahudi getroffen worden, der außerhalb des Dorfes in Lauerstellung blieb und die Bombardierung Manamas nach Laune fortsetzte, aber an den unbesiegbaren Mauern scheiterte, die Zeugen mehrerer Kulturen, mehrerer architektonischer Baustile und verschiedener Materialien waren, die niemand je hatte beschädigen können. Der Delegierte war ein junger, intelligenter Mann und kannte die Theorie des Klassenkampfes. Er beschloß, daß die Regierungsdelegation im Hause Messauda Namenlos wohnen sollte, da es in Manama keine Hotels gab und das Haus des Gouverneurs einem persischen Bazar glich, voller Menschen, Schmuck und anderer merkwürdiger Dinge, die helfen sollten, eine Realität zu schaffen und sie gleichzeitig zu verfälschen. Spitze Zungen behaupteten, diese Wahl verdeutliche den Wunsch des Delegierten, unauffällig und freundlich Druck auf Messauda auszuüben, damit diese ihren Sohn zur Vernunft bringen sollte. Andere behaupteten, die legendäre Schönheit der Töchter Namenlos habe eine wichtige Rolle bei dieser Entscheidung gespielt. Auf jeden Fall wurden Messaudas Gäste gut empfangen und benahmen sich beispielhaft dank der Schlagfertigkeit, Intelligenz und Freundlichkeit des Delegierten ...

Der offizielle Regierungsvertreter war ein junger Mann, der stets einen Tweedanzug trug, dazu eine passende Weste mit Krawatte von gleichem Stoff und gleicher Farbe. Er hatte eine große Kiste mitgebracht, in der er all seine Dinge aufbewahrte. Zweimal täglich wechselte er seine Kleidung. Er bereitete Messauda viele Probleme, da er mehrmals am Tag badete und sie so daran hinderte, ihre Pflanzen zu gießen. Das Monatsblut, das sie in geringen Dosen auf ihre Gartenkulturen gab, brachte den Früchten, dem Gemüse und den Blumen zwar Kraft, ersetzte aber keinesfalls das Wasser. Stets elegant und fröhlich schneuzte er sich die Nase mit einem Musselintuch, und seine Unterwäsche hatte die Feinheit des Irrealen. Zudem war er attraktiv, obgleich er jene leichte Blässe hatte, die bei allen Vermittlern zu finden ist, deren Gesichter durch nicht enden wollende Verhandlungen und Kompromisse aufgedunsen sind. Die Delegation wohnte in dem großen Empfangsraum, worüber sie sehr froh waren, da dieser Saal der kühlste im Hause war, dank der Belüftung durch die neuen Sonnenblumen, die die alten sowohl an Größe als auch an Schnelligkeit übertrafen. Mit Leidenschaft wühlten diese jungen Beamten in den Akten, denn sie hatten viele Kilos an Dokumenten und den Schriftwechsel mit dem König vom Golf mitgebracht, der die unverzügliche Rückgabe des Schwarzen Steins verlangte. Das Problem drängte, weil die Pilgerfahrt schon in weniger als zwei Monaten stattfinden würde. Man hatte bisweilen auch daran gedacht, den Schwarzen Stein durch einen anderen zu ersetzen, fürchtete aber, diese Freveltat könnte aufgedeckt werden, so daß Millionen von Pilgern, die jährlich dorthin reisten, um ihrer religiösen Pflicht nachzugehen, in Zorn geraten würden. Ganz zu schweigen von den übrigen Millionen Gläubigen, die von überall herbeiströmen würden, um den verantwortlichen König zu köpfen, da man ihm diesen Stein anvertraut hatte, Symbol der Gottesfurcht und Gutgläubigkeit der Völker, die dort seit Tausenden von Jahren auf ihre Kosten kamen. Da jede Lösung des Problems bislang gescheitert war, waren die Vermittler gekommen, um mit Namenlos zu verhandeln, der sich in der Wüste zwischen den Mauern und Linien der Brownschen Armee verschanzt hatte und der seine Last unterm Arm von einem Zelt zum anderen trug. Die Bewohner Manamas waren sicher, daß er sich im Dorf aufhielt, aber unsichtbar geworden war dank seiner unglaublichen Begabungen und dank des göttlichen Segens; denn der Schwarze Stein, den er bei sich trug, besaß Zauberwirkung und schützte ihn vor allem Bösen.

Messauda empfing die Regierungskommission herzlich und bat den Chef, sich wie zu Hause zu fühlen, warnte ihn aber gleichzeitig: »Ich habe sechs jungfräuliche und ehrenhafte Töchter, und ich will nicht, daß sie belästigt werden. Sonst sehe ich mich gezwungen, einen nach dem anderen von euch zu enthaupten und die Köpfe an die Regierung zu schicken, nachdem ich das, was eure Männlichkeit ausmacht, in eure Münder gesteckt habe. Fragt meine Schwiegertochter. Sie hat mehr Ahnung in solchen Dingen!« Die Delegierten bekamen Angst vor dieser Drohung, so daß sie sich jedes Mal umdrehten, wenn sie den Jungfrauen zufällig begegneten, ihnen auswichen, die Augen schlossen oder fromme Lieder summten, als wollten sie Gott zum Zeugen machen für ihre Unschuld, ihre guten Absichten und Blindheit. Oft litten sie unter ihrer Lust, neben diesen wunderschönen Geschöpfen zu wohnen, ohne aber je wagen zu können, mit einer von ihnen zu schlafen. Von Zuckungen, Kummer und Verwirrung befallen, begannen sie ihre Akten, ihre Bäuche und ihre Plauderkunst zu verlieren. Sie fühlten schmerzliche Erregung, hielten ihre Männlichkeit jedoch von jeder Sünde weit entfernt. Furcht nistete sich tief in ihr Inneres ein, und um sie noch mehr zu erschrekken, wagte Kulthum eines langweiligen und tristen Abends zu erzählen, was ihre Mutter mit den ausländischen Filmleuten mit ihrem Ventilator gemacht hatte. Die Gesandten begannen ihre Arbeit mit Hilfe von Alawa Ahmar, der für seine Ehrenhaftigkeit, sein respektables Alter, seine Loyalität für die in Not Geratenen und seine Freundschaft zu Mohamed Namenlos bekannt war. Es war ihnen nicht recht, gerade einen Kommunisten um Hilfe zu bitten, den

Schwarzen Stein seinen – nach Meinung mancher rechtmäßigen, nach Meinung anderer unrechtmäßigen – Eigentümern wiederzugeben. Aber da sie sich der Gefahr der Situation bewußt waren, wie auch der endlosen Vergessenheit, der das Dorf zum Opfer fiel, ließen sie ihre Ängste schweigen und erstellten eine Liste mit den akzeptablen wie den inakzeptablen Forderungen Mohamed Namenlos'. Sie waren damit einverstanden, den Aufgabenbereich des Gouverneurs zu beschneiden, seinen Besitz zu beschlagnahmen, sein prächtiges Haus in ein Kinderheim für diejenigen umzuwandeln, deren Väter durch die vielfachen Auseinandersetzungen, Demonstrationen oder Bombardierungen getötet worden waren. Sie erklärten sich auch bereit, die Armee, die der Gouverneur errichtet hatte, aufzulösen, die prunkvollen Kasernen in ein internationales Hotel umzubauen, die Kinoleute gegen eine finanzielle Entschädigung zu vertreiben und die diplomatischen Beziehungen mit dem König vom Golf abzubrechen. Punktum. Was aber die Rückgabe des Krokodilsees an die armen Bauern angehe, so könnten sie sich, wie sie erklärten, weder in die inneren Angelegenheiten eines fremden Landes einmischen noch den See den neuen Besitzern wegnehmen, da diese ihnen militärisch und technisch überlegen seien. Eine ähnliche Antwort gaben sie auf die Forderung nach der Vertreibung der Truppen von General Yahudi aus Teilen Manamas, denn diese waren nicht nur stark, sondern nutzten auch die geheimen Kollaborateure, die schwer auszumachen waren, zu ihrem eigenen Vorteil.

Nach einigen Tagen kehrte Alawa Ahmar müde und erschöpft zurück, denn Mohamed Namenlos hatte jeden Kompromiß abgelehnt. Zwar verstand er nur zu gut die Schwierigkeiten der Zentralregierung, einen erfolgreichen Krieg gegen einen Feind zu führen, der nicht davon abließ, das Dorf vom Lande und aus der Luft zu bombardieren, aber er beharrte darauf, daß der König vom Golf den Krokodilsee zurückkaufen müsse. Hatte er nicht seiner Frau einen ganzen Eisberg zum Preis von mehreren Milliarden Centimes zur Hochzeit geschenkt? Der Schuster zog los mit dem Versprechen, daß das Nilwasser zurückverlangt würde, damit die armen Bauern es nutzen könnten. Zwanzig Tage später kehrte er zurück. Die Delegierten glaubten während dieser Zeit, an Hitze sterben zu müssen, und hatten sich vernachlässigt. Sie sahen aus wie schmutzige Bettler mit zerzaustem Haar und struppigen Bärten. Ihr eleganter Chef war unter der Last des Wetters zudem an der Ruhr erkrankt, die ihn zwang, sich permanent auf dem Klo aufzuhalten. Alawa Ahmar trug den Schwarzen Stein unter seinem Arm, in eine Zeitung eingepackt, von der Schweiß tropfte. Er mußte warten, bis der Delegierte von der Toilette kam, um ihm den Stein von Hand zu Hand zu übergeben. Doch dieser war nicht in der Lage, den historischen Wert eines solchen Vorgangs zu begreifen, der eine offizielle Feier verdient hätte, daß Mohamed Namenlos lieber seine Gummischuhe anbehielt und unsichtbar blieb. Er war entschlossen, nicht nach Manama zurückzukehren, bevor die Regierungsvertreter zusammen mit dem Gouverneur, den ausländischen Filmleuten, den Verrätern und Henkern dies verlassen hätte, ansonsten sei er – so hatte er es in einem Brief präzisiert – gezwungen, sie unter das Fallbeil zu stellen und ihnen den Lebenswillen zu nehmen. Am gleichen Abend packten die unerwünschten Leute ihre Sachen. Bander Shah bat seine Tochter Kulthum um einen Kuß, aber sie lehnte diesen letzten Wunsch kategorisch ab. Er liebte sie so leidenschaftlich wie seinen Falken Juba II., den sie eines Tages aus Wut erwürgt hatte, denn sie fand es beschämend, daß er von rohem Fleisch ernährt wurde, eigens von einer Metzgerei in Chicago importiert, während in Manama Kinder vor Hunger starben. Angesichts ihrer Ablehnung bat er sie um ein Bild von ihr. Auch das wollte sie ablehnen, gab ihm aber unter dem Drängen Messaudas ein kleines, unscharfes Bild, auf dem sie wie eine Negerin aussah, die über ihr eigenes Schicksal spottet. Man organisierte ein außergewöhnliches Fest anläßlich des Marsches dieser Karawane, die aus den Autos der Filmleute, der Kutschen der Helfer Bander Shahs und dem Hubschrauber der Regierungsdelegation bestand. Man sah, wie manche Manamaer Tränen vergossen und mit Taschentüchern zum Abschied des ehemaligen Gouverneurs winkten, den sie so sehr gehaßt hatten. Ein solches Benehmen war ganz natürlich für Menschen, die sensibel und stets bereit waren, den Besiegten ihre Fehler zu vergeben, mochten sie auch vor dem Ende ihrer Herrschaft unbarmherzige Henker gewesen sein. Andere beweinten den Weggang des Gouverneurs, da sie mit ihm den Chefclown und Spaßmacher verloren, der sie oft zum Lachen gebracht und ihnen die Langeweile vertrieben hatte. Im allgemeinen war die Bevölkerung – als der Konvoi abzog – korrekt und zeigte keine übertriebene Wut. Die Schimpfwörter, die man in dem Moment hörte, kamen von den Kakadus und den vielsprachigen Papageien, die die Aufmerksamkeit der Verantwortlichen auf sich lenken wollten, da sie selbst Interesse daran hatten, die Hölle Manamas zu verlassen und in einem Nationalpark oder einem schattigen Tierpark in der Hauptstadt zu leben. Danach wurde das Dorf menschenleer und stumm, die Aufregung nahm ab, General Yahudi hörte vorübergehend auf, dem Wunsch seines Freundes, dem König vom Golf, nachzukommen und Bomben über Manama abzuwerfen. Der Sieg hinterließ im Munde eines jeden Bürgers einen bitteren Nachgeschmack, und man lief auf Zehenspitzen, räusperte sich leise, flüsterte und stritt sich allein. Die Vogelhalter und Bockzüchter gingen nicht aus dem Haus. Mohamed Namenlos genoß die wohlverdiente Ruhe und verbrachte seine Zeit damit, seine weißen, legendären Schuhe zu putzen. Tiefes Schweigen und Starre breiteten sich aus. Allein die Requisite, die die Kinoleute hinterlassen hatten, zeugte von einem Guerillakrieg gegen einen tyrannischen Gouverneur und von einem friedlichen Widerstand gegen eine Bande Kaugummikauer, die davon geträumt hatte, 1001 Nacht als Geschichtsfälschung zu drehen. Schritt für Schritt gelangte Manama zu seinem normalen Leben zurück. Die Vogelliebhaber holten ihre Käfige wieder hervor und hängten sie erneut in die Bäume des Platzes, der wieder an Ort und Stelle gebracht worden war, nachdem die Bild- und Tonillusionisten verschwunden waren. Dasselbe geschah mit den Gassen, die monatelang in Flußarme voller Lehm und Erde verwandelt waren, wie auch mit den Wegen, die man zu einem Paradies aus Betonsteinen und Kartonagen gemacht hatte. Nach einer Weile, sehr zögerlich, machten auch die Wettenden die ersten Schritte aus ihren Häusern, brachten aber nur die Art Böcke mit, die noch heute in der ganzen Welt als die »Namenlos-Spezies« bezeichnet wurde, und zwar seitdem Mohamed die vom Gouverneur aus Australien importierten Ziegen mit den einheimischen gekreuzt hatte. Heimlich wurde das Bordell wieder mit himmelblauer Farbe gestrichen, und man wartete auf die Ankunft der tätowierten Damen. Die Bars und Restaurants nahmen allmählich wieder ihre Arbeit auf, Alawa Ahmar öffnete seinen Laden, Raschid Bnasser kehrte erneut zu seinen Messungen zurück, für die er einfache Instrumente benutzte, da er seine modernen an jenem Mittag zerbrochen hatte, als er begriff, daß Politik Alltagsleben sei, dies Wort aber durch Bander Shah selbst verfälscht wurde. Dieser hatte es zu einem Todestrapez und Hochseilakt ohne Netz gemacht. Djilali Bouhadba beschäftigte sich wieder mit den sizilianischen Wanduhren. Er hatte bereits zehn von ihnen auseinandergenommen und gereinigt, bis ihn die Ereignisse zu einem effizienten Revolutionär machten. Zusätzlich zu der Ruhe, die er gern zu Hause genoß, erholte sich Mohamed Namenlos von seinem Sonnenbrand, den er sich in der Wüste geholt hatte. Er säuberte auch seine Vogelkäfige wieder und gab seinen Kamichis wie dem anderen Federvieh Musikunterricht, jenem Federvieh, das die Amazonen vor langer Zeit hergebracht hatten, damit sie am internationalen Vogelsingwettbewerb in Manama teilnehmen konnten. Messauda setzte ihre Gartenarbeit fort, sammelte das Blut der letzten jungfräulichen Zwillingstöchter ein. Mit Raffinesse überzeugte sie Durr davon, wieder Vogelscheuchen zu bauen, da nun der Waffenstillstand mit den Plünderern beendet sei und da die alten bereits von Motten zerfressen, vom Grünspan des Alters überzogen und von den Spinnen des Vergessens gefressen waren. Der Frieden kehrte zurück und die Leute begannen, die Freiheit wieder zu atmen, deren Geruch sie schon so lange vermißt hatten. Und trotz der Bomben des Mr. Brown, an die sie sich schon einigermaßen gewöhnt hatten, ging das Leben weiter, die Lebensfreude pulsierte in den Adern der Leute aus Manama, und ihre Gier nach Glück verdoppelte sich. Etwas fehlte allerdings zum Glück: Sie hatten noch nicht den neuen Gouverneur gesehen und machten sich Sorgen über ihre Zukunft. Was hatte das Schicksal für sie reserviert? Das war die Frage, die man sich stellte. Würde er besser sein als Bander Shah oder schlimmer? Man begann Wetten abzuschließen, aber die Lebenslust hinderte sie daran, zu viel darüber nachzudenken.

Er kam in einem vergoldeten Auto an, das – wie man später erfuhr – aus den Beständen unbrauchbarer Accessoires geschlossener Hollywoodstudios aufgekauft worden war, als Gegenleistung für ein paar Kubikmeter Erdgas. Er wurde mit Applaus empfangen. Die Pferde mit den dampfenden Nüstern erinnerten Messauda, die an der Tür stand, an den Rückzug der arabischen Armee aus Wien, der es Adolf Bibenhorzst ermöglicht hatte, die Croissants zu erfinden. Der Uhrmacher, der an den Wanduhren arbeitete, mußte zugeben, daß die reinrassigen, fuchsroten Pferde mehr Aufmerksamkeit erregten als der neue Gouverneur selber. Er war nicht sonderlich auffällig, aber immerhin zwanzig Zentimeter größer als Kulthums Vater. »Ein Zeichen für Intelligenz«, meinte Messauda. Hadika hingegen, die sechste der Zwillingstöchter und die dritte in der Rangfolge der Ledigen, versicherte, es wäre sicher besser gewesen, den Delegierten mit dem rosigen Teint zu behalten, in den sie sich heimlich verliebt hatte. Hamed, ihr Zwillingsbruder, meinte, der neue Gouverneur habe einen zu weibischen Gesichtsausdruck, um ehrenwert zu wirken. Durr, verärgert über die Worte ihres Schwagers, die sie als Angriff auf die Ehre der Frauen verstand, verließ den Tisch. Die Bevölkerung aber wollte die Angelegenheit aus der Nähe beurteilen. Sie wollte wissen, wie der neue Chef sie von den Pfadfindern Mr. Browns befreien würde, die von General Yahudi sehr geschickt geführt wurden. Sie fragten sich auch, wen der neue Gouverneur als Nachfolger für Meister Berrabi, den öffentlichen Ausrufer, auserkoren hatte. Und schließlich, welche die ersten Regierungsentscheidungen sein würden. Diese ließen nicht lange auf sich warten. Die erste Entscheidung war das Verbot für Frauen, Seidenraupen unter ihren Kleidern auszubrüten. Die weibliche Seite des Namenlosclans jubelte. Zum Zeichen ihrer Freude entledigte sich Kulthum all ihrer Kleider und wäre beinahe von Hamid vergewaltigt worden, der noch immer nicht von seiner Liebe zu ihr geheilt war. Doch sie drohte ihm mit dem Ventilator ihrer Mutter, den sie sich zurückgeholt hatte, nachdem die ehemaligen Feinde abgezogen waren. Messauda schnappte vor Freude mit ihrem Büstenhalter, denn sie hatte diese traditionelle Praxis ihren Töchtern schon immer verboten. Die meisten Männer grummelten vor Wut, aber Mohamed Namenlos, der als Prophet angesehen wurde, seit er den Schwarzen Stein gestohlen hatte, ohne von Gottes Blitz getroffen worden zu sein, erklärte, daß in Zukunft elektrische Brutkästen – sei man erst ans

Stromnetz angeschlossen – die Aufgabe der Frauen übernehmen würden, die sich dann der Produktion anderer Werke widmen könnten. Die Masse beruhigte sich. Zweitens: Das japanische Becken im Haus des ehemaligen Gouverneurs sollte wieder seiner ursprünglichen Bestimmung zugeführt und zu einem öffentlichen Schwimmbecken werden. Beschämt blickten sich die Bewohner an, denn keiner von ihnen war ein guter Schwimmer. Mohamed Namenlos kommentierte: »Das ist der erste Irrtum des Gouverneurs. Noch einer, und ein Sturm wird sich erheben.« Drittens: Das Bordell wurde aus moralischen und prophylaktischen Gründen nicht wieder in Betrieb genommen. Die Junggesellen, die Lasterhaften und Impotenten schwiegen widerwillig. Namenlos seufzte: »Man sollte es in eine öffentliche Bibliothek verwandeln!« Aber es war schon beschlossene Sache: Es sollte zu einer Polizeiwache umfunktioniert werden, um über Sicherheit und Ruhe der Einwohner zu wachen zu. Viertens: Die Tankstelle und der weiße Kater, der sie seit der Ermordung des Dorfältesten noch immer bewachte, sollten ebenso wie Bander Shahs Besitztümer verstaatlicht werden. Man beglückwünschte sich. Schadjarat Eddur, die den dritten Erlaß mißbilligt hatte, klatschte jetzt vor Begeisterung. Das Volk wurde euphorisch. Messauda erklärte, der neue Gouverneur sei ein schöner Mann, wenn man ihn aus der Nähe betrachte. Fünftens: Manamas Gärten sollten in ein Kollektiv umgewandelt werden, da man mangels Boden keine Bodenreform durchführen konnte. Messauda wurde ohnmächtig. Als sie wieder erwachte, hatte sie ihre Stimme zum zweiten Mal verloren. Die Augen drehten sich in ihren Höhlen wie nach Atikas Tod. Die ganze Familie war erstarrt. Sie sahen darin ein Komplott gegen den Namenlosclan, der es gewagt hatte, nach dem Vorbild der Karmaten den berühmten Schwarzen Stein aus Mekka zu stehlen, was vom Imam scharf verurteilt worden war. Mohamed Namenlos stattete dem neuen Verantwortlichen einen Besuch ab. Dieser empfing ihn zwar höflich, lehnte es aber strikt ab, seine Entscheidung zurückzunehmen, obgleich Namenlos überzeugend argumentierte. »Es ist ein Stück Land, das wir mit unserem Blut gedüngt haben!« Der Gouverneur verstand das Wort »Blut« im übertragenen Sinne als »Schweiß«. Natürlich würde Mohamed es nie wagen, ihn über das Rezept seiner Mutter zu informieren. »Es gibt hier nichts zu verstaatlichen! Sogar der Imam ist ein fortschrittlicher Mensch!« Der Erstgeborene der Namenlos kehrte mit leeren Händen nach Hause zurück. Der Uhrmacher empfahl allen, ruhig und vernünftig zu bleiben, da die Angelegenheit nur dem Eifer eines jungen Beamten entsprungen sei, der bald schon die Realitäten erkennen würde. Mohamed stimmte zu. Die Karmaten selbst hatten alles verstaatlicht, aber das Zweistromland hatte nichts mit den dreißig Hektar ödem Land gemein, das im Besitz von etwa hundert armen Familien im Dorf war. In diesem Moment kam Messauda wieder zu sich. Man überzeugte sie, daß keine Gefahr mehr bestand. Alawa Ahmar kam eines Abends vorbei und aß mit zu Abend, ohne eingeladen worden zu sein. Sein Schnurrbart wackelte vor Freude. Nach dem Essen erklärte er den fünften Erlaß des Gouverneurs. Manama werde aufgrund dieses Anlasses bald den Staatspräsidenten empfangen, der erschüttert gewesen sei, als er von Bander Shahs Skandalen gehört hatte. Um sich wichtig zu tun, beschloß der neue Chef, alles, was zum Ackerbau geeignet war, zu verstaatlichen, da die Bodenreform überall im Land ihren Höhepunkt erreicht hatte. Aber welche Leistungen sollte man dem Staatsoberhaupt präsentieren? Die Kollektivgärten! »Das ist naiv. Laßt ihn nur solche Stellen besuchen, ihr werdet schon sehen!« Der Gouverneur, umgeben von seinen Beratern, frisch von der Universität der Hauptstadt, kündigte seinen Besuch für den kommenden Tag an. Er kam pünktlich, und als er die drei Aprikosenbäume, den Mistelbaum, die fünf gigantischen Sonnenblumen und das winzige Quadrat Petersilie und Koriander sah, war er erstaunt, weil er glaubte, eine Oase vor sich zu haben. Seine Beamten waren verdrossen und weigerten sich, dieses kleine Stückchen Land zu verstaatlichen. In diesem Moment erlangte Messauda ihre Sprache wieder und kam auf das Wesentliche zu sprechen. In sein Büro zurückgekehrt, erklärte Mahdi Ouai den fünften Erlaß für ungültig. Allerdings begehrte ein Besitzer eines der kleinsten und bedeutungslosesten Gemüsegärten laut dagegen auf. Er war der Meinung, der ursprüngliche Erlaß könne nicht einfach aufgehoben werden, denn er betrachtete sein Feld als Staatseigentum; kein Argument konnte ihn umstimmen. Im Grunde war er ein Mensch, der gerne im Mittelpunkt stand und am liebsten sein Bild neben dem des Präsidenten anläßlich der symbolischen Übergabe der Ackerfläche gesehen hätte. Angesichts der Unbeugsamkeit des Gouverneurs entschloß sich der Mann dazu, Klage beim Gericht zu erheben, das vor kurzem eingerichtet worden war. Doch er erhielt keine Antwort. Er wartete auf seine Stunde und verfiel in eine derartige Stummheit, daß sich die Leute um sein geistiges Gleichgewicht sorgten.

Das Staatsoberhaupt kam mit dem Präsidentenflugzeug an, das in der Bockkampfarena landete. Die Menschenmenge war aufgebracht und durchbrach die schwach bewachten Barrieren der Polizei, die überdies neu im Amt waren. Ganz vorn stand – bereits seit Sonnenaufgang – der Feldbesitzer, frustriert aufgrund der Ablehnung der Verstaatlichung. In der Hand trug er einen langen Stock, an dessen Spitze die Klage flatterte, die ihm der Dorflehrer in der vergangenen Nacht geschrieben hatte. Darin beharrte er darauf, daß es für ihn eine Ehre sei, wenn das Staatsoberhaupt sein Feld verstaatlichen würde, eine Fläche von 150 Quadratmetern. Mit diesem Trick versuchte er seine Botschaft zu überbringen, da er nicht in die Nähe des hochgeschätzten Ehrengastes von Manama gelangen konnte. Und als die Präsidentenkarosse vorbeifuhr, schwenkte er seinen Stock mit aller Heftigkeit, so daß die Nachricht ihr Ziel erreichte. Der Präsident war zunächst beeindruckt von der Großzügigkeit dieses Einwohners, erkannte aber dessen wahre Beweggründe und ließ sich im Garten der ehemaligen Gouverneursvilla, die nun ein Kinderheim werden sollte, zusammen mit ihm fotografieren. Der Gute war überglücklich, und in allen Zeitungen der Welt war sein Bild zu sehen – neben dem Präsidenten –, zudem erhielt er 200 Dinar. Mohamed Namenlos kommentierte: »Schon wieder verfallen wir in die illusionären Praktiken von 1001 Nacht!« Und seine Mutter meinte: »Mir ist klar, es war meine eigene Schuld, daß du allein geboren wurdest, aber vergiß nicht, du hast den Schwarzen Stein gestohlen! Daher solltest du kein böses Wort über unseren Präsidenten verlieren!« Mohamed zog es vor zu schweigen. Er wollte die gute Stimmung nicht trüben, denn sie war sehr glücklich, in letzter Minute der Verstaatlichung entkommen zu sein. Im Überschwang ihrer Freude wollte sie das Mühlenprojekt wieder aufnehmen. Ihren Söhnen blieb nichts anderes übrig, als ihrem Befehl zu folgen, da sie ihnen Essen und Wohnraum zur Verfügung stellte, ihre Kleidung wusch und ihnen Taschengeld gab. Doch seit der Schließung des Bordells wußten sie nichts mehr mit dem Geld anzufangen. Sie lebten sexuell enthaltsam und arbeiteten als Maurer. Messauda umkreiste sie. Sie schlachtete eine schwarze Henne und reinigte mit deren Blut den Boden der Baustelle. Als sie die Schutzmauer errichten wollten, fehlten Eisenstangen. Im ganzen Dorf herrschte Mangel an Baustoffen. Man brach die Arbeit ab. Die Sonnenblumen blieben jedoch weiterhin verrückt und vergrößerten den Durchmesser ihrer Runden. Messauda schickte dem Gouverneur frische Petersilie, der sie aber mit der Begründung ablehnte, keine Bestechungsgeschenke annehmen zu wollen. »Schick ihm einen Bock, und du wirst sehen!« meinte Durr nur. Doch die Mutter war der Meinung, darauf könne er lange warten, und wenn er sich derart in seinen Hochmut versteife, werde sie schon einem Makel an ihm finden, dessen er sich schäme. Er sei ein junger Wolf, der Karriere machen wolle. Er strebe danach, einen Tages Minister für Hydraulik zu werden. Der Wassermangel in Manama war eine wunderbare Gelegenheit für jeden, der seine Fähigkeiten beweisen und sich einen Weg zum Ruhm bahnen wollte. Messauda, die schlaue Alte, wartete auf ihre Stunde, um ihm eine Abfuhr zu erteilen. Aber der Uhrmacher, der mit seiner dringlichen Arbeit einen guten Vorwand hatte, sich von seinen ehelichen Pflichten zu befreien, sagte ihr: »Laß ihn in Ruhe. Aller Augen sind auf ihn gerichtet und warten nur auf einen Fehltritt. Manama ist jetzt zum Mittelpunkt des Landes geworden. Er kann uns nichts antun!« Das Volk, zufrieden mit dem Duft der Freiheit, den es einatmete, schien zu vergessen, daß die Ehefrauen ihr Recht verloren hatten, unter ihrer Kleidung Seidenraupen zu halten. »Sie werden schon nicht nachsehen«, meinte ein ganz Schlauer. Aber er täuschte sich. Der Gouverneur hatte eine Truppe von Inspektorinnen eingesetzt, die die Körper auf Seidenraupen, Kokons oder ähnliches durchsuchten. So wurde festgestellt, daß alle täuschten und betrogen. Eiligst wurden Bußgelder verhängt, aber niemand zahlte. Womit auch? Man trickste das Gesetz aus. Wozu hatte man denn Achselhöhlen? Hatte der liebe Gott doch jedem Menschen zwei davon gegeben, damit er sie benutzen sollte! Schnell krümmten sich die Seidenraupen in dem molligen Geruch der behaarten Höhlen, und die Frauen hörten auf, ihre Haare zu entfernen. Die Verantwortlichen reagierten nicht. Und dann der Schelm, der eines Morgens mit einem riesigen Brutkasten für Seidenraupen nach Manama kam. Der Arme mußte innerhalb von zwei Tagen Konkurs anmelden, denn die Tierchen hielten sich anderswo auf. So nahm man

Abstand von den Methoden der künstlichen Seidenherstellung, und Manamas Seide blieb natürlich und die beste der Welt. Sie hatte einen bestimmten Geruch; eine Mischung aus Marseiller Seife und dem Sommerfell eines weiblichen Schafs. Mohamed Namenlos lachte über den Mißerfolg des Brutkastenunternehmers und gedachte des Dorfgründers, der mit seinen schweißbetriebenen Wasser- und Salzuhren ebenfalls keinen Erfolg gehabt hatte. Und all das, weil Manama an der Kreuzung zweier Straßen lag: der Salz- und der Goldstraße. Und die Kameltreiber, die darüber zogen, waren zu schlau, um sich durch diese Uhren täuschen zu lassen. Sie brauchten sie gar nicht, denn sie lasen die Zeit am Firmament ab, waren klug und stahlen pfundweise Gold, das sie in lederne Schläuche steckten, welche sie sich dann in den After einführten. Im dreizehnten Jahrhundert war es üblich, daß die Kontrolleure, die den Goldtransport überwachten, die Kameltreiber zwangen, ihren Darm zu entleeren. Wenn einer nicht konnte oder wollte, wurde er an Ort und Stelle geköpft. Wer Gold ausschied, wurde verhaftet. Der Gründer von Manama war über diese Art von Schmuggelei und über die verborgenen Kämpfe zwischen den Goldschmugglern und seinen Kontrolleuren nicht informiert gewesen. Trotz der Entscheidungen vom Mahdi Ouai blieb man dabei, die Seide in der althergebrachten Weise herzustellen. Die Manamaer blieben hartnäckig. Vom Karren, mit dem jener Unternehmer ankam, um die in Frankfurt hergestellten Maschinen einzuführen, stieg Zohra Bander Shah höchstpersönlich. Sie war über die beschämende Abreise ihres Mannes informiert worden und wollte an der Seite ihrer Tochter leben. So mietete Kulthum ein altes Haus direkt gegenüber dem Haus der Namenlos und wohnte darin mit ihrer Mutter. Sie konnte ihr den kleinen Ventilator zurückgeben, der so viele Schmetterlinge und andere Insekten zerhackt hatte, der zwei gigantische ausländische Penisse zermalmt hatte, der als Waffe diente, um Hamid abzuschrecken, als er sie vergewaltigen wollte, die ihn mit ihrer zauberhaften Weiblichkeit überschwemmt hatte. Doch Kulthum fühlte sich verblüht, obwohl sie noch keine zwanzig war, und hielt – körperlich wie seelisch – dem Daumen die Treue, der noch immer in der Liebesflüssigkeit schwamm. Ihre Mutter hingegen war verändert. Strahlende Heiterkeit lag auf ihrem Gesicht. Ihre Schönheit war wie durch Zauberhand wieder auferstanden, und sie zeigte es offen. Nachdem sie ihren Mann verloren hatte, dem man einen bequemen Ruhestand angeboten hatte, legte sie ihren Schleier ab. Kulthum trug ihn nie, wie auch Laila, von der man nichts mehr gehört hatte, seit sie zu den Verhandlungen über den Schwarzen Stein geschickt worden war. Einigen Informationen zufolge soll sie so dick geworden sein, daß sie sich nur noch mit Hilfe zweier Negerinnen von einer Ecke des Harems in die andere bewegen konnte. Daran habe auch das Tanzen nichts ändern können. Nachdem der König seinen Durst gelöscht und die Rundungen ihres herrlichen Körpers aufgesogen hatte, soll er sie fallengelassen haben zugunsten einer neuen Favoritin, mit der es aber auch nicht viel länger gedauert hatte. Sich selbst überlassen, von zwei fürchterlichen, mit scharfen Krummsäbeln ausgestatteten Wächterinnen bewacht, ließ sie sich gehen und suchte bei niemandem Hilfe. Die Kluft zwischen ihr und dem Tanz war immer größer und Sydney ein Trugbild geworden. Ihr Körper, früher wunderschön in seinen verblüffenden Maßen und harmonischen Rundungen, war jetzt aufgedunsen und hinderlich beim Laufen. Von diesem Moment an hatte sie aufgehört, ihrer Familie zu schreiben; genau genommen, seit ihr Vater ihr verschlüsselte Botschaften geschickt und keine Antwort von ihr erhalten hatte.

Der König war sehr listig, und seine Geheimpolitik erlaubte ihm zu agieren, ohne daß irgend jemand etwas davon erfuhr. Denn seine Kontakte sowohl zu Mr. Brown als auch zu General Yahudi blieben geheim. Überall tauchten Gerüchte auf, die sich mit der Wirklichkeit vermengten. Traum wurde bittere Realität. Die Dokumente aber waren gefälscht, die Nebel waberten. Die Tragödie der Laila Bander Shah war Geschichte. Schließlich glaubte man, sie sei gestorben und schon vor langer Zeit beerdigt worden. Ihre Mutter, die nicht in ihrer Nähe gelebt hatte, erinnerte sich von Zeit zu Zeit an sie, weinte dann mehrere Stunden vor ihrem Ventilator, von dem sie sich nie trennte. Ihre Tochter versprach ihr, eine riesige Sonnenblume vor ihr Fenster zu pflanzen, um das alte, lärmende Ding zu ersetzen, das überdies eine große Gefahr für die vielen Schmetterlinge war. Kulthum bat sie inständig darum; schließlich müßten auch die Batterien dafür oft gewechselt werden, und man könne nicht sicher sein, sie immer auf dem Schwarzmarkt zu finden, auf dem bekanntlich mehr fehlte, als zu finden war. Die Idee mit der magischen Sonnenblume war die beste Lösung, und Messauda erklärte sich bereit, einen Ableger mitzubringen und zu zeigen, wie man ihn einpflanzt. Damit unternahm sie den ersten Schritt, und ohne jemandem Bescheid zu sagen, besuchte Messauda ihre Milchschwester, die sie nicht mehr gesehen hatte, seit sie beide geheiratet hatten, etwa gleichzeitig. Die eine einen Lastenträger, die andere den Ausrufer eines Bordells mit dem vielversprechenden Namen »weit entfernter Mond«. Sie waren an die erstbesten verschachert worden, da ihre beiden Familien unter den Nachwirkungen des Zweiten Weltkriegs litten und pleite gingen, und zwar am selben Tag. Das Leben an der Küste war nicht immer einfach, das Wetter aber war sehr angenehm. Messauda Namenlos und Zohra Bander Shah, die in den Nachbarhäusern groß geworden waren und dieselbe Milch getrunken hatten, prahlten in ihren ausführlichen Erzählungen mit dem Vermögen ihrer Familien, der Pracht ihrer Möbel, der Schönheit ihrer Teppiche, der Anzahl ihrer Bediensteten, der Üppigkeit ihrer blühenden Gärten, der mit nilblauem Kalk gestrichenen Flachdächer, die auf alle Seen der Welt hinausblickten, den aus Venedig importierten Spiegeln, dem silbernen Besteck, das jeden Tag geputzt wurde, den ruhigen, schattigen Räumen, den mit Tüllgardinen verhängten Fenstern, den mit Ambra und Pinie vermischten Düften, den mit Gold verzierten Leuchten aus Mosambik, den luftigen Kleidern, den mit Rosenwasser parfümierten Bärten der respektvollen Väter, den schmiedeeisernen Betten, den mit Straußenfedern gefüllten Sofas, den Moskitonetzen aus Musselin, dem in Leder gebundenen Koran aus Córdoba, den Teppichen aus Taschkent, Musikinstrumenten, die niemand berühren durfte, bevor er nicht eine rituelle Waschung vollzogen hatte, dem Schmuck aus Fez, Bentoe und Islamabad und mit der Schönheit der wundervollen und schweigsamen Frauen, die die Zeit durch ihre Fingern rinnen ließen, als wäre sie destilliertes Wasser. Es fiel Messauda Namenlos und Zohra Bander Shah nicht schwer, bei dieser Angeberei ordentlich zu übertreiben, und später, viel später, als er seine erste Zwillingstochter verheiratet hatte, erinnerte sich Mohamed Namenlos an diese Verherrlichung der Vergangenheit durch die beiden Milchschwestern. Nie sprachen die zwei über die Krisen, die ihre beiden Familien an den Rand des Ruins getrieben hatten, was ihre Heirat mit zwei Männern beschleunigte, die überhaupt nicht ihrem gesellschaftlichen Rang entsprachen. Hier ein einfacher Arbeiter einer Papierfabrik – dort ein Anmacher eines Bordells ... Messauda bedauerte nichts, denn ihr Mann überhäufte sie mit Liebe, indem er neunzehn Kinder zeugte und eine Summe Geld ansparte, die die Versicherung zunächst nicht auszahlen wollte. Die kleine Abfindung erlaubte es ihr, Saatgut für ihren Garten zu kaufen. Auch Zohra bereute nichts, denn erst als ihr Mann Gouverneur wurde und den Wahnsinn der Macht schmeckte, wurde er hochmütig und arrogant. Vorher aber, wie sie erzählte, kam er immer heiser nach Hause, da er den ganzen Tag wie ein Verrückter geschrien hatte. Dann setzte er sich zur Ruhe, betete und störte niemanden. Keiner Fliege konnte er damals etwas zuleide tun. Die Politik erst machte ihn zu einem Wahnsinnigen. Er war unerfahren, sie war aus heiterem Himmel über ihn hereingestürzt. Von heute auf morgen hatte er sich verändert; er, der immer gegrillte Sardinen geliebt hatte, zog nun Langusten vor. Einfach so. Ohne Übergang. Was für ein verfluchtes Jahr. Aber die Frauen setzten sich darüber hinweg. Obgleich es das Jahr ihrer Heirat war. Zohra behauptete, noch den Geschmack der Milch im Mund zu haben, die sie aus den Brüsten von Messaudas Mutter getrunken hatte. Was für ein Wunder! Sie hatte nicht nur ihre eigenen Kinder gestillt, sondern auch die Kinder kranker Frauen mit ausgetrockneten oder geschrumpften Brüsten. Zohras Mutter gehörte zur ersten Sorte der Frauen. Sie war so mager, daß man ihre Knochen durch die Haut schimmern sah. Sie war entkräftet und kränkelte mit Nase und Lunge. Der leiseste Windhauch genügte, um sie fortzuwehen, so daß man sie mit Stricken am Bett festband, damit sie nicht über die Dächer geweht wurde, die in Jahrhunderten abgenutzt und vom Wind angekratzt waren. Ihre Müdigkeit schien älter als sie selbst. Einzig ihre schwarzen Augen, die alles in ihrem kleinen Gesicht überstrahlten, schienen noch real zu sein. Ein Jahr nach ihrem Tod ging Zohras Vater in Konkurs, und um seine einzige Tochter loszuwerden, verheiratete er sie mit diesem Bander Shah, von dessen dubiosen Geldquellen er nichts wußte. Als er die Wahrheit dann viel später erfuhr, sagte er nur diesen einen Satz, der sich einige Jahre später erfüllen sollte: »Er ist aus dem Holz, aus dem Glückspilze sind ... Eines Tages wird er noch Präsident werden!« Der Handel von Messaudas Vater indessen florierte. Er verkaufte Perkal, Chintz, geteertes Leinen, aber auch feste Seile und Netze, die speziell zum Fischen bei Laternenlicht konzipiert waren, weil sie die Fische anlockten sowie Wind für die Segelboote erzeugten. Er hatte das Geschäft seines Vaters geerbt, der es schon von seinem Vater übernommen hatte, bis hin zu Mustafa Karshani, dem bekannten Piraten und Besitzer von neunzehn Wanduhren. Als dieser sich zur Ruhe setzte, eröffnete er einen Laden im Hafen der Hauptstadt, der erst zwei Jahrhunderte später wegen Konkurs geschlossen wurde. An jenem brennend heißen Mittag öffneten sich die beiden Frauen gegenseitig ihre Herzen, tauschten Geheimnisse und geräuschvolle Küsse aus, die das Schicksal so lange aufgeschoben hatte, versicherten sich gegenseitig ihrer Liebe und Hochachtung. Kulthum wohnte diesem historischen Treffen bei, und es sollte ihr ein Leben lang in Erinnerung bleiben – ihr, die nur zu gut wußte, daß es nicht möglich war, den Daumen eines Mannes bis in alle Ewigkeit in einem formaldehydgefüllten Gefäß ungestraft aufzubewahren. Schon seit einigen Tagen hatte sie beim Gehen das Gefühl, ins Leere zu treten und sich nicht bewegen zu können, ohne sich an der Wand, den Ecken und Möbeln abzustützen, so als habe sie durchsichtige, unsichtbare Antennen, die sie mitten ins Zentrum der Sensibilität geleiteten. Sie hatte das Gefühl, allmählich leichter und flüchtiger zu werden, so als sei sie biegsam und ruhe sich auf Polstern aus, in denen sich Schlaffheit und Trägheit vereinten. Ihr Orientierungssinn trieb Scherze mit ihr; plötzlich merkte sie, daß sie in der Lage war, sich in jeder Straße der Welt mit verbundenen Augen bewegen zu können, ohne jemanden nach dem Weg fragen zu müssen. Sie überrollte ihre Ängste in der Art, wie Kinder Rollschuh laufen, während ihr zwischen den Fingern kleine safranfarbene Blüten wuchsen. Vergeblich versuchte sie, sie jeden Morgen abzuschneiden und in die Vasen der Traurigkeit zu stecken, aber sie wucherten nachts systematisch und unbemerkt, wie damals, als ihr Achselhaar wie wild wuchs. Sie wurde leichter, ohne an Gewicht zu verlieren, quälte sich wegen der Sonnenblume, die sie ihrem Versprechen gemäß der Mutter vor das Fenster ihres Zimmers pflanzen wollte. So erzählte man sich, daß sie ihre Gewandtheit, Frechheit und Härte verloren habe und seit dem politischen Sieg, den die Bewohner Manamas errungen hätten, die ganze Tragweite ihres Unglücks spüre. Doch sie werde vielleicht schon bald ihre Natürlichkeit und Schlagfertigkeit zurückgewinnen. Aber nichts davon geschah; vielmehr wurde sie scheu, empfindlich und stotterte beim Sprechen. Daher verging viel Zeit, bis sie Messauda, die ihr nie einen Wunsch abschlug, um einen Sonnenblumenableger bat. Sie hing nun sehr an Kulthum, obgleich sie sie vor fünf Jahren nicht hatte ausstehen können, weil sie sich geweigert hatte, ihr den Daumen ihres Sohnes zu geben, den beschämenden Beweis für seine Feigheit. Und erst später, viel später, als er seine Mutter zu Grabe trug, erinnerte sich Mohamed Namenlos an den Tag, als man wie ein Ritual die Sonnenblumen am Hause von Zohra und Kulthum Bander Shahs pflanzte. Messauda, die nie eine Gelegenheit verpaßte, ihre Eigenarten hervorzuheben und sich aufzuspielen, stürzte sich darauf, die Sache in die Hand zu nehmen. Sie benutzte das Monatsblut ihrer jüngsten Tochter Samika, das am Zwanzigsten des Monats reichlich vorhanden war, vermischte es mit dem heiligen Wasser aus einer Quelle außerhalb Manamas und weinte neunzehn Tränen auf die Erde, die sie um die Pflanzen angehäuft hatte. Dann murmelte sie Zaubersprüche in einer fremden Sprache, in der ihr Erstgeborener plapperte, als er zur Welt kam, und die bis heute niemand identifizieren konnte. War es Syrisch, Aramäisch, Arabisch oder Berber? In einer einzigen Nacht wuchs die Sonnenblume mit orkanartiger Geschwindigkeit, breitete schon am nächsten Tag ihren mächtigen Schatten über das Haus, drehte sich und kühlte den Raum besser als jede Klimaanlage. Man gab den Ventilator zum Müll; er wurde von einem Krämer aufgehoben und erzielte drei Jahrhunderte später bei einer Versteigerung, die in die Annalen eingehen sollte, einen astronomischen Preis. Sein enormer Wert erklärt sich aus seinem Gebrauch als Kriegsgerät, mit dem Frauen sich vor sexuellen Übergriffen der Männer schützten, die ihre Triebhaftigkeit nicht im Zaum halten konnten. Die Zeiten haben sich geändert, und die Frauen, weit entfernt davon, sich zu verhüllen und hinter dem Schleier von Abwesenheit und Zurückgezogenheit ihrer Verantwortung zu entziehen, zücken jetzt diese Geräte, die die stärksten Glieder in kleine Stücke zerhacken können.

Zur selben Zeit, als Kulthum sich in nichts verflüchtigte, löste der Gouverneur sein Versprechen ein, den Besitz Bander Shahs in ein öffentliches Waisenhaus umzuwandeln. Die Eröffnungszeremonie fand in prächtiger Atmosphäre statt; plötzlich tauchte jedoch ein großes Problem auf. Denn die Bewohner Manamas, die an Bander Shahs Herrschaft gewöhnt waren, an seine Tricks, Betrügereien, seinen Spott, seine Listen und Falschspielereien sowohl beim Dominospiel als bei den Bockwetten, stellten fest, daß jeder von ihnen ein oder sogar mehrere Waisenkinder hatte. Eigentlich wollten sie diese einzigartige Chance nutzen und ihre Kinder im Heim unterbringen, um sie loszuwerden. Es war kein Problem, Totenscheine für sich oder ihre Frauen auszustellen, die z.B. Tod bei der Geburt bescheinigten. So lebten in Manama schließlich nur noch Waisen, und die Väter überließen das Feld ihren Frauen, die sich bekämpften, um einen oder mehrere Plätze in dem herrlichen Palast zu bekommen, den Bander Shah sich in seiner Regierungszeit hatte bauen lassen. Oder aber die Frauen spielten die Rolle der Toten. In diesem Fall mußten die unglücklichen Ehemänner demütig darum bitten, die Verwaltung möge sich der Angelegenheiten dieser Kinder annehmen, die der Liebe ihrer Mütter entbehrten. Der Gouverneur begann unter Schlaflosigkeit zu leiden.

Die Reihe der Antragsteller wurde immer länger. Der

letzte in der Kette stand außerhalb Manamas Stadtmauern. Aber da nur dreihundert Plätze zur Verfügung standen, entschied die Verwaltung, daß das Los entscheiden müsse. Die vom Glücksspiel, Tawlespielen und Bockwetten begeisterten Manamaer akzeptierten diese Entscheidung sofort mit wahrem Sportsgeist. Nicht ein einziges Waisenkind war unter denen, auf die das Los fiel! Aus Reue beschlossen die Falschspieler, die das Schicksal begünstigt hatte, die echten Mündel zu adoptieren, denn niemand unter ihnen wollte sein Gesicht verlieren ... Mit Ausnahme des Lehrers, der die kostenaufwendige und propagandistische Aktion scharf kritisierte; schließlich benötigte die Schule dringend Stühle, die die Schüler noch immer morgens von zu Hause mitbringen und abends wieder mitnehmen mußten. Im Gegensatz dazu zog das Schwimmbad nur wenige Menschen an. Gerade fünf Heranwachsende gab es, die sich trauten, ins Wasser zu springen. Es waren die Söhne der armen Statisten, die vor wenigen Monaten bei den Dreharbeiten in der Wasserstadt ums Leben gekommen waren. Angesichts der geringen Rentabilität des Projekts und des Fischmangels, der im Dorf herrschte, entschied die Verwaltung schließlich, das olympische Schwimmbad, das Bander Shah erbaut hatte, in ein Fischzuchtbecken umzufunktionieren. Um sich in diesem riesigen Becken irgendwie betätigen zu können, übertraf die Fischbrut alle internationalen Schwimmrekorde. Das wesentliche Problem lag jedoch in der Schließung des Bordells. Die Prostituierten verteilten sich jetzt in den Gassen, und die Regierung schaffte es nicht, dem ein Ende zu setzen. Die Frauen verfolgten ihre Kunden sogar am Tag, und um der Polizei zu entgehen, trug jede von ihnen einen Säugling auf dem Arm, den sie sich von kinderreichen Müttern ausgeliehen hatte. Der Sittenverfall nahm zu. Der Gouverneur geriet außer sich und verfolgte alle Frauen, die einen Säugling im Arm trugen, und klagte sie an, sich in der Öffentlichkeit zu prostituieren. Selbstverständlich wurden die wahrhaft Schuldigen über die Razzien informiert und tauchten unter, so daß sich die Mütter ehrenhafter Familien auf der Anklagebank des Gerichts wiederfanden. Sie gerieten in helle Aufregung, beschimpften das Gericht und schlugen alles kurz und klein, so daß der Gouverneur sich gezwungen sah, sie freizulassen und sich bei ihnen zu entschuldigen. Er ließ nach Mohamed Namenlos schicken und bat ihn um Hilfe: »Du bist hier geboren! Sag mir, was ich tun soll; so etwas habe ich noch nie erlebt. Das hier ist kein Dorf, das ist ein Heim für Hinterlistige und Durchtriebene!« Mohamed hatte Mitleid mit ihm. Sicher, er hätte ihm seine politischen Ambitionen und seine Allüren, wie ein junger Wolf zu handeln, vorwerfen können, doch von diesen Schwächen einmal abgesehen, erkannte Mohamed seinen Gerechtigkeitssinn, seine Willenskraft und die Fähigkeit, hart zu arbeiten. So sagte er: »Es ist nicht Ihr Fehler! Es ist äußerst schwer, einen Staat zu organisieren. Lesen Sie es bei Ibn Khaldun nach, falls Sie das nicht schon getan haben, dann werden Sie verstehen. Seit über siebenhundert Jahren leiden wir unter Bewußtseinsspaltung; um nicht zu sagen, seit tausend, denn der Staat ist in dieser Gegend schon seit der Schwäche der Abbasiden zerborsten. Man kann zehn Jahrhunderte nicht in ein paar Wochen überspringen.« Daraufhin begann der Gouverneur, sich mit den Werken des Historikers zu beschäftigen, die ihm bis dahin unbekannt waren. Erst als er fertig war, konnte er Mohameds Worte verstehen, der wegen seiner Zaubereien und Tricks, seines Mutes und Stolzes stets geachtet war im Dorf. Als Mehdi Ouai zum ersten Mal mit Mohamed diskutierte, dachte er, er habe es mit einem Verrückten zu tun, da er keinen Zusammenhang sah zwischen den Abbasiden und der amtlichen Verfügung, das Bordell zu schließen. Während der neue Gouverneur sich mit wachsendem Interesse Seite für Seite in die Lehre des Wissenschaftlers vertiefte, setzte Mohamed Namenlos seine

Suche nach dem Haus fort, in dem Ibn Khaldun vier Jahre gelebt hatte.

Erneut verfiel der Erstgeborene Messaudas, in dessen schönem schwarzen Haar sich eine weiße Strähne abzeichnete, in seine Gewohnheit, zwanzigmal täglich das Dorf zu durchqueren und, um Ruhe zu finden, seine Begabungen zurückzugewinnen. Und wieder verbot er seinem Schatten, ihm zu folgen, egal zu welcher Uhrzeit. Mit den Spatzen redete er erneut in der undefinierbaren Sprache seiner Geburt, wenn er ihnen ihre tägliche Futterration gab. Er nahm auch den Musikunterricht für die Vögel mit adliger Abstammung – Kamichis, Kanarienvögel, Schwalben und Lerchen – wieder auf, stellte Kontakt zu seinem Großvater her. Dafür trank er vorher reichlich Wein und bildete sich ein, der Alte stünde frühmorgens im Innenhof des Hauses und redete mit ihm, wobei er ständig an jenen Satz denken mußte, den er niemals vergessen würde: »Beobachte genau, wozu sie fähig sind! Und sage nicht, daß ein reinrassiger Araberhengst besser sei!« Dann führte er Selbstgespräche mit seinem Vater über dessen Selbstmord und fragte ihn, ob er über die Umstände des Todes von Al-Djahiz informiert sei. Er unterbrach das Lachen der Kinder, das Gackern der Hühner und Knirschen der Mühlen und beobachtete, wie Krümmungen zu geraden Linien wurden und am Horizont ineinandergriffen, sobald er sich ihnen näherte. Er lief kreuz und quer durch Manama auf der Suche nach Zeichnungen, Spuren und Beweisen, die ihn zu dem Platz führen könnten, an dem sich Ibn Khaldun aufgehalten hatte, da seine Frau ihn jedesmal, wenn er sie bat, ihm ihr Geheimnis zu verraten, verspottete oder geradeheraus sagte: »Du solltest dich besser so wie die Alten verhalten. Warum bist du so unruhig? Ich werde es dir schon im richtigen Augenblick sagen. Mach dir keine Sorgen . . .« Aber da er das Warten nicht mehr ertragen konnte, jagte er den Krümmungen Angst ein, denn sie streckten sich zu Geraden, sobald sie ihn erblickten. Aber das brachte ihm nichts. Er brauchte dieses Wissen, weil es um die Ehre Manamas, den Stolz der Namenlos und die Zukunft der Weltgeschichte ging. Denn nur das Verständnis ihres Getriebes, ihrer Strukturen und Widersprüche würde dem Gouverneur helfen können, einen echten Staat zu errichten, der in der Lage wäre, General Yahudi zu vertreiben und seinen jungen Pfadfindern zu ersparen, früher oder später Gegenstand des Spotts zu werden. Aber der Bruch war in dem Buch enthalten, das Mohamed dem Gouverneur zu lesen empfahl. Hinzu kam die jahrhundertealte Degeneration der politischen Macht, während der sich die Völker daran gewöhnt hatten, die Gesetze zu entstellen und zu verzerren; und zwar seit Anbeginn der unterschiedlichen und mannigfachen Kolonisationen, die unaufhörlich und lückenlos aufeinanderfolgten. So wurde ein Instinkt erworben und über Generation vererbt – über blutverschmierte Wege, Wandelhallen und Passagen, die gegen jede Vernunft und Realität gerichtet waren. In dieser aktuellen Situation blieb nichts anderes übrig als Panik davor, sich selbst zu verlieren, unfähig zu sein angesichts Ungewißheit und Verrat, in Fallen und Zwängen zu leben. Aus diesem Grunde waren die Bewohner Manamas – wie in allen Dörfern – von heiterer und lustiger Natur, sie neigten zu Tricks und Listen, um das Gesetz zu hintergehen, taten alles Verbotene, ohne Opfer zu werden. Der Gouverneur hatte das Glück, sogleich diese Seite kennenzulernen und zu erfassen. Zum großen Teil war das Mohameds Verdienst, und der junge Verantwortliche begriff, daß das Leben nicht an der Universität zu lernen war und daß das Regieren und die gesellschaftliche Organisation der Massen niemals einem starren, von großen Politologen im vorhinein festgelegten Schema folgen würde: Denn sie konnten sich nicht vorstellen, daß es ein derart verkehrtes und brennend heißes, leidenschaftliches und schwankendes, magisches und tragisches Dorf gab, das organisiert und dazu gebracht werden mußte, selbständig seine Existenz zu sichern, ohne sich in Zaubereien und Phantastereien zu flüchten, dabei fest innerhalb einer vernünftigen Struktur zu stehen, die aus eigener Kraft bestehen kann und keinen von der Vorhersehung Bestimmten dafür braucht; ein Dorf, wie Ibn Khaldun es sich vorgestellt hatte, als er von einer Demokratie für alle träumte. Als Mohamed Namenlos drei Tage später Mehdi Ouai beim Dominospiel mit den Dörflern antraf, merkte er, daß dieser dort einen großen Coup landete. Dann gab es also einen Hoffnungsschimmer, nach mehr als tausend Jahren das Dorf zu sehen, wie es sich um seine eigene Achse drehte und sich auf den Kopf stellte. Es mußte nicht länger gebeugt über Hindernisse steigen, so wie es jetzt der Fall war, weil es der Macht mißtraute, um so mehr, als jede der aufeinanderfolgenden Herrschaften in dieser Gegend tyrannisch, fremd, kindisch oder unnütz war. Mohamed selbst hatte das Mißtrauen zu einem festen Bestandteil seines Lebens gemacht, so daß er nie seinen Schatten hinter sich herzog. Er wußte, die Zeiten waren hart, die Kräfte standen im Widerspruch zueinander, waren zerteilt oder unfähig, und die Völker hatten sich im Laufe der Jahrhunderte den Kriegen, Hungersnöten, Seuchen, Überschwemmungen, Heuschreckenplagen, Schlachten und Ungerechtigkeiten angepaßt, weil ihnen instinktiv und vage klargeworden war, daß sie nur weiter existieren können, wenn sie das System selber in die Hand nehmen. So blieben sie wachsam, zuweilen auch mißtrauisch gegenüber denen, die ihnen Wissen nahebringen wollten, das öffentliche Gesundheitswesen, Elektrizität, Geschwindigkeit und Würde. In Manama war bekannt, daß die Leute Vögel gezähmt hatten, um sogar die Fallen der Sehnsucht und der Sinneslust zu vermeiden, da die Wüste kein geheimnisvoller und visionärer Weg ist, wie manche idiotischen Reisende sie beschrieben, sondern ein Ort, dessen atmosphärisches Licht und verborgene Schätze die

Leute in den Wahnsinn treiben, sobald ihnen zum zweiten Mal eine Fata Morgana erscheint.

Da alles gut verlief und die Beziehung zwischen den Bewohnern und der Regierung sich allmählich besserte, obwohl die Dörfler die fünf Gesetze bereits bei ihrer Verkündung ablehnten, war Mohamed Namenlos zufrieden mit der allgemeinen Situation. Er war begeistert von der Freundschaft zwischen Zohra Bander Shah und seiner Mutter, so daß er seine Gedanken in Ruhe ordnen konnte. Er beschloß, die Känguruhs aufzusuchen, die sehr unter dem Unheil des Krieges und der Zeit gelitten hatten, weil die Zahl der Weibchen äußerst dezimiert worden war. Seit ihrer Ankunft im Dorf hatten sie sich nicht fortgepflanzt und waren im Begriff auszusterben. Unter den Vögeln war zunehmend Streit um einen Platz in den Beuteln der wenigen verbliebenen Tiere ausgebrochen, an deren verborgenen Zitzen sie in Ruhe saugen konnten. Eines der Känguruhs heftete sich ihm an die Fersen und verließ ihn nicht mehr. Es trug ihm sein Essen, seine Zeichnungen und Stifte hinterher, immer wenn er Manama verließ. So erwog Mohamed eines Tages, dem Känguruh das Schachspielen beizubringen, da es ihn langweilte, immer allein spielen und – gezwungenermaßen – gewinnen zu müssen. Rasch begriff das Tier die Spielregeln, und sein Partner hatte Zeit, sich gedanklich von Ibn Khaldun zu lösen und sich auf das Spiel mit dem Känguruh zu konzentrieren, das immer besser wurde und Mohamed schließlich bei weitem übertraf. Mohamed fühlte sich dadurch nicht erniedrigt; im Gegenteil, er hatte den starken Wunsch, überall zu erzählen, daß ein Säugetier mit Bauchbeutel Schachchampion von Manama geworden war. Dabei war ihm klar, daß dies die Grenze des Natürlichen überschreiten würde und – falls es entdeckt würde – er in einer Anstalt landen oder zum Dorfheiligen avancieren würde. So zog er es vor, das Geheimnis für sich zu behalten und es selbst Durr nicht zu verraten, die nicht aufhörte zu sagen: »Ich wollte, du wärest schwarz, denn du hast so viele Begabungen. Selbst die Aufmerksamkeit meiner Beschützerin und meines Vorbildes, Königin Schadjarat Eddur, die Ägypten von 647 bis 661 Hidschra regierte, würdest du nicht erregen.« In solchen Momenten war er versucht, ihr sein Geheimnis preiszugeben. Später, erst viel später, in der Hochzeitsnacht seiner ältesten Zwillingstochter und mehrere Jahre nach dem Tod seines Schachpartners, den er schließlich doch besiegt hatte, fragte er sich, ob er wirklich mit einem Känguruh Schach gespielt hatte und mehrmals von ihm besiegt worden war.

Der Stolz, seine Tochter im Hochzeitskleid zu sehen, ließ ihn zu der Überzeugung gelangen, daß eine solche Geschichte nie vorgekommen war. Er wollte mit Kulthum darüber sprechen, als ihm einfiel, daß auch sie schon lange tot war. Er merkte, daß die Fäden seiner Erinnerung, die ihn früher in die Lage versetzt hatten, verschiedene Wunder zu vollbringen, jetzt alles durcheinanderbrachten. Vielleicht war dies das einzige Geheimnis, das er in seiner Brust barg und mit ins Grab nehmen würde.

Oft verließ er Manama heimlich und traf das Känguruh einige Kilometer weiter, wo das Tier sich in einer sandsturmsicheren Höhle versteckte und auf ihn wartete. Das Schachbrett war schon auf dem Boden ausgebreitet, die Figuren auf den Feldern warteten, bewegt zu werden. Genau zu jener Zeit begann Durr, sich wegen der längeren wiederholten Abwesenheit ihres Mannes zu sorgen. Sie erkannte auch, daß Kulthum nicht bei guter Gesundheit war, so als wäre der lebenslang unterdrückte Kummer die Kehle emporgestiegen und hätte ihr den Atem genommen. Als sie sicher war, daß das Mädchen nichts mit der wiederholten Abwesenheit ihres Mannes zu tun hatte, schob sie die Verantwortung auf Ibn Khaldun und entschloß sich, das Schweigen zu brechen und alles aufzudecken, was sie lange Zeit für sich behalten hatte, denn die Angelegenheit wurde zu einer schweren Last, die sie nicht mehr tragen konnte. Sie fürchtete, ihr Mann könnte verrückt werden, und sie sah, daß die Zeit gekommen war, ihn von diesen teuflischen Einflüsterungen und närrischen Gedanken zu befreien, die sein Leben zwar aufhellten, aber seine Erregung so steigerten, daß er jederzeit drohte, in die Abgründe des Wahnsinns, der Senilität und des Lächerlichen zu fallen.

Mohamed Namenlos mußte den Schachtreffen und seinen historischen Forschungen vorübergehend fernbleiben. Denn inzwischen hatte sich Sadika mit einem jungen Musiker verlobt, dessen einzige Leidenschaft das Lautenspiel war. Da das Mädchen einverstanden war und seine Mutter mit ihrem Garten und der mittäglichen Plauderei mit Zohra Bander Shah beschäftigt war, beeilte sich Mohamed, einen Hochzeitstermin festzulegen, um die Familie vor vollendete Tatsachen zu stellen. So würden Messauda nur noch fünf Mädchen bleiben, die sie an jedem neunzehnten eines Monats auf dem Dach auf die Töpfe setzen würde, um jene rote Flut aufzufangen, die Wunder in der Gemüse- und Blumenproduktion bewirkte. Ihre Mutter war sehr glücklich. Sie war wieder mit ihrer Milchschwester vereint und hatte außerdem ihren Erzfeind, den verräterischen Gouverneur, besiegt. Sie betrachtete ihre Mühle und war stolz auf die Leistung ihrer Zwillinge. Lediglich Ahmad bildete eine Ausnahme, den die unsittliche Liebe zu seiner Schwester Malika getrieben hatte, vor Beendigung des Mühlenbaus zu heiraten und das Dorf zu verlassen. Von Durchreisenden, die in Manama haltmachten, hörte die Familie von ihm. Einige erzählten, er sei ein großer Wissenschaftler geworden und habe eine andere Nationalität angenommen. Außerdem hätte er sich einen ausländischen Namen zugelegt, um der Peinlichkeit zu entgehen, die er aufgrund eines Namens, der seine fehlende Identität bewies, den anderen gegenüber empfand. So verhielt er sich anders als Meister Berrabi, der Diener in einer Kirche in

Rotterdam geworden war und das Dorf noch immer mit einer Flut von Ansichtskarten provozierte, als sollte es ihm seine verrufene Arbeit verzeihen und ihm helfen, seine Wurzeln zu bewahren. Eines Tages empfing Mahmud heimlich einen Abgesandten seines Bruders. In dem Brief spielte er auf Mahmuds schöpferisches Genie an und riet ihm, ihm zur anderen Meeresseite zu folgen. Er versprach ihm, daß er innerhalb von zwei Jahren einer der bedeutendsten Forscher im Bereich Kühlungstechnologie sein würde. Um ihm die Sache schmackhaft zu machen, legte er dem Brief das Foto eines blinden Ägypters bei, der seine Doktorarbeit in Mathematik erfolgreich abgeschlossen hatte. Doch Mahmud zerriß Brief und Foto, bedankte sich bei dem Gesandten seines Bruders und setzte seine Basteleien im Haus seiner Mutter fort, indem er wie immer alle Ersatzteile vom Schrottplatz der Militärfahrzeuge sammelte, die dort seit Ende des Zweiten Weltkrieges lagen. Die Namenlos waren fest verwurzelt in Manama wie im Sand gestrandete Schiffe. Ihre verrückten, lüsternen Wurzeln steckten zu tief im Dorfboden, als daß sie einfach herausgezogen werden konnten. Ahmad war die einzige Ausnahme. Indem er Manama verließ, wollte er seinen Ängsten entfliehen, die sich zwischen seinen Beinen auftürmten: Vielleicht hätte er eines Tages das Verbotene mit seiner Schwester getan und dadurch alles umgestürzt: den natürlichen Rhythmus der aufeinanderfolgenden Festtage, die Prophezeiungen, die Wahngedanken, die Flüsse, die Dynastien und sogar die Menschen selber, für die es nicht vorgesehen war, sich ins Unheil des Blutes und der Trockenheit zu stürzen inmitten der Einsamkeit des Wahnsinns, angefüllt mit zerstörerischer Vornehmheit. Zwar hatte niemand nach ihm gefragt oder ihn gar vermißt, seit er das Dorf verlassen hatte, aber es wagte auch niemand zu sagen, er habe gut daran getan, das Dorf zu verlassen, da er eine Gefahr für das Fortbestehen des Stammes sei, für dessen Stärkung,

Vergrößerung und Läuterung sie hart gearbeitet hatten, da er aufgrund des fehlenden Familiennamens immer davon bedroht war, im Nichts zu verschwinden, wie ein Spiegel, der nur sich selbst spiegelt ... Die Familie war nicht imstande, auf den Spuren ihres falschen Ruhms zu leben, auch wenn Messauda von Piraten abstammte, denen es zu verdanken war, daß sie jetzt neunzehn Wanduhren besaß, welche alles ordneten und festlegten, angefangen von der Zahl ihrer Kinder bis zu den wichtigsten Ereignissen der Weltgeschichte und den schicksalhaften Stunden der altüberlieferten Prophezeiung: Hatte man nicht Leute gesehen, die im Alter von neunzehn Jahren starben oder sehr alt wurden, die Hundert erreichten? Oder welche, die um neunzehn Uhr verschieden oder aber nie mehr die Augen schlossen? Messauda hatte sie getragen und aus ihrem Fleisch geknetet. Sie hatte ihre Söhne vor dem Unglück der Schlaflosigkeit gerettet, aus den Schlingen des Asthmas, vor den Bockwetten und den Brüchen der Alpträume bewahrt. Ihren Töchtern hatte sie, abgesehen von der eleganten Raschika, die ihren eigenen Tod zu sticken wußte, sowohl die Dunkelheit der Angst auf dieser Welt erspart wie auch die Männer, die fähig waren, das Blut der Frauen in Essig zu verwandeln und es nutzlos zu vergießen in den Latrinen der Verzweiflung und den Wiesen der Sünde, die im Uterus der schlechten Frauen sprießt und sie unfruchtbar macht. Messauda und ihre Nachkommen brauchten nicht diesen Inzest zu begehen, zumal alle wußten, daß Malika insgeheim ihren Zwillingsbruder liebte, dessen Ruhm im Ausland die Bewohner Manamas veranlaßt hatte, sehr stolz auf ihn zu sein; mehr, als er verdiente. Sie wußten auch, daß Raschid Bnasser ein Rettungsanker war, der sie davor bewahrte, in den Fluten der unzüchtigen Liebe unterzugehen.

Die Hochzeit von Sadika, der vierten Zwillingstochter, und Salim, dem Musiker, bot den beiden Technikern im

Hause die Möglichkeit, in Eifer und Geschicklichkeit miteinander zu konkurrieren. Djilali Bouhadba stellte ein automatisches Spielzeugorchester her, so daß das Geld für die Truppe der blinden Juden gespart werden konnte, die üblicherweise bei Hochzeiten auftraten. Die kleinen Bronzemusiker wurden von allen bewundert, und man mußte den ganzen Abend ein Auge auf die hingerissenen Kinder werfen, damit diese nicht nach dem einen oder anderen Spieler greifen konnten, der mittels eines haarnadelgroßen Mechanismus funktionierte. Mahmud Namenlos vollbrachte ein Wunder, indem er das Haus und den Garten durch Energie aus einer Fahrradpumpe illuminierte. Diese großartige Leistung hatte nur einen Haken: Man mußte einander während der ganzen Nacht ablösen, um sie zu betreiben und Strom zu erzeugen. Die Hochzeitsfeier war ein großer Erfolg. Selbst der Gouverneur stattete einen kurzen Höflichkeitsbesuch ab, obwohl er nicht eingeladen war. Er nutzte die Gelegenheit, um Mahmud mitzuteilen, daß er plante, eine Wasserpumpe außerhalb Manamas installieren zu lassen, die durch ein Aggregat betrieben würde, um eine echte Politik der Landgewinnung und Urbarmachung der Wüste einzuleiten. Mohamed Namenlos verbrachte die Nacht damit, über den Schachzug nachzudenken, der es ihm ermöglicht hatte, dem Erfolg seines Freundes, dem Känguruh, ein Ende zu bereiten, das die Grenzen der tierischen Intelligenz ein wenig überschritt. Die wichtigen Ereignisse, die Manama bevorstanden, begannen ihre Fäden zu spinnen, als Mohamed Namenlos während einer Schachpartie endlich das geniale Känguruh besiegte, dem er zu spielen beigebracht hatte. Schachmatt dem König! Das war ein gutes Vorzeichen, aber der Sohn Messaudas verstand es erst später. Viel später, an dem Tag, als er seine Tochter verheiratete und sich wünschte, daß es schneien würde. Denn er war glücklich, trauerte aber auch einer phantastischen Vergangenheit nach, in der alles möglich und die Gesetze der Natur und der Physik toleranter und die Wunder etwas selbstverständlicher waren. An diesem Tag wurde ihm klar, warum er das Känguruh besiegt hatte. Das Weibchen war in die Wechseljahre gekommen und hatte keine Milch mehr. Es war in den Zustand zunehmender Nervosität, verursacht durch fehlende Zuwendung, geraten, was er schamlos ausnutzte. Seit einiger Zeit beobachtete er, daß sich Manamas Vögel nicht mehr um einen Platz im Beutel dieser seltenen Tiere stritten. Offenbar fanden sie dort nicht, wonach sie suchten, denn die Milchvorräte waren erschöpft, die Quellen versiegt, und die listigen kleinen Vögel suchten keinen Schutz mehr in den Beuteln dieser armen Weibchen, die aus Australien hergebracht worden waren, um eine Laune Laila Bander Shahs zu befriedigen. Ohne die Zuneigung der Vogeljungen würde eines nach dem anderen zugrunde gehen, zumal nur noch ein kleiner Rest von ihnen am Leben war. Der Brautvater war während der Feier unkonzentriert und merkte, daß er schlechter war als sein Partner und daß sein zweifelhafter Sieg über das Tier ihm lebenslange Schlaflosigkeit bereiten würde. Alle Begabungen, über die er in seiner Jugend verfügt hatte, gingen ihm durch den Kopf, und er begann Selbstgespräche zu führen. Man führte dieses seltsame Verhalten auf die Trauer zurück, die ein Vater empfindet, der seine Tochter das Haus verlassen sieht, um sich an der Küste niederzulassen, wo es nie an Arbeit mangeln würde.

Bald schon waren die Känguruhs verschwunden, ihre riesigen Schwänze hinter sich herziehend, wie Märtyrer, die von einer Prozession ausgeschlossen waren. Mohamed hatte seinen Spielpartner verloren. Das Tier kam nicht mehr zu den Treffen. Eines Morgens, als er gerade dabei war, nach Ibn Khaldun zu suchen, fand er es leblos vor der Haustür, in dem nutzlos gewordenen Beutel befanden sich das Schachbrett und die aus Kamerun importierten Ebenholzfiguren. Das Dorf vermißte die Säugetiere, die wie

Heuschrecken durch die Gassen gehüpft waren. Man hatte sie liebgewonnen. Die Vogelzüchter hatten sie mit Süßigkeiten gefüttert, um sie wieder Milch produzieren zu lassen, die den Kanarienvögeln, Staren, Schwalben, Kamichis und Amseln in der Brutzeit so gut schmeckte. Etwas fehlte im Dorf, das wieder in seine ursprüngliche Trauer zurückgefallen war, nachdem Meister Berrabi samt seinen homerischen Streitgesprächen mit seiner alten Trommel fort war, wie auch Bander Shah, der mit seinen Anweisungen, Mahnungen, Erlassen und Reden die Menschen fröhlich und traurig gestimmt hatte bis zum Blutvergießen. Ja, der alte Gouverneur hatte die Begabung, zu scherzen und die Leute zum Lachen zu bringen. Und da nun auch die Känguruhs ausgestorben waren, die trotz ihrer Drolligkeit zahm und liebenswert waren, blieben den Dörflern nur noch das Dominospiel und die Bockwetten zur Aufheiterung. Sogar die Gesangswettbewerbe wurden vorübergehend ausgesetzt, denn die Vögel, jahrelang mit der Milch der Säugetiere genährt, wurden heiser, als sie wieder Hirsekörner und Brotkrumen mit offensichtlicher Langeweile picken mußten. Die älteren Vögel hatten die Lust am Singen verloren. Die plötzliche Entwöhnung ihrer Jungen hatte sogar Stimmverlust zur Folge. So waren sie gezwungen, Mohamed Namenlos' Musikunterricht fernzubleiben, den er in seinem Zimmer bei weit geöffneten Fenstern veranstaltete. Abgesehen vom Aussterben der Känguruhs lagen andere Zeichen in der Luft; Vorboten dafür, daß etwas passieren würde: die Kraftlosigkeit Kulthums, die Lethargie der hochschwangeren Durr, das Verstummen Hamids, in sich selbst eingemauert, die Teehäuser, deren Stammkundschaft fernblieb, und Mehdi Quai, der mit seiner Wortkargheit das Klima anheizte, das ohnehin schon durch die Niedergeschlagenheit der Menschen gereizt war. Die Zeit kochte weiter in ihrem eigenen Topf, vor allem, da es seit dem letzten phänomenalen Schneefall keine Wolke mehr gegeben hatte. Selbst die Bockwettkämpfe wurden fade. Die Tiere hatten keine Lust mehr, sich in Gefahr zu begeben, und die Atmosphäre bei diesen Ereignissen, die früher wie elektrisiert gewesen war, wurde schlaff und leidenschaftslos. Mohamed Namenlos hatte das Gefühl, daß diese Art von Schauspiel bald aussterben würde, und überlegte sich, seine beiden ältesten Kinder zu dieser typisch manamaischen Sportveranstaltung mitzunehmen, die es nirgendwo sonst auf der Welt gab und die im Laufe der Zeit langsam unterging. Da das Fotografieren in Manama bis zu dem Tag unbekannt war, an dem die Einwohner bei den Dreharbeiten zu 1001 Nacht die Maschinen kennenlernten, die Zeit und Ort festhalten können, war nicht einmal die Möglichkeit gegeben, ein Wettkampfmuseum zu eröffnen, falls diese lokale Leidenschaft eines Tages völlig verschwunden wäre. Die Spieler, für ihre Gewandtheit, Überheblichkeit und ihren Hang zum Vorhersagen berühmt, waren entrüstet. Sehr schnell nahmen die Vorwürfe gegen den Gouverneur zu, die Mohamed Namenlos zu zerstreuen versuchte, war doch nach Meinung der Bewohner dieser arme Junge, der aus der Hauptstadt gekommen war, um die Angelegenheiten des Dorfes zu verwalten und das festgefahrene Chaos zu ordnen, erst der Verursacher von Unglück und Erstarrung. Natürlich waren diese Beschuldigungen haltlos. Eines schönen Nachmittags nahm Mohamed Namenlos seine beiden dreijährigen Kinder zur Bockkampfarena mit, wo sie den besten Platz einnahmen. Als die Kinder groß waren und das Mädchen verlobt war, hatte sie keinerlei Erinnerung mehr an diesen Tag. Die vorsichtigen, ängstlichen und lustlosen Tiere hatten nur einen Gedanken im Kopf: Punktegleichstand, Unentschieden und Ruhe. »Sie liebkosen sich ja!« schrie Mohamed wütend, zumal er diese Sorte gezüchtet hatte – eine Kreuzung aus manamaischen Ziegen und australischen Böcken – damals, zur Zeit des kleinen Krieges, um mit dem Gouverneur zu konkurrieren und ihm das Importmonopol zu stehlen, da man diese Tiere im Mutterland halten konnte. Die Zuschauer auf den Rängen der engen, sandigen Arena waren verdrossen. Manche unterhielten sich gelangweilt. Die einzige Erinnerung, die die Zwillinge an diese Entdeckungsreise mit ihrem Vater hatten, war der Anblick des ersten Toten in ihrem Leben. Zwei verfeindete Anhänger der Wettkämpfe stritten sich. Messer kamen ins Spiel, dann blieb einer bewegungslos in seinem Blut liegen. Mohamed Namenlos hatte die Absicht gehabt, den Kindern den letzten homerischen Kampf zwischen den Böcken zu zeigen, jedoch hatte er ihnen mit diesem Mord den Sinn für Angst und Gemetzel vermittelt. So befiel ihn seit diesem Tag ein schlechtes Gewissen, etwa wenn die Zwillinge nachts im Schlaf wirr vor sich hin redeten und schweißgebadet aufwachten. Von da an lehnte es Durr entschieden ab, über die Bockkämpfe zu sprechen, während ihr Mann sich nichts sehnlicher wünschte, als diesen Fehler wiedergutzumachen, indem er beabsichtigte, seine Kinder nochmals mitzunehmen, um ihnen einen echten sportlichen Wettkampf ohne Tote zu zeigen. Doch er nahm Abstand von diesem Plan und erkannte, daß dies nicht der Mühe wert war. Er ähnelte seinem Großvater, der sich sowohl geweigert hatte, ihn nochmals zu dem blauen Wagen mitzunehmen, dessen auf dem Kopf sitzende Nasenlöcher schwarzen Rauch ausspien, als auch, ihm nochmals den Schnee zu zeigen, von dem er lange geträumt hatte, bevor er ihn zum ersten Mal berühren konnte und wußte, daß er tatsächlich existierte und nicht nur ein bedeutungsloses Wort war, das dazu diente, die Wörterbücher zu füllen, die zu lesen er sich selbst beigebracht hatte. Denn er hatte niemals einen Fuß in eine Schule gesetzt; aus dem einfachen Grund, da es keine gegeben hatte. Heute hingegen gab es eine in Manama, wo sich Lehrer Ali Lifqi mit einer großen Kinderschar plagte. Diese hatte allerdings jeden Morgen ihre

Stühle mitzubringen, da es an finanzieller Unterstützung mangelte, die lediglich ausreichte, Tische und Tafeln zu kaufen und den Lehrer schlecht zu entlohnen. Dieser war darauf angewiesen, Briefe für die Bewohner Manamas zu verfassen; besonders für die Analphabeten unter ihnen, die unwissend und abergläubisch waren und jedem geheimnisvollen Zeichen mißtrauten; mochte es rund oder eckig sein.

Obwohl die Qualität der Bockwettkämpfe zu wünschen übrigließ, verbesserte sich die der Seide in verblüffender Weise, seit die Kokons viel schneller unter den Achseln der Frauen heranreiften als früher unter ihren Kleidern. Doch trotz dieser Verbesserung stagnierte die Wirtschaft. Durr hatte niemals Gesetzesübertretung geduldet, doch inzwischen hatte sie sich daran gewöhnt, weil damals Krieg herrschte und der Sieg alles betäubt und unbedeutend gemacht hatte. Eines Tages verspürte sie das Verlangen, wieder seidene Leichentücher zu nähen, doch die täglichen Niederlagen entmutigten sie. Niemand im Dorf erreichte etwas, was es auch sei. Aufgrund ihrer schlechten Lebensumstände versanken die Menschen in tiefer Apathie, starben teilnahmslos; jegliches Leben in ihnen erstickte. Die Zeiten hatten sich verändert, seit Durr mit sechs Gefährtinnen nach Manama gekommen war, was eine einzigartige Erregung hervorgerufen hatte. Bis sie Mohamed Namenlos kennengelernt und durch seinen Körper, seine Art sich zu bewegen und die Schönheit seiner großen Augen den verheerenden Wahnsinn und das durchschlagende Genie erkannt hatte. Auf der Stelle hatte sie das Gefühl, daß er den versteckten Ort ausfindig machen wollte, an dem sich vor sechs Jahrhunderten ein großer Wissenschaftler aufgehalten hatte, um der Tyrannei eines Monarchen zu entfliehen, welcher ihm sein enormes Wissen neidete. Die Entkräftung und die Regression zum Banalen trafen sie um so härter, als Kulthum, Rivalin und beste Freundin, ihre Ausstrahlung verlor und sich mehr und mehr zurückzog. Dabei hielt sie sich an ihrem Gefäß fest, von dem sie sich nie trennte, gleichzeitig bemüht, ihre Mutter zu beruhigen, um deren Gesundheitszustand sie sich sorgte. Doch diese war in ihrem ganzen Leben noch nie so glücklich gewesen. Denn dank Messauda Namenlos' Lebendigkeit wußte sie nicht, worüber sie lachen oder sich wundern oder weinen sollte, da ihre Milchschwester sowohl ihrem eigenen Bild, ihrem legendären Büstenhalter, als auch ihrer ununterbrochenen Sorge für alle Dinge und Wesen treu blieb: Sogar nachts, wenn alles schlief, sprach sie weiter mit sich selbst. Und jetzt, wo es nur noch fünf Jungfrauen gab, um die sie sich kümmern mußte, hatte sie mehr Zeit, und ihre ergötzlichen Kommentare wurden schärfer und ironischer. Die beiden Schwestern alterten in Würde. Sie ignorierten den Geisteszustand des Dorfes, milderten so seine Kümmernisse, da sie die phantasievollen, kindischen, labilen, launischen und verwirrten Leute kannten. Als Messauda vom Wunsch ihrer Schwiegertochter erfuhr, wieder seidene Leichentücher zu sticken, lehnte sie brüsk ab: »Ich habe keine Zeit für solche Hirngespinste. Du solltest dich lieber um deine Kinder und deinen Bauch kümmern! Ich muß mich um die Mühle kümmern. Bald ist sie fertig. Ein Wunder! Wir dürfen nicht vergessen, Hirse anzubauen, was nützt mir sonst eine so schöne Maschine?« Die Mutter ließ keine Gelegenheit aus, um ihre Söhne mit Lob zu überschütten, die alle früh vernünftig geworden und mit Leib und Seele bei den Bauarbeiten waren, nachdem das Bordell »Zum geilen Bock« geschlossen hatte. Die Lust war ihnen vergangen, mit Straßenmädchen zu schlafen, die einen Säugling auf dem Arm trugen. Denn außer den Krankheiten, die sie fürchteten, sehnten sie sich noch immer nach den Zeiten, da das Bordell soziales Zentrum und Ort für Liebe und erotischen Kult war. Zur großen Freude ihrer Mutter lehnten sie es ab zu heiraten. So lebten sie nachts mit den Phantasmen dieser unvergeßlichen Nutten, die durch die rituelle Tätowierung in zwei Hälften geteilt waren, die ihrer Vagina zu entspringen und in ihrem After zu münden schien. Sie wußten, daß sie nie mehr solch mystische und wahnsinnige Wollust empfinden würden, die nach göttlichem Maßstab geregelt war. Durr suchte die letzten Zwillinge auf, um deren Meinung über die Wiederaufnahme des Nähens von Leichentüchern zu erfahren. Die Mädchen waren sich einig: Wenn sie wieder Lust zu nähen hätte, sollte sie sich doch mit ihren Brautkleidern und der Unterwäsche befassen. Das war keine einfache Arbeit! Schließlich gab sie ihren Plan auf, denn sie merkte, daß er ihrer Sehnsucht nach den alten Zeiten entsprang, als sie zwanzigmal täglich Liebe gemacht hatte, denn jetzt – trotz der Leidenschaft, die sie und ihren Mann verband, und trotz ihrer sexuellen Ausschweifungen und raffinierten Zärtlichkeiten – war die Zeit vorangeschritten und hatte etwas von jenem Zauber mitgenommen, ohne den die Welt nichts weiter als eine Kugel ist, die sich so lange um sich selber dreht, bis sie völlig abgenutzt ist und schließlich auseinanderbricht. Durr begann, das Brautkleid für Atika vorzubereiten, die fünfte Zwillingstochter und letzte Jungfrau. Das Mädchen an mittlerer Stelle neigte zu Kompromissen. Von jedem Familienmitglied besaß sie etwas, sei es ein Körperteil oder eine Eigenschaft, und trotz ihrer Schönheit erschreckte sie ihre Umgebung. Man hatte den Eindruck, als bestünde sie aus mehreren Teilen, die mit der Elektrizität des Kummers und der Nachahmung zusammengeschweißt waren. Ihr Naturell war eine Sammlung verschiedenartigster Elemente, die sich gegenseitig bekämpften. Aber sie hatte eine gute Seele und wußte, wie sie zu ihrem tiefsten Innern gelangen, ihren Mittelpunkt fixieren und dabei stets wachsam bleiben konnte, um nicht zu zerfasern oder sich zu verlieren.

Djilali Bouhadba und seine Frau Raschika hatten nur ein rachitisches Kind und lebten ein sehr unauffälliges Leben. Sie arbeiteten harmonisch miteinander, solange es die Neugier der jungen Frau erlaubte, hinter die Geheimnisse der Pendel, der Waage und anderer Meßinstrumente zu gelangen. Ihre Hauptaufgabe bestand darin, die Überbleibsel der sizilianischen Wanduhren auseinanderzunehmen und wieder zusammenzusetzen, die die erfahrenen feinen Hände des buckligen Bouhadba noch nicht berührt hatten, der seiner Frau seine Fingerfertigkeit gelehrt hatte. So tauchte sie ihre zarten und eleganten Hände in das Innere der silbernen Uhren, wobei sie ihrer Seele Ausdruck verlieh, ihr Hautausschlag zurückging, was ihre Mutter sehr freute, der es nicht gelang, der Zeit zu vertrauen, die von neunzehn Wanduhren in höchster Präzision und in Übereinstimmung aller uralten Dinge zermahlen wurde, die sich im Laufe der Jahrhunderte und durch die Windungen und Schwingungen der Gefühle verstärkt hatten. Messauda hatte diese Gefühle entstehen sehen, durch alle Arten von Kummer, heimlicher Liebe, tödlicher Rendezvous, Erdbeben und Kriegserklärungen. Als das Känguruh inmitten des Lärms der Vögel und Geschreis der Störche, die an ihren säugenden Müttern hingen, seinen letzten Atemzug tat, waren Bouhadba und seine Frau damit beschäftigt, die dreizehnte Wanduhr mit Geduld, Liebe, Genauigkeit und Disziplin zu montieren. Es war eine der neunzehn Uhren, die ein furchtloser Pirat aus Sizilien mitgebracht hatte, der – wie es hieß – Angriffe bis in den Indischen Ozean organisiert und amerikanische Gefangene gemacht hatte, so daß ihr Konsul in Algier (ein gewisser William Shaller) das Gewicht der Gefangenen in Gold aufwiegen ließ, was er dem großen Kapitän zahlte, um sie auszulösen. Dieser Pirat war der älteste Bruder Barbarossas; das Ganze geschah im Jahr 1829, am Abend einer anderen großen Katastrophe ... der von 1830: gegen den Ruhm und die Zerbrechlichkeit der Macht. Wer hätte das gedacht?

Der Gouverneur war ein guter Zuhörer, und Mohamed Namenlos, der ihn mochte, erzählte ihm immer die Geschichte der Welt, daß man glaubte, sie hätte eines Tages wirklich so existiert. Dank seines Talentes, alles zu vermischen, die Fakten aufzublasen, sie zu sammeln und wieder schrumpfen zu lassen ... Aber nach jedem Abend, den Mohamed vor Messaudas Haus im Redeschwall mit dem Gouverneur verbrachte, wiederholte er beim Abschied stets denselben Satz: »Wenn ich mit Ihnen rede, rede ich mit einem Menschen und nicht mit dem Gouverneur. Ich habe nicht viel übrig für Machthaber, selbst wenn sie meine Sichtweise teilen!« Der Gouverneur wurde schließlich ärgerlich, ständig diese Behauptungen hören zu müssen, daß sich sein Ehrgeiz allmählich auflöse. So traf er die Entscheidung, ein Rücktrittsgesuch zu schreiben, das er aber wenige Tage später zerriß. Er verfaßte einen weiteren Brief, den er aber nicht abschickte, aus dem einfachen Grund, weil er hoffte, noch etwas zu verwirklichen, einen großen Coup zu landen und einen enormen Eindruck in Manama zu hinterlassen, bevor er es freiwillig verlassen werde. Er bildete sich ein, die Sympathie, die man ihm anfangs entgegengebracht hatte, begänne unter der drückenden Sonnenhitze, die das ganze Dorf in eine Hölle verwandelte, zu schrumpfen. Er wollte den Dörflern eine Pumpe geben, die, tief in den Erdboden geschlagen, in der Lage wäre, jenes Lebenselixier aufzuspüren, das sich in den Gräben versteckt, die die Wüste markieren. So übersandte er der Zentralregierung einen Eilantrag, die beim ersten Blick beschloß, den Vorschlag zu studieren. Da die Kommunikation äußerst schwierig war und Sendungen auf den Rücken von Eseln und Kamelen transportiert wurden, brauchte der Brief mehrere Monate, bis er seinen Empfänger erreichte. Aber sie hatten nicht mit den durchtriebenen Technokraten gerechnet: Sie verwechselten die Akten und schickten einen Eisbrecher nach Manama, den ein nordisches Land dankenswerterweise dem Ministerium für Bauarbeiten geschenkt hatte. Die Manamaer reagierten sofort: Der Gouverneur wurde auf die

Schultern gehoben, so wie sie es mit Meister Berrabi getan hatten, als dieser erklärte, über Manama würde sich künstlicher Regen ergießen. Die Fröhlichkeit kehrte nach Manama zurück. Die Kinder nutzten die Gelegenheit, mit dem Eisbrecher Krieg zu spielen, zerstörten und verwandelten ihn innerhalb weniger Wochen in einen Haufen Ersatzteile. Sogar Mahmud Namenlos profitierte von diesem Spiel, denn er beeilte sich, einzigartige Geräteteile für den Bau eines Kühlschranks aufzulesen, den er Zohra Bander Shah schon lange schenken wollte. Nach dem Jahr des »Regens ohne Gott« kam das »Jahr des Eisbergs«, gefolgt vom »Jahr der Schwulen«. Und nun das »Jahr des Eisbrechers«. Hamid Namenlos, beständig umgeben von den Abgründen der Verzweiflung wegen seiner unglücklichen Liebe zu Kulthum, brach schließlich sein Schweigen und faßte in wenigen Worten zusammen, wofür das gesamte Dorf wohl Flüsse von Wörtern und Wasserfälle von Speichel gebraucht hätte: »Hätten wir den Eisberg behalten, könnten wir das Ganze wenigstens verstehen ...!« Gouverneur Ouai wagte nicht mehr, sich in der Öffentlichkeit blicken zu lassen, und stellte seine Besuche bei Mohamed Namenlos ein, der jeden Abend zu einer bestimmten Zeit vor seinem Haus erschien, wenn die Sonnenblumen bei Sonnenuntergang aufhörten, sich zu drehen. Dann wurden Türen und Fenster geschlossen, damit die frische Luft des Tages erhalten blieb und alle gut schlafen konnten; außer dem Erstgeborenen, der stets unter schlimmer Schlaflosigkeit litt, sowie Messauda, die ihre Selbstgespräche auch nachts fortsetzte, indem sie die gleichen Wörter wie am Tag sprach, nur rückwärts. Auch die Zwillinge, die das Bild des verbluteten Mannes vor Augen hatten, der während des schlimmsten Bockwettkampfes in der Geschichte Manamas durch Messerstiche ums Leben gekommen war, schliefen schlecht. Eines Morgens machte sich Mehdi Ouai auf den Weg zur Hauptstadt, ohne jemandem Bescheid zu sagen, und kehrte einige Wochen später mit einer riesigen Kiste zurück. Er stellte sie mitten auf den Vogelplatz, führte sie den Leuten vor und schilderte ihnen ihre Vorzüge. Die Manamaer, die sich wieder in die Zeiten der Scharlatane, Gaukler, Heiler, Taubenzüchter und Rauschmittelhändler zurückversetzt fühlten, gingen untereinander Wetten ein, daß der Gouverneur zur Magie gewechselt habe und eine zweigeteilte Frau präsentieren wolle, die nachher wieder zusammengefügt werden könnte. Statt dessen erlebten sie, wie er aus der Kiste eine Maschine holte, für die sie keinen Namen hatten, von der sie aber instinktiv ahnten, daß sie ihr erbärmliches Leben ändern würde. Der Gouverneur fragte die Anwesenden, ob ihnen dieses Gerät bekannt sei. Keiner wagte zu antworten. »Es ist eine Wasserpumpe«, rief er laut aus. Das Wort zirkulierte vom Mund zum Ohr, die Leute blieben für mehrere Minuten stumm; gerade so lange wie die Schwanzlänge der Känguruhs, die früher in Manama eine Heimat gehabt hatten. Keiner der Anwesenden konnte genau beschreiben, was passiert war. Mohamed Namenlos war zu jener Zeit außerhalb der Stadtmauer und mit einer letzten topographischen Erhebung beschäftigt, die zweifellos sehr umstritten, aber vielleicht in der Lage war, ihn zu dem Haus zu führen, das noch die Erinnerung an Ibn Khaldun trug. Mehdi Ouai erinnerte sich nicht mehr, was passiert war, denn der Beifall der Bewohner überwältigte ihn. Als er wieder zu sich kam, war die Pumpe bereits von einem Team, angeführt von Mahmud Namenlos, Raschid Bnasser und anderen Handwerkern, außerhalb der Stadtmauer aufgestellt worden. Alle warteten nur noch darauf, daß der Gouverneur die erste Bohrung eröffnen würde. Um sechs Uhr am Abend waren alle Bedingungen für den Anstoß erfüllt. Selbst die Vögel – es war ihre Zeit – nahmen an den Feierlichkeiten teil. Der Gouverneur drückte auf den Zauberknopf, und der riesige Kolben wurde im Erdboden in einer Tiefe von drei Kilometern versenkt. Das Wasser schoß heraus und spritzte gen Himmel; dann stürzte es auf die Umstehenden herab, auf die Vögel, den Gouverneur, die Felsen, die seltenen Alfagräser, und richtete ein wahre Katastrophe an: Es kochte und hatte eine Temperatur von einhundertfünfzig Grad! Zweihundert Menschen wurden bei lebendigem Leib verbrannt, dem Gouverneur wurde die Gesichtshaut völlig abgezogen, die Felsen und Gräser schmolzen. Man sammelte die Vögel mit Schaufeln ein und zählte mehrere hundert Opfer, die Verbrennungen verschiedenen Grades erlitten hatten. Der Imam, ein erfahrener Mann, argwöhnte, die Hand Gottes stecke hinter dieser Zerstörung, und die armen Dörfler wußten nicht, ob sie hysterisch lachen oder wütend weinen sollten. Am Tag der Beerdigung der Opfer predigte der Imam, die Wasserpumpenangelegenheit sei eine göttliche Drohung. Gott sei wütend auf das Dorf, da es Druck auf das vorbestimmte Schicksal ausüben und dem himmlischen Willen seine Macht entreißen wollte, was genau betrachtet lächerlich war, denn die Wahrheit und das Absolute lagen woanders. Die Ungläubigen wurden rot vor Schmach, die Gläubigen blaß vor Angst. Messauda schnappte mit den Trägern ihres Büstenhalters. Der Gouverneur lag im Koma und konnte kein Wort sagen. Mohamed Namenlos schalt seinen Bruder und machte ihm klar, daß es nicht genügte zu wissen, wie man Kühlschränke baut, um Wasser aus dem Boden pumpen zu können. Er hätte vorbereitende Studien machen müssen, Gruppen von Geologen und Wasserbauingenieuren, ja sogar Vulkanforscher hinzuziehen müssen. Wasser ist reichlich vorhanden in der Wüste, aber in dreitausend Metern Tiefe ist es kochend! Die Spezialisten wissen das. Hatte nicht der Ingenieur Mohamed Eschaker, der im dritten Jahrhundert Hidschra Wasser aus der Tiefe der irakischen Wüste befördert hatte, die Hobbywassersucher vor diesen Konsequenzen gewarnt? Es sah so aus, als wollte das Unglück für immer an dem aussätzigen Dorf am Ende der Welt haften. Und zum ersten Mal wurde die Zivilgewalt nicht auf die Anklagebank geschickt, auf der man saß, wenn man Hühner gestohlen hat ... Die Bewohner wußten, daß der junge Technokrat, der vor einem Jahr so lebendig und stolz in eleganter Kleidung und mit pomadigem Haar nach Manama gekommen war, jetzt am ganzen Körper entstellt war, die abgeblätterte Haut von Pilzen befallen. Er hatte sich in verbranntes Fleisch verwandelt, das man in einer Entfernung von mehreren Kilometern riechen konnte. Die Wasserpumpe ließ man dort als Symbol für die rasende Zerstörung und tödliche Verzweiflung, als sollte sie mit ihrem giraffenähnlichen Hals beweisen, daß es Länder und Menschen gibt, die für immer der Verdammnis ausgesetzt sind, ohne jede Hoffnung, ihr je zu entkommen. Diese Idee, die sich festzusetzen begann, wurde jedoch von Mohamed Namenlos verurteilt, der seine vorrangige Aufgabe darin sah, seine Familie und vor allem Messauda zu überzeugen, die hartnäckig blieb trotz seiner wissenschaftlichen Argumente: »Wir sind Aussätzige in dieser Welt. Hör auf mit deinen verlogenen Behauptungen, sonst stelle ich dich vor dem Imam bloß!« Aber er blieb standhaft. Er erpreßte sie und drohte, seinen rechten Daumen abzuschneiden, womit er schließlich sein Ziel erreichte. »Es gibt keine Rasse, die zur Vernichtung, zur Heimatlosigkeit und zum Unglück verdammt ist. Schau dir deinen Garten an; er ist wunderschön, weil du deine ganze Mühe hineinsteckst. Natürlich führen die Sachlage und der Zustand des Staates Hindernisse vor Augen, aber das wichtigste dabei ist zu wissen, wie man sie überlisten und ihnen richtig begegnen kann ...!« Beinahe hätte Messauda ihm geantwortet, daß ihr Garten nur dank des Menstruationsblutes so verrückt nach Überfluß, Lebendigkeit und Üppigkeit war, aber sie zog es vor zu schweigen, und aus Angst, Kulthum könnte einen zweiten Daumen einheimsen und ihn in Formaldehyd einweichen, stimmte sie ihm zu. In Wirklichkeit wuchsen ihr die Ereignisse über den Kopf. Seit einigen Tagen bastelte sie wieder Vogelscheuchen, die die alten ersetzen sollten. Ihr Schwiegersohn, der Uhrmacher, riet ihr, mit seiner und Durrs und der kränkelnden Kulthums Hilfe, mechanische Vogelscheuchen herzustellen, die sich ständig bewegten und Geräusche verursachten, die auch die schlauesten Vögel in Panik versetzen würden. Bouhadba ließ seine Wanduhren im Stich und beaufsichtigte die Operation. Die Despoten der Geschichte folgten einander; dieselben übrigens wie üblich: Bander Shah, der König vom Golf, ihre ummayadischen, abbasidischen, fatimidischen, osmanischen und türkischen Vorfahren, der Hlg. Ludwig und der Wiener Bäcker . . . Doch jetzt wirkten sie tatsächlich erschrekkend. Der erste heulte, der zweite zwinkerte ständig mit den Augen, der dritte drehte ohne Unterbrechung den Kopf um die eigene Achse, der vierte kratzte sich ständig die Scham, als litt er an Tripper, der fünfte ohrfeigte sich selber, der sechste peitschte sich selbst, der siebte würgte sich, der achte stieß sich die Finger in die Augenhöhlen, der neunte betastete sein Glied, der zehnte litt an Schwindel und so weiter bis zum neunzehnten, der es mit einem schwarzen Sklaven trieb. War die Technik das Verdienst Djilali Bouhadbas und seiner Frau Raschika, so entsprangen die Ideen Durrs blühender Phantasie, die auf diese Weise neue Lebensfreude gewann, da die Erziehung der Zwillinge sie manchmal unzufrieden stimmte. So hatte sie eine Ablenkung für ihre politischen und sexuellen Phantasien gefunden. Salim Musika, der Lautenvirtuose und frischgebackene Ehemann Sadika Namenlos', trug entscheidend zu dieser kollektiven Leistung bei, indem er eine berauschende Musik komponierte. Aber so, wie niemand die Tragödie vergaß, die nach der morgendlichen Wasserpumpenkatastrophe über das Dorf hereingebrochen war und dazu geführt hatte, daß der junge, im Koma liegende

Gouverneur mit dem Verdienstorden für Mut und Tapferkeit ausgezeichnet worden war, schämte sich Messauda der Extravaganzen ihrer Schwiegertochter. Sie sorgte sich wegen der wiederholten Abwesenheit ihres Sohnes und mußte immer an die Verschlechterung von Kulthums Gesundheitszustand denken, die hin und wieder kam, um bei der Herstellung der Höllenmaschinen Hand anzulegen. Doch Messauda beaufsichtigte weiterhin die Bauarbeiten der Mühle, welche beinahe abgeschlossen waren. Sie hatte schon Weizen gesät und goß ihn jeden Morgen direkt nach Sonnenaufgang mit viel Wasser, ein wenig Blut und neunzehn Tropfen ihres Speichels. Der Weizen gedieh trotz der Bewußtlosigkeit des Gouverneurs, den man schließlich in eine Klinik ins kanadische Ontario brachte, die auf schwere Verbrennungen spezialisiert war. Obgleich General Yahudi die Bombardierung des Dorfes fortsetzte – was hin und wieder zu einem oder zwei Opfern führte, die man heftig beweinte und schnell beerdigte wegen des ungünstigen Klimas und weil man jenen Makel der Unfähigkeit vergessen wollte, der sicher nicht angeboren, aber zu schwerwiegend war, um ihn auszuhalten –, verursachten die mechanischen Vogelscheuchen einen enormen Lärm, um eventuell vorbeigehende Gäste daran zu erinnern, daß die Zeit, die zu lange brachlag, jetzt Rache nahm auf Kosten der nachfolgenden Generationen und daß die Leere von sieben Jahrhunderten der Scham, der Ausbeutung, des Raubes und des Zerfalls das ganze Getöse der Welt brauchte, um sich ein klein wenig anzufüllen. In Manama begann man zu glauben, daß es zu viel Musik für ein so verfluchtes und vom Unglück verfolgtes Dorf gäbe. Die Vögel des Frühjahrs waren noch nie so heiser gewesen wie in dieser Saison. Die Sonnenblumen Messaudas und ihrer Milchschwester knirschten beim Drehen, als würden Millionen von Schmetterlingen mit ihren Flügeln panikartig gegen die Wände der über sie gestülpten Glasglocke schlagen. Die zurückgekehrten Störche hämmerten den ganzen Tag mit ihren krummen Schnäbeln auf die Dächer der buntgestrichenen Häuser ein, und die mechanischen Vogelscheuchen betäubten mit ihrem Knarren, Trommeln, Pfeifen und Quietschen die stärksten Trommelfelle. Kinder, Hühner und Mühlen waren lauter geworden, seit Mohamed Namenlos sein Talent vernachlässigte, das Lachen der Kinder, das Gackern der Hühner und das Knirschen der Mühlen in einer Entfernung von 166 Metern verstummen zu lassen. Die Wanduhren ließen schwerfällig ihr Konzert für neunzehn Stimmen und einen Seufzer erklingen, bei dem Djilali Bouhadba vor Genuß fast verging; jenen feinen kristallklaren Wasserfall, der jede Viertelstunde in die Weite perlte. Ganz zu schweigen von den anderen Geräuschen, die man in Manama nur zu gut kannte: Messaudas Büstenhalter, wenn er gegen ihr fettes Fleisch knallte, die zischenden Seufzer der Jungfrauen, das Brüllen der männlichen Zwillinge, die von ihren Huren träumten, zweigeteilt durch die aus alten Zeiten stammende Tätowierung, verworrene und laute Alpträume der Clanchefin, das Geflüster und die Irreden der Manamaer im Schlaf . . . All diese Geräusche drangen bis auf die Straße und verengten sich auf der Höhe des Vogelplatzes, der mitten in der Nacht vom übertriebenen Flüstern einer abgezehrten und von der Realität weit entfernten Welt heimgesucht wurde. Andere Musik: Durr, die mit den Zähnen klapperte, die Fingernägel in den Rücken ihres Mannes krallte, um nicht jedesmal vor Lust laut aufzuschreien, wenn er violette Tinte in ihrem Kopf hochsteigen ließ, während sie das Gefühl hatte, ihr Schädel verwandele sich in feinste Glasperlen, von Nachtfaltern ausgefüllt, wie Blumen ohne Stengel, zwischen Pflanzen und Vögeln, wie seidene und sorgfältig gefaltete Liebesbriefe. Es kam oft vor, daß sich die Eheleute nicht beherrschen konnten und ihr Brüllen und Schreien den leeren Raum zerriß, ihn durchbohrte und aufteilte, wobei sich ihre Stimmen festsetzten, sich das Echo wiederholte und die nachfolgenden Generationen erreichte und sie lehrte, was Liebe heißt. Durrs und Mohamed Namenlos' Leidenschaft nahm trotz gewisser Einstürze zu, die auf Furcht und Nachlassen von Empfindsamkeit und Phantasie der jungen Frau zurückzuführen waren. Sie hielten aneinander fest, denn die Zeiten waren auch für sie schwer. Vor dem Strudel aus Mißverständnissen und Widersinn, entgegengesetzten Reaktionen und spektakulären Rückzügen verloren sie den Verstand. Und so vor der Küste des Zweifels gestrandet, entledigten sie sich der Finsternis in ihren Seelen, indem sie so oft wie möglich Liebe machten; ruhelos und rücksichtslos. Sie liebten sich und mußten es täglich in den Zimmern beweisen, die endlos aufeinanderfolgten, von dem eins ins andere überging, bis ins Innere des nördlichen Unwetters, das ihre Haut, ihre Muskeln und Knochen feucht werden ließ, bis sie eine Gänsehaut bekamen, ihnen kalt wurde in ihrem Glück, während draußen im Glutofen der heißen Winde und der Munterkeit der unablässig in ihrem Schweiß badenden Geschöpfe das Dorf brannte. Für dieses außergewöhnliche Ehepaar gab es die andere Seite des Lebens; jenseits des einzigen Spiegels in Manama, der lange Zeit Bander Shahs Empfangssaal geschmückt hatte, sowie der Metasprache der Wunder, die nur Gesten der Liebe und Noten der Wollust brauchte, um zum Ausdruck zu kommen. Durch ihre Ausgelassenheit nahmen sie auf ihre Weise an dieser Symphonie der tausend Künstler teil, die den in der Wüste verirrten Reisenden half, sich Tag und Nacht zurechtzufinden dank der fortwährenden Musik aus Lärm und Geschrei, deren Aufbau ins Unaussprechliche mündete.

So fand der von seinen furchtbaren Verbrennungen geheilte Gouverneur den Weg zurück ins Dorf. Man hatte ihm gesagt, daß er immer der ungewöhnlichen Geräuschkulisse nachgehen solle, die über die Mauern der Wachsamkeit und die Grenzen der Verwirrung trat. Obgleich er seine Rückkehr geheimgehalten hatte, wurde er von einer Bevölkerung empfangen, die mit Betroffenheit die Spuren seiner Verbrennungen wahrnahm, die er lebenslang mit sich würde herumtragen müssen. Zudem hatte er seine Frau und seinen kleinen Sohn mitgebracht. Das war der Beweis, daß Mehdi Ouai die Notwendigkeit sah, seine Wurzeln in diese komplexe, unvorhersehbare, einmalige Realität im seltsamsten Dorf der Welt zu schlagen. Die Bewohner waren stolz und hatten allen Grund dazu, denn sie wußten, daß viele Gouverneure sich mit ihren Familien niemals in den unbeliebtesten Regionen des Landes niederlassen würden. Sie ließen ihre Familien lieber in der Hauptstadt und verwandelten ihren Arbeitsplatz in einen Zweitwohnort, den sie selten betraten; es sei denn, es gab eine Eröffnungsveranstaltung, die ihre Anwesenheit erforderte, oder andere offizielle Anlässe, wobei sie versuchten, so schnell wie möglich in die Stadt zurückzukehren, zu ihren Intrigen und alten Parteiführern. Ouai war so entstellt, daß einige Manamaer, die immer schnell mißtrauisch wurden, behaupteten, es handele sich nicht um dieselbe Person, und sie bereuten den extra für ihn inszenierten Empfang. Er war nämlich nicht nur gehäutet, auch seine Stimme hatte sich verändert, und sein Haar, das er vor der gewaltigen Wasserpumpenkatastrophe immer sorgfältig eingefettet hatte, war ausgefallen. Er schien übertrieben groß geworden zu sein, bewegte sich anders. Die ehemalige Eleganz war verloren; er ging merkwürdig schief – was ein wenig an ein Känguruh erinnerte; niemand konnte diese Tiere erwähnen, ohne sehnsüchtige Tränen zu vergießen – oder an die kuriosen Verrenkungen der mechanischen Vogelscheuchen, die der satanische Bucklige hergestellt hatte. Die Leute begannen, an seiner Existenz zu zweifeln, und argwöhnten, er sei ein Alchimist, der in seiner Zauberwerkstatt magische Getränke und Tränenelixiere braue. Diese neue Krankheit des Zweifels breitete sich in sandsturmartiger Geschwindigkeit aus, und neue Gerüchte kursierten in Manama. Trotz der bedauernswerten Erfahrung des Gouverneurs mit der Wasserpumpe war er bereit, Manama aus Zerfaserung und Auflösung zu erretten. Diese Methode bestand darin, an der Identität jeder Person zu zweifeln. Nach alldem sagten sich die Dorfbewohner: »Wir haben keinen Beweis dafür, daß es sich tatsächlich um den Gouverneur handelt. Zudem haben wir keinen Grund zu glauben, daß die einfachen Leute wirklich sie selbst sind.« Wer konnte schon sagen, ob der Milchmann, der morgens mit seinen Ziegen durch die Gassen des Dorfes zog, um seine Tiere zu melken und die Gefäße der noch schlafenden Kinder zu füllen, wirklich Ali Boumaza war? Ebensowenig gab es einen Beweis dafür, daß der Fleischer tatsächlich Salem Lazrag war oder der Schuster wirklich der Kommunist Alawa Ahmar, der Uhrmacher der bucklige Djilali Bouhadba, der Bodenvermesser der kompromißbereite Raschid Bnasser. Oder daß Mohamed Namenlos wirklich der Sohn Messauda Namenlos' ist, bekannt für ihre Wutanfälle, ihren Büstenhalter, ihre Großzügigkeit, ihre Arbeitswut, ihr schallendes Gelächter und ihre verblüffende Fruchtbarkeit. Und genau wie damals, zu Zeiten des berühmten Erlasses zur Ehe von Homosexuellen, wußte niemand mehr, wer eigentlich wer war, und den zu Tode gelangweilten Manamaern begann dieses Spiel Spaß zu machen, alles durcheinanderzubringen, bis sich ihr Hirn vernebelte. All das, weil der Gouverneur starke Verbrennungen erlitten hatte und anders aussah. Der Kern des Problems lag jedoch anderswo. Denn die Anhänger dieser Philosophie der Verwirrung waren überzeugt, daß nicht Mehdi Ouai, sondern sein Geist zurückgekehrt war. Da sie ihn nach der Katastrophe gesehen hatten, konnten sie sich nicht vorstellen, wie ein solcher Haufen verbrannten Fleisches jemals wieder zusammengenäht, die Knochen an ihren Platz gerückt, die

Haut geglättet und das Leben wieder eingehaucht werden könnte. Allerdings wagten sie nicht zu sagen, was ihnen insgeheim ein schlechtes Gewissen bereitete. Um sich aus dieser Zwangslage zu befreien, ohne eine Freveltat zu begehen oder mögliche Gespenster zu provozieren, entschlossen sie sich, Zweifel zu verbreiten. Mohamed Namenlos merkte bald, daß er nicht in der Lage war, das Problem zu lösen und Ruhe wiederherzustellen. Er fühlte sich vielmehr dafür verantwortlich, daß solche Unglaublichkeiten die geistige Haltung der Manamaer überzogen wie das Unkraut Messaudas Pflanzen. Er hatte die Zauberei zu sehr übertrieben, die hellseherischen Fähigkeiten und den Sinn für Vorahnungen übersteigert. Obgleich es seine Pflicht gewesen wäre, Zauberei, Legende und Aberglauben zu bekämpfen, der so fest in den Köpfen der Bewohner saß, die vom Leben nur sein verzerrtes Gesicht und von der Realität nur die gefälschten Hypothesen kannten. Doch er wagte weder eine Erklärung zu geben noch seine Argumente vorzulegen. Deshalb machte ihm Raschid Bnasser, sein Schwager und Freund, dessen Identität auch in Zweifel geraten war, schwere Vorwürfe: »Mit deinen Geschichten, deinen Schatten immer hinter dir herzuziehen, das Lachen der Kinder zum Verstummen zu bringen, mit der Nase zu lesen, Krümmungen zu begradigen und die Jungfrauen nicht zu entjungfern, wenn du sie mit deinem nächtlichen Tau bespritztest; all das hat uns in die Klemme gebracht ... Schließlich bist du auch noch den Soldaten General Yahudis entkommen, indem du deinen Schatten vergrößert hast, bis er dir ähnelte. Wer bist du eigentlich? Du selbst oder dein aufgeblasener Schatten? Ganz zu schweigen von deinen Schuhen, die keine Entfernungen kennen ... Nein! Du bist in die Falle gegangen und hast uns alle mitgezogen. Egal, wie verrückt Messauda ist, sie würde nie zulassen, daß jemand an ihrer Realität oder der ihres Büstenhalters zweifelt ...« Durrs Ehemann sagte kein Wort angesichts dieser unerwarteten Anklage. Die merkwürdige Rückkehr des Gouverneurs hatte die mentale Gesundheit der Bewohner ruiniert. Er bedauerte sie, denn er spürte ihre Verwundbarkeit und Verwirrung, Zerbrechlichkeit und Fassungslosigkeit. Er ließ die Dinge verkleben. Füllte die Zeit. Die neuen Sorgen mit Staub bedeckt. Gigantische Spinnen, die menschliche Gehirne mit Seidennetzen verklebten, die ihre gekrümmten Kokons absonderten. Gab den Vogelgesängen ihren Takt zurück. Die tägliche Arbeit vernichtete die Sorgen, das Leben sollte von der Qual ablenken, um es in andere schöpferische und kreative Schemata der Kostbarkeiten zu leiten, die in beängstigender Weise abnahmen. Sogar die Tanks der Benzinpumpe waren leer! Und man wußte nicht, warum. Erschöpfung der Vorkommen? Raub durch die Brownschen Truppen, als sie vorübergehend Manama besetzten? Unterschlagung dieses flüssigen Reichtums durch die Schmuggler des Bander Shah? Niemand konnte das sagen. Der weiße Kater, einziger Zeuge, konnte ebenfalls keine Erklärung geben. In Manama hatte man noch nicht die Methode entdeckt, mit Katzen zu reden ...

All diese Sorgen, die Alpträume und Gerüchte hinderten den Gouverneur nicht daran, sich in einem bescheidenen Haus niederzulassen und sein Büro darin einzurichten. Um Platz zu gewinnen, etablierte er im Flur die Verwaltung seiner wenigen dort wohnenden Untergebenen, entschlossen, wieder Ordnung in die verflochtenen und verstaubten Angelegenheiten des Dorfes zu bringen. Die erste Entscheidung, die er nach seiner Rückkehr traf, war, dem Polizeikommissariat seine ursprüngliche Funktion zurückzugeben. Auch das Bordell wurde wieder geöffnet. Er hatte lange über dieses Problem nachgedacht und festgestellt, daß sexuelle Enthaltsamkeit nichts anderes als eine Form der übertriebenen Unterdrückung war und daß Mangel in diesem Bereich die Sicherheit der Frauen und das geistige Gleichgewicht der Männer gefährdete. Die herrlichen Nutten mit ihren mannigfachen Methoden kehrten zurück, immer zu siebt in einer Kutsche. Keine von ihnen hatte ihre Tätowierung vergessen, die von Zeitalter und Planeten nicht ausgelöscht werden konnte. Junggesellen, einige Väter und Schwule fühlten wieder Lebenslust aufsteigen und schüttelten spontan die Theorie von der Nichtexistenz der Dinge ab – speziell des Gouverneurs. Denn sie hatten einen schlagenden Beweis dafür: Wie hätte ein Gespenst ein Bordell wiedereröffnen sollen? Wo gab es schon so etwas? Schritt für Schritt änderten so die Anhänger von Lust und Begierde die Situation, und erneut teilten sich die Manamaer gegenseitig Identitäten zu. Dieses Problem war für Mohamed Namenlos vorerst gelöst. Djilali Bouhadba, der seine Werkstatt lange Zeit nicht mehr verlassen hatte aus Angst, als Ketzer verbrannt zu werden, ließ seinem Buckel aus Erleichterung die Luft ab. Daß man ihn der Magie beschuldigt und ihn für einen Zauberer gehalten hatte, der als Kopie des berühmten Ibn Hayyan entflohen war, dem größten Alchimisten des Goldenen Zeitalters, gestorben im neunten Jahrhundert, war vergessen. Das Bordell »Zum geilen Bock« gewann seine frühere Aktivität und Lebendigkeit zurück. So nahmen Messaudas acht Zwillingssöhne ihre nächtlichen Gewohnheiten wieder auf; der Bau der Mühle, den ihre Mutter sich so sehr gewünscht hatte, war beendet. An einem Mittwochmorgen, genau um 10 Uhr nach den sizilianischen Wanduhren, griff ein Stoßkommando General Yahudis das Dorf an, tötete zwei Menschen und zog wieder ab. Zuerst dachte man, das Ganze sei eine unnütze Provokation oder ein Akt von Vandalismus, aber schnell begriff man, daß die fremden Militärs Mohamed Namenlos entführen wollten. Doch sie hatten kein Glück: Er befand sich zu dieser Zeit außerhalb des Dorfes, wo er über die Besonderheiten des Lebens und über die Schwierigkeiten meditierte, die Masse der Dinge, Objekte, Wesen, Gefühle, Erscheinungen und Eindrücke zusammenzubringen. Man beerdigte die beiden Toten und versorgte die Leichtverletzten. Niemand dachte mehr an den Angriff. Der Gouverneur, ohnmächtig und ohne Mittel für einen Gegenschlag, weigerte sich, an die Zentralregierung zu telegraphieren, die ohnehin mit anderen Dingen beschäftigt war. Am späten Nachmittag stattete er Mohamed Namenlos einen Besuch ab und gratulierte ihm, den feindlichen Soldaten entkommen zu sein. Mohamed beruhigte ihn und erzählte, daß er gerade dabei war, seine Schuhe zu weißen, wie er es jeden Abend zu dieser Zeit tat. Sein Gesprächspartner vermied es, sich auf solche Gedanken einzulassen, die nichts mit Papierstapeln, Verwaltungsangelegenheiten, Gesetzen und Amtsführung zu tun hatten. Messauda wollte ihn zum Essen einladen, aber sie war wie ihr Sohn und sagte sich, egal wie sympathisch, fleißig und freundlich er auch wäre, er würde Gouverneur bleiben. Sie hatte Angst vor dem Arsenal der nutzlosen und unpraktikablen Gesetze, die seinen Kopf füllten, und sagte nichts. Aber sie erkundigte sich nach der Gesundheit seiner Frau und dem Namen seines Sohnes und fügte hinzu, daß sie wisse, wie man die Soldaten vertreiben könne, falls sie nochmals auftauchen sollten. »Sie sind stark, aber wir sind listig und schlau und stehen unter Gottes Schutz. Kein Grund zur Sorge, Herr Gouverneur, wir können noch tausend Jahre standhalten!« Er hatte dem nichts hinzuzufügen, und Mohamed unterstrich die Worte seiner Mutter, indem er sagte: »So etwas passiert oft in der Geschichte.« Aber Bitterkeit, Verzweiflung und Ohnmacht, die sie überfluteten, unterdrückten die beiden Männer. Wie lange noch?

Kulthum war nicht mehr in der Lage, sich rigoros oder lässig den Problemen zu nähern. Sie wußte nichts zu sagen. Sie erfuhr von dem jüngsten Angriff, als sie von ihrem Zimmer aus, das mit denselben Sonnenblumen gekühlt wurde wie das Haus Namenlos, ohne Interesse der scharfen Stimme Messaudas lauschte, die mit ihrer Mutter sprach.

Sie war nicht überrascht, wunderte sich sogar, daß man der Sache solch eine Bedeutung zumaß. Wozu so viele Worte und Nerven verschwenden, wenn ein Gegenschlag nicht möglich war? Man sollte sich besser auf das Problem konzentrieren und nach einer ernsthaften Lösung suchen, anstatt die Nerven zu strapazieren und zu reden, um sich Mut zu machen! Das Dorf war in Erregung und Meditation versunken. Das Beerdigen der Toten war zu einer mechanischen Handlung geworden. Die Tränen der Frauen waren getrocknet, weil sie alles Wasser für ihre Achseln brauchten, um den Durst der gierigen Seidenraupen zu stillen und die fragilen Kokons auszubrüten, die gleichzeitig unter Asthma, Schnupfen und Grippe litten. Kulthum hielt ihr Gefäß fest umklammert, Ausdruck ihrer Isolation und Zerrissenheit. Sie versank immer tiefer in die Dunkelheit von Zweifel, Ungewißheit und Unklarheit und unternahm keine Anstrengung mehr, die Fliegen des Unglücks zu vertreiben, die sich ihr trotz der kühlen Temperaturen im Haus näherten, da ihre Haut den Geruch von Schmutz absonderte, den Insekten nur zu gut kennen. Als hätte sich sämtlicher Schlamm von Euphrat und Tigris in ihrem Körper angesammelt, den sie nicht mehr entfernen konnte, weil sie das Gefühl hatte, daß er aus Lehm war und ihr jeden Augenblick entgleiten könnte. Sie entfernte sich immer mehr von dieser Welt, für die sie früher gekämpft hatte, die sie mit den Händen hatte greifen wollen. Sie fragte auch nicht mehr nach Mohamed, und wenn ihre Mutter sie mit derartigen Fragen belästigte und ihr einige Wörter über diese Liebe zu entlocken versuchte, die sie nun äußerlich zerrieb, nachdem sie sie zu lange innerlich zerfressen hatte, antwortete sie: »Solange sein Daumen in einem guten Zustand ist, wird es ihm schon gutgehen!« Sie reagierte nicht mehr auf wichtige oder gefährliche Ereignisse, wie etwa die Wasserpumpenkatastrophe, die Rückkehr des Gouverneurs oder den letzten Angriff, dem das Dorf zum Opfer fiel, in dem sie zur Welt gekommen war und ihr kurzes Leben verbracht hatte – mit Ausnahme der beiden Jahre, die sie in Sydney war, um Englisch zu lernen, was sie aber schon bald vergessen hatte. Sie behielt Australien in schlechter Erinnerung, diesen unerbittlichen alten Kontinent, in dem man Packungen voll Langeweile in jeder Apotheke kaufen konnte. Da war auch jene körperliche Empfindung, unter der sie im Bereich der Wirbelsäule litt. Es kam ihr so vor, als sickere Lein- oder Sesamöl durch sie hindurch, jenes Öl, mit dem Bouhadba die Spiralfedern der neunzehn ihm anvertrauten Wanduhren ölte. Zudem fühlte sie eine undichte Stelle in ihrem Herzen, die sie nicht mehr abdichten konnte – vielleicht, weil sie keine Lust mehr dazu hatte. Sie mußte oft an die Sanduhrgeschichten denken, die ihr Mohamed Namenlos erzählt hatte, bevor er seinen Kamichi in ihre Öffnung gesteckt hatte, bevor er sich den Daumen abschnitt, den sie ihm dann stahl, um ihn in ein Gefäß mit Formaldehyd zu legen. Damals nannte er diese Zeitmeßgeräte scherzhaft »Wasserdiebe«. Wenn sie jetzt daran dachte, hatte sie das Gefühl, man habe ihr das Wasser gestohlen, das nun langsam in ein Becken der Schwäche und Niedergeschlagenheit tropfte. Sie mußte an all seine erfundenen Geschichten der »Wasserdiebe« denken, die die Byzantiner perfektioniert hatten, indem sie einen Schwingkörper einbauten, welcher das Räderwerk in Bewegung setzte, was wiederum ein Pendel hinter einem abgestuften Zifferblatt zum Schwingen brachte. Wie zerbrechlich und hochentwickelt waren diese Uhren. Wenn sie die Läden vor ihrem Fenster schloß und sich auf ihr Bett legte, fühlte sie die gleiche Verwundbarkeit: Seit langem wußte sie, daß ihr Wasser überall austrat, bis es sie überschwemmen würde, und daß ihr eigener Mechanismus rostete bis zum Stillstand der Zeit. Es war nicht ihre Art, laut zu klagen, sie starrte vielmehr stundenlang auf den Daumen, der in seinem Gefäß schwamm wie die Krankheit in ihrem Körper.

Dabei wurde sie von dem Getuschel ihrer Mutter und deren Milchschwester, Mohamed Namenlos' Mutter, gewiegt, die ihre Liebe zu Kulthum in einer Stärke und Heftigkeit zeigte, die diese nicht auszuhalten glaubte und sie in ihrem Bett gleichsam festnagelte – geschützt durch die Jalousien, hinter denen die gigantischen Sonnenblumen je nach Sonnenstand abwechselnd Licht und Schatten ausbreiteten und ihren Körper zerhackten, damit er noch durchsichtiger und flüssiger würde. Sie lauschte aufmerksam, wie das klebrige Öl durch ihre Wirbelsäule lief, hörte aber nicht mehr, daß die Vögel wahnsinnig wurden und sich wieder ihrer alten Musik widmeten, die sie seit dem Aussterben der Känguruhweibchen, deren Milch sie bis zum letzten Moment und letzten Tropfen sogen, verloren hatten. Sobald ihre Mutter die Hausarbeit beendet und ihre Pflanzen gegossen hatte, setzte sie sich zu Kulthum und plauderte mit ihr. Dabei wartete sie auf Messauda, die der Dunkelheit entfloh und sich mit Zohra Bander Shah auf das Flachdach begab, um die Zeit zu wälzen und Erfolg und Mißerfolg zu vermengen, wobei sie ihren starken Durst nach Leben und Veränderung beibehielt.

Durr wurde sehr dick. Die Haut ihres Bauches spannte sich so, daß sie fürchtete, sie würde reißen oder in tausend Stücke zerbersten wie das Trommelfell Meister Berrabis, von dem man in letzter Zeit wenig hörte. Vielleicht war er verärgert, weil niemand auf seine Karten und Briefe reagierte, in denen er über sein neues Leben und dieses schändliche und ungläubige Metier berichtete, zu dem er abgestiegen war, weil überall auf der Welt Arbeitslosigkeit herrschte und die Religionen dem Niedergang der Berufungen ausgesetzt waren; angefangen vom Bischof bis zum kleinen Meßdiener. Obwohl Durr hochschwanger und ihr Leib ungewöhnlich dick war, legte sie Wert darauf, Kulthum regelmäßig zu besuchen. Sie war die einzige, die sie wieder heiter stimmen und ihrem Gesicht den Anflug von

Röte geben konnte, dessen ovale Form und verführerische Grübchen die Hafenarbeiter in Melbourne verrückt gemacht hatten, die regelmäßig die Kneipen aufgesucht hatten, in denen auch Kulthum verkehrte, um sich mit dem Abschaum der Menschheit anzufreunden und so ihren jämmerlichen Vater zu entehren. Die beiden Frauen unterhielten sich ausnahmslos über Mohamed Namenlos; über dessen Seltsamkeit, Unglaublichkeit, Talent, Zauberei, über sein Zögern, seine Enttäuschung, sein Versagen, seine Siege und Niederlagen, seine Kämpfe, seine Liebe zur Geschichte und Politik, über seinen Daumen und die Flüssigkeit, in der er schwamm, die beide Frauen in einer Zeremonie wechselten, die Stunden dauerte, denn dieser Daumen, abgetrennt an einem Tag der Liebe, wurde ebenfalls sehr zerbrechlich. Er war sehr gealtert und begann im Formaldehyd zu faulen, obwohl Kulthum nie, nicht ein einziges Mal, vergessen hatte, die Flüssigkeit auszutauschen. Sie mußte verschiedene Dosen destillierten Wassers und Säure bereitstellen, dieses Glied aus Fleisch und rötlichem Knorpel umfüllen, das Gefäß mit Bleichlauge desinfizieren, um die Bakterien zu zerstören, die den Daumen angriffen, es wieder auffüllen, den Daumen zurücklegen und es dicht verschließen, damit keine Luft eindringen und sich der Daumen nicht zersetzen konnte. Mohamed Namenlos' Daumen ähnelte jetzt einem Stück Chintz, das zu lange im Wasser gelegen hatte. Bei Messaudas Ältestem war man nie sicher vor unerwarteten Überraschungen. Kulthum liebte es, Durrs prallen Leib zu streicheln und ihr Ohr darauf zu legen, um den Herzschlag zu hören. Das war ein weiteres Ritual, dem die beiden viel Zeit widmeten und das sie sehr erfreute. Kulthum war nie eifersüchtig auf das Eheglück ihrer Kontrahentin, auf das sie keinen Einfluß hatte. Und immer wenn Durr lachend ihre Freundin bedrängte, doch ihre wahren Gefühle zu verraten, antwortete diese scherzend: »Laß gut sein ... Es handelt sich nur um die Kamichis, nichts weiter!« Vielmehr war sie fasziniert von den zarten Schlägen, die sie aus dem Leib ihrer Freundin vernahm, und der Art, wie sich die Tätowierung auf der Haut des aufgeblähten Bauches Messaudas, der Glückseligen, ausdehnte, die ihren Namen nie besser verdient hatte als heute. Niemand konnte Kulthums Not besser verstehen als Durr. Und so wagte sie eines Tages, als ihr Kulthums Blässe, ihre Mattigkeit und das gezwungene Lachen, das so hohl klang, als käme es aus ihrem Skelett, besonders auffielen, den Vorschlag, den Mann zu teilen, den sie beide liebten, und sie sagte: »Schau meinen Körper an, er ist in zwei gleiche Hälften geteilt. Aber es ist einer. Wir werden den einen mit dem anderen vereinigen. Anstelle der Tätowierung wird es nur einen kleinen Spalt geben, der uns unterscheidet.« Kulthum weinte vor Dankbarkeit, zog es aber vor zu schweigen. Sie kannte diesen Mann und wußte, daß er sehr ernst, eigensinnig und ehrlich war. Nie würde er eine solche Bigamie akzeptieren und seine politischen Überzeugungen auf diese Weise betrügen. »Er ist zu ungeschliffen, um sich in unsere Liebe einzufühlen, außerdem habe ich kein Verlangen mehr nach ihm . . . Sein Daumen ist weniger problematisch als sein Wahnsinn und seine stürmische Phantasie. Ich werde nicht mehr lange machen. Ich bin zu alt, auch wenn ich nicht einmal zwanzig bin. Seine nasalen Lesungen haben mich zugrunde gerichtet . . . Das war zuviel für eine einzige Frau!« Er hingegen wußte überhaupt nichts von der Beziehung zwischen den beiden Frauen. Ihn plagte zur Zeit vielmehr erneut der Zweifel, ob seine Frau, die bald niederkommen würde, nicht ein einzelnes Kind zur Welt bringen würde, worunter es ein Leben lang zu leiden hätte. Zudem würde Messauda vor Wut rasen. War es nicht ihre Entscheidung gewesen, daß immer Zwillinge unterschiedlichen Geschlechts geboren werden sollten, da er allein und namenlos zur Welt gekommen war?

Erst später, viel später, an dem Tag, als Mohamed Namenlos seine über hundertjährige Mutter zu Grabe trug, erinnerte er sich an Alawa Ahmars Beerdigung, der im Alter von fünfundsiebzig Jahren gestorben war, ohne seinen Freunden Bescheid zu sagen. Der Gouverneur, der keine Zeit zu verlieren hatte, hatte kein Glück mit seinen erneuten Bemühungen, die zeitlich mit dem Tod des kommunistischen Schusters zusammentrafen. Mohamed Namenlos erinnerte sich genau, wie dieser durch den plötzlichen Tod ausgelöste Schock die Wirkung aufhob, die Mehdi Ouai mit der Ankündigung seines letzten Projekts erwartet hatte. Es ging darum, eine wissenschaftliche Rinderzucht aufzubauen für Tiere, die man aus der Schweiz importierte und mit Alfagras fütterte, das in dieser Gegend reichlich vorhanden war. Die Rinder sollten von Tiermedizinern betreut werden, die mit denselben Frachtmaschinen wie die Tiere ankämen. Ziel dieser Aktion war es, die arbeitslosen jungen Männer in Manama zu Spezialisten für Tiergesundheit auszubilden. Alawa Ahmar wurde in ein großes rotes seidenes Leichentuch gehüllt, das Durr liebevoll bestickt hatte. Der Imam hatte kein Problem damit, Hammer und Sichel in grüner Farbe auf das Leichentuch zu malen, er zögerte auch nicht, ein Gebet für die Seele des Verstorbenen zu halten, obwohl sich der Schuster zu Lebzeiten nicht für Gott interessiert hatte, den er angesichts des menschlichen Elends und der täglichen Sorgen für überflüssig hielt. Mohamed dachte sogar daran, seinem greisen Freund das Porträt Stalins auf die Brust zu legen. Das ganze Dorf gab ihm das letzte Geleit, auch wenn es zurückhaltend gegenüber seinen Gedanken war. Aber er war der einzige und talentierte Schuster gewesen. Ohne ihn könnte niemand laufen. Doch in Manama währte die Erinnerung an die Toten nur kurz, und schon bald wurde der Schuster vom Staub des Vergessens bedeckt. Mohamed Namenlos vergaß ihn nie. Er erinnerte sich oft an die gemeinsame Zeitungslektüre im Laden des alten Schusters. Jeden Morgen, bevor er die Zeitung öffnete, die schon einige Wochen alt war, stellte er besorgt die gleiche Frage: »Was hat Stalin heute gesagt?« Auch lange Zeit nach dem Tod des Kommunistenführers stellte Alawa dieselbe Frage. Mohamed Namenlos, der Mann mit den vielen Begabungen, die so weit gingen, daß er sogar mit der Nase lesen konnte, erzählte ihm dann von Arbeiterkämpfen und Volksaufständen und nationalen Befreiungskriegen. Die Frage des Schusters verbarg in Wirklichkeit eine tiefe Unsicherheit, und ihre Formulierung, naiv und auf den Personenkult konzentriert, war eine klassische Methode, sich über die Lage der Revolutionen in der Welt zu informieren. Doch eines Tages wagte Mohamed Namenlos zu antworten, daß Stalin nichts gesagt hatte. Der Alte erschrak und dachte, sein Freund wolle ihn verspotten. Er wurde sehr wütend, warf seinen treuen und täglichen Leser hinaus und weigerte sich drei Tage lang, mit ihm zu reden.

Die Schweizer Kühe und die Ärzte gleicher Nationalität trafen an einem Morgen im Januar ein. Das Wetter war angenehm, und per Lautsprecher informierte man die Manamaer über das Ereignis. Verblüfft beobachteten sie, wie die riesigen Tiere abgeladen wurden, deren Beine man auseinandergebunden hatte, um ihnen das Laufen zu ermöglichen, woran sie ihre enormen Euter sonst hindern würden. Mit aufrichtigem Applaus wurden die Tiere in die modernen, neu errichteten Ställe gebracht. Die Tierärzte waren in einem großen Gebäude untergebracht, das man zusammen mit den Ställen errichtet hatte. Von nun an wurden die Einwohner mit fetter und reicher Kuhmilch überschüttet, so daß die Ziegen vor Eifersucht starben. Die Pfiffigen überlegten sich, die weiße Flüssigkeit zur Bewässerung ihres trockenen Landes zu nutzen, das schon lange Jahre brachlag. Der Gouverneur brachte sie jedoch davon ab und schlug vor, Käse herzustellen und ihn zu exportieren, womit das Defizit ausgeglichen werden könnte, das durch die

Seidenkrise entstanden war. Doch viele schmerzte es zu sehen, wie große Mengen Milch in Käse verwandelt wurden, während ihre riesigen Felder nach jeder Art von Flüssigkeit dürsteten. Aber schon bald gaben sie klein bei. Wie auch der Gouverneur! Denn schon in der dritten Woche gaben die Kühe immer weniger Milch. Man führte dies auf den veränderten Futterplan zurück und verzichtete auf Alfagras zugunsten importieren Strohs aus Argentinien. Vergeblich, die Milchproduktion nahm immer weiter ab, die Euter schrumpften und die Tiere waren matt. Die Tiermediziner gerieten in Verlegenheit und überlegten, ob es am Klimawechsel liegen könnte, aber die Musterställe verfügten über ideale Temperaturen, die von Mahmud kontrolliert wurden, welcher hier die gleiche Sorgfalt walten ließ wie schon im Menstruationsblutzimmer. Die Schweizer Techniker überlegten lange, bevor sie sich entschlossen, eine neue Hypothese aufzustellen. Aber sie mußten sich beeilen, da die Kühe bereits die Hälfte ihres Gewichts verloren hatten. Einer der Spezialisten suchte den Gouverneur auf und legte ihm nahe, daß die Kühe trotz derselben Lebensumstände und desselben Klimas wie in ihrem Herkunftsland großen Mangel litten ... Sie müßten die Volksmusik des Kantons Waadt hören, aus dem sie kamen, das Angelusläuten sowie die Flöten der einheimischen Schäfer. So wurde Salim Musika beauftragt, eine passende Partitur mit Kirchengeläut und dem Waadtschen Pfeifen zu komponieren. Der Gouverneur hoffte, daß die Trauer damit ein Ende nehmen würde, aber als er von dem Tod der ersten Kuh hörte, geriet er in Panik und suchte Hilfe bei Mohamed Namenlos und dem Imam. Mohamed erklärte ihm, daß man Schweizer Kühe nur dann importieren könne, wenn man auch gleichzeitig die Alpen mitnähme ... Also wäre es besser, dem Beispiel Bander Shahs zu folgen, der einen Eisberg hierhergeholt hätte! Mehdi Ouai blieb die Ironie nicht verborgen, doch der Imam wurde deutlicher: »Es hat keinen Sinn, sich den Kopf zu zerbrechen; unser ganzes Elend ist auf den Zorn Gottes zurückzuführen! Schauen Sie nur – die Moscheen werden immer leerer, während sich die Cafés und Freudenhäuser füllen!« So sprach er und ging fort. Der verzweifelte Gouverneur dachte, daß der Imam wirklich gut formulieren könne, lehnte aber seinen Fatalismus ab. Und so erreichte ihn die Nachricht vom Tod der zweiten Kuh. Er wollte in Tränen ausbrechen . . .

Der Neunzehnte des Monats war immer ein besonderer Tag bei den Namenlos. Messauda hatte die Angewohnheit, an diesem Tag alles abzuschließen, die Männer aus dem Haus zu schicken und die fünf Jungfrauen anzuhalten, sich auf die wertvollen Nachttöpfe auf dem Dach zu setzen. Dann sollte die Natur das Weitere regeln. Die Rinnen des Lebens vermischten sich mit dem pulsierenden Blut, so daß sich ein wertvoller und reicher Strahl auf das Land ergießen und so seinen Durst löschen konnte. Das Blut floß reichlich aus den behaarten pulsierenden Öffnungen der Mädchen, die alle auf die Ehe warteten, um sich von diesem Ritual zu befreien, das fünf Tage andauerte und unter strenger Beobachtung der wachsamen Mutter stand. Alles in einer schweren Atmosphäre, begleitet von einem Geruch nach Schimmel und Erbrochenem. Genau aus diesem Grund achtete die Wächterin des Throns immer darauf, Türen und Fenster zu schließen, Spalten und Ritzen zu stopfen und nichts zu übersehen; keinen Riß in der Decke und keinen Kratzer in der Wand. Sie hatte beschlossen, diese rituelle Zeremonie auf dem Flachdach des Hauses zu organisieren, damit der Wind den durchdringenden Geruch ihrer Töchter weitertrüge. Während dieser heiligen Periode, die Messauda auf die Spitze trieb, zog der starke Duft der Kräuter durch Manama. Zum vaginalen Fluß der fünf Jungfrauen gesellte sich der Schimmel der weiblichen Achselhöhlen, unter denen sich die Kokons ansammelten, umgeben von Moder und dem Geruch von Ambra und Benzoe, die in wütenden Kohlenbecken verbrannt werden, um die Auszehrung einer Welt zu erleichtern, die sich auf dem Weg der Auflösung befindet. Der Gouverneur, der stets ignoriert hatte, daß solche archaischen Praktiken noch ausgeübt wurden, hatte keine Ahnung, daß das Menstruationsblut in Nachttöpfen aufgefangen wurde, und dieses Procedere, das immer vom Neunzehnten bis Dreiundzwanzigsten jeden Monats stattfand, unter der Aufsicht der stärksten Frau des Dorfes vollzogen wurde. Das Sterben der Kühe, die man für viel Geld importiert hatte, bekümmerte ihn sehr, und die Bewohner Manamas sahen einen Zusammenhang zwischen dem Aussterben der Kühe und dem der Känguruhs. Mißtrauen setzte sich erneut in ihren Köpfen fest. Und die Wasserpumpe! Niemand wußte, was man damit machen sollte. Es sei denn, man installierte ein unterirdisches System, das das kochende Wasser unter Manamas Boden kühlte. Denn es würde keine zweite Chance geben für dieses unglückselige Volk, dessen Möglichkeiten ausgeschöpft sind. Aber diese Maschine war eine gigantische Utopie, die das Dreifache des jährlichen nationalen Budgets verschlang. Das stand außer Frage. Die Pumpe, mitten in die Wüste verbannt, hatte inzwischen Rost angesetzt, war von den Störchen zur Vogelstange umfunktioniert worden, auf der sie ihre großen, mit der Wolle des Wahnsinns und des Schweigens ausstaffierten Nester bauten, auf die sie ihren Dreck fallen ließen. Sie, die früher so viel Lärm gemacht hatten! Die Pumpe war nicht das einzige, was rostete und sich abnutzte, auch die Menschen füllten ihr Leben und ihre Wut mit der bläulichen Baumwolle aus. Ihre Ohren hielten das Summen bei Tagesanbruch nicht mehr aus, das die Weite schorfig machte und alle Orte zerstörte, die zu Bühnen des großen Freilufttheaters geworden waren, welches man ihnen seit Jahrzehnten versprochen hatte, das sie aber niemals erwarteten, weil sie glaubten – nein, sicher waren –, die besten Schauspieler der

Welt zu sein. Ihrer Meinung nach wurden die Tragödien und Komödien hier, in diesem verdorrten Land, geboren. Nicht zu vergessen, daß man ihnen so viele Male erzählt hatte, in Manama werde bald Wohlstand herrschen. Da er ja vor zehn Jahrhunderten hier geherrscht hatte, gebe es keinen Grund, daß er nicht wieder zurückkehren und die Leute in seiner Durchtriebenheit streicheln und in seiner Fülle überfluten könnte. Sie dachten, zunächst müßte das Gesindel der Erde an die Wand gestellt und erschossen werden, damit sie lernten, kein rotes und klumpiges Blut in den Knopflöchern mehr zu tragen, das von denen stammte, die sie im Alter von neunzehn geköpft hatten; sowie von denen, denen sie erst die rechte Hand, dann die linke Hand, den rechten Fuß und schließlich den linken abgehackt hatten und im Falle eines Rückfalls alle Glieder, eins nach dem anderen, damit sie schwiegen und ihren schlechten Gedanken und rohen Instinkten abschworen. Die Raserei ließ die Scheiben des Schlafes vibrieren, und der Alptraum war da. Reden war nutzlos. Die Rosen in ihren Knopflöchern. Eines Tages würden sie für sie zahlen, wie auch für die Millionen von Dollars, die der Greifer des Croupiers auf dem grünen Flies des Paradieses einsammelt, der dieselbe Farbe hat wie die mit Säbeln bestickten Fahnen. Das gleiche gilt für ihre Ölquellen, die sie für die schmuggelten, die ihre Vernichtung organisiert hatten, wie diese Bestie von Bander Shah. Während die Jungfrauen ihr Blut Tropfen für Tropfen in Nacht-, Sehnsuchts- und Geheimnistöpfen verloren, war es also Zeit geworden, die Munition zu verwenden und die großartigen Nieten des Verbrechens zu erschießen. Die Kühe des Gouverneurs konnten ruhig sterben. Da lag nicht das Problem, denn solange der Wahnsinn der hohen Herren sie veranlaßte, Frauen zu steinigen und das Vermögen anderer zu verschwenden, würden die Leute von Manama dazu verurteilt sein, die alkalischen Katastrophen der Achselhöhlen, die sich zu Nestern für Seidenraupen verwandelt hatten, und die Ausschüttungen der violetten Tinte zu ertragen, die sich aus behaarten Vaginas ergoß, die man mit dem Löschpapier der Täuschungen und Verleumdungen oder, in früheren Zeiten, mit dem Sand des Hasses und der Überheblichkeit trocknete. Hier war der Abgrund der Angst. Manama konnte es nicht mehr ertragen, alle drei oder vier Tage von Krämern mit Kugeln durchsiebt zu werden, die ihr eigenes Martyrium vergessen hatten! Die Bewohner wurden zu Urtieren, die unter ihren eigenen Sonnen in Seenot gerieten. Sogar den Geruch ihrer Heuschrekken konnten sie nicht wiedererkennen, und das lange vor Durrs aufsehenerregender Ankunft im Dorf, bevor sie mit der Produktion rohseidener Leichentücher begann, die natürlicher als die Natur selbst waren. Auch lange bevor diese tobenden, unkontrollierbaren Elemente das Dorf in ein Schiff verwandelt hatten, das zwischen Sinken und Sorge schaukelte. Selbst die starke Sommerhitze enthielt nicht mehr die Feuchtigkeit des langen ranzigen Mittagsschlafs. Übrig blieb das Delirium: Messauda war völlig verrückt danach, ihren Garten mit dem Menstruationsblut ihrer Töchter zu bewässern, ihr ältester Sohn war zu sehr aus dem Gleichgewicht geraten, um den Exzentrischen spielen zu können, und Kulthum, völlig neurotisch, ging jetzt immer mit ihrem Gefäß spazieren. Alles begann auszuufern, sich zwischen Abgrund und Wunde zu Massakern der Geschichte zu öffnen, wie donnernde Gleichnisse und krampfhaft zuckende Ellipsen. Glücklicherweise! Die blaue Baumwolle füllte alle möglichen Öffnungen und Ritzen aus, besonders die pathetischen Eidechsen und das Warten auf Züge, die man flüchtig in der Weite oder im Traum sah oder mit Streichhölzern baute, wie geschickte Kinder, die in der Lage sind, ein ganzes Schiff in eine Giftflasche zu stecken. Mohamed Namenlos war an diesem Morgen des Neunzehnten mit Rechnen beschäftigt wie in jedem Monat. Er fühlte ein Zittern in seinem Körper, der mit Blut verschmierte Schlamm von Euphrat und Tigris kroch seine Lungen hoch und umschloß sie mit seinem dichten Lehm, da nach den Schlachten, denen die Zandj zum Opfer gefallen waren, und der endgültigen Vernichtung der Karmaten man mit den Hinrichtungen, dem Enthaupten und dem Ertränken in beiden Flüssen fortfuhr, die ineinander übergingen und durch tausend Grenzen und hunderttausend Verzweigungen meanderten, ohne die Millionen Windungen und Löcher mitzuzählen, gefüllt mit zermahlenem Glas, stumpfem Feuerstein und Scherben von Folter und Barbarei. Alles, was sich bewegte, stellte eine Gefahr dar, der man nur durch Luftabdrücken und Hodenabschneiden entkommen konnte. Das war das Gesetz der Herrscher, denen die Macht vererbt wurde und die ihre Bärte mit Salz und Pfeffer färbten. Natürlich war das auch der Fehler dieses schlechten Dichters und Seemanns der Weltmeere, Ibn Madjid, der die Portugiesen zu den Orten führte, wo sie dann ihre kriminellen Handlungen ausführten und mit Pfeffer, Ingwer und Sklaven Handel trieben. Doch andere waren schon vorher dort gewesen! Schwarze aus Sansibar und Mombasa geholt! Und von wem? Ertränkt und in den Bodenschlamm der beiden Flüsse übergegangen, die sich an einer Stelle zwischen der Geburtsstadt des Djahiz und der des Mutannabi begegneten. Und was den anderen angeht, Ibn Khaldun, dieser wurde im Westen des Reiches geboren, in Tunesien, um sich schließlich mit zweiundvierzig Jahren in dieser Bodensenke niederzulassen, die mit den Zähnen knirschte, mit dem Sand eine Mischung aus mechanischer Musik und Gezwitscher unter der Aufsicht des Mannes der vierten Zwillingstochter quietschte. Am Neunzehnten jedes Monats kamen die Vögel und pickten am Hintern der schönen Jungfrauen, die auf ihren Glücksthronen saßen und mit den charmanten Prinzen redeten, die die Fluchtpferde bestiegen, weil ihr von der Zeit entleertes Bewußtsein nur aus oberflächlichen, billig geschmückten Glasketten und mit Silber bestrichener Aluminiumfolie bestand. Messauda hatte den Mädchen alles beigebracht, Mohamed Namenlos führte seine List zu Ende, indem er mit den Känguruhs auf dem Stoff seiner Phantasien Schach spielte mit zu Infanteristen verwandelten Bauern, die nur ein einziges Ziel kannten: die Könige zu stürzen! Oft träumte er von den Glücksgefühlen und deren Echo, als wären sie ein doppelseitiges Häutchen: Ton und Bilder von 1001 Nacht, heimlich verdrängt durch die Erinnerung der gerichtlichen Verfolgung und der Entstellung. Nichts sollte dem Zufall überlassen werden! Alawa Ahmars Geist kreiste über dem Dorf, das niemanden mehr hatte, der die Löcher in den Schuhen seiner Bewohner flicken konnte, während sein Freund, der Sohn Messaudas, in seinen Träumen die Seufzer seines eigenen Versagens hörte. Der arme Schuster, so gerne hatte er unterwürfig vor Stalins Grab stehen wollen; doch er hatte weder Geld noch Zeit gehabt ... Immer wenn der warme Wind über die Mistelbäume wehte und die Geranien und Begonien mit Staub bedeckte, verließ Mohamed das Haus, um seine Schlaflosigkeit spazieren zu führen. Er blieb länger draußen als gewöhnlich, denn er unterhielt sich nicht nur mit seinem Großvater, sondern fühlte die Notwendigkeit, auch auf den Geist Alawa Ahmars zu warten. »Wir haben die Chance verpaßt, mein Sohn. Ich rede gar nicht über Stalins Grab, denn du weißt, das waren die Hirngespinste eines alten Mannes, aber ich hätte doch zu gerne den letzten Kampf erlebt vor meinem Tod.« Dann löste er sich in Luft auf. Aber sehr merkwürdig war, daß sich Mohamed Namenlos in der Zeit zwischen dem neunzehnten und dreiundzwanzigsten Tag jedes Monats nicht zu betrinken brauchte, um mit der Welt der Toten Kontakt aufzunehmen. Indizien dafür, daß seine Halluzinationen sein eigenes Verschwinden markierten, und er wußte genau, daß der arme Gouverneur dem nichts hinzuzufügen hatte, auch wenn er mit den Kühen alle Alpen dieser Welt kaufen würde ... Noch am selben Tag – das Blut tropfte mit an Regen erinnerndem Geräusch in jeden einzelnen der fünf Nachtöpfe, die die Initialen von Messaudas Stamm trugen – schaute Djilali Bouhadba auf seinen Kalender, den er in seiner Tasche versteckt hielt, um nicht der großen Versuchung ausgesetzt zu sein, die Tage und Monate so schnell vergehen zu sehen. Verblüfft bemerkte er, daß es der Neunzehnte war, denn er war noch damit beschäftigt, die neunzehnte und letzte von Messaudas sizilianischen Wanduhren zu reparieren, die sie mit den anderen achtzehn von ihrem Vorfahren, dem großen Piraten, geerbt hatte. Djilali wünschte sich, daß seine Frau ihm helfen würde, damit die Arbeit bis Mitternacht, also vor der letzten Sekunde des Wechsels von Sonne zu Mond, zwischen dem Neunzehnten und Zwanzigsten, beendet sei. Seine Unruhe steigerte nur die Genauigkeit seiner feinen Finger, die begannen, mit Hilfe seiner kleinen Instrumente jedes Haar an seinen Platz zurückzubringen, die Schräubchen der Aufziehvorrichtung mit winzigen Zangen der Irrealität festzudrehen, die Gelenke mit Musselinhandschuhen einzusetzen, jede Spirale geradezurichten, als handele es sich um getrockneten Saft aus den Fäden der Seidenraupen, jedes Rädchen mit dem Auge der Vergeistigung zu feilen, die Pendel mit der Vorsicht eines Schmetterlings einzubauen, die Hüllen mit verblüffendem Geschick auszutauschen und die Gewichte mit der Umsicht des geschickten Handwerkers zu ölen. Er verrichtete seine Arbeit schnell, aber ohne Eile und ohne einen falschen Griff. Exakt sollte alles wieder eingebaut sein, um seiner Schwiegermutter die freudige Nachricht zu überbringen ... er sah aus, als spiele er auf dem Klavier der Ewigkeit. Alle neunzehn Wanduhren wurden überprüft, geputzt und geölt. An ihrer ursprünglichen Präzision konnte nur noch ein winziges Etwas gefeilt werden, denn sie waren stets präzise geblieben durch alle Katastrophen, Hungersnöte, Drohungen, Selbstmorde, Todesfälle, Massaker und Dürren. Als der Bucklige seine Arbeit beendet hatte, die Anker, Äste, Stützen, Zapfen, Halter, Kugeln, Klammern, Pendel, Platten, Spulen, Rädchen, Spiralen, Trommeln, Trommelräder und Schwungräder, die neunzehn letzten Wunder der Erde kontrolliert und eins nach dem anderen geölt und gestellt war, da betrat Mohamed Namenlos die Werkstatt. Er sah aus, als sei er verrückt. Er lief, offenbar dank seiner Gummischuhe, drei Zentimeter über dem Boden. Seine Augen, die so viele Frauen verwirrt hatten, waren merkwürdig geweitet, so daß das Grün seiner Pupillen von mehr Weißem als üblich umgeben war. Djilali Bouhadba mußte alle Instrumente beiseite legen, die er gerade in Betrieb hatte, als sein Schwager das Zimmer betrat, in dem er sich mit seiner Frau aufhielt: Ein Sturm erhob sich und machte alles zunichte, außer den Wanduhren, die mit ihrem Gewicht und ihrer Größe dem stärksten Beben standhalten konnten. Draußen kündigte sich ein Regenguß an, und dem Buckligen wurde von einem fließenden Dröhnen schwindlig, als stießen Euphrat und Tigris in seiner Brust zusammen. Er war der einzige, der durch den Wind, den Mohamed mitbrachte, die wunderschöne Melodie vernehmen konnte, die den ersten grünlichblauen Regentropfen ähnelte, die ununterbrochen und ohne Eile, aber mit der Regelmäßigkeit der Meßinstrumente fielen, welche er mit Hilfe seiner angebeteten Frau den Bäuchen der neunzehn sizilianischen Wanduhren einsetzte. Mohamed Namenlos rührte sich nicht vom Fleck, wobei sein Mund mit stummen Wörtern und Flüstern gefüllt war. Er war so verwirrt, daß der kränkliche Uhrmacher eine Selbstverteidigungsbewegung machte und die Hand schützend vor das Gesicht hielt. Seine Frau begann zu lachen und beruhigte ihn. Er nahm sich zusammen, ein wenig beschämt und traurig. Raschika schrie: »Durr hat entbunden!« Ihr Bruder, der sie umarmte, stieß unverständliche und kaum hörbare Wörter aus: »... Sie hat Fünflinge, alle männlich ...« Er sprang in die Höhe und verließ das Zimmer, noch immer auf der dünnen Luftschicht über dem Boden schwebend. Das Uhrmacherpaar blieb allein zurück. Keiner wußte etwas zu sagen. Djilali Bouhadba errötete, denn seit der Geburt seiner rachitischen, kränklichen Tochter schaffte er es nicht mehr, seine Frau zu befruchten, trotz seiner verzweifelten, aber – wie er im Innern fühlte – unzureichenden Bemühungen. Er konnte sich beruhigen, indem er sich sagte, daß ein Eigenname, der ihn so deutlich darstellte, einen Fortbestand seiner Linie würde entbehren können, die problematisch wäre in diesen Zeiten der Impotenz und des Geburtenüberschusses.

Als Messauda die Nachricht vernahm, befand sie sich gerade auf dem Dach, wo sie ihre Töchter bei deren Bemühungen überwachte. Sofort eilte sie hinab, vergaß aber nicht, die Jungfrauen davor zu warnen, ihren Platz zu verlassen. Es war nicht erlaubt, auch nur einen einzigen Tropfen zu verlieren, in einer Zeit, in der im Dorf zehn Menschen pro Woche beerdigt wurden. Und an einer solch harten Dürreperiode konnten auch die wenigen Regentropfen nichts ändern, die der Bucklige gehört hatte. Pflanzen, Obstbäume, Gemüse, Kräuter und Sonnenblumen konnten nicht auf diesen essentiellen Saft verzichten, den die Ahnfrau zu unerläßlichem Lebensdünger verwandelte. Bevor Messauda sich auf den Weg machte, die fünf neuen Markierungen der Linie in Augenschein zu nehmen, suchte sie besorgt überall nach ihrem ältesten Sohn; im Haus, im Garten und sogar in den dachziegelartig angeordneten Kammern, die sich in Waben der unter der Haut sitzenden Erinnerung endlos aneinanderreihten. Aber sie fand ihn nicht. So wurden die Söhne von ihrer Arbeit an der Mühle weggeholt, der nur noch etwas Kalk fehlte, um in voller Pracht eingeweiht zu werden. Doch sie schauten nicht etwa den Nachwuchs an, sondern erhielten den Befehl, überall in den Straßen und Gassen des Dorfes nach ihrem allein geborenen und in sich zusammengesunkenen Bruder zu suchen. Sie brauchten nicht lange, denn als sie die Bäckerei erreichten, sahen sie das Blut ihres Bruders, das Tropfen für Tropfen den Boden schmückte. Sie mußten nur seiner Spur folgen und wurden von jenen Hinweisen geleitet, deren Farbe und Konsistenz keinen Zweifel ließen. Die Blutspur führte sie zur Stadtmauer und weiter in das Gebiet, das Manama von der Frontlinie der Armee General Yahudis trennte. Nach mehreren Stunden erreichten sie die Senke, in der Mohamed Namenlos mit dem letzten Känguruh des Dorfs Schach gespielt hatte. Er lag dort regungslos, von einer dünnen Sandschicht bedeckt. Er war bewußtlos, seine Kleidung blutverschmiert und die Wunde seines rechten Daumens im Mund verborgen. Sie erkannten sofort, daß er seinen wohlbekannten Trick angewendet hatte, und sie berührten nicht das abgeschnittene Glied zwischen seinen Lippen. Es sah so aus, als ob der Vater der Fünflinge die Blutung zu stoppen versucht hatte, bevor er das Bewußtsein verloren hatte. Aber in Wirklichkeit war er genauso verrückt wie seine Mutter, genauso sparsam, wenn es sich um diesen Lebenssaft handelte, der durch die menschlichen Adern floß. Man brachte ihn nach Hause, wo Messauda, panisch und eine neue Überspanntheit ihres Sohnes erwartend, zitternd an der Haustür stand. Sobald sie sah, daß er von den Brüdern getragen wurde, schrie sie: »Er hat sich den einzigen Daumen abgeschnitten, den er noch hatte, stimmt's?« Ihre Söhne brauchten nicht zu antworten. Es war offensichtlich. Messaudas Geschrei brachte Kulthum und Zohra Bander Shah in helle Aufregung. Sie kamen gerannt, obwohl das entkräftete junge Mädchen kaum noch laufen konnte. Doch sie hatte in den schon verkümmerten Netzen ihrer Liebe noch etwas Kraft gefunden, um zum Haus der Namenlos zu laufen. Sofort stürzte sie sich auf

Mohamed, der noch bewußtlos auf dem Boden des Salons lag. Ruhig und ohne ein Wort zu sagen drehte sie ihn vorsichtig zur Seite und steckte ihre Hand in die rechte Tasche seiner an den Oberschenkeln eng anliegenden schwarzen Baumwollhose, von der er sich nie trennte. Sie zog ein blutig verschmiertes Fleischstück heraus, an dessen Ende ein schwarz gewordener Fingernagel saß. Es war sein rechter Daumen. In der Zwischenzeit behandelten Messauda und ihre Söhne die Verletzung, denn der Daumen war von der Wurzel an mit derselben Brotschneidemaschine abgetrennt worden wie sein linker Daumen. Kulthum nutzte die Aufregung und den Krach des Büstenhalters, den Messauda mit orkanartiger Kraft zum Schnappen brachte, um zu fliehen, den blutigen Daumen fest in der Hand. Am Rande der Erschöpfung kehrte sie nach Hause zurück. Als Mohamed wieder zu sich kam, hatte man seine Wunde gesäubert, einen Verband angelegt und seine Kleidung gewechselt. Streng blickte er um sich, Triumph und Wahn hatten seine Augen mit dem Grün des flüssigsten und durchsichtigsten Wassers gefärbt, das es je gab. Dann explodierte Messauda: »Mußt du mir das an einem solchen Tag antun? An dem Fünflinge zur Welt kommen und fünf Jungfrauen ihr Monatsblut abgeben? Du bist wirklich verrückt. Es gibt nichts, worauf du stolz sein kannst, denn jetzt hast du keinen Daumen mehr. Du hast nichts mehr, woran du lutschen kannst, wenn dich die Altersschwäche wieder in die Kindheit zurückwirft. Denn du bist von der verfluchten Abstammung, die dich mühelos hundertfünfzig Jahre alt werden läßt!« Doch ihre Wut hielt nicht lange. Die Zeit entfloh ihr, jetzt, da die Wanduhren unerbittlich präzise waren. So vergeudete sie keine Zeit, sich mit ihrem Ältesten zu streiten, und befahl ihren Söhnen, wieder an die Arbeit zu gehen, um die Mühle zu Ende zu streichen, die noch am selben Abend eingeweiht werden sollte. Sie ging fort, um die fünf neuen Kettenglieder zu sehen, die gekommen waren, um ihre Wurzeln noch tiefer in die Erde zu schlagen. Sie sagte zu Durr: »Wir werden die drei Ereignisse zur gleichen Zeit feiern.« Doch diese war überhaupt nicht überrascht über die Geburt. Sie erinnerte sich an jenen Tag, an dem sie mit ihrem Mann das Spiel der Alten gespielt und gefühlt hatte, wie er durch seine wunderbare Weise, seine nächtliche Feuchtigkeit in ihrem Leib explodieren zu lassen, ein Wunder vollbringen würde. Drei Ereignisse. Drei Heldentaten: die Geburt der Fünflinge, die Fertigstellung der Mühle und die Kontrolle der neunzehn Wanduhren. Mohamed Namenlos wurde schnell wieder munter. Und da seine Schwestern ihre Töpfe nicht verlassen durften, seine Brüder die Mühle zu Ende streichen mußten und seine Frau das Bett hütete, fand er nur seine Mutter vor, die sich von ihm abwandte, obwohl sie überglücklich war, die Feier mit ihm vorzubereiten. »Sollen wir den Gouverneur einladen?« fragte sie ihn, der gerade seinen zweiten Daumen verloren hatte.

Kulthum war allein nach Hause zurückgekehrt. Ihre Mutter war bei den Namenlos geblieben, um dem Spektakel beizuwohnen. Das Haus war zum Bienenkorb geworden. Jeder war aktiv, um etwas zu erledigen oder um sich einfach zu beweisen, daß er existierte. Die paar Regentropfen, die die Ohren des Buckligen vernommen hatten, die in der brennenden Weite schon verdunstet waren, bevor sie die Hausdächer, die ausgetrockneten Felder und die wundersamen Blumen Messaudas überhaupt erreichten, konnten daran nichts ändern. Nachdem sich Zohra Bander Shah vom ersten Schreck erholt hatte, wurde auch sie von der kollektiven Verwirrung gepackt, die das Haus in seinen neuen Fundamenten erzittern ließ. »Sie werden sich um sich selbst drehen können!« sagte Mahmud, als die Arbeiten beendet waren. Und tatsächlich befanden sich alle Menschen in einem Sog, wie auch alle Dinge, Pflanzen und Tiere. Es herrschte der Eindruck, etwas in einem ähnlich schnellen Tempo zu tun, in dem Mohamed Namenlos die Buchseiten umblätterte, um die Geschichte der Welt und des Universums zu erforschen, das zu Splittern explodiert war und von denen einer genau sein Herz getroffen hatte, denn hier war er geboren, hatte sich genährt von der Erde, der Kultur, der Liebe und den Stürmen. Zum ersten Mal in seinem Leben vergaß er Ibn Khaldun. Mit einem Mal wurde ihm bewußt, daß er Vater von neun Kindern war, sieben Jungen und zwei Mädchen. Er war berauscht und glücklich, denn jetzt wußte er, daß seine Linie sich fortsetzen würde. Wie dem auch sei, er war so glücklich, daß er sich auch den zweiten Daumen abgeschnitten hatte, um das Ereignis zu feiern, das maßgeblich ist im Leben der Menschen, die keinen Nachnamen haben, um in ihrer Identität zu versinken. Es kam so weit mit ihm, daß er die schmerzhaften Stiche an dem abgeschnittenen Körperteil nicht mehr wahrnahm, wobei der Schmerz an eine andere Stelle wanderte, zu dem vor Jahren abgeschnittenen Daumen, dessen Wunde längst geheilt war. Und wie die Bitterkeit aus den Aprikosen in die bitteren Früchte floß, die mit Wäscheklammern befestigt auf der Leine der Phantasie hingen, spürte er, wie seine Schmerzen auch durch sichtbare und unsichtbare Adern zwischen dem linken und rechten Daumen hin- und herliefen. Nun, da seine Zukunft gesichert war, brauchte er keine Kinder mehr zu zeugen und beschloß, so schnell wie möglich ein Verhütungsmittel zu kaufen, um Durrs Leib vor diesem verrückten Samen zu schützen, der das Ernährungsgleichgewicht der Welt in Gefahr bringen konnte. Er wußte, daß so etwas auf dem Schwarzmarkt von den Schmugglern vertrieben wurde. Außerdem beschloß er, das Haus zu vergrößern, sobald die Feierlichkeiten anläßlich der drei Ereignisse vorüber waren, denn das Haus würde zweifellos bald zu klein sein. Außerdem wäre es eine Beschäftigung für seine heiratsunwilligen Brüder, die allesamt gute und couragierte Handwerker waren. Inzwischen mußte er die Feier organisieren, die Wände streichen und die Sonnenblumen herrichten, die dem Garten Kühlung verschafften, in dem das große, von seiner Mutter befohlene Fest stattfinden sollte. Er mußte auch die Lage der Mondsichel genau orten, um von deren Licht zu profitieren, nachdem die Sonne untergegangen war. Zudem hatte er sich um das Essen und die Süßigkeiten wie auch um die Einladungen seiner Verbündeten und Freunde zu kümmern. Da fiel ihm ein, daß er seinen alten Freund, den Schuster, verloren hatte. Er begann bitterlich zu weinen, hemmungslos, obwohl seine Brüder, seine Frau, seine Kinder und sogar die Fünflinge bei ihm waren, die ihn schon in den ersten Lebensstunden so ansahen, als verstünden sie viel ... Er weinte immer lauter, bis er plötzlich merkte, daß er nicht mehr wußte, wo sein Daumen geblieben war. Er suchte in seinen Taschen, stellte dann aber fest, daß man ihm während seiner Ohnmacht die Kleider gewechselt hatte. So eilte er zu dem Haufen schmutziger Wäsche, suchte darin nach seiner schwarzen Baumwollhose, stülpte ihre Taschen nach außen, fand aber nichts. Und plötzlich wußte er, was passiert war. Als die sizilianischen Wanduhren ihre neunzehn Schläge abgaben, stürzte er zu Bander Shahs Haus, das nur wenige Meter entfernt lag. Er öffnete die Haustür, die nicht abgeschlossen war, und eilte in Kulthums Zimmer. Sie lag auf ihrem Bett; ruhig, tot. Wirklich tot. Sie war in Frieden gestorben. Ihr Körper war noch warm, und ihre Hände, die er ergriff, rochen nach Formaldehyd. Noch kurz vor ihrem Tod hatte sie wie immer die Flüssigkeit in dem Gefäß ausgetauscht, nur mit dem Unterschied, daß sie dieses Mal den zweiten Daumen hineingelegt hatte, der vor wenigen Stunden beim Bäcker abgeschnitten worden war, als dieser im hinteren Raum mit dem Abwiegen von Hefe beschäftigt gewesen war, die nicht nur Teig zum Gären brachte, sondern auch die Toten, die in Manama schnell beerdigt werden mußten, da die

Hitze sie in wenigen Stunden zum Verwesen brachte. Er verstand, daß sie glücklich gestorben war, beruhigt wegen des Schicksals des linken Daumens, der nicht mehr allein war und gegen die Wände des Behälters zu rammen brauchte, da er jetzt sein Gegenstück gefunden hatte.

Aus dem Fest wurde eine Beerdigung. Man begrub Kulthum noch am gleichen Abend, denn die, die sie liebten, wollten ihr die Häßlichkeit und grünliche Verfärbung ersparen, die die Leichen überzog, sobald sie kalt waren. Sie war verstorben. Mit zwanzig Jahren. In der Blüte ihres Lebens. Nach kurzer Krankheit, die sie geschwächt und ihre Wirbelsäule zu einem gläsernen Destillierkolben gemacht hatte, durch den mit Schmerzen das schwere Öl der Enttäuschung rann, dessen Ursache sie nur zu gut kannte. Sie war gestorben, neben ihr stand das Gefäß mit den beiden Daumen des einzigen Mannes, den sie geliebt hatte. Man begrub das Gefäß mit ihr. Mohamed Namenlos verbarg seine Trauer nicht. Nie hatte er gedacht, daß eine Frau ihres Naturells eines Tages sterben könnte. Hatte er doch immer angenommen, die stürmische Kraft, die in ihren Gliedern tobte, die ausgeprägte Eigenwilligkeit, die sich in ihrer Phantasie fortbewegte, ließe sie den Tod besiegen und durch die Jahrhunderte gehen, ohne daß ihr Körper entstellt oder ihr Hirn schrumpeln würde. Aber es war ihm nie bewußt geworden, daß sie an dem Tag, als sie in sein Zimmer trat, damit er in sie eindringe, all ihre Liebe, ihre Hitzigkeit, Zerbrechlichkeit sowie alles, was in einem jungen Wesen vorging, hinter dieser lapidaren Formulierung verbarg. Jetzt wußte er, daß sein Kopf damals mit anderen Dingen beschäftigt war. Zuerst ergriff Ibn Khaldun von ihm Besitz, dann die Tätowierung Durrs. Er hatte Kulthums Fähigkeiten beim Erfinden codierter Gesetze der Liebesleidenschaft, deren Schlüssel ihm heimlich abhanden gekommen war, weil er mit zu vielen Dingen beschäftigt war und mehr als nötig hinzukam. Ganz zu schweigen von den Wundern, die ihm im Kopf herumschwirrten, und die Explosion von diffusem Licht in seinen Knochen, das man an bestimmten Tagen durch seine durchsichtige Haut schimmern sah, wenn sie sich entweder mit dem Schaum der Merkwürdigkeit anfüllte oder sich davon entleerte. Während Kulthum seine außergewöhnlichen Begabungen überschätzt und ihren brennenden Wunsch nach Ewigkeit, den sie jetzt personifizierte, in seine Hand gelegt hatte. Und da war Messauda, die bis an ihr Lebensende von Reue geplagt wurde, aber zu spät ... Im Grunde ging diese Tragödie auf die Einsamkeit zurück, in der ihr Sohn in ihrem Bauch gewachsen war. Hatte er nicht beim Eintritt in die Welt eine Sprache gesprochen, die niemand kannte, hatte er sich das Lesen nicht allein beigebracht, weil er sich in einer Welt voller Zwillinge, in der die Einsamen zur Trauer und Verzweiflung verurteilt waren, ausgestoßen fühlte? Sobald er dieses Verhängnis wahrgenommen hatte, versuchte er, sich davon zu befreien. Wie um ein wenig seine eigenen Trümmer und Splitter aufzusammeln, hatte er mit seinen Wundern zu jonglieren begonnen: seinen Schatten zu beeinflussen, das Lachen zu stoppen, Manuskripte in antiken Sprachen in einer Stunde zu entziffern, den Vögeln verschiedene Melodien beizubringen, Schach zu spielen mit dem dümmsten Tier der Welt, Kurven wie Zeitungen oder Taschentücher zu entfalten, Liebesbriefe abzufassen, mit der Nase zu lesen bei verbundenen Augen, diese fürchterliche Fortpflanzungskraft zu besitzen, der Liebhaber der Frauen in einem Dorf zu sein, in dem noch der alte Glaube an die Ehre herrschte, den Frauen nächtliche Feuchtigkeit in die Leiber zu pflanzen, ohne sie zu entjungfern, in der Lage zu sein, drei Zentimeter oberhalb des Bodens zu gehen, wenn er glücklich war, Kontakt zur Seele seines Großvaters und dem umherirrenden Geist des Schusters aufzunehmen, wenn er betrunken war, der weder einen Platz im Paradies noch in der Hölle finden würde, weil sein Herz voller Klarheit war und auf den Spuren eines phänomenalen Genies, das über alles nachgedacht und seine Prophezeiungen für die nächsten tausend Jahre nach seinem Tod gegeben hatte. Mohamed Namenlos hatte keine Möglichkeit, den Ort zu finden, an dem dieser Mann gelebt hatte, zumal das Dorf auf Schichten anderer Dörfer gebaut war, auf denen sich Sand und Vergessenheit anhäuften. Auf jeden Fall war dieser Ibn Khaldun nicht erst gestern gestorben und war nicht erst vorgestern durch Manama gekommen, sondern seit seinem Tod waren Hunderte von Lichtjahren vergangen, denn die Zeitmessung in der Wüste hat keinen Zusammenhang mit den Zeiten in anderen Gegenden und Landstrichen. In der Tat war Messauda nicht im Unrecht, den sizilianischen Wanduhren zu mißtrauen, da alles verfälscht wurde durch die Schärfe des Lichts und die Größe der Sandkörner, die nicht nur in der Lage waren, die Mechanik der Uhren aus dem Gleichgewicht zu bringen, sondern auch die Räder des Universums selbst. Die Wüste war an sich eine Explosion, die vor langer Zeit jede Spur und jede Schrift zunichte gemacht hatte, es sei denn, man wollte so jene Formen der zentrifugalen Elemente bezeichnen, die jeden Tag Unglück nach Manama brachten und seinen Bewohnern – eingeschlossen in sich selbst – ihren Alptraum zuteilten, obgleich diese, zumindest nach außen hin, wieder Domino spielten, die Vögel des Platzes fütterten, auf ihren sauren, schweißgetränkten Betten lagen, um Schafsböcke wetteten, denen die Lust zu kämpfen vergangen war, die die Kämpfe lieber unentschieden ausgehen ließen, wieder den Geliebten nachseufzten, über den Gouverneur spotteten, der seine Familie weggejagt hatte, um die Öffentlichkeit auf seinen Rücktritt nach seinem Scheitern vorzubereiten, davon träumten, daß es einen ganzen Tag und eine Nacht über dem Dorf geschneit hatte, darauf hofften, daß es neunzehn Tage lang ununterbrochen regnen würde, bis sie gezwungen wären, Steine gegen die Regenfäden zu werfen, wegen der imaginären Dreharbeiten zu einem unnötigen Film namens 1001 Nacht durcheinanderzureden, weil sie nicht aufhörten, sich während ihrer langen Verzauberung Geschichten von Scheherazade zu erzählen, Propaganda zu betreiben gegen die vergangenen und gegenwärtigen islamischen Dynastien und sie anzuklagen, Millionen von Gefolterten, von Sklaven und Rebellen massakriert und aus ihren Schädeln Nachttöpfe für ihre noch nicht geschlechtsreifen Geliebten gemacht zu haben, die Gegenwart und die Vergangenheit zu vermischen, Schatten und Reflexion, Sonne und Mond, Euphrat und Tigris, Bedürfnisse und Realität durcheinanderzubringen, Gerüchte um den angeblichen künstlichen Regen und den auf Befehl eines tyrannischen Gouverneurs – bekannt durch seine kleine Statur und sein großes Vermögen – über die Ozeane transportierten Eisbergs zu verbreiten. Diese Verwirrung, die hin- und herschwankte zwischen Magie und Technologie, zwischen den Perlen des Rosenkranzes und den Bohrtürmen, war reine Einbildung, die aus dem zerstreuten Kopf dieses verrückten Mohamed Namenlos floß, der glaubte, weil ihm eine Zwillingsschwester und ein Namen versagt worden waren, alles tun zu dürfen, und mit den Sternen spielte, zu den Papageien sprach und in böser Absicht nieste. Trotz allem war eines klar: Dieser Demagoge, der sich auf wissenschaftliche und technische Entdeckungen verstand, auf philosophisch-idealistische Beobachtungen verstand, wurde angeklagt, am Tod Kulthum Bander Shahs schuldig zu sein, die jetzt begraben war, auf den dringenden Wunsch ihrer Mutter in ein grünes Leichentuch gehüllt, das Durr, die am neunzehnten Tag desselben Monats ihre Kinder gebar, gestickt hatte. So wie sie auch darum gebeten hatte, das Gefäß, das ihre Tochter stets begleitet hatte, von Manama nach Sydney über den Südpol, an ihrer Seite zu begraben. Der älteste Sohn des Namenlosclans wurde beschuldigt, zu viel über historische

Persönlichkeiten und über manchen sufischen Dichter gesprochen zu haben, wie etwa jenen Djahiz, der siebenunddreißig Manuskripte verfaßt hatte, und al-Mutannabi, der sich bestens aufs Dichten verstand und darauf, den Regen zu stoppen, oder Ibn al-Muqaffaa, dessen Körper in Fetzen gerissen wurde, bevor er verbrannt wurde. Es ziemt sich auch nicht, die Dschinnen zu provozieren! Und jetzt, nachdem Kulthum tot war, fürchtete niemand mehr seine Wunder und Zaubereien, die er seinen Feinden unterbreitete. Gerüchten zufolge hatte er das Gefäß verzaubert, in dem sein in Formaldehyd eingelegter Daumen schwamm. Doch niemand fürchtete ihn mehr nach dem Tod des Mädchens, das ihn heftig geliebt hatte, und nach der Zeit, in der sie in Besitz des Gefäßes war. Die abergläubischsten Leute gingen sogar in der Dunkelheit zu Kulthums Grab und öffneten es, um sicher zu sein, daß beide Daumen noch in dem Gefäß waren. Da sahen sie, daß die Leiche mit einem großen weißen Strauch bedeckt war und auf ihrer Brust safranfarbener Jasmin wuchs.

Nach der Beerdigung kam Namenlos erschöpft und krank nach Hause. Er hatte Fieber, und unter seiner Haut schlugen ineinander verschlungene Adern Wurzeln, was seine Müdigkeit zeigte. Und als er allmählich in die Vorhallen des Schlafes eintauchte, glaubte er Durrs Stimme zu hören, als käme sie aus einem anderen Leben. Die Stimme flüsterte ihm zu, daß das Haus, in dem Ibn Khaldun sein Wunderwerk *Muqaddima* verfaßt hatte, genau an der Stelle des Mistelbaums läge; Messaudas liebstem Baum im Garten überhaupt. Erstaunt schreckte er aus seinem Alptraum hoch, hätte beinahe Durr erwürgt und seine Fünflinge geschlachtet. Doch er nahm sich zusammen und spürte sogleich, daß er tausendmal um die Erde, ja, ums ganze Universum gegangen war, ohne sich hier im Dorf, wo er das Licht der Welt erblickt hatte und wo er jeden Fußbreit umgegraben hatte, vom Fleck zu bewegen, während der Ort, den er suchte, direkt im mütterlichen Garten lag, der in vollster Blüte stand. Nach einer Weile versank er wieder in eine Art Bewußtlosigkeit, die mit Schwefel angefüllt war. Ein Gefühl überwältigte und offenbarte ihm, daß Abd ar-Rahman Ibn Khaldun der Vorfahr war, nach dem er immer gesucht hatte. Er hatte doch Manama nicht verlassen, nachdem er vier Jahre hier verbracht und eine Frau und vier Kinder hinterlassen hatte. In diesem Moment bedrängte ihn ein Traum, der mit dem Grün seiner wäßrigen Augen überzogen war, und bewegte sich quer durch die Dämmerung der Verzögerung, als weckte er den Gouverneur aus seinem Versteck auf, da die fremden Ereignisse – so glitschig wie die Stimme, die mit der Seife der Phantasie und der hartnäckigen Realität bestrichen war – ihn festgenagelt hatten. Es kam sogar so weit mit dem Gouverneur, daß er nicht mehr in seinem Bett schlief, sondern sich einige Stunden auf einen bequemen Stuhl niederließ, ohne seine Kleidung zu wechseln. Am Ende seines Traums erklärte Mohamed, er sei Ibn Khaldun, und verlangte ein offizielles Schreiben, das seine wiedergewonnene Identität bescheinigte, die ihm vor Jahrhunderten geraubt worden war. Denn er konnte den Fluch der Initialen nicht ertragen, die seinen verlorenen Namen ersetzten, seitdem der gewaltige Eroberer dies entschieden hatte, besonders da er jetzt den Beweis gefunden hatte, daß er vom Stamme des großen Historikers war ...

Der andere, der gescheiterte und gedemütigte Gouverneur, stand bewegungslos da wie immer, schaute ihn mit müdem Blick an, und seine laut hallende Stimme ließ die banalen und lächerlichen Worte ertönen, er müßte zwei Zeugen herbeibringen, die – persönlich – diesen berühmten Vorfahren kannten.

Marguerite Duras

Die Schamlosen

Roman
Aus dem Französischen von Andrea Spingler
216 Seiten. Gebunden

»Dieses Buch brach aus mir heraus«, schrieb Marguerite Duras, 29jährig, als ihr erster Roman *Die Schamlosen* veröffentlicht wurde. In ihm sind konzentriert und ungestüm viele der Themen bereits angelegt, die vierzig Jahre später ihr Welterfolg *Der Liebhaber* variiert.
Jacques, der älteste Sohn, krimineller Spieler und Müßiggänger, dominiert seine Familie. Einzig Maud versucht sich seinem selbstsüchtigen Diktat zu entziehen. Sie soll der Familie aus Geldnöten helfen, indem sie einen vermögenden Bauernsohn heiratet. Doch Maud widersetzt sich den beklemmenden Erwartungen und folgt einem starken Gefühl für einen anderen Mann. Der Skandal ist perfekt.
Ein leidenschaftlicher Roman über die Tyrannei von Liebe und Hass, über Schuldgefühl und Manipulation, Abhängigkeit und Selbstbetrug – kurz: über die subtilen psychischen Grausamkeiten, wie sie nur im Hort der Familie stattfinden können.

NF 216/1/5.00

Fattaneh Haj Seyed Javadi

Der Morgen der Trunkenheit

Roman
Aus dem Persischen von Susanne Baghestani
416 Seiten. Gebunden

Teheran Anfang der dreißiger Jahre. Nachdem die selbstbewußte Mahbube mit ihren fünfzehn Jahren den Sohn einer Prinzessin abgelehnt hat, weist sie auch ihren Cousin zurück, der in sie verliebt ist. Warum? Das Mädchen hat sich in einen jungen Schreiner verguckt, und sie besteht auf ihrer Wahl. Wider Willen ringt der Vater sich dazu durch, ihr nachzugeben. Die Tochter erhält zur Hochzeit ein Häuschen und monatlich Kostgeld, aber das Elternhaus darf sie nicht mehr betreten. Die persische Autorin zeigt, daß Mahbubes Leidenschaft den Bedingungen dieser Ehe nicht gewachsen ist. Die junge Frau findet sich mit Ärmlichkeit und verletzenden Umgangsformen nicht ab. Nachdem ihr Sohn im Alter von fünf Jahren ertrunken ist, hält sie nichts mehr zurück – sie flieht zurück zu den Eltern und wird die Nebenfrau ausgerechnet des abgewiesenen Cousins.

»Einen Gabriel García Márquez oder eine Isabel Allende gab es aus dem Orient noch nicht zu vermelden. Das könnte sich jetzt ändern ... Der Roman ist ein Glücksfall für die orientalische Literatur. Er ist ein Glück für seine Leser.« *Stephan Weidner, Berliner Zeitung*

Fattaneh Haj Seyed Javadi, geboren 1945 in Schiraz, lebt in Isfahan.

NF 264/1/9.00

Milton Hatoum

Zwei Brüder

Roman
Aus dem brasilianischen Portugiesisch
von Karin Schweder-Schreiner
252 Seiten. Gebunden

Sie sind Zwillinge, und sie sind entzweit, noch bevor sie erwachsen sind. Was sie auseinanderbringt, ist Eifersucht um ein Mädchen – eigentlich eine Bagatelle unter Brüdern. Aber sie spüren, wie unterschiedlich die Liebe der Mutter auf ihnen liegt, und das schneidet tiefer, als sie es selbst ahnen können.

Eine Mutter und ihre beiden Söhne, verkettet in einem Dreieck unbeirrbarer mütterlicher Liebe und erbitterter Rivalität – um diesen Urkonflikt gruppiert Milton Hatoum seinen vielschichtig erzählten Roman. Vor dem Hintergrund des tropischen Manaus, das gewaltsam in eine neue Zeit gerissen wird, entfaltet sich, faszinierend nüchtern, ein Drama von großer Eindringlichkeit.

Hatoums Roman ist von insistierender Genauigkeit gerade in den elementaren Dingen des Gefühls, geschrieben mit der Nuanciertheit und Ambivalenz eines großen Prosaisten.

Robert Menasse

Erklär mir Österreich

Essays zur österreichischen Geschichte
suhrkamp taschenbuch 3161
178 Seiten

»Es scheint aussichtslos. Das Bild, das sich die Welt heute von Österreich macht, ist genauso verschroben wie das österreichische Weltbild selbst. Fast alles, was über Österreich nach der Wahl vom 3. Oktober 1999 geschrieben wurde, ist so falsch, daß nicht einmal das Gegenteil richtig ist – so kann es keine Diskussion mehr über die reale Lage geben, sondern nur noch über die Gefühle, die den jeweiligen Kommentator angesichts der scheinbar gespenstischen Lage beschleichen. Tenor der Berichterstattung ist, daß sich über Österreich wieder die langen Schatten der Geschichte gelegt haben, daß es wieder finster wird wie in den finstersten Zeiten. Das ist falsch. Das Gegenteil aber auch. Aber das heißt ebenfalls nicht, daß wir uns überhaupt keine Sorgen machen müssen. Das müssen wir sehr wohl – aber aus ganz anderen, unbeachteten Gründen.«
In seinen Essays führt Robert Menasse mit assoziativer Leichtigkeit und scharfsinniger Genauigkeit Vergangenheit, Gegenwart und Zukunft Österreichs zusammen und ermöglicht so Kenntnisse, die weit über tagespolitische Einsichten hinausgehen.

NF 417/1/10.01

Martin Walser

Ein springender Brunnen

Roman
suhrkamp taschenbuch 3100
416 Seiten

Im Dorf, und erst recht in der Gastwirtschaft, kommt alles vor, was die Welt gerade erschüttert. Aber der Mittelpunkt der Welt ist Johann (den manche Leser mit dem jungen Martin W. verwechseln könnten), bestürmt, bedroht, gefördert von allem, was ihm passiert. Er lernt beten, beichten, singen, schießen, gehorchen, dagegen sein, küssen, lieben, schreiben. Liebend erlebt er ein veritables Wunder. Schreibend erlebt er sich selbst.

Martin Walser erzählt das mit der Fabulierlust, für die er berühmt ist; so entsteht ein Roman der deutschen Tragödienzeit jenseits aller Meinungen, mit einer nur dem Erzähler möglichen Schlüssigkeit.

»Es ist eines der großen Erinnerungsbücher unserer Literatur und unseres Jahrhunderts ... ein Erinnerungsroman, der Wasserburg samt seines schwäbisch-alemannisch redenden Bewohnern so zu retten vermag wie einst Thomas Manns Buddenbrooks Lübeck.« *Joachim Kaiser, Süddeutsche Zeitung*

NF 418/1/11.01

Martin Walser

Der Lebenslauf der Liebe

Roman
528 Seiten. Leinen

Susi Gern liebt, heiratet und merkt: sie will ihren Mann entweder ganz oder gar nicht. Da der für *ganz* nicht geeignet ist, hört sie auf, seine Frau zu sein. Aber zur Trennung reicht die Ernüchterung nicht aus. Es beginnt die Suche nach einem, den sie ganz haben kann. Das wird der Lebenslauf der Liebe.
Nach Walsers großem Erinnerungsbuch *Ein springender Brunnen* ist dies ein Buch über die Liebe, also ist die Heldin – und sie ist wirklich eine Heldin – eine Frau, also spielt das Buch in Düsseldorf, und das große Geschäft ist so wichtig wie die große Liebe: die gibt allerdings den Ausschlag in diesem ebenso ergreifenden wie schockierenden Liebesroman.

»So brutal realitätshaltig, so beängstigend und lebensnah« *Hans Christian Kosler, Abendzeitung München* • »Ein zutiefst humanes Buch ohne jede Rührseligkeit« *Alexander Altmann, tz München* • »Ein Realismus, der einem die Sprache verschlägt« *Siegmund Kopitzki, Südkurier* • »Walser kann vom Warten erzählen, daß es dem Leser die Seele zerfetzt« *Ernst Osterkamp, FAZ* • »Eine von Einfällen überbordende Liebesbiografie voller Witz und Ironie« *Harald Loch, Nürnberger Zeitung* • »Eine meisterliche Zumutung« *Nina Toepfer, Sonntagszeitung.ch-Kultur* • »Ein kolossaler Roman« *Der Spiegel*

NF 419/1/11.01

Retrouvez prochainement, dans votre collection

BLANCHE

Dans les bras du Dr Torres, de Scarlet Wilson - N°1646

SÉRIE : URGENCES ESPAGNOLES - 1/4

Caitlin est bouleversée quand le Dr Javier Torres, chirurgien cardio-thoracique comme elle, débarque à l'hôpital de Santa Aelina. Douze ans plus tôt, cet homme a été son rival, son ami… et son amant, le temps d'une nuit époustouflante. Aujourd'hui qu'ils sont contraints de travailler ensemble sur une opération délicate, parviendra-t-elle à ignorer les sentiments qu'il éveille encore en elle ? Une chose est sûre : son propre cœur lui paraît soudain aussi fragile que celui de ses patients…

L'amant de Barcelone, de Traci Douglass

SÉRIE : URGENCES ESPAGNOLES - 2/4

Ambulancière dévouée à ses patients, Isabella refuse toute forme d'engagement. Après avoir élevé ses frères et sœurs, en effet, elle est éprise de liberté. Alors qu'elle s'offre une nuit de passion entre les bras d'un inconnu rencontré sur la plage, elle est loin de penser aux conséquences. Or c'est un véritable choc pour Isabella de se découvrir enceinte. Plus fou encore, son amant n'est autre que le Dr Carlos Martinez, nouveau médecin à l'hôpital…

Les rêves de Stella, de JC Harroway - N°1647

Stella est catastrophée. Pour valider son diplôme de médecin, elle va devoir effectuer un stage à Abbotsford, le village où elle a passé sa jeunesse et où elle s'était promis de ne plus jamais remettre les pieds. Pire encore, elle travaillera dans le cabinet médical du Dr Aaron Bennett. Ce docteur brillant, qui peuplait autrefois ses rêves d'adolescente, est aussi un père attentionné. L'homme idéal ?

Une infirmière à Prague, d'Alison Roberts

De passage à Prague pour une conférence médicale, le Dr Hamish MacMillan fait la rencontre de Hanna, une infirmière aussi exubérante que lui est sérieux. Malgré leurs différences, la connexion entre eux est si forte qu'ils entament une liaison. Une relation nécessairement éphémère, Mac en est conscient, puisque bientôt tous deux seront repartis. À moins que les sentiments ne s'en mêlent ?

Leur mission : sauver des vies.
Leur destin : trouver l'amour.

BLANCHE

Cette inoubliable étreinte, de Charlotte Hawkes - N°1648

Alors qu'elle effectue une mission à la base de Heathston en tant que pilote d'hélicoptère, Piper y retrouve le Dr Linc Oakes, l'homme qui hante ses rêves. Cinq ans plus tôt, elle l'a connu dans l'armée de l'air, au cours d'une mission périlleuse. Dans ce contexte de danger permanent, ils ont tissé des liens très forts, partageant leurs joies et leurs peines. Revoir Linc bouleverse Piper : aussitôt affluent les souvenirs, parmi lesquels ce moment où ils ont manqué s'embrasser…

Conquise par un patron, d'Ann McIntosh

Parce que sa famille lui a tourné le dos, Kendra se concentre sur son métier d'infirmière et protège son cœur en évitant de s'attacher aux autres. Lorsque, à la faveur d'une mission à Positano, sa rencontre avec le magnifique Massimo aboutit à une nuit passionnée, elle n'a donc aucun regret de mettre un terme à cette folie. Jusqu'à ce que son amant se révèle être… son nouveau patron ! Exposée chaque jour à la tentation, Kendra voit ses résolutions vaciller…

Charmée par son ennemi, d'Amy Ruttan - N°1649

SÉRIE : COUP DE FOUDRE À LA SAINT-VALENTIN - 1/2

« Je vous préviens : entre nous, c'est la guerre… » Ébahie, Esme ne peut s'empêcher de fixer son confrère et nouveau voisin, le Dr Carson Ralston. En venant installer son cabinet à Crater Lake, un petit village du Montana, elle ne s'attendait pas à un accueil chaleureux de la part du médecin, dont elle est désormais la concurrente, mais de là à ce qu'il se montre si hostile ! D'abord désemparée, Esme se révolte bientôt : pas question pour elle de se laisser intimider par cet homme trop sûr de lui…

Par une nuit de neige, d'Amy Ruttan

SÉRIE : COUP DE FOUDRE À LA SAINT-VALENTIN - 2/2

Fuir les femmes : depuis son divorce, c'est la devise du Dr Luke Ralston. Aussi, quand il apprend qu'il devra travailler en tandem avec le Dr Sarah Ledet dans le nouveau complexe pour skieurs de Crater Lake, sent-il une colère sourde le gagner. Que vient faire ici cette pimbêche arrogante, avec qui il a eu maille à partir cinq ans plus tôt ? Et pourquoi a-t-elle accepté un poste de simple médecin généraliste, alors qu'elle est une chirurgienne réputée ? Luke est résolu à le découvrir…

HARLEQUIN

Leur mission : sauver des vies.
Leur destin : trouver l'amour.

BLANCHE

HARLEQUIN

Son tendre secret, d'Emily Forbes - N°1650

Ainsi, le Dr Xavier O'Donnell va travailler avec elle… Lorsqu'elle découvre son nom sur la liste des remplaçants de l'hôpital où elle exerce, Brighde est frappée de stupeur. Elle ne devait plus jamais revoir cet homme, avec qui elle a partagé la plus exquise des nuits quelques mois plus tôt ! Mais, maintenant qu'elle va le côtoyer jour après jour, doit-elle l'éviter ou au contraire lui révéler qu'elle porte son enfant ?

Un prince pour patient, d'Annie Claydon

Veiller au rétablissement du prince Hugo DeLeon, c'est la mission qui a été confiée à Penelope et qu'elle entend mener à bien… quelles que soient les réticences du patient. Le statut de malade semble en effet si insupportable au prince qu'il use de tous les stratagèmes à sa disposition – de la menace à la séduction – pour la détourner de sa tâche. Mais Penelope n'est pas devenue une excellente cardiologue en se laissant si facilement distraire…

Leur mission : sauver des vies.
Leur destin : trouver l'amour.

HARLEQUIN
www.harlequin.fr